中国古代名著全本译注丛书

阅微草堂笔记

全译

下

［清］纪昀 著　汪贤度 校点
邵海清 等 译

卷十二

槐西杂志（二）

文士书册

　　安中宽言：有人独行林莽间，遇二人，似是文士，吟哦而行。一人怀中落一书册，此人拾得。字甚拙涩，波磔皆不甚具，仅可辨识。其中或符箓、或药方、或人家春联，纷糅无绪，亦间有经书古文诗句。展阅未竟，二人遽追来夺去，倏忽不见。疑其狐魅也。一纸条飞落草间，俟其去远，觅得之。上有字曰："《诗经》於字皆音乌，《易经》无字左边无点。"余谓此借言粗材之好讲文艺者也，然能刻意于是，不愈于饮博游冶乎！使读书人能奖励之，其中必有所成就。乃薄而挥之，斥而笑之，是未思圣人之待互乡、阙党二童子也。讲学家崖岸过峻，使人甘于自暴弃，皆自沽已名，视世道人心如膜外耳。

【译文】
　　安中宽说：有个人在树林里走路，遇到两个人，样子像是读书人，口中念念有词地行走。其中一个人从身上掉下一本册子，被这个人捡到。这本册子的字很拙劣，笔画都不很分明，勉强可以阅读而已。册子里有抄录道士的符箓，有药方，有人家贴的春联，混乱交错，毫无头绪，其中也有经书、古文、诗词中的句子。翻阅未完，那两个人急急忙忙赶回来，把册子抢去，一下子就不见了。这个人怀疑是遇到狐狸精了。又发现草地上跌落有一张字条，等那两个人去远之后，才捡起来看，上面写道："《诗经》的於字都念乌，《易经》的无字左边没有点。"我说，这是借这个故事来讲那些才学粗浅却偏要议论文艺的人，不过，能够专心这样做，不是比饮酒、赌钱、嫖妓好得多吗！假如有读书人能够赞扬鼓励他们，他们当中一定有人会有成就的。现在却鄙薄他们，排斥他们，嘲笑他们，这就忘记了圣人是怎样对待互乡、阙党两个小孩的态度了。讲道学的专家把学问看得太过高深，使大多数人自暴自弃不敢做学问，这些都不过是为了吹嘘自己的声名，把世道人心置之度外而已。

甯 逊 公

景州甯逊公，能以琉璃春碎调漆，堆为擘窠书。凹凸皴皱，俨若石纹。恒挟技游富贵家，喜索人酒食。或闻燕集，必往搀末席。一日，值吴桥社会，以所作对联匾额往售。至晚，得数金。忽遇十数人邀之，曰："我辈欲君殚一月工，堆字若干，分赠亲友，冀得小津润。今先屈先生一餐，明日奉迎至某所。"甯大喜，随入酒肆，共恣饮啖。至漏下初鼓，主人促闭户。十数人一时不见，座上惟甯一人。无可置辩，乃倾囊偿值，懊恼而归。不知为幻术为狐魅也。李露园曰："此君自宜食此报。"

【译文】

景州的甯逊公，能够把琉璃春成碎末，用油漆调匀，堆砌成大字。这些字有立体的凹凸，还有皱纹，很像石头的花纹。甯逊公自恃有这种技能,常在富贵人家走动,还喜欢要人家招待他酒食。他只要听到什么地方有宴会,一定去混吃混喝。有一天,他刚好是吴桥镇赛神集会,甯逊公就把自己做的对联匾额拿去出售。到了傍晚,对联匾额卖出去了,得了几两银子。忽然,碰到十几个人来邀请他,说:"我们想请您花一个月的工夫,堆砌一批字,分送给亲友,也希望得点利润。今天晚上,我们先请您吃一顿,明天我们再请你到一个地方去堆字。"甯逊公很高兴,跟着他们进了酒店,一起大吃大喝。到头更天时,酒店主人催他们离开,说要关店了。这时,那十几个人一下子不见了,酒席上只剩下甯逊公一个人。甯逊公没有话说,只好把口袋中的银钱都拿出来付酒席费,又懊丧又气愤地回家去。不知道这件事究竟是法术还是狐狸作怪。李露园说:"这位先生应该受到这种报应。"

娈 童 醒 悟

某公眷一娈童,性柔婉,无市井态,亦无恃宠骄纵意。忽泣涕数日,目尽肿。怪诘其故。慨然曰:"吾日日荐枕席,殊不自觉。昨寓中某与某童狎,吾穴隙窃窥,丑难言状,与横陈之女迥殊。因自思吾一男子而受污如是,悔不可追,故愧愤欲死耳。"某公譬解百方,终怏怏不释。后竟逃去。或曰:"已改易姓名,读书游泮矣。"梅禹金有《青泥莲花记》,若此童者,亦近于青泥莲花欤!又奴子张凯,初为沧州隶,后夜闻罪人暗泣声,心动辞去,鬻身于先姚安公。年四十余,无子。一日,其妇临蓐,凯愀然曰:"其女乎!"已而果然。问:"何以知之?"曰:"我为隶时,有某控其妇与邻人张九私。众知其枉,而事涉暧昧,无以代白也。会官遣我拘张九。

我禀曰：'张九初五日以逋赋拘，初八日笞十五去矣。今不知所往，乞宽其限。'官检征比册，良是，怒某曰：'初七日张九方押禁，何由至汝妇室乎？'杖而遣之。其实别一张九，吾借以支吾得免也。去岁，闻此妇死。昨夜梦其向我拜，知其转生为我女也。"后此女嫁为贾人妇，凯夫妇老且病，竟赖其孝养以终。杨椒山有《罗刹成佛记》。若此奴者，亦近于罗刹成佛欤！

【译文】

某先生恋着一个男童。这男童性格温柔顺从，没有市井小民的举止神态，也不因受宠爱就骄傲放肆。一次，男童突然连续啼哭了几天，眼睛都哭肿了。某先生很奇怪，问他什么原因。男童很感慨地说："我天天和你做爱，自己没有什么特别感受。昨天，有人和一个男童做爱，我在小洞里偷看，那种丑恶的形状，很难讲得出口，这和女人与人做爱完全不一样。我自己想，我一个男人受到这样的污辱，后悔不已，因此又惭愧又愤怒，真想死了算数！"某先生多方劝解，这男童始终闷闷不乐，后来就逃走了。有人说："这男童已经改名换姓，读书考取秀才了。"梅禹金写有《青泥莲花记》，像这个男童，也和青泥出莲花相近了。又有个仆人张凯，当年做过沧州衙门的衙役，后来晚上听到犯人暗中哭泣的声音，心里感触，就辞去职务，卖身到姚安公家做仆人。张凯年纪四十多岁了，还没有子女。有一天，他妻子临产，张凯伤心地说，"大概是女儿吧！"后来果然生了个女儿。有人问他："你怎么会知道生女儿呢？"张凯说："我做衙役时，有某人控告他老婆和邻人张九私通。大家都知道那个女人冤枉，但这件事朦朦胧胧，没有办法为女人讲清楚。刚好县官派我去抓张九，我报告说：'张九初五日曾因逃税被捕，初八日受鞭刑十五下，已经放走了。现在不知张九跑到什么地方去了，请大人宽限日期。'县官检查征税的册子，果然不错，就生气地质问某人：'初七那天，张九正被关在监牢里，怎能到你老婆的卧室里去呢！'打了某人一顿板子，赶了出去。其实，这是另一个叫张九的人,我借此机会使那妇女免受冤枉。去年听说这个妇女死了,昨夜又梦见她向我行礼,我就知道她转世来做我的女儿了。"后来他的这个女儿嫁给了一位商人,张凯夫妻年老多病,依靠女儿孝顺赡养,直到送终。杨椒山写有《罗刹成佛记》。像张凯这个仆人,也近似罗刹成佛了!

狐女人心

冯平宇言:有张四喜者,家贫佣作。流转至万全山中,遇翁妪留治圃。爱其勤苦,以女赘之。越数岁,翁妪言往塞外省长女,四喜亦挈妇他适。久而渐觉其为狐,耻与异类偶,伺其独立,潜弯弧射之,中左股。狐女以手拔矢,一跃直至四喜前,持矢数之曰:"君太负心,殊使人恨!虽然,他狐媚人,苟且野合耳。我则父母所命,以礼结婚,有夫妇之义焉。三纲所系,不敢仇君;君既见弃,亦不敢强住聒君。"握四喜之手痛哭,逾数刻,乃蹶然逝。四喜归,越数载,病死,无棺以敛。狐女忽自外哭入,拜谒姑舅,具述始末;且曰:"儿未嫁,故敢来也。"其母感之,詈四喜无良。狐女俯不语。邻妇不平,亦助之詈。狐女瞋视曰:"父母詈儿,无不可者。汝奈何对人之妇,詈人之夫!"振衣竟出,莫知所往。去后,于四喜尸旁得白金五两,因得成葬。后四喜父母贫困,往往于盎中箧内无意得钱米,盖亦狐女所致也。皆谓此狐非惟形化人,心亦化人矣。或又谓狐虽知礼,不至此,殆平宇故撰此事,以愧人之不如者。姚安公曰:"平宇虽村叟,而立心笃实,平生无一字虚妄;与之谈,讷讷不出口，非能造作语言者也。"

【译文】

冯平宇说：有个叫张四喜的人，家中贫穷，去做长工。当他走到万全山中，遇到一对老夫妻，把他留下来种菜。老夫妻喜欢张四喜勤劳刻苦，就把他招赘做女婿。过了几年，老夫妻说要到塞外看望大女儿，张四喜也带着妻子到另外地方谋生。时间长了，张四喜慢慢发觉妻子是狐女，感到同兽类做夫妻很羞耻。等候妻子一个人站着的时候，张四喜偷偷地用弓箭射过去，正中狐女的左腿。狐女一手把箭拔出来，跳到张四喜面前，拿着箭数落他说："你太没良心了，真叫人可恨！虽然，有些狐狸精迷惑人，不过在野外随便结合罢了。我却是有父母之命，按照礼节和你结婚，我们有夫妻的名分。因为有三纲的规定，我不敢恨你；你现在既然讨厌我，我也不敢硬住在这里影响你了。"狐女握住张四喜的手，痛哭了很久，就突然不见了。张四喜回到家中，过了几年，就病死了。因为家中贫穷，没有钱买棺木收殓。这时，狐女忽然哭着从外面跑进来，拜见了公公婆婆，把事情经过详细地讲了一遍，还说："我没有改嫁，所以现在敢来这里。"婆婆很受感动，痛骂张四喜没有良心。狐女低着头，一声不响。邻居的妇人听到这件事，也来插嘴骂张四喜。狐女瞪着眼睛对邻居妇人说："父母骂儿子，没有什么不可以的。你怎能对着人家老婆骂她的丈夫！"狐女一抖衣服，走了出去，不知到哪里去了。狐女走后，在张四喜的遗体旁边发现有白银五两，就借此办理了丧葬。后来张四喜的父母生活贫困，往往在碗盆里箱子里发现意外的银钱粮食，这也是狐女所送的。大家都说，这个狐女不但形状变成人，连心灵也变得像人一样了。也有人说，狐女虽然知道礼节，但不会这样做，大概是冯平宇编造的故事，用来羞辱那些连狐女都不如的人。姚安公说："平宇虽然是个乡下老汉，但心性朴实，平生没有讲过一句假话，语言迟钝，并非是虚伪讲假话的人呀。"

狐 女 养 孤

卢观察执吉言：茌平有夫妇相继死，遗一子，甫周岁。兄嫂咸不顾恤，饿将死。忽一少妇排门入，抱儿于怀，詈其兄嫂曰："尔弟夫妇尸骨未寒，汝等何忍心至此！不如以儿付我，犹可觅一生活处也。"挈儿竟出，莫知所终。邻里咸目睹之。有知其事者曰："其弟在日，常昵一狐女。意或不忘旧情，来视遗孤乎？"是亦张四喜妇之亚也。

【译文】

卢执吉观察说：茌平县有一对夫妻相继去世，留下一个儿子，刚刚周岁。哥哥嫂嫂不肯照顾这孤儿，饿得快要死了。突然，有一个少妇推门走进来，把孤儿抱在怀里，骂哥哥嫂嫂道："你们的弟弟、弟媳尸骨未寒，你们怎能这样忍心呢！不如把这孩子交给我，还可以给他找一条活路。"抱着孤儿就出去了，不知道到了哪里。邻里们都亲眼看到这件事。有个了解情况的人说："这个当弟弟的生前曾长期喜爱一个狐女。想是狐女不忘旧情，来这里照料他留下的孤儿了？"这个狐女同张四喜的妻子很相似。

性　　癖

乌鲁木齐多狭斜，小楼深巷，方响时闻。自谯鼓初鸣，至寺钟欲动，灯火恒荧荧也。冶荡者惟所欲为，官弗禁，亦弗能禁。有宁夏布商何某，年少美风姿，资累千金，亦不甚吝，而不喜为北里游。惟畜牝豕十余，饲极肥,濯极洁,日闭门而沓淫之。豕亦相摩相倚,如昵其雄。仆隶恒窃窥之,何弗觉也。忽其友乘醉戏诘,乃愧而投井死。迪化厅同知木金泰曰:"非我亲鞫是狱,虽司马温公以告我,我弗信也。"余作是地杂诗,有曰:"石破天惊事有无,后来好色胜登徒。何郎甘为风情死,才信刘郎爱媚猪。"即咏是事。人之性癖,有至于如此者!乃知以理断天下事,不尽其变;即以情断天下事,亦不尽其变也。

【译文】
　　乌鲁木齐的妓院很多,在小楼深巷之中,经常听到寻欢作乐的声音。从谯楼计时的鼓声响起,直到寺院晨钟敲响,这些地方一直灯火通明。风流放荡的人任意寻欢作乐,官府都不禁止,也没有办法禁止。有个宁夏贩布的商人何某,年纪轻轻,风度翩翩,资产有上千两银子,人也大方,可就是不愿意到妓院去游乐。他养了十几头雌猪,喂养得十分肥壮,洗得十分干净,每天关上门,轮流与雌猪性交。那些猪靠着擦着何某,像是和公猪亲热一般。仆人们经常偷看,何某并没有察觉。一次,有个朋友喝醉了,突然开玩笑地问他这件事,何某羞愧得投井死了。迪化厅的同知木金泰说:"要不是我亲自审问这个案子,即使是司马光告诉我的,我也不会相信。"我写有有关该地的诗篇,有一首说:"石破天惊事有无,后来好色胜登徒。何郎甘为风情死,才信刘郎爱媚猪。"就是写这件事的。人的性爱怪癖,有到这种地步的!这才认识到,按道理去判断天下的事情,不能完全了解所有的变化;即使按感情去判断天下事情,也有不能完全了解所有变化的。

张 一 科

张一科,忘其何地人。携妻就食塞外,佣于西商。西商昵其妻,挥金如土,不数载资尽归一科,反寄食其家。妻厌薄之,诟谇使去。一科曰:"微是人无此日,负之不祥。"坚不可。妻一日持梃逐西商,一科怒詈。妻亦反詈曰:"彼非爱我,昵我色也。我亦非爱彼,利彼财也。以财博色,色已得矣,我原无所负于彼;以色博财,财不继矣,彼亦不能责于我。此而不遣,留之何为?"一科益愤,竟抽刃杀之,先以百金赠西商,而后自首就狱。又一人忘其姓名,亦携妻出塞。妻病卒,困不能归,且行乞。忽有西商招至肆,赠五十金。怪其太厚,固诘其由。西商密语曰:"我与尔妇最相昵,尔不知也。尔妇垂殁,私以尔托我。我不忍负于死者,故资尔归里。"此人怒掷于地,竟格斗至讼庭。二事相去不一月。相国温公,时镇乌鲁木齐。一日,宴僚佐于秀野亭,座间论及。前竹山令陈题桥曰:"一不以贫富易交,一不以死生负约,是虽小人,皆古道可风也。"公顰蹙曰:"古道诚然。然张一科曷可风耶?"后杀妻者拟抵,而谳语甚轻;赠金者拟杖,而不云枷示。公沉思良久,慨然曰:"皆非法也。然人情之薄久矣,有司如是上,即如是可也。"

【译文】

张一科这个人,已经忘记他的籍贯了。他带着妻子到塞外谋生，在一个西北商人家里做雇工。西域商人爱恋他的妻子，为她挥金如土，没有几年，财产都转手成了一科的，反而在一科家中寄食。妻子讨厌轻蔑这个西北商人，谩骂着叫他出去。张一科说："没有这个人，我们也没有今天的日子，抛弃他是不吉利的。"坚决不肯把西北商人赶出去。有一天，妻子拿着木棒去赶西北商人，张一科愤怒地骂妻子，妻子也反口骂道："他并不是喜爱我，而是迷恋我的姿色。我也不是喜欢他，而是贪得他的财产。他用财产来交换女色，女色已经得到了，我本来就没有什么对不起他；我用女色来博取财产，他的财产已经光了，他也不能责备我。这时候不赶他走，留着干什么呢！"张一科更加愤怒，竟然拔刀把妻子杀死了。他先拿出一百两银子送给西北商人，然后自首进了监狱。还有一个人，忘了他的姓名了。他也带着妻子到塞外去。妻子病死后，他又穷得回不了家乡，就要讨饭了。忽然，有个西北商人把他叫到店里，送他五十两银子。这个人觉得赠送的银子丰厚得出奇，一定要商人讲出理由。西北商人悄悄地说："我和你妻子最亲热，你并不知道。你妻子临死前，偷偷地把你托付给我。我不忍心辜负死者，所以资助你回家乡。"这个人愤怒地把银子抛在地下，和西北商人打起来，直到打官司。这两件事相隔不到一个月。温相国当时镇守乌鲁木齐。有一天，在秀野亭宴请下属，酒席之间谈论到这两件事。当过竹山县令的陈题桥说："一个不因为贫富变化就改变交情，一个不因为生死变化就背叛诺言，他们虽然都是市井小民，但都有古时纯朴的道义，值得流传的。"温公皱着眉头说："当然是古时纯朴的道义。不过，张一科的行为值得宣扬吗？"后来，杀妻的张一科被判抵罪，但判决很轻；赠送银子的商人被判杖刑，但不用带枷示众。温公想了很久，感慨地说："都不符合法律呀！不过，人情淡薄已经很长久了，有关衙门这样报上来，就这样发落算了。"

朱 陆 异 同

嘉祥曾映华言：一夕秋月澄明，与数友散步场圃外。

忽旋风滚滚,自东南来,中有十余鬼,互相牵曳,且殴且詈。尚能辨其一二语,似争朱、陆异同也。门户之祸,乃下彻黄泉乎!

【译文】
　　嘉祥县的曾映华说:一个秋夜,月色明朗,和几个朋友在晒谷场散步。忽然,一阵旋风从东南方滚滚而来。旋风里有十多个鬼魂,正在相互拉拉扯扯,又打又骂。还能听出其中一两句话,仿佛是在争论朱熹、陆九渊观点的异同。学界门户争论的灾祸,竟然带到阴间了吗!

李芳树刺血诗

　　"去去复去去,凄恻门前路。行行重行行,辗转犹含情。含情一回首,见我窗前柳。柳北是高楼,珠帘半上钩。昨为楼上女,帘下调鹦鹉。今为墙外人,红泪沾罗巾。墙外与楼上,相去无十丈。云何咫尺间,如隔千重山?悲哉两决绝,从此终天别。别鹤空徘徊,谁念鸣声哀!徘徊日欲晚,决意投身返。手裂湘裙裾,泣寄稿砧书。可怜帛一尺,字字血痕赤。一字一酸吟,旧爱牵人心。君如收覆水,妾罪甘鞭捶。不然死君前,终胜生弃捐。死亦无别语,愿葬君家土。傥化断肠花,犹得生君家。"右见《永乐大典》,题曰《李芳树刺血诗》,不著朝代,亦不详芳树始末。不知为所自作,如窦玄妻诗;为时人代作,如焦仲卿妻诗也。世无传本,余校勘《四库》偶见之。爱其缠绵悱恻,无一毫怨怒之意,殆可泣鬼神。令馆吏录出一纸，久而失去。今于役滦阳，检点旧帙，忽于小箧内得之。沉湮数百年，终见于世，岂非贞魂怨魄，精贯三光，有不可磨灭者乎！陆耳山副宪曰："此诗次韩蕲王孙女诗前；彼在宋末，则芳树必宋人。"以例推之，想当然也。

【译文】
　　有一首诗说："去去复去去，凄恻门前路。行行重行行，辗转犹含情。含情一回首，见我窗前柳。柳北是高楼，珠帘半上钩。昨为楼上女，帘下调鹦鹉。今为墙外人，红泪沾罗巾。墙外与楼上，相去无十丈。云何咫尺间，如隔千里山？悲哉两决绝，从此终天别。别鹤空徘徊，谁念鸣声哀！徘徊日欲晚，决意投身返。手裂湘裙裾，泣寄稿砧书。可怜帛一尺，字字血痕赤。一字一酸吟，旧爱牵人心。君如收覆水，妾罪甘鞭捶。不然死君前，终胜生弃捐。死亦无别语，愿葬君家土。傥化断肠花，犹得生君家。"这首诗收在《永乐大典》中，题目是《李芳树刺血诗》，没有作诗的朝代，也不了解李芳树的生平。也不知道这首诗是李芳树自己写的，像窦玄妻的诗一样；还是同时代人代她而写，像焦仲卿妻那首诗一样。这首诗并没有传抄本，我在校勘《四库全书》时偶然看到，很喜欢它的缠绵悱恻，没有一丝一毫怨恨愤怒的意思，真是可以使鬼神流泪了。我叫文书抄了一份，时间一长，也就丢失了。现在出差到滦阳，检查旧书籍，突然在一个小箱子里发现了它。这首诗埋没几百年后，终于出现在人间，难道不是贞节哀怨的灵魂，精神直透到天上，不能够磨灭的吗？陆耳山副宪说："这首诗抄写在蕲王韩世忠孙女所作诗的前面。蕲王的孙女是宋代末年人，那么李芳树一定是宋朝人。"按照常规来推算，想来一定是这样了。

鬼报盗警

舅氏安公实斋，一夕就寝，闻室外扣门声。问之不答，视之无所见。越数夕，复然。又数夕，他室亦复然。如是者十余度，亦无他故。后村中获一盗，自云我曾入某家十余次，皆以人不睡而返。问其日皆合，始知鬼报盗警也。故瑞不必为祥，妖不必为灾，各视乎其人。

【译文】

舅父安实斋先生，有一夜刚睡下，就听到室外有人敲门的声音。问是谁，没有人回答；出门看时，又什么都没有。过了几个晚上，又出现这种情况。又过了几个晚上，其他房间也出现这种情况。这样十几次，也没有什么事。后来，村里抓到了一个盗窃犯，据他自己说，曾经到某个人家十几次，都因为那家人没有睡，所以只好跑了出来。再追问日期，都和有人敲门的晚上相同。这才知道是鬼警告有人盗窃。因此，好的预兆不一定是吉祥的，妖怪不一定是灾祸，要看这个人是怎样而已。

自戏联语

明永乐二年，迁江南大姓实畿辅。始祖椒坡公，自上元徙献县之景城。后子孙繁衍，析居崔庄，在景城东三里。今土人以仕宦科第，多在崔庄，故皆称崔庄纪，举其盛也。而余族则自称景城纪，不忘本也。椒坡公故宅，在景城、崔庄间，兵燹久圮，其址属族叔桼庵家。桼庵从余受经，以乾隆丙子举乡试，拟筑室移居于是。

先姚安公为预题一联曰:"当年始祖初迁地,此日云孙再造家。"后室不果筑,而姚安公以甲申八月弃诸孤。卜地惟是处吉,因割他田易诸桀庵而葬焉。前联如公自谶也。事皆前定,岂不信哉!

【译文】

明朝永乐二年,朝廷降旨把江南大族迁往京师一带。我家始祖椒坡公从上元县迁到献县的景城。后来子孙繁衍,一部分人就到崔庄居住,地址在景城东面三里外。现在,当地人中科举做官的,大多出在崔庄,所以都称为崔庄纪,称赞崔庄的纪氏兴旺。我家的一族自称为景城纪,表示不忘根本出处。椒坡公的旧居在景城、崔庄之间,经过战乱,早已倒塌了,宅基属于堂叔桀庵先生一家所有。桀庵曾经跟我读过经书,乾隆二十一年乡试中举,想在原来宅基上建房居住。姚安公预先为他题了一副对联:"当年始祖初迁地,此日云孙再造家。"后来,房子没有建成,姚安公在甲申年八月去世了。风水先生占卜,只有这里是吉地,因此拿出其他田地与桀庵交换,把姚安公葬在这里。那副对联好像是姚安公自己的谶语一样。凡事都是早已预定的,难道还不可信吗?

侍姬沈氏

侍姬沈氏,余字之曰明玕。其祖长洲人,流寓河间,其父因家焉。生二女,姬其次也。神思朗彻,殊不类小家女。常私语其姊曰:"我不能为田家妇。高门华族,又必不以我为妇。庶几其贵家媵乎?"其母微闻之,竟如其志。性慧黠,平生未尝忤一人。初归余时,拜见马夫人。马夫人曰:"闻汝自愿为人媵,媵亦殊不易为。"敛衽对曰:"惟不愿为媵,故媵难为耳。既愿为媵,则媵亦何难！"故马夫人始终爱之如娇女。尝语余曰："女子当以四十以前死，人犹悼惜。青裙白发，作孤雏腐鼠，吾不愿也。"亦竟如其志，以辛亥四月二十五日卒，年仅三十。初仅识字，随余检点图籍，久遂粗知文义，亦能以浅语成诗。临终，以小照付其女，口诵一诗，请余书之，曰："三十年来梦一场，遗容手付女收藏。他时话我生平事，认取姑苏沈五娘。"泊然而逝。方病剧时，余以侍值圆明园，宿海淀槐西老屋。一夕，恍惚两梦之，以为结念所致耳。既而知其是夕晕绝，移二时乃苏，语其母曰："适梦至海淀寓所，有大声如雷霆，因而惊醒。"余忆是夕，果壁上挂瓶绳断堕地，始悟其生魂果至矣。故题其遗照有曰："几分相似几分非，可是香魂月下归？春梦无痕时一瞥，最关情处在依稀。"又曰："到死春蚕尚有丝，离魂倩女不须疑。一声惊破梨花梦，恰记铜瓶坠地时。"即记此事也。

【译文】
　　沈氏是我的侍妾，我给她起个字叫明玕。她的祖上是长洲人，流落到河间，她的父亲就在河间安家了。她父亲有两个女儿，她是老二。她的思维清晰明快，不像那种小家碧玉。以前经常对她姐姐说："我不能做种田人的妻子。名门望族人家，又一定不娶我当妻子。我大概会成为富贵人家的侍妾吧？"她的母亲听到风声，最后就按她的心愿办理。她的性格聪明敏捷，平生从来不顶撞别人。最初成为我的侍妾时，去拜见马夫人。马夫人说："听说你自愿做侍妾，做侍妾也不容易的。"沈氏很有礼貌地说："因为不愿做侍妾，所以侍妾就难当了。我既然自愿当侍妾，那么又有什么为难呢！"因此，马夫人始终把她当做女儿那样宠爱。她曾经对我说："女人应当在四十岁以前就死，人们还会哀悼、可惜。如果要做穿着青色衣裙的白发老太婆，像孤独的小鸡和腐烂的老鼠那样，是我所不愿意的。"最后也像她的愿望一样，在辛亥年四月二十五日去世了，只有三十岁。她当初只识几个字，跟着我翻阅图书，时间长了，也能粗浅地理解文章的意思，也能用通俗的语言作诗。临死的时候，她把自己的小幅遗像交给女儿，口里念了一首诗，请我记下来。诗说："三十年来梦一场，遗容手付女收藏。他时话我平生事，认取姑苏沈五娘。"说完，就静静地去世了。她病重时，我正在圆明园值班，住在海淀的槐西老屋内。有一天晚上，我两次做梦，迷迷糊糊中见到她。起初还以为怀念她而做梦，后来知道她当夜昏迷过去，过两个时辰才醒过来，对她的母亲说："刚刚做梦到海淀那间住宅去了，后来听到一声像打雷似的巨响，我就惊醒了。"我回忆当天晚上，果然有一个挂在墙壁上的铜瓶，因为绳索断而掉在地上，这时我才醒悟，果然是她的生魂来过了。因此，我在她的遗像上题了两首诗："几分相似几分非，可是香魂月下归？春梦无痕时一瞥，最关情处在依稀。""到死春蚕尚有丝，离魂倩女不须疑。一声惊破梨花梦，恰记铜瓶坠地时。"就是记载这件事的。

宋学妄传

相去数千里，以燕赵之人，谈滇黔之俗，而谓居是土者，不如吾所知之确。然耶否耶？晚出数十年，以髫龀之子，论耆旧之事，而曰见其人者，不如吾所知之确。然耶否耶？左丘明身为鲁史，亲见圣人；其于《春秋》，确有源委。至唐中叶，陆淳辈始持异论。宋孙复以后，哄然佐斗，诸说争鸣，皆曰左氏不可信，吾说可信。何以异于是耶！盖汉儒之学务实，宋儒则近名，不出新义，则不能耸听；不排旧说，则不能出新义。诸经训诂，皆可以口辩相争；惟《春秋》事迹厘然，难于变乱。于是谓左氏为楚人、为七国初人、为秦人，而身为鲁史、亲见圣人之说摇。既非身为鲁史、亲见圣人，则传中事迹，皆不足据，而后可惟所欲言矣。沿及宋季，赵鹏飞作《春秋经筌》，至不知成风为僖公生母，尚可与论名分、定褒贬乎？元程端学推波助澜，尤为悍戾。偶在五云多处（即原心亭。）检校端学《春秋解》，周编修书昌因言：有士人得此书，珍为鸿宝。一日，与友人游泰山，偶谈经义，极称其论叔姬归酅一事，推阐至精。夜梦一古妆女子，仪卫尊严，厉色诘之曰："武王元女，实主东岳。上帝以我艰难完节，接迹共姜，俾隶太姬为贵神，今二千余年矣。昨尔述竖儒之说，谓我归酅为淫于纪季，虚辞诬诋，实所痛心！我隐公七年归纪，庄公二十年归酅，相距三十四年，已在五旬以外矣。以斑白之嫠妇，何由知季必悦我？越国相从，《春秋》之法，非诸侯夫人不书，亦如非卿不书也。我待年之媵，例不登诸简策，徒以矢心不二，故仲尼有是特笔。程端学何所依凭而造此暧昧之谤耶？尔再妄传，当脔尔舌。"命从神以骨朵击之，狂叫而醒，遂毁其书。余戏谓书昌曰："君耽宋学，乃作此言！"书昌曰："我取其所长，而不敢讳所短也。"是真持平之论矣。

【译文】
　　相距几千里的燕赵之人，谈论滇黔一带风俗，却对住在滇黔当地的人说，你们的了解不及我的确切。这是对呢还是错呢？晚出生几十年的青年后生，谈论老前辈的事情，却对见过老前辈的人说，你知道的不如我的确切。这是对呢还是错呢？左丘明身为鲁国史官，亲眼见过孔圣人；他解释《春秋》，的确有根据。到了唐代中叶，陆淳一班人才提出不同意见。宋代孙复以来，大家群起争论，各种说法相互辩难，都说左丘明的说法不可信，只有我的说法可信。这和前面举的两个例子有什么差异呢！原来，汉代儒家的学说要求确实，宋代儒家就近于求名。不提出新的论点，就不能耸人听闻；不批评旧的学说，就不能推出新的论点。各种经典的注释引申，都可以辩论争议，只有《春秋》里的史实清清楚楚，很难变化混乱的。于是有人就说，左丘明是楚国人，是七国初期的人，是秦国人，那么他亲自担任过鲁国史官，亲眼见过孔圣人的说法就会动摇了。既然他并非当过鲁国史官，并非亲眼见过圣人，那么他解释《春秋》中的史实，就没有足够的根据，后人就可以按自己的理解来议论了。到了宋代末年，赵鹏飞写《春秋经筌》时，已到了不知成风是僖公亲生母亲的地步。像这样，还可以议论名分，确定人物的褒贬吗？元代程端学推波助澜，议论特别粗暴荒谬。一次，在五云多处（即原心亭）翻阅校勘程端学著的《春秋解》，周书昌编修就说：有个读书人得到这本书，珍爱得像什么宝贝似的。有一天，和朋友去泰山游玩，一时谈到经典含义，极力称赞《春秋解》中议论叔姬嫁酅这件事，推论阐述十分精彩。晚上，梦见一位穿古装的女子，身边有仪仗警卫，高贵严肃，严厉地责问这个读书人："武王的长女太姬，是东岳泰山的主持。上帝因为我能经受艰难，保持贞节，和共姜相似，就派我在太姬手下为神，到现在已二千多年了。昨天你讲那个臭儒生的学说，说我回到酅地是因为和纪季淫乱，用不实之辞来诬陷攻击我，实在令我痛心。我在隐公七年嫁到纪国，庄公二十年才回到酅地，相距三十四年，我年纪已经五十多岁了。我这样头发斑白的寡妇，你们怎么知道纪季一定喜欢我呢？嫁到其他诸侯国去，按照《春秋》的体例，不是诸侯夫人是一律不记载的，就像不担任卿相一律不记载一样。我本来是留国待长到年龄再送嫁的媵妾，按例不能记录在史册中，只是我忠心贞节，所以孔子特别记载下来。程端学有什么依据，凭空捏造这种诽谤呢？你再胡乱传播，就会割下你的舌头！"说罢，就命令随从的神灵用骨朵打他。这读书人发狂似的大叫着醒了过来，就把那本书烧了。我对周书昌开玩笑说："您沉迷在宋学里，所以讲这种故事。"周书昌说："我取宋学的长处，而不隐瞒它的短处。"这真是持平之论了。

杨令公祠

杨令公祠在古北口内，祀宋将杨业。顾亭林《昌平山水记》，据《宋史》谓业战死长城北口，当在云中，非古北口也。考王曾《行程录》，已云古北口内有业祠。盖辽人重业之忠勇，为之立庙。辽人亲与业战，曾奉使时，距业仅数十年，岂均不知业殁于何地？《宋史》则元季托克托所修，（托克托旧作脱脱，盖译音未审。今从《三史国解》。）距业远矣，似未可据后驳前也。

【译文】

杨令公祠在古北口内，是奉祀宋代将军杨业的。顾亭林《昌平山水记》一文，根据《宋史》，说杨业在长城北口战死，应当在云中郡，并非在古北口。据王曾《行程录》考查，已经说到古北口内有杨业的祠堂。因为辽国人敬重杨业的忠心英勇，所以为他建造这个祠堂。辽国人亲自与杨业作战，王曾奉命出使辽国时，距离杨业牺牲只有几十年，难道都不知杨业在什么地方战死的吗？《宋史》是元代末年托克托编写的（托克托，过去译作脱脱，这是译音不准确。这里根据《三史国语解》），距离杨业的时代已经很遥远了，好像不应该用后人的说法来否定前人的说法吧！

避暑山庄细草

余校勘秘籍，凡四至避暑山庄：丁未以冬、戊申以秋、己酉以夏、壬子以春，四时之胜胥览焉。每泛舟至文津阁，山容水意，皆出天然，树色泉声，都非尘境；阴晴朝暮，千态万状，虽一鸟一花，亦皆入画。其尤异者，细草沿坡带谷，皆茸茸如绿罽，高不数寸，齐如裁剪，无一茎参差长短者。苑丁谓之规矩草。出宫墙才数步，即鬖髿滋蔓矣。岂非天生嘉卉，以待宸游哉！

【译文】

我因为校勘皇室的典籍，四次到避暑山庄：丁未年的冬天，戊申年的秋天，己酉年的夏天，壬子年的春天。四季的风景都游赏过了。每次泛舟到文津阁，只见山的容颜、水的意韵，都是天然模样；树木姿态、流泉声响，都不是尘世的境界。阴晴朝暮，千态万状，即使一只鸟一朵花，也可以写入画图之中。其中特别奇怪的是，沿坡连谷的细草，都是绿茸茸的像地毯一样，只有几寸高，整齐得像裁剪出来似的，没有一棵长一棵短。园丁称这些细草为规矩草。出了山庄围墙才几步远，这种草就参差不齐随意滋长了。这难道不是天生美好的草木，等待皇上来游玩吗！

张　子　克

李又聃先生言：有张子克者，授徒村落，岑寂寡俦。偶散步场圃间，遇一士，甚温雅。各道姓名，颇相款洽。自云家住近村，里巷无可共语者，得君如空谷之足音也。

因共至塾，见童子方读《孝经》。问张曰："此书有今文古文，以何为是？"张曰："司马贞言之详矣。近读《吕氏春秋》，见《审微》篇中引诸侯一章，乃是今文。七国时人所见如是，何处更有古文乎？"其人喜曰："君真读书人也。"自是屡至塾。张欲报谒，辄谢以贫无栖止，夫妇赁住一破屋，无地延客。张亦遂止。一夕，忽问："君畏鬼乎？"张曰："人未离形之鬼，鬼已离形之人耳，虽未见之，然觉无可畏。"其人恶然曰："君既不畏，我不欺君，身即是鬼。以生为士族，不能逐焰口争钱米。叨为气类，求君一饭可乎？"张契分既深，亦无疑惧，即为具食，且邀使数来。考论图籍，殊有端委。偶论太极无极之旨，其人怫然曰："于传有之：'天道远，人事迩。'《六经》所论皆人事，即《易》阐阴阳，亦以天道明人事也。舍人事而言天道，已为虚杳；又推及先天之先，空言聚讼，安用此为？谓君留心古义，故就君求食。君所见乃如此乎？"拂衣竟起，倏已影灭。再于相遇处候之，不复睹矣。

【译文】

李又聃先生说：有位叫张子克的人，在村子里教书，生活寂寞，没有朋友。有一次，他到晒谷场散步，碰到一位读书人，态度温和文雅。各自通名道姓，交谈得很融洽。读书人说，他家住在附近，乡下没有人可以交谈，碰上您真像荒凉的山谷传来人的脚步声一样。两人走到学堂，学生们正在读《孝经》。读书人问张子克说："这本书有今文、古文之分，哪一种对呢？"张子克说："司马贞已经讲得够清楚的了。最近读到《吕氏春秋》，看见《审微》这一章里引用诸侯的一段，竟是今文。战国时代的人所见的文字便是这个样子,哪里还有另外的古文呢?"读书人高兴地说:"您是真正的读书人。"从此,经常到学堂来聊天。张子克想回访,读书人都谢绝了,说是家庭贫困,没有住的地方,夫妻只租了一间破房子住,实在没有地方可以接待客人。张子克也就不再要求回访了。有一天晚上,读书人忽然问道:"您怕鬼吗?"张子克说:"人是没有脱离形体的鬼,鬼是已经脱离形体的人,虽然我没有见过鬼,不过我觉得没有什么可怕的。"读书人惭愧地说:"您既然不怕,我也不再隐瞒了,我就是鬼。因为生时是读书人,现在不愿意和其他鬼魂一样,到人家放焰口时去争抢钱米。我和你都是读书人,请您让我吃一顿好吗?"张子克和读书人交情已深,也没有什么好怕的,就马上给他准备饮食,而且请他经常来。读书人考察议论古代经典图书,讲来头头是道。一次偶尔谈论太极无极的内容,读书人很不高兴地说:"古人解释道:'自然界的道理很遥远,人世间的道理很切近。'《六经》谈的都是人世间事,即使是《易经》阐释阴阳,也是要借自然界的道理阐明人世间的事。舍弃人间的事情去谈论自然界的道理,已经是虚无空洞的了。还要推论到自然界以前的情况,用毫无根据的议论相互争论,有什么用呢?我认为您注意古代经籍的义理,所以才向您要求饮食。您的见解竟然也这样吗?"说着,他提了提衣裳站起身来,一下子就不见了。张子克再到和读书人认识的地方等候,可是再也见不到了。

堕 楼 姬

余督学闽中时,院吏言:雍正中,学使角一姬堕楼死,不闻有他故,以为偶失足也。久而有泄其事者,曰姬本山东人,年十四五,嫁一窭人子。数月矣,夫妇甚相得,形影不离。会岁饥,不能自活,其姑卖诸贩鬻妇女者。与其夫相抱,泣彻夜,啮臂为志而别。夫念之不置,沿途乞食,兼程追及贩鬻者,潜随至京师。时于车中一觌面，幼年怯懦，惧遭诃詈，不敢近，相视挥涕而已。既入官媒家，时时候于门侧，偶得一睹，彼此约勿死，冀天上人间，终一相见也。后闻为学使所纳，因投身为其幕友仆，共至闽中。然内外隔绝，无由通问，其妇不知也。一日病死，妇闻婢媪道其姓名、籍贯、形状、年齿，始知之。时方坐笔捧楼上，凝立良久，忽对众备言始末，长号数声，奋身投下死。学使讳言之，故其事不传。然实无可讳也。大抵女子殉夫，其故有二：一则揩柱纲常，宁死不辱。此本乎礼教者也。一则忍耻偷生，苟延一息，冀乐昌破镜，再得重圆；至望绝势穷，然后一死以明志。此生于情感者也。此女不死于贩鬻之手，不死于媒氏之家，至玉玷花残，得故夫凶问而后死，诚为太晚。然其死志则久定矣，特私爱缠绵，不能自割。彼其意中，固不以当死不死为负夫之恩，直以可待不待为辜夫之望。哀其遇，悲其志，惜其用情之误，则可矣；必执《春秋》大义，责不读书之儿女，岂与人为善之道哉！

【译文】
　　我担任福建督学时，学院的官吏说，雍正年间，有个学使的姬妾跳楼而死，没有听说有什么原因，都认为是偶然失足跌死的。时间长了，有人把这件事的原因泄露出来，说姬妾本来是山东人，十四五岁时嫁给一个穷青年。结婚几个月，夫妻非常恩爱，形影不离。当年灾荒，这家人无法生活，她婆婆就把她卖给贩卖妇女的人贩子。她和丈夫相互拥抱，哭了一夜，相互在手臂上咬出痕迹作为标志，才分别了。丈夫非常想念她，就一路讨饭，日夜赶路追赶那人贩子，偷偷地跟到了京城。有时在马车里见上一面，但丈夫年轻胆怯，怕挨人贩子责骂，不敢靠近，于是两人只得相对流泪。姬妾到了官媒的家里，经常在大门边等待丈夫。有一次见了面，两人相约不可寻死，希望将来有一天，能够重逢。后来，丈夫听说妻子被学使收为姬妾，他就卖身做了学使幕僚的仆人，一起到了福建。但是，内外隔绝，丈夫和妻子不通音讯，妻子并不知道丈夫已到福建。有一天丈夫病死了。他妻子听到家中女仆、丫头讲到这个人的姓名、籍贯、相貌、年龄，才知道是自己的丈夫。当时，妻子正在捧笔楼上坐着，听到丈夫的死讯，就站起身来，凝神想了很久，忽然，她对着众人，把他们夫妻的事情详详细细地讲了一通，又高声哭叫了几声，就跳楼死了。学使忌讳人家讲这件事，所以一直没有传出来。不过，实在没有什么好忌讳的。大致上女子为丈夫舍生，原因有两个：一种是为了坚守三纲五常，宁死也不受侮辱。这是以礼教为根本的。一种是忍辱偷生，苟延生命，希望像乐昌公主一样破镜重圆，到了绝望无路的时候，然后自尽，以表明自己的心志。这是由于感情而产生的。这个女人在人贩子手中不死，在官媒家中不死，直到成了残花败柳，听到原来丈夫的死讯后才自尽，实在太晚了。不过，她寻死的想法早就定了，只因爱恋原来丈夫的感情缠绕在心头，不能忘却，所以没有去死。在她的心目中，本来不把当死而不死当作辜负丈夫的恩情，而是把可待而不待看作辜负丈夫的希望。为她的遭遇感到伤心，可怜她的愿望，可惜她用情的失误，这就可以了；何必拿着《春秋》里的大道理，去责备那些没有读过书的青年男女呢？这难道是与人为善的态度么？

纪　　生

壬申七月，小集宋蒙泉家，偶谈狐事。聂松岩曰：贵族有一事，君知之乎？曩以乡试在济南，闻有纪生者，忘其为寿光为胶州也。尝暮遇女子独行，泥泞颠踬，倩之扶掖。念此必狐女，姑试与昵，亦足以知妖魅之情状。因语之曰："我识尔，尔勿诳我。然得妇如尔亦自佳。人静后可诣书斋，勿在此相调，徒多迂折。"女子笑而去。夜半果至，狎媟者数夕，觉渐为所惑，因拒使勿来。狐女怨詈不肯去。生正色曰："勿如是也。男女之事，权在于男。男求女，女不愿，尚可以强暴得；女求男，男不愿，则心如寒铁，虽强暴亦无所用之。况尔为盗我精气来，非以情合，我不为负尔情。尔阅人多矣，难以节言，我亦不为堕尔节。始乱终弃，君子所恶，为人言之，不为尔曹言之也。尔何必恋恋于此，徒为无益？"狐女竟词穷而去。乃知一受蛊惑，缠绵至死，符箓不能驱遣者，终由情欲牵连，不能自割耳。使泊然不动，彼何所取而不去哉！

【译文】

　　壬申年七月，众人在宋蒙泉家聚会，谈到狐精的故事。聂松岩说：您家族里有一件事，您知道吗？从前我在济南乡试的时候，听说有一位纪秀才，已经忘记他是寿光人还是胶州人了，晚上碰到一位独自走路的女子，在泥泞道路上艰难地走着，请求纪秀才拉一把。纪秀才心想，她一定是狐女，我试同她亲热，也可以了解妖怪迷人的情形，就对她说："我认识你，你不要骗我。不过，有妻子像你一样也是好事。等夜深人静后你直接来书房，不要在这里调情，白费曲折。"女子笑着就走了。半夜，女子果然前来，相互调情。过了几天，纪秀才觉得有点被迷惑了，就拒绝女子，叫她不要再来。狐女怨愤谩骂，不肯离开。纪秀才严肃地说："不要这样呀！男女结合，主动权在男方。男方追求女方，女方不愿意，男方还可以强暴她。女方追求男方，男方不愿意，那就心像寒冷的铁铸成似的，即使女方硬要强暴也没有用的。何况你是为盗取我的精气而来，并非因为有感情和我结合，我也不是辜负你的感情。你结交的人很多，很难讲什么贞节，我也不是破坏你的贞节。开始结合，最后抛弃，是君子所厌恶的，但这是对人来说的，不是对你们来说的。你何必恋恋不舍地赖在这里，白做这种没有好处的事呢？"狐女无话可说，只好走了。从这件事可以知道，一旦受到迷惑，纠缠不清直到死亡，连道佛的符箓都不能把妖怪赶走的人们，原来是因为被情欲所控制，不能够自己割舍罢了。如果自己淡然处之，感情不波动，她还能盗取什么而不肯走呢！

狐女报复

法南野又说一事曰：里有恶少数人，闻某氏荒冢有狐，能化形媚人。夜携罝罦布穴口，果掩得二牝狐。防其变幻，急以锥刺其髀，贯之以索，操刃胁之曰："尔果能化形为人，为我辈行酒，则贷尔命。否则立磔尔！"二狐嗥叫跳掷，如不解者。恶少怒，刺杀其一。其一乃人语曰："我无衣履，及化形为人，成何状耶？"又以刃拟颈。乃宛转成一好女子，裸无寸缕。众大喜，迭肆无礼，复拥使侑觞，而始终挈索不释手。狐妮妮软语，祈求解索。甫一脱手，已瞥然逝。归未到门，遥见火光，则数家皆焦土，杀狐者一女焚焉。知狐之相报也。狐不扰人，人乃扰狐，"多行不义"，其及也宜哉。

【译文】

法南野又讲了一件事：乡下有几个品行恶劣的青年，听说某家荒坟中有狐精，能够变化形状，迷惑人们。于是，乘夜色带着捕野兽的网，布置在狐狸洞口，果然抓到两只雌狐。为了防止狐狸变形，连忙用锥子刺穿狐狸的大腿，用绳索穿过吊住，拿着刀威胁说："你们如果能变成人形，侍候我们喝酒，就饶你们的性命，否则立即把你们杀了！"两只狐狸又叫又跳，就像听不懂似的。这些青年大怒，杀了一只狐狸。另一只狐狸才口吐人言说："我没有衣服，变化成人形，成什么样子呢？"青年又把刀架在狐狸的颈上，这狐狸才变成一个漂亮女人，一丝不挂。众人大喜，轮流进行非礼，又抱住狐女，让她侍候饮酒，但那条绳索却一直抓住不肯松手。狐女温柔地讲好话，请求解开绳索。青年刚一松手，狐女马上就逃走了。这些品行恶劣的青年还没有回到家，就远远看见了火光，原来他们几家都被烧光了。杀死狐狸的人，有个女儿也被烧死了。这才知道是狐精的报复。狐狸精没有骚扰人，人却去攻击狐精，做了很多缺德的事，这种结局也是应该的了。

妖魅知邪正

田白岩说一事曰：某继室少艾，为狐所媚，劾治无验。后有高行道士，檄神将缚至坛，责令供状。金闻狐语曰："我豫产也，偶挞妇，妇潜窜至此，与某昵。我衔之次骨，是以报。"某忆幼时果有此，然十余年矣。道士曰："结恨既深，自宜即报，何迟迟至今？得无刺知此事，假借藉口耶？"曰："彼前妇贞女也，惧干天罚，不敢近。此妇轻佻，乃得诱狎。因果相偿，鬼神弗罪，师又何责焉？"道士沉思良久，曰："某昵尔妇几日？"曰："一年余。""尔昵此妇几日？"曰："三年余。"道士怒曰："报之过当，曲又在尔，不去，且檄尔付雷部！"狐乃服罪去。清远先生（蒙泉之父）曰："此可见邪正之念，妖魅皆得知。报施之理，鬼神弗能夺也。"

【译文】

　　田白岩讲过一个故事：某人的填房很年轻，被狐精迷惑，某人虽多方求符咒法术制服，却没有效果。后来，有个道行很高的道士，派神将把狐精缚到祭坛前面，责令狐精招供罪行。大家都听到狐精说："我是河南出生的，有一次打老婆，老婆偷偷地跑到这里，和某人亲热起来。我恨之入骨，这次是报复他。"某人回忆年轻时果然有这件事，但已经过去十几年了。道士说："结下这么深的仇恨，本来应该马上报复，怎么会拖延到今日？莫不是你探听到某人过去这件事，用来作借口吧？"狐精说："他的亡妻是贞节的女人，我怕上天惩罚，不敢去接近她。这个填房行为轻佻，我才能引诱调戏。因果报应，鬼神都不加罪，法师为什么责备我呢？"道士想了很久，说："某人和你老婆亲热了几天？"狐精说："一年多。"道士说："你玩弄这个妇女有几天？"狐精说："三年多。"道士生气地说："报复超过恰当的程度，错误就又在你身上了，你不离开这妇女，我就把你送到雷部受罚了。"狐精才表示服罪，就走了。清远先生（蒙泉的父亲）说："由此可见，邪恶与正直的思想，妖怪也都能知道。施与和报答的道理，鬼神也不能改变呀！"

狐　　妾

　　清远先生亦说一事曰：朱某一婢，粗材也。稍长，渐慧黠，眉目亦渐秀媚，因纳为妾。颇有心计，摒挡井井，米盐琐屑，家人纤毫不敢欺，欺则必败。又善居积，凡所贩鬻，来岁价必贵。朱以渐裕，宠之专房。一日，忽谓朱曰："君知我为谁？"朱笑曰："尔颠耶？"因戏举其小名曰："尔非某耶？"曰："非也，某逃去久矣，今为某地某人妇，生子已七八岁。我本狐女，君九世前为巨商，我为司会计。君遇我厚，而我干没君三千余金。

冥谪堕狐身，炼形数百年，幸得成道。然坐此负累，终不得升仙。故因此婢之逃，幻其貌以事君。计十余年来，所入足以敌所逋。今尸解去矣。我去之后，必现狐形。君可付某仆埋之，彼必裂尸而取革，君勿罪彼。彼四世前为饿殍时，我未成道，曾啖其尸。听彼碎磔我，庶冤可散也。"俄化狐仆地，有好女长数寸，出顶上，冉冉去；其貌则别一人矣。朱不忍而自埋之，卒为此仆窃发，剥卖其皮。朱知为夙业，浩叹而已。

【译文】

　　清远先生也说了一个故事：朱某有个婢女，长得很粗笨。年纪大了些，慢慢聪明起来，模样也变得清秀妩媚。朱某就把她收为姬妾。她相当有主意，料理家务井井有条，柴米油盐之类琐碎的账目，家中的人一点儿也不敢欺骗她，如果欺骗了她，也一定会被她查出。她又善于囤积收藏，凡是她买来准备交易的东西，明年一定涨价。因此，朱家渐渐富裕起来，朱某也更加宠爱她。有一天，她忽然对朱某说："您知道我是谁？"朱某笑道："你是在说疯话吗？"随即提起她的小名，说："你不就是某某吗？"她说："不是。你说的某某，早就逃走了，现在在某个地方做人家的妻子，孩子也已经七八岁了。我本来是个狐女。您九世以前是个富商，我替您管财务。您对我很宽厚，我却私吞了三千多两银子。阴司罚我投胎成狐狸，修炼了几百年，才有幸得了道。不过，因为这件事的负担拖累，我始终不能升为神仙。因此，在这个婢女逃走之后，我变作她的模样来侍奉您。估计十几年来，我为你收入的钱财可以抵偿当年私吞的数目了。现在，我要尸解去了。我死之后，遗骸一定现出狐狸的模样。你可以吩咐仆人某某去掩埋。他一定剥去我的狐皮拿走，你不要去怪罪他。四世以前，他曾经饿死，我还没有得道，曾经吃过他的尸骸。现在，听任他分割我的尸骸，大概冤仇就可以消散了。"一会儿，就变成了狐狸，倒在地上。有一个美丽的女子，只有几寸长,从狐狸尸首的头上慢慢地升起飘走了。这个女子的模样,又是另外一个人。朱某于心不忍,自己把狐尸掩埋了,但最后仍然被那个仆人偷偷地挖出来,剥下狐皮卖掉。朱某知道这是注定的冤孽,只好感叹一番罢了。

贺某背木

从孙树棍言:高川贺某,家贫甚。逼除夕,无以卒岁,诣亲串借贷无所得,仅沽酒款之。贺抑郁无聊,姑浇块垒,遂大醉而归。时已昏夜,遇老翁负一囊,蹩躠不进,约贺为肩至高川,酬以雇值。贺诺之,其囊甚重。贺私念方无度岁资,若攘夺而逸,龙钟疲叟,必不能追及。遂尽力疾趋,翁自后追呼,不应。狂奔七八里,甫得至家,掩门急入。呼灯视之,乃新斫杨木一段,重三十余斤,方知为鬼所弄。殆其贪狡之性,久为鬼恶,故乘其窘而侮之。不然,则来往者多,何独戏贺?是时未见可欲,尚未生盗心,何已中途相待欤?

【译文】

侄孙树棍说:高川县的贺某,家中十分贫穷。靠近除夕,没法过年,就到亲戚朋友处借钱。亲戚朋友又不借,只是请他喝酒。贺某心情苦闷,就借酒浇愁,喝得大醉回家。当时天色昏黑,他碰到一个老头,背着一只口袋,步履艰难。老头请贺某替他把口袋背到高川,说给贺某工钱。贺某同意了。贺某背上口袋,觉得很重,心中想,正没有钱过年,如果背着口袋夺路而逃,老头子老态龙钟,一定追不上。想罢,贺某用全力快跑,老头子在后面又喊又追,贺某却不理睬。他发狂似的跑了七八里路,才到自己家门口,连忙进去,把大门关上。取过灯来一看,所背的竟然是一段刚砍下来的杨木，重三十多斤。贺某这才知道，是被鬼作弄了。大概贺某性格狡猾贪婪，早就被鬼厌恶了，所以趁贺某穷困无奈的时候作弄他。不然的话，路上来往的人很多，为什么只戏弄贺某呢？当初，贺某还没有出现贪心，还没有出现抢掠的想法，为什么老头子已经在路上等候他呢？

张 子 仪

树棂又言：垛庄张子仪，性嗜饮，年五十余，以寒疾卒。将敛矣，忽苏曰："我病愈矣。顷至冥司，见贮酒巨瓮三，皆题'张子仪封'字；其一已启封，尚存半瓮，是必皆我之食料，须饮尽方死耳。"既而果愈，复纵饮二十余年。一日，谓所亲曰："我其将死乎！昨又梦至冥司，见三瓮酒俱尽矣。"越数日，果无疾而卒。然则《补录纪传》载李卫公食羊之说，信有之乎！

【译文】
树棂又说：垛庄的张子仪，喜欢饮酒，五十多岁时，生寒病死去。家人收殓他的遗骸时，他忽然苏醒了过来，说："我病好了。刚刚到阴间，看见有大酒缸三只，都贴上'张子仪封'字样。其中一只缸已经打开，还有半缸酒。这些一定都是我的饮料，必须喝光才会死呀。"接着，病果然痊愈了，又痛痛快快地喝了二十多年酒。有一天，他对亲属说："我大概快死了。昨天做梦又到阴间，看见那三缸酒都空了。"过了几天，果然无病就去世了。那么，《补录纪传》记载的李卫公吃羊的故事，也可以相信是有的吧！

神　豆

　　宝坻王孝廉锦堂言：宝坻旧城圮坏，水啮雨穿，多成洞穴，妖物遂窟宅其中。后修城时，毁其旧垣，失所凭依，遂散处空宅古寺，四出祟人，男女多为所媚。忽来一道士，教人取黑豆四十九粒，持咒炼七日，以击妖物，应手死。锦堂家多空屋，遂为所据；一仆妇亦为所媚。以道人所炼豆击之，忽风声大作，似有多人喧呼曰："太夫人被创死矣！"趋视，见一巨蛇，豆所伤处，如铳炮铅丸所中。因问道士："凡媚女者必男妖，此蛇何呼太夫人？"道士曰："此雌蛇也。蛇之媚人，其首尾皆可以嚼精气，不必定相交接也。"旋有人但闻风声，即似梦魇，觉有吸其精者，精即涌溢。则道士之言信矣。又一人突见妖物，豆在纸裹中，猝不及解，并纸掷之，妖物亦负创遁。又一人为女妖所媚，或授以豆。耽其色美，不肯击，竟以陨身。夫妖物之为祟，事所恒有，至一时群聚而肆毒，则非常之恶，天道所不容矣。此道士不先不后，适以是时来，或亦神所假手欤！

【译文】
　　宝坻县王锦堂举人说：宝坻的旧城墙破落损坏，水冲雨打，形成许多洞穴，妖怪就在洞穴中安身。后来修建城墙，把旧城墙拆毁了，那些妖怪没有地方藏身，就分散到空屋和古老寺院里，并四出作怪害人，许多男女都被妖怪迷惑。一天，城里突然来了一位道士，让人拿黑豆四十九粒，用符咒炼七日，再用黑豆去掷击妖怪，妖怪碰上就死。王锦堂家里空屋很多,被妖怪占据,一个女仆也被妖怪迷住。人们用道士炼的黑豆掷过去,忽然风声大作,好像有许多人在乱喊:"太夫人被打死了!"走近一看,有一条大蛇。黑豆击伤的地方,像铳炮的铅弹打中一般。王锦堂就问道士:"凡是迷惑女人的一定是男妖,这条蛇怎么叫做太夫人呢?"道士说:"这是雌蛇。蛇迷惑人,它的蛇头、蛇尾都可以吸取人的精液元气,不一定要性交的。"不久,有人听到了一阵风声,就马上像做梦一样,觉得有东西在吸取他的精液,精液马上就流了出来。道士的话,果然是可信的了。又有一个人突然看见妖怪,就取了纸包的黑豆,也来不及打开,连纸包一起扔过去,妖怪也负伤逃走了。还有一个人被女妖所迷惑,人家给他那种黑豆,他却贪恋美色,不肯投掷妖怪,最后送了性命。妖怪害人的事是常有的,至于一下子有大群的妖怪出来作祟,那罪恶就特别大了,上天是不允许的。这位道士不先不后,刚好这个时候到来,或者也是神灵借他的手来惩罚妖怪吧?

侍 郎 夫 人

某侍郎夫人卒,盖棺以后,方陈祭祀,忽一白鸽飞入帏,寻视无睹。俶扰间,烟焰自棺中涌出,连甍累栋,顷刻并焚。闻其生时,御下严:凡买女奴,成券入门后,必引使长跪,先告诫数百语,谓之教导;教导后,即褫衣反接,挞百鞭,谓之试刑。或转侧,或呼号,挞弥甚。挞至不言不动,格格然如击木石,始谓之知畏,然后驱使。安州陈宗伯夫人,先太夫人姨也,曾至其家。常曰其僮仆婢媪,行列进退,虽大将练兵,无如是之整齐也。又余常至一亲串家,丈人行也,入其内室,见门左右悬二鞭,穗皆有血迹,柄皆光泽可鉴。闻其每将就寝,诸婢一一缚于凳,然后覆之以衾,防其私遁或自戕也。后死时，两股疽溃露骨，一若杖痕。

【译文】
　　有个侍郎的夫人死了，装进棺材以后，正安放祭祀，忽然有一只白鸽从外面飞入帐幔里，人们到处寻找，却又找不到。正在忙乱的时候，从棺材里冲出浓烟大火，把棺木连房屋都一下子烧光了。听说这夫人生前对奴仆十分严酷：凡买进女奴，签了契约进家门后，一定要让女奴跪下，先警告一通，叫做教导；教导之后，就把女奴衣服剥掉，反绑双手，打一百鞭子，叫做试刑。如果挣扎、叫喊，就打得更凶。一直打到不敢叫喊不敢挣扎，就像鞭打木头石块那样格格作声，才叫做知畏，然后再供她驱使。安州陈宗伯的夫人，是我先母太夫人的姨辈，曾经到过侍郎夫人家里，经常说起她家的男女仆人都要列队行动，即使是大将军训练士兵，也没有这样整齐有序。还有一位老前辈，是我的亲戚。我常常到他家去，进他的内室，只见门的左右挂着两条鞭子，鞭上都有血迹，鞭柄都磨得很光滑，能照见人影。听说，他要睡觉时，把婢女一个个缚在长凳子上，然后再盖上被子，防止婢女逃走或者自杀。后来他死的时候，两条大腿生疮腐烂，骨头都露出来，仿佛是鞭打的痕迹。

治殴伤方

　　刑曹案牍，多被殴后以伤风死者，在保辜限内，于律不能不拟抵。吕太常含晖，尝刊秘方：以荆芥、黄蜡、鱼鳔三味（鱼鳔炒黄色）各五钱，艾叶三片，入无灰酒一碗，重汤煮一炷香，热饮之，汗出立愈；惟百日以内，不得食鸡肉。后其子慕堂，登庚午贤书，人以为刊方之报也。

【译文】
　　刑事案件中,有许多人被殴打以后,因感受风寒而死,被打者如在治伤期中死亡,按照法律,打人者必须抵罪。太常寺卿吕含晖,曾经公布一个治伤的秘方:用荆芥、黄蜡、鱼鳔(鱼鳔炒成黄色)三味各五钱,艾叶三片,加入无灰酒一碗,浓汤,煮一炷香的功夫,趁热服下,发汗后伤就好了。但一百天内,不能吃鸡肉。后来,他的儿子慕堂,在庚午年考中举人,人们认为这是公布秘方的善报。

骰 子 咒

　　《酉阳杂俎》载骰子咒曰:"伊帝弥帝,弥揭罗帝。"诵至十万遍,则六子皆随呼而转。试之,或验或不验。余谓此犹诵驴字治病耳。大抵精神所聚,气机应之。气机所感,鬼神通之。所谓"至诚则金石为开"也。笃信之则诚,诚则必动;姑试之则不诚,不诚则不动。凡持炼之术,莫不如是,非独此咒为然矣。

【译文】
　　《酉阳杂俎》记载骰子咒说:"伊帝弥帝,弥揭罗帝。"念到十万次,那六颗骰子就由你指挥转动了。有人试验过,有时灵验,有时则不灵验。我说,这好比念"驴"字可以治病一样。大概精神集中,气势契机就有反应。气势契机推动,连鬼神也沟通了。这就是人们常说的"达到了至诚的程度,连金属石头也会感动得裂开"。坚信就有诚心,有诚心就一定能感动鬼神。如果只是抱着试试看的态度,就说明没有诚心,没有诚心,就感动不了鬼神。凡是修炼的法术,都是这样,并非只是骰子咒如此。

误迁妇柩

旧仆兰桂言：初至京师，随人住福清会馆，门以外皆丛冢也。一夜月黑，闻汹汹喧咄声、哭泣声，又有数人劝谕声。念此地无人，是必鬼斗；自门隙窃窥，无所睹。屏息谛听，移数刻，乃一个迁其妇柩，误取他家柩去。妇故有夫，葬亦相近，谓妇为此人所劫，当以此人妇相抵。妇不从而诟争也。会逻者鸣金过，乃寂无声。不知其作何究竟，又不知此误取之妇他年合窆又作何究竟也。然则谓鬼附主而不附墓，其不然乎！

【译文】

以前的仆人兰桂说：刚到京城时，跟人家住在福清会馆，门外都是坟堆。一个没有月亮的黑夜，他听到吵吵闹闹的声音、哭泣的声音，又有几个人劝告解释的声音。他想，这个地方没有人居住，一定是鬼打架。他从门缝偷看，又看不到什么。屏息静听，过了一些时间才听清楚：原来是一个人来搬迁妻子的棺材，错把别人老婆的棺材搬走了。这个被迁走的妇女也有丈夫葬在附近，说自己的老婆被人抢走了，要用迁棺者的老婆抵偿。那个女人不肯，大家叫骂争斗。刚好这时巡逻的人敲着锣走过，这些鬼就不再作声了。不知道最后怎样，也不知道被错迁的妇女将来和那边男人合葬时又会怎么样。如此说来，说鬼魂依附神主牌而不依附坟墓，大概是错误的吧！

放 生 咒

虞惇有佃户孙某，善鸟铳，所击无不中。尝见一黄鹂，命取之。孙启曰："取生者耶？死者耶？"问："铁丸冲击，安能预决其生死？"曰："取死者直中之耳，取生者则惊使飞而击其翼。"命取生者。举手铳发，黄鹂果堕。视之，一翼折矣。其精巧如此。适一人能诵放生咒，与约曰："我诵咒三遍，尔百击不中也。"试之果然。后屡试之，无不验。然其词鄙俚，殆可笑噱，不识何以能禁制。又凡所闻禁制诸咒，其鄙俚大抵皆似此，而实皆有验，均不测其所以然也。

【译文】
　　虞惇有个雇工孙某，很会打鸟枪，百发百中。我曾看见一只黄鹂鸟，叫他射击。孙某问道："要活鸟还是要死鸟？"我问："铁弹子猛打过去，怎能预知是死是活呢？"孙某说："要死鸟就直接命中，要活鸟就先惊吓它起飞，然后打它的翅膀。"我告诉他要活鸟。孙某抬枪射去，黄鹂鸟果然掉下来。拿过来一看，一边的翅膀被打断了。孙某的枪法就是这样高明。恰好有一个人会念放生咒，就和孙某约定说："我念三遍咒语，你就会百发不中。"试验一下，果然如此。不过放生咒的词语十分粗俗可笑，不知怎会有阻止的力量。凡是我听到的有阻止力量的咒语，大抵都是这样粗俗的，可是试验都有效，真不知是什么原因。

小儿吞铁物方

　　蔡葛山先生曰："吾校四库书，坐讹字夺俸者数矣，惟一事深得校书力：吾一幼孙，偶吞铁钉，医以朴硝等药攻之，不下，日渐尪弱。后校《苏沈良方》，见有小儿吞铁物方，去剥新炭皮研为末，调粥三碗，与小儿食，其铁自下。依方试之，果炭屑裹铁钉而出。乃知杂书亦有用也。此书世无传本，惟《永乐大典》收其全部。"余领书局时，属王史亭排纂成帙。苏沈者，苏东坡、沈存中也，二公皆好讲医药。宋人集其所论，为此书云。

【译文】
蔡葛山先生说：我校勘四库全书时，因为校错文字而被罚了好几次俸禄。只有一件事，真可以说是因校勘图书而得了意外的收获。我有个小孙子，意外吞下一枚铁钉，医生用朴硝等药物催泻，但铁钉并没有泻下来，人却一天天瘦弱了。后来，我校勘《苏沈良方》，见有小儿吞铁物方，说剥取新炭的皮，磨成粉末，用它调三碗粥，给小孩子吃了，铁物自然会泻出来。我按照药方试了试，果然见炭末裹着铁钉泻了出来。这才知道杂书也有用处。这本书世间没有流传本子，只有在《永乐大典》中收录全文。我在主持书局工作时，让王史亭编定成册。苏沈就是苏东坡、沈存中。这两位先生都喜欢谈论医药。宋代的人收集他们的议论，编成这本书。

叶 守 甫

叶守甫，德州老医也，往来余家，余幼时犹及见之。忆其与先姚安公言：常从平原诣海丰，夜行失道，仆从皆迷。风雨将至，四无村墟，望有废寺，往投暂避。寺门虚掩，而门扉隐隐有白粉大书字。敲火视之，则"此寺多鬼，行人勿住"二语也。进退无路，乃推门再拜曰："过客遇雨，求神庇荫；雨止即行，不敢久稽。"闻承尘板上语曰："感君有礼。但今日大醉，不能见客，奈何！君可就东壁坐，西壁蝎窟，恐遭其螫；渴勿饮檐溜，恐有蛇涎；殿后酸梨已熟，可摘食也。"毛发植立，噤不敢语。雨稍止，即惶遽拜谢出，如脱虎口焉。姚安公曰："题门榜示，必伤人多矣。而君得无恙，且得其委曲告语。盖以礼自处，无不可以礼服者；以诚相感，无不可以诚动者。虽异类无间也。君非惟老于医，抑亦老于涉世矣。"

【译文】
　　叶守甫是德州的老医生，常和我家来往，我小时候还见过他。我现在回忆起他对姚安公曾讲过一件事：他从平原县到海丰县去，晚上赶路，迷失了道路，随从的仆人也走失了。这时，眼看就要刮风下雨，周围又没有村落。只见远处有一座荒废的寺院，就想进去避风雨。寺院的大门虚掩着，门上隐隐约约有白粉写的大字。用石击火一看，却是"此寺多鬼，行人勿住"两句话。叶守甫进去又不是，不进去也不是，只好推开门行礼说："过路客人碰上下雨，请求神灵保佑。雨停就赶路，不会停留很久的。"这时，听到天花板有声音说："感谢您有礼貌，不过今天我喝醉了，不能和客人见面，怎么办呢！您可以靠着东墙坐，西墙有蝎子洞，怕你被蝎子螫着。口渴切勿喝屋檐水，怕有蛇的唾沫。大殿后面的酸梨已经成熟了，可以摘下来吃。"叶守甫一听，吓得毛发直竖，连话都说不出来。等雨稍停时，就提心吊胆地行了个礼，赶紧退出，好像虎口脱险似的。姚安公对他说："大门口写着告示，一定害过许多人了。可是你没受害，反而得到了忠告。原来，自己注重礼节，就没有人不被你的礼节所折服；用诚意来感召，就没有人不被你的诚意所感动。即使是异类，这一点也没有区别。你不但医道老到，处世也是十分老到呀！"

轻薄致祸

　　朱导江言：新泰一书生，赴省乡试。去济南尚半日程,与数友乘凉早行。黑暗中有二驴追逐行,互相先后,不以为意也。稍辨色后,知为二妇人。既而审视,乃一妪,年约五六十,肥而黑;一少妇,年约二十,甚有姿首。书生频目之。少妇忽回顾失声曰:"是几兄耶!"生错愕不知所对。少妇曰:"我即某氏表妹也。我家法中表兄妹不相见,故兄不识妹。妹则尝于帘隙窥兄,故相识也。"书生忆原有表妹嫁济南,因相款语。问:"早行何适?"曰:"昨与妹婿往问舅母疾,本拟即日返。舅母有讼事,浼妹婿入京,不能即归;妹早归为治装也。"流目送盼,情态嫣然,且微露十余岁时一见相悦意。书生心微动。至路歧,邀至家具一饭。欣然从之,约同行者晚在某所候。至钟动不来。次日,亦无耗。往昨别处,循歧路寻之,得其驴于野田中,鞍尚未解。遍物色村落间,绝无知此二妇者。再询,访得其表妹家,则表妹殁已半年余。其为鬼所惑、怪所唉,抑或为盗所诱,均不可知。而此人遂长已矣。此亦足为少年佻薄者戒也。时方可村在座,言:"游秦陇时,闻一事与此相类,后有合窆于妻墓者,启圹,则有男子尸在焉。不知地下双魂,作何相见。焦氏《易林》曰:'两夫共妻,莫适为雌。'若为此占矣。"戴东原亦在座,曰:"《后汉书》尚有三夫共妻事,君何见不广耶?"余戏曰:"二君勿喧。山阴公主面首三十人,独忘之欤!然彼皆不畏其夫者。此鬼私藏少年,不虑及后来之合窆,未免纵欲忘患耳。"东原喟然曰:"纵欲忘患,独此鬼也哉!"

【译文】

朱导江说：新泰县有个书生，到省城参加乡试。距济南还有半日路程，书生和朋友们趁清晨凉快赶路。在昏暗之中，有两头毛驴跟着他们赶路，有时在前，有时在后，大家都没有注意。天色稍为明亮之后，才看清是两个骑驴的女人。再仔细看时，一位是个老太太，约五六十岁，又胖又黑。另一位是个少妇，大约二十岁左右，相当漂亮。书生老是去看少妇。少妇忽然回头，脱口说："是表哥吗？"书生惊讶中不知道怎样回答才好。少妇说："我就是某某家的表妹呀。我们家的规矩，表兄妹不准见面，所以表哥不认识我。我过去在门帘缝里偷看过表哥，所以认得你。"书生想起原来有个表妹嫁到济南，就过去和她细谈，问她："清早赶路，去哪儿呢？"表妹说："昨天和你妹夫去看望生病的舅母，本来想当天回家。舅母家要打官司，请你妹夫到北京去，不能马上回济南。我趁早先回去给他准备行装。"说着，眼波流动，言谈之中，情意绵绵，还说到自己十几岁的时候，见过书生一面，就有好感。书生心里有点触动。走到分叉路口，表妹请书生到家中吃顿便饭。书生高兴地答应了，就和同路的人约好，晚上在某个地方等候。到约定的时间，书生没有到来。第二天，也没有消息。同路的人到昨天分手的地方，沿着岔路进去寻找，在田野里发现书生骑的毛驴，鞍子还没有解下来。找遍周围的村子，都不知道有这么两个女人。再仔细追问，才找到书生表妹的家，才知道表妹已经死去半年多了。书生究竟被鬼魂迷惑，被妖怪吃掉，还是被强盗诱拐，都不清楚。不过，从此这个书生就失踪不见了。这件事，也足以作为轻薄青年的鉴戒呀。当时，方可村也在座，他说："在游览秦、陇一带时，听到一件事和这件事相类似。有个人死了，遗骸要和早死的妻子合葬。打开妻子的坟，里面另有一具男尸在内。不知道在阴间里，这两个人的灵魂相见时会怎么样。焦氏《易林》说：'两个丈夫共有一个妻子，做妻子的无可适从。'这好像预先告诉有这种事似的。"戴东原也在座，说："《后汉书》里还有三个丈夫共有一个妻子的事情，您的见识也不算广博了。"我开玩笑地说："你们两位不要争论了。山阴公主有面首三十人，怎么忘记了呢？不过，她并不怕那些丈夫。这个鬼私下收留另一个青年，不考虑到后来丈夫要和她合葬，这未免放纵情欲忘记灾患了!"戴东原感叹地说:"放纵情欲,忘记灾患,何止只是这个鬼呢!"

娈　童

杂说称娈童始黄帝,(钱詹事辛楣如此说,辛楣能举其书名,今忘之矣。)殆出依托。比顽童始见《商书》,然出梅赜伪古文,亦不足据。《逸周书》称"美男破老",殆指是乎?《周礼》有不男之讼,注谓天阉不能御女者。然自古及今,未有以不能御女成讼者;经文简质,疑其亦指此事也。凡女子淫佚,发乎情欲之自然。娈童则本无是心,皆幼而受给,或势劫利饵言。相传某巨室喜狎狡童,而患其或愧拒,乃多买端丽小儿未过十岁者;与诸童媟戏时,使执烛侍侧。种种淫状,久而见惯,视若当然。过三数年,稍长可御,皆顺流之舟矣。有所供养僧规之曰:"此事世所恒有,不能禁檀越不为,然因其自愿。譬诸挟妓,其过尚轻;若处心积虑,凿赤子之天真,则恐干神怒。"某不能从,后卒罹祸。夫术取者造物所忌,况此事而以术取哉!

【译文】
　　传说供玩弄的男童从黄帝时就有了(钱辛楣詹事就主张这种说法,还能举出书名,现在我已经忘记了),大概是出于附会寄托。好比说顽童最早在《商书》中就有记载,但却出自梅赜的伪古文尚书,不足为据。《逸周书》里有"美丽的男子迷惑君主,离间老臣"的话,大概指的是这类人吧?《周礼》里面有因男子生理有缺陷而引起官司的记载，注释上说，这是指天生的性无能，不能和女子性交。不过，从古到今，从来没有因男子不能性交而打官司的。典籍里文字简单质朴，我疑心也是指这类事情。凡是女子性欲旺盛，是因为感情发展而自然出现的。供玩弄的男孩，本来没有性欲，都是自幼受欺骗，或者是威逼利诱而成。传说有个贵族喜欢淫乱漂亮伶俐的男孩，又怕这些男孩害羞拒绝。他就买来一些样子漂亮、年纪不超过十岁的男孩，自己和另外的男孩淫乱取乐时，让他们掌着灯烛在旁边侍候。各种性活动的姿势，都让他们多见习惯，看作是当然的事情。过三两年后，这些男孩长大了些，可供淫乐时，都像顺水行舟那样自然就范了。有个被他供养的僧人规劝他说："这种事世间常有，不能禁止施主不做。不过，要那些男孩自愿才成。这好比去嫖妓，过错还比较轻微。假如处心积虑，破坏孩子天生的童真，恐怕就要受天神的怒责了。"这个贵族不听劝告，最后终于受到灾祸。用阴谋去进行活动的人是上天所厌恶的，何况用阴谋去进行这种事情呢！

弃 儿 救 姑

东光有王莽河，即胡苏河也。旱则涸，水则涨，每病涉焉。外舅马公周篆言：雍正末，有丐妇一手抱儿，一手扶病姑涉此水。至中流，姑蹶而仆。妇弃儿于水，努力负姑出。姑大诟曰："我七十老妪，死何害！张氏数世，待此儿延香火，尔胡弃儿以拯我？斩祖宗之祀者尔也！"妇泣不敢语，长跪而已。越两日，姑竟以哭孙不食死。妇呜咽不成声，痴坐数日，亦立槁。不知其何许人，但于其姑詈妇时，知为姓张耳。有著论者，谓儿与姑较，则姑重；姑与祖宗较，则祖宗重。使妇或有夫，或尚有兄弟，则弃儿是。既两世穷嫠，止一线之孤子，则姑所责者是，妇虽死有余悔焉。姚安公曰："讲学家责人无已时。夫急流汹涌，少纵即逝，此岂能深思长计时哉！势不两全，弃儿救姑，此天理之正，而人心之所安也。使姑死而儿存，终身宁不耿耿耶？不又有责以爱儿弃姑者耶？且儿方提抱，育不育未可知。使姑死而儿又不育，悔更何如耶？此妇所为，超出恒情已万万。不幸而其姑自殒，以死殉之，其亦可哀矣！犹沾沾焉而动其喙，以为精义之学，毋乃白骨衔冤，黄泉赍恨乎！孙复作《春秋尊王发微》，二百四十年内，有贬无褒；胡致堂作《读史管见》，三代以下无完人。辨则辨矣，非吾之所欲闻也。"

【译文】
　　东光县有一条王莽河，即是胡苏河。天旱时水干见底，发大水时河流涨满，经常使人过河感到困难。岳父马周箓先生说：在雍正末年，有个讨饭妇人，一手抱着儿子，一手扶着生病的婆婆，涉水过河。走到河中间，婆婆摔倒，讨饭妇人把儿子抛到水里，用力背起婆婆出水。婆婆大骂道："我是七十岁的老太婆，死了有什么关系！张家几代人，就指望这个孩子承继香火，你为什么把儿子抛开来救我？断绝祖宗的祭祀的人，就是你呀！"讨饭妇人只是哭，不敢回答，直挺挺地跪着。过了两天，婆婆痛哭孙子，绝食而死。讨饭妇人哭到发不出声音，痴痴呆呆地坐了几天，也很快死了。不知她是哪里人，只听婆婆骂她时，知道她姓张。有人写文章议论，说儿子与婆婆比较，婆婆重要；婆婆与祖宗比较，祖宗重要。假使讨饭妇人还有丈夫，或者丈夫有兄弟，那么抛开儿子是对的。既然两代穷寡妇，只有一线单传的独子，那么婆婆的责备是对的了。这个讨饭妇人即使死后，还是应该后悔的。姚安公说："讲理学的道学家责备人真是没个完。在汹涌湍急的河流中，机会一下子就过去了，怎能有时间深思熟虑从长计议呢！在势不两全的形势下，抛开儿子去挽救婆婆，是天理的正道，也是人心可以感到安帖的。假使婆婆死了，儿子活着，讨饭妇人一生就不会于心有愧吗？不是又有人会责备她因为爱护儿子而抛弃婆婆吗？而且，儿子还只是手抱的婴儿，能否养活下去还不知道。假使婆婆淹死后儿子也养不活，讨饭妇人更不知道怎样后悔了。这个讨饭妇人的行为，超出一般情况已经许多了。她婆婆不幸自尽，她又跟着去死，这也真够悲哀的了！还有人还唾沫横飞地张口乱讲，认为是精深的理学，这不是使死者受到冤屈，阴间的灵魂也要怨恨吗？孙复写《春秋尊王发微》，对二百四十年中的人物，只有批评没有表扬。胡致堂写《读史管见》时，写到夏、商、周三代以后，就没有一个品德完美的人了。这些议论雄辩倒是够雄辩的了，只是并非我所愿意听到的。"

炼气先炼心

郭石洲言：朱明经静园，与一狐友。一日，饮静园家，大醉，睡花下。醒而静园问之曰："吾闻贵族醉后多变形，故以衾覆君而自守之。君竟不变，何也？"曰："此视道力之浅深矣。道力浅者能化形幻形耳，故醉则变，睡则变，仓皇惊怖则变；道力深者能脱形，犹仙家之尸解，已归人道，人其本形矣，何变之有！"静园欲从之学道。曰："公不能也。凡修道人易而物难，人气纯，物气驳也；成道物易而人难，物心一，人心杂也。炼形者先炼气，炼气者先炼心，所谓志气之帅也。心定则气聚而形固，心摇则气涣而形萎。广成子之告黄帝，乃道家之秘要，非庄叟寓言也。深岩幽谷，不见不闻，惟凝神导引，与天地阴阳往来消息，阅百年如一日，人能之乎?"朱乃止。因忆丁卯同年某御史，尝问所昵伶人曰："尔辈多矣，尔独擅场，何也?"曰："吾曹以其身为女，必并化其心为女，而后柔情媚态，见者意消。如男心一线犹存，则必有一线不似女，乌能争蛾眉曼睩之宠哉？若夫登场演剧，为贞女则正其心，虽笑谑亦不失其贞；为淫女则荡其心，虽庄坐亦不掩其淫；为贵女则尊重其心，虽微服而贵气存；为贱女则敛抑其心，虽盛妆而贱态在；为贤女则柔婉其心，虽怒甚无遽色；为悍女则拗戾其心，虽理诎无巽词。其他喜怒哀乐，恩怨爱憎，一一设身处地，不以为戏而以为真，人视之竟如真矣。他人行女事而不能存女心，作种种女状而不能有种种女心，此我所以独擅场也。"李玉典曰："此语猥亵不足道，而其理至精；此事虽小，而可以喻大。天下未有心不在是事而是事能诣极者，亦未有心心在是事而是事不诣极者。心心在一艺，其艺必工；心心在一职，其职必举。小而僚之丸、扁之轮，大而皋、夔、稷、契之营四海，其理一而已矣。此与炼气炼心之说，可互相发明也。"

【译文】

郭石洲说：朱静园贡生和一个狐精交朋友。有一天，在静园家中饮酒，喝得大醉，在花下睡着了。狐精酒醒后，静园问道："听说你们喝醉以后都会现原形，所以我用被子盖住你，亲自在旁边守护着。你竟然没有现原形，为什么呢?"狐精说："这就要看道行的深浅了。道行浅的能够变人形，但只是虚幻的形状罢了，所以喝醉了就现原形，睡着了也现原形，受惊害怕时也现原形。道行深的能够脱离原来的形体，就像仙人的尸解，已经变成人了，人的样子就是他本来的形状，有什么好现原形的呢！"静园想跟他学修道，狐精说:"您不能够的。修道这件事,对人比较容易,对其他品类来说比较困难。因为人的气息纯粹,其他品类的气息驳杂。修成道行来说,其他品类容易,人类较困难。因为其他品类心思集中,人类的心思较复杂。要修炼形状的人先要炼气,炼气首先要炼心,就是所谓心志是气概的统帅呀。心思镇定,那么气息聚集,形体就凝成了,心思动摇,那么气息涣散,形体就消散了。广成子报告黄帝的话,是道家修炼的真理,并非庄子那个老头讲的寓言故事呀。在深山幽谷之中,不看不听,只是集中精神修炼,与天地阴阳交换信息,经历百年就像一天似的,人能做到吗?"朱静园才打消了想法。我又联想到,有位丁卯年的科举同榜某御史,曾经询问他宠爱的戏子说:"你们同行很多,只有你的演技特别高,为什么呢?"那个戏子说:"我们男人要扮演女人,一定要把心思变成女人的心思,然后才会有温柔的感情、娇媚的姿态,让看戏的人见了销魂。如果还保留一丝男人的心思,一定会有一丝不像女子的地方,怎能在女角色中得到观众特别宠爱呢?要是登台演戏,扮贞节女子就要端正心思,即使玩笑也不要忘记贞节;扮演淫荡女子就要心思放荡,即使端正地坐着也不要掩饰那种淫荡的情态;扮高贵的女子就要心思尊贵沉稳,即使穿普通百姓的服装也要有贵族的气度;扮贫贱的女子就要心思谨慎畏缩,即使穿上漂亮衣服也要流露出卑贱的神态;扮贤惠的女子就要心思温柔婉顺,即使生气也不要变脸大骂;扮凶悍的女子要心思凶恶,即使无理也要取闹。其他喜怒哀乐、恩怨爱憎,都要一一设身处地来设想,不要当做演戏,而要当做真实的事情,那么观众看了都会认为真实了。其他同行虽然扮演女性,却没有把握女性的心思,演各种女性角色,又没有各种女性的心思,这就是我演得特别好的原因了。"李玉典说:"这番话虽然粗俗不堪,但其中道理精辟。演戏的事小,但可以比喻大事。天下间没有心思不在某件事而这件事能办得很好的,也没有全心全意办某件事而这件事办不好的。全心全意在一种技艺上,他的技艺一定高明;全心全意在一个职业上,他的职业一定干得出色。小到傻的弹丸、扁的斧头,大到皋、夔、稷、契等人管理国家,道理都是相同的。这和炼气先炼心的讲法,可以相互启发。"

书 生 拒 狐

石洲又言：一书生家有园亭，夜雨独坐。忽一女子搴帘入，自云家在墙外，窥宋已久，今冒雨相就。书生曰："雨猛如是，尔衣履不濡，何也？"女词穷，自承为狐。问："此间少年多矣，何独就我？"曰："前缘。"问："此缘谁所记载？谁所管领？又谁以告尔？尔前生何人？我前生何人？其结缘以何事？在何代何年？请道其详。"狐仓卒不能对，嗫嚅久之，曰："子千百日不坐此，今适坐此；我见千百人不相悦，独见君相悦。其为前缘审矣，请勿拒。"书生曰："有前缘者必相悦。吾方坐此，尔适自来，而吾漠然心不动，则无缘审矣，请勿留。"女赵趄间，闻窗外呼曰："婢子不解事，何必定觅此木强人！"女子举袖一挥，灭灯而去。或云是汤文正公少年事。余谓狐魅岂敢近汤公，当是曾有此事，附会于公耳。

【译文】

郭石洲又说：有个书生家中的花园有个亭子，书生在夜雨中独坐，忽然有一个女子掀开门帘走进来，自己说家在院墙外面，偷看你这位漂亮书生很久了，今夜冒雨前来相聚。书生说："这样大的雨，你的衣服鞋子都不湿，为什么呢？"女子无话可说，只好承认是狐精。书生问道："这里的青年人很多，为什么只是找我呢？"狐女说："前生注定的缘分。"书生问道："这种缘分是谁人记载的？谁人管辖？又是谁告诉你的？你前生是什么人？我前生是什么人？为什么我们会结成缘分？在哪个朝代哪一年？请详细地说说。"狐女吞吞吐吐，一下子回答不出，只好说："过去千日百日，你不坐在亭子里，今夜刚好坐在这里；我看见千人百人都不喜欢，只有看见你就喜欢，这就是前生缘分确实无疑了，请不要拒绝我。"书生说："有前生缘分的人一定相互喜欢。我正坐在这里，你刚刚从外面进来，可是我态度冷淡毫不动心，可见我们没有缘分倒是确实的了，请不要留在这里！"狐女正在进退两难的时候，听到窗外有声音喊道："这丫头真不懂事，何必一定要找这个迟钝倔强的人呢！"狐女把袖子一甩，打灭了灯盏就走了。有人说，这是汤文正公年轻时的事。我说，狐精哪敢去迷惑汤公呢，可能是另外一人的事，却附会到汤公身上罢了。

乌鲁木齐野畜

乌鲁木齐多野牛，似常牛而高大，千百为群，角利如矛矟；其行以强壮者居前，弱小者居后。自前击之，则驰突奋触，铳炮不能御，虽百炼健卒，不能成列合围也；自后掠之，则绝不反顾。中推一最巨者，如蜂之有王，随之行止。常有一为首者，失足落深涧，群牛俱随之投入，重叠殪焉。又有野骡野马，亦作队行，而不似野牛之悍暴，见人辄奔。其状真骡真马也，惟被以鞍勒，则伏不能起。然时有背带鞍花者，（鞍所磨伤之处，创愈则毛作白色，谓之鞍花。）又有蹄嵌蹄铁者，或曰山神之所乘，莫测其故。久而知为家畜骡马逸入山中，久而化为野物，与之同群耳。骡肉肥脆可食，马则未见食之者。又有野羊，《汉书·西域传》所谓羱羊也，食之与常羊无异。又有野猪，猛鸷亚于野牛，毛革至坚，枪矢弗能入，其牙铦于利刃，马足触之皆中断。吉木萨山中有老猪，其巨如牛，人近之辄被伤；常率其族数百，夜出暴禾稼。参领额尔赫图牵七犬入山猎，猝与遇，七犬立为所啖，复厉齿向人。鞭马狂奔，乃免。余拟植木为栅，伏巨炮其中，伺其出击之。或曰："倘击不中，则其牙拔栅如拉朽，栅中人危矣。"余乃止。又有野驼，止一峰，脔之极肥美。杜甫《丽人行》所谓"紫驼之峰出翠釜"，当即指此。今人以双峰之驼为八珍之一，失其实矣。

【译文】

烏鲁木齐有很多野牛，样子像平常的牛，却高大许多，千百头为一群，牛角锋利得像矛的尖端一样。它们行走时，强壮的牛在前面，瘦弱幼小的牛在后面。如果面对它们射击，牛群就狂跑冲撞，枪炮也顶不住，即使上百名训练有素的士兵，也不能把它们包围。如果从牛群后面去抓捕，牛群则一点也不回头。它们会拥戴一只最强壮的，像蜂有王一样，其他的牛跟着它或走或停。所以经常会发生一只带头的牛失足跌落深谷，其他的牛跟着跳下，重重叠叠地摔死的事。又有野骡野马，也是成群生活，但不像野牛那样凶暴，看见人就跑掉。它们的形状像真骡真马，只是给它们装上鞍子嚼子，它们就趴在地下，站不起来。不过，有时野骡野马的背上带有鞍花，（马鞍磨伤的地方，伤好之后皮毛变成白色，叫做鞍花。）又有蹄子上装有马蹄铁的，有人说是山神的坐骑，不知道出现这种情况的原因。时间长了，才知道是家畜的骡马逃到山里，时间一长就变为野生畜类，和野骡野马结成一群。骡肉又肥又脆，可以食用，但没有看到人吃马肉。又有野羊，就是《汉书·西域传》里说的羱羊，吃起来和平常的羊没有什么不同。又有野猪，凶猛程度比野牛差一点，猪皮很坚韧，枪击箭射都打不进。野猪的牙齿比快刀还要锋利，马脚被它咬住，也会折断。吉木萨山里有只老野猪，像牛那样大，人靠近就会被咬伤。老野猪常常夜间带着几百头野猪出来，践踏庄稼。参领额尔赫图带上七只猎犬进山打猎，突然碰上老野猪，七只猎犬都被它咬死，又冲过来咬人。参领快马加鞭逃走，才避免了伤亡。我想把大木头打在地下作栅栏，埋伏下大炮，等老野猪出来时，用炮轰击它。有人说："假使炮击不中，老野猪用牙齿拔栅栏就像拔烂木头似的，栅栏里面的人就危险了。"我才停止这种想法。又有野骆驼，只有单峰，切碎煮来吃，十分甘美。杜甫的《丽人行》里所说"紫驼之峰出翠釜"，应该是指这种食物。现在有人认为双峰驼的驼峰是八珍之一，是不符合实情的。

相　地

　　景城之北，有横冈坡陀，形家谓余家祖茔之来龙。其地属姜氏，明末，姜氏妒余族之盛，建真武祠于上，以厌胜之。崇祯壬午，兵燹，余家不绝如线。后祠渐圮，余族乃渐振，祠圮尽而复盛焉。其地今鬻于从侄信夫。时乡中故老已稀，不知旧事，误建土神祠于上，又稍稍不靖。余知之，急属信夫迁去，始安。相地之说，或以为有，或以为无。余谓刘向校书，已列此术为一家，安得谓之全无；但地师所学必不精，又或缘以为奸利，所言尤不足据，不宜溺信之耳。若其凿然有验者，固未可诬也。

【译文】

　　景城北面，有一条隆起的山丘，风水先生说这是我家祖坟的龙脉。这个地方是姜家所有。明代末年，姜家嫉妒我家族兴旺，就在山坡上建了一座真武大帝祠，用来诅咒制胜。明崇祯十五年，经过战乱之后，我家族人丁单薄。后来真武大帝祠渐渐破落，我家族也渐渐复兴，真武祠全部坍塌之后，我家族更兴旺起来。现在，这处山丘已卖给了堂侄信夫。这时，当地的老人已经很少了，不了解过去的情况，又错误地在山坡上建造土地祠，我们家族又有点不安了。我知道这件事之后，马上写信叫信夫把土地祠迁走，我们家族才得以安宁。风水先生看地形的讲法，有人认为有道理，有人认为没有道理。我说，刘向校勘古籍时，已经把风水术作为一家，怎能说全无道理呢？不过，有些风水先生学问不一定精深，也有人以此谋财，所讲的就没有根据，不应该迷信罢了。假使确实经得起检验的，就不能认为是胡说了。

弈　棋

《象经》始见《庾开府集》，然所言与今法不相符。《太平广记》载棋子为怪事，所言略近今法，而亦不同。北人喜为此戏，或有耽之忘寝食者。景城真武祠未圮时，中一道士酷好此，因共以"棋道士"呼之，其本姓名乃转隐。一日，从兄方洲入所居，见几上置一局，止三十一子，疑其外出，坐以相待。忽闻窗外喘息声，视之，乃二人四手相持，共夺一子，力竭并踣也。癖嗜乃至于此！南人则多嗜弈，亦颇有废时失事者。从兄坦居言：丁卯乡试，见场中有二士，画号板为局，拾碎炭为黑子，剔碎石灰块为白子，对著不止，竟俱曳白而出。夫消闲遣日，原不妨偶一为之；以此为得失喜怒，则可以不必。东坡诗曰："胜固欣然，败亦可喜。"荆公诗曰："战罢两奁收白黑，一枰何处有亏成？"二公皆有胜心者，迹其生平，未能自践此言，然其言则可深思矣。辛卯冬，有以"八仙对弈图"求题者，画为韩湘、何仙姑对局，五仙旁观，而铁拐李枕一壶卢睡。余为题曰："十八年来阅宦途，此心久似水中凫。如何才踏春明路，又看仙人对弈图。""局中局外两沉吟，犹是人间胜负心。那似顽仙痴不省，春风蝴蝶睡乡深。"今老矣，自迹生平，亦未能践斯言，盖言则易耳。

【译文】

　　《象经》一书，最初见于《庾开府集》，但所讲和现在下棋的方法不同。《太平广记》记载棋子作怪的事，所讲比较接近现在的方法，但也有所不同。北方人喜欢这种游戏，有人甚至着迷到了废寝忘餐的地步。景城真武祠没有倒塌前，祠里有个道士热衷下棋，大家叫他为"棋道士"，他本来的姓名倒不为人所知了。有一天，堂兄方洲到道士住的地方，见桌子上放着棋局，只有三十一个棋子。方洲以为道士外出了，就坐下来等他。忽然听到窗外有喘息的声音，过去一看，原来是两个人相互拉扯，在争夺一枚棋子，争得精疲力倦，都倒在地下。癖好竟然到了这种地步！南方人则多半嗜好围棋，也常有浪费时间、耽误事情的。堂兄坦居说，他参加丁卯年乡试，看到考场里有两位秀才，在号板上画上棋盘，捡碎炭做黑子，碎石灰块做白子，不停地对局，最后居然交白卷出场。为了消闲，偶然下下棋原也无妨；但把下棋当作人生的得失喜怒，就大可不必了。东坡有诗说："胜固欣然，败亦可喜。"王荆公有诗说："战罢两奁收白黑，一枰何处有亏成？"这两位都有好胜之心，看看他们的一生所为，并未能实践自己的诗意，但他们的话还是值得深思的。辛卯年冬天，有个人拿《八仙对弈图》来请我题辞。图中画着韩湘子、何仙姑对局下棋，其他五个仙人在旁边观看，只有铁拐李枕着一个壶芦睡大觉。我给这幅画题了两首诗："十八年来阅宦途，此心久似水中凫。如何才踏春明路，又看仙人对弈图。""局中局外两沉吟，犹是人间胜负心。那似顽仙痴不省，春风蝴蝶睡乡深。"我现在老了，回顾平生经历，也未能实践诗中的意思，真是讲比做容易呀。

西洋学问

明天启中，西洋人艾儒略作《西学》，凡一卷。言其国建学育才之法，凡分六科：勒铎理加者，文科也；斐录所费哑者，理科也；默弟济纳者，医科也；勒斯义者，法科也；加诺搦斯者，教科也；陡禄日亚者，道科也。其教授各有次第，大抵从文入理，而理为之纲。文科如中国之小学，理科如中国之大学，医科、法科、教科皆其事业，道科则彼法中所谓尽性至命之极也。其致力亦以格物穷理为要，以明体达用为功，与儒学次序略似；特所格之物皆器数之末，所穷之理又支离怪诞而不可诘，是所以为异学耳。末附《唐碑》一篇，明其教之久入中国。碑称贞观十二年，大秦国阿罗木远将经像来献，即于义宁坊敕造大秦寺一所，度僧二十一人云云。考《西溪丛语》，贞观五年，有传法穆护何禄，将祆教诣阙奏闻。敕令长安崇化坊立祆寺，号大秦寺，又名波斯寺。至天宝四年七月，敕波斯经教，出自大秦，传习而来，久行中国。爰初建寺，因以为名；将以示人，必循其本，其两京波斯寺，并宜改为大秦寺。天下诸州县有者准此。《册府元龟》载，开元七年，吐火罗鬼王上表献解天文人大慕阇，智慧幽深，问无不知。伏乞天恩唤取问诸教法，知其人有如此之艺能；请置一法堂，依本教供养。段成式《酉阳杂俎》载，孝亿国界三千余里，举俗事祆，不识佛法。有祆祠三千余所。又载德建国乌浒河中有火祆祠，相传其神本自波斯国来。祠内无像，于大屋下作小庐舍向西，人向东礼神。有一铜马，国人言自天而下。据此数说，则西洋人即所谓波斯，天主即所谓祆神，中国具有记载，不但此碑也。又杜预注《左传》次雎之社曰："雎受汴，东经陈留，是谯彭城入泗。此水次有祆神，皆社祠之。"顾野王《玉篇》亦有祆字，音阿怜切，注为祆神。徐铉据以增入《说文》。宋敏求《东京记》载宁远坊有祆神庙，注曰："《四夷朝贡图》云：'康国有神名祆毕，国有火祆祠，或传石勒时立此。'"是祆教其来已久，亦不始于唐。岳珂《桯史》记番禺海獠，其最豪者号白番人，本占城之贵人，留中国以通往来之货，屋室侈靡逾制。性尚鬼而好洁，平居终日，相与膜拜祈福。有堂焉以祀，如中国之佛，而实无像设，称为聱牙。亦莫能晓，竟不知为何神。有碑高袤数丈，上皆刻异书如篆籀，是为像主，拜者皆向之。是祆教至宋之末年，尚由贾舶达广州。而利玛窦之初来，乃诧为亘古未有。艾儒略既援唐碑以自证，其为祆教更无疑义。乃当时无一人援据古事，以决源流。盖明自万历以后，儒者早年攻八比，晚年讲心学，即尽一生之能事，故征实之学全荒也。

【译文】

　　明代天启年间，西洋人艾儒略写有《西学》一卷，谈到他的祖国设立学科培育人才的方法，共分六科：勒铎理加是文科，斐录所费哑是理科，默弟济纳是医科，勒斯义是法科，加诺搦斯是教科，陡禄日亚是道科。每科的教育都有次序，一般从文科到理科，而以理科为主体。文科类似中国的小学,理科类似中国的大学,医科、法科、教科都是专业,道科就是他们学问当中最高深的性命之学。他们的努力方向也是以分析事物、体会道理为主,以掌握本体、便于施行为功效,和儒家学问的次序大致相似。只是他们所分析的事物都是具体器物,所体会的道理又支离怪诞不能深入追问,所以被称作奇特的学问。书后附有唐代碑文一篇,说明他们的宗教传入中国很久了。碑中说贞观十二年,大秦国阿罗木从远方带着书籍图像来华进贡,就奉旨在义宁坊建造大秦寺一所,设僧人二十一人。从《西溪丛语》中考查,贞观五年,有个传法的人叫穆护阿禄,向朝廷奏闻祆教的事情。朝廷诏示在长安崇化坊建立祆教寺院,称为大秦寺,又叫波斯寺。到天宝四年七月,朝廷降旨:波斯经文宗教都来自大秦国,传播已经很长时间,在中国已有历史。最初建立寺院时,以国名来命名,今后宣告世人时,应该按照原来的含义,东西两京的波斯寺,都应改名为大秦寺。全国的州县有相同的寺院也以此为准。《册府元龟》记载:开元七年,吐火罗鬼王上表,向朝廷献上懂得天文的人大慕阇,智慧渊博深刻,有问必答。乞求皇上大恩,询问他各种教派的情况,了解到这个人有如此的学问技能,请为他设立一所传法的地方,按照本宗教方式供奉。段成式的《酉阳杂俎》中记载,孝亿国面积三千余里,百姓都信奉祆教,不信佛法,有祆教祠三千多处。又有德建国乌浒河滩中有火祆祠,相传这个神灵来自波斯国。祠堂里没有神像,在大屋子下面建一间简陋的朝西小屋,人们朝东面敬神。有一匹铜马,该国的人说是从天上降下来的。根据以上几种说法,西洋人就是波斯,天主就是祆教的神。中国的书籍中都有所记载,不仅仅是这块碑文有这样的记载。还有,杜预注释《左传》"次睢之社"这句时说:"睢水承受汴水,向东经过陈留、谯及彭城,流入泗水。这条水边有祆神,都当作土地神来祭祀。"顾野王的《玉篇》也有祆字,音阿怜切,注解为祆神。徐铉作为依据,增补进《说文》一书中。宋敏求《东京记》记载宁远坊有祆神庙,注释说:"《四夷朝贡图》说,康国有个叫作祆毕的神灵,国内有火祆祠,有人传说是石勒时建立的。"这说明祆教来源很久了,也不是从唐代开始的。岳珂《桯史》记载番禺的洋鬼子,其中最有势力的称为白番人,本来是占城国的贵族,留在中国经营进出口业，住宅豪华，超过官府规定的制度。他们喜好鬼神，又喜爱清洁，平常每天都时时礼拜祈祷，祈求幸福。有专门的殿堂祭祀，仿佛中国人拜佛，但没有具体的神像陈设，叫做聱牙，也不清楚究竟拜的是什么神。有个碑，长阔几丈，上面刻着奇怪的文字，像篆书、籀书的形状，当做天主象征，众人都向巨碑礼拜。说明祆教到宋朝末年还由海上商船传到广州。可是利玛窦刚来中国时，却惊讶地认为这是自古没有的。艾儒勒根据唐碑作证据，那么一定是祆教了。可是，当年居然没有一个人根据古代事实来辩明源流衍变。原因是明代从万历以后，儒生们年轻时攻读八股文，年老时讲良知之学，就算是尽了一生的能耐了，因而考证事实的学问全都抛荒了。

不敢轻生

田氏姊言：赵庄一佃户，夫妇甚相得。一旦，妇微闻夫有外遇，未确也。妇故柔婉，亦不甚愠，但戏语其夫："尔不爱我而爱彼，吾且缢矣。"次日，馌田间，遇一巫能视鬼，见之骇曰："尔身后有一缢鬼，何也？"乃知一语之戏，鬼已闻之矣。夫横亡者必求代，不知阴律何所取，殆恶其轻生，使不得速入转轮；且使世人闻之，不敢轻生欤？然而又启鬼瞰之渐，并闻有缢鬼诱人自裁者。故天下无无弊之法，虽神道无如何也。

【译文】

田家大姊说：赵庄有个佃户，夫妇感情很好。有一次，妻子听到丈夫有外遇的风声，又不很准确。妻子本来很温柔体贴，也不很生气，只是和丈夫开玩笑说："你不爱我而爱她，我就要上吊了。"第二天，妻子送饭到田头，碰到一位看得见鬼的巫师。他看到这妇人,就吃惊地说:"你身后面有个吊死鬼,这是怎么回事呢?"这才知道一时的开玩笑,鬼已经听到了。非正常死亡的人一定寻找替身,不知道阴间法律是怎么定的。大概是厌恶这个人轻生,让他不能够很快进入轮回,并且让世上的人知道,不敢轻生吧?不过,这又推动了鬼监看人的事,还听到有吊死鬼引诱人自杀的。所以,天下没有一点缺陷的法律是不存在的,即使是鬼神制定的,也难以避免呀!

缢鬼拒代

戈荔田言:有妇为姑所虐,自缢死。其室因废不居,用以贮杂物。后其翁纳一妾,更悍于姑,翁又爱而阴助之;家人喜其遇敌也,又阴助之。姑窘迫无计,亦恚而自缢;家无隙所,乃潜诣是室。甫启钥,见妇披发吐舌当户立。姑故刚悍,了不畏,但语曰:"尔勿为厉,吾今还尔命。"妇不答,径前扑之。阴风飒然,倏已昏仆。俄家人寻视,扶救得苏,自道所见。众相劝慰,得不死。夜梦其妇曰:"姑死我当得代;然子妇无仇姑理,尤无以姑为代理,是以拒姑返。幽室沉沦,凄苦万状,姑慎勿蹈此辙也。"姑哭而醒,愧悔不自容;乃大集僧徒,为作道场七日。戈傅斋曰:"此妇此念,自足生天,可无烦追荐也。"此言良允。然傅斋、荔田俱不肯道其姓氏,余有嗛焉。

【译文】

戈荔田说:有个媳妇被婆婆虐待,上吊死了。她上吊的那间屋子就没人敢住,就用来贮存杂物。后来,公公娶了个侍妾,比婆婆更加凶狠,因为她得到公公宠爱,公公又暗地里帮助她。家中的人为此暗暗高兴,认为婆婆有了敌手,并都暗中帮助侍妾。婆婆走投无路,也愤然上吊自杀。可是家里没有僻静的地方,她就偷偷地跑到媳妇上吊的屋子里去。刚打开门,就看见媳妇披头散发,舌头吐出,站在门当中。婆婆本来凶狠,居然一点不害怕,只是说:"你不要做恶鬼作怪,我现在来偿你的性命。"媳妇一句话也不说,直挺挺地向她扑来。一阵阴风刮过,婆婆就昏死过去。一会儿,家人寻找看见,扶起施救,得以苏醒。婆婆把见到媳妇鬼魂的事说出来,众人劝解安慰,她也就打消了寻死的念头。夜里,婆婆做梦见媳妇说:"婆婆吊死后,我当然可以得到替代,不过,做媳妇的没有仇恨婆婆的道理,更没有把婆婆当做替代的道理,所以我拒绝了,让婆婆生还。在阴间沉沦,有万种凄凉痛苦,婆婆可千万不能走这条路啊!"婆婆哭着醒来,感到惭愧后悔,无地自容。于是,她就请来许多僧人,为媳妇做七天的水陆道场。戈傅斋说:"这个媳妇有这种思想,完全可以依靠自己得到托生,不必依赖僧人超度啊。"这话很恰当。不过,傅斋、荔田都不肯讲出这家人的姓氏,使我感到遗憾。

君子无妖

姚安公言:霸州有老儒,古君子也,一乡推祭酒。家忽有狐祟,老儒在家则寂然,老儒出则撼窗扉、毁器物、掷污秽,无所不至。老儒缘是不敢出,闭户修省而已。时霸州诸生以河工事想州牧,期会于学宫,将以老儒列牒首。老儒以狐祟不至,乃别推一王生。自后王生坐聚众抗官伏法,老儒得免焉。此狱兴而狐去,乃知为尼其行也。是故小人无瑞,小人而有瑞,天所以厚其毒;君子无妖,君子而有妖,天所以示之警。

【译文】

　　姚安公说：霸州有个老儒生，是古道热肠的君子，乡里的人都推他为最德高望重的长者。一天，他家里忽然有狐精作怪。老儒生在家时，十分安静。老儒生一出门，狐精就摇动门窗、毁坏器具、抛掷污秽东西，无所不至。因此，老儒生不敢出门，只是在家中读书修养。当时，霸州的秀才们因为治河的事情要弹劾霸州的长官，约定在学校中集会，准备把老儒生的姓名列在署名的第一位。老儒生因为狐精作怪，没有出席，所以只好另外推举一位王秀才做带头人。后来，王秀才因此被判聚众抗官的罪而处死，而老儒生却免了灾祸。这件案子开审时，狐精就离开了老儒生的家。人们这才知道，是狐狸精在阻挠老儒生出门参与其事。所以，小人不会有吉祥预兆；小人一旦有吉祥预兆，实在是上天用这个方法加深他的罪恶。君子没有妖怪作祟；如果君子碰上妖怪作祟，实在是上天用这个方法向他进行警告。

画　　猿

　　前母安太夫人家有小书室，寝是室者，中夜开目，见壁上恍惚有火光，如燃香状，谛视则无。久而光渐大，闻人声，乃徐徐隐。后数岁，谛视之竟不隐，乃壁上悬一画猿，光自猿目中出也。佥曰："此画宝矣。"外祖安公（讳国维，佚其字号。今安氏零落殆尽，无可问矣。）曰："是妖也，何宝之有？为魈弗摧，为蛇奈何？不知后日作何变怪矣！"举火焚之，亦无他异。

【译文】

　　父亲的前妻安太夫人家中有间小书房，睡在这书房中的人，半夜睁开眼看时，看到墙上仿佛有火光，像点着的香头，仔细再看，就什么也没有了。时间一久，火光逐渐大起来，听到有人的声音，才慢慢熄灭。过了几年，仔细观看时，火光竟然不熄灭。原来，墙上挂着一幅猿猴的画像，火光是从猿猴的眼睛里发出来的。大家都说："这幅画真宝贵啊！"外祖父安老先生（名国维，不知道他的字号。现在安家人丁稀少，已经没有人可问了。）说："这是妖怪，有什么可宝贵的呢！蛇小时不杀掉，变成大蛇就没办法了，更不知今后会变成什么妖怪！"就把画像烧了，也没有其他的怪异。

虎　语

崔媪家在西山中，言其邻子在深谷樵采，忽见虎至，上高树避之。虎至，昂首作人语曰："尔在此耶，不识我矣！我今堕落作此形，亦不愿尔识也。"俯首呜咽良久。既而以爪搯地，曰："悔不及矣。"长号数声，奋然掉首去。

【译文】
　　崔老太的家在西山里面。她说，有个邻居的儿子在深山砍柴，忽然看见有只老虎向他走来，他就爬上大树躲避。老虎走到树下，抬起头，口吐人言说："你在这里吗？怎么不认识我了？我现在堕落变成这个模样，也不愿意你认识了！"说罢，低着头哭泣了很久，最后用虎爪抓着地说："后悔也来不及了！"高叫了几声，猛然转身走了。

蛇 妖 幻 形

　　杨槐亭言：即墨有人往劳山，寄宿山家。所住屋有后门，门外缭以短墙为菜圃。时日已薄暮，开户纳凉，见墙头一靓妆女子，眉目姣好，仅露其面，向之若微笑。方凝视间，闻墙外众童子呼曰："一大蛇身蟠于树，而首阁于墙上。"乃知蛇妖幻形，将诱而吸其血也。仓皇闭户，亦不知其几时去。设近之，则危矣。

【译文】

杨槐亭说：即墨县有个人去劳山，在山民家里借住。他所住的房子有后门，门外围着一圈矮墙，作为菜地。当时，日落西山，他正打开后门乘凉，看见矮墙上露出一位打扮得漂漂亮亮的姑娘，眉清目秀，只露出脸，好像向着他微笑。他正在注视的时候，忽然听到矮墙外面孩子们喊叫："有一条大蛇盘在树上，蛇头搁在矮墙上！"这才知道，是蛇精变形，想引诱他，吸取他的精血。他慌乱地把后门关上，也不知道蛇精什么时候离去。假如靠近蛇精，这个人就危险了。

玉　孩　儿

琴工钱生（钱生尝客裘文达公家，日相狎习，而忘问名字乡里。）言：其乡有人，家酷贫，佣作所得，悉以与其寡嫂，嫂竟以节终。一日，在烛下拈纻线，见窗隙一人面，其小如钱，目炯炯内视。急探手攫得之，乃一玉孩，长四寸许，制作工巧，土蚀斑然。乡僻无售者，仅于质库得钱四千。质库置楎中，越日失去，深惧其来赎。此人闻之，曰："此本怪物，吾偶攫得，岂可复胁取人财！"具述本末，还其质券。质库感之，常呼令佣作，倍酬其直，且岁时周恤之，竟以小康。裘文达公曰："此天以报其友爱也。不然，何在其家不化去，到质库始失哉？至慨还质券，尤人情所难，然此人之绪余耳。世未有锲薄奸黠而友于兄弟者，亦未有友于兄弟而锲薄奸黠者也。"

【译文】
　　琴师钱生（钱生曾在裘文达公家作清客，我和他很熟悉，但忘记问他的姓名籍贯）说：他家乡有个人，家庭十分贫苦，他做雇工所得的钱粮，都交给他那守寡的嫂嫂，嫂嫂竟得以守节到去世。有一天，他在灯下搓麻线，看见窗缝里有个人面，像铜钱那样小，双眼炯炯有神地向屋里看着。他连忙伸手抓进来，原来是一个玉雕孩儿，长约四寸多，制作精巧，长久埋在泥土中的斑纹十分明显。乡下偏僻，没有地方可以出售，只在当铺当得四千铜钱。当铺把玉雕孩儿放在木箱子内，过一天后就不见了，当铺很怕这个人来赎取。这个人听说这件事，就说："这玉雕孩儿本来是奇怪的东西，我偶然间抓到，怎能以此再来威胁人家博取赔偿金呢！"他就把事情经过讲了出来，还把当票还给当铺。当铺很感激他，经常请他来做工，加倍给他工钱，而且逢年过节经常周济他，他竟然家道变得不愁温饱了。裘文达公说："这是上天对他友爱的报答。不然的话，玉雕孩儿在他家时为什么不变走，要到当铺才失去呢！至于归还当票，更是人情难得，但不过是他的品质所必然产生的行为罢了。世界上还没有刻薄奸狡却友爱兄弟的人，也没有友爱兄弟却又刻薄奸狡的人。"

修善非佞佛

　　王庆坨一媪，恒为走无常。（即《滦阳消夏录》所记见送妇再醮之鬼者。）有贵家姬问之曰："我辈为妾媵，是何因果？"曰："冥律小善恶相抵，大善恶则不相掩。姨等皆积有小善业，故今生得入富贵家；又兼有恶业，故使有一线之不足也。今生如增修善业，则恶业已偿，善业相续，来生益全美矣。今生如增造恶业，则善业已销，恶业又续，来生恐不可问矣。然增修善业，非烧香拜佛之谓也，孝亲敬嫡，和睦家庭，乃真善业耳。"一姬又问："有子无子，是必前定，祈一检问。如冥籍不注，吾不更作痴梦矣。"曰："此不必检，但常作有子事，虽注无子，亦改注有子；若常作无子事，虽注有子，亦改注无子也。"先外祖雪峰张公，为王庆垞曹氏婿，平生严正，最恶六婆，独时时引与语，曰："此妪所言，虽未必皆实，然从不劝妇女布施佞佛，是可取也。"

【译文】

　　王庆垞有个老太，经常做走无常。（即《滦阳消夏录》里记载的那个能看见送妻再嫁之鬼的老妇。）有富贵人家的姬妾问她："我们当姬妾，是由于什么因果报应呢？"她说："阴间法律规定，小善与小恶相抵消、大善与大恶就不相互抵消了。姨娘们都积有小的善因，所以今世能嫁到富贵人家；但又有小的恶因，所以使你们还有一丝不满足之处。今生如果加强修行善因，那么恶因已经报应了，善因继续增加，就可以求得来生尽善尽美。今世如果增加恶因，那么善因已经得偿了，恶因继续增加，来生恐怕不可想象了。不过，增加修行善因，并非烧香拜佛这些做法，孝顺长辈，尊敬正室夫人，使家庭和睦，才是真正的善因呀！"一个姬妾又问："有没有儿子，一定是早就注定的，请求为我查问一下。如果阴间注定我没有儿子，我就不再梦想了。"老太说："这件事不必去查问，只要经常做能够有儿子的善事，即使注定没有儿子，也会改注为有儿子的。如果经常做不能有儿子的恶事，虽然注定有儿子，也会改注为没有儿子的。"我的外公张雪峰先生，是王庆垞那里曹家的女婿，平生严肃正直，最厌恶三姑六婆，却经常叫这老太婆来谈谈，还说："这个老太所讲的，虽然不一定都是事实，但是她从来不劝妇女依赖布施去讨好佛法，这是可取的。"

祸 不 虚 生

翰林院供事茹某（忘其名，似是茹铤）言：曩访友至邯郸，值主人未归，暂寓城隍祠。适有卖瓜者，息担横卧神座前。一卖线叟寓祠内，语之曰："尔勿若是，神有灵也。"卖瓜者曰："神岂在此破屋内？"叟曰："在也。吾常夜起纳凉，闻殿中有人声。蹑足潜听，则有狐陈诉于神前，大意谓邻家狐媚一少年，将死未绝之顷，尚欲取其精。其家愤甚，伏猎者以铳矢攻之。狐骇，现形奔。众噪随其后。狐不投己穴，而投里许外一邻穴。众布网穴外，熏以火，阖穴皆殪，而此狐反乘隙遁。故讼其嫁祸。城隍曰：'彼杀人而汝受祸，讼之宜也。然汝子孙亦有媚人者乎？'良久，应曰：'亦有。''亦曾杀人乎？'又良久，应曰：'或亦有。''杀几人乎？'狐不应。城隍怒，命批其颊。乃应曰：'实数十人。'城隍曰：'杀数十命，偿以数十命，适相当矣。此怨魄所凭，假手此狐也。尔何讼焉？'命检籍示之。狐乃泣去。尔安得谓神不在乎？"乃知祸不虚生，虽无妄之灾，亦必有所以致之；但就事论事者，不能一一知其故耳。

【译文】

翰林院供事茹某（忘记他的名字，好像叫茹铤）说：曾经到邯郸去拜访朋友，刚好主人外出不在家，就暂时住在城隍祠中。当时有个卖瓜人，在神座前放下担子，躺着休息。有个卖线老翁住在城隍祠里，对卖瓜人说："你不要这样，城隍神是有灵验的。"卖瓜人说："神怎能住在这间破屋子里呢？"卖线老翁说："神是住在这里。有一次我夜里起来乘凉，听到神殿里有人声，我轻手轻脚地过去偷听，原来是只狐狸到城隍这里来投诉，大概是说邻居的狐精迷惑了一个青年人，青年快要死时，那狐精还要吸取他的精血。青年人家里十分愤怒，埋伏了猎人，用猎枪、弓箭来射击狐精。狐精惊怕，现出原形逃跑。人们在后面喊叫追赶。那狐精不逃回自己的洞穴，反而逃到一里路外一个邻居的洞穴去。人们在洞穴外布置罗网，用火熏，洞穴中的狐精都死了，这只狐精反倒乘机逃了出去。因此，所以来控告那迷惑青年的狐精嫁祸于人。城隍说：'它杀人而你受灾祸，控告它是应当的。不过，你的子孙有没有迷惑人的呢？'这狐精沉默了很久，才回答道：'也有的。'城隍问：'它们也杀过人吗？'这狐精又沉默了很久，才回答道：'或者也有的。'城隍问：'杀了几个人呢？'狐精不肯回答。城隍生气了，命令掌嘴，狐精只得回答说：'有几十个人。'城隍说：'你家子孙杀过几十条性命，现在赔偿几十条性命，刚好相当嘛！这是冤魂所依附，借另一只狐精的手实现报复罢了。你还控告些什么呢！'城隍随即命令手下把登记的册子给狐精看，狐精只好哭着走了。你怎能说神灵不在这里呢？"由此可以知道，灾祸不是凭空发生的，虽然看来是无缘无故的灾祸，也一定有产生的原因。不过人们就事论事，不能够一一知道这些原因罢了。

仙 人 护 短

汪主事康谷言：有在西湖扶乩者，降坛诗曰："我游天目还，跨鹤看龙井。夕阳没半轮，斜照孤飞影。飘然一片云，掠过千峰顶。"未及题名，一客窃议曰："夕阳半没，乃是反照，司马相如所谓凌倒景也。何得云斜照？"乩忽震撼久之，若有怒者，大书曰："小儿无礼！"遂不再动。余谓客论殊有理，此仙何太护前，独不闻古

有一字师乎？

【译文】

汪康谷主事说：有人在西湖扶乩，乩仙写了一首诗说："我游天目还，跨鹤看龙井。夕阳没半轮，斜照孤飞影。飘然一片云，掠过千峰顶。"还没有来得及题上姓名，有个客人私下议论说："夕阳一半隐没，就是阳光反照，即是司马相如所说的凌倒景呀！怎能说是斜照呢？"这时，乩笔震动了许久，好像仙人愤怒似的，然后大字写道："小儿无礼！"就不再动了。我认为这位客人说得很有道理，这个仙人怎能这样护短，难道没有听到古时一字师的故事吗？

婢　鬼

俞君祺言：向在姚抚军署，居一小室。每灯前月下，睡欲醒时，恍惚见人影在几旁，开目则无睹。自疑目眩，然不应夜夜目眩也。后伪睡以伺之，乃一粗婢，冉冉出壁角；侧听良久，乃敢稍移步。人略转，则已缩入矣。乃悟幽魂滞此不能去，又畏人不敢近，意亦良苦。因私计彼非为祟，何必逼近使不安，不如移出。才一举念，已仿佛见其遥拜。可见人心一动，鬼神皆知；"十目十手"，岂不然乎！次日，遂托故移出。后在余幕中，乃言其实，曰："不欲惊怖主人也。"余曰："君一生缜密，然殊未了此鬼事。后来必有居者，负其一拜矣。"

【译文】

俞君祺说：以前在姚抚军的衙门里时，独住一个小房间。每当灯前月下，自己睡到将醒未醒的时候，隐隐约约看到桌子边有个人影，睁开眼睛看时，又不见了。怀疑自己眼花，但是也不会夜夜都眼花的呀。后来，我装睡等着，原来人影是个粗使婢女，慢慢从墙角走出来，仔细听了很久，才敢移动脚步。我稍稍翻身，她就缩进墙角去了。我这才醒悟，这个幽魂滞留此地不能离开，又怕人，不敢走近，用心也很仔细。因此，心里想她也不是作怪，何必靠近她，使她不安宁呢？不如搬出去算了。刚一有搬出去的想法，就仿佛看见婢女远远地向自己行礼。可见人的心思一动，鬼神都会知道。人的一举一动，都逃不出人们的耳目，难道不是这样吗？第二天，我就找个借口搬了出去。后来，俞君祺做了我的幕僚，才把这件事说出来，还说："我不想让主人受到惊吓。"我说："先生一生谨慎，但是还没有了结这个鬼的事情。以后一定还有人到那小房间住的，你辜负那婢女对你行礼了。"

冤 死 女 墓

族侄肇先言：曩中涵叔官旌德时，有掘地遇古墓者，棺骸俱为灰土，惟一心存，血色犹赤，惧而投诸水。有石方尺余，尚辨字迹。中涵叔闻而取观。乡民惧为累，碎而沉之，讳言无是事，乃里巷讹传。中涵叔罢官后，始购得录本，其文曰："白璧有瑕，黄泉蒙耻。魂断水滑，骨埋山趾。我作誓词，祝霾圹底。千百年后，有人发此。尔不贞耶，消为泥滓。尔傥衔冤，心终不死。"末题"壬申三月，耕石翁为第五女作。"盖其女冤死，以此代志。观心仍不朽，知受枉为真。然翁无姓名，女无夫族，岁月无年号，不知为谁。无从考其始末，遂令奇迹不彰，其可惜也夫！

【译文】

族侄肇先说：以前中涵叔在旌德县当官时，有人挖地，碰到古墓，墓中棺材尸骸都化作灰尘泥土了，只有一颗心还在，血还呈红色。挖墓人害怕得把这颗心抛到河里去了。另有一块一尺多见方的石头，还可以辨认出上面刻的文字。中涵叔听到了，就要把石板拿去看。当地乡下百姓怕因此受牵连，也把石板敲碎丢到水里去，扯谎说没有这件事，那是街市的人乱传的。中涵叔免官以后，才买到石板文字的抄录本子，那文字是："白璧有瑕，黄泉蒙耻。魂断水湄，骨埋山趾。我作誓词，祝霾圹底。千百年后，有人发此。尔不贞耶，消为泥滓。尔倘衔冤，心终不死。"文末题："壬申三月，耕石翁为第五女作。"原来他的女儿含冤而死，他用这块石板代替墓志铭。现在看到那颗心仍然没有腐朽，可知这个女儿受冤枉是真的了。不过，那个耕石翁无名无姓，女儿又没有丈夫的家族姓氏，有年月又没有朝代年号，不知道到底是什么人，无法考查这件事的事实，这就使这件奇迹不能明明白白了。这真是可惜呀！

李鹭汀

许文木言：康熙末年，鬻古器李鹭汀，其父执也。善六壬，惟晨起自占一课，而不肯为人卜，曰："多泄未来，神所恶也。"有以康节比之者。曰："吾才得六七分耳。尝占得某日当有仙人扶竹杖来，饮酒题诗而去。焚香候之。乃有人携一雕竹纯阳像求售，侧倚一贮酒壶卢，上刻'朝游北海'一诗也。康节安有此失乎？"年五十余无子，惟蓄一妾。一日，许父造访，闻其妾泣，且絮语曰："此何事而以戏人，其试我乎？"又闻鹭汀力辩曰："此真实语，非戏也。"许父叩反目之故。鹭汀曰：

"事殊大奇！今日占课，有二客来市古器：一其前世夫，尚有一夕缘；一其后夫，结好当在半年内，并我为三，生在一堂矣。吾以语彼，彼遽恚怒。数定无可移，我不泣而彼泣，我不讳而彼讳之，岂非痴女子哉！"越半载，鹭汀果死。妾鬻于一翰林家，嫡不能容，过一夕即遣出。再鬻于一中书舍人家，乃相安云。

【译文】
　　许文木说：康熙末年，有个买卖古董的李鹭汀，是他父亲的朋友，善于下六壬卦，不过只在早晨起床后为自己占一卦，而从不肯给外人算卦。他说："泄露未来的事情太多，是神灵所厌恶的。"有人拿他来和邵康节相比，他说："我才得到邵康节的六七分而已。有次我算卦，说某天有仙人拄着竹拐杖来访，在我家饮酒题诗后才离开。我点上香等着。原来是有人带着一枝雕刻吕纯阳像的竹拐杖来出售。吕纯阳雕像刻作斜倚一只倾斜的酒壶卢的样子，又刻着'朝游北海'这首诗。邵康节哪会有这种失误呢？"李鹭汀年纪五十多岁，没有儿子，只有一个侍妾。有一天，许文木的父亲去拜访时，听到李鹭汀的侍妾在哭泣，还唠唠叨叨地说："这是什么事能拿来跟人家开玩笑，大概是考验我吧？"又听到李鹭汀极力分辩说："这是真的，并非开玩笑！"许文木父亲就问他们争吵的缘故，李鹭汀说："这事实在太奇怪了。今天我算卦，有两个客人来买古董：一个是她的前世丈夫，还有一夜夫妻的缘分；一个是她今后的丈夫，应当在半年内和她结婚。连我在内三个丈夫，会一起相聚。我把卦语告诉了她，她就十分生气。不过命运注定不可改变，我不哭她却哭，我不忌讳她却忌讳，这不是个傻女人吗？"过了半年，李鹭汀果然死了。侍妾被卖到一位翰林家中，翰林夫人不准收容，过了一晚就被打发出来。后来又被卖到一位中书舍人家里，才安定下来。

婚　　约

　　庞雪崖初婚日，梦至一处，见青衣高髻女子，旁一人指曰："此汝妇也。"醒而恶之。后再婚殷氏，宛然梦中之人。故《丛碧山房集》中有悼亡诗曰："漫说前因与后因，眼前业果定谁真？与君琴瑟初调日，怪煞箜篌入梦人。"记此事也。按箜篌入梦凡二事：其一为《仙传拾遗》载薛肇摄陆长源女见崔宇，其一为《逸史》载卢二舅摄柳氏女见李生，皆以人未婚之妻作伎侑酒，殊太恶作剧。近时所闻吕道士等，亦有此术。（语详《滦阳消夏录》。）

【译文】
　　庞雪崖刚结婚的时候，做梦到了一个地方，看到一个穿青色衣服、发髻高高的姑娘，旁边有个人指着对他说："这是你的妻子。"睡醒后心中很反感。后来再婚，娶的殷氏，模样好像就是梦中见到的姑娘。所以，《丛碧山房集》里有首悼亡诗说："漫说前因与后因，眼前业果定谁真？与君琴瑟初调日，怪煞箜篌入梦人。"就是记载这件事情的。考查一下，"箜篌入梦"有两个故事：一个是《仙传拾遗》记载薛肇勾了陆长源女儿的生魂去和崔宁相会的事，另一个是《逸史》记载卢二舅勾了柳家女儿的生魂去和李生相会的事，都是把人家的未婚妻当作艺伎来侍奉酒宴，也太过恶作剧了。最近听说吕道士等人也有这种法术。（详见《滦阳消夏录》。）

刘 石 渠

叶旅亭言：其祖犹及见刘石渠。一日，夜饮，有契友逼之召仙女。石渠命扫一室，户悬竹帘，燃双炬于几。众皆移席坐院中，而自禹步持咒，取界尺拍案一声，帘内果一女子亭亭立。友视之，乃其妾也，奋起欲殴。石渠急拍界尺一声，见火光蜿蜒如掣电，已穿帘去矣。笑语友曰："相交二十年，岂有真以君妾为戏者。适摄狐女，幻形激君一怒为笑耳。"友急归视，妾乃刺绣未辍也。如是为戏，庶乎在不即不离间矣。余因思李少君致李夫人，但使远观而不使相近，恐亦是摄召精魅，作是幻形也。

【译文】

叶旅亭说：他祖父还赶上见过刘石渠。有一天，晚上喝酒时，有个要好的朋友硬逼刘石渠召唤仙女。刘石渠叫他打扫一个房间，门口挂上竹帘，桌上点上一对蜡烛。大家把酒席搬到院子中间，刘石渠自己一面念咒，一面迈着歪歪斜斜的步子，拿着界尺一拍桌子，竹帘里果然出现一位亭亭玉立的女子。朋友一看，原来是自己的侍妾，跳起来就要打架。刘石渠急忙用界尺再一拍桌子，只见一道火光曲曲折折像闪电似的，侍妾已经穿过竹帘消失了。刘石渠笑着对朋友说："我们有二十年的交情，怎会作弄您的侍妾呢！刚才是勾来狐女，变成您侍妾的形象，引您生气，开个玩笑罢了。"朋友急忙回去看看，侍妾还在不停地刺绣。这样开玩笑，大概也算是不即不离的玩笑了。我由此想到李少君召唤李夫人的灵魂，只许远看，不能近观，恐怕也是勾唤妖精鬼怪，变化形象之类。

术不足胜

　　费长房劾治百鬼，乃后失其符，为鬼所杀。明崇俨卒，剸刃陷胸，莫测所自。人亦谓役鬼太苦，鬼刺之也。恃术者终以术败，盖多有之。刘香畹言：有僧善禁咒，为狐诱至旷野，千百为群，嗥叫搏噬。僧运金杵，击踣人形一老狐，乃溃围出。后遇于途，老狐投地膜拜，曰："曩蒙不杀，深自忏悔。今愿皈依受五戒。"僧欲摩其顶，忽掷一物幂僧面，遁形而去。其物非帛非革，色如琥珀，粘若漆，牢不可脱。瞀闷不可忍，使人奋力揭去，则面皮尽剥，痛晕殆绝。后痂落，无复人状矣。又一游僧，榜门曰"驱狐"。亦有狐来诱，僧识为魅，摇铃诵梵咒。狐骇而逃。旬月后，有媪叩门，言家近墟墓，日为狐扰，乞往禁治。僧出小镜照之，灼然人也，因随往。媪导至堤畔，忽攫其书囊掷河中，符箓法物，尽随水去。妪亦奔匿秫田中，不可踪迹。方懊恼间，瓦砾飞击，面目俱败；幸赖梵咒自卫，狐不能近，狼狈而归。次日，即愧遁。久乃知妪即土人，其女与狐昵；因其女，赂以金，使盗其符耳。此皆术足以胜狐，卒为狐算。狐有策而僧无备，狐有党而僧无助也。况术不足胜而轻与妖物角乎！

【译文】

　　费长房能用符咒惩治各种鬼怪，后来失去了符咒，终于被鬼怪杀死。明崇俨死时，有刀插入胸膛，也不知凶器从何而来。有人说，他驱使鬼怪很刻薄，最后被鬼怪刺杀。依赖法术的人，最后会失败在法术上面，这是很多的。刘香畹说：有个很会念惩治符咒的僧人，被狐精引诱到荒野的地方，成百上千的狐群围着他又叫又咬。僧人挥动金杵，击倒了一个化作人形的老狐狸，突围逃出来。后来在路上遇到那只老狐狸，老狐狸跪在地上行礼，说："感谢您以前没有杀我，我也觉得十分后悔。现在，我愿意皈依佛法，接受五戒为僧。"僧人正想摸摩老狐的头顶，老狐忽然把一片面膜掷在僧人脸上，马上变形逃走了。这块面膜不是丝绸，也不是皮革，颜色像琥珀，粘胶像油漆，贴在脸上剥不下来。僧人又盲又闷，不能忍受，就请人用力把这层膜揭掉，连脸上皮肤都剥了下来，僧人痛得几乎晕死过去。后来脸上结痂脱落之后，僧人已经不像人样了。还有一个云游僧人，在门上张贴告示，自称能够驱赶狐精。也有狐精来引诱，被僧人识破，摇起铃儿，念动咒语，狐精吓得逃走了。一个月后，有个老太上门，说家里靠近坟场，天天被狐精骚扰，请僧人前去禁制惩治狐精。僧人拿出一枚小镜子照照老太，确实是人类，就跟着她前往。老太带僧人走到堤岸边，突然抢过僧人的书袋丢到河里去，里面的符箓、施法的器具，都沉没到水里了。老太跑到庄稼地里躲起来，找也找不到。僧人正在懊恼时，忽然有碎砖烂瓦砸过来，打得他头破血流。好在僧人还会念咒自卫，狐精不能靠近，狼狈地逃回来。第二天，就惭愧地走了。时间一久，人们才知道老太是当地人，她的女儿和狐精很亲密。狐精就利用女儿的关系，用钱收买老太，让她去抢僧人的符箓。这些都是有法术可以战胜狐精，最终却被狐精用计打败了。因为狐精有计谋，僧人没有准备；狐精有同党，僧人没有帮手。何况，法术并不十分高明，而轻易和狐精对抗呢！

木 匠 婚 姻

舅氏五占安公言：留福庄木匠某，从卜者问婚姻。

卜者戏之曰:"去此西南百里,某地某甲今将死,其妻数合嫁汝。急往访求,可得也。"匠信之,至其地,宿村店中。遇一人,问:"某甲居何处?"其人问:"访之何为?"匠以实告。不虑此人即某甲也,闻之恚愤,挈佩刀欲刺之。匠逃入店后,逾垣遁。是人疑主人匿室内,欲入搜。主人不允,互相格斗,竟杀主人,论抵伏法。而匠之名姓里居,则均未及问也。后年余,有妪同一男一妇过献县,云叔及寡嫂也。妪暴卒,无以敛,叔乃议嫁其嫂。嫂无计,亦曲从。匠尚未娶,众为媒合焉。后询其故夫,正某甲也。异哉,卜者不戏,匠不往;匠不往,无从与某甲斗;无从与某甲斗,则主人不死;主人不死,则某甲不论抵;某甲不论抵;此妇无由嫁此匠也。乃无故生波,卒辗转相牵,终成配偶,岂非数使然哉!又闻京师西四牌楼,有卜者日设肆于衢。雍正庚戌闰六月,忽自卜十八日横死。相距一两日耳,自揣无死法,而爻象甚明。乃于是日键户不出,观何由横死。不虑忽地震,屋圮压焉。使不自卜,是日必设肆通衢中,乌由覆压?是亦数不可逃,使转以先知误也。

【译文】

　　舅父安五占先生说:留福庄有个木匠,向算命先生问婚姻前景,算命先生开玩笑地说:"由此向西南方一百里有个地方,某甲快就要死了,他的妻子注定该嫁给你。你赶快去寻找,就可以娶到这个女人了。"木匠相信了,走到那个地方,住在村子里的旅店里。木匠碰到一个人,就问:"某甲住在哪儿?"那个人就问:"你找他有什么事?"木匠就把情况告诉他。没想到这个人就是某甲,听到木匠的话，大为愤怒，拔出佩刀就要杀木匠。木匠逃进旅店后面，翻墙逃跑了。这个人怀疑店主人把木匠藏在室内，就想进去搜查。店主不肯，两人就打起来，这个人竟然把店主杀死了。按法律，这个人就依法偿命。当时，木匠的姓名籍贯，大家都还没有问过。一年多以后，有个老太带着一个男子、一个妇人经过献县，说是小叔和守寡的嫂子。老太突然死了，没有钱收敛埋葬，小叔就和人们商量把嫂子嫁出去。嫂子也没办法，只好委屈地顺从。木匠那时还没有娶妻，大家就做媒，让木匠和嫂子结了婚。后来问那嫂子的前夫，正是某甲。这真是奇怪的事！算命先生不开玩笑，木匠不会去那个地方；木匠不去那个地方，就不会与某甲争斗；不与某甲争斗，店主人就不会死；店主人不死，某甲就不会判罪偿命；某甲不判罪偿命，这个妇女就不会嫁给木匠。这真是无缘无故却出现波澜转折，最后辗转相连，木匠与妇人竟然成了夫妻，这难道不是气数注定而成的吗！又听说京师西四牌楼，有个算命先生日日在街上摆摊。雍正八年闰六月，算命先生忽然算到自己要在十八日意外死去。这时还有一两天时间，自己心想没有死的道理，但是卦里说得十分清楚。于是，算命先生在那天关上门，不上街，要看看怎会意外死亡。没想到忽然发生地震，房屋倒塌，把他压死了。假使他不给自己算卦，当天一定仍然在大街上摆摊，怎会被屋子压死呢？这也是气数注定，逃不掉的，反而由于预先知道而误了性命啊。

张　无　念

　　画士张无念，寓京师樱桃斜街，书斋以巨幅阔纸为窗帧，不著一棂，取其明也。每月明之夕，必有一女子全影在帧心。启户视之，无所睹，而影则如故。以不为祸祟，亦姑听之。一夕谛视，觉体态生动，宛然入画。戏以笔四围钩之，自是不复见；而墙头时有一女子露面下窥。忽悟此鬼欲写照，前使我见其形，今使我见其貌也。与语不应，注视之，亦不羞避，良久乃隐。因补写眉目衣纹，作一仕女图。夜闻窗外语曰："我名亭亭。"再问之，已寂。乃并题于幨上，后为一知府买去。（或曰，是李中山。）或曰："狐也，非鬼也，于事理为近。"或曰："本无是事，无念神其说耳。"是亦不可知。然香魂才鬼，恒欲留名于后世。由今溯古，结习相同，固亦理所宜有也。

【译文】

　　画师张无念住在京师樱桃斜街，书斋都用大幅阔纸裱为窗纸，不留一格窗棂，以便采光。每当月明的夜晚，一定有个女子的影子印在窗纸的正中。开门看时，又看不见什么，但影子还是存在。张无念因为这影子并不作怪，也就随她存在。有一天晚上，仔细一看，觉得那影子体态生动，好像图画似的。张无念开玩笑地用笔把影子轮廓勾勒下来，从此影子再看不到了。但是，墙头上有时有个女子伸出头向下看。张无念忽然醒悟，这个鬼想画像，先前先让我看到轮廓，现在让我看到模样。同那女子讲话，她又不回答；仔细注视她，她也不害羞，不躲避，要很久才隐没不见。张无念就给影画补上眉眼衣服纹饰，画成一幅仕女图。晚上，听到窗外有声音说："我名叫亭亭。"再问她时，已经没有声响了。于是，张无念就把她的姓名题在画像的窗纸上。后来这幅画像被一个知府买去了。（有人说，知府就是李中山。）有人说："那女子是狐精，不是鬼，这样比较合理。"有人说："本来没有这件事，张无念故意把画像说得神乎其神而已。"究竟是不是，就不清楚了。不过，有才貌的女鬼都想留名后世，从现在倒推到古代，这种爱好和习惯都是相同的，而且本来也是理所当然的事情。

少男少女案

　　姚安公官刑部江苏司郎中时，西城移送一案，乃少年强污幼女者。男年十六,女年十四。盖是少年游西顶归,见是女撷菜圃中,因相逼胁。逻卒闻女号呼声,就执之。讯未竟,两家父母俱投词:乃其未婚妻,不相知而误犯也。于律未婚妻和奸有条,强奸无条。方拟议间,女供亦复改移,称但调谑而已。乃薄责而遣之。或曰:"是女之父母受重贿,女亦爱此子丰姿;且家富,故造此虚词以解纷。"姚安公曰:"是未可知。然事止婚姻,与贿和人命,冤沉地下者不同。其奸未成无可验,其贿无据难以质。女子允矣,父母从矣,媒保有确证,邻里无异议矣,两造之词亦无一毫之牴牾矣,君子可欺以其方,不能横加锻炼,入一童子远戍也。"

【译文】

　　姚安公担任刑部江苏司郎中时,西城送交来一个案件,是少年强奸幼女。男的年十六岁,女的年十四岁。少年到西顶游玩回家,看见幼女在菜园里摘菜,就威胁她成事。巡逻的兵丁听到幼女呼喊,就把少年抓住了。审讯还未结束,两家的父母都送来辩护词,说幼女是少年的未婚妻,少年不知道而误犯了她。按法律,和未婚妻通奸有条款,强奸未婚妻却没有条款。正在商议定罪时,幼女又改变了供词,只说是调戏玩笑罢了。于是就稍稍责备一番,就把他们放了。有人说:"这是女方父母接受了厚礼,幼女也喜爱少年漂亮,而且家庭富裕,所以捏造这种假供词,解决了纠纷。"姚安公说:"是不是这样,都不一定。不过,这件事只是婚姻关系,和用行贿销除人命案子,使受害者在阴间含冤不同。强奸未成就无法检查,说行贿又没有证据难以对质。幼女同意了,父母听从了,媒人保人又有切实的证明,邻居们又没有不同意见,双方的供词也没有相互矛盾之处。做君子的可以因为正直受到欺骗,却不能横生枝节去罗织罪名,使一个少年流放到远方呀!"

僮　戏

　　某公夏日退朝,携婢于静室昼寝。会阍者启事,问:"主人安在?"一僮故与阍者戏,漫应曰:"主人方拥尔妇睡某所。"妇适至前,怒而诟詈。主人出问,笞逐此僮。越三四年,阍者妇死。会此婢以抵触失宠,主人忘前语,竟以配阍者。事后忆及,乃浩然叹曰:"岂偶然欤!"

【译文】

　　某公子在夏天退朝之后,拉着婢女在幽静的房间里午睡。刚好守门人来报告事情,就问:"主人在哪里?"一个僮仆故意同守门人开玩笑,就随口说:"主人正抱着你老婆在某处睡觉。"守门人老婆恰好来这里,听了就愤怒地臭骂僮仆。主人出来问明原因,就把僮仆打了一顿,赶了出去。过了三四年后,守门人老婆死了。又碰上那个婢女顶撞主人,失去宠爱,主人也忘记以前的事,就把婢女配给了守门人。事后,主人记起以前的事,才长长地叹了口气说:"这岂是偶然的事呢!"

破　钟

　　文水李华廷言:去其家百里一废寺,云有魅,无敢居者。有贩羊者十余人,避雨宿其中。夜闻呜呜声,暗中见一物,臃肿团圞,不辨面目,蹒跚而来,行甚迟重。众皆无赖少年,殊不恐怖,共以破砖掷。击中声铮然,渐缩退欲却。觉其无能,噪而追之。至寺门坏墙侧,屹然不动。逼视，乃一破钟，内多碎骨，意其所食也。次日，告土人，冶以铸器。自此怪绝。此物之钝极矣，而亦出鬾人，卒自碎其质。殆见夫善幻之怪，有为祟者，从而效之也。余家一婢，沧州山果庄人也。言是庄故盗薮，有人见盗之获利，亦从之行。捕者急，他盗格斗跳免，而此人就执伏法焉。其亦此钟之类也夫。

【译文】

　　文水县季华廷说：离他家百里外有一所荒废的寺院，人们都说里面有妖怪，所以没有人敢居住。有十几个羊贩子，因为避雨住在寺院里。晚上，听到呜呜的声音，黑暗中看见一样东西，圆圆的又粗又大，看不清模样，步履艰难地走着，行动十分迟钝。羊贩子都是些天不怕地不怕的年轻人，一点都不害怕，都拿起破砖瓦掷过去。砖瓦击中，发出清亮的声音，那怪物就慢慢退缩逃走。大家更觉得这怪物没有能耐，叫喊着追赶它。怪物跑到寺门破墙旁边，就站着不动。大家走近一看，原来是一口破钟，钟里有很多碎骨头，估计是怪物吃剩的。第二天，羊贩子告诉当地人，把破钟熔化了铸造其他器具。从此，怪物就绝迹了。这个怪物真是迟钝极了，还要出来作弄人，最后弄得粉身碎骨。大概它看到会变形的妖怪出来作怪，它跟着仿效吧！我家里有个婢女，是沧州山果庄人。她说，山果庄原是强盗窝，有人看到做强盗发财，也跟着去做。官府追捕紧急时，其他强盗都抵抗逃走，避免了治罪，只有这个人被抓获处死了。这个人也是那个破钟之类呀。

柳 某 负 心

　　舅氏安公介然言：有柳某者，与一狐友，甚昵。柳故贫，狐恒周其衣食。又负巨室钱，欲质其女。狐为盗其券，事乃已。时来其家，妻子皆与相问答，但惟柳见其形耳。狐媚一富室女，符箓不能遣，募能劾治者予百金。柳夫妇素知其事。妇利多金，怂恿柳伺隙杀狐。柳以负心为歉。妇诤曰："彼能媚某家女，不能媚汝女耶？昨以五金为汝女制冬衣，其意恐有在。此患不可不除也。"柳乃阴市砒霜，沽酒以待。狐已知之。会柳与乡邻数人坐，狐于檐际呼柳名，先叙相契之深，次陈相周之久，次乃一一发其阴谋曰："吾非不能为尔祸，然周旋已久，宁忍便作寇仇？"又以布一匹、棉一束自檐掷下，曰："昨尔幼儿号寒苦，许为作被，不可失信于孺子也。"众意不平，咸诮让柳。狐曰："交不择人，亦吾之过。世情如是，亦何足深尤？吾姑使知之耳。"太息而去。柳自是不齿于乡党，亦无肯资济升斗者。挈家夜遁，竟莫知所终。

【译文】

　　舅父安介然先生说：有个柳某，和一个狐精做朋友，十分亲密。柳某本来很穷，狐精经常周济他家衣服粮食。柳某欠了贵族的钱，想把女儿送给贵族抵债。狐精把借钱契约偷走，卖女的事才未办成。狐精经常到柳家，柳某的老婆、孩子都能和狐精讲话，但只有柳某能见到狐精的模样。狐精迷惑一个富家女儿，富家用符咒之类也赶不走它，就悬赏百两银子，招募有能够惩治狐精的人。柳家夫妻原就知道这件事。老婆贪图钱财，就怂恿柳某找机会杀死狐精。柳某认为这是负心行为，心中感到抱歉。老婆骂他说："它能够迷惑人家女儿，就不会迷惑我家女儿吗？昨天，它拿五两银子给你女儿做冬衣，恐怕有意思了。这个祸患不能不除啊！"柳某就暗地里买来砒霜和好酒，等待狐精。狐精已经知道了。等到柳某和乡亲邻居坐在一起的时候，狐精在屋檐上喊柳某的名字，首先回顾相交的深情，再说到自己周济柳某很久了，最后一一揭发柳某夫妻的阴谋，说："我并非不能害你，但是我与你相交很久了，怎能忍心把你当作仇敌呢？"又从屋檐上丢下一匹布，一包棉花，说："昨天你的小儿子叫喊寒冷，我答应给他做棉被，我不能在孩子面前失信。"大家听了，心中都愤愤不平，都来讥笑责骂柳某。狐精说："交朋友没有选择，也是我的过失。世间人情就是这样，又何必要深加追究呢？我只是让大家知道罢了。"狐精叹息着离开了。从此，乡亲们和柳某断绝了关系，也没有人肯周济柳某一升一斗粮食。柳某只好带着家人连夜逃走，以后就不知道他怎样了。

佟园缢鬼

舅氏张公梦征言：沧州佟氏园未废时，三面环水，林木翳如，游赏者恒借以宴会。守园人每闻夜中鬼唱曰："树叶儿青青，花朵儿层层。看不分明，中间有个佳人影。只望见盘金衫子，裙是水红绫。"如是者数载。后一妓为座客殴辱，恚而自缢于树。其衣色一如所唱，莫喻其故。或曰："此缢鬼候代，先知其来代之人，故喜而歌也。"

【译文】

舅舅张梦征先生说：沧州佟氏的园林没有荒废时，三面环水，绿荫森森，游玩的人常常借这个园林开筵席。守园的人常常夜里听到鬼唱歌，歌词是："树叶儿青青，花朵儿层层。看不分明，中间有个佳人影。只望见盘金衫子，裙是水红绫。"这样的情况继续了几年。后来，有个妓女被客人侮辱殴打，含着悲愤，在树上吊死了。她穿的正是盘金的衣衫，水红绫的裙子，和鬼唱的一样。人们都搞不清是什么缘故。有人说："这是吊死鬼等候替代，预先知道要来替代的人，因此高兴地歌唱呀。"

农　妇

青县一农家,病不能力作。饿将殍,欲鬻妇以图两活。妇曰:"我去,君何以自存?且金尽仍饿死。不如留我侍君,庶饮食医药,得以检点,或可冀重生。我宁娼耳。"后十余载,妇病垂死,绝而复苏曰:"顷恍惚至冥司,吏言娼女当堕为雀鸽;以我一念不忘夫,犹可生人道也。"

【译文】
青县有个农民,生病不能劳动,眼看就要饿死,想把老婆卖掉,只望两个人都能活下去。他老婆说:"我走了,你怎能自理呢?而且卖我得到的钱用完之后,你仍会饿死的。不如把我留下侍奉你,使饮食医药,都有人照料收拾,或者你能恢复健康。我宁可去做娼妓。"十几年后,这农妇病重,昏迷过去又醒过来说:"刚才恍惚之间到了阴间,阴间的官员说当娼妓的应当投胎为麻雀鸽子,因为我念念不忘丈夫,所以还可以再托生为人。"

郭　姬

侍姬郭氏,其父大同人,流寓天津。生时,其母梦鬻端午彩符者,买得一枝,因以为名。年十三,归余。生数子,皆不育;惟一女,适德州卢荫文,晖吉观察子也。晖吉善星命,尝推其命,寿不能四十。果三十七而卒。余在西域时,姬已病瘵,祈签关帝,问:"尚能相见否？"得一签曰："喜鹊檐前报好音，知君千里有归心。绣帏重结鸳鸯带，叶落霜雕寒色侵。"谓余即当以秋冬归，意甚喜。时门人邱二田在寓，闻之，曰："见则必见，然末句非吉语也。"后余辛卯六月还，姬病良已。至九月，忽转剧，日渐沉绵，遂以不起。殁后，晒其遗箧，余感赋二诗，曰："风花还点旧罗衣，惆怅醵醨片片飞。恰记香山居士语，春随樊素一时归。"（姬以三月三十日亡，恰送春之期也。）"百折湘裙飐画栏，临风还忆步珊珊。明知神谶曾先定，终惜'芙蓉不耐寒'。"（"未必长如此，芙蓉不耐寒"，寒山子诗也。）即用签中意也。

【译文】

　　侍妾郭氏，她父亲是大同人，寄居在天津。郭氏出生的时候，她母亲梦见卖端午彩符的人，就买了一枝，因此为她取名彩符。她十三岁时就到我家了。生过几个儿子，都养不大。只有一个女儿，嫁给德州卢荫文。荫文是卢辉吉观察的儿子。卢辉吉会算命，曾经推算郭氏寿命不会超过四十岁，果然，她三十七岁时就去世了。我在西域时，郭氏已经生了肺病，向关帝求签，询问还能不能相见。得到一支签，上面写道："喜鹊檐前报好音，知君千里有归心。绣帏重结鸳鸯带，叶落霜雕寒色侵。"她认为说的是我会在秋冬间回来，心中很高兴。当时，我的学生邱二田在我京中住处，听到这签语，就说："见是一定会相见的，不过最后一句却不是吉利的话。"后来，我在辛未年六月回到家里，郭氏的病已经大好了。到了九月，病情又起了变化，一天天加重，最后去世了。她死后，晒她的遗物，我有所感地写了两首诗："风花还点旧罗衣，惆怅醵醨片片飞。恰记香山居士语，'春随樊素一时归'。"（郭氏在三月三十日去世，刚好是送春的日子。）"百折湘裙飐画栏，临风还忆步珊珊。明知神谶曾先定，终惜芙蓉不耐寒。"（"未必长如此，芙蓉不耐寒"，是寒山子的诗句。）就是用签语的意思。

推命用时

世传推命始于李虚中,其法用年月日而不用时,盖据昌黎所作虚中墓志也。其书《宋史·艺文志》著录,今已久佚,惟《永乐大典》载虚中《命书》三卷,尚为完帙。所说实兼论八字,非不用时,或疑为宋人所伪托,莫能明也。然考虚中墓志,称其最深于五行,书以人始生之年月日,所直日辰,支干相生,胜衰死生,互相斟酌,推人寿夭贵贱、利不利云云。按天有十二辰,故一日分为十二时,日至某辰,即某时也,故时亦谓之日辰。《国语》"星与日辰之位,皆在北维"是也。《诗》:"跂彼织女,终日七襄。"孔颖达疏:"从旦暮七辰一移,因谓之七襄。"是日辰即时之明证。《楚辞》"吉日兮辰良",王逸注:"日谓甲乙,辰谓寅卯。"以辰与日分言,尤为明白。据此以推,似乎"所直日辰"四字,当连上年月日为句。后人误属下文为句,故有不用时之说耳。余撰《四库全书总目》,亦谓虚中推命不用时,尚沿旧说。今附著于此,以志余过。至五星之说,世传起自张果。其说不见于典籍。考《列子》称禀天命,属星辰,值吉则吉,值凶则凶,受命既定,即鬼神不能改易,而圣智不能回。王充《论衡》称天施气而众星布精。天施气而众星之气在其中矣,含气而长,得贵则贵,得贱则贱。贵或秩有高下,富或资有多少,皆星位大小尊卑之所授。是以星言命,古已有之,不必定始于张果。又韩昌黎《三星行》曰："我生之辰，月宿南斗，牛奋其角，箕张其口。"杜樊川自作墓志曰："余生于角星昴毕，于角为第八宫，曰疾厄宫；亦曰八杀宫，土星在焉，火星继木星土。杨晞曰：'木在张，于角为第十一福德宫。木为福德大，君子无虞也。'余曰：'湖守不周岁迁舍人，木还福于角足矣，火土还死于角宜哉。'"是五星之说，原起于唐，其法亦与今不异。术者托名张果，亦不为无因。特其所托之书，词皆鄙俚，又在李虚中命书之下，决非唐代文字耳。【按：孔颖达疏应作郑玄笺。】

【译文】

　　世间流传的算命，开始于李虚中，他用的方法是年、月、日，却不用时辰。这原是从韩愈所作李虚中的墓志上来的。李虚中的书，在《宋史·艺文志》中还保存目录，现在失传已经很久了，只有《永乐大典》记载李虚中的《命书》三卷，还是完整的。书中也说到八字，并非不用时辰。有人怀疑这是宋代人托名伪作，究竟如何，已无法弄清了。不过，考查李虚中的墓志，称赞他对五行最精通，所著书中，以人生下来时的年、月、日，所遇上的日辰，地支天干相生，胜衰死生，互相比较研究，推算出这人的寿命贵贱、有利无利等等。据考查，天有十二辰，所以一日分为十二时，太阳行到某辰，就是某时了。所以时也称为日辰。《国语》上说"星与日辰之位，皆在北维"就是讲这一点了。《诗经》中有"跂彼织女，终日七襄"的句子。孔颖达的注释（应当作郑玄的笺释）说："从早到晚七个时辰移动一遍，因此称为七襄。"这是日辰也就是时的证明。《楚辞》说："吉日兮辰良"，王逸注释说："日指甲乙，辰指寅卯。"把辰和日分别地讲，更为清楚明白。根据这些推论，似乎"所直日辰"四个字，应当连接上面年月日为一句。后人误把这四个字与下面的文字连接成句，所以有不用时的说法。我撰写《四库全书总目》时，也说李虚中算命不用时，还是沿袭过去的说法。现在附带记在这里,用来表明我的过失。至于五星的说法,世间相传是出于张果,他的说法在书籍中也没有记载。考查一下,《列子》说按上天命运,所属星辰,碰上吉就是吉,碰上凶就是凶。命运已经注定,即使鬼神也不能改变更换,圣人智士也不能回避。王充的《论衡》说,上天布施气数,各种星星分配精神。上天布施气数,各种星星的气数也在当中了。包涵着气数生长,得到富贵就会富贵,得到贫贱就会贫贱。贵人有官位的高低,富人有财资的多少,都是因为星位的大小尊卑所给予的。所以,用星来论命,自古就有了,不一定从张果才开始。还有,韩愈的《三星行》说:"我生之辰,月宿南斗,牛奋其角,箕张其口。"杜牧为自己写的墓志上说:"我生在角星昴毕,在角中是第八宫,叫做疾厄宫,又叫八杀宫,土星在其中,火星跟着木星土星。杨晞说:'木在张,在角中是第十一福德宫。木的福德大,君子没有什么好担心的了。'我说:'当湖州太守不到一年就升任舍人,木对角的福气足够了,火土对角是死亡也应该的吧!'"这种五星之说最早出在唐代,方法和现在没有什么不同。用五星之术算命的人假托张果的名字,也不是没有原因的。只是假托的书,语言很粗俗,比李虚中的《命书》更加低下,肯定不是唐代的文字。【案:孔颖达疏应作郑玄笺。】

画　　妖

霍养仲言:一旧家壁悬仙女骑鹿图,款题赵仲穆,不知确否也。(仲穆名雍,松雪之子也。)每室中无人,则画中人缘壁而行,如灯戏之状。一日,预系长绳于轴首,伏人伺之。俟其行稍远,急掣轴出,遂附形于壁上,彩色宛然。俄而渐淡,俄而渐无,越半日而全隐。疑其消散矣。余尝谓画无形质,亦无精气,通灵幻化,似未必然;古书所谓画妖,疑皆有物凭之耳。后见林登《博物志》载北魏元兆,捕得云门黄花寺画妖,兆诘之曰:

"尔本虚空，画之所作，奈何有此妖形？"画妖对曰："形本是画，画以象真；真之所示，即乃有神。况所画之上，精灵有凭可通。此臣之所以有感，感而幻化。臣实有罪"云云。其言似亦近理也。

【译文】

霍养仲说：有个历史悠久的家族，在墙壁上挂着一幅《仙女骑鹿图》。落款题名赵仲穆，不知是否他的真迹（仲穆名赵雍，是赵松雪的儿子）。每当房间里没有人时，图画中的人就会沿着墙壁行走，好像皮影戏的样子。有一天，有人预先把长绳系在画轴的上面，埋伏等待。等画中人行走到比较远的地方，猛然间把画轴拉下拿出门去。画中人只得把形象依附在墙壁上，色彩和图画一样。不久就渐渐变淡，逐渐变得全无轮廓，过了半天，全都隐没了。人们怀疑画中人已经消散了。我曾经说过，图画中的事物没有形象的实质，又没有精血气息，居然能够贯通灵气变化形体，似乎不一定。古书记载的那些画妖，我怀疑都是有妖怪借图画形象来现形而已。后来，看到林登的《博物志》记载，北魏的元兆，抓获云门黄花寺的画妖，元兆就追问画妖："你本来是空虚的，是画出来的，怎能有这样妖怪的模样呢？"画妖回答说："形象本来是画出来的，画像又以相似现实才达到真实动人。真实的形象有所感示，便会有神灵。何况在所画的图画上面，精灵有具体事物依靠就可以通灵。这就是我得到生活真实形象的感召，终于幻化成妖怪的原因。我实在是有罪的。"画妖的话好像也有点道理。

天　　狐

骁骑校萨音绰克图与一狐友，一日，狐仓皇来曰："家有妖祟，拟借君坟园栖眷属。"怪问："闻狐祟人，不闻有物更祟狐，是何魅欤？"曰："天狐也，交化通神,不可思议;鬼出电入,不可端倪。其祟人,人不及防;或祟狐,狐亦弗能睹也。"问:"同类何不相惜欤?"曰:"人与人同类,强凌弱,智绐愚,宁相惜乎?"魅复遇魅,此事殊奇。天下之势,辗转相胜;天下之巧,层出不穷。千变万化,岂一端所可尽乎!

【译文】
　　骁骑校萨音绰克图和一个狐精交朋友。有一天,狐精神色慌张地跑来说:"我家有妖精作怪,想借您家的坟园给家属居住。"萨音绰克图很奇怪,就问:"只听说狐精作怪害人,没听说还有东西能作怪害狐精,那是什么妖怪呢?"狐精说:"那是天上的狐精。它的变化神通,令人不可思议。它像鬼怪雷电般来来去去,看不到一点预兆。它作怪害人,人来不及防备;它作怪害狐精,狐精也看不见的。"萨音绰克图又问:"它与你们都是同类,怎么不留一点情面呢?"狐精说:"人与人也是同类,却有强壮的欺凌弱小的,聪明的作弄愚笨的,又怎会手下留情呢?"妖怪碰上妖怪,这件事真奇怪。天下的世态,反复争斗取胜;天下的机巧,又层出不穷,千变万化,难道这是一句话就可以讲清楚的吗?

卷十三

槐西杂志（三）

郭彤纶

丁卯同年郭彤纶，戊辰上公车，宿新中驿旅舍。灯下独坐吟哦，闻窗外语曰："公是文士，西壁有一诗请教。"出视无所睹；至西壁拂尘寻视，有旅邸卧病诗八句，词甚凄苦，而鄙俚不甚成句。岂好疥壁人死尚结习未忘耶？抑欲彤纶传其姓名，俾人知某甲旅卒于是，冀家人归其骨也？

【译文】
　　丁卯科同年郭彤纶，在参加戊辰科考试的途中，留宿在新中驿的旅舍里。晚上，他一个人在灯下读诗，听到窗外有人说："先生是读书人，西墙上有一首诗，请您指教。"郭彤纶走出房看时，又看不见人，便走到西墙边，拭去墙上的灰尘，仔细寻找，果然有八句诗，是一个旅客生病时所作，词语十分凄凉痛苦，但粗俗不堪，甚至语句不通。这难道是喜欢乱题壁的人到死还忘不了老习惯吗？还是想请郭彤纶替他扬名，使人们知道某某人死在某某旅舍，希望家属能来收拾他的骸骨，运回家乡呢？

宋　遇

奴子宋遇凡三娶：第一妻自合卺即不同榻，后竟仳离。第二妻子必孪生，恶其提携之烦，乳哺之不足，乃求药使断产；误信一王媪言，舂砺石为末服之，石结聚肠胃死。后遇病革时，口喃喃如与人辩。稍苏，私语其第三妻曰："吾出初妻时，吾父母已受人聘，约日迎娶。妻尚未知，吾先一夕引与狎。妻以为意转，欣然相就。五更尚拥被共眠，鼓吹已至，妻恨恨去。然媒氏早以未尝同寝告后夫，吾母兄亦皆云尔。及至彼，非完璧，大遭疑诟，竟郁郁卒。继妻本不肯服石，吾痛捶使咽尽。殁后惧为厉，又贿巫斩殃。今并恍惚见之，吾必不起矣。"已而果然。又奴子王成，性乖僻。方与妻嬉笑，忽叱使伏受鞭；鞭已，仍与嬉笑。或方鞭时，忽引起与嬉笑；既而曰："可补鞭矣。"仍叱使伏受鞭。大抵一日夜中，喜怒反覆者数次。妻畏之如虎，喜时不敢不强欢，怒时不敢不顺受也。一日，泣诉先太夫人。呼成问故。成跪启曰："奴不自知，亦不自由。但忽觉其可爱，忽觉其可憎耳。"先太夫人曰："此无人理，殆佛氏所谓夙冤耶！"虑其妻或轻生，并遣之去。后闻成病死，其妻竟著红衫。夫夫为妻纲，天之经也。然尊究不及君，亲究不及父，故妻又训齐，有敌体之义焉。则其相与，宜各得情理之平。宋遇第二妻，误杀也，罪止太悍。其第一妻，既已被出而受聘，则恩义已绝，不当更以夫妇论，直诱污他人未婚妻耳。因而致死，其取偿也宜矣。王成酷暴，然未致妇于死也，一日居其室，则一日为所天。殁不制服，反而从吉，是悖理乱常也。其受虐固无足悯焉。

【译文】

　　仆人宋遇娶过三个妻子。第一个妻子婚后就没有同床，后来离婚了。第二个妻子怀孕后，生了一对双胞胎。宋遇讨厌照料麻烦，妻子奶水又不够，就去找药物来使妻子绝育。他误信一个王老太的话，把磨刀石捶成粉末，叫妻子服下，结果石末聚结在肠胃中，便死了。后来，宋遇病危时，口中含糊不清地说着话，好像和什么人辩论似的。病情刚好转，他就悄悄对第三个妻子说："我要休掉第一个妻子时，我的父母已经接受了人家的聘礼，定好了日子来接人。我那第一个妻子还不知道。我在头一晚引诱她，和她同房。她以为我回心转意，很高兴地和我亲热。到五更天时，我和她还抱在一起睡觉。等到迎亲队伍来到，第一个妻子才悔恨不已地被接走了。但是，媒人早就对后夫说过，这个妇人没有和我同房过，我的母亲、哥哥也是这样说的。等到第一个妻子嫁到后夫家，发现并非处女，就被后夫家怀疑、责骂，最后心情郁闷而死。第二个妻子本来不肯吃磨刀石粉，我痛打了她一顿，逼她吃完。她死后，我怕她变为恶鬼，又行贿巫神作法，断绝灾祸。现在，在神志恍惚中都见到了她们，我一定会死了。"不久，果然死去了。还有个奴仆王成，性格乖僻，正在和妻子说说笑笑时，突然凶狠地喝令妻子伏在地上接受鞭打。鞭打完了，仍然和妻子有说有笑。大概一日一夜里，这样喜怒反复有好几次。妻子怕他像怕老虎似的，他高兴时不敢不强颜欢笑，他生气时不敢不顺从挨打。有一天，妻子向太夫人哭诉。太夫人把王成叫来问原因，王成跪着禀告说："我自己也不明白，也不由自主。只是一下子觉得妻子可爱，一下子觉得妻子可憎而已。"太夫人说："这真是没有人性。这大概是佛法所说的前生的冤业吧！"又担心他妻子自杀，就把他们一起解雇了。后来听说王成病死时，他的妻子竟然穿上红衣衫。夫为妻纲，这是天经地义的。但是，论尊严，究竟不如君主，论关系，究竟不如父亲，所以妻又解释为齐,就有对等的含义了。那么,夫妻相处,大家都应当在情理上平等。宋遇的第二个妻子是被误杀的,他的罪过只是太过凶狠了。他的第一个妻子,既然已经离婚,并且接受了人家的聘礼,那么夫妻的恩爱已经断绝,不应当再按夫妻关系来对待,所以宋遇的做法,简直是诱奸别人的未婚妻。因而导致她死亡,宋遇以性命抵偿也是适当的。王成过分凶暴,但还没有把妻子打死。妻子一天在他家里,他一天也是妻子的主宰。王成死后妻子不穿丧服,反而穿红衣吉服,这是违反道理,破坏伦常。这个妻子受到虐待,也不值得怜悯了。

太湖渔女

吴惠叔言:太湖有渔户嫁女者,舟至波心,风浪陡作,舵师失措,已欹仄欲沉。众皆相抱哭,突新妇破帘出,一手把舵,一手牵篷索,折戗飞行,直抵婿家,吉时犹未过也。洞庭人传以为奇。或有以越礼讥者,惠叔曰:"此本渔户女,日日船头持篙橹,不能责以必为宋伯姬也。"又闻吾郡有焦氏女,不记何县人,已受聘矣。有谋为媵者,中以蜚语,婿家欲离婚。父讼于官,而谋者陷阱已深,非惟证佐凿凿,且有自承为所欢者。女见事急,竟倩邻媪导至婿家,升堂拜姑曰:"女非妇比,贞不贞有明证也。儿与其献丑于官媒,仍为所诬,不如献丑于母前。"遂阖户弛服,请姑验。讼立解。此较操舟之新妇更越礼矣,然危急存亡之时,有不得不如是者。讲学家动以一死责人,非通论也。

【译文】

吴惠叔说:太湖有一户渔民嫁女儿,船行到湖心,突然出现大风大浪。掌舵人惊慌失措,船只歪歪斜斜,快要沉没。大家都抱头痛哭时,突然见新娘子冲出船舱,一手掌舵,一手拉住篷索,船只就曲曲折折地飞快行驶,直达新郎家中。那时,良辰吉时还没有过去。太湖上洞庭山的人们都相互传说,认为是奇事。有人认为新娘子不守礼节,给予嘲笑,吴惠叔说:"新娘本来就是渔家女,天天在船上拿篙摇橹的。不能够硬要人家做坐着等死的宋国伯姬呀!"又听说我家乡有个姓焦的姑娘,记不清是哪个县的人了,已经受了聘礼待嫁。有人想娶姑娘当小老婆,就散布流言蜚语中伤她。男家就想要离婚。姑娘的父亲到官府告状,但耍阴谋的人布置很周密,不但证据确凿,而且还有人出面自认是姑娘的情人。姑娘看到事情紧急,就请邻居老太太带路,直接去未婚夫家。走到厅堂上,向婆婆行礼,说:"未婚女子不同于已婚妇人,贞节不贞节可以验明的。与其在官府媒婆那里出丑,仍旧被他们诬陷,不如在您面前出丑算了。"就关上门,脱光衣服,请婆婆检查。这场官司一下子就解决了。这件事比亲自掌舵的新娘更加不守礼节了,但是在危急存亡的紧要关头,也有不得不这样做的。理学家动不动就让人家去死,不是合理的议论呀!

木 石 人

杨雨亭言:劳山深处,有人兀坐木石间,身已与木石同色矣。然呼吸不绝,目炯炯尚能视。此婴儿炼成,而闭不能出者也。不死不生,亦何贵于修道,反不如鬼之逍遥矣。大抵仙有仙骨,质本清虚;仙有仙缘,诀逢指授。不得真传而妄意冲举,因而致害者不一,此人亦其明鉴也。或曰:"以刃破其顶,当兵解去。"此亦臆度之词,谈何容易乎!

【译文】

杨雨亭说:在劳山的深处,有一个人直挺挺地坐在树木石头之间，身体已经和树木石头一样的颜色了，但还有呼吸，两眼还挺有神采地看来看去。这是道家修炼铅汞，元神中已经炼成了一个婴儿，可是被封闭着不能升出体外。这样不死不生，修道又有什么可贵呢，反而不如做鬼那样逍遥自在了。大概仙人有仙骨，体质本来清净空虚；仙人有仙缘，口诀有人传授。有些人得不到真传就随意炼仙，由此受害的人不只一两个，这个人就是一个明证！有人说："用刀砍他的头，就可以解脱躯壳成仙了。"这也是猜想的话，做起来哪像讲的那样容易呢！

灶　神

古者大夫祭五祀，今人家惟祭灶神。若门神、若井神、若厕神、若中霤神，或祭或不祭矣。但不识天下一灶神欤？一城一乡一灶神欤？抑一家一灶神欤？如天下一灶神，如火神之类，必在祀典，今无此祀典也。如一城一乡一灶神，如城隍社公之类，必有专祠，今未见处处有专祠也。然则一家一灶神耳，又不识天下人家，如恒河沙数；天下灶神，亦当如恒河沙数；此恒河沙数之灶神，何人为之？何人命之？神不太多耶？人家迁徙不常，兴废亦不常，灶神之闲旷者何所归？灶神之新增者何自来？日日铨除移改，神不又太烦耶？此诚不可以理解。然而遇灶神者，乃时有之。余小时，见外祖雪峰张公家一司爨姬，好以秽物扫入灶。夜梦乌衣人呵之，且批其颊。觉而颊肿成痈，数日巨如杯，脓液内溃，从口吐出；稍一呼吸，辄入喉呕哕欲死。立誓虔祷，乃愈。是又何说欤？或曰："人家立一祀，必有一鬼凭之。祀在则神在，祀废则神废，不必一一帝所命也。"是或然矣。

【译文】
　　古时候大夫要祭五种家神，现在的人家只祭灶神。像门神、井神、厕神、中霤神，就有人祭，有人不祭。但不知是天下共有一个灶神呢，还是一座城市、一个乡村共有一个灶神，或者是一家一个灶神？如果天下共有一个灶神，像火神之类，那么一定有祭祀的典礼，而现在却没有这个典礼。如果一座城市、一个乡村共有一个灶神，那一定有专门的神祠，像现在城隍祠、土地神祠之类，但现在却没有看到各地有专门的神祠。那么是一家一个灶神了，但又不知道天下的人家像恒河的泥沙数目那样众多，天下的灶神，也应当像恒河泥沙数目那样众多了。这批像恒河泥沙数目那样众多的灶神，是什么人当的？什么人任命的？灶神不是显得太多了吗？人们搬家迁居不固定，人家兴旺衰败也不固定，灶神当中空闲无事的又到哪里去呢？灶神中新增加的又从哪里来呢？每天任命、免去、改动灶神，上天不觉得太麻烦了吗？这些都真是不能按道理来解释的。不过，碰上灶神的事，仍然有时发生。我小时候，看到外公张雪峰先生家里一个烧饭的老太婆，喜欢把脏东西扫进灶膛里。晚上做梦，有个穿黑衣服的人骂她，还打她耳光。醒来时觉得双颊肿痛，变成了脓疮，几天后像茶杯那样大，脓汁溃烂向内流，从口里吐出来。吸气的时候，脓汁就流入喉咙里，呕吐呛咳得要死。老太婆发誓今后要虔诚地拜灶神，伤口就痊愈了。这又怎么说呢？有人说："人们家中设立一处祭祀的地方，一定有一个鬼依附着。祭祀的地方存在，神也就存在；祭祀的地方废弃了，神也就消失了，不必要上帝一一任命的。"或者是这样罢！

门　外　语

　　孙协飞先生夜宿山家，闻了鸟（了鸟，门上铁系也。

李义山诗作此二字。)丁东声,问为谁?门外小语曰:"我非鬼非魅,邻女欲有所白也。"先生曰:"谁呼汝为鬼魅而先辩非鬼非魅也?非欲盖弥彰乎!"再听之,寂无声矣。

【译文】
　　孙协飞先生晚上在山民家中住宿,听到了鸟(了鸟,是门上的铁搭扣,李义山的诗里就用这两个字)丁东的声响。孙先生问是谁,门外有小声说:"我不是鬼,也不是怪,是邻居女儿,有话对你说。"孙先生说:"谁把你叫做鬼怪,你非要先解释自己不是鬼怪呢?这不是欲盖弥彰吗?"再倾听一下,就没有一点声响了。

崔崇岏

　　崔崇岏,汾阳人,以卖丝为业。往来于上谷、云中有年矣。一岁,折阅十余金,其曹偶有怨言。崇岏恚愤,以刃自剖其腹,肠出数寸,气垂绝。主人及其未死,急呼里胥与其妻至,问:"有冤耶?"曰:"吾拙于贸易,致亏主人资。我实自愧,故不欲生,与人无预也。其速移我返,毋以命案为人累。"主人感之,赠数十金为棺敛费,奄奄待尽而已。有医缝其肠,纳之腹中。敷药结痂,竟以渐愈。惟遗矢从刀伤处出,谷道闭矣。后贫甚,至鬻其妻。旧共卖丝者怜之,各赠以丝,俾拮线自给。渐以小康,复娶妻生子。至乾隆癸巳、甲午间,年七十乃终。其乡人刘炳为作传。曹受之侍御录以示余,因撮记其大略。夫贩鬻丧资,常事也。以十余金而自戕,崇岏可谓轻生矣。然其本志，则以本无毫发私，而其迹有似于乾没，心不能白，以死自明，其平生之自好可知矣。濒死之顷，对众告明里胥，使官府无可疑；切嘱其妻，使眷属无可讼，用心不尤忠厚欤！当死不死，有天道焉。事似异而非异也。

【译文】
　　崔崇屽是汾阳人，以卖丝为业，往来于上谷、云中经商已有多年了。有一年，他亏本了十几两银子，与他合伙的人发了些怨言。崔崇屽很懊怒，用刀插入自己的腹部，肠子流出几寸长，生命垂危。商号主人看到他还没死，急忙把乡里管事和他老婆叫来，问他："你有冤枉事吗？"崔崇屽说："我经营不得法，致使主人的资金亏损，我实在觉得惭愧，所以不想活了，和别人没有关系。赶快把我抬回家去，以免出人命案子连累别人。"商号主人很感激他，送他几十两银子做丧葬费，他只能奄奄一息等死了。有个医生把他的肠子缝合，塞回腹内，敷上药，伤口结痂，竟然慢慢好起来。只是大便会从刀口流出，肛门已经封闭住了。后来，崔崇屽十分贫困，甚至把妻子都卖掉了。过去和他一起贩丝的人都同情他，每人赠送他一些丝，让他纺成线维持生活。他慢慢地得以温饱，又重新娶了老婆，生了儿子。到乾隆三十八、三十九年间，他七十岁时，才去世。他的同乡刘炳给他写了传记，曹受之侍御抄录了一份，拿给我看，我就记下了大概情况。做买卖亏本，是常有的事。因为十几两银子就自杀，崔崇屽真是太轻视性命了。不过，他的本意是，本来没有丝毫的私心，但行为却有点像贪污，自己的心意不能让大家明白，只好用死来表白，这个人平生自己要求严格就可以想象了。他将死的时候，当众清楚地报告乡里管事，使官府不会产生疑问；仔细地吩咐妻子，使家属不去告状，这种用心不是特别忠厚吗！应当死去却没有死去，上天安排是有道理的。这件事像是奇事，实际上却并不奇呀。

心　疾

文安王丈紫府言：灞州一宦家娶妇，甫却扇，新婿失声狂奔出。众追问故。曰："新妇青面赤发，状如奇鬼，吾怖而走。"妇故中人姿，莫解其故。强使复入，所见如前。父母迫之归房，竟伺隙自缢。既未成礼，女势当归。时贺者尚满堂，其父引之遍拜诸客，曰："小女诚陋，然何至惊人致死哉！"《幽怪录》载卢生娶弘农令女事，亦同于此，但婿未死耳。此殆夙冤，不可以常理论也。自讲学家言之，则必曰："是有心疾，神虚目眩耳。"

【译文】

文安王紫府先生说：灞州有户当官的人家娶新娘，新娘的盖头巾刚拿下，新郎就突然大喊大叫，跑了出去。大家追赶上来问原因，新郎说："新娘子青面红发，模样像鬼似的，我吓得只好逃走了。"新娘子本来是中等相貌，大家都说不清什么原因，就硬要新郎再进洞房，但新郎眼中的新娘，还是像鬼一样。父母强迫新郎进新房去，新郎竟然乘人不注意上吊自杀了。既然没有行过夫妻之礼，新娘按情况应当回娘家去。当时来参加婚礼的客人还是济济一堂，新娘的父亲就带着新娘，向客人们一一行礼见面，说："我女儿的相貌实在不够漂亮，但是怎会把人吓到要寻死呢！"在《幽怪录》里记载卢生娶弘农令女儿的故事，也和这件事相同，只是新郎并没有死。这大概是前生的冤业，不能用一般道理去解释的。对于道学家来讲，一定会说："这是有精神病，精神虚幻、眼睛昏花造成的。"

李 再 瀛

李主事再瀛，汉三制府之孙也。在礼部时为余属。气宇朗彻，余期以远到。乃新婚未几，遽夭天年。闻其亲迎时，新妇拜神，怀中镜忽堕地，裂为二，已讶不祥；既而鬼声啾啾，彻夜不息。盖衰气之所感，先兆之矣。

【译文】

李再瀛主事是汉三总督的孙子，在礼部的时候是我的部下，气概高远，思路清晰，我对他期望很大。但是，他新婚不久，就突然去世了。听说他去迎娶新娘时，新娘拜神，放在身上的镜子忽然掉在地下，裂为两半，这已经让人惊讶，认为不吉利的了；后来又有啾啾的鬼声，一夜响个不停。原来衰败的气数有所感召，先作预兆呀。

应酬不可废

选人某，在虎坊桥租一宅。或曰："中有狐，然不为患，入居者祭之则安。"某性啬不从，亦无他异。既而纳一妾，初至日，独坐房中。闻窗外帘隙有数十人悄语，品评其妍媸。忸怩不敢举首。既而灭烛就寝，满室吃吃作笑声，（吃吃笑不止，出《飞燕外传》。或作嗤嗤，非也。又有作咥咥者，盖据毛亨《诗传》。然《毛传》咥咥乃笑貌，非笑声也。）凡一动作，辄高唱其所为。如是数夕不止。诉于正乙真人。其法官汪某曰："凡魅害人，乃可劾治；若止嬉笑，于人无损。譬互相戏谑,未酿事端,即非王法之所禁。岂可以猥亵细事,渎及神明!"某不得已,设酒肴拜祝。是夕寂然。某喟然曰:"今乃知应酬之礼不可废。"

【译文】

  有个候选官员在虎坊桥租下一所宅院。有人说:"这房子有狐精,不过并不作怪,搬进居住的人祭祀一下,就安定了。"这候补官员性格吝啬,不肯听人家劝告,搬进去后并不祭祀,但也没有什么怪事。不久,他娶了个侍妾。侍妾刚到那一天,一个人坐在房间里,听到窗外、门帘缝隙里传来几十个人轻轻的说话声,在评论她的相貌美丑。侍妾害臊,头也不敢抬起来。不久,候补官员和侍妾熄灯睡觉,只听得满房间都是吃吃的笑声,("吃吃笑不止"这句子,出于《飞燕外传》。有的本子作"嗤嗤",是不正确的。又有的本子作"咥咥",是根据毛亨为《诗经》写的解释。不过,《诗经》里"咥咥"是欢笑的模样,并不是笑声。)他们有什么动作,房间里的声音就大声叫喊他们的所作所为。一连几个晚上,都是这样子。候补官员就向正乙真人投诉,真人的法官汪某说:"大凡妖怪害人,是可以禁咒惩处的。如果只是嘲弄讥笑,对人没有损害,譬如相互开玩笑,没有闹出什么乱子,就不是王法能够禁止的了。怎能把男女亲热这些琐碎的事,去冒犯神明呢?"候补官员没有办法,只好摆酒祭祀狐精。当天晚上就十分安静。他感叹地说:"现在我才知道,应酬的礼数是不能够免去的。"

凤 皇 店 狐

  王符九言:凤皇店民家,有儿持其母履戏,遗后圃花架下,为其父所拾。妇大遭诟诘,无以自明,拟就缢。忽其家狐祟大作,妇女近身之物,多被盗掷于他处,半月余乃止。遗履之疑,遂不辩而释,若阴为此妇解结者,莫喻其故。或曰:"其姑性严厉,有婢私孕,惧将投缳。妇窃后圃钥纵之逃。有是阴功,故神遣狐救之欤!"或又曰:"既为神佑,何不遣狐先收履,不更无迹乎?"符九曰:"神正以有迹明因果也。"余亦以符九之言为然。

【译文】
王符九说:凤皇店有个老百姓家,儿子拿着他母亲的鞋子去玩,丢在后园的花架下面,被他父亲捡到。这个当母亲的被大骂一场,又没办法说清楚,就想上吊自杀。突然,这家的狐精大肆作怪,凡是妇女贴身的衣物,都被偷去丢到另外的地方;这样闹了半个多月才停止。于是,这个妇人丢失鞋子的疑问,不用再解释就清楚了。这件事仿佛暗中替这妇女解除困境,大家都不明白其中奥妙。有人说:"这个妇人的婆婆性情严厉,有个婢女和人私通怀孕,怕得想上吊自杀。这妇人偷来后园的钥匙,把婢女放走了。这是积了阴德,所以神灵命令狐精来救她吧!"有人又说:"既然是神灵保佑,何不先派狐精把鞋子收走,不就更没有痕迹了吗?"王符九说:"神灵正是用这些痕迹显示因果报应分明呀!"我也认为王符九的话是正确的。

胡 太 虚

胡太虚抚军能视鬼,云尝以葺屋巡视诸仆家,诸室皆有鬼出入,惟一室阒然。问之,曰:"某所居也。"然此仆蠢蠢无寸长,其妇亦常奴耳。后此仆死,其妇竟守节终身。盖烈妇或激于一时,节妇非素有定志必不能。饮冰茹蘖数十年,其胸中正气,蓄积久矣,宜鬼之不敢近也。又闻一视鬼者曰:"人家恒有鬼往来,凡闺房媟狎，必诸鬼聚观，指点嬉笑，但人不见不闻耳。鬼或望而引避者，非他年烈妇、节妇，即孝妇、贤妇也。"与胡公所言，若重规叠矩矣。

【译文】
　　胡太虚抚军能够看到鬼魂。他说，曾经因为修缮房屋，巡视过奴仆们的家，各个房子都有鬼魂出出进进，只有一间房子没有鬼魂。查问一下，回答说："是某奴仆住的地方。"不过这个仆人粗笨得很，没有什么能力，他的老婆也是一般的女仆罢了。后来这个奴仆死后，他的老婆竟然终身守节不嫁。原来烈妇有的还是激于一时义愤，节妇如果不是平日有坚定的信念，一定不能做到的。含辛茹苦几十年，她心中的正气积蓄已经很久，鬼魂当然不敢靠近了。又听到一个能够看到鬼魂的人说："某家人家里经常有鬼魂来往，凡在房间里男女调笑亲热，鬼魂们一定都来观看，还指指点点，讲讲笑笑，只是人们听不见看不见而已。鬼魂看见就远远避开的人，不是将来成为烈妇、节妇的，就是成为孝妇、贤妇的了。"这话和胡太虚先生所讲的，如出一辙。

含 糊 书 生

　　朱定远言：一士人夜坐纳凉，忽闻屋上有噪声。骇而起视，则两女自檐际格斗堕，厉声问曰："先生是读书人，姊妹共一婿，有是礼耶？"士人噤不敢语。女又促问。战栗嗫嚅曰："仆是人，仅知人礼。鬼有鬼礼，狐有狐礼，非仆之所知也。"二女唾曰："此人模棱不了事，当别问能了事人耳。"仍纠结而去。苏味道模棱，诚自全之善计也。然以推诿偾事，获谴者亦在在有之。盖世故太深，自谋太巧，恒并其不必避者而亦避，遂于其必当为者而亦不为，往往坐失事机，留为祸本，决裂有不可收拾者。此士人见诮于狐，其小焉者耳。

【译文】

朱定远说：有个读书人晚上坐着乘凉，忽然听到房上有吵闹声。他惊讶地站起来察看，原来是两个女子在屋檐上打架，掉了下来。这两个女子大声问道："先生是读书人，请问现在姊妹两人共嫁一个丈夫，有没有这样的礼制？"读书人吓得不敢讲话，两个女子又追问，他就战战兢兢、吞吞吐吐地说："我是人类，只知道人类的礼制。鬼有鬼的礼制，狐精有狐精的礼制，这就不是我能知道的了。"这两个女子轻蔑地说："这个人糊涂含糊，说不清楚，我们去问另外头脑清楚的人去！"说着双方拉拉扯扯地走了。苏味道行为态度都模棱两可，实在是保存自身安全的计策。但是，因为推诿败事而获罪的人，也往往存在。原来世故太过分，为自己打算太过狡猾，连平时不应当回避的事也回避了，应当做的事也不愿去做，往往就会坐失良机，留下灾祸的根子，一旦发作就不可收拾了。这个读书人被狐精嘲笑，只是小事而已。

双 幻

济南朱青雷言：其乡民家一少年与邻女相悦，时相窥也。久而微露盗香迹，女父疑焉，夜伏墙上，左右顾视两家，阴伺其往来。乃见女室中有一少年，少年室中有一女，衣饰形貌皆无异。始知男女皆为狐媚也。此真黎丘之技矣。青雷曰："以我所见，好事者当为媒合，亦一佳话。然闻两家父母皆恚甚，各延巫驱狐。时方束装北上，不知究竟如何也。"

【译文】

济南朱青雷说：他家乡有个老百姓的家中，一青年与邻居少女相好，经常偷偷眉目传情。时间一长，男女幽会的形迹略有显露。少女的父亲心中怀疑，晚上爬在墙头上，向两边房子观察，暗中察看青年和少女的来往。他发现在少女的房间里有一个青年，在青年的房间里有一个少女，两男和两女的衣服相貌都没有什么不同。这时，少女的父亲才知道，青年和少女都被狐精迷惑了。这真像黎丘的鬼变幻成人家子弟形状的故事。朱青雷说："按我的看法，有人做媒让青年与少女结合，也是一件好事。不过，听说两家父母都很生气，都请巫师来驱逐狐精。当时我正收拾行李北上，不知道最后怎么样了。"

受祭祀分亲疏

有视鬼者曰："人家继子，凡异姓者，虽女之子，妻之侄，祭时皆所生来享，所后者弗来也。凡同族者，虽五服以外，祭时皆所后来享，所生者虽亦来，而配食于侧，弗敢先也。惟于某抱养张某子，祭时乃所后来享。久而知其数世前本于氏妇怀孕嫁张生，是于之祖也。此何义欤？"余曰："此义易明。铜山西崩，洛钟东应，不以远而阻也。琥珀拾芥不引针，磁石引针不拾芥，不以近而合也。一本者气相属，二本者气不属耳。观此使人睦族之心，油然而生，追远之心，亦油然而生。一身歧为四肢，四肢各歧为五指，是别为二十歧矣；然二十歧之痛痒，吾皆能觉，一身故也。莫昵近于妻妾，妻妾之痛痒，苟不自言，吾终不觉，则两身而已矣。"

【译文】

有个能够看到鬼魂的人说:"家中的过继儿子,凡是异姓过继的,即使是姐妹的儿子、妻子的侄儿,在祭祀时,都是生育他的父母长辈的鬼魂来享受,后来过继父母长辈的鬼魂不来享受的。凡是同族的过继儿子,祭祀祖先时,都是过继父母长辈的鬼魂来享受,亲生的父母鬼魂虽然也来,只是在旁边陪着,不敢争先享受。只有于某抱养了张某的儿子,祭祀时却是于某鬼魂来享受。过了很久才知道,在几代以前,于家媳妇怀孕之后才嫁到张家,这鬼魂本来是于家的祖先呀。这是什么道理呢?"我说:"这个道理很容易明白。铜山在西方崩倒,东方洛阳的铜钟就会有响应,并不因为距离远而有所妨碍。琥珀能吸引芥子却不会吸引铁针,磁石能吸引铁针却不能吸引芥子,并不因为接近就能相合。出于一个根的气息能相互依附,两个根的气息不能相互依附。看到这种情况,让人产生和睦宗族的感情,追念祖宗的盛情也会自然产生出来。一个人身体分为四肢,四肢各分开五个指头,这就分为二十个指头了。但是,二十个指头的痛痒,我们都能察觉,因为是同一个身体的缘故。最亲近的人莫过于妻子侍妾了,但妻子侍妾的痛痒,如果她们自己不说,我们始终不知道,因为身体是两个的缘故呀!"

狐惩学生

宋子刚言:一老儒训蒙乡塾,塾侧有积柴,狐所居也。乡人莫敢犯,而学徒顽劣,乃时秽污之。一日,老儒往会葬,约明日返。诸儿因累几为台,涂朱墨演剧。老儒突返,各挞之流血,恨恨复去。众以为诸儿大者十一二,小者七八岁耳,皆怪师太严。次日,老儒返,云昨实未归。乃知狐报怨也。有欲讼诸土神者,有议除积柴者,有欲往诟詈者;中一人曰:"诸儿实无礼,挞不为过,但太毒耳。吾闻胜妖当以德,以力相角,终无胜理。

冤冤相报，吾虑祸不止此也。"众乃已。此人可谓平心，亦可谓远虑矣。

【译文】

宋子刚说：有个老儒生在乡下学塾教书。学塾旁边有一个柴堆，是狐精居住的。乡下人都不敢去骚扰柴堆，但学生顽皮捣乱，经常把柴堆弄得又脏又臭。有一天，老儒生去参加葬礼，约定明天回来。学生们就把书桌叠起来做戏台，脸上涂得红红绿绿地装扮演戏。突然，老儒生回来了，把学生们打得出血，又很生气地走了。乡下人认为，这些孩子大的十一、二岁，小的只有七、八岁，老师这样责备敲打太过严酷了。第二天，老儒生回来了，说昨天确实没有回来过。人们才知道，这是狐精报复呀。有人想到土地神那里控告，有人主张把柴堆清除掉，还有人想去柴堆那里大骂一顿。有一个人说："这些孩子实在太不讲礼貌了，打一顿也是对的，只是打得太重了。我听说，应当用品德去战胜妖怪，如果只是用气力去争斗，最后也不会有理由打胜的。人和狐冤冤相报，我担心灾祸不会到此为止啊！"大家听了，这才作罢了。这个人真可说是平心，也可说是有远虑了。

双 头 鹅

雍正乙卯，佃户张天锡家生一鹅，一身而两首。或以为妖。沈丈丰功曰："非妖也。人有孪生，卵亦有双黄；双黄者，雏必枳首。吾数见之矣。"与从侄虞惇偶话及此，虞惇曰："凡鹅一雄一雌者，生十卵即得十雏。两雄一雌者，十卵必殰一二，父气杂也。一雄两雌者，十卵亦必殰一二，父气弱也。鸡鹜则不妨，物各一性尔。"余因思鹅鸭皆不能自伏卵，人以鸡代伏之。天地生物之初,羽族皆先以气化,后以卵生,不待言矣。(凡物皆先气化而后形交,前人先有鸡先有卵之争,未之思也。)第不知最初卵生之时,上古之民淳淳闷闷,谁知以鸡代伏也?鸡不代伏,又何以传种至今也?此真百思不得其故矣。

【译文】

雍正十三年,佃户张天锡家里生了一只鹅,一个身体有两个头。有人认为是妖怪。沈丰功老先生说:"不是妖怪。人有双胞胎,蛋也有双黄蛋。双黄蛋孵出的小鸡,一定两个头。我见过几次了。"我和堂侄虞惇谈到这件事时,虞惇说:"凡是一雄一雌配对的鹅,生下十只蛋会孵出十只小鹅。两只雄鹅一只雌鹅配对的,生下十只蛋一定会败坏一两只,是因为雄性精气混乱。一只雄鹅两只雌鹅配对的,生下十只蛋也一定会败坏一两只,因为雄性精气薄弱。鸡鸭就不要紧,各种动物的性质不一样罢了。"我由此想到,鹅鸭都不能亲自孵卵,人们让鸡代替去孵卵。天地产生万物的时候,羽毛类都先以气化,然后卵生,就不必再细说了。(凡是物种都是先有精气变化然后有形体交配,过去的人关于先有鸡还是先有蛋的争论,是没有深入思考呀!)只是,不知道最初卵生的时代,原始人类还混混沌沌,谁会知道用鸡来代替孵卵呢?鸡不去代替鹅孵卵,鹅又怎能传种到现在呢?这些事真令人百思不得其解了。

狐惧正直

刘友韩侍御言:向寓山东一友家,闻其邻女为狐媚。女父迹知其穴,百计捕得一小狐,与约曰:"能舍我女,则舍尔子。"狐诺之。舍其子而狐仍至。詈其负约。则谢曰:"人之相诳者多矣,而责我辈乎!"女父恨甚,使女阳劝之饮,而阴置砒焉。狐中毒,变形踉跄去。越一夕,家中瓦砾交飞,窗扉震撼,群狐合噪来索命。女父厉声道始末,闻似一老狐语曰:"悲哉!彼徒见人皆相诳,从而效尤。不知天道好还,善诳者终遇诳也。主人词直,犯之不祥。汝曹随我归矣。"语讫寂然。此狐所见,过其子远矣。

【译文】

　　刘友韩侍御说:从前住在山东一个朋友家里,听说他的邻居有个女儿被狐精迷惑。这姑娘的父亲跟踪狐精,找到它的洞穴,千方百计捕获了一只小狐狸。姑娘的父亲就和狐精谈判,约定:"你放过我女儿,我就放了你儿子。"狐精答应了。姑娘的父亲放了小狐狸后,狐精仍旧来迷惑姑娘。姑娘的父亲就指责狐精违背约定,狐精拒绝指责,还说:"人类相互欺骗够多的了,怎能责备我们狐类呢!"姑娘的父亲痛恨极了,就让女儿装假劝狐精饮酒,偷偷地把砒霜放在酒里。狐精饮酒中毒,现出原形,跟跟跄跄地跑了。过了一夜,许多砖瓦碎块飞掷进房子里,窗门都震动了,一大群狐精大叫大喊,前来要求偿命。姑娘的父亲把事情经过统统大声地讲出来,就听到仿佛是个老狐精的声音说:"真可悲啊!它只看到人类都相互欺骗,就跟着去做。它不认识到上天的道理总是正直的,会骗人的人最终还会碰上骗他的人呀。这里的主人义正词严,攻击他是不吉利的。你们还是跟我回去吧!"说完,一切攻击谩骂都停止了。这个老狐狸精的见识,大大超过那只害人的狐精了。

季　廉　夫

　　季廉夫言:泰兴旧宅后,有楼五楹,人迹罕至。廉夫取其僻静,恒独宿其中。一夕,甫启户,见板阁上有黑物,似人非人,鬖鬙长毳如蓑衣,扑灭其灯,长吼冲人去。又在扬州宿舅氏家,朦胧中见红衣女子推门入。心知鬼物,强起叱之。女子跪地,若有所陈,俄仍冉冉出门去。次日,问主人,果有女缢此室,时为祟也。盖幽房曲室,多鬼魅所藏。黑物殆精怪之未成者,潜伏已久,是夕猝不及避耳。缢鬼长跪,或求解脱沉沦乎?廉夫壮年气盛,故均不能近而去也。俚巫言,凡缢死者著红衣,则其鬼出入房闼,中雷神不禁。盖女子不以红衣敛,红为阳色,犹似生魂故也。此语不知何本。然妇女信之甚深,故衔愤死者多红衣就缢,以求为祟。此鬼红衣,当亦由此云。

【译文】

季廉夫说:在泰兴老屋后面,有楼房五间,很少人到那里。季廉夫认为那里幽静,就经常一个人去住。有一天晚上,他刚打开门,就看到木阁楼上有一团黑东西,似人非人,毛绒绒地挂着,像蓑衣一样。这东西大叫一声,撞灭了灯火,经过他身边跑了出去。又有一次,在扬州舅父家里住宿,睡眼朦胧中看到一个穿红衣服的女子推开门走进来。季廉夫知道是鬼魂,猛然坐起来骂她。这女子跪在地下,好像要讲些什么,不久就慢慢地出门去了。第二天询问主人,果然以前有个女人在这房间上吊自杀,有时鬼魂会出来作怪。幽静偏僻的房屋内,经常有鬼怪躲藏。那团黑东西大概是变化未成的精怪,潜伏在房子里很久了,那天晚上急忙中来不及躲避季廉夫。那个吊死鬼跪下讲话,或者是请求解脱沉沦地狱的遭遇吧?季廉夫壮年,精气旺盛,所以鬼怪都不能够接近,只好逃走了。民间巫师说,凡是上吊死的都穿红衣服,那么她的鬼魂出入房舍,中雷神是不阻止的。因为女子死后不会穿着红衣服装殓,红是阳性颜色,鬼魂穿红衣服就像活人的生魂一般。这种说法不知有什么根据。不过,妇女们都十分相信,所以含怨愤而吊死的多数穿红衣服,希望能作怪报复。这个鬼魂穿红衣服,大概也是如此。

树　精

先兄晴湖言：沧州吕氏姑家，（余两胞姑皆适吕氏，此不知为二姑家、五姑家也。）门外有巨树，形家言其不利。众议伐之，尚未决。夜梦老人语曰："邻居二三百年，忍相戕乎？"醒而悟为树之精，曰："不速伐，且为妖矣。"议乃定。此树如不自言，事尚未可知也。天下有先期防祸，弥缝周章，反以触发祸机者，盖往往如是矣。（闻李太仆敬堂某科磨勘试卷，忽有举人来投刺，敬堂拒未见。然私讶曰："卷其有疵乎？"次日检之，已勘过无签；覆加详核，竟得其谬，累停科。此举人如不干谒，已漏网矣。）

【译文】

亡兄晴湖说过：沧州吕氏姑母家，（我两个姑母都嫁给吕氏，这不知是二姑家还是五姑家。）门外有棵大树，风水先生说对她家不利，大家商量要把大树砍了，但还没有决定。晚上，梦见一个老人对她说："我们做邻居二三百年了，你能忍心杀我吗？"醒来时，才明白那是树精，就说："不赶快砍树，大树就要成精作怪了。"于是，砍树的意见就确定下来。如果这棵树的树精自己不去托梦讲情，事情的发展还不一定怎样。天下有预先防止祸患，费心尽力地弥补不足，反而触发了潜伏着的祸患，往往就像树精这种做法。（听说某次科举考试，李敬堂太仆正在研究试卷时，忽然有个举人送来名片，李敬堂拒绝了，不予接见，但心中感到奇怪，说："大概他的试卷有漏洞吧？"第二天检查，发现已经看过一遍，没有用签条标出问题，就仔细地再反复检查，竟然找出了漏洞。这个举人就落榜了。如果这个举人不去拜访李敬堂，早就考中了。）

王　敬

　　奴子王敬，王连升之子也。余旧有质库在崔庄，从官久，折阅都尽，群从鸠资复设之，召敬司夜焉。一夕，自经于楼上，虽其母其弟莫测何故也。客作胡兴文，居于楼侧，其妻病剧。敬魂忽附之语，数其母弟之失，曰："我自以博负死，奈何多索主人棺敛费，使我负心！此来明非我志也。"或问："尔怨索负者乎？"曰："不怨也。使彼负我，我能无索乎？"又问："然则怨诱博者乎？"曰："亦不怨也。手本我手，我不博，彼能握我手博乎？我安意候代而已。"初附语时，人以为病者昏乱耳；既而序述生平、寒温故旧，语音宛然敬也。皆叹曰："此鬼不昧本心，必不终沦于鬼趣。"

【译文】
　　奴仆王敬，是王连升的儿子。我本来有家当铺设在崔庄，我当文学近臣时间很长，这家当铺亏损光了。本家子侄又集资重新设立，叫王敬去值夜。有一天晚上，王敬在楼上上吊自杀，就是他母亲、弟弟都不知道他自杀的原因。有个叫胡兴文的佣工，住在当铺楼上的侧面，他妻子病重。王敬的鬼魂突然附在胡妻身上讲话，数落他母亲、弟弟的过失，还说："我自己因为欠赌债自杀，你们怎能要主人多给丧葬费，使我亏良心呢！我这次回来是为了表明那不是我的心意。"有人问："你埋怨追债的人吗？"鬼魂说："不埋怨。如果他欠我债，我能够不去追债吗？"有人又问："那么你埋怨引诱你去赌博的人吗？"鬼魂说："也不埋怨。手是我的手，我不赌，他能抓住我的手去赌博吗？我现在只有安心等候替代的鬼魂就是了。"开始附在王妻身上讲话时，人们还以为是病人说胡话，后来听到讲自己生平经历，向亲友问寒问暖，才辨出声音和王敬一样。大家都感叹地说："这个鬼魂没有丧失良心，一定不会永远留在阴间沉沦的。"

虚词荣亲

李玉典言：有旧家子，夜行深山中，迷不得路。望一岩洞，聊投憩息，则前辈某公在焉。惧不敢进，然某公招邀甚切。度无他害，姑前拜谒。寒温劳苦如平生，略问家事，共相悲慨。因问："公佳城在某所，何独游至此？"某公喟然曰："我在世无过失，然读书第随人作计，为官第循分供职，亦无所树立。不意葬数年后，墓前忽见一巨碑，螭额篆文，是我官阶姓字；碑文所述，则我皆不知，其中略有影响者，又都过实。我一生朴拙，意已不安；加以游人过读，时有讥评；鬼物聚观，更多姗笑。我不耐其聒，因避居于此。惟岁时祭扫，到彼一视子孙耳。"士人曲相宽慰曰："仁人孝子，非此不足以荣亲。蔡中郎不免愧词，韩吏部亦尝谀墓。古多此例，公亦何必介怀。"某公正色曰："是非之公，人心具在；人即可诳，自问已惭。况公论具存，诳亦何益？荣亲当在显扬，何必以虚词招谤乎？不谓后起胜流，所见皆如是也。"拂衣竟起。士人惘惘而归。余谓此玉典寓言也。其妇翁田白岩曰："此事不必果有，此论则不可不存。"

【译文】

李玉典说：有个世代做官的人家的子弟，赶夜路过深山，迷了路，看见一个岩洞，只好进去休息，却看到自己去世的长辈某先生在岩洞里。这子弟心里害怕，不敢进岩洞，但是某先生很亲切地招呼他。他估计不会有什么灾祸，就进岩洞见面行礼。某先生好像生前一样，问寒问暖地慰劳，又问家中事情，都很悲伤感慨。这子弟就问道："您的坟墓在另外地方，您怎么一个人到这里游玩呢？"某先生感叹地说："我在世时没有过失，但是，读书只是随着家人的安排，做官只是按本分供职，也没有什么建树。没想到死后埋葬了几年，坟墓前面突然看到一块巨大的碑石，碑首刻着螭头和弯弯曲曲的篆字，是我的官职姓名；碑文中所讲的，许多都是我不知道的事迹；其中比较有点根据的，又都言过其实。我一生朴实愚拙，看到这碑文心中已经不安，加上游人到此，读碑时讥笑评论；鬼怪到此观看，取笑嘲讽就更多了。我忍受不了这些风言冷语，只好躲到这里居住。只在逢年过节晚辈祭祀时，到坟墓的地方看望一下子孙罢了。"这子弟委婉地劝慰他说："仁人孝子，也常用这来荣耀祖先。蔡中郎还不免讲违心的话，韩吏部也给人写过吹捧的墓志。古代这样的例子很多，您又何必放在心里呢！"某先生严肃地说："公道是非，每个人心中都能分辨的。即使可以欺骗别人，扪心自问也会惭愧的。何况公众的评论客观存在，欺骗别人有什么好处？让祖先荣耀应当实事求是，何必讲假话引起别人的诽谤攻击呢？想不到你一个名门望族的后代，见识也不过这个样子！"抖抖衣服，站起来走了。这个子弟垂头丧气地回到家去。我说，这个故事是李玉典讲的寓言。他的岳父田白岩说："这件事不一定真有，但这道理却可以成立。"

刘　君　琢

交河老儒刘君琢，居于闻家庙，而设帐于崔庄。一日，夜深饮醉，忽自归家。时积雨之后，道途间两河皆暴涨，亦竟忘之。行至河干，忽又欲浴，而稍惮波浪之深。忽旁有一人曰："此间原有可浴处，请导君往。"至则有盘石如渔矶,因共洗濯。君琢酒少解,忽叹曰:"此去家不十余里,水阻迂折,当多行四五里矣。"其人曰:"此间亦有可涉处,再请导君。"复摄衣径渡。将至家,其人匆匆作别去。叩门入室,家人骇路阻何以归。君琢自忆,亦不知所以也。揣摩其人,似高川贺某,或留不住(村名,其取义则未详。)赵某。后遣子往谢,两家皆言无此事;寻河中盘石,亦无踪迹。始知遇鬼。鬼多嬲醉人,此鬼独扶导醉人。或君琢一生循谨,有古君子风,醉涉层波,势必危,殆神阴相而遣之欤!

【译文】

交河县老儒生刘君琢,住在闻家庙,在崔庄设馆授徒。有一天,他晚上喝醉了酒,自己走回家去。当时久雨之后,路上两条河的水都突然上涨,刘君琢也忘记了。他走到河边,忽然又想洗澡,又怕河水太深。这时,旁边走出一个人来,说:"这里是有个地方可以洗澡的,让我带你去吧。"到该地后,见河里有一块大石头,像渔人常用的码头,就和那人一起洗澡。这时,刘君琢的醉意慢慢消了些,就叹气说:"这里离家不过十几里路,但被河水阻隔,要绕远路,多走四五里了。"那人说:"这里也有可以涉水而过的地方,让我再带你过去。"于是又卷起衣袂,涉水渡河。快到家门口,那个人才匆匆忙忙地告别走了。敲门回到家里,家里人都吃惊,河水阻隔了道路,怎能回家呢?刘君琢自己回忆,也不明白是怎么回事。揣度那个人好像是高川县的贺某,又像留不住(村名,取名的含义不了解)的赵某。后来,刘君琢派儿子前往道谢,贺、赵两家都说没有做过这件事。去找河里那块大石头,也不见踪影。这才知道是碰到鬼了。大多数鬼都捉弄喝醉酒的人,这个鬼却去给醉汉带路。或者是刘君琢一生老实谨慎,有古代君子的风度,喝醉了去渡河,一定会危险,所以有神灵暗中派那鬼来帮助他吧?

奸嫂招祸

奴子董柱言：景河镇某甲，其兄殁，寡嫂在母家。以农忙，与妻共诣之，邀归助馌饷。至中途，憩破寺中。某甲使妇守寺门，而入与嫂调谑。嫂怒叱，竟肆强暴。嫂扞拒呼救，去人窎远，无应者。妇自入沮解，亦不听。会有馌妇踣于途，碎其瓶罍，客作五六人，皆归就食。适经过，闻声趋视。具陈状。众共愤怒，纵其嫂先行；以二人更番持某甲，裸其妇而迭淫焉。濒行，叱曰："尔淫嫂，有我辈证，尔当死。我辈淫尔妇，尔嫂决不为证也。任尔控官，我辈午餐去矣。"某甲反叩额于地，祈众秘其事。此所谓假公济私者也，与前所记杨生事，同一非理，而亦同一快人意。后乡人皆知，然无肯发其事者：一则客作皆流民，一日耘毕，得值即散，无从知为谁何；一则恶某甲故也。皆曰："馌妇之踣，不先不后，岂非若或使之哉！"

【译文】

奴仆董柱说：景河镇某甲，他哥哥已去世，守寡的嫂子住在娘家。因为农忙，某甲和老婆一起去找嫂子，请她回家帮助烧饭送饭。走回来的半路上，在破寺院里休息。某甲叫老婆把守住寺院大门，自己进去调戏嫂子。嫂子骂他，他竟然要强奸嫂子。嫂子一面抗拒一面呼救，但寺院离开人家很远，没有人听到。某甲老婆进去劝告解救，某甲也不听。这时，有个送饭的农妇在路上摔了一跤，把盛饭菜的碗盆都摔破了。她家的五六个短工，只好跟她回家吃饭。短工们刚好经过寺院，听到嫂子的呼救声，就走进去察看。嫂子就把详细情况说出来,大家听了都很愤怒,把嫂子放出,让她先走。短工们轮流派两个人按住某甲,其他人把某甲老婆剥光衣服轮奸了。短工们临走的时候,还骂道:"你奸淫嫂子,有我们做证人,你有死罪。我们奸淫你老婆,你的嫂子决不会做证人的。任由你去告状,我们吃午饭去了。"某甲反而爬在地下叩头,请求他们保密。这些人做的就是假公济私的行为,和前面记载杨生的事,同样并非合理,却同样大快人心。后来,村里的人都知道这件事,但是没有人肯去揭发。一来短工是流动的,一旦耕耘结束,拿了工钱就离开了,无法知道他们在哪里;二来都厌恶某甲。大家都说:"送饭农妇这一跤,摔得不先不后,这不是仿佛有人在指使似的吗!"

罗汉峰

缢鬼溺鬼皆求代,见说部者不一。而自刭自鸩以及焚死压死者,则古来不闻求代事,是何理欤?热河罗汉峰,形酷似趺坐老僧,人多登眺。近时有一人堕崖死,俄而市人时有无故发狂,奔上其顶,自倒掷而陨者。皆曰:"鬼求代也。"延僧礼忏,无验。官守以逻卒,乃止。夫自戕之鬼候代,为其轻生也。失足而死,非其自轻生。为鬼所迷而自投,尤非其自轻生。必使辗转相代,是又何理欤?余谓是或冤谴,或山鬼为祟,求祭享耳,未可概目以求代也。

【译文】

吊死鬼、淹死鬼都要求有替代,这在小说中出现不止一次。可是,自刎死、服毒死、烧死和压死的鬼,从古以来都没有听说过找替代的,是什么道理呢?热河的罗汉峰,形状很像一个打坐的老僧,人们常登临远望。近来,有一个人从崖上摔死了,不久,当地常有人无故发狂，跑到山顶上，自己跳下来摔死的。大家都说："是摔死鬼寻找替代。"请僧人作法事超度祈祷，又不灵验。官方派兵卒把守，才禁止了堕崖事件。自杀的鬼等待替代，是因为他自己不珍惜生命。失足堕崖而死，并非自己不珍惜生命。被鬼魂迷惑自杀，更不是自己不珍惜生命。但一定要人们不断地替代，又是什么道理呢？我认为，或者是有冤业的报应，或者是山鬼作怪，要求祭祀，不能都看作是寻找替代。

妖物畏火器

余乡产枣，北以车运供京师，南随漕舶以贩鬻于诸省，土人多以为恒业。枣未熟时，最畏雾，雾浥之则瘠而皱，存皮与核矣。每雾初起，或于上风积柴草焚之，烟浓而雾散；或排鸟铳迎击，其散更速。盖阳气盛则阴霾消也。凡妖物皆畏火器。史丈松涛言：山陕间每山中黄云暴起，则有风雹害稼。以巨炮迎击，有堕虾蟆如车轮大者。余督学福建时，山魈或夜行屋瓦上，格格有声。遇辕门鸣炮，则跟跄奔进，顷刻寂然。鬼亦畏火器。余在乌鲁木齐，曾以铳击厉鬼，不能复聚成形。（语详《滦阳消夏录》。）盖妖鬼亦皆阴类也。

【译文】

我家乡出产枣子，用车辆运到北方供应京城，用船只运往南方供应各省，当地人都以种植运输枣子为职业的。枣子还没有成熟时，最怕雾气。雾气渗透进枣子，枣子就又干又皱，只剩枣皮和枣核了。每当雾气升起的时候，有人就在上风堆积柴草燃烧，烟气一浓，雾气就消散了；有人用鸟枪不断地轰击，雾气散得更快。这原是阳气旺盛，弥漫的阴气就会消散了。凡是妖怪都害怕火器。史松涛老先生说：山西、陕西一带，每当山中的黄色云气散发时，就出现大风冰雹，伤害庄稼。用大炮去轰击，有时掉下像车轮般大的蛤蟆。我在福建任督学时，有时山魈夜间在房顶瓦片上行走，发出格格的声音。碰到军营大门放炮，就急忙慌乱地逃跑，一下子就无声无息。鬼怪也是怕火器的。我在乌鲁木齐时，曾经用枪击恶鬼，恶鬼就不能再恢复原来的形状了。（详细的情况，请看《滦阳消夏录》。）因为妖怪鬼魂都属于阴类的缘故。

狐招赘

董秋原言：东昌一书生，夜行郊外。忽见甲第甚宏壮，私念此某氏墓，安有是宅，殆狐魅所化欤？稔闻《聊斋志异》青凤、水仙诸事，冀有所遇，踯躅不行。俄有车马从西来，服饰甚华，一中年妇揭帏指生曰："此郎即大佳，可延入。"生视车后一幼女，妙丽如神仙，大喜过望。既入门，即有二婢出邀。生既审为狐，不问氏族，随之入。亦不见主人出，但供张甚盛，饮馔丰美而已。生候合卺，心摇摇如悬旌。至夕，箫鼓喧阗，一老翁搴帘揖曰："新婿入赘，已到门。先生文士，定习婚仪，敢屈为傧相，三党有光。"生大失望，然原未议婚，无可复语；又饫其酒食，难以遽辞。草草为成礼，不别而归。家人以失生一昼夜，方四出觅访。生愤愤道所遇，闻者莫不抚掌曰："非狐戏君，乃君自戏也。"余因言有李二混者，贫不自存，赴京师谋食。途遇一少妇骑驴，李趁与语，微相调谑。少妇不答亦不嗔。次日，又相遇，少妇掷一帕与之，鞭驴径去，回顾曰："吾今日宿固安也。"李启其帕,乃银簪珥数事。适资斧竭,持诣质库;正质库昨夜所失,大受拷掠,竟自诬为盗。是乃真为狐戏矣。秋原曰:"不调少妇,何缘致此?仍谓之自戏可也。"

【译文】

董秋原说:东昌有位书生,晚上在郊外行走,忽然看见一所大宅子十分高大华丽,心中想:这是某某家的墓地,怎么会有这所大宅子?大概是狐精变化出来的吧?他熟悉《聊斋志异》中青凤、水仙等故事,希望自己也有这种机遇,就故意磨磨蹭蹭地不肯离开。不久,有马匹车辆从西边过来,军马上的人们衣服装饰都很华丽,其中一个中年妇女揭开车帘,指着书生说:"这位郎君就很好,可以请他进去。"书生看到车子后面坐着一位少女,美丽得像天仙似的,就高兴得不得了。车子进了大宅子大门之后,就有两个婢女走出来邀请书生。书生既然已经知道这些是狐精,也不再问她们姓名门第,就跟着进了门。看不到主人出来见面,只是招呼供应十分周到,酒菜十分丰盛。书生等着做新郎,心里东想西想。忐忑不安。到了晚上,音乐声响十分热闹,有一个老头掀开门帘走进来,行了礼,说:"新姑爷入赘,现在已经来到门口了。先生是读书人,一定熟悉结婚仪式,委屈你当个傧相,我们全家族都有光彩了。"书生大失所望,但本来没有人和他说过结婚,现在就没话好说了;又吃过人家的酒菜,很难再推辞,于是只好马马虎虎地做一回婚礼傧相,以后不辞而别,回到家里。家里的人因为书生失踪了一天一夜,正四处出外寻找。书生愤愤不平地把自己的遭遇讲了出来,听到的人都拍手大笑,说:"这不是狐精戏弄你,是你自己戏弄自己。"接着,我也说了个故事:有个叫李二混的人,穷得活不下去了,就到京城谋生。路上碰到一位骑驴的少妇,李二混趁着同她说话时,乘机悄悄地同她调笑。少妇不回答,也不生气。第二次,两人又碰到了,少妇抛了一个手帕包给李二混,给驴子加了一鞭就走,还回头说道:"我今天在固安住宿。"李二混打开手帕包,里面有几件银首饰。李二混正缺乏旅费,就拿银首饰到当铺去当。这银首饰恰好是当铺昨夜失窃的东西,于是李二混被毒打一顿,并屈打成招,自认是偷盗。这才真的是狐精戏弄了。董秋原说:"他不去调戏少妇,怎会到这个地步呢?这仍然可以叫做自己戏弄自己啊!"

陈 至 刚

莆田李生裕翀言:有陈至刚者,其妇死,遗二子一女。岁余,至刚又死。田数亩、屋数间,俱为兄嫂收去。声言以养其子女,而实虐遇之。俄而屋后夜夜闻鬼哭,邻人久不平,心知为至刚魂也,登屋呼曰:"何不祟尔兄?哭何益!"魂却退数丈外,呜咽应曰:"至亲者兄弟,情不忍祟;父之下,兄为尊矣,礼亦不敢祟。吾乞哀而已。"兄闻之感动,詈其嫂曰:"尔使我不得为人也。"亦登屋呼曰:"非我也,嫂也。"魂又呜咽曰:"嫂者兄之妻,兄不可祟,嫂岂可祟也!"嫂愧不敢出。自是善视其子女,鬼亦不复哭矣。使遭兄弟之变者,尽如是鬼,尚有阋墙之衅乎?

【译文】

莆田书生李裕翀说:有个陈至刚,老婆死了,留下两子一女。过了一年多,陈至刚又死了,家中留下几亩田,几间屋,但都被兄嫂占了去。兄长、嫂子声称是用这些田产来赡养陈至刚的子女,其实是在虐待这些孩子。不久,人们听到房屋后面每晚都有鬼魂哭泣。邻居早就看不惯他兄长嫂子的所作所为,心知那鬼魂是至刚的鬼魂,就爬上房顶喊道:"你为什么不作怪去害你兄长?光是哭泣有什么用处!"鬼魂后退到几丈以外,一面哭一面回答说:"最亲近的是兄弟，从人情说我不忍心作怪害他。在父亲以下，兄长是最高辈分，按礼节我也不敢作怪。我只能哭着哀求而已。"兄长听到了很感动，骂嫂子说："你让我不能做人了！"兄长也上房顶喊道："不是我干的，是你嫂子干的！"鬼魂又哭着说："嫂子是兄长的妻子，对兄长不能作怪，对嫂子怎能作怪呢！"嫂子惭愧得不敢走出来。从此，兄长嫂子就善待陈至刚的子女，鬼魂也不再来哭了。假使兄弟之间碰上有矛盾，都像这鬼魂一样处理，还有家庭内部的争斗吗？

醉汉跳井

卫媪，从侄虞惇之乳母也。其夫嗜酒，恒在醉乡。一夕，键户自出，莫知所往。或言邻圃井畔有履，视之，果所著；窥之，尸亦在。众谓墙不甚短，醉人岂能逾；且投井何必脱履？咸大惑不解。询守圃者，则是日卖菜未归，惟妇携幼子宿，言夜闻墙外有二人邀客声，继又闻牵拽固留声，又訇然一声，如人自墙跃下者，则声在墙内矣；又闻延坐屋内声，则声在井畔矣；俄闻促客解履上床声，又訇然一声，遂寂无音响。此地故多鬼，不以为意，不虞此人之入井也，其溺鬼求代者乎？遂堙是井。后亦无他。

【译文】
　　卫老太是堂侄虞惇的奶妈，她的丈夫好饮酒，整天喝得醉醺醺的。有一天晚上，这醉汉关上门走出去，大家都不知道他到哪里去了。有人说，在隔壁菜园水井边有双鞋子，仔细一看，果然是醉汉穿的；再看看井里，醉汉的尸首也在里面。大家说，菜园的围墙并不矮，醉汉怎能跳过去呢？而且要跳井，又何必把鞋子脱了呢？都感到大惑不解。去问看守菜园的人，那人当天出外卖菜，没有回家，家里只有妻子带着小儿子睡觉。他妻子说，那天晚上，听到围墙外面有两个人邀请客人的声音，接着又听到拉拉扯扯挽留客人的声音，又听到轰隆一声，好像有人从墙头上跳下来，说话声就已经在墙内了。接着又听到请客人到屋里坐坐的声音，那时声音已经发自井边了。不久，又听到催客人脱了鞋子上床的声音，最后扑通一声，就再没有声响了。这个地方本来有许多鬼魂，那守菜园人的妻子也不当一回事，没想到是醉汉掉到水井去。大概是淹死鬼寻找替代的吧？于是，大家就把水井填了，以后也没有什么事。

飞 天 夜 叉

族叔粲庵言：尝见旋风中有一女子张袖而行，迅如飞鸟，转瞬已在数里外。又尝于大槐树下见一兽跳掷，非犬非羊，毛作褐色，即之已隐。均不知何物。余曰："叔平生专意研经，不甚留心于子、史。此二物，古书皆载之。女子乃飞天夜叉，《博异传》载唐薛淙于卫州佛寺见老僧言居延海上见天神追捕者是也。褐色兽乃树精，《史记·秦本纪》二十七年，伐南山大梓，丰大特。注曰：'今武都故道，有怒特祠，图大牛上生树本，有牛从木中出，复见于丰水之中。'《列异传》：秦文公时，梓树化为牛。以骑击之，骑不胜；或堕地，髻解被发，牛畏之入水。故秦因是置旄头骑。庾信《枯树赋》曰：'白鹿贞松，青牛文梓。'柳宗元《祭纛文》曰：'丰有大特，化为巨梓；秦人凭神，乃建旄头。'即用此事也。"

【译文】

族叔篪庵说：曾经见过一个女子张开袖子在旋风里飞行，快得像飞鸟一般，一眨眼已经飞到几里以外了。又曾经看见一只野兽在大槐树下蹦跳，不是狗，也不是羊，皮毛是褐色的，人一靠近就不见了。这都不知道是什么东西。我说："叔父平生专心研读经典，对子部史部不很注意。这两种东西，古书上都有记载。女子是飞天夜叉，《博异传》记载，唐代薛淙在卫州的佛寺里见到一个老僧人，老僧人说过在居延海曾看见过天神追捕一样东西，就是这种飞天夜叉了。皮毛褐色的野兽是树精。《史记·秦本纪》二十七年，砍伐南山的大梓树，丰水出现一头巨大的公牛。注释说：'现在武都的古道上，有怒特祠，画着一头大牛，上面长着树木。又有牛从树木里面走出来，再出现在丰水当中。'《列异传》记载，秦文公时，梓树变成了牛。派骑兵追击那头牛，但不能取胜；有个骑兵跌倒地上，发髻松开，头发披散了，那头牛害怕起来，逃进河水里去。因此，秦国就设置了掌旄头的骑兵。庾信的《枯树赋》上说：'白鹿贞松，青牛文梓。'柳宗元的《祭纛文》说：'丰有大特，化为巨梓；秦人凭神，乃建旄头。'用的就是这个典故。"

松林男女

王德圃言：有县吏夜息松林，闻有泣声。吏故有胆，寻往视之，则男女二人并坐石几上，喁喁絮语，似夫妇相别者。疑为淫奔，诘问其由。男子起应曰："尔勿近，我鬼也。此女吾爱婢，不幸早逝，虽葬他所，而魂常依此。今被配入转轮，从此一别，茫茫万古，故相悲耳。"问："生为夫妇，各有配偶，岂死后又颠倒移换耶？"曰："惟节妇守贞者，其夫在泉下暂留，待死后同生人世，再续前缘，以补其一生之茕苦。余则前因后果，各以罪福受生，或及待，或不及待，不能齐矣。尔宜自去，吾二人一刻千金，不能与尔谈冥事也。"张口嘘气，木叶乱飞。吏悚然反走。后再过其地，知为某氏墓也。德圃为凝斋先生侄。先生作《秋灯丛话》，漏载此事。岂德圃偶未言及，抑先生偶失记耶？

【译文】

　　王德圃说：有个县府的小吏，晚上在松林里休息，听到有人哭泣的声音。这个小吏本来胆子大，就循着发出声音的方向寻找察看，发现有男女两人并肩坐在石块上，轻声细语地交谈，仿佛是夫妻在告别的样子。小吏怀疑他们是通奸后外逃，就过去追问情况。那男子站起来回答道："你不要走过来，我是鬼。这个女子是我钟爱的婢女，不幸过早去世，虽然葬在另外地方，但她的鬼魂常常留在这里。现在她要被分配入轮回投生，从此分别之后，永远永远不能相逢，所以我们都很伤悲。"小吏问："生前是夫妻，每人都有配偶了，难道死后又重新变换吗？"男子说："只有坚守忠贞的节妇，她丈夫能在阴间暂时停留，等节妇死后再一起投生人世，再继续前生的姻缘，用来弥补她一生孤独的痛苦。其他人按照生前的各种因缘，使各人按其罪过、福分去投生。有些夫妻能在阴间等候得到，有些夫妻就等候不到，不能一起投生了。你应该走了，我们俩一刻千金，没工夫再同你讲阴间的事情！"男子张口吐了一口气，只见树叶乱飞，吓得小吏赶快回身便走。后来再经过那个地方，才知道是某人的墓地。王德圃是凝斋先生的侄子。凝斋先生写《秋灯丛话》时，漏记了这件事。难道是王德圃没有讲过，还是凝斋先生偶然失于记载呢？

闺阁解冤咒

　　先外祖母曹太恭人尝告先太夫人曰："沧州一宦家

妇，不见容于夫，郁郁将成心疾，性情乖剌，琴瑟愈不调。会有高行尼至，诣问因果。尼曰：'吾非冥吏，不能稽配偶之籍也；亦非佛菩萨，不能照见三生也。然因缘之理，则吾知之矣。夫因缘无无故而合者也，大抵以恩合者必相欢，以怨结者必相忤。又有非恩非怨，亦恩亦怨者，必负欠使相取相偿也。如是而已。尔之夫妇，其以怨结者乎？天所定也，非人也；虽然，天定胜人，人定亦胜天。故释迦立法，许人忏悔。但消尔胜心，戢尔傲气，逆来顺受，以情感而不以理争；修尔内职，事翁姑以孝，处娣姒以和，待妾媵以恩，尽其在我，而不问其在人，庶几可以挽回乎！徒问往因，无益也。'妇用其言，果相睦如初。"先太夫人尝以告诸妇曰："此尼所说，真闺阁中解冤神咒也。信心行持，无不有验；如或不验，尚是行持未至耳。"

【译文】

外祖母曹太恭人对太夫人讲过一件事：沧州有一位官员家的妇人，被丈夫冷落，郁郁不乐，快要成精神病了。性情一古怪，夫妻愈发不和。刚好碰到一位有道尼姑，这妇人就请教婚姻不和的因果。尼姑说："我不是阴间的官吏，不能去查看配偶的登记簿册；我也不是佛家的菩萨，不能看到你们前后三世的变化。不过，姻缘的道理，我是明白的。姻缘不会无故结合，大抵是因为恩爱而结合的一定相处欢爱，因为怨恨而结合的一定相处不和。又有的夫妻非恩非怨，亦恩亦怨，他们结合后一定会得失、喜悲、恩怨相抵偿。如此而已。你们夫妻关系，大概是因为怨恨而结合的吧？这是上天注定的，并非人为的。不过，虽然讲天定胜人，人定也会胜天。所以释迦牟尼建立的佛法，允许人们忏悔。只要消除你的好胜心，消减你的傲气，逆来顺受，用情去感动丈夫，而不要用道理去争辩，尽你分内的责任,孝顺地侍奉公婆,和睦地对待姑嫂妯娌,贤惠地对待姬妾,尽自己的心意能力,而不要以此要求其他人,大概就可以挽回这婚姻的不和了。只是问过去的原因,是没有好处的。"这个妇人按尼姑的话去做,果然夫妻关系和睦了。太夫人曾拿这件事去教育媳妇们,说:"这个尼姑所讲的,真是妇女的解冤神咒呀!相信它,执行它,没有不应验的。如果有不应验的,还是执行未到家而已。"

判　冥

蔡太守必昌云:判冥,论者疑之。然朱竹君之先德,(唐人称人故父曰先德,见《北梦琐言》。)蔡君先告以亡期;蔡君之母,亦自预知其亡期,皆日辰不爽。是又何说欤?朱石君抚军,言其他事甚悉。石君非妄语人也。顾郎中德懋亦云判冥。后自言以泄漏阴府事,谪为社公,无可验也。余尝闻其论冥律,已载《滦阳消夏录》中。其论鬼之存亡,亦颇有理。大意谓人之余气为鬼,气久则渐消。其不消者有三:忠孝节义,正气不消;猛将劲卒,刚气不消;鸿材硕学,灵气不消。不遽消者亦三:冤魂恨魄,茹痛黄泉,其怨结则气亦聚也;大富大贵,取多用宏,其精壮则气亦盛也;儿女缠绵,埋忧赍恨,其情专则气亦凝也。至于凶残狠悍,戾气亦不遽消,然堕泥犁者十之九,又不在此数中矣。言之凿凿,或亦有所征耶?

【译文】
　　蔡必昌太守说:裁决阴间的事情,常被评论者怀疑。不过,朱竹君的先德(唐代人把别人去世的父亲叫做先德,见《北梦琐言》），蔡先生曾预先告诉他去世的日期。蔡先生的母亲，也是预先知道自己死亡的日期。都是日期时辰没有差错。这又怎么讲的呢？朱石君抚军讲其他类似的事，十分详尽。朱先生不是随便乱说的人。顾德懋郎中也讲过裁决阴间事情的话，后来自己说因为泄漏阴间的事情，被贬谪为土地神，这就无法检验了。我曾经听过他评论阴间的法律，已经记载在《滦阳消夏录》里。他谈到鬼魂的存亡，也相当有道理。大意是说，人剩余的气就是鬼，剩余的气时间长了就会消散。剩余的气不会消散的有三种：忠孝节义的人，正气不会消散；勇猛的将军和强劲的士兵，刚气不会消散；大才子大学者，灵气不会消散。剩余的气不会马上消散的也有三种：含冤负屈的灵魂，在阴间也承受苦痛，他那怨恨积结，气也会凝聚；大富大贵的人，享受都很贵重，他那精魄强壮，气也会旺盛；缠绵恩爱的男女，带着幽怨遗憾，他们的感情专一，气也会凝聚。至于凶残狠毒的人，他的恶气也不会马上消散，不过十有九个落到地狱去，就不在这个数目当中了。讲得十分确切，难道他的确有证据吗？

大　旋　风

　　雍正戊申夏，崔庄有大旋风，自北而南，势如潮涌，余家楼堞半揭去。（北方乡居者，率有明楼以防盗，上为城堞。）从伯灿宸公家，有花二盎、水一瓮，并卷置屋上，位置如故，毫不欹侧；而阶前一风炉铜铫，炭火方炽，乃安然不动，莫明其故。次日，询迤北诸村，皆云未见。过村数里，即渐高入云。其风黄色，嗅之有腥气。或地近东瀛，不过百里，海神来往，水怪飞腾，偶然狡狯欤？

【译文】

　　雍正六年夏天，崔庄出现大旋风，自北而南过来，气势像大潮汹涌，我家的楼堞被掀去一半。（北方乡下房屋，都有明楼，用来防备强盗，楼的顶层是城堞。）堂伯父灿宸先生家里，有两盆花，一瓮水，都被风卷到房顶上，位置和在地下一样，一点也不倾斜。而台阶前的一个风炉，上面放着有柄的铜锅，里面炭火烧得正旺，却平平安安，动也不动。不知道是什么缘故。第二天，查问北面几个村子，都说没有见到旋风。旋风经过我们村子几里路之后，渐渐升高到天上。那风是黄色的，闻着有腥气。大概是此地靠近东海，不超过百里，海神来来往往，水怪飞行跳跃其间，偶然做些小动作吧？

抱阳山奇石

从侄虞惇，甲辰闰三月官满城教谕时，其同官戴君，邀游抱阳山。戴携彭、刘二生，从山前往。虞惇偕弟汝侨、子树璟及金、刘二生，由山后观牛角洞、仙人室诸胜。方升山麓，遥见一人岩上立，意戴君遣来迎也。相距尚里许，急往赴之。愈近，其人渐小，至则白石一片，倚岩植立，高尺五六寸，广四五寸耳。绝不类人形，而望之如人，奇矣。凡物远视必小，欧罗巴人所谓视差也。此石远视大而近视小，抑又奇矣。迨下山里许，再回视之，仍如初见状。众谓此石有灵，拟上山携取归。彭生及树璟先往觅，不得；汝侨又与二刘生同往，道路依然，物物如旧，石竟不可复睹矣。盖邃谷深崖，神灵所宅，偶然示现，往往有之。是山所谓仙人室者，在峭壁之上，人不能登。土人每遥见洞口人来往，其必炼精羽化之徒矣。

【译文】
堂侄虞惇，在甲辰年闰三月担任满城县教谕时，同僚戴先生邀他去游览抱阳山。戴先生带着彭、刘两个学生,从山前出发。虞惇和弟弟汝侨、儿子树璟,以及姓金、姓刘两个学生,从山后上山,参观牛角洞、仙人室等名胜。正爬上山麓,远远看见一个人站在岩石上。虞惇以为是戴先生派来迎接他们的人。这时相距还有一里多路,虞惇他们就急忙向前赶路。看看愈走愈近,但那个人渐渐变小了。走到跟前,却只有一块白色石头,靠着岩石立着,高只有一尺五六寸,阔只有四五寸而已。样子完全不像人,但远望却像人,这真奇怪了。凡是物品,远看一定变小,这就是欧罗巴洲人所讲的视差。这块石头远看大而近看小,这就更奇怪了。等到下山,离开一里多路,再回头望时,仍然像最初看到的那样。大家说,这块石头有神灵,想上山把它带走。姓彭的学生和树璟先上去寻找,找不到;汝侨又和两个姓刘的学生一起去,还是这一条山路,周围事物都一样,这块石头竟然再看不见了。大概是高山深谷之间,有神灵居住,偶然间显示一下,也是经常有的事。这座山被称为仙人室的地方,在悬崖峭壁之上,人们爬不上去。当地人经常远远地看见洞口有人来来往往,那些一定是修炼升天的人们了。

树后语声

申丈苍巅言:刘智庙有两生应科试,夜行失道。见破屋,权投栖止。院落半圮,亦无门窗,拟就其西厢坐。闻树后语曰:"同是士类,不敢相拒。西厢是幼女居,乞勿入;东厢是老夫训徒地,可就坐也。"心知非鬼即狐,然疲极不能再进,姑向树拱揖,相对且坐。忽忆当向之问路,再起致词,则不应矣。暗中摸索,觉有物触手;扪之,乃身畔各有半瓜。谢之,亦不应。质明将行,又闻树后语曰:"东去二里,即大路矣。一语奉赠:《周易》互体,究不可废也。"不解所云,叩之又不应。比就试,策果问互体。场中皆用程朱说,惟二生依其语对,并列前茅焉。

【译文】

申苍巅老先生说:刘智庙有两个书生前去应试,晚上赶路迷了方向,看到有间破房子,只好进去休息。这所房子的院落倒塌了一半,又没有了门窗,就想到西厢房坐坐。突然听到树后面有声音说:"大家都是读书人,我不敢拒绝你们进来休息。西厢房是我小女儿住的,请不要进去。东厢房是我老汉教学生的地方,可以去坐坐。"两个书生知道,这声音不是鬼魂就是狐精,但是身体疲倦极了,不能再赶路,只好向树行个礼,就面对面坐了下来。忽然,书生想起应当问问路,就再站起来讲话,却听不见回答了。书生在黑暗中摸索,感到有东西碰在手上;再抓过来,原来各人身边都有半只瓜。书生表示感谢,又没有声音答应。到天色微明,书生就要起程时,又听到树后的声音说:"向东走二里,就是大路了。有一句话送给你们:'《周易》卦爻里互体的说法,到底不可以废除。'"书生不明白所说的意思,再问又不回答。等到考试时,策论部分果然问到互体。考生们都用程朱的说法,只有这两个书生按树后声音所讲,用旧有的说法来回答,结果都名列前茅。

河 间 书 生

乾隆甲子,余在河间应科试。有同学以帕幂首,云堕驴伤额也。既而有同行者知之,曰:"是于中途遇少妇,靓妆独立官柳下,忽按辔问途。少妇曰:'南北驿路,车马往来,岂有迷途之患?尔直欺我孤立耳。'忽有飞瓦击之,流血被面。少妇径入秫田去,不知是人是狐是鬼也。但未见举手,而瓦忽横击,疑其非人;鬼又不应白日出，疑其狐矣。"高梅村曰："此不必深问。无论是人是鬼是狐，总之当击耳。"又丁卯秋，闻有京官子，暮过横街东，为娼女诱入室。突其夫半夜归，胁使尽解衣履，裸无寸缕，负置门外丛冢间。京官子无计，乃号呼称遇鬼。有人告其家迎归。姚安公时官户部，闻之笑曰："今乃知鬼能作贼。"此均足为佻薄者戒也。

【译文】

乾隆九年，我在河间参加科举考试。有个同学用手帕包着脑袋，说是从驴子上摔下来额头受了伤。不久，有个和他一起走路的人了解情况，说："他在路上碰到一位少妇，打扮得漂漂亮亮，一个人站在大路边柳树下。他突然停下驴子去问路。少妇说：'一条南北方向的大路，车辆马匹来来往往，怎会担心迷路呢？你只是想欺侮我一个人罢了。'忽然有一片瓦块飞来，打中了他的头，血流满脸。少妇径自进入庄稼地里去了，不知是人，还是狐精，还是鬼魂。只是没有看到少妇动手，那块瓦片就从旁边飞过来，怀疑她不是人；鬼魂又不应当白天出现，所以怀疑是狐精了。"高梅村说："这就不必深入追问了。无论是人，还是鬼狐，总之，这个人都应当被打。"还有，丁卯年秋天，听说有个京官的儿子，黄昏时经过横街东头，被娼妓引诱到家里。突然，娼妓的丈夫半夜回家，威胁京官儿子，逼他把衣服都脱光，一丝不挂；又把他扔到门外的坟堆里。京官儿子没办法，只好大叫撞着鬼了。有人告诉他家里，把他接了回去。姚安公当时在户部任职，听到这件事，就笑着说："现在才知道鬼也会做贼。"这些都可以作为轻薄者的鉴戒呀。

回　　妇

乌鲁木齐千总柴有伦言：昔征霍集占时，率卒搜山。

于珠尔土斯深谷中遇玛哈沁,射中其一,负矢奔去。余七八人亦四窜。夺得其马及行帐。树上缚一回妇,左臂左股,已脔食见骨,嗷嗷作虫鸟鸣。见有伦,屡引其颈,又作叩颡状。有伦知其求速死,剚刀贯其心。瞠目长号而绝。后有伦复经其地,水暴涨,不敢涉,姑憩息以待减退。有旋风来往马前,倏行倏止,若相引者。有伦悟为回妇之鬼,乘骑从之,竟得浅处以渡。

【译文】

乌鲁木齐千总柴有伦说:从前征伐霍集占的时候,带领士兵搜山。在珠尔土斯山深谷中碰上玛哈沁的队伍,射中其中一个人,他带着箭逃跑了。其他七八个人也四处逃窜,只夺取了他们的马匹帐篷。看见树上绑着一个回族妇女,她的左臂左腿,肉已被那些人割下来吃掉,骨头也露了出来,气息奄奄地像昆虫野鸟在呻吟。她看到柴有伦,多次伸动头颈,又作出叩头的姿态。柴有伦知道她请求尽快死去,就拔刀刺进她的心脏,她睁大眼睛,大喊一声,就死了。后来,柴有伦又经过这个地方,山水突然暴涨,不敢随便涉水而过,只好暂时休息,等待水退。这时,有一阵旋风转到战马前面,忽而移动,忽而停止,仿佛引导他似的。柴有伦醒悟这是那个回族妇女的鬼魂,就骑上马跟着旋风走,居然能从水浅处渡过。

五　雷　法

季廉夫言:泰兴有贾生者,食饩于庠,而癖好符箓禁咒事。寻师访友,炼五雷法,竟成。后病笃,恍惚见鬼来摄。举手作诀,鬼不能近。既而家人闻屋上金铁声,奇鬼狰狞,汹涌而入。咸悚惶避出。遥闻若相格斗者,彻夜乃止。比晓视之，已伏于床下死，手掊地成一深坎，莫知何故也。夫死生数也，数已尽矣，犹以小术与天争，何其不知命乎？

【译文】
　　季廉夫说：泰兴有个姓贾的书生，在县学读书，却十分着迷符箓禁咒的事情。他到处寻师访友，修炼五雷法，最后竟然练成了。后来他病重时，恍恍惚惚看到鬼来捉拿自己，就举起手来念出五雷法的口诀，鬼就不敢靠近他了。不久，家里的人听到房顶上有金属作响的声音，有一批面目狰狞的奇形怪状的鬼，浩浩荡荡冲进屋去。等到早晨去看时，贾生已经趴在床下死去了，手指把地下挖出一个深坑，不知是什么缘故。死亡出生都有定数，定数已经到了，还想用小小的法术与天抗争，他怎么这样不了解命运呢？

红衣女鬼

　　廉夫又言：钟太守光豫官江宁时，有幕友二人，表兄弟也。一司号籍，一司批发，恒在一室同榻寝。一夕，一人先睡。一人犹秉烛，忽见案旁一红衣女子坐，骇极，呼其一醒。拭目惊视，则非女子，乃奇形鬼也。直前相搏，二人并昏仆。次日，众怪门不启，破扉入视。其先见者已死，后见者气息仅属，灌治得活。乃具述夜来状。鬼无故扰人，事或有之；至现形索命，则未有无故而来者。幕府宾佐，非官而操官之权，笔墨之间，动关生死，为善易，为恶亦易。是必冤谴相寻，乃有斯变。第不知所缘何事耳。

【译文】

　　季廉夫又说：钟光豫太守在江宁做官时，有两位幕僚，是表兄弟。一个掌管编号登记，一个掌管公文收发，经常在一个房间里同床而睡。一天晚上，一个人已经睡下了，另一个还在灯下看书，突然发现书桌边坐着一个穿红衣的女人。他害怕极了，连忙把睡着的人喊醒。睡着的人惊醒后，揉着眼睛察看，发现并非女人，而是一个奇形怪状的鬼。那鬼冲上前来就打，两个人都昏倒地上。第二天，众人见他们不开房门，都感到奇怪，就打破门板进去查看。发现第一个看见鬼的人已经死了；后来看见的人只剩下一口气，经过服药治疗才活了过来。醒过来的人就把昨夜的情况讲了一番。鬼魂无缘无故去骚扰人，这是可能会有的事；说到现出原形来追讨性命，那就不会无缘无故而来的。官府的幕僚宾客，虽然自身不是官，却掌握官的权力。在行文之间，动不动就关系到人的生死，所以在这里行善较容易，作恶也较容易。这件事一定是有冤魂前来报复，才有这样大的变故。只是不知道因为什么事罢了。

护 法 神

　　乌鲁木齐军吏茹大业言：古浪回民，有踞佛殿饮博者，寺僧孤弱，弗能拒也。一夜，饮方酣，一人舒拇指呼曰："一。"突有大拳如五斗栲栳，自门探入，五指齐张，厉声呼曰："六。"举掌一拍，烛灭几碎，十余人并惊仆。至晓，乃各渐苏，自是不敢复至矣。佛于众生无计较心，其护法善神之示现乎？

【译文】

　　乌鲁木齐军吏茹大业说：古浪那个地方的回民，有的蹲在佛寺大殿上饮酒赌博，佛寺的僧人人少势弱，不能阻挡这些人。有一天晚上，这些人喝酒正在兴头上，有一个人伸出大拇指叫道："一。"

突然，有一只像大箩筐般的拳头从大门外伸进来，五个手指张开，大声叫道："六！"大手掌一拍，灯火熄灭，桌子粉碎，这十几个人一齐被惊吓昏倒。到天亮后，各人才慢慢苏醒过来，从此不敢再到佛寺来了。佛法对于众生不存在计较的心思，大概是佛的护法善神来现身显示佛力吧？

额上秘戏图

苏州朱生焕，举壬午顺天乡试第二人，余分校所取也。一日，集余阅微草堂，酒间各说异闻。生言：曩乘舟，见一舵工额上恒贴一膏药，纵约寸许，横倍之。云有疮，须避风。行数日，一篙工私语客曰："是大奇事，云有疮者伪也。彼尝为会首，赛水神例应捧香而前。一夕犯不洁，方跪致祝，有风飏炉灰扑其面；骨栗神悚，几不成礼。退而拂拭，则额上现一墨画秘戏图，神态生动，宛肖其夫妇。洗濯不去，转更分明，故以膏药掩之也。"众不深信，然既有此言，出入往来，不能不注视其额。舵工觉之，曰："小儿又饶舌耶！"长喟而已。然则其事殆不虚，惜未便揭视之耳。又余乳母李媪言：曩登泰山，见娼女与所欢皆往进香，遇于逆旅，伺隙偶一接唇，竟胶粘不解，擘之则痛彻心髓。众为忏悔，乃开。或曰："庙祝贿娼女作此状，以耸人信心也。"是亦未可知矣。

【译文】

苏州书生朱焕，壬午年顺天乡试考中举人第二名，是我担任分房考官内所录取的。有一天,大家在我的阅微草堂聚会,在酒席上各人讲听到的奇闻怪事。朱生说:从前有一次坐船,看见一个舵工的额头上常常贴着一片膏药,一寸长,二寸阔的样子。舵工说,额头生疮,要避风吹。船航行几天后,有个篙工悄悄对客人说:"真是大奇事,舵工讲生疮,其实是假话。他曾经当过赛神会的头头,在赛水神仪式上,照例要捧着香火在前面走。那天晚上,他和妻子同房。在举行仪式时,他正跪着致词祷告,忽然有一阵风吹起香炉的灰,扑到他的脸上,他吓得全身发抖,几乎完成不了仪式。回家后擦去脸上的炉灰,额头上却现出了一幅男女做爱的图画,神态生动,很像他夫妻的形象。用水擦洗,不但擦不掉,反而更清楚了,所以用膏药来遮掩这个地方。"大家都不很相信。不过既然有这个说法,大家出出进进,都不能不注意舵工的额头。舵工发觉后,说:"小孩子又多嘴了!"长叹几声,也就算了。那么,这件事不是假的了,可惜不便掀开膏药来看看。还有我的奶妈李老太说:从前登泰山时,看到娼妓和相好都上山进香,在旅馆中遇见,趁有机会就接吻。谁知两人的嘴唇就粘在一起,分不开了。硬拉开时,痛到心里去。大家代他们忏悔,嘴唇才能分开来。有人说:"庙祝收买娼妓,故意弄成这个样子,用来耸人听闻,使人更加迷信神灵罢了。"这也不是不可能的。

王　　谨

献县刑房吏王瑾,初作吏时,受贿欲出一杀人罪。方濡笔起草,纸忽飞著承尘上,旋舞不下。自是不敢枉法取钱,恒举以戒其曹偶,不自讳也。后一生温饱,以老寿终。又一吏恒得贿舞文,亦一生无祸,然殁后三女皆为娼。其次女事发当杖,伍伯夙戒其徒曰:"此某师傅女,(土俗呼吏曰师傅。)宜从轻。"女受杖讫,语鸨母曰:"微我父曾为吏,我今日其殆矣。"嗟乎,乌知其父不为吏，今日原不受杖哉！

【译文】
　　献县的刑房官吏王谨，刚任小吏时，受了贿赂，想为一起杀人罪开脱。他正用笔蘸墨起草公文时，那张纸忽然飞到天花板上，飘飘荡荡，不肯掉下来。从此，王谨不敢受贿枉法，还常常用这件事去警告同事们，自己毫不隐瞒。后来，他一生温饱，以老年高寿去世。又有一个县吏，经常接受贿赂，舞文弄墨为罪人开脱，一生也没有什么祸患，但他死后，三个女儿都作了娼妓。他第二个女儿犯罪应当受杖刑，伍伯夙劝那些掌刑的人说："这是某师傅的女儿（老百姓俗语，把县吏称为师傅），要轻一些。"二女儿受完杖刑，对鸨母说："要不是我父亲曾经当过县吏，今天我就被打死了。"唉呀，她怎么知道要是她父亲不当县吏，她今天本来就不会受杖刑啊！

狐　媚　妓

　　交河有姊妹二妓，皆为狐所媚，羸病欲死。其家延道士劾治，狐不受捕。道士怒，趣设坛，牒雷部。狐化形为书生，见道士曰："炼师勿苦相仇也。夫采补杀人，诚干天律，然亦思此二女者何人哉！饰其冶容，蛊惑年少，无论其破人之家，不知凡几，废人之业，不知凡几，间人之夫妇，不知凡几，罪皆当死。即彼摄人之精，吾摄其精；彼致人之疾，吾致其疾；彼戕人之命，吾戕其命。皆所谓请君入瓮，天道宜然。炼师何必曲庇之？且炼师之劾治，谓人命至重耳。夫人之为人，以有人心也。此辈机械万端，寒暖百变，所谓人面兽心者也。既已兽心,即以兽论。以兽杀兽,事理之常。深山旷野,相食者不啻恒河沙数,可一一上渎雷部耶?"道士乃舍去。论者谓道士不能制狐,造此言也。然其言则深切著明矣。

【译文】

　　交河县有姊妹两个妓女,都被狐精所迷惑,又瘦又病,快要死了。妓女的家里就请道士来惩治狐精,狐精却拒不受捕。道士生气了,马上设立神坛,上书报告雷神。狐精变成一个书生,前来拜见道士,说:"法师不要苦苦相逼吧!为了采补去杀人,当然是犯法的事,但你也想想,这两个女人是什么人呢?她们装扮得漂漂亮亮,去迷惑欺骗年轻人。她们毁掉别人的家,不知几次了;使别人事业荒废,不知几次了;离间别人夫妇感情,也不知几次了。这些罪行都应当处死。她们摄取别人的精血,我就摄取她们的精血;她们使别人生病,我就使她们生病;她们害别人的性命,我就害她们的性命。这都是请君入瓮的做法,按上天的道理也是合适的。法师何必曲意包庇她们呢?而且法师要抓捕我来惩处,只是说人命最为重要罢了。人类被称为人,是因为有人的良心。这些妓女机诈万端,冷热百变,都是人面兽心的人。她们既然有兽心,就应当按兽类论处。兽类杀害兽类,是平常的事情、道理。在深山旷野之中,野兽相互撕咬,那数目就像恒河泥沙那样多,难道可以一一上报雷神处理吗?"道士就放掉狐精,自己走了。有人议论说,道士制服不了狐精,故意造出这一番话来。不过,这番话也够深刻明快的了。

狐 友 惩 妓

　　程鱼门言:朱某昵淮上一妓,金尽,被斥出。一日,有西商过访妓,仆舆奢丽,挥金如土。妓兢兢恐其去,尽谢他客,曲意效媚。日赠金帛珠翠,不可缕数。居两月余，云暂出赴扬州，遂不返。访问亦无知者。资货既饶，拟去北里为良家。检点箧笥，所赠已一物不存，朱某所赠亦不存；惟留二百余金，恰足两月余酒食费，一家迷离惝恍，如梦乍回。或曰，闻朱某有狐友，殆代为报复云。

【译文】

程鱼门说：朱某钟爱淮河边上的一个妓女，钱花光时，就被妓女赶了出来。有一天，有位西北商人去拜访这妓女，商人的仆从车马十分奢华美丽，商人又挥金如土。妓女心里很紧张，只怕商人离开，就谢绝了其他客人，殷勤地讨好商人。商人每天赠送她金银绸缎、珍珠翡翠，多得数也数不清。商人住了两个多月，说是暂时去一趟扬州，就一去不返了。妓女托人去访查，都说不知道商人的去向。妓女积蓄的财物很丰富，就想离开妓院，做个良家妇女。她检点自己的箱笼，商人所送的财物不翼而飞，连朱某所送的东西也不见了，只剩下二百多两银子，刚好够两个多月的酒食费用。妓女全家人都觉得迷迷糊糊的，好像做梦刚醒过来似的。有人说，听说朱某有一位狐精朋友，大概是代朱某去报复妓女的。

伪　狐　女

鱼门又言：游士某，在广陵纳一妾，颇娴文墨。意甚相得，时于闺中倡和。一日，夜饮归，僮婢已睡，室内暗无灯火。入视阒然，惟案上一札曰："妾本狐女，僻处山林。以夙负应偿，从君半载。今业缘已尽，不敢淹留。本拟暂住待君，以展永别之意，恐两相凄恋，弥难为怀。是以茹痛竟行，不敢再面。临风回首，百结柔肠。

或以此一念，三生石上，再种后缘，亦未可知耳！诸惟自爱，勿以一女子之故，至损清神。则妾虽去而心稍慰矣。"某得书悲感，以示朋旧，咸相慨叹。以典籍尝有此事，弗致疑也。后月余，妾与所欢北上，舟行被盗，鸣官待捕；稽留淮上者数月，其事乃露。盖其母重鬻于人，伪以狐女自脱也。周书昌曰："是真狐女，何伪之云？吾恐志异诸书所载，始遇仙姬，久而舍去者，其中或不无此类也乎！"

【译文】

程鱼门又说：有个游学的书生，在扬州娶了一个侍妾，有相当的文化知识。书生很得意，时常和侍妾一起吟诗写作。有一天晚上，书生在外面饮酒回来，看到家中小僮婢女都睡着了，房间里黑灯瞎火。进房间去一看，声音也没有，只有桌子上有一封信，信中说："我本来是狐女，住在荒僻的山林里。因为要报答从前的恩情，跟随您已半年了。现在人间的缘分已经尽了，不能滞留在这里。本来想暂时停留，等您回来表示永别的意思，又怕我们情深悲痛，更难舍难分了。所以我只好忍痛离去，不敢再和您见上一面。临走的时候，我不断地回头，柔情盘旋在我心里。可能因为有这个念头，在三生石上，我们会再一次结成姻缘，也是有可能的。请您要自重自爱，不要因为一个女子离去的缘故，损害精神。那样，我即使离开，心里也觉安慰了。"书生看了信，伤心感叹，拿给朋友们阅读，都感慨赞叹，认为书籍上有过这类记载，也都不怀疑其中有什么问题。一个多月后，这侍妾和情人坐船北上，行李被偷盗，向官府报告，请求追捕强盗。因此，侍妾与情人滞留在淮河一带几个月之久，才被人发现踪迹。原来是她母亲把她再卖给另一个人，她就假装成狐女从书生这里脱身。周书昌说："这是真的狐女，有什么假的呢？恐怕记载奇异事情的书籍里所写的故事，开始时书生遇上仙女，后来仙女又离开书生，其中也许不会没有像这样一类的情况吧。"

死人头蠕动

余在翰林日,侍读索公尔逊同斋戒于待诏厅,(厅旧有何义门书"衡山旧署"一匾,又联句一对。今联句尚存,匾则久亡矣。)索公言:前征霍集占时,奉参赞大臣檄调。中途逢大雪,车仗不能至,仅一行帐随,姑支以憩。苦无枕,觅得二三死人首,主仆枕之。夜中并蠕蠕掀动,叱之乃止。余谓此非有鬼,亦非因叱而止也。当断首时,生气未尽,为严寒所束,郁伏于中;得人气温蒸,冻解而气得外发,故能自动。已动则气散,故不再动矣。凡物生性未尽者,以火炙之皆动,是其理也。索公曰:"从古战场,不闻逢鬼;吾心恶之,谓吾命衰也。今日乃释此疑。"

【译文】
我当翰林的时候,和索尔逊侍读一起在待诏厅斋戒。(这所厅堂上原有何义门写的"衡山旧署"匾额,还有一副对联。现在对联还保存着,匾额早就不见了。)索先生说:从前征讨霍集占的时候,接到参赞大臣命令调动。途中碰上下大雪,车辆仪仗都跟不上,只有几个人带着帐篷跟在身边,只好架起帐篷休息。睡觉时又没有枕头,就找到两三个死人的脑袋,主仆都枕着死人脑袋睡觉。到半夜,那些人头慢慢地活动起来,我们大声地责骂一番,那些人头才不动了。我说,这并非有鬼,也不是因为责骂,那些人头才不动。这些人头被砍下来的时候,生气还没有断绝消散,只是被严寒所冻结,潜伏在脑袋里。人头感受到人的体温蒸发,解冻之后,人头里的生气向外发散出来,所以自己会活动。一经活动,人头里的生气就发散掉了,所以就不会再活动了。凡是生物的生性还没有散尽的，用火烘一定会活动，就是这个道理。索先生说："从古以来没有听说过在战场上遇见鬼的事，所以这次心里很不安稳，认为我的生命将尽了。今天听了你的话，我才解决了这个疑问。"

周 二 姐

崔庄多枣，动辄成林，俗谓之枣行。（户郎切。）余小时，闻有妇女数人，出挑菜，过树下，有小儿坐树杪，摘红熟者掷地下。众竞拾取。小儿急呼曰："吾自喜周二姐娇媚，摘此与食。尔辈黑鬼，何得夺也？"众怒詈，二姐恶其轻薄，亦怒詈，拾块击之。小儿跃过别枝，如飞鸟穿林去。忽悟村中无此儿，必妖魅也。姚安公曰："赖周二姐一詈一击，否则必为所媚矣。凡妖魅媚人，皆自招致。苏东坡《范增论》曰：'物必先腐也而后虫生之'。"

【译文】

崔庄枣树很多，很容易形成枣林，当地叫做枣行（音户郎切）。我小时候，听说有几个妇女出门挑菜，经过枣树下，看见有个小孩子坐在树杈上，把红熟的枣子采下来抛到地下。大家都争相拾取。小孩子急得大叫："我欢喜周二姐的娇美妩媚，采了这些红枣送给她吃。你们这些黑鬼，怎能来抢呢？"大家生气地回骂，周二姐也厌恶这个小孩子轻薄，也生气地大骂，还捡起土块掷过去。小孩子从这棵树跳到那棵树，像飞鸟一般穿过树林逃走了。大家这时才突然想到，村子里没有这个孩子，一定是妖怪了！姚安公说："好在有周二姐骂一顿，土块掷一顿，否则一定被妖怪迷惑了。凡是妖精迷惑人，都是人们自找的。苏东坡的《范增论》里说：'生物一定首先自身腐烂，然后才会生出虫子来。'"

鬼为夫求职

有选人在横街夜饮,步月而归。其寓在珠市口,因从香厂取捷径。一小奴持烛笼行,中路踣而灭。望一家灯未息,往乞火。有妇应门,邀入茗饮。心知为青楼,姑以遣兴。然妇羞涩低眉,意色惨沮。欲出,又牵袂固留。试调之,亦宛转相就。适携数金,即以赠之。妇谢不受,但祈曰:"如念今宵爱,有长随某住某处,渠久闲居,妻亡子女幼,不免饥寒。君肯携之赴任,则九泉感德矣。"选人戏问:"卿可相随否?"泫然曰:"妾实非人,即某妻也。为某不能赡子女,故冒耻相求耳。"选人悚然而出,回视乃一新冢也。后感其意,竟携此人及子女去。求一长随,至鬼亦荐枕,长随之多财可知。财自何来?其蠹官而病民可知矣。

【译文】

有个候选官员晚上到横街饮酒,酒后趁月色步行回去。他住在珠市口,就从香厂那一头取捷径行走。有个小僮仆拿着灯笼带路,走到半路,小僮仆跌了一跤,灯笼弄灭了。远看有一户人家还没有熄灯,就过去借火。有个妇人开门出来,还请官员进去喝茶。官员心想,这是妓女,就随便玩玩好了。不过,那妇人神情羞涩,低着头,神色像是沮丧无奈的样子。官员想离开时,妇人又拉着他的衣袖,一定要他留下。官员就和她调情,那妇人也很温柔地顺从了。官员身边刚好带了几两银子,就拿出来送给她。妇人推辞,不肯接受,只是请求地说:"如果您还想到今夜的恩爱,有一件事请您帮助。有个会做官员仆役的人,住在某个地方,失业很久了。老婆死了,孩子年幼,生活很困难。假使您能雇用这个仆人,带他去上任,那么他的亡妻也会感谢您的恩德的。"候选官员开玩笑地说:"你能不能跟我去呢?"妇人流出眼泪来,说:"我不是别人,就是那个仆人的妻子。因为他不能赡养子女,所以我不顾羞耻来求您了。"候选官员吓了一惊,赶快离开这房子,回头看时,却是一座新坟。后来,候选官员为妇人的诚意所感动,就把那个仆人及子女带着赴任去了。为了请求做一个官员的仆人,甚至鬼也会用自动献身的方法,官员仆人可以发大财就可以想见了。财从哪里来?他贪污公家的和搜刮百姓的情况,也是可以想见的了。

蛟龙野合

牛犊马驹,或生鳞角,蛟龙之所合,非真麟也。妇女露寝,为所合者亦有之。惟外舅马氏家,一佃户年近六旬,独行遇雨,雷电晦冥,有龙探爪按其笠。以为当受天诛,悸而踣,觉龙碎裂其裤,以为褫衣而后施刑也。不意龙捩转其背,据地淫之。稍转侧缩避,辄怒吼,磨牙其顶。惧为吞噬,伏不敢动。移一二刻,始霹雳一声去。呻吟塍上,腥涎满身。幸其子持蓑来迎,乃负以返。初尚讳匿,既而创甚,求医药,始道其实。耘苗之候,馌妇众矣,乃狎一男子;牧竖亦众矣,乃狎一衰翁。此亦不可以理解者。

【译文】

牛犊和马驹,有的生出鳞片长出角来,是蛟龙和牛马结合后生出来的,并非真的麒麟。也有妇女露天睡觉,被蛟龙所奸污的。舅父马家,有个年过六旬的佃户,单身走路,碰上下雨,乌云密布,雷电交加,有一只龙爪按住老佃户的斗笠。老佃户以为一定会被上天杀死了，吓得摔倒在地上。他发觉那条龙撕开他的裤子，又以为先把衣服剥光再施行刑法。没想到那条龙把他的身体反转过来，按在地上鸡奸。老佃户稍有反抗退避，龙就大怒吼叫，用牙齿在他头颈上磨来磨去。老佃户害怕被龙吃掉，趴在地下不敢再动。过了好一会，那条龙才发出一声打雷似的巨响，就离开了。老佃户在田埂上痛苦呻吟，满身都沾着龙腥气的唾沫。好在他儿子带着蓑衣来接他，才背着他回家去。最初还隐瞒这件事，后因受伤太重，求医问药，才讲出实情。当时正是耘田的时候，送饭的妇女很多，龙却去奸淫一个男人；放牛的孩子也很多，龙却去奸淫一个老头子。这也是不好理解的事。

瓮　怪

王方湖言：蒙阴刘生，尝宿其中表家。偶言家有怪物，出没不恒，亦不知其潜何所。但暗中遇之，辄触人倒，觉其身坚如铁石。刘故喜猎，恒以鸟铳随，曰："若然，当携此自防也。"书斋凡三楹，就其东室寝。方对灯独坐，见西室一物向门立，五官四体，一一似人，而目去眉约二寸，口去鼻仅分许，部位乃无一似人。刘生举铳拟之，即却避。俄手掩一扉，出半面外窥，作欲出不出状。才一举铳，则又藏，似惧出而人袭其后者。刘生亦惧怪袭其后，不敢先出也。如是数回，忽露全面，向刘生摇首吐舌。急发铳一击，则铅丸中扉上，怪已冲烟去矣。盖诱人发铳，使一发不中，不及再发，即乘机遁也。两敌相持，先动者败，此之谓乎！使忍而不发，迟至天晓，此怪既不能透壁穿窗，势必由户出，则必中铳；不出，则必现形矣。然自此知其畏铳。后伏铳窗棂，伺出击之，琤然仆地，如檐瓦堕裂声。视之，乃破瓮一片，儿童就近沿无泑处戏画作人面，笔墨拙涩，随意涂抹，其状一如刘生所见云。

【译文】

王方湖说：蒙阴有位姓刘的书生，曾住在他表兄家，听表兄说家里有个怪物，出没没有定时，也不知道潜伏在什么地方。只是黑暗中碰上，就把人撞倒，觉得怪物身体坚硬得像金属石头一般。刘某本来喜欢打猎，常常随身带着鸟枪，就说："如果这个样子，我就带上鸟枪自卫好了。"刘某表兄家的书斋共三间屋，刘某睡在东屋。晚上，刘某正在灯下独坐时，看见西屋有一个东西对着门口站着，五官四肢都像人一样，但是眼睛距离眉毛大约二寸，口距离鼻子只有一分多，部位和人无一相同。刘某举起鸟枪来对着怪物，怪物就躲开。不久，伸手关上一扇门，露出半个面孔向外偷看，作出想跑又不跑的样子。刘某一举枪，怪物又躲起来，又像害怕跑出去时刘某攻击他的背后。刘某也害怕怪物从后面攻击自己，也不敢先走出来。就这样反复了好几次，忽然，怪物把整个面孔露出来，对着刘某摇头伸舌头。刘某赶快打了一枪，铅弹打在门扇上，怪物就在烟火中冲了出去。原来怪物在引诱刘某射击，一枪不中，来不及打第二枪，怪物就乘机逃走了。敌对双方对峙的时候，先发动的就失败，就是指这种情况说的。假如刘某忍耐着不射击，等到天亮，这个怪物不能穿透墙壁窗门，一定由门口出去，那一定会被击中。如果怪物不出去，就会现出原形了。不过，他从此知道怪物害怕鸟枪。后来，刘生埋伏在窗棂边，等怪物出现时放枪射击，怪物发出清脆的响声，倒在地下，好像屋檐瓦片跌下来碎裂似的。刘某上前一看，原来是一片破瓮，有孩子在靠近边缘处没有上釉的地方画上一个人面来玩，笔划很幼稚，是孩子随便乱画的。人面的样子就像刘某见的怪物一样。

恩怨不可抵

有富室子病危，绝而复苏，谓家人曰："吾魂至冥司矣。吾尝捐金活二命，又尝强夺某女也。今活命者在冥司具保状，而女之父亦诉牒喧辩。尚天决，吾且归也。"越二日，又绝而复苏曰："吾不济矣。冥吏谓夺女大恶，活命大善，可相抵。冥王谓活人之命，而复夺其女，许抵可也。今所夺者此人之女，而所活者彼人之命；彼人活命之德，报此人夺女之仇，以何解之乎？既善业本重，未可全销，莫若冥司不刑赏，注来生恩自报恩，怨自报怨可也。"语讫而绝。案欧罗巴书不取释氏轮回之说，而取其天堂地狱，亦谓善恶不相抵。然谓善恶不抵，是绝恶人为善之路也。大抵善恶可抵，而恩怨不可抵，所谓冤家债主，须得本人是也。寻常善恶可抵，大善大恶不可抵。曹操赎蔡文姬，不得不谓之义举，岂足抵篡弑之罪乎？（曹操虽未篡，然以周文王自比，其志则篡也，特畏公议耳。）至未来生中，人未必相遇，事未必相值，故因缘凑合，或在数世以后耳。

【译文】

有个富家的公子病危，昏迷过去又醒过来，对家里的人说："我的灵魂已经到阴间了。我曾经捐助金钱，救活两条命；又曾经强抢过一个女子。现在，被我救活的人在阴间官府里提出保释我的报告，同时被我抢来女子的父亲又控告我。案子还没有判决，我暂时回来了。"又过了两天，公子再次昏迷过去又醒过来，说："我不行了。阴间官员说，抢女子是大恶事，救人命是大善事，可以相互抵消。阎王说，救活人家的命，又抢这个人家的女儿，允许相抵是可以的。现在，抢的是这个人的女儿，救的是那个人的性命。用救那个人性命的恩德，来抵偿抢这个人女儿的仇恨，怎么好解释呢？既然行善的报应本来就很重要，也不可以全部注销，不如阴间官府就不给予刑罚或奖赏了，只注定来生有恩报恩，有怨报怨就算了。"说完，富家公子就死了。按，欧罗巴人著书不取佛教轮回的说法，而取其天堂地狱之说，也讲善行与恶行不能互相抵消。不过，善恶不能抵消，就断绝了恶人改过行善的道路了。大概善行与恶行可以互相抵消的，恩德与怨恨就不能相互抵消了。所说是冤家债主，必须针对本人而说。一般的善行与恶行可以相抵消，大善与大恶就不可以相抵消了。曹操赎回蔡文姬，不能不说是仁义的行为，又怎能抵消他篡夺王位杀害君王的罪行呢！（曹操虽然没有篡位，但他把自己比做周文王，他是有篡位的用心的，只是怕众人议论罢了。）至于在来生中，有关的人不一定相遇，有些事不一定碰上，所以因果报应能够实现，或者会在几世以后而已。

王 德 庵

宋村厂（从弟东白庄名，土人省语呼厂里。）仓中旧有狐。余家未析箸时，姚安公从王德庵先生读书是庄。仆隶夜入仓院，多被瓦击，而不见其形，惟先生得纳凉其中，不遭扰戏。然时见男女往来，且木榻藤枕，俱无纤尘，若时拂拭者。一日，暗中见人循墙走，似是一翁，呼问之曰："吾闻狐不近正人，吾其不正乎？"翁拱手对曰："凡兴妖作祟之狐，则不敢近正人；若读书知礼之狐，则乐近正人。先生君子也，故虽少妇稚女，亦不相避，信先生无邪心也。先生何反自疑耶？"先生曰："虽然，幽明异路，终不宜相接。请勿见形可乎？"翁磬折曰："诺。"自是不复睹矣。

【译文】

宋村厂（堂弟东白的庄子名称，当地人简称为厂里）仓库里原有狐精。我们家族还没有分家的时候，姚安公在这庄子跟随王德庵先生读书。奴仆夜晚走进仓库院子，很多人被瓦片打中，却看不见狐精的形状。只有王先生在院子里乘凉，没有碰到狐精骚扰戏弄。不过，经常看见有男男女女走来走去，而且所用的木床藤枕，没有一点灰尘，好像时常擦拭似的。有一天，王先生在昏暗中看见一个人沿着墙脚走过，好像是个老头子，就喊住问他："我听说狐精不敢靠近正人君子，我大概不是正人君子吧？"老头子拱手行礼，回答说："凡是兴妖作怪的狐精，就不敢靠近正人君子；如果是知书识礼的狐精，就喜欢靠近正人君子。先生您是正人君子，所以即使是狐精中的少妇少女，也不回避先生，相信先生没有邪念呀！先生怎么反过来怀疑自己呢？"王先生说："虽然这样说，但是阴间和人世到底不同，相互接近总是不合适的。"老头子鞠躬说："好吧。"从此再也看不见狐精了。

文昌阁狐语

沈瑞彰寓高庙读书，夏夜就文昌阁廊下睡。人静后，闻阁上语曰："吾曹亦无用钱处，尔积多金何也？"一人答曰："欲以此金铸铜佛，送西山潭柘寺供养，冀仰托福佑，早得解形。"一人作哂声曰："咄咄大错！布施须己财。佛岂不问汝来处，受汝盗来金耶？"再听之，寂矣。善哉野狐，檀越云集之时，倘闻此语，应如霹雳声也。

【译文】

　　沈瑞彰住在高庙读书，夏夜在文昌阁的走廊睡觉。天黑人静之后，听到文昌阁上面有谈话声说："我们也没有用钱的地方，你积蓄这么多钱干什么呢？"有一个人回答说："我想用这些钱去铸一尊铜佛，送到西山潭柘寺去供奉，希望得到保佑赐福，早日解脱自己的形状。"又有一个人轻蔑地说："呸呸！你真是大错特错了！向佛法布施，必须是自己的财物。难道佛爷不问你的钱财来路，就接受你偷来的钱物吗？"再听下去，就没有声响了。这个野狐精真是正确呀！如果佛寺的施主们集会的时候，听到这一番话，真应该像打雷似的受到震动呀！

树顶书声

　　瑞彰又言：尝偕数友游西山，至林峦深处，风日暄妍，泉石清旷，杂树新绿，野花半开。眺赏间，闻木杪诵书声。仰视无人，因揖而遥呼曰："在此朗吟，定为仙侣。叨同儒业，可请下一谈乎？"诵声忽止，俄琅琅又在隔溪。有欲觅路追寻者，瑞彰曰："世外之人，趁此良辰，尚耽研典籍。我辈身列黉宫，乃在此携酒榼看游女，其鄙而不顾宜矣，何必多此跋涉乎！"众乃止。

【译文】

　　沈瑞彰又说：曾经和几个朋友去游西山，走到山林幽深的地方，风和日丽，水清石白，树木泛出新绿，野花半开。大家正在眺望欣赏的时候，听到树顶上传来读书声。抬头看，却看不到一个人。大家就行礼，喊道："在这里大声读书，一定是仙人了。我们也算是读书人，能否请你下来聚谈聚谈呢？"读书声突然停止了。不久，又在溪水对面响起琅琅的读书声。有人想找条道路过去追寻，沈瑞彰说："仙人趁着好时光，在诚心地钻研经典。我们虽然是太学生,却在这里喝酒、看游玩的女人,被他鄙视,不肯理睬我们,也是应当的了,你又何必渡河去追寻呢!"大家才不再寻找了。

沧州游方尼

沧州有一游方尼,即前为某夫人解说因缘者也,不许妇女至其寺,而肯至人家。虽小家以粗粝为供,亦欣然往。不劝妇女布施,惟劝之存善心,作善事。外祖雪峰张公家,一范姓仆妇,施布一匹。尼合掌谢讫,置几上片刻,仍举付此妇曰:"檀越功德,佛已鉴照矣。既蒙见施,布即我布。今已九月,顷见尊姑犹单衫。谨以奉赠,为尊姑制一絮衣可乎?"仆妇踧踖无一词,惟面颒汗下。姚安公曰:"此尼乃深得佛心。"惜闺阁多传其轶事,竟无人能举其名。

【译文】

沧州有个云游的尼姑,就是前面为某夫人解说因缘的人,从来不允许妇人到她住的庵里去,只肯自己到人家里去。即使贫苦人家,只能供奉她粗糙的食物,她也高高兴兴地去的。她不劝妇女布施,只劝妇女保留行善的心意,做善事。外祖父张雪峰老先生家中,有一个姓范的女仆,布施给尼姑一匹布。尼姑合十感谢,把布放在桌子上一会儿,仍然把这匹布交还给这个女仆,说:"施主的功德,佛已经记住了。既然这匹布你已经布施给我,就是我的布匹了。今天已经是九月了,刚刚看到您的婆婆还穿着单衣。我把这匹布送给您,请给您婆婆做一件棉衣好吗?"女仆狼狈得讲不出一句话,只是面红耳赤,满头大汗。姚安公说:"这个尼姑体会佛法十分深刻。"可惜妇女们讲过许多关于这尼姑的故事,竟然没有人说得出她的姓名。

痴 儿 厚 道

先太夫人乳母廖媪言：四月二十八日，沧州社会也，妇女进香者如云。有少年于日暮时，见城外一牛车向东去，载二女，皆妙丽，不类村妆。疑为大家内眷，又不应无一婢媪，且不应坐露车。正疑思间，一女遗红帕于地，其中似裹数百钱，女及御者皆不顾。少年素朴愿，恐或追觅为累，亦未敢拾。归以告母，谯诃其痴。越半载，邻村少年为二狐所媚，病瘵死。有知其始末者，曰："正以拾帕索帕，两相调谑媾合也。"母闻之，憬然悟曰："吾乃知痴是不痴，不痴是痴。"

【译文】

太夫人的奶妈廖老太说：四月二十八日，是沧州社日赛会，妇女们都去进香，人很拥挤。有个青年人，在太阳下山时分，看见城外有一辆牛车向东驶去，车上坐着两个姑娘，都很年轻漂亮，不像村里妇女的打扮，疑心她们是富贵人家的家眷，但又不应该一个婢女女仆都不带，而且也不应当坐没有车厢的牛车。正在怀疑时，一个姑娘把一个红手帕包抛在地下，当中好像包着几百枚铜钱。姑娘和赶车的人都没有回头看。青年平日老实厚道，恐怕人家日后追寻，引出是非，就不敢捡那个红手帕包。青年回家后告诉了母亲，他母亲骂他太过痴呆。过了半年，邻村有个青年被两只狐精迷惑，生重病死了。有人了解到事情的始末，就说："狐精正是利用别人捡手帕包，她再利用讨回手帕包的机会，相互调情结合呀！"青年的母亲听了，恍然大悟地说："我这才知道，说痴呆的人并不真的痴呆，说不痴呆的人才真是痴呆！"

报 应 快

　　有纳其奴女为媵者，奴弗愿，然无如何也。其人故隶旗籍，亦自有主。媵后生一女，年十四五。主闻其姝丽，亦纳为媵。心弗愿，亦无如何也。喟然曰："不生此女，无此事。"其妻曰："不纳某女，自不生此女矣。"乃爽然自失。又亲串中有一女，日构其嫂，使受谯责不聊生。及出嫁，亦为小姑所构，日受谯责如其嫂。归而对嫂挥涕曰："今乃知妇难为也。"天道好还，岂不信哉！又一少年，喜窥妇女，窗罅帘隙，百计潜伺。一日醉寝，或戏以膏药糊其目。醒觉肿痛不可忍，急揭去，眉及睫毛并拔尽；且所糊即所蓄媚药，性至酷烈，目受其熏灼，竟以渐盲。又一友好倾轧，往来播弄，能使胶漆成冰炭。一夜酒渴，饮冷茶。中先堕一蝎，陡螫其舌，溃为疮。虽不致命，然舌短而拗戾，话言不复便捷矣。此亦若或使之，非偶然也。

【译文】
　　有人把奴仆的女儿收为侍妾，奴仆不愿意，但也没有办法。这个人属旗籍，也有主人。侍妾后来生了个女儿，长到十四五岁。主人听说这姑娘美丽，就收为侍妾。这个人心里不愿意，也没有什么办法，只有长叹说："不生这个女儿，就没有这件事。"他的妻子说："不收奴仆女儿做侍妾，自然不会生下这个女儿了。"这个人沉默下来，茫茫然不知所措。又有一个亲戚的女儿，经常诋毁她嫂子，使嫂子老挨骂，无法好好生活。等到这女儿出嫁后，也常常被小姑诋毁，像她嫂子一样常挨骂。这女儿回娘家对嫂子流着泪说：

"今天才知道做媳妇的艰难呀！"按上天的道理什么行为得什么报应，难道还不可信吗？又有一个青年，喜欢偷看妇女，从窗门缝隙中，千方百计地去偷看。有一天喝醉了睡觉，有人开玩笑地用膏药糊住他的眼睛。醒来后眼睛又肿又痛，不能忍受，连忙把膏药揭掉，把眉毛和睫毛都拔光了。而且，涂在眼上的原来是青年收藏的促进性欲的药物，药性十分猛烈。眼睛受到药物的熏烘灼烧，竟然因此渐渐失明了。又有一个人喜欢人整人，来来去去搬弄是非，能够使很亲密的朋友都变成冰炭不相容的关系。有一天夜晚喝酒过后口渴，他就饮了杯冷茶。茶杯里先前刚掉进一只蝎子，在他饮茶时猛然间螫了他的舌头，溃烂成疮。虽然不到伤害性命，但舌头变得粗短僵硬，说话不再像以前那样灵敏了。这也仿佛是冥冥之中有人指使，而不是偶然的。

造物忌机巧

先师陈文勤公言：有一同乡，不欲著其名，平生亦无大过恶，惟事事欲利归于己，害归于人，是其本志耳。一岁，北上公车，与数友投逆旅。雨暴作，屋尽漏。初觉漏时，惟北壁数尺无渍痕。此人忽称感寒，就是榻蒙被取汗。众知其诈病，而无词以移之也。雨弥甚，众坐屋内如露宿，而此人独酣卧。俄北壁颓圮，众未睡皆急奔出；此人正压其下，额破血流，一足一臂并折伤，竟舁而归。此足为有机心者戒矣。因忆奴子于禄，性至狡。从余往乌鲁木齐，一日早发，阴云四合。度天欲雨，乃尽置其衣装于车箱，以余衣装覆其上。行十余里，天竟放晴，而车陷于淖，水从下入，反尽濡焉。其事亦与此类，信巧者造物之所忌也。

【译文】

　　我去世的老师陈文勤公说：他有一位同乡，不必说他的姓名了，平生也没有什么大的错误、罪过，只是凡事都想把有利的归自己，有害的给别人，这就是他的本性。有一年，他北上参加会试，和几个朋友到旅舍住宿。大雨倾盆而下，房屋都漏水了。刚开始漏水时，只有北墙有几尺阔的地方没有漏水痕迹。这个人突然自称感冒风寒，挑了北墙下的床，蒙着被子发汗。大家知道他在装病，但又没有理由让他移到别处。雨越来越大，大家坐在屋里，就像露天一样被雨漏淋滴，只有这个人呼呼大睡。不一会，北墙倒塌，大家没有睡觉，都赶快跑出去。这个人刚好压在墙下面，头破血流，一条腿、一只手臂都压断了，被人抬回家去。这真可以给心思机巧的人以警告了。我因而想到仆人于禄，性格很狡猾。跟从我到乌鲁木齐的时候，有一天起早赶路，满天都是阴云。于禄估计天要下雨，就把自己的衣服放在车厢底下，把我的衣服盖在上面。走了十几里，居然天放晴了，但车子却陷在泥潭里，水从车底下渗入，于禄的衣服反倒都湿了。这两件事都是类似的，机巧狡猾的人，是上天所讨厌的呀。

沈　淑　孙

　　沈淑孙，吴县人，御史芝光先生孙女也。父兄早卒，鞠于祖母。祖母，杨文叔先生妹也，讳芬，字瑶季，工诗文，画花卉尤精。故淑孙亦习词翰，善渲染。幼许余侄汝备，未嫁而卒。病革时，先太夫人往视之。沈夫人泣呼曰："招孙，（其小字也。）尔祖姑来矣，可以相认也。"时已沉迷，犹张目视，泪承睫，举手攀太夫人钏。解而与之，亲为贯于臂，微笑而瞑。始悟其意欲以纪氏物敛也。初病时，自知不起，画一卷，缄封甚固，恒置枕函边，问之不答。至是亦悟其留与太夫人，发之，乃雨兰一幅，上题曰："独坐写幽兰，图成只自看；怜渠空谷里，风雨不胜寒。"盖其家庭之间，有难言者，阻滞嫁期，亦是故也。太夫人悲之，欲买地以葬。姚安公谓于礼不可，乃止。后其柩附漕舶归，太夫人尚恍惚梦其泣拜云。

【译文】
　　沈淑孙，吴县人，是御史芝光先生的孙女。她的父亲、兄长早就去世了，由祖母抚养。她祖母是杨文叔先生的妹妹，名芬，字瑶季，擅长吟诗作文，特别会画花鸟。所以淑孙也学诗词，会画画。她自幼许配给我的侄子汝备，还没过门就去世了。病危时，我家太夫人去看望她。沈夫人哭着喊道："招孙（她的小名），你祖婆婆来了，你可以认识她了。"这时淑孙已经昏迷，还睁开眼睛，眼泪挂在睫毛上，伸手拉住太夫人手上的金钏。太夫人把金钏除下来，亲手套在她手臂上，她就微笑着去世了。这时才醒悟，她想要纪家的东西陪葬。刚生病时，她自己知道不会好了，就画了一幅画，包裹得很牢固，放在枕头旁边。问她是什么，她不肯回答。到这个时候，也醒悟到是留给太夫人的。打开一看，是一幅雨中兰花图，上面题着一首诗，说："独坐写幽兰，图成只自看；怜渠空谷里，风雨不胜寒。"原来她家庭成员之间，有难言之隐，妨碍了按期出嫁，也是家庭内矛盾的缘故。太夫人很可怜她，想买块地埋葬她。姚安公说，从礼制上是不能这样做的，才停止葬她的想法。后来，她的棺木搭乘运粮船回家乡，太夫人在梦中，还恍惚见她哭着告别。

鬼吃神筵

　　王西侯言：曾与客作都四，夜行淮镇西。倦而少憩，闻一鬼遥呼曰:"村中赛神,大有酒食,可共往饮啖。"众鬼曰:"神筵那可近?尔勿造次。"呼者曰:"是家兄弟相争,叔侄互轧,乖戾之气,充塞门庭,败征已具,神不享矣。尔辈速往,毋使他人先也。"西侯素有胆,且立观其所往。鬼渐近,树上系马皆惊嘶。惟见黑气蒙蒙,转绕从他道去,不知其诣谁氏也。夫福以德基,非可祈也;祸以恶积,非可禳也。苟能为善,虽不祭,神亦助之;败理乱常,而渎祀以冀神佑,神受赇乎?

【译文】

王西侯说:曾经和佣工都四晚上赶路到淮镇西边,疲倦时休息一下,听到一个鬼远远地叫喊:"村里赛神会,有许多酒菜食物,大家一起去吃一顿。"其他许多鬼说:"神仙的酒席,怎能靠近呢?你不要乱来。"叫喊的鬼说:"那一家兄弟争吵,叔侄互相倾轧,不祥的气数已经布满大门院子了,这一家破落的征兆都显示出来,神仙也不来享用他家的酒席了。你们赶快去,不要让人家抢先呀!"王西侯向来大胆,就站起来看那些鬼往哪里去。鬼魂逐渐靠近时,系在树上的马匹都惊吓嘶叫,只见一团黑蒙蒙的黑气,转弯绕道过去了,也不知去的是哪一家。福气以德行为基础,并非可以祈神得到的;灾祸因为罪恶积蓄形成,也并非可以祈神消除的。如果能做善事,即使不祭祀,神也会帮助的;败坏道理,混乱纲常,却硬要祭祀以希图神灵保佑,难道神灵会受贿吗?

黠鬼幻形

梁豁堂言:有廖太学,悼其宠姬,幽郁不适。姑消夏于别墅,窗俯清溪,时开对月。一夕,闻隔溪搒掠冤楚声,望似缚一女子,伏地受杖。正怀疑凝眺,女子呼曰：“君乃在此，忍不相救耶？”谛视，正其宠姬，骇痛欲绝。而崖陡水深，无路可过，问：“尔葬某山，何缘在此？”姬泣曰："生前恃宠，造业颇深。殁被谪配于此，犹人世之军流也。社公酷毒，动辄鞭捶。非大放焰口，不能解脱也。"语讫，为众鬼牵曳去。廖爱恋既深，不违所请；乃延僧施食，冀拔沉沦。月余后，声又如前。趋视，则诸鬼益众，姬裸身反接，更摧辱可怜。见廖哀号曰："前者法事未备，而牒神求释，被驳不行。社公以祈灵无验，毒虐更增，必七昼夜水陆道场，始能解此厄也。"廖猛省社公不在，谁此监刑？社公如在，鬼岂敢斥言其恶？且社公有庙，何为来此？毋乃黠鬼幻形，绐求经忏耶？姬见廖凝思，又呼曰："我实是某，君毋过疑。"廖曰："此灼然伪矣。"因诘曰："汝身有红痣，能举其生于何处，则信汝矣。"鬼不能答，斯须间，稍稍散去。自是遂绝。此可悟世情狡狯，虽鬼亦然；又可悟情有所牵，物必抵隙。廖自云有灶婢殁葬此山下，必其知我眷念，教众鬼为之。又可悟外患突来，必有内间矣。

【译文】
　　梁豁堂说：有位姓廖的太学生，哀悼他宠爱的姬妾，忧郁不已，身心不舒服，就到别墅去消夏。别墅有个窗口对着清清的溪水，廖生就常开窗望月。一天晚上，听到溪对岸有人挨打叫冤的声音。他远远望去，仿佛绑着一个女子，伏在地下挨棒打。正在疑惑观看时，女子高喊："你原来在这里，能忍心不来救我吗？"仔细看时，女子正是他宠爱的姬妾，廖生又惊慌又心痛，差点晕过去。但溪岸陡峭，溪水很深，没有路可以过去，就问道："你埋葬在某个山上，怎会到这里呢？"姬妾哭着说："我生前仗着你的宠爱，犯了不少罪过。死后被贬谪,发配到这里,好比人间的流放。土地公十分狠毒,动不动就对我鞭打棒敲。如果不大放焰口,我是不能解脱的了。"姬妾说完,就被鬼魂们拉着走了。廖生十分宠爱怀念姬妾,不能违反她的请求,于是就请来僧人布施食物,希望把姬妾超度出痛苦的境地。一个多月后,姬妾哭喊声又像以前一样,廖生靠近些注视,只见那些鬼魂更多了,姬妾裸着身体,双手反绑着,被摧残侮辱得更加可怜。姬妾看到廖生,就哭叫着说:"上次的法事还不够分量,我去请求神灵释放,被神灵批驳了,不准放行。土地公因为你的祈祷没有灵验,更加虐待我,一定要办一次七日七夜的水陆道场,才能解救我的危难呀!"廖生猛然省悟,土地公不在场,由谁来监督行刑呢?土地公如果在场,她的鬼魂敢当面讲他的坏话吗?而且土地公有自己的庙,来这里干什么?不要是狡猾的鬼变化形象,欺骗我请僧人念经超度吧?姬妾看见廖生仔细考虑,又喊道:"我实在是某某,你不要过分疑心。"廖生心里说:"这就表明是假鬼了。"随即反问姬妾说:"你身上有颗红痣,你能说出长在什么地方,我就相信你了。"鬼回答不出来,一会儿鬼群就慢慢散去。从此,鬼魂就不再来了。这件事可以体会到世间人情狡猾虚伪,连鬼也是如此。又可以醒悟到感情有所牵挂时,怪物一定乘虚而入。廖生自己说:"有个烧火丫头死后埋葬在这座山脚下,一定知道我想念什么人,就让那些鬼变作姬妾的样子。"这又可以明白,外面的灾祸突然发作,一定内部有人作奸细了。

填词姻缘

豁堂又言:一粤东举子赴京,过白沟河,在逆旅午餐。见有骡车载妇女住对屋中,饭毕先行。偶步入,见壁上新题一词曰:"垂杨袅袅映回汀,作态为谁青?可怜弱絮,随风来去,似我飘零。　　蒙蒙乱点罗衣袂,相送过长亭。丁宁嘱汝:沾泥也好,莫化浮萍。"【按:此调名

《秋波媚》，即《眼儿媚》也。】举子曰："此妓语也，有厌倦风尘之意矣。"日日逐之同行，至京，犹遣小奴记其下车处。后宛转物色，竟纳为小星。两不相期，偶然凑合，以一小词为红叶，此真所谓前缘矣。

【译文】
　　梁豁堂又说：有一位广东举人到北京去，路过白沟河，在旅舍中吃午饭。看见有骡车载来一位妇女，住在对面房间，饭后就先起程了。举人随意散步，走进那妇女住过的房间，发现墙上新题上一首词："垂杨袅袅映回汀，作态为谁青？可怜弱絮，随风来去，似我飘零。　蒙蒙乱点罗衣袂，相送过长亭。丁宁嘱汝：沾泥也好，莫化浮萍。"（按：这词调名《秋波媚》，即是《眼儿媚》。）举人说："这是妓女的口吻啊！有厌倦风尘生涯的意思在内了。"于是，每天都跟踪那妓女，一起到了北京，还派小书僮去查实妓女下车停留的地方。后来，经过曲折的寻找，竟然把这个妓女收为侍妾。这两人不期而遇，偶然邂逅，因为一首小令作为传情的红叶，这真是所谓前世姻缘了。

猫

　　舅祖陈公德音家，有婢恶猫窃食，见则挞之。猫闻其咳笑，即窜避。一日，舅祖母郭太安人使守屋。闭户暂寝，醒则盘中失数梨。旁无他人，猫犬又无食梨理，无以自明，竟大受捶楚。至晚，忽得于灶中，大以为怪。验之，一一有猫爪齿痕。乃悟猫故衔去，使亦以窃食受挞也。"蜂虿有毒"，信哉。婢愤恚，欲再挞猫。郭太安人曰："断无纵汝杀猫理，猫既被杀，恐冤冤相报，不知出何变怪矣。"此婢自此不挞猫,猫见此婢亦不复窜避。

【译文】

舅公陈德音老先生家里,有个婢女厌恶猫偷吃东西,见猫就打。猫只要听到婢女咳嗽说笑的声音,马上逃走躲开。有一天,舅婆郭太安人叫婢女看守房间。婢女关上门小睡一下,醒来后发现果盘里丢失了几只梨。房间里没有别人,猫狗又没有吃梨的道理,婢女说不清楚,竟然被主人打了一顿。到了晚上,突然在灶膛里捡到那几只梨,十分奇怪,仔细检查一下,每只梨上都有猫的爪痕牙印。这时,婢女才醒悟,是猫故意把梨叼走,使婢女因为偷食梨的错误受到鞭打。"野蜂毒虫有毒害人"这句话,是可以相信的了。婢女很生气,想再打猫一顿。郭太安人说:"绝对没有让你杀猫的道理。如果猫被你杀了,恐怕今后冤冤相报,不知道又出现什么妖怪变化了!"这个婢女从此不再打猫,猫见了这个婢女也不再逃避了。

朋友转轮为夫妇

桐城耿守愚言:一士子游嵩山,搜剔古碑,不觉日晚。时方盛夏,因藉草眠松下。半夜露零,寒侵衣袖,噤而醒。偃卧看月,遥见数人从小径来,敷席山冈,酌酒环坐。知其非人,惧不敢起,姑侧听所言。一人曰:"二公谪限将满,当入转轮,不久重睹白日矣。受生何所,已得消息否?"上坐二人曰:"尚不知也。"既而皆起,曰:"社公来矣。"俄一老人扶杖至,对二人拱手曰:"顷得冥牒,来告喜音:二公前世良朋,来生嘉耦。"指右一人曰:"公官人。"指左一人曰:"公夫人也。"右者顾笑,左者默不语。社公曰:"公何悒悒?阎罗王宁误注哉！此公性刚直，刚则凌物，直则不委曲体人情。平生多所树立，亦多所损伤。故沉沦几二百年，乃得解脱。然究君子之过，故仍得为达官。公本长者，不肯与人为祸福。然事事养痈不治，亦贻患无穷。故堕鬼趣二百年，谪堕女身。以平生深而不险，柔而不佞，故不失富贵。又以此公多忤，而公始终与相得，故生是因缘。神理分明，公何悒悒哉？"众哗笑曰："渠非悒悒，直初作新妇，未免娇羞耳。有酒有肴，请社公相礼，先为合卺可乎！"酬酢喧杂，不复可辨；晨鸡俄唱，各匆匆散去。不知为前代何许人也。

【译文】

  桐城耿守愚说：有个书生游览嵩山，寻访古代碑刻，不知不觉天已黑了。当时正是盛夏季节，就躺在松树下面草地上睡觉。半夜露水下来，寒气直透衣衫，书生受冻醒过来，就躺在地下看月亮。突然远远地看见有几个人从小路上山，把酒席摆在山头上，团团围坐饮酒。书生知道这些不是人类，怕得不敢站起来，只好侧耳倾听，看看他们说些什么。其中有一个鬼说："两位贬谪期限快要满了，应当进入轮回投生，不久就可以重新看到青天白日了。投生到哪里，有没有消息呢？"在上座的两个鬼说："还不知道呢！"接着，众鬼都站起来，说："土地公来了。"不久，一位老汉拄着拐杖过来，对那两个鬼拱手行礼，说："刚刚接到阴间的公文，特来向两位报喜：两位前生是好朋友，来生会成为好夫妻。"土地公指着右边一个鬼说："你是当官的男人。"又指着左边一个鬼说："你是夫人。"右边的鬼看着左边的笑起来，左边的鬼却不声不响。土地公说："你又何必闷闷不乐呢？阎罗王难道安排会有错吗？这位性格刚直，刚毅就会盛气凌人，直率就不会深切体会别人的心情。他平生建树很多，伤害的人也很多，所以死后在阴间沉沦二百年，才能解脱投生。不过，他犯的仍然是正人君子的过失，所以仍然可以做大官。你本是一位忠厚长者，不肯有意地制造别人的大福大祸。但是你对每件事的失误都不去纠正，也留下无穷的祸患。所以你变成鬼魂有二百年，才惩罚性地准你投生为女性。因为你前生深刻却不阴险，柔弱却不奸诈，所以仍然享受富贵。还有，因为这位先生很容易得罪人，而你和他始终交情很好，所以就出现这个姻缘了。神仙的道理十分清楚明白，你又何必闷闷不乐呢！"众鬼喧哗取笑说："他并非闷闷不乐，只是刚当新娘子，不免觉得难为情罢了。这里有酒有菜，请土地神主持仪式，先办一办结婚礼好吗？"于是敬酒劝菜，应酬道谢，声音又乱又杂，再听不清他们讲些什么了。当清晨鸡啼的时候，那些鬼匆匆忙忙地分开走了，也不知是前代的什么人。

世 故 杀 人

李应弦言：甲与乙邻居世好，幼同嬉戏，长同砚席，相契如兄弟。两家男女时往来，虽隔墙，犹一宅也。或为甲妇造谤，谓私其表弟。甲侦无迹，然疑不释，密以情告乙，祈代侦之。乙故谨密畏事，谢不能。甲私念未侦而谢不能，是知其事而不肯侦也，遂不再问，亦不明言；然由是不答其妇。妇无以自明，竟郁郁死。死而附魂于乙曰："莫亲于夫妇，夫妇之事，乃密祈汝侦，此其信汝何如也。使汝力白我冤，甲疑必释；或阳许侦而徐告以无据，甲疑亦必释。汝乃虑脱侦得实，不告则负甲，告则汝将任怨也。遂置身事外，恝然自全，致我赍恨于泉壤，是杀人而不操兵也。今日诉汝于冥王，汝其往质。"竟颠痫数日死。甲亦曰："所以需朋友，为其缓急相资也。此事可欺我，岂能欺人？人疏者或可欺，岂能欺汝？我以心腹托汝，无则当言无，直词责我勿以浮言间夫妇；有则宜密告我，使善为计，勿以秽声累子孙。乃视若路人，以推诿启疑窦，何贵有此朋友哉！"遂亦与绝，死竟不吊焉。乙岂真欲杀人哉，世故太深，则趋避太巧耳。然畏小怨，致大怨；畏一人之怨，致两人之怨。卒杀人而以身偿，其巧安在乎？故曰，非极聪明人，不能作极懵懂事。

【译文】
　　李应弦说：甲和乙二人世代相邻，关系很好，从小一起游戏，长大后又一起读书，交情就像亲兄弟似的。两家的老婆孩子经常往来，虽然隔着一堵墙，却好像一家人一样。有人造甲妻的谣言，说她爱上了她的表弟。甲经过调查，发现并无根据，但心中的疑虑并没有消失，就悄悄地告诉了乙，希望乙也替他调查一下。乙性格谨慎怕事，就拒绝调查。甲想，乙还没有调查就拒绝合作，便是知道有这件事，不肯去调查了。于是，甲也不再追问，也不讲出来，但从此不理睬妻子。妻子没有办法表白，竟然忧郁而死。甲妻死后，鬼魂附在乙身上，说："最亲密莫过于夫妇了，夫妇间的事，还秘密地请你调查，可见甲对你是如何信任了。假使你能尽力表明我的冤枉，甲的疑虑一定消除；或者假装调查后慢慢告诉甲那件事毫无根据，甲的疑虑也一定会消除。你却担心如果调查确实，不告诉甲就辜负甲的信任，告诉甲你就受到别人的怨恨，于是你就置身事外，毫不介意地保全自己，致使我含恨于九泉，你是杀人不用刀呀！今天我向冥王控告你，你到阴间去对质！"乙就发了疯，几天后死去了。甲也说："人之所以要朋友，是因为有事情时可以相互帮助。这种事情能欺骗我，怎能欺骗别人呢？可以欺骗陌生的人，怎能欺骗你呢？我把心中隐秘告诉你，要没有这种事，你就应该说没有，直率地责备我不要因为流言蜚语离间了夫妻关系；要是有这种事，你也应当秘密地告诉我，让我好好地处理，不要让坏名声害了子孙后代。你却像过路人一样，用推诿的方式引起我的怀疑，这样的朋友有什么可贵呢！"因此就和乙绝交，乙死时竟然也不去吊唁。乙难道真的想杀人吗？只是世故太深，躲避灾祸太机巧而已。不过，害怕小的怨恨，招致大的怨恨；害怕一个人怨恨，招致两个人怨恨，最后杀人还要偿命，他的机巧又在哪里呢？所以说，不是十分聪明的人，不能做十分懵懂的事。

僮　魂

窦东皋前辈言：前任浙江学政时，署中一小儿，恒往来供给使。以为役夫之子弟，不为怪也。后遣移一物，对曰："不能。"异而询之，始自言为前学使之僮，殁而魂留于是也。盖有形无质，故能传语而不能举物，于事理为近。然则古书所载，鬼所能为，与生人无异者，又何说欤？

【译文】
窦东皋老先生说：从前担任浙江学政时，官署里有个孩子，常常来来往往，供他使唤。他以为是差役的子弟，也不奇怪。后来，让孩子移动一件东西，孩子说："我移不动。"他觉得奇怪，就追问他。孩子才说自己原来是前任学政的书僮，死后的鬼魂还留在此地。原来鬼魂有形状无实质，所以只能传话不能搬动东西，这倒接近事物的道理。但是，古书所记载鬼魂能够做的，和生人没有两样，又怎么说呢？

唐都护府故城

特纳格尔为唐金满县地，尚有残碑。吉木萨有唐北庭都护府故城，则李卫公所筑也。周四十里，皆以土墼垒成；每墼厚一尺，阔一尺五六寸，长二尺七八寸。旧瓦亦广尺余，长一尺五六寸。城中一寺已圮尽，石佛自腰以下陷入土，犹高七八尺。铁钟一，高出人头，四围皆有铭，锈涩模糊，一字不可辨识。惟刮视字棱，相其波磔，似是八分书耳。城中皆黑煤，掘一二尺乃见土。额鲁特云："此城昔以火攻陷，四面炮台，即攻城时所筑。"其为何代何人，则不能言之。盖在准噶尔前矣。城东南山冈上一小城，与大城若相犄角。额鲁特云："以此一城阻碍，攻之不克，乃以炮攻也。"庚寅冬，乌鲁木齐提督标增设后营，余与永余斋（名庆，时为迪化城督粮道，后官至湖北布政使。）奉檄筹画驻兵地。万山丛杂，议数日未定。余谓余斋曰："李卫公相度地形，定胜我辈。其所建城必要隘，盍因之乎？"余斋以为然，议乃定。即今古城营也。（本名破城，大学士温公为改此名。）其城望之似孤悬，然山中千蹊万径，其出也必过此城，乃知古人真不可及矣。褚筠心学士修《西域图志》时，就访古迹，偶忘语此。今附识之。

【译文】

特纳格尔是唐代金满县属地，还有残碑在。吉木萨有座唐代北庭都护府故城，是李卫公修筑的。故城周长四十里，都用土砖坯筑成，每块砖坯厚一尺，阔一尺五六寸，长二尺七八寸。瓦片也阔一尺多，长一尺五六寸。城里有一所寺院，已经倒塌了。石佛从腰部以下，都埋在泥土中，上身还有七八尺高。有一口铁钟，比人还要高，钟身周围刻有铭文，锈蚀得模模糊糊，连一个字都分辨不出了。只是刮去铁锈观察字的轮廓，分别字的波磔点画，仿佛是八分书。城里布满黑煤，掘开一两尺才现出泥土。额鲁特说："这座城以前被火攻失陷，四面的炮台，就是攻城时修筑的。"攻城是什么朝代、什么人干的，就说不清楚了。大概在准噶尔以前的事了。城东南的山冈上有一座小城，和大城相互呼应。额鲁特说："因为这座小城阻碍，攻城不能取胜，才用炮火攻城的。"庚寅年冬天，乌鲁木齐提督标增设后营，我和永余斋（名庆，当时任迪化城督粮道，后来做到湖北布政使。）奉军令筹划驻兵的地点。当地成千上万的山冈，地形复杂，大家商议了好几天，都定不下来。我对余斋说："李卫公观察、判断地形，一定超过我们。他所建的城，一定坐落在险要之处，我们何不用他的地点呢？"余斋觉得很对，才决定了地点，就是现在的古城营。（本来叫破城，大学士温公改成现在的名称。）这座城看上去好像孤零零地摆在外面，但是在千峰万壑之间，所有出路一定要经过这座城池。这才认识到古代人的智慧真是我们不能相比的呀。褚筠心学士编写《西域图志》时，向我访查古迹，当时我偶尔忘记告诉他，现在附带在这里说明。

山　洞　画

喀什噶尔山洞中，石壁剷平处有人马像。回人相传云，是汉时画也。颇知护惜，故岁久尚可辨。汉画如武梁祠堂之类，仅见刻本，真迹则莫古于斯矣。后戍卒燃火御寒，为烟气所熏，遂模糊都尽。惜初出师时，无画手橐笔摹留一纸也。

【译文】

喀什噶尔的山洞里，在石壁铲平的地方，画有人员马匹的画像。回族居民相传说，这是汉代的画像，所以都相当爱护，虽然年月很久，还可以看出来。汉代画像如武梁祠堂画像之类，只看过刻本。那么，真迹再没有比这里更古老的了。后来，戍边的兵卒点柴火抗寒，画像被烟气熏染，就模糊不清了。可惜刚出师的时候，没有会画画的人，临摹一幅留下来。

媳 妇 赵 氏

次子汝传妇赵氏，性至柔婉，事翁姑尤尽孝。马夫人称其工容言德皆全备，非偏爱之词也。不幸早卒，年仅三十有三。余至今悼之。后汝传官湖北时，买一妾，体态容貌，与妇竟无毫发差，一见骇绝。署中及见其妇者，亦莫不骇绝。计其生时，妇尚未殁，何其相肖至此欤？又同归一夫，尤可异也。然此妾入门数月，又复夭逝。造物又何必作此幻影，使一见再见乎？

【译文】

次子汝传的媳妇赵氏，性格温柔和顺，侍奉公婆特别尽孝。马夫人称赞她，说她具备了妇女的女工、容貌、语言、品德。这并非是偏爱的话。赵氏不幸年纪轻轻就去世了，只有三十三岁。到现在我还想念她。后来，汝传在湖北做官时，买到一个姬妾，体态容貌，和赵氏没有一丝一毫的差别，刚见时吓一跳，官署里见过赵氏的人见了，也都没有不吃惊的。计算一下这个姬妾出生时，赵氏还没有去世，怎么会这样相像呢？而且又嫁同一个丈夫，这就更加奇怪了。不过，这个姬妾进门几个月后，又病死了。上天又何必造出赵氏的幻影，让人们一见再见呢？

姚 别 峰

桐城姚别峰，工吟咏，书仿赵吴兴，神骨逼肖。尝摹吴兴体作伪迹，熏暗其纸，赏鉴家弗能辨也。与先外祖雪峰张公善，往来恒主其家，动淹旬月。后闻其观潮没于水，外祖甚悼惜之。余小时多见其笔迹，惜年幼不知留意，竟忘其名矣。舅祖紫衡张公（先祖母与先母为姑侄，凡祖母兄弟，惟雪峰公称外祖，有服之亲从其近也；余则皆称舅祖，统于尊也。）尝延之作书，居宅西小园中。一夕月明，见窗上有女子影，出视则无。四望园内，似有翠裙红袖，隐隐树石花竹间。东就之则在西，南就之则在北，环走半夜，迄不能一睹，倦而憩息。闻窗外语曰："君为书《金刚经》一部，则妾当相见拜谢。不过七千余字，君肯见许耶？"别峰故好事，急问："卿为谁？"寂不应矣。适有宣纸素册，次日，尽谢他笔墨，一意写经。写成，炷香供几上，觊其来取。夜中已失之。至夕，徘徊怅望，果见女子冉冉花外来，叩颡至地。别峰方举手引之，挺然起立，双目上视，血淋漓胸臆间，乃自到鬼也。嗷然惊仆。馆僮闻声持烛至，已无睹矣。顿足恨为鬼所卖。雪峰公曰："鬼云拜谢，已拜谢矣。鬼不卖君，君自生妄念，于鬼何尤？"

【译文】
　　桐城姚别峰，很会写诗，书法模仿赵孟頫，笔墨神气骨架十分相似。他曾经模仿赵孟頫的书体写了一幅赝作，又把纸色熏成暗黄色，连鉴赏家都分不出真伪。姚别峰与我外公张雪峰老先生很友好，往来时常住在他家里，而且总要住上十天半月的。后来，听说姚别峰观潮时被淹死了，外公十分伤心可惜。我小时候见过他很多墨迹，可惜当年年纪小，没有注意，都忘记墨迹的名目了。舅公张紫衡老先生（我祖母和我母亲是姑母侄女关系，凡是祖母的兄弟，只有雪峰老先生称为外公，是按照五服之内比较亲近的缘故；其他人称为舅公,便于尊重。)曾请他来写字,住在家宅西面的小花园里。一天夜晚,月光明亮,姚别峰看到窗子上有个女子的影子,出门看时,却没有人。向花园四面张望,好像有个穿绿裙红衣的女人,隐隐约约躲在树木、假山、花草、竹丛之间。姚别峰向东面寻找,她就在西面;向南面寻找,她就在北面,团团地追寻了半夜,都见不上一面,疲倦得只好回房休息。听到窗外有人说话道:"您肯替我抄一部《金刚经》,我就出来见您,表示感谢。这部经不过七千多字,您肯答应抄吗?"姚别峰也是好事的人,连忙问道:"你是谁?"就没有人回答了。刚好房内有宣纸装成的空白册页,第二天,别峰就谢绝了其他要抄写的东西,一心一意抄写《金刚经》。抄好之后,点上香把经册放在桌子上,等着看她来取。到半夜,经册不见了。又到了晚上,别峰走来走去,很失意地东张西望,果然看见一个女子慢慢地从花木外面走过来,向他叩头。别峰刚伸手要把她拉起,她一下子就站起来,两眼翻向上面,胸膛上鲜血淋漓,原来是一个割颈自杀而死的鬼魂。别峰吓得大喊一声,倒在地上。这屋里的童仆听到喊声,拿着蜡烛跑过来,已经看不见什么了。别峰恨得跺脚,觉得被鬼骗了。雪峰老先生说:"鬼说要拜谢你,已经真的拜谢了。鬼并没有骗你,你自己生了邪念,和鬼有什么关系呢?"

苦乐无定程

于南溟明经曰:"人生苦乐,皆无尽境;人心忧喜,亦无定程。曾经极乐之境,稍不适则觉苦;曾经极苦之境,稍得宽则觉乐矣。尝设帐康宁屯,馆室湫隘,几不可举头。门无帘,床无帐,院落无树。久旱炎郁,如坐炊甑;解衣午憩,蝇扰扰不得交睫。烦躁殆不可耐,自谓此猛火地狱也。久之,倦极睡去。梦乘舟大海中,飓风陡作,天日晦冥,樯断帆摧,心胆碎裂,顷刻覆没。

忽似有人提出，掷于岸上，即有人持绳束缚，闭置地窖中。暗不睹物，呼吸亦咽塞不通。恐怖窘急，不可言状。俄闻耳畔唤声，霍然开目，则仍卧三脚木榻上。觉四体舒适，心神开朗，如居蓬莱方丈间也。是夕月明，与弟子散步河干，坐柳下，敷陈此义。微闻草际叹息曰：'斯言中理。我辈沉沦水次，终胜于地狱中人'。"

【译文】
　　于南溟贡生说：人生的痛苦与快乐，都是没有止境的。人心的忧伤和高兴，也没有固定的模式。经历过十分快乐的境地以后，稍为不舒适，就会觉得痛苦；经历过十分痛苦的境地之后，稍为宽松，就会觉得快乐了。我曾在康宁屯办学堂。学堂又窄小又潮湿，几乎抬头就碰到屋顶。门口没有门帘，床上没有帐子，院子没有树木。大旱时节，热浪盘旋，在室内就像坐在蒸笼里。脱衣服午睡时，苍蝇飞舞骚扰，不能合眼。心中烦躁，快要忍不住了，自己认为这真是猛火地狱呀。过了很久，疲倦极了，才沉沉睡着了。梦中坐上船飘浮在大海上，突然暴风发作，满天阴云密布，船的桅杆帆片都被吹断了，吓得心都要跳出来，一下子船就沉没了。突然，仿佛有人抓住自己，扔到岸上，马上有人用绳子把自己绑住，关闭在地窖里。地窖内黑暗得看不见任何东西，呼吸也因为咽喉堵塞，不得畅通。这时又恐怖又紧张，真有说不出的狼狈。不久，听到耳边有人叫喊，猛地睁开眼睛一看，原来自己仍然躺在只有三条腿的破木床上。这时，只觉得四肢舒服放松，心情开朗，好像住在蓬莱仙岛的房子里一般。当天晚上，月光明亮，和学生们散步到河边，坐在柳树下讲述这件事所含的意义，听到野草中有人轻轻地叹息，说："这番话很有道理。我们死后待在水边，总比在地狱里的人强多了。"

门 世 荣

外舅周箓马公家,有老仆曰门世荣。自言尝渡吴桥钩盘河,日已暮矣,积雨暴涨,沮洳纵横,不知何处可涉。见二人骑马先行,迂回取道,皆得浅处,似熟悉地形者。因逐之行。将至河干,一人忽勒马立,待世荣至,小语曰:"君欲渡河,当左绕半里许,对岸有枯树处可行。吾导此人来此,将有所为。君勿与俱败。"疑为劫盗,悚然返辔,从所指路别行,而时时回顾。见此人策马先行,后一人随至中流,突然灭顶,人马俱没;前一人亦化旋风去。乃知为报冤鬼也。

【译文】

岳父马周箓老先生家中,有个老仆人叫门世荣。他说,曾经在吴桥渡钩盘河。当时已近黄昏,因多日大雨,河水暴涨,许多小支流交叉纵横,不知道从哪里能够过河。他看见有两个人骑着马走在前面,绕来绕去地赶路,走的都是水浅的地方,好像是熟悉地形的人。老仆就跟着他们走。快要到河边了,其中一个人突然勒马站住,等老仆来到身边时,小声对他说:"你想过河,应当向左绕半里路,看到对岸有棵枯树的地方,就可以涉水过去了。我引这个人来这里,是有事情要做的,你不要跟着他去送死。"老仆怀疑是强盗抢劫,吃了一惊,回马便走,按照那个人指示的另一条路走过去,边走边不断地回头看。老仆看见那个人骑马先走,后面一个人跟着到了河中心,突然水没过头顶,人马都被淹没了。前面那个人也化为一阵旋风而去。这时,老仆才知道,前面的人是报冤鬼。

万　年　松

田丈耕野官凉州镇时，携回万年松一片，性温而活血，煎之，色如琥珀。妇女血枯血闭诸证，服之多验。亲串家递相乞取，久而遂尽。后余至西域，乃见其树，直古松之皮，非别一种也。土人煮以代茶，亦微有香气。其最大者，根在千仞深涧底。枝干亭苕，直出山脊，尚高二三十丈，皮厚者二尺有余。奴子吴玉保，尝取其一片为床。余谓闽广芭蕉叶可容一二人卧，再得一片作席，亦一奇观。又尝见一人家，即树孔施门窗，以梯上下；入之，俨然一屋。余与呼延化州（名华国，长安人，己未进士，前化州知州。）同登视，化州曰："此家以巢居兼穴处矣。"盖天山以北，如乌孙突厥，古多行国，不需梁柱之材，故斧斤不至。意其真盘古时物，万年之名，殆不虚矣。

【译文】

田耕野老先生在凉州镇当官时，带回来一片万年松，药性温和，能活血，煎出汤水的颜色像琥珀一样。治疗妇女的血枯、血闭等病症，大多数灵验。亲朋家都相互介绍，到家来讨取，时间一久，就分光了。后来，我到了西域，才见到这种树，是古松树的树皮，并非另外一种松树。当地人煮松树皮汤代替茶，也有淡淡的香气。最大的古松树，根在千丈深的山涧底下，枝干高高地耸立，超出山脊还有二三十丈，树皮最厚的有二尺多。仆人吴玉保曾经挖出一片来做床。我说，福建、广东的芭蕉叶大得可以躺一两个人，要拿到一片芭蕉叶来做席子配这张床，也算是一种奇观了。我还见到一家人，在大树洞上装上门窗，用梯子上下。进到大树洞里，真像一间房子。我和呼延化州（名华国，长安人，己未年进士，以前担任过化州的知州。）一起爬上去参观。化州说："这户人家既是住在巢中，又是住在洞穴里了。"原来大山以北，如乌孙、突厥等地，古时大多是游牧国度，不需要用建房屋梁柱的材料，所以不来砍伐这些树木。想来这些都是盘古氏年代的植物，称为万年松，真是名不虚传。

渔洋山人画扇

田白岩曰："名妓月宾，尝来往渔洋山人家，如东坡之于琴操也。"苏斗南因言少时见山东一妓，自云月宾之孙女，尚有渔洋所赠扇。索观之，上画一临水草亭，傍倚二柳，题"庚寅三月道冲写"。不知为谁。左侧有行书一诗曰："烟缕蒙蒙蘸水青，纤腰相对斗娉婷。樽前试问香山老，柳宿新添第几星？"不署名字，一小印已模糊。斗南以为高年耆宿，偶赋闲情，故讳不自著也。余谓诗格风流，是新城宗派。然渔洋以辛卯夏卒，庚寅是其前一岁，是时不当有老友，"香山老"定指何人？如云自指，又不当云"试问"；且词意轻巧，亦不类老笔。或是维摩丈室，偶留天女散花，他少年代为题扇，以此调之。妓家借托盛名，而不解文义，遂误认颜标耳。

【译文】

田白岩说："名妓月宾，曾经和渔洋山人有来往，好像苏东坡和琴操的关系一样。"苏斗南就说，小时候见过一位山东妓女，自称是月宾的孙女，还保存着渔洋山人写的扇子。于是，苏斗南就向她取来观看,见扇子上画着一座临水的茅亭,旁边有两棵柳树,题字是:"庚寅三月,道冲写。"不知道道冲是什么人。扇的左侧有行书写的诗一首:"烟缕蒙蒙蘸水青,纤腰相对斗娉婷。樽前试问香山老,柳宿新添第几星?"没有写上姓名,一枚小印章已经模糊不清了。苏斗南认为,渔洋山人是年长的学者,偶然吟咏生活情趣,所以隐去姓名,不肯写出来。我认为这首诗格调风流,是渔洋山人的流派。不过,渔洋山人在辛卯年夏天去世,庚寅年是去世前一年,这个时候不应当还有老友。"香山老"究竟指什么人呢?如果指自己,又不应当说"试问",而且诗句意趣轻松巧妙,也不像老年的笔调。大概是像佛经里维摩老病时,在房间里还有接纳天女散花一样的行为,另外的年轻人代他在扇子上题诗,用来取笑他吧?妓女要借渔洋山人的大名,却又不理解诗的含义,就误认为是他的真迹了。

地下人头

王觐光言:壬午乡试,与数友共租一小宅读书。觐光所居室中,半夜灯光忽黯碧。剪剔复明,见一人首出地中,对炉嘘气。拍案叱之,急缩入。停刻许复出,叱之又缩。如是七八度,几四鼓矣,不胜其扰;又素以胆自负,不欲呼同舍,静坐以观其变。乃惟张目怒视,竟不出地。觉其无能为,息灯竟睡,亦不知其何时去。然自此不复睹矣。吴惠叔曰:"殆冤鬼欲有所诉,惜未一问也。"余谓果为冤鬼,当哀泣不当怒视。粉房琉璃街迤东,皆多年丛冢,民居渐拓,每夷而造屋。此必其骨在屋内,生人阳气熏烁,鬼不能安,故现变怪驱之去。初拍案叱,是不畏也,故不敢出。然见之即叱,是犹有鬼之见存,故亦不肯竟去。至息灯自睡,则全置此事于度外，鬼知其终不可动，遂亦不虚相恐怖矣。东坡书孟德事一篇，即是此义。小时闻巨盗李金梁曰："凡夜至人家，闻声而嗽者，怯也，可攻也；闻声而启户以待者，怯而示勇也，亦可攻也；寂然无声，莫测动静，此必劲敌，攻之十恒七八败，当量力进退矣。"亦此义也。

【译文】
王觐光说：壬午年乡试，和几个朋友共租一所小宅院读书。觐光所住的房间，到半夜，灯光忽然变得发暗发绿。剪过灯芯后，灯光才再亮起来。这时看见一个人头从地下伸出，对着火炉吹气。觐光拍着桌子骂，人头连忙缩进地里。过了一会，人头又伸出来；骂它时又缩进去。就这样反反复复七八次，快到四更天了，觐光很不耐烦这种骚扰，平时又自负大胆，不想叫同住的其他人，就静坐着，看看人头有什么变化。那人头却只有睁大眼睛怒目而视，竟然不敢伸出地面了。觐光觉得这人头没什么能耐，干脆灭了灯睡觉，也不知道人头什么时候跑了。不过，从此再看不到这人头了。吴惠叔说："大概是冤鬼想投诉吧？可惜没有问一下。"我认为，如果是冤鬼，应该悲哀啼哭，不应该怒目而视。在粉房、琉璃街一带向东，都是多年的乱坟堆。居民的住房逐步扩展，往往把坟地推平，在上面建房。这一定是有人骨在房屋底下，活人的阳气烘熏，鬼魂不能安身，所以现形作怪，要把人赶出去。最初拍桌子骂时，是人不怕鬼，所以那人头不敢伸出来。但是一看见就骂，可见这个人脑里还有鬼的印象，所以鬼也不肯马上离开。等到人熄灯睡觉，就把鬼作怪的事置之度外，鬼就明白动他不得，所以也就不白白装腔作势来吓唬人了。苏东坡写曹操事的那篇文章，就是这个意思。我小时候听过大盗李金梁说："凡是夜晚进入人家里，听到有声响就发出咳嗽声的人，心里一定胆怯，就可以去攻击他。听到有声响就打开门等候的人，是胆怯却偏要表示勇敢，也可以去攻击他。一点也没有反应，没有任何动静，这一定是劲敌，要去攻击他时，十次总有七八次要失败的，这时就要估量实力，决定进退了。"也是这个意思。

梦

　　《列子》谓蕉鹿之梦，非黄帝孔子不能知。谅哉斯言！余在西域，从办事大臣巴公履视军台。巴公先归，余以未了事暂留，与前副将梁君同宿。二鼓有急递，台兵皆差出，余从睡中呼梁起，令其驰送，约至中途遇台兵则使接递。梁去十余里，相遇即还，仍复酣寝。次日，告余曰："昨梦公遣我赍廷寄，恐误时刻，鞭马狂奔。今日髀肉尚作楚。真大奇事！"以真为梦，仆隶皆粲然。余乌鲁木齐杂诗曰："一笑挥鞭马似飞，梦中驰去梦中归。人生事事无痕过，（东坡诗："事如春梦了无痕。"）蕉鹿何须问是非？"即纪此事也。又有以梦为真者，族兄次辰言：静海一人，就寝后，其妇在别屋夜绩。此人忽梦妇为数人劫去，噩而醒，不自知其梦也，遽携梃出门追之。奔十余里，果见旷野数人携一妇，欲肆强暴。妇号呼震耳。怒焰炽腾，奋力死斗，数人皆被创逸去。近前慰问，乃近村别一人妇，为盗所劫者也。素亦相识，姑送还其家。惘惘自返，妇绩未竟，一灯尚荧然也。此则鬼神或使之，又不以梦论矣。

【译文】

　　《列子》说有人把蕉叶盖死鹿当作做梦的故事，不是黄帝、孔子，恐怕都说不清楚。这番话十分确实。我在西域时，跟随办事大臣巴公去视察军台。巴公先行回去，我因事暂时留在军台，和前副将梁某住在一处。到二更时，有紧急军情公文要传送，军台的兵士都出差去了。我就把梁某从睡梦中叫醒,派他骑马去送公文,还约定要是在中途遇到军台的士兵时,就可以叫士兵接过去传送。梁某骑马跑了十几里,遇到了士兵,交代好就回到军台,仍然躺倒就睡。第二天,他告诉我说:"昨夜做梦,梦见您派我去送紧急公文,我怕耽误时辰,快马加鞭奔跑。今天大腿还酸痛得很。真是奇怪的事!"他把真事当做梦,仆人兵丁们听后,都大笑起来。我写的乌鲁木齐杂诗说:"一笑挥鞭马似飞,梦中驰去梦中归。人生事事无痕过,(苏东坡的诗句:"事如春梦了无痕。")蕉鹿何须问是非?"就是记这件事的。还有把做梦当做真事的人。堂兄次辰说:静海有一个人,晚上睡觉时,他妻子在另外一间房里织布。这个人做梦,梦见妻子被几个人抢去了。醒过来时,神智还糊里糊涂,不明白刚才是做梦,就拿起木棒出门追赶。一直跑了十多里,果然看到有几个人拉住一个妇女,在野地里想强奸。妇女喊声震耳。这个人怒火中烧,尽力和那几个人打斗,几个人都受伤逃走了。他跑过去安慰妇人,发现她是附近村子里的一个妇女,刚才是被强盗劫持到这里的。他平时认识这个妇女,就护送她回家。等他心神不定地回到家里时,他妻子还在织布,房间里灯火依然明亮。这件事或者有鬼神指使,又不可以按做梦来谈论了。

铜末治骨折

交河黄俊生言:折伤骨者,以开通元宝钱(此钱唐初所铸,欧阳询所书。其旁微有偃月形,乃进蜡样时,文德皇后误掐一痕,因而未改也。其字当回环读之。俗读为开元通宝,以为玄宗之钱,误之甚矣。)烧而醋淬,研为末,以酒服下,则铜末自结而为圈,周束折处。曾以一折足鸡试之,果接续如故。及烹此鸡,验其骨,铜束宛然。此理之不可解者。铜末不过入肠胃,何以能透膜自到筋骨间也?惟仓卒间此钱不易得。后见张鹭《朝野佥载》曰:"定州人崔务,堕马折足。医令取铜末酒服之,遂痊平。及亡后十余年,改葬,视其胫骨折处,铜末束之。"然则此本古方,但云铜末,非定用开通元宝钱也。

【译文】

交河黄俊生说:受伤骨折的人,用开通元宝钱,(这种钱是唐代初年铸造,欧阳询写的字。钱的边缘淡淡地有一条弯月的痕迹,是把铜钱蜡样送上检查时,被文德皇后手指掐上的一条痕迹,所以没有更改。铜钱上的字要回环地读。老百姓读为开元通宝,以为是玄宗时铸的钱,是弄错了。)烧红了在醋中淬火,再磨为粉末,用酒服下,铜粉就自动结成一个圈,团团圈住骨折的地方。他曾经用一只折断脚骨的鸡做试验,果然骨头接上了,鸡脚和原来的一样。等到煮这只鸡时,检查脚骨,铜圈还十分清楚。这个道理真不好理解。铜粉不过是进入肠胃,怎能透过腹膜,自动渗透到筋骨那里去呢?不过,紧急的时候,不容易找到这种铜钱。后来,我发现张鷟的《朝野佥载》里说:"定州人崔务,从马上跌下来,摔断了脚。医生叫他拿铜粉用酒服下,就痊愈了。等到他死后十几年,家人要改葬,打开坟墓,发现他脚胫骨折断过的地方,有一圈铜粉包围着。"原来这本来是古代的方子,只说用铜粉,并不一定要用开通元宝铜钱了。

囊　家

招聚博塞,古谓之囊家,见李肇《国史补》,是自唐已然矣。至藏蓄粉黛,以分夜合之资,则明以前无是事。家有家妓,官有官妓故也。教坊既废,此风乃炽,遂为豪猾之利源,而呆痴之陷阱。律虽明禁,终不能断其根株。然利旁倚刀,贪还自贼。余尝见操此业者,花娇柳㪒，近在家庭，遂不能使其子孙皆醉眠之阮籍。两儿皆染淫毒，延及一门，疠疾缠绵，因绝嗣续。若敖氏之鬼，竟至馁而。

【译文】

招众聚赌的头子，古时候叫做囊家，在李肇的《国史补》里有记载，可见唐代已经有这类人了。至于收养妓女，晚上供人取乐，分取她们所得的钱，在明代以前还没有这种事。因为那时家里有家妓、官府设官妓的缘故。教坊废除之后，这种风气就开始盛行，成了恶霸流氓谋利的来源，成了笨汉痴人的陷阱。法律上虽然明令禁止，但始终不能挖断这种事情的根子。不过，利字旁边是一把刀，贪财的人最后还是害了自己。我曾见到做这个行业的人，烟花女子就在自己家庭，于是他的子孙受到诱惑，不能像阮籍醉眠一样无所沾染。他的两个儿子都生了性病，传染全家，病势严重拖延，终于断绝了后嗣。这家人死后就像古时楚国若敖氏的鬼一样，没有后代祭祀，只好挨饿了。

牛　报　复

临清李名儒言：其乡屠者买一牛，牛知为屠也，搥不肯前，鞭之则横逸。气力殆竭，始强曳以行。牛过一钱肆，忽向门屈两膝跪，泪涔涔下。钱肆悯之，问知价八千，如数乞赎。屠者恨其狞，坚不肯卖，加以子钱亦不许，曰："此牛可恶，必剚刃而甘心，虽万贯不易也。"牛闻是言，蹶然自起，随之去。屠者煮其肉于釜，然后就寝。五更，自起开釜。妻子怪不回，疑而趋视，则已自投釜中，腰以上与牛俱糜矣。夫凡属含生，无不畏死。不以其畏而悯恻，反以其畏而恚愤，牛之怨毒，加寻常数等矣。厉气所凭，报不旋踵，宜哉。先叔仪南公，尝见屠者许学牵一牛。牛见先叔，跪不起。先叔赎之，以与佃户张存。存豢之数年，其驾耒服辕，力作较他牛为倍。然则恩怨之间，物犹如此矣。可不深长思哉！

【译文】

临清李名儒说：他家乡有个屠夫，买来一头牛。牛知道他是屠夫，拉它也不肯走，鞭打它就向旁边逃去。等到牛的力气用尽，才被屠夫硬拉着走了。牛经过一所钱庄时，突然向钱庄大门屈膝跪下，眼泪哗哗地流下来。钱庄的人很可怜这头牛，问屠夫时，知道牛价八千铜钱，就要用同样的价格赎取这头牛。屠夫怨恨这头牛倔强，坚决不肯出卖。给他增加些利钱，屠夫还是不肯，说："这头牛太可恶，我一定杀它才甘心，即使一万贯钱我也不肯交换！"牛听到屠夫的话，猛地站了起来，跟随屠夫去了。屠夫在大锅子里煮那头牛的肉，然后自己去睡觉。五更时分，屠夫起床开锅。他妻子奇怪屠夫很久没有回房间，就带着疑问走去看时，原来屠夫自己投身到大锅子里去，腰以上的肢体和锅里的牛肉一起煮烂了。凡是有生命的东西，没有不怕死的。不因为它的害怕而怜悯反而因为它的害怕而愤怒，所以牛的怨恨，比平常情况要加几倍了。邪恶之气依附在这牛身上，报复很快，也是应当的了。叔父仪南老先生曾见到屠夫许学拉着一头牛。牛看到叔父时，就跪在地上不肯起来。叔父就把牛赎买了，交给佃户张存使用。张存养这头牛好几年，只觉得它拉车耕田，比别的牛加倍卖力，恩怨报应，动物也会如此，能不令人深思吗！

阴阳换妻

甲与乙望衡而居，皆宦裔也。其妇皆以姣丽称，二人相契如弟兄,二妇亦相契如姊妹。乙俄卒,甲妇亦卒。乃百计图谋娶乙妇,士论讥焉。纳币之日,厅事有声,登登然如挝叠鼓。却扇之夕,风扑花烛灭者再。人知为乙之灵也。一日,甲妇忌辰,悬画像以祀。像旁忽增一人影,立妇椅侧,左手自后凭其肩,右手戏摩其颊。画像亦侧眸流盼,红晕微生。谛视其形,宛然如乙。似淡墨所渲染,而绝无笔痕,似隐隐隔纸映出,而眉目衣纹,又纤微毕露。心知鬼祟,急裂而焚之。然已众目共睹,万口喧传矣。异哉!岂幽冥恶其薄行,判使取偿于地下,示此变幻,为负死友者戒乎!

【译文】
　　甲和乙住地相邻,他们都是官宦人家的后代。他们的妻子都是出名的漂亮。甲和乙二人关系好得像兄弟一般,他们的妻子也友好得像姐妹一样。不久,乙去世了,甲妻也去世了,甲就千方百计把乙妻娶过来当老婆。当地读书人都讥笑这件事。到了送聘礼的日子,大厅上发出声响,好像擂鼓般登登作响。到了举行婚礼的日子,那龙凤花烛被风吹熄了好几次,人们知道那是乙在显灵。有一天,是甲妻的忌辰,甲家悬挂她的画像,举行祭祀。画像旁边突然现出一个人影,站在甲妻的椅子旁边,左手从后面扶着她的肩膀,右手调戏般摩她的脸。画像中的甲妻也眼神流转,脸上泛出红晕。仔细看那人影的模样,十分像乙。好像是用淡墨渲染画成,却没有一点笔画的痕迹;又像隔着一层薄纸,隐隐约约看到乙站在纸后,眉目面貌,衣服纹路,全都可以看清楚。甲知道是鬼作祟,赶紧把画像撕碎烧了。不过,这事已有目共睹,就到处传开了。真奇怪啊!难道阴间厌恶甲品行轻薄,判决乙在地下得到补偿,又把形象显示出来,用来警告那些对亡友负心的人吗?

卷十四

槐西杂志（四）

天　女

　　林教谕清标言：曩馆崇安，传有士人居武夷山麓，闻采茶者言，某岩月夜有歌吹声，遥望皆天女也。士人故佻达，乃借宿山家，月出辄往，数夕无所遇。山家亦言有是事，但恒在月望，岁或一两闻，不常出也。士人托言习静，留待旬余。一夕，隐隐似有声，乃潜踪急往，伏匿丛薄间。果见数女皆殊绝，一女方拈笛欲吹，瞥见人影，以笛指之。遽僵如束缚，然耳目犹能视听。俄清响透云，曼声动魄，不觉自赞曰："虽遭禁制，然妙音媚态，已具赏矣。"语未竟，突一帕飞蒙其首，遂如梦魇，无闻无见，似睡似醒。迷惘约数刻，渐似苏息。诸女叱群婢曳出，谯呵曰："痴儿无状，乃窥伺天上花耶？"趣折修篁，欲行棰楚。士人苦自申理，言性耽音律，冀窃听幔亭法曲，如李謩之傍宫墙，实不敢别有他肠，希彩鸾甲帐。一女微哂曰："悯汝至诚，有小婢亦解横吹，姑以赐汝。"士人匍匐叩谢，举头已杳。回顾其婢，广颡巨目，短发鬅鬙，腰腹彭亨，气咻咻如喘。惊骇懊恼，避欲却走。婢固引与狎，捉搦不释。愤击仆地，化一豕嗥叫去。岩下乐声，自此遂绝。观于是婢，殆是妖，非仙矣。或曰："仙借豕化婢戏之也。"倘或然欤？

【译文】
　　林清标教谕说：从前在崇安教书时，听说有个书生住在武夷山麓，他听采茶的人说，某处大岩石山头上，月夜就有人唱歌奏乐，远看过去都是天上仙女。书生为人轻薄，就借住在山民家中，到了有月亮的日子，就去那山头，但好几夜都一无所见。山民家里的人也说有这种事情，不过经常在每月十六日夜里，一年只有一二次，不是经常出现的。书生借口学静坐，留在山民家十几天，等待机会。一天晚上，隐约听到有声音，就赶快跟踪前往，爬在草丛树林中等候。果然，他看见几个绝色女子，有个女子刚拿起笛子要吹奏，转眼看到书生的影子，就用笛子一指，书生一下子身体僵硬，像是被绳子绑住一样，不过耳朵还能听，眼睛还能看。不久，清脆的乐声响彻云霄，柔曼的歌声使人心往神驰，书生不觉自言自语地赞叹说："我虽然被法术制住，但仙女美妙的歌声和娇媚的姿态，我都欣赏到了。"话还没有讲完，突然飞过来一块手帕，蒙住书生的头，书生就像睡觉做恶梦一样，听不到，看不见，似睡似醒。这样迷迷糊糊过了一段时间，渐渐地清醒过来。几个仙女命令婢女们把书生拖出来，骂他说："这个傻瓜没有礼貌，竟敢偷看天上的花朵！"走过去折来竹子，要鞭打书生。书生苦苦哀求，申述理由，说自己喜爱音乐，只希望偷听到天上的美妙乐曲，就像唐代书生李薯在宫墙外偷听乐声一样，实在没有什么别的企图，并非妄求到神仙住的地方成什么好事。其中一个仙女淡淡一笑说："我可怜你老实，有个小丫头也会吹笛子，就赐给你吧！"书生连忙跪地叩谢。等他抬起头时，仙女都不见了。回头看看那个小丫头，却长有宽大的额头，巨大的眼睛，一头短发，蓬蓬松松，腰腹部又粗又壮，呼吸声像喘气一般。书生大惊，十分懊恼，就想躲开逃走。这丫头硬要拉着书生调情，又拉又扯，不肯放手。书生生气了，一拳打过去，丫头倒在地上，变成一头猪，边叫边跑掉了。山头上奏乐的事，从此不再出现。从这个丫头看来，大概是妖怪，并非仙人。又有人说："这是仙人用猪变成丫头来作弄那书生。"这也是可能的。

学 子 发 狂

刘燮甫言：有一学子，年十六七，聪俊韶秀，似是近上一流，甚望成立。一日，忽发狂谵语，如见鬼神。俟醒时问之，自云："景城社会观剧，不觉夜深，归途过一家求饮。惟一少妇，取水饮我，留我小坐，言其夫应官外出，须明日方归。流目送盼，似欲相就。爱其婉媚，遂相燕好。临行泣涕，嘱勿再来，以二钏赠我。次日视之，铜青斑斑，微有银色，似多年土中者。心知是鬼，而忆念不忘。昨再至其地，徘徊寻视。突有黑面长髯人，手批我颊。跟跄奔归。彼亦随至。从此时时见之，向我诟厉。我即忽睡忽醒，不知其他也。"父母为诣墓设奠，并埋其钏。俄其子瞑目呼曰："我妇失钏，疑有别故；而未得主名，仅倒悬鞭五百，转鬻远处。今见汝窃来，乃知为汝所诱。此何等事，可以酒食金钱谢耶？"颠痫月余，竟以不起。然则钻穴逾墙，即地下亦尚有祸患矣。

【译文】

刘燮甫说：有一个书生，十六七岁，长得清秀聪明，属于要上进的一类，很有希望取得功名。有一天，他突然发狂讲胡话，好像遇见鬼神一般。等他醒过来时问他，他说："我到景城的土地神赛会上看戏，不知不觉夜已深了，才开始回家，归途上经过一户人家，我进去讨水喝。这户人家只有一个少妇，拿水给我喝，还留我坐下休息，说她丈夫因官差外出，要明天才回来。少妇用眼睛传情达意，仿佛想和我亲热。我也喜欢她柔顺妩媚，就和她成了好事。分别的时候，她流着眼泪，吩咐我不要再去了，还送给我两只手钏。第二天，我看那手钏，上面有斑斑点点的铜绿，透出淡淡的银色，仿佛是埋在泥土里多年似的。我心里明白，少妇是鬼，但还是怀念不已。昨天，我再到那个地方，来来去去地寻找，突然有一个黑面长髯的人出现，抽我巴掌，我跌跌撞撞地跑回家，他也跟着来了。从此，我经常看到他对着我痛骂。我就变成忽睡忽醒，其他都不知道了。"书生的父母就到那坟墓上祭奠，并且把手钏埋回坟墓里。不久，他们的儿子睁大眼睛大叫道："我老婆丢失手钏，我疑心另外有缘故，只是没有查实得到手钏的人，只好把老婆倒吊鞭打五百下，卖到遥远的地方去了。现在看到你们偷偷把手钏送回来，才知道我老婆是被你儿子所引诱。这不是别的什么事，怎能用酒食金钱致谢赔礼就可以解决呢？"书生发狂了一个多月，就死去了。可见，偷鸡摸狗的行为，即使在阴间也是会带来灾祸的！

熏 狐 人

李云举言：东光有熏狐者，每载燧挟罟，来往墟墓间。一夜，伏伺之际，见一方巾襴衫人自墓顶出，巍巍（苦侯反。《说文》曰："鬼声也。"）长啸，群狐四集，围绕丛薄，狰狞嗥叫，齐呼捕此恶人，煮以作脯。熏狐者无路可逃，乃攀援上高树。方巾者指挥群狐，令锯树倒。即闻锯声訇訇然。熏狐者窘急，俯而号曰："如蒙见释，不敢再履此地。"群狐不应，锯声更厉。如是号再三，方巾者曰："果尔，可设誓。"誓讫，鬼狐俱不见。此鬼此狐，均可谓善了事矣。盖侵扰无已，势不得不铤而走险，背城借一。以群狐之力，原不难于杀一人；然杀一人易，杀一人而激众人之怒，不焚巢犁穴不止也。仅使知畏而纵之，姑取和焉，则后患息矣。有力者不尽其力，乃可以养威；屈人者使人易从，乃可以就服。召陵之役，不责以僭王，而责以苞茅，使易从也；屈完来盟即旋师，不尽其力，以养威也。讲学家说《春秋》者，动议齐桓之小就。方城汉水之固，不识可一战胜乎？一战而不胜，天下事尚可为乎？淮西、符离之事，吾征诸史册矣。

【译文】

　　李云举说：东光有个专门熏烟捕狐的人，经常带着火石猎网，在坟堆中来往。一天夜晚，他正埋伏着等待机会的时候，看到一个头戴方巾、身穿秀才长衫的人，从坟顶上出来，发出觑觑（苦侯反。《说文》说："鬼声。"）的喊声。狐群从四面八方围过来，围绕在草木丛中，凶猛地嗥叫，同时高喊："抓住这个恶人，烧熟了做成肉干！"捕狐人无路可逃，只好爬上一棵大树。戴方巾的人指挥狐群，命令把树锯倒。马上听到锯树的声音，轰轰作响。捕狐人愈加紧张害怕，只得低头叫道："如果你们放了我，我不敢再踏上这一片土地了。"狐群不答应，锯声更加猛烈。捕狐人反复叫喊，戴方巾的人才说："如果真的这样，你要发个誓。"捕狐人发誓后，鬼魂和狐群都不见了。这个鬼魂和狐群都可以说是善于了结事情。原来捕狐人不停地到这里骚扰，鬼魂狐群也就不得不铤而走险，与敌人作最后的决战。用狐群的力量，本来杀死一个猎人并不难；不过杀一个猎人容易，杀了一个猎人激怒了众多的猎人，恐怕不把狐群的巢穴烧光毁光是不会停止的。现在，只是让捕狐人害怕之后就放了他，是选择和解的办法，那么后患就不存在了。有力量的人不用尽力量，才可以保持威胁；制服别人时要让别人容易做到，才可以使别人服从。召陵之战，齐桓公不指责楚国擅自称王，只是指责楚国不向周天子进贡祭祀时滤酒的菁茅，是使人容易服从，在屈完盟誓之后，齐国就退兵了，并不尽力进攻，是保持威胁的实力。讲学家谈到《春秋》时，动辄批评齐桓公成就太小。像楚国方城、汉水的巩固,怎能一次战斗就取胜呢?如果一次战斗不能取胜,天下大事还弄得好吗?像平淮西、符离之战的事,我已从史书得到佐证了。

雷　火

族弟继先,尝宿广宁门内友人家。夜大风雨,有雷火自屋山(近房脊之墙谓之屋山,以形似山也。范石湖诗屡用之。)穿过,如电光一掣然,墙栋皆摇。次日,视其处,东西壁各一小窦如钱大。盖雷神逐精魅,贯而透也。凡击人之雷,从天而下;击怪之雷,则多横飞,以遁逃追捕故耳。若寻常之雷,则地气郁积,奋而上出。余在福宁度岭,曾于山巅见云中之雷;在淮镇遇雨,曾于旷野见出地之雷,皆如烟气上冲,直至天半,其端火光一爆,即訇然有声,与铳炮之发无异。然皆在无人之地。其有人之地,则从无此事。或曰:"天心仁爱,恐触之者死。"语殊未然。人为三才之中,人之聚处,则天地气通,通则弗郁,安得有雷乎?塞外苦寒之地,耕种牧养,渐成墟落,则地气渐温,亦此义耳。

【译文】
　　族弟继先,曾在广宁门内一个朋友家过夜。当夜狂风大雨,有一团雷火从屋山(靠近屋脊的墙叫做屋山,因为形状像山。范石湖的诗里就多次用这个词语。)穿过,像闪电似的一下子,墙壁屋梁都被震得摇动。第二天去察看那个地方,发现东西两墙上各有一个小孔,如铜钱般大小。原来是雷神追逐妖精鬼怪,从这里穿透而过。凡是打击人的雷,是从天而下的;打击妖怪的雷,就多数横着飞动，因为要追捕逃走的妖怪的缘故。至于平常的雷，却是地气郁结，猛然向上冲出来。我在福建翻越山岭时，曾经在山顶看到云中之雷；在淮镇碰上大雨，我曾经看到在旷野上冲出地面的雷，都像烟气向上冲，一直冲到半天高，那前端爆出一阵火光，接着轰的一声，和击发铳炮没有什么不同。不过，都在没有人的空地。至于有人的地方，从来没有这种事。有人说："上天存心仁爱，怕人碰上雷死去。"这话很不正确。人是三才之一，人聚居的地方，就和天地的气息相通。相通就不会郁结，怎会产生雷呢？在塞外艰苦寒冷的地方，经过人们耕种放牧，渐渐形成村落，那么地气也渐渐温暖，就是这个道理。

刀　　鸣

王岳芳言：其家有一刀，廷尉公故物也。或夜有盗警，则格格作爆声，挺出鞘外一二寸。后雷逐妖魅穿屋过，刀堕于地，自此不复作声矣。世传刀剑曾渍人血者，有警皆能自响。是不尽然，惟曾杀多人者乃如是尔。每杀一人，刀上必有迹二条，磨之不去。幼年在河间扬威将军哈公元生家，曾以其佩刀求售，云夜亦有声。验之，信然也。或又谓作声之故，乃鬼所凭，是亦不然。战阵所用，往往曾杀千百人，岂有千百鬼长守一刀者哉？饮血既多，取精不少，厉气之所聚也。盗贼凶鸷，亦厉气之所聚也。厉气相感，跃而自鸣，是犹抚琴者鼓宫宫应，鼓商商应而已。蕤宾之铁，跃乎池内；黄钟之铎，动乎土中，是岂有物凭之哉？至雷火猛烈，一切厉气，遇之皆消，故一触焰光，仍为凡铁。亦非丰隆、列缺，专为此物下击也。

【译文】

王岳芳说：他家有一把刀，是祖上当过廷尉的长辈的遗物。如果晚上有盗贼，刀就会爆出格格的声响，并会移出刀鞘一两寸。后来，有雷火追逐妖怪穿过房屋，刀掉在地下，从此不再发出声响了。世间相传，凡是刀剑曾经沾过人血的，有警报时都会自动发出响声。这也不完全如此，只有杀人较多的刀才会发出响声而已。每杀一个人，刀上必然留下两条痕迹，打磨也去不掉。我年幼时在河间扬威将军哈元生家，哈家曾要出售将军的佩刀，说是夜里也会发声。经过检查，确实是这样的。有人说，发出响声的原因，是因为鬼魂依附在上面，这样说也不正确。战场上用的刀，往往杀过成千上百人，难道有成千上百的鬼魂永远守在一把刀上吗？刀沾血太多，获取精气不少，邪恶之气就聚集在刀上。盗贼凶狠阴险，也是邪恶之气聚集的人。邪恶之气相互感应，刀就会跳出来自动发出声响，就像弹琴的人弹到宫音，宫音响应；弹到商音，商音响应一样罢了。含着蕤宾音律的铁片，会自动从水池中跳出来；含着黄钟音律的铃铛，会自动在地下跳动，哪里有东西凭借在上面呢？到了雷火猛烈，一切邪恶之气碰上都会消散，所以那些沾血的刀剑一碰上雷火的烈焰，就会变为平常的铁器，并不是号称丰隆、列缺的劈雷闪电，专门为了这些刀剑而向下打击。

神星峰古迹

余尝惜西域汉画，毁于烟煤；而稍疑一二千年笔迹，何以能在？从侄虞惇曰："朱墨著石，苟风雨所不及，苔藓所不生，则历久能存。易州、满城接壤处，有村曰神星。大河北来，复折而东南，有两峰对峙河南北，相传为落星所结，故以名村。其峰上哆下敛，如云朵之出地，险峻无路。好事者攀踏其孔穴，可至山腰。多有旧人题名，最古者有北魏人、五代人，皆手迹宛然可辨。然则洞中汉画之存于今，不为怪矣。"惜其姓名虞惇未暇一一记也。易州、满城皆近地，当访其土人问之。

【译文】

我曾经为西域的汉画被烟火毁坏而可惜，但也有点怀疑：一两千年前的笔迹，怎能留到现在呢？我的堂侄虞惇说："红墨和黑墨写在石头上，如果那个地方风雨吹打不到；苔藓不能生长，就能经历很长时间，可以保存下来。在易州、满城交界地方，有个村子叫神星村。黄河自北而来，又转折向东南流去的地方，有两座山峰，隔河南北对峙。相传山峰是落星形成的，所以就以此命名村子。那山峰上粗下细，像一团云朵飘起，山峰险峻，无路可上。有好奇的人四肢并用地扶着石头洞孔，可以爬到山腰。上面有许多前人的题名，最古老的有北魏时的人、五代时的人，手迹都清晰地看得出来。那么，西域山洞里的汉画保存到现在，也不奇怪了。"可惜虞惇没有功夫把那些姓名一一记下来。易州、满城都在附近，我应当去访问当地人，问一问情况。

毒 鱼 法

虞惇又言：落星石北有渔梁，土人世擅其利，岁时以特牲祀梁神。偶有人教以毒鱼法，用莞花于上流挼渍，则下流鱼虾皆自死浮出，所得十倍于网罟。试之良验。因结团焦于上流，日施此术。一日，天方午，黑云自龙潭暴涌出，狂风骤雨，雷火赫然，燔其庐为烬。众惧，乃止。夫佃渔之法，肇自庖羲；然数罟不入，仁政存焉。绝流而渔，圣人尚恶；况残忍暴殄，聚族而坑哉！干神怒也宜矣。

【译文】

虞惇又说：在落星石北面有一条渔梁，当地人世代独享捕鱼的好处，每年过节就杀猪宰牛祭祀渔梁神。有一次，有人教当地人毒鱼的办法，在上游投放挤出的芫花汁，下游的鱼虾吃了，就都被毒死，浮出水面，收获的鱼虾要比用网捕多上十倍。经过试验，十分管用。于是就在上游搭起窝棚，日日用这方法毒鱼。有一天，正是正午时刻，有一片黑云从龙潭里飞涌出来，一时狂风骤雨大作，雷电轰闪，把窝棚烧成了灰烬了。大家害怕起来，就不再毒鱼了。打鱼为生的方法，从伏羲时代就开始了。不过，细密的网不入鱼池，这里也有仁政存在。截断河流来抓鱼的行为，圣人都很反感，何况用残忍手段去摧残生命，把鱼类家族一下子消灭掉呢！惹得神仙生气，也是当然的事了。

鬼论诗文

周书昌曰："昔游鹊华，借宿民舍。窗外老树森翳，直接冈顶。主人言时闻鬼语，不辨所说何事也。是夜月黑，果隐隐闻之，不甚了了。恐惊之散去，乃启窗潜出，匍匐草际，渐近窃听。乃讲论韩、柳、欧、苏文，各标举其佳处。一人曰：'如此乃是中声，何前后七子，必排斥不数，而务言秦汉，遂启门户之争？'一人曰：'质文递变，原不一途。宋末文格猥琐，元末文格纤秾，故宋景濂诸公力追韩、欧，救以春容大雅。三杨以后，流为台阁之体，日就肤廓，故李崆峒诸公又力追秦汉，救以奇伟博丽。隆、万以后，流为伪体，故长沙一派，又反唇焉。大抵能挺然自为宗派者，其初必各有根柢，是以能传；其后亦必各有流弊，是以互诋。然董江都、司马文园文格不同,同时而不相攻也。李、杜、王、孟诗格不同,亦同时而不相攻也。彼所得者深焉耳。后之学者,论甘则忌辛,是丹则非素,所得者浅焉耳。'语未竟,我忽作嗽声,遂乃寂然。惜不尽闻其说也。"余曰:"此与李词畹记饴山事均以平心之论托诸鬼魅,语已尽,无庸歇后矣。"书昌微愠曰:"永年百无一长,然一生不能作妄语。先生不信,亦不敢固争。"

【译文】

周书昌说:"从前游览鹊华山时,在当地百姓家借宿。屋外大树森森,一直生长到山顶。主人说经常听到鬼魂说话,不清楚讲什么事。当夜没有月亮,果然隐隐约约听到说话声,又不很清楚。我怕把鬼魂吓跑了,就打开窗户,悄悄地出去,匍匐在草地上,慢慢靠过去偷听。原来他们在议论韩、柳、欧、苏的文章,举出各人文章的优点。其中一个人说:'这样才是正声,怎么那前后七子,一定要排斥他们,还一定要标榜秦汉,引起门户之争呢?'另一个人说:'质朴和藻饰之间的变化,本来不止一条路子。宋代末年文章格调低下卑琐,元代末年文章格调纤巧秾丽,所以宋濂等人主张学习韩、欧,用雍容高雅来挽救文风。到三杨之后,变成了台阁体,一天天走向肤浅空洞,所以李崆峒等人又大力主张秦汉风格,用奇雄伟壮、丰富华丽来挽救文风。明代隆庆、万历以后,末流成为假的秦汉文风,所以长沙一派人物,又反过来责骂讥笑。大抵能够站出来自己成为一个宗派的,最初各自一定有深厚的基础,所以能够传播开去;后来也一定各有流弊,所以相互攻击。不过,董仲舒和司马相如文章风格不同,他们处在同一个时代,却不相互攻击。李、杜、王、孟诗歌风格不同,也都是同时代人,又不相互攻击。他们的修养是十分高深的。后代的学者,谈到甘甜就忌讳辛辣,肯定红色就非议白色,修养就太浅薄了。'话还未讲完,我突然咳了一声,就没有声音了。可惜没有听全他们的议论。"我说:"这和李词畹记述饴山的事相同,都是把平心静气的议论借鬼怪口中说出,这些话已经讲透，不必再解释了。"书昌有点不高兴地说："我平生一无所长，不过一生不会讲假话。先生要是不相信，我也不必硬和你争辩了。"

理 学 过 分

董曲江言：一儒生颇讲学，平日亦循谨无过失，然崖岸太甚，动以不情之论责人。友人于五月释服，七月欲纳妾。此生抵以书曰："终制未三月而纳妾，知其蓄志久矣。《春秋》诛心，鲁文公虽不丧娶，犹丧娶也。朋友规过之义，不敢不以告。其何以教我？"其持论大抵类此。一日，其妇归宁，约某日返，乃先期一日。怪而诘之。曰："吾误以为月小也。"亦不为讶。次日，又一妇至。大骇愕，觅昨妇，已失所在矣。然自是日渐尪羸，因以成痨。盖狐女假形摄其精，一夕所耗已多也。前纳妾者闻之，亦抵以书曰："夫妇居室，不能谓之不正也；狐魅假形，亦非意料之所及也。然一夕而大损真元，非恣情纵欲不至是。无乃燕昵之私，尚有不节以礼者乎？且妖不胜德，古之训也。周、张、程、朱，不闻曾有遇魅事。而此魅公然犯函丈，无乃先生之德尚有所不足乎？先生贤者也，责备贤者，《春秋》法也。朋友规过之义，不敢不以告。先生其何以教我？"此生得书，但力辩实无此事，里人造言而已。宋清远先生闻之曰："此所谓以子之矛，陷子之盾。"

【译文】

董曲江说：有个儒生喜欢讲理学，平日行为也谨慎有礼，没有什么过失。但是议论太过高深，动不动就用不近人情的议论去责备别人。有个朋友五月份结束父母守丧之期，七月份想娶个姬妾。这个儒生送去一封信，说："结束守丧之礼不到三个月就想娶侍妾，这就知道你怀着这个打算已经很久了。《春秋》上有不问实行动而只推究其居心的论断，所以鲁文公虽然不在丧礼期中娶妻，也像在丧礼期中娶妻一样要受指责。朋友之间有规劝过失的义务，我不能不告诉你，你怎样回答我呢？"他的议论，大多数都是这样子。有一天，他妻子回娘家，约定某天回来，却提前一天回来了，儒生觉得奇怪，就问妻子，她说："我记错了，以为这个月是月小。"儒生也不再奇怪。第二天，又有一个妻子回来，儒生大为震惊，再去找昨天回来的妻子，已经没有踪影了。不过，从这天以后，儒生渐渐瘦弱下去，变成了痨病。原来狐女变形吸取他的精血，一个晚上，他的消耗已经很多了。以前娶侍妾的人听到这件事，也送来一封信，说："夫妻同房，不能讲不是正常的事。狐精变形，也不是人能意料到的事。但是，一个晚上，就大量丧失元气，这要不是纵情肉欲，就不会是这个样子。这是不是在夫妻恩爱的时候，忘记了按礼节加以节制呢？而且妖怪不能战胜德行，这是古代的教训。周、张、程、朱几位理学家，没有听说过他们遇到妖怪的事。然而居然有妖怪来冒犯您，是不是您的德行还有所不足呢？先生是品德高尚的人，责备品德高尚的人，是《春秋》里示范的呀。朋友之间有规劝过失的义务，我不能不告诉你，你怎样回答我呢？"儒生接到这封信，只是极力申辩实在没有狐精这件事，那只是邻居造谣而已。宋清远先生听到此事后说："这真是以子之矛，陷子之盾了。"

袁　守　侗

袁愚谷制府，（讳守侗，长山人，官至直隶总督，谥清悫。）少与余同砚席，又为姻家。自言三四岁时，尚了了记前生。五六岁时，即恍惚不甚记。今则但记是一岁贡生，家去长山不远；姓名籍贯，家世事迹，全忘之矣。余四五岁时，夜中能见物，与昼无异。七八岁后，渐昏暗。

十岁后,遂全无睹;或夜半睡醒,偶然能见,片刻则如故。十六七后以至今,则一两年或一见,如电光石火,弹指即过。盖嗜欲日增,则神明日减耳。

【译文】

袁愚谷总督(名守侗,长山人,官做到直隶总督,死后赐号清悫。)小时候和我同学,又是亲家。他自己说,三四岁时还清清楚楚记得前生的事。五六岁时,就恍恍惚惚记忆不清了。到现在只记得前生是一个岁贡生,家乡离长山不远;至于姓名、籍贯、家世事迹等等,全都忘记了。我四五岁时,夜晚黑暗中能看见东西,和白天一样。七八岁以后,逐渐昏暗不清了。十岁以后,就全看不见了。有时半夜醒来,偶然还能看见黑暗中的东西,过一会儿就和平常一样。十六七岁以后直到现在,有时一两年见上一次,好像闪电光、打石火一般,一弹指间就过去。原来人的爱好欲望一天天增加,那么神智清明就一天天减少。

妓女丈夫

景州李西崖言:其家一佃户,最有胆。种瓜亩余,地在丛冢侧。熟时恒自守护,独宿草屋中,或偶有形声,亦恬不为惧。一夕,闻鬼语嘈杂,似相喧诟。出视,则二鬼冢上格斗,一女鬼痴立于旁。呼问其故。一人曰:"君来大佳,一事乞君断曲直:天下有对其本夫调其定婚之妻者耶?"其一人语亦同。佃户呼女鬼曰:"究竟汝与谁定婚?"女鬼觍觍良久,曰:"我本妓女。妓家之例,凡多钱者皆密订相嫁娶。今在冥途,仍操旧术,实不能一一记姓名,不敢言谁有约,亦不敢言谁无约也。"佃户笑且唾曰："何处得此二痴物！"举首则三鬼皆逝矣。又小时闻舅祖陈公（讳颖孙，岁久失记其字号。德音公之弟，庚子进士，仙居知县秋亭之祖也。）说亲见一事曰："亲串中有殁后妾改适者，魂附病婢灵语曰：'我昔问尔，尔自言不嫁。今何负心？'妾殊不惧，从容对曰：'天下有夫尚未亡，自言必改适者乎？公此问先愦愦，何怪我如是答乎？'"二事可互相发明也。

【译文】

　　景州的李西崖说：他家有个佃户，胆子最大，在乱坟堆边上种了一亩多瓜地。瓜熟时，佃户常常亲自看守，一个人住在瓜地的草屋中。有时出现鬼影鬼声，他也安然不怕。一天晚上，他听到鬼的说话声又杂乱又响亮，好像在吵架。他走出来一看，只见两个男鬼在坟堆上格斗，一个女鬼呆呆地站在旁边。他就喊问什么原因打架，其中一个人说："你来得太好了，有一件事请你判断是非：天下有当着未婚夫的面去调戏他的未婚妻的人吗？"另外一个人讲的话也相同。佃户把女鬼叫过来问："究竟你和哪个人订了婚？"女鬼觉得很难为情，过了很久才说："我本来是妓女。按妓院的惯例，谁给钱多，就和谁秘密地定下婚约。现在到了阴间，我仍然做老行当，实在不能一一记住嫖客的姓名，不敢讲和谁有婚约，也不敢讲和谁没有婚约呀！"佃户边笑边吐唾沫说："哪来这两个大傻瓜！"一抬头，三个鬼都消失了。我小时候又从舅公陈老先生（名颖孙，年月一长，忘记了他的字和别号。他是德音老先生的弟弟，庚子年的进士，当过仙居知县的秋亭的祖父。）讲，他曾亲眼看见一件事：亲戚当中有人死后，他的侍妾改嫁，这个人的鬼魂就附在生病的婢女身上显灵，说："我过去问你，你自己说不会再嫁。现在怎么负心了呢？"侍妾一点也不怕，从容地回答说："天底下有丈夫未死就自己说一定要改嫁的人吗？你这问题本身就思路不清，怎能怪我那样回答呢？"这两件事，可以相互启发的。

朱子论无鬼

有讲学者论无鬼，众难之曰："今方酷暑，能往墟墓中独宿纳凉一夜乎？"是翁毅然竟往，果无所见。归益自得，曰："朱文公岂欺我哉！"余曰："重赍千里，路不逢盗，未可云路无盗也；纵猎终日，野不遇兽，未可云野无兽也。以一地无鬼，遂断天下皆无鬼；以一夜无鬼，遂断万古皆无鬼，举一废百矣。且无鬼之论，创自阮瞻，非朱子也。朱子特谓魂升魄降为常理，而一切灵怪非常理耳，未言无也。故金去伪录曰：'二程初不说无鬼神，但无如今世俗所谓鬼神耳。'杨道夫录曰：'雨风露雷，日月昼夜，此鬼神之迹也，此是白日公平正直之鬼神。若所谓有啸于梁，触于胸，此则所谓不正邪暗、或有或无、或来或去、或聚或散者。又有所谓祷之而应，祈之而获，此亦所谓鬼神同一理也。'包扬录曰：'鬼神死生之理，定不如释家所云，世俗所见；然又有其事昭昭，不可以理推者，且莫要理会。'又曰：'南轩亦只是硬不信。如禹鼎魑魅魍魉之属，便是有此物，深山大泽，是彼所居。人往占之，岂不为祟。豫章刘道人，居一山顶结庵。一日，众蜥蜴入来，尽吃庵中水。少顷，庵外皆堆雹。明日，山下果雹。有一妻伯刘文，人甚朴实，不能妄语。言过一岭，闻溪边林中响，乃无数蜥蜴，各抱一物如水晶，未去数里下雹。此理又不知如何。旧有一邑，泥塑一大佛，一方尊信之。后被一无状宗子断其首。

民聚哭之，佛颈泥木出舍利。泥木岂有此物，只是人心所致。'吴必大录曰：'因论薛士龙家见鬼，曰：世之信鬼神者，皆谓实有在天地间；其不信者，断然以为无鬼。然却又有真个见者，郑景望遂以薛氏所见为实。不知此特虹霓之类耳。问：虹霓只是气，还有形质？曰：既能啜水，亦必有肠肚。只才散便无，如雷部神亦此类。'林赐录曰：'世之见鬼神者甚多，不审有无如何？曰：世间人见者极多，如何谓无，但非正理耳。如伯有为厉，伊川谓别是一理。盖其人气未当尽而强死，魂魄无所归，自是如此。昔有人在淮上夜行，见无数形象，似人非人，出没于两水之间。此人明知其鬼，不得已冲之而过。询之，此地乃昔人战场也。彼皆死于非命，衔冤抱恨，固宜未散。坐间或云：乡间有李三者，死而为厉。乡曲凡有祭祀佛事，必设此人一分。后因为人放爆仗，焚其所依之树，自是遂绝。曰：是他枉死气未散，被爆仗惊散。'沈僴录曰：'人有不伏其死者，所以既死而此气不散，为妖为怪。如人之凶死及僧道既死多不散。（原注：僧道务养精神，所以凝聚不散。）'万人杰录曰：'死而气散，泯然无迹者，是其常道理。恁地有托生者，是偶然聚得气不散，又恁生去凑著那生气便再生。'叶贺孙录曰：'潭州一件公事：妇杀夫，密埋之。后为祟。事已发觉，当时便不为祟。以是知刑狱里面，这般事若不与决罪，则死者之冤必不解。'李壮祖录曰：'或问：世有庙食之神，绵历数百年，又何理也？曰：寖久亦散。昔守南康，久旱，不免遍祷于神。忽到一庙，但有三间敞屋，狼藉之甚。彼人言三五十年前，其灵如响，有人来而帷中之神与之言者。昔之灵如彼，今之灵如此，亦自可见。'叶贺孙录曰：'论鬼神之事，谓蜀中灌口二郎庙是李冰，因开离堆立庙。今来现许多灵怪，乃是他第二儿子出来，初间封为王；后来徽宗好道，遂改封为真君。张魏公用兵，祷于其庙，夜梦神语曰：我向来封为王，有血食之奉，故威福得行。今号为真君虽尊，人以素食祭我，无血食之养，故无威福之灵。今须复封我为王，当有威灵。魏公遂乞复其封。不知魏公是有此梦，是一时用兵，托为此说。又有梓潼神，极灵。此二神似乎割据两川。大抵鬼神用生物祭者，皆是假此生气为灵。古人衅钟衅龟皆此意。汉卿云，李通说有人射虎，见虎后数人随之，乃是为虎伤死之人。生气未散，故结成此形。'黄义刚录曰：'论及请紫姑神吟诗之事，曰：亦有请得正身出现，其家小女子见，不知此是何物。且如衢州有一人事一神，只开所录事目于纸，而封之祠前。少间开封，而纸中自有答语。此不知是如何。'凡此诸说，黎靖德所编语类班班具载，先生何竟诬朱子乎？"此翁索书观之，良久，怃然曰："朱子尚有此书耶！"悯默而散。然余犹有所疑者：朱子大旨，谓人秉天地之气生，死则散还于天地。叶贺孙录所谓"如鱼在水，外面水便是肚里水，鳜鱼肚里水与鲤鱼肚里水只是一般"，其理精矣；而无如祭祀之理，制于圣人，载于经典，遂不得不云子孙一气相感，复聚而受祭；受祭既毕，仍散入虚无。不识此气散以后，与元气浑合为一欤？抑参杂于元气之内欤？如混合为一，则如众水归海，共为一水，不能使江淮河汉，复各聚一处也。如五味和羹，共成一味，不能使姜盐醯酱，复各聚一处也。又安能于中犂出某某之气，使各与子孙相通耶？如参杂于元气之内，则如飞尘四散，不知析为几万亿处，如游丝乱飞，不知相去几万亿里。遇子孙享荐，乃星星点点，条条缕缕，复合为一，于事理毋乃不近耶？即以能聚而论，此气如无知，又安能感格？安能歆享？此气如有知，知于何起？当必有心；心于何附？当必有身。既已有身，则仍一鬼矣。且未聚以前，此亿万微尘，亿万缕缕，尘尘缕缕，各有所知，则不止一鬼矣。不过释氏之鬼，地下潜藏；儒者之鬼，空中旋转。释氏之鬼，平日常存；儒家之鬼，临时凑合耳。又何以相胜耶？此诚非末学所知也。

【译文】
　　有个讲理学的人主张无鬼论，众人反问他说："现在正是盛暑天气，你能到坟墓堆中住一晚乘凉吗？"这个老头子竟然毅然前往，果然没有见到什么鬼。回来后更加得意，说："朱文公朱熹怎会骗我呢！"我说："携带贵重财物行千里路，路途上碰不到强盗，却不能说所有道路都没有强盗。打了一天猎，在野外碰不到一只野兽，却不能说山野都没有野兽。因为一个地方没有鬼，就断定全天下都没有鬼；因为一夜没有鬼，就断定自古以来都没有鬼，这是举一个事例否定全部了。而且无鬼论是阮瞻创导的，并非朱子呀。朱子只说魂升魄降是平常的道理，而一切灵怪却并非是常理，没有说无鬼呀。所以，金去伪的记录说：'程颐、程颢最初不说没有鬼神，但不是现今世俗所说的鬼神。'杨道夫记录说：'雨风露雷，日月昼夜，这些都是鬼神的踪迹，这都是白天公平正直的鬼神。如果所说的那种在屋梁上呼叫，碰到人的胸膛，就是所说的不正直、邪恶黑暗、或有或无、或来或去、或聚或散的鬼神。又有所说的祈祷就有报应，请求就有收获的情况，这也与说鬼神存在是同一个道理呀。'包扬的记录说：'鬼神生死的道理，一定不像佛家所说、世俗所见的一样。不过，又有十分明白的事实，不能用道理来推论的，暂且不要去管他。'又说：'张南轩也不过只是硬不相信罢了。例如禹鼎上刻的魑魅魍魉之类，便是有这类事物，深山大泽，是它们居留的地方。人们前去占据那个地方，它们怎会不作怪呢！豫章有个刘道人，在一座山顶搭了间庵堂居住。有一天，一群蜥蜴进来，把庵堂里的水喝光了。不一会儿，庵外都堆满冰雹。第二天，山下果然下冰雹。妻子的一位伯父叫刘文，为人十分朴实，不会讲假话。他说，曾走过一座山岭，听到溪边树木中有声响，原来是无数条蜥蜴，各自抱着一件东西，像水晶的样子。他走上不到几里路，就下冰雹了。这种道理又不知是怎么说的。从前有一个地方，有一尊泥塑的大佛，众人都很尊崇信奉。后来，佛头被本族一个无礼的小子弄掉了。老百姓都跑到大佛身边痛哭，大佛颈部的泥土木条之中出现了舍利子。泥土木条哪能有舍利子呢？这只是人心所感召形成的。'吴必大的记录说：'议论到薛士龙家中出现鬼，便说：世间相信鬼神的人，都说天地间实在存在的；那些不相信的，坚决认为无鬼。但是谁又有真正见过的，郑景望就以为薛家所见的是事实。他不知道，这只是彩虹霞光之类的东西罢了。有人问：彩虹只是气，还有实在的形象吗？回答道：彩虹既然能吸水，一定有肠肚。只是一消散就没有了，例如雷部的神灵也是这一类。'林赐的记录说：'有人问，世间看到鬼神的人很多，不知道到底有没有鬼神。朱子说：世间看见的人很多，怎能说没有呢？不过这不是正常的道理。例如伯有变成恶鬼，伊川先生说这是别有道理。原来那个人气数不应该尽而死于非命，魂魄没有地方可去，自然会这样子了。从前有人在淮河上夜行船，看到无数个有形状的东西，似人非人，在两条河之间出没。这人明知这些东西都是鬼，不得已只好驾船冲越过去。问了当地人，才知道这地方从前是战场。他们都是死于非命、衔冤抱恨的人，形象本来不应该消散的。在座的有一个人说：乡下有个叫李三的人，死后变成恶鬼。乡下凡有祭祀和佛事，一定给这个人摆上一份。后来，因为有人放爆竹，烧掉了恶鬼依附的树，恶鬼从此就绝迹了。朱子说：这是他被冤枉而死，人气没有消散，被爆竹惊散了。'沈侗的记录说：'也有不甘心死亡的人，所以他死后这股气不散，就会成妖作怪，例如，不是善终的人和僧人道士死后，气大多不消散。（原注：僧人道士专门修炼精神，所以气会凝聚不散。）'万人杰的记录说：'人死气息就消散，消失了没有一点痕迹的，是正常的道理。如此也有托生的，是偶然把气凝聚得不消散，又如此碰着那生气便会再生了。'叶贺孙的记录说：'潭州有一件案子：妻子杀了丈夫，秘密地掩埋了。后来丈夫的鬼魂作祟。等到事情败露，鬼魂马上就不作怪了。从这件事可知在判案当中，这类事情如果不判罪，那么死者的冤恨一定不能解开。'李壮祖的记录说：'有人问：世间有享受设庙祭祀的神灵，经历了几百年，是什么道理呢？朱子说：时间长了，神灵也会消散。以前当南康太守时，天气久旱，免不了到处祷告神灵。偶然走到一座庙前，那庙只有三间宽敞的屋，里面杂乱得很。当地人说，在三五十年之前，这里的神灵验得好像回声应响，甚至有人来时，帐幕里的神会和他讲话。过去的神灵像那个样子，今天的神灵这个样子，也可以看得出了。'叶贺孙的记录说：'谈论到鬼神之事，朱子说四川灌口的二郎庙供的是李冰，因为他开凿了分水堰，所以建庙纪念。现在出现的许多神灵怪异的事，是他第二个儿子弄出来的。最初被封为王，后来因为宋徽宗喜好道教，就改封为真君。张魏公领兵时，曾在那庙里祈祷，晚上做梦，见神对他说：我从前被封为王，享受血食的供奉，所以能够显威降福，显得很有灵验。现在号为真君，虽然位尊，人们都用素食祭我，而没有血食的供奉，所以就没有显威降福的灵验了。现在必须重新封我为王，我就会有灵验。张魏公就奏请恢复他的封号。不知道张魏公真的有这个梦，还是在指挥军队时，伪托这个说法。还有梓潼神，极为灵验。这两个神似乎割据东西两川。大抵鬼神要用生物来祭祀的，都是凭借生物的生气显灵。古代人用鲜血涂钟涂龟壳，都是这个意思。汉卿说，李通讲过有人射虎，看见虎后有几个人跟着，原是被虎咬伤而死的人，生气还没有消散，因此凝结为这些形象。'黄义刚的记录说：'议论到请紫姑神吟诗的事，朱子说：也有请得紫姑神的正身出现的，那家人的小姑娘见了，不认识是什么东西。即如衢州有一个人侍奉一位神，只要开列要问的事写在纸上,封好放在神祠前面,一会儿打开封包,纸上面自然有回答的话。这不知道是怎样的?'这些不同说法,在黎靖德所编的朱子语类中清清楚楚地记录在案,先生为什么竟然诬陷朱子呢?"这个老头把书借去,看了很久,颓丧地说:"朱子还有这种书吗!"显出很可怜的样子,不声不响地走了。但是,我还有些疑问:朱子的中心意思是说,人类秉承天地之气生长,死后那气消散回到天地之间。叶贺孙的记录中所说的"像鱼在水里,外面的水便是肚里的水,鳜鱼肚里的水与鲤鱼肚里的水都是一样的。"这个道理精彩极了。但是,对于祭祀的道理,是圣人所制定,记载在经典中,就不得不说因子孙的生气相感召,使祖先的气再凝聚来受祭祀,受祭祀完毕,祖先的气仍然消散到虚无之中。不知道这股气消散之后,和元气浑合为一呢,还是掺杂在元气之内呢?如果混合为一,就像各条河流都流归大海,都成了一片水域,不能够使长江、淮河、黄河、汉水的水,再各自聚集在一个地方了。又如五种滋味合成汤羹,共成一种滋味,不能使姜、盐、醋、酱,再各自聚集在一处。又怎能在一片元气中分出某人某人的气,使他与子孙相通呢?如果掺杂在元气之内,就会像飞扬的尘土,四处散开,不知分到几万几亿个地方,又像乱飞的游丝,相互分开不知几万几亿里远。遇到子孙祭祀时去享用,就星星点点、条条缕缕地再合在一起,从事理上说就太不相近了。即使按照能凝聚来说,这种气如果没有知觉,又怎能受子孙感召?怎能享受祭祀?这种气如果有知觉,知觉又从哪儿产生?应当一定从心里产生。心依附在哪儿?应当一定有身体。既然有身体,那么就仍是一个鬼了。而且还没有凝聚以前,这些亿万微尘、亿万丝缕的东西,每一点点尘尘缕缕,都各自有知觉,就不止有一个鬼了。不过,佛家的鬼,在地下潜伏躲藏;儒家的鬼,在空中旋转。佛家的鬼,平日经常存在;儒家的鬼,却是临时凑合罢了。这又有什么好比较的呢?这就不是没有学问的我所能知道的了。

道 士 药 方

乌鲁木齐千总某，患寒疾。有道士踵门求诊，云有夙缘，特相拯也。会一流人高某妇，颇能医，见其方，骇曰："桂枝下咽，阳盛乃亡。药病相反，乌可轻试？"力阻之。道士叹息曰："命也夫！"振衣竟去。然高妇用承气汤，竟愈。皆以道士为妄。余归以后，偶阅邸抄，忽见某以侵蚀屯粮伏法。乃悟道士非常人，欲以药毙之，全其首领也。此与旧所记兵部书吏事相类，岂非孽由自作，非智力所可挽回欤？

【译文】

乌鲁木齐千总某人，生了寒病。有个道士登门请求允许为他诊治，说是前生有缘分，专门前来治病的。刚好一个被流放的人高某的妻子相当懂医道，看到道士开的处方，大惊道："桂枝汤喝下去，阳性太盛就会死人。药性和病情相反，怎能随便乱用呢！"极力阻止千总用道士的处方。道士叹了一口气说："这是命啊！"抖抖衣服就走了。高某的妻子给千总开了承气汤，千总服后病便痊愈。大家都认为道士不懂装懂讲假话。我回到京城以后，有一次阅读邸报，突然看见那个千总因为贪污贮存的军粮，被处斩了。这时我才醒悟，道士实在不是一般的人，想用药把千总害死，保存他的全尸。这件事和以前记载兵部书吏的事情相类似；难道不是孽由自作，不是人的聪明才智可以挽回的吗？

紫桃轩砚

姚安公云,人家有奇器妙迹,终非佳事。因言癸巳同年牟丈瀜家(不知即牟丈,不知或牟丈之伯叔,幼年听之未审也。)有一砚,天然作鹅卵形,色正紫,一鸲鹆眼如豆大,突出墨池中心,旋螺纹理分明,瞳子炯炯有神气。扪之,腻不留手。叩之,坚如金铁。呵之,水出如露珠。下墨无声,数磨即成浓沈。无款识铭语,似爱其浑成,不欲椎凿。匣亦紫檀根所雕,出入无滞,而包裹无纤隙,摇之无声。背有"紫桃轩"三字,小仅如豆,知为李太仆日华故物也。(太仆有说部名《紫桃轩杂缀》。)平生所见宋砚,此为第一。然后以珍惜此砚忤上官,几罹不测,竟恚而撞碎。祸将作时,夜闻砚若呻吟云。

【译文】

姚安公说:人们家里有奇妙的器具用品,到底不是好事。他说起癸巳年科举同榜的牟瀜老先生家里,(记不清是牟老先生,还是牟老先生的伯叔父了,幼年时听得不详细。)有一方砚台,天然形成鹅卵形,紫色十分纯正,有一个鸲鹆眼,像豆子大小,突出在墨池中心,上面螺旋形的纹理很分明。鸲鹆眼的眼珠子闪闪发光,很有神气的样子。抚摸的时候,滑腻得一点不粘手。用手敲一下,坚硬得像金属似的。用口呵气时,砚台上形成露珠。研墨时一点声音也没有,只要磨几次墨汁就很浓很黑了。砚台没有刻着款识铭语,仿佛因为喜欢这砚台保留天然模样,不想刻上文字。砚匣也是紫檀树的树根雕成,砚台放进去很方便,但装进砚台后就把匣子填得满满的,没有一点空隙,摇动也没有撞击声。匣背有"紫桃轩"三个字,字小得像豆子那样,从这一点可知是太仆寺少卿李日华的遗物。(李日华著有杂记《紫桃轩杂缀》。)平生见过的宋砚之中,这方砚台当数第一。但是,后来因为珍惜这方砚台却得罪了上司,几乎遭到意想不到的灾祸,就很生气地把这方砚台掼碎了。在灾祸将要发作时,晚上听到砚台发出好像是呻吟的声响。

毒 菌

余在乌鲁木齐日,城守营都司朱君馈新菌,守备徐君(与朱均偶忘其名。盖日相接见,惟以官称,转不问其名字耳。)因言:昔未达时,偶见卖新菌者,欲买。一老翁在旁,呵卖者曰:"渠尚有数任官,汝何敢为此!"卖者逡巡去。此老翁不相识,旋亦不知其何往。次日,闻里有食菌死者。疑老翁是社公。卖者后亦不再见,疑为鬼求代也。《吕氏春秋》称味之美者越骆之菌,本无毒,其毒皆蛇虺之故,中者使人笑不止。陈仁玉《菌谱》载水调苦茗白矾解毒法,张华《博物志》、陶弘景《名医别录》并载地浆解毒法,盖以此也。(以黄泥调水,澄而饮之,曰地浆。)

【译文】

我在乌鲁木齐的时候,该城守营都司朱先生赠送新菌,守备徐先生(他和姓朱的名字,都忘记了。原来当时相见,只是称呼官衔,反而没有问他们的名字。)就讲了一件事:从前他还没有做官时,有一次看到有人卖新菌,就想买来吃。有个老头子在旁边骂那卖菌的人说:"他还有几任官职,你怎敢这样做!"卖菌人害怕地走了。这个老头子并不认识,又很快分别,也不知道他到哪里去了。第二天,听说这一带有人吃了新菌中毒而死,就疑心那个老头子是土地神。卖菌的人从此再也看不到了，估计是鬼来寻找替代的人。《吕氏春秋》里说，最鲜美的味道是越骆的菌，本来没有毒，有毒都是因为有毒蛇毒虫爬过沾上的，中毒的人会狂笑个不停。陈仁玉的《菌谱》记载，有用水调苦茶白矾可以解菌毒的方法；张华的《博物志》、陶弘景的《名医别录》都记载有用地浆解毒的方法，也是因为有毒菌的缘故。（用黄泥调水，澄清后的水，叫做地浆。）

秘 戏 作 祟

亲串家厅事之侧有别院，屋三楹。一门客每宿其中，则梦见男女裸逐，粉黛杂沓，四围环绕，备诸媟状。初甚乐观，久而夜夜如是，自疑心病也。然移住他室则不梦，又疑为妖。然未睡时寂无影响，秉烛至旦，亦无见闻。其人亦自相狎戏，如不睹旁尚有人，又似非魅，终莫能明。一日，忽悟书厨贮牙镂石琢横陈像凡十余事，秘戏册卷大小亦十余事，必此物为祟。乃密白主人尽焚之。有知其事者曰："是物何能为祟哉！此主人征歌选妓之所也，气机所感，而淫鬼应之。此君亦青楼之狎客也，精神所注，而妖梦通之。水腐而后蠛蠓生，酒酸而后醯鸡集，理之自然也。市肆鬻杂货者，是物不少，何不一一为祟？宿是室者非一人，何不一一入梦哉？此可思其本矣。徒焚此物，无益也。某氏其衰乎！"不十岁，而屋易主。

【译文】

亲戚家大厅旁边另有一所院子，有三间房屋。有个门下清客经常住在里面，常常梦见一群男女裸体游戏，许多妇女来来去去，围成一圈，做出各种淫乐的样子。最初看时，觉得有趣。长时间地每夜都做这种梦，门客也疑心自己有病。但他搬到另外房间去住，就不做这种梦了，所以又疑心是妖精作怪。不过睡觉以前周围仍然很安静，他就点着蜡烛等到天亮，也没有看见什么。这些人也只是他们自己互相淫乐，就像看不到旁边有人一般，这样又不像妖精作怪了。这件事始终弄不清楚。有一天，门客突然醒悟，原来在书厨中收藏有用象牙、石头雕成的裸体人像十几件，画有男女做爱图画的书册十几本，一定是这些东西在作怪。他就悄悄地报告主人，把这些东西都焚毁了。有个了解这件事的人说："这些东西怎能作怪呢？这里是主人招集挑选歌女妓女的地方，这种气息感召，淫乱的鬼魂就来响应。这个门客也是妓院的常客，精神关注在淫乱上，那么妖怪就在梦中感应了。水要腐败之后才有小虫滋生，酒变酸以后小虫才会飞来，是自然的道理。集市上货物众多，这些东西也有不少，怎么不是每一个都作怪呢？住过这个房间的有许多人，怎么不是每个人都做这种梦呢？这就可以想到原因了。只焚烧了那些东西，是没有用的。这户人家大概要衰败了！"不到十年，这所房子就换了个主人。

老僧谈私访

明公恕斋，尝为献县令，良吏也。官太平府时，有疑狱，易服自察访之。偶憩小庵，僧年八十余矣，见公合掌肃立，呼其徒具茶。徒遥应曰："太守且至，可引客权坐别室。"僧应曰："太守已至，可速来献。"公大骇曰："尔何以知我来？"曰："公一郡之主也，一举一动，通国皆知之，宁独老僧！"又问："尔何以识我？"曰："太守不能识一郡之人，一郡之人则孰不识太守。"问："尔知我何事出？"曰："某案之事，两造皆遣其党，布散道路间久矣,彼皆阳不识公耳。"公怃然自失,因问:"尔何独不阳不识?"僧投地膜拜曰:"死罪死罪!欲得公此问也。公为郡不减龚、黄,然微不慊于众心者,曰好访。此不特神奸巨蠹,能预为蛊惑计也;即乡里小民,孰无亲党,孰无恩怨乎哉?访甲之党,则甲直而乙曲;访乙之党,则甲曲而乙直。访其有仇者,则有仇者必曲;访其有恩者,则有恩者必直。至于妇人孺子,闻见不真;病媪衰翁,语言昏愦,又可据为信谳乎?公亲访犹如此,再寄耳目于他人,庸有幸乎?且夫访之为害,非仅听讼为然也,闾阎利病,访亦为害,而河渠堤堰为尤甚。小民各私其身家,水有利则遏以自肥,水有患则邻国为壑,是其胜算矣。孰肯揆地形之大局,为永远安澜之计哉?老僧方外人也,本不应预世间事,况官家事耶。第佛法慈悲,舍身济众,苟利于物,固应冒死言之耳。惟公俯察焉。"公沉思其语,竟不访而归。次日,遣役送钱米。归报曰:"公返之后,僧谓其徒曰:'吾心事已毕。'竟泊然逝矣。"此事杨丈汶川尝言之,姚安公曰:"凡狱情虚心研察,情伪乃明,信人信己皆非也。信人之弊,僧言是也;信己之弊,亦有不可胜言者。安得再一老僧,亦为说法乎!"

【译文】

明恕斋先生曾任献县县令,是个贤能的官员。在太平府任太守时,碰上一件疑难案子,他就换了便服,亲自去查访。偶然到一座小庙休息。小庙的僧人已经八十多岁了,看到明恕斋就合十肃立,吩咐徒弟准备茶水。那徒弟远远地喊道:"太守马上就到,您暂时带客人到另外房间坐一坐。"老僧回答说:"太守已经到了,赶快送上茶来!"明恕斋大惊,说:"你怎么会知道我会来呢?"老僧说:"您是一府的长官,一举一动,所有人都知道,何止老僧我呢!"明恕斋又问:"你怎么会认识我?"老僧说:"太守不能认识一府所有的人,但一府所有的人谁不认识太守!"明恕斋说:"你知道我为什么事情出来的吗?"老僧说:"那件案子的事,双方都派出自己的党羽,布散在街市之中很长时间了,他们都装作不认识您罢了。"明恕斋很失望,就问他:"为什么你却不假装不认识我呢?"老僧伏在地上行礼,说:"死罪死罪!我正想您问这个。您做太守,论精明,不比汉代名巨龚遂、黄霸差。但是,大家心中稍有不满意的,就是您喜好微服私访。这样,不仅大奸大恶的人能够预先制定迷惑您的诡计,即使是乡下小老百姓,谁没有亲朋好友,谁没有恩恩怨怨呢?访问到甲的亲朋好友,就说甲是对的,乙是错的;访问到乙的亲朋好友,就说乙是对的,甲是错的。访问到和当事人有仇的,就说当事人一定错;访问到受到当事人恩惠的,就说当事人一定是对的。至于妇女儿童,所闻所见不够真实;体弱多病的老头、老太,说话又糊涂混乱,又怎能可以作为根据定案呢?您亲自私访还会这样,再托其他人去打听,怎会有准确的情况呢?而且,私访的害处,不仅是听取诉讼会出现,在民间事务的利弊上,私访也是有害的,对于开河渠、筑堤坝更是如此。小老百姓各自维护自身,河水对他有利,他就阻水灌自家的田;河水对他不利,他就放水淹人家的地,这就是他的好算盘。有谁肯按照总的地势,作永远免却水灾的长期计划呢?老僧我是方外之人,本来不应当过问世间的事务,何况官府的公事呢!但因佛法讲慈悲,舍身拯救众人,假如有利于人世,我就应该冒着死罪讲出来了。望您思量体察。"明恕斋认真考虑老僧的讲话之后,就不去私访,回衙门去了。第二天,派差役给老僧送钱和米。差役回来报告道:"您回来之后,老僧对徒弟说:'我的心事已经完了。'竟然淡淡地去世了。"这件事,杨汶川老先生曾讲过。姚安公说:"凡判案的事,对案情要仔细研究调查,案情的真伪就可以分明了;只是相信别人或只是相信自己,都是不对的。只相信别人的弊病,老僧讲得很对;只相信自己的弊病,也有讲不完的内容。怎能再出现一个老僧,也出来讲清楚呢!"

诗魂狡狯

　　舅氏健亭张公言：读书野云亭时，诸同学修禊佟氏园。偶扶乩召仙，共请姓名。乩题曰："偶携女伴偶闲行，词客何劳问姓名？记否瑶台明月夜，有人嗔唤许飞琼。"再请下坛诗。乩又题曰："三面纱窗对水开，佟园还是旧楼台。东风吹绿池塘草，我到人间又一回。"众窃议诗情凄惋，恐是才女香魂；然近地无此闺秀，无乃炼形拜月之仙姬乎。众情颠倒，或凝思伫立，或微谑通词。乩忽奋迅大书曰："衰翁憔悴雪盈颠，傅粉熏香看少年。偶遣诸郎作痴梦，可怜真拜小婵娟。"复大书一"笑"字而去。此不知何代诗魂，作此狡狯；要亦轻薄之意，有以召之。

【译文】
　　舅舅张健亭先生说：在野云亭读书时，同学们到佟氏花园举行修禊活动。有人扶乩请仙，请问仙人姓名。乩仙题词说："偶携女伴偶闲行，词客何劳问姓名？记否瑶台明月夜，有人嗔唤许飞琼。"同学再请仙人题下坛诗，乩仙又写道："三面纱窗对水开，佟园还是旧楼台。东风吹绿池塘草，我到人间又一回。"大家窃窃私语，认为诗歌的感情凄凉动人，恐怕是才女的幽魂来了。不过，附近没有这样一个大家闺秀，难道是在这里炼形拜月的仙女吗？大家都动情了，有人站立沉思，有人讲一些有调情色彩的话。乩坛上忽然挥动木笔，大书道："衰翁憔悴雪盈颠，傅粉熏香看少年。偶遣诸郎作痴梦，可怜真拜小婵娟。"后面又写了一个大大的"笑"字，仙人就回去了。这不知是那个朝代的诗人鬼魂，做出这种狡猾的行为。大概也是因为同学叫他来时，也有些轻薄的态度，所以会这样。

壶芦狐女

胡厚庵先生言：有书生昵一狐女，初遇时，以二寸许壶卢授生，使佩于衣带，而自入其中。欲与晤，则拔其楔，便出嬿婉，去则仍入而楔之。一日，行市中，壶卢为偷儿剪去。从此遂绝，意恒怅怅。偶散步郊外，以消郁结，闻丛翳中有相呼者，其声狐女也。就往与语，匿不肯出，曰："妾已变形，不能复与君见矣。"怪诘其故。泣诉曰："采补炼形，狐之常理。近不知何处一道士，又搜索我辈，供其采补。捕得禁以神咒，即僵如木偶，一听其所为。或有道力稍坚，吸之不吐者，则蒸以为脯。血肉既啖，精气亦为所收。妾入壶卢盖避此难，不意仍为所物色，攘之以归。妾畏罹汤镬，已献其丹，幸留残喘。然失丹以后，遂复兽形，从此炼形又须二三百年，始能变化。天荒地老，后会无期；感念旧恩，故呼君一诀。努力自爱，毋更相思也。"生愤恚曰："何不诉于神？"曰："诉者多矣。神以为悖入悖出，自作之愆；杀人人杀，相酬之道，置不为理也。乃知百计巧取，适以自戕。自今以往，当专心吐纳，不复更操此术矣。"此事在乾隆丁巳、戊午间，厚庵先生曾亲见此生。后数年，闻山东雷击一道士，或即此道士淫杀过度，又伏天诛欤？螳螂捕蝉，黄雀在后，挟弹者又在其后，此之谓矣。

【译文】

　　胡厚庵先生说：有个书生和一个狐女相爱，最初相逢时，狐女把一只二寸长的葫芦交给书生，让他佩戴在衣带上，自己跑到葫芦中去。书生想见面时，就拔出葫芦塞子，狐女便出来和他亲热一番，离开时仍然进入葫芦中，用塞子堵上。有一天，书生走到集市上，葫芦被小偷剪断衣带偷走。从此，狐女就绝迹了，书生心里十分惆怅。一次，书生在郊外散步，消磨心中的思念，听到草木丛中有人叫他，听声音是那狐女。书生就过去和她说话，她却躲着不肯出来，说："我已经改变模样，不能再和你见面了。"书生奇怪地问她原因，她哭诉道："通过采补来修炼形状，是狐精常用的方法。近来不知道从哪里来了一个道士，又搜索寻找我们狐精，供他采补之用。被他捕获之后，就用神咒禁制，我们就僵硬得像木偶一样，任他为所欲为。有些道行比较高的狐精，在道士吸取时不吐出精血，道士就把这些狐精蒸熟做肉干。肉干被他吃了，精气也被他吸收了。我躲进葫芦里本想逃过这场灾难，想不到仍然被他找到，把我抓了回去。我怕被蒸死，就献出了炼成的丹，总算留了一条命。不过，失去丹之后，我又回复成野兽的模样，今后又要修炼二三百年，才能变化形体了。天长地久，今后没有见面的日子了。我怀念我们过去的恩爱，所以叫你，和你诀别。望你努力自爱，不要再想念我了。"书生气愤地说："怎么你不到神仙那里控告呢？"狐女说："控告的人已经很多了。神仙认为，财产来路不正，又被人骗去，是自作自受。杀人的人被人杀，是相互报应的关系，所以置之不理。这就可以知道，千方百计巧取豪夺，只能害了自己。从今以后，我只专门修炼吐纳之术，不再干采补的勾当了。"这件事发生在乾隆二、三年间，胡厚庵先生曾经亲眼见过这个书生。几年之后，听说山东有一个道士被雷击死，大概就是这个道士，因为淫杀过度，又被上天所诛杀吧？螳螂捕蝉，黄雀在后，拿弹弓的人又在黄雀后面，就是讲这种情况了。

木 人 镇 魇

从弟东白宅，在村西井畔。从前未为宅时，缭以周垣，环筑土屋。其中有屋数间，夜中辄有叩门声。虽无他故，而居者恒病不安。一日，门旁墙圮，出一木人，作张手叩门状，上有符箓。乃知工匠有嗛于主人，作是镇魇也。故小人不可与轻作缘，亦不可与轻作难。

【译文】
堂弟东白的住宅在村子西面的水井边上。从前还没建住宅时，用一圈院墙围着，靠墙造了些土屋。其中有几间屋子，半夜常听到有敲门的声音。虽然也没有其他变故，但住在里面的人经常生病，不得安生。有一天，土屋门旁的墙壁倒塌，跌出一个木头人，样子像举手敲门，身上还画有符箓。这才知道是工匠对主人有怨恨，做这个木人来镇魇。所以，对小人不可以随便结交，也不可以随便为难。

道士恃术失势

何子山先生言：雍正初，一道士善符箓。尝至西山极深处，爱其林泉，拟结庵习静。土人言是鬼魅之巢窟，伐木采薪，非结队不敢入，乃至狼虎不能居，先生宜审。弗听也。俄而鬼魅并作，或窃其屋材，或魇其工匠，或毁其器物，或污其饮食。如行荆棘中，步步挂碍。如野火四起，风叶乱飞，千手千目，应接不暇也。道士怒，结坛召雷将。神降则妖已先遁，大索空山无所得。神去，则数日复集。如是数回，神恶其渎，不复应。乃一手结印，一手持剑，独与战，竟为妖所踣，拔须败面，裸而倒悬。遇樵者得解，狼狈逃去。道士盖恃其术耳。夫势之所在，虽圣人不能逆；党之已成，虽帝王不能破。久则难变，众则不胜诛也。故唐去牛、李之倾轧，难于河北之藩镇。道士昧众寡之形，客主之局，不量力而撄其锋，取败也宜矣。

【译文】
　　何子山先生说：雍正初年，有个善于用符箓的道士，曾到过西山最幽僻的地方。他喜欢那里的林木泉水，准备搭庵堂去修习静坐。当地人说，那里是鬼怪的老窝，本地人砍树打柴，不是成群结队，都不敢进去，甚至豺狼老虎都不能居留，请道士要审慎些。道士不听从。不久，鬼怪妖精都出现，有的偷窃建房的材料，有的作弄建房的工人，有的毁坏道士的器具，有的弄脏道士的食物。这形势就像在荆棘丛中走路，每一步都受到妨碍。又像野火四面烧起，风吹树叶乱飞，即使有千手千目，也应接不暇。道士愤怒了，设坛召请雷神。等雷神降临，妖怪早已逃走了，在空洞的山谷中大肆搜索，一无所得。雷神离开几天以后，妖怪又都回来了。这样反复了几次，雷神讨厌道士冒犯神灵，不再答应他的请求。道士只好一手拿着印鉴，一手拿着剑，单独与妖怪作战，却被妖怪打倒在地，拔去胡须，弄伤头脸，剥光衣服，倒挂在树上。幸好道士碰到来打柴的人，被解救下来，狼狈逃走了。道士原来只仗着自己有法术而已。形势的发展，即使圣人也不能改变；党羽已经形成，即使帝王也不能击破。积习过久就难改变，人数众多就难杀尽。从前唐代消灭牛李的党争，比消灭河北的藩镇更困难。道士不明众寡悬殊的形势，客劳主逸的局面，自不量力去碰钉子，失败也是应当的。

乘机作巧计

　　小人之计万变，每乘机而肆其巧。小时，闻村民夜中闻履声，以为盗，秉炬搜捕，了无形迹。知为魅也，不复问。既而胠箧者知其事，乘夜而往。家人仍以为魅，偃息弗省。遂饱所欲去。此犹因而用之也。邑有令，颇讲学，恶僧如仇。一日，僧以被盗告。庭斥之曰："尔佛无灵，何以庙食？尔佛有灵，岂不能示报于盗，而转渎官长耶？"挥之使去，语人曰："使天下守令用此法，僧不沙汰而自散也。"僧固黠甚，乃阳与其徒修忏祝佛，而阴赂丐者，使捧衣物跪门外，状若痴者。皆曰佛有灵，檀施转盛。此更反而用之，使厄我者助我也。人情如是，而区区执一理与之角，乌有幸哉！

【译文】

　　小人的计谋千变万化，常常趁有机会就施行巧计。小时候，听说村里有户人家半夜听到脚步声，以为是强盗，就举着火把到处搜捕，却又不见踪迹。大家知道是妖怪，也就不再找了。不久，小偷知道这件事，晚上就去这户人家偷窃。这户人家仍然以为是妖怪，就只顾睡觉，不去理睬，小偷就痛快地干了一番。这件事还是乘机而做的。这县有个县令，相信理学，憎恨僧人像仇人一样。有一天，僧人报告被盗，县令当堂训斥道："你的佛法没有灵验的话，怎能得到供养？你的佛法有灵验的话，难道不会让盗贼得到报应，却反过来要麻烦长官吗？"说罢，摆了摆手，就让僧人离开，还对人说："假使天下的太守县令都用我这办法，僧人不用淘汰，就会自动解散了！"僧人本来十分狡猾，就明里和徒弟们做佛事祈祷，暗中收买一个讨饭人，让他捧着一些衣物跪在寺门外，样子像呆子一样。大家都说这寺里佛法灵验，百姓们的布施越发丰盛。这是反用计谋，使害我的人变成助我的人。人情都是这样，依仗一种道理和小人争斗，哪有什么好处呢！

愤 激 为 厉

张某、瞿某，幼同学，长相善也。瞿与人讼，张受金，刺得其阴谋，泄于其敌。瞿大受窘辱，衔之次骨；然事密无左证，外则未相绝也。俄张死，瞿百计娶得其妇。虽事事成礼，而家庭共语，则仍呼曰张几嫂。妇故朴愿，以为相怜相戏，亦不较也。一日，与妇对食，忽跃起自呼其名曰："瞿某，尔何太甚耶？我诚负心，我妇归汝，足偿矣。尔必仍呼嫂何耶？妇再嫁常事，娶再嫁妇亦常事。我既死，不能禁妇嫁，即不能禁汝娶也。我已失朋友义，亦不能责汝娶朋友妇也。今尔不以为妇，仍系我姓呼为嫂，是尔非娶我妇，乃淫我妇也。淫我妇者，我得而诛之矣。"竟颠狂数日死。夫以直报怨，圣人不禁。张固小人之常态，非不共之仇也。计娶其妇，报之已甚矣；而又视若倚门妇，玷其家声，是已甚之中又已甚焉。何怪其愤激为厉哉！

【译文】

张某和瞿某，小时候是同学，长大了成为好朋友。瞿某与别人打官司，张某接受别人的钱，刺探到瞿某暗中的计策，偷偷告诉对方。瞿某最后失败受辱，对张某恨之入骨。但是张某做这件事十分隐秘，没有明显证据，所以表面上瞿某并没有与张某绝交。不久，张某死了，瞿某千方百计把张某妻子娶过来当自己的妻子。虽然婚事的每一环节都按礼仪办，但在家里和妻子说话时，仍然叫她为张几嫂。这个女人本来比较朴实忠厚，认为瞿某或是怜悯，或是玩笑，也不计较。有一天，瞿某和妻子面对面吃饭，突然跳起来，自己喊自己的名字，说："瞿某，你太过分了！我确实是负心，但现在我妻子归了你，也足够补偿了。你何必一定叫她做张嫂呢？女人再嫁是常事，娶再嫁的女人也是常事。既然我死了，就不能禁止妻子改嫁，也不能禁止你娶她。我已经违背了朋友间的道义，也不能责备你娶朋友的妻子。现在你不把她当妻子，仍然用我的姓来称呼她，这就是说，你并非娶我的妻子，而是奸淫我的妻子了。奸淫我妻子的人，我就可以杀死他！"于是，瞿某发了几天狂，就死了。按公道的方法去报仇，圣人也不禁止。张某的行为本是小人常有的行为，并非不共戴天之仇。瞿某用计娶了他的妻子，报仇已经过头了，可是又把这女人当做卖淫的妓女，玷污张家的名声，这是过头之中又过头的了。这就怪不得张某愤激而变成恶鬼来索命。

恶 少 改 过

一恶少感寒疾，昏愦中魂已出舍，怅怅无所适。见有人来往，随之同行。不觉至冥司，遇一吏，其故人也。为检籍良久，蹙额曰："君多忤父母，于法当付镬汤狱。今寿尚未终，可且反，寿终再来受报可也。"恶少惶怖，叩首求解脱。吏摇首曰："此罪至重，微我难解脱，即释迦牟尼亦无能为力也。"恶少泣涕求不已。吏沈思曰："有一故事，君知乎？一禅师登座，问：'虎颔下铃，何人能解？'众未及对，一沙弥曰：'何不令系铃人解。'得罪父母，还向父母忏悔，或希冀可免乎！"少年虑罪业深重，非一时所可忏悔。吏笑曰："又有一故事，君不闻杀猪王屠,放下屠刀,立地成佛乎?"遣一鬼送之归,霍然遂愈。自是洗心涤虑,转为父母所爱怜。后年七十余乃终。虽不知其果免地狱否,然观其得寿如是,似已许忏悔矣。

【译文】
　　有个品行恶劣的青年生了寒病,昏迷中灵魂离开了身体,内心失落,无处可去,看见有人走动,就跟着一起走。他不知不觉,来到阴间衙门,碰上一个差吏,是他的老朋友。这个差吏为青年查阅记录,过了很久,皱着眉头说:"你经常违抗父母,按法律应当下油锅。现在阳寿还未完,可以暂时回去,寿命完时再来受报应好了。"这个青年惊慌害怕,叩头请求差吏帮忙解脱罪名。差吏摇着头说:"这种罪行最严重,不仅我很难解脱,即使是释迦牟尼也无能为力的。"青年哭着哀求个不停,差吏沉思着说:"有一个故事,你听说过吗?有个禅师登座说法,问道:'老虎脖子下的铃铛,谁人能解除下来?'大家还不知如何回答,一个小沙弥说:'为何不叫给老虎系上铃铛的人去解除呢!'你得罪了父母,还是向父母忏悔,或者有希望可以免罪吧!"青年顾虑过去罪恶太深重,并非一时可以忏悔得了。差吏又笑着说:"又有一个故事,你有没有听说过,杀猪的王屠夫,放下屠刀,就立地成佛了吗?"差吏派一个鬼把青年送回家,他的病马上好了。从此,他洗心革面,反而受到父母喜爱。后来,一直活到七十多岁才去世。虽然不知道他是否真的免除了地狱的苦刑,但看到他寿命这样长,好像是已经允许他忏悔了。

佛儒本可无争

　　许文木言:老僧澄止,有道行。临殁,谓其徒曰:"我持律精进,自谓是四禅天人。世尊嗔我平生议论,好尊佛而斥儒,我相未化,不免仍入轮回矣。"其徒曰:

"崇奉世尊，世尊反嗔乎？"曰："此世尊所以为世尊也。若党同而伐异，扬己而抑人，何以为世尊乎？我今乃悟，尔见犹左耳。"因忆杨槐亭言：乙丑上公车时，偕同年数人行。适一僧同宿逆旅，偶与闲谈。一同年目止之曰："君奈何与异端语？"僧不平曰："释家诚与儒家异，然彼此均各有品地。果为孔子，可以辟佛；颜、曾以下弗能也。果为颜、曾，可以辟菩萨；郑、贾以下弗能也。果为郑、贾，可以辟阿罗汉；程、朱以下弗能也。果为程、朱，可以辟诸方祖师；其依草附木，自托讲学者弗能也。何也？其分量不相及也。先生而辟佛，毋乃高自位置乎？"同年怒且笑曰："惟各有品地，故我辈儒可辟汝辈僧也。"几于相哄而散。余谓各以本教而论，譬如居家，三王以来，儒道之持世久矣，虽再有圣人弗能易，犹主人也。佛自西域而来，其空虚清净之义，可使驰骛者息营求，忧愁者得排遣；其因果报应之说，亦足警戒下愚，使回心向善，于世不为无补。故其说得行于中国。犹挟技之食客也，食客不修其本技，而欲变更主人之家政，使主人退而受教，此佛者之过也。各以末流而论，譬如种田，儒犹耕耘者也。佛家失其初旨，不以善恶为罪福，而以施舍不施舍为罪福。于是惑众蠹财，往往而有，犹侵越疆畔，攘窃禾稼者也。儒者舍其耒耜，荒其阡陌，而皇皇持梃荷戈，日寻侵越攘窃者与之格斗；即格斗全胜，不知己之稼穑如何也。是又非儒者之颠耶？夫佛自汉明帝后，蔓延已二千年，虽尧、舜、周、孔复生，亦不能驱之去。儒者父子君臣兵刑礼乐，舍之则无以治天下，虽释迦出世，亦不能行彼法于中土。本可以无争，徒以缁徒不胜其利心，妄冀儒绌佛伸，归佛者檀施当益富。讲学者不胜其名心，著作中苟无辟佛数条，则不足见卫道之功。故两家语录，如水中泡影，旋生旋灭，旋灭旋生，互相诟厉而不止。然两家相争，千百年后，并存如故；两家不争，千百年后，亦并存如故也。各修其本业可矣。

【译文】

许文木说：老僧人澄止，很有道行。临死的时候，对他的徒弟说："我坚守戒律，道行精进，自己认为一定是四禅天人。世尊释迦牟尼讨厌我平生的议论，喜欢推崇佛法，排斥儒家，以我为本的观念并未变化，免不了还要到阴间轮回投生。"他的徒弟说："崇敬世尊，世尊反而讨厌吗？"澄止说："这就是世尊之所以为世尊的道理。假使党同伐异，宣扬自己，贬低他人，怎能称做世尊呢？我现在才觉悟，而你的见识还差劲着呢。"由此想到杨槐亭讲的一件事：乙丑年上京参加会试时，和同考的几个人一起赶路。刚好和一个僧人住在同一间旅舍，在闲谈当中，有一个举人劝阻我说："您怎么和信仰不同的人聊天呢？"僧人愤愤不平地说："佛家确实与儒家不同，不过各自都有品级。如果是孔子，可以批评佛祖，颜回、曾子以下就不能了；如果是颜回、曾子，可以批评菩萨，郑玄、贾逵以下就不能了。如果是郑玄、贾逵，可以批评阿罗汉，程颐、朱熹以下就不能了。如果是程颐、朱熹，可以批评各地方的祖师，那些趋炎附势、自认为讲理学的人就不能了。为什么呢？他们的分量不能对等呀。先生你批评佛祖，不是把自己的品级抬得太高了吗？"这个举人又气又笑地说："正因为品级不同，所以我们儒生就可以批评你们僧人了！"几乎争闹起来，于是一哄而散。我认为，各自从本教来说，好比平常人家一样。三王以来，儒家道统指导社会已经很久了，即使有圣人出现也不可改变，儒家好像是主人。佛教从西域传来，他的空虚清净的教义，可以使追逐名利的人放弃追逐，使忧愁的人得到解脱。它的因果报应的学说,也足以警戒愚笨的小民,使他们回头,变得善良。这对世道并不是没有好处。所以佛家学说能够在中国流传。佛家好像有技术的食客。食客不去学习自己本身的技术,却想更改主人的家政,使主人反过来受他的教导,这是佛教徒的过错了。又用各自具体职业来比拟,譬如种田,儒家好像耕种的人。佛家抛开了自己最初的目的,不把行善作恶当作有福还是有罪,却把施舍不施舍当作有福或有罪。于是迷惑群众,收敛钱财,经常这样做,这好像侵占田界,抢掠别人的庄稼一样。儒家放下农具,抛荒田地,慌慌张张地拿着武器,日日去追寻越界抢掠庄稼的人,要和他们格斗。即使格斗取胜,自己的庄稼不知道变成什么样了。这不又是儒家发疯了吗?自汉明帝以后,佛教绵延已经两千年,即使尧、舜、周公、孔子再活过来,也不能把佛教驱逐出境。儒家的父子君臣、兵刑礼乐的学说,抛弃了就无法治理天下了。即使释迦牟尼出世,也不能把他的办法在中国施行。本来这些事可以不争论,只是僧人们管不住自己的名利欲,妄想儒家被压,佛家伸张,信仰佛教的人布施给佛寺更多财富。讲理学的人管不住自己好名欲望,著作里如果没有几条批评佛教的内容,就不能显示他卫道的功力。所以,两家的语录,正如水中泡影,一冒出来就消失了,刚消失了又冒出来,互相不停地对骂。不过,儒佛两家相争,经过千百年后,仍然并存如故;两家要是不相争,经过千百年后,也会并存如故的。各自修习自己的教义就可以了。

汉 朝 鬼 魂

陈瑞庵言:献县城外诸丘阜,相传皆汉冢也。有耕者误犁一冢,归而寒热谵语,责以触犯。时瑞庵偶至,问:"汝何人?"曰:"汉朝人。"又问:"汉朝何处人?"曰:"我即汉朝献县人,故冢在此,何必问也?"又问:"此地汉即名献县耶?"曰:"然。"问:"此地汉为河间国，县曰乐成。金始改献州。明乃改献县。汉朝安得有此名？"鬼不语。再问之，则耕者苏矣。盖传为汉冢，鬼亦习闻，故依托以求食。而不虞适以是败也。

【译文】

陈瑞庵说：献县城外的许多丘陵土冈，相传都是汉代坟墓。有个耕田的人误犁开一座坟，回家后就发寒发热讲胡话，责备自己冒犯了鬼。当时瑞庵刚好到这里，就问道："你是什么人？"附身的鬼说："汉朝人。"瑞庵又问："汉朝什么地方的人？"鬼说："我就是汉朝的献县人，所以坟墓在这里，你何必再问呢？"瑞庵又问："这个地方汉朝时就叫做献县了吗？"鬼说："是的。"瑞庵就问："这个地方汉朝时是河间国，县城叫乐成。金朝才改名献州，明朝才改名献县。汉朝怎会有献县的名称呢？"鬼不再说话。瑞庵再问时，生病的农民就清醒过来了。原来传说那些坟墓是汉墓，鬼也经常听惯了，所以依靠这种传说，来找寻人们供奉，却没想到刚好碰上有学问的人，所以失败了。

鬼 斗 智

毛其人言：有耿某者，勇而悍。山行遇虎，奋一梃与斗，虎竟避去，自以为中黄、夷飞之流也。偶闻某寺后多鬼，时魖醉人，愤往驱逐。有好事数人随之往。至则日薄暮，乃纵饮至夜，坐后垣上待其来。二鼓后，隐隐闻啸声，乃大呼曰："耿某在此。"倏人影无数，涌而至，皆吃吃笑曰："是尔耶，易与耳。"耿怒跃下，则鸟兽散去，遥呼其名而詈之。东逐则在西，西逐则在东，此没彼出，倏忽千变。耿旋转如风轮，终不见一鬼，疲极欲返，则嘲笑以激之。渐引渐远，突一奇鬼当路立，锯牙电目，张爪欲搏。急奋拳一击，忽嗷然自仆，指已折，掌已裂矣，乃误击墓碑上也。群鬼合声曰："勇哉！"瞥然俱杳。诸壁上观者闻耿呼痛，共持炬舁归。卧数日，乃能起，右手遂废。从此猛气都尽，竟唾面自干焉。夫能与虓虎敌，而不能不为鬼所困，虎斗力，鬼斗智也。以有限之力，欲胜无穷之变幻，非天下之痴人乎？然一惩即戒，毅然自返，虽谓之大智慧人，亦可也。

【译文】

毛其人说：有个耿某，勇敢凶狠，走山路时碰上老虎，抓起一根木棒就和老虎相斗，老虎竟然躲开逃走了。他自己认为属于中黄、伕飞一类勇士。有一次，听说某寺院后面有许多鬼，时常作弄喝醉的人，耿某很生气，就要去驱逐那些鬼。有几个喜欢看热闹的人跟着耿某前去。到那寺院时，天已黄昏，大家痛饮到夜晚，然后坐在后墙上等鬼群出现。二更后，隐隐约约听到呼啸声，耿某就大声喊道："耿某人在这里！"一下子无数人影，汹涌而至，都吃吃地笑着，说："是你呀，容易对付的！"耿某愤怒地跳下墙头，人影就作鸟兽散开，还远远地喊耿某的名字，臭骂他。耿某追到东面，它们跑到西面；追到西面，又跑到东面，彼出此没，变化迅速。耿某团团转得像风车一般，始终见不到一个鬼，疲倦极了，就想回去，那些鬼又发出嘲笑来刺激他。慢慢地，鬼把耿某引到比较远的地方。突然，耿某看见一个奇怪的鬼站在路中间，牙齿像锯子，眼光像闪电，张牙舞爪，想和耿某搏斗。耿某急忙用力一拳打过去，又突然自己大喊一声倒在地上，手指骨头都断了，手掌也裂开了，原来是错打在墓碑上。鬼群一起喊道："真勇敢啊！"一转眼都不见了。在墙头上观看的人听到耿某痛苦的叫喊，一起举着火把，把耿某抬回家去。躺了几天，他才能起床，但右手就此残废了。从此，耿某的刚猛之气消除，竟能做到逆来顺受。可以与咆哮的猛虎对敌，却不能不被鬼所围困，虎是以力气相斗，鬼是以智谋相斗的呀。用有限的力气，想去战胜无穷的变幻，这不是天下的痴呆人吗？不过，耿某受一次惩戒后就觉悟，毅然地回头，即使称他为有大智慧的人，也是可以的。

三　砚

张桂岩自扬州还，携一琴砚见赠。斑驳剥落，古色黝然。右侧近下，镌"西涯"二篆字，盖怀麓堂故物也。中镌行书一诗曰："如以文章论，公原胜谢刘。玉堂挥翰手，对此忆风流。"款曰"稚绳"。高阳孙相国字也。左侧镌小楷一诗曰："草绿湘江叫子规，茶陵青史有微词。流传此砚人犹惜，应为高阳五字诗。"款曰"不凋"，乃太仓崔华之字。华，渔洋山人之门人。渔洋论诗绝句曰："溪水碧于前渡日，桃花红似去年时。江南肠断何人会？只有崔郎七字诗。"即其人也。二诗本集皆不载，岂以诋诃前辈，微涉讦直，编集时自删之欤？后以赠庆大司马丹年，刘石庵参知颇疑其伪。然古人多有集外诗，终弗能明也。又杨丈汶川（讳可镜，杨忠烈公曾孙也。以拔贡官户部郎中，与先姚安公同事。）赠姚安公一小砚，背有铭曰："自渡辽，携汝伴。草军书，恒夜半。余之心，惟汝见。"款题"芝冈铭"。盖熊公廷弼军中砚，云得之于其亲串家。又家藏一小砚，左侧有"白谷手琢"四字，当是孙公传庭所亲制。二砚大小相近，姚安公以皆前代名臣，合为一匣。后在长儿汝佶处。汝佶殁逝，二砚为婢媪所窃卖。今不可物色矣。

【译文】

张桂岩从扬州回来,带来一方琴形砚台送给我。砚台已经斑驳剥落了,古旧的颜色,黑黝黝的样子。右侧靠近下面的地方刻着"西涯"两个篆字,原来是李东阳怀麓堂的遗物。中间刻着行书写的一首诗:"如以文章论,公原胜谢刘。玉堂挥翰手,对此忆风流。"题款是"稚绳",这是高阳孙承宗相国的字。左侧刻着小楷写的一首诗:"草绿湘江叫子规,茶陵青史有微词。流传此砚人犹惜,应为高阳五字诗。"题款是"不凋",是太仓崔华的字。崔华是渔洋山人的学生。渔洋山人论诗绝句说:"溪水碧于前渡日,桃花红似去年时。江南肠断何人会?只有崔郎七字诗。"就是指这个人。这两首诗,他们本人的集子里都没有收入,难道因为是指责前辈,有点过分直率,编定集子时自己删去的吗?后来,我把这砚台送给兵部尚书庆丹年。参知政事刘石庵很疑心这砚台是假的。不过,古人常有集外诗,始终也搞不清楚。还有,杨汶川老先生(名可镜,杨忠烈公的曾孙。以拔贡出身,任户部郎中,和姚安公同事。)赠给姚安公一方小砚台,背后刻有铭文:"自渡辽,携汝伴。草军书,恒夜半。余之心,惟汝见。"题款为"芝冈铭"。原来是熊廷弼先生在军中所用的砚台,据说从他亲戚家中得来的。还有我家藏有一方小砚台,右侧刻有"白谷手琢"四个字,应该是孙传庭先生亲手制作的。这两方砚台大小相近,姚安公认为,都是前代著名的大臣之物,就放在一个匣子中。后来这两方砚台放在大儿子汝佶处。汝佶短命去世,两方砚台被手下婢女、仆妇偷出去卖掉。现在再也找不到了。

见 回 煞

余十七岁时,自京师归应童子试,宿文安孙氏。(土语呼若巡诗,音之转也。)室庐皆新建,而土炕下钉一桃杙。上下颇碍,呼主人去之。主人颇笃实,摇手曰:"是不可去,去则怪作矣。"诘问其故。曰:"吾买隙地构此店,宿者恒夜见炕前一女子立，不言不动，亦无他害。有胆者以手引之，乃虚无所触。道士咒桃杙钉之，乃不复见。"余曰："其下必古冢，人在上，鬼不安耳。何不掘出其骨，具棺迁葬？"主人曰："然。"然不知其果迁否也。又辛巳春，余乞假养疴北仓。姻家赵氏请余题主，先姚安公命之往。归宿杨村，夜已深，余先就枕，仆隶秣马尚未睡。忽见彩衣女子揭帘入，甫露面，即退出。疑为趁座妓女，呼仆隶遣去，皆云外户已闭，无一人也。主人曰："四日前，有宦家子妇宿此卒，昨移柩去。岂其回煞耶？"归告姚安公。公曰："我童子时，读书陈氏舅家。值仆妇夜回煞，月明如昼，我独坐其室外，欲视回煞作何状，迄无见也。何尔乃有见耶？然则尔不如我多矣。"至今深愧此训也。

【译文】
　　我十七岁时，从京城回乡，参加童生考试，住在文安孙氏家。（土语读音像巡诗，是语音的变化。）房屋都是新建的，但土炕下面钉有一根小的桃木桩，上下炕时很有些妨碍，叫主人把它拔去。主人比较忠厚老实，摇着手说："这是不能拔去的，拔去后妖怪就来了。"我就问他为什么，他说："我买空地建筑这所旅店后，住宿的人在夜里经常看见一个女子，站在炕前，不言不动，也没有别的祸害。大胆的人用手去拉女子，却是空空的，什么都摸不到。经道士念咒，用桃木桩钉上，女子才不再出现。"我说："这房子下面一定是古墓，人们住在上面，鬼魂不得安宁罢了。为什么不把她的骨头挖出来，装在棺材里改葬到另外的地方呢？"主人说："对。"但是，却不知道主人有没有真的去迁葬。又辛巳年春天，我请假到北仓养病。亲家赵氏请我去写神位，姚安公就叫我前往。回程住在杨村，已经深夜，我就先躺下，仆人们正在喂马，还没有睡。忽然，我看见一位穿花衣的女子，掀开门帘要走进来，刚一露面，马上又退出去。我疑心是应召陪酒的妓女，就叫仆人把她送走。仆人都说，外面大门都关上了，没有一个人进来。主人就说："四天前，有个官员家的媳妇住在这里去世了，昨天才把棺材搬走。难道是她的魂返舍回煞吗？"回家报告姚安公，姚安公说："我小时候在舅舅陈家读书，刚好有个女仆当夜回煞，月亮照得和白天一样，我一个人坐在房外，想看看回煞是什么样子，结果什么也没看到。你怎么却见到了呢？那么，你不及我就太多了。"到现在，我对这个教训还觉得十分惭愧。

河　豚

河豚惟天津至多，土人食之如园蔬；然亦恒有死者，不必家家皆善烹治也。姨丈惕园牛公言：有一人嗜河豚，卒中毒死。死后见梦于妻子曰："祀我何不以河豚耶？"此真死而无悔也。又姚安公言：里有人粗温饱，后以博破家。临殁，语其子曰："必以博具置棺中。如无鬼，与白骨同为土耳，于事何害？如有鬼，荒榛蔓草之间，非此何以消遣耶！"比大殓，佥曰："死葬之以礼，乱命不可从也。"其子曰："独不云事死如事生乎？生不能几谏，殁乃违之乎？我不讲学，诸公勿干预人家事。"卒从其命。姚安公曰："非礼也，然亦孝子无已之心也。吾恶夫事事遵古礼，而思亲之心则漠然者也。"

【译文】

河豚只有天津最多，当地人像蔬菜一样吃河豚，不过也经常有中毒死亡的，因为不是每一家都会烧河豚。姨丈牛惕园先生说：有一个好吃河豚的人，终于中毒而死。死后托梦给妻子，说："祭祀我时为什么不用河豚呢？"这真是死而无悔了。又听姚安公说，邻居有户人家能维持温饱，后来主人因为赌博败家。临死时，他对儿子说："一定要把赌具放在棺材里。如果没有鬼，赌具和尸骸一起变为泥土罢了，有什么危害呢？如果有鬼，我们处身荒野草木之间，没有赌具怎能消磨时间呢？"等到收殓埋葬时，人们都说："人死后按礼仪埋葬，临死时的糊涂遗言是不能听的。"他儿子说："难道没听说侍奉死者要像侍奉生者一样吗？生前我不能劝止赌博，父亲死后我却要违背他的遗言吗？我不是讲理学的人，请各位不要干涉别人的家事。"终于按他父亲的遗言办理。姚安公说："这种行为并不符合礼仪，但也说明这孝子思亲不止之心。我讨厌每件事都要遵守古时礼仪，而思亲之心却非常淡漠的人。"

狐　状

　　一奴子业针工，其父母鬻身时未鬻此子，故独别居于外。其妇年二十余，为狐所媚，岁余病瘵死。初不肯自言，病甚，乃言狐初来时为女形，自言新来邻舍也。留与语，渐涉谑，既而渐相逼，遽前拥抱，遂昏昏如魇。自是每夜辄来，来必换一形，忽男忽女，忽老忽少，忽丑忽好，忽僧忽道，忽鬼忽神，忽今衣冠忽古衣冠，岁余无一重复者。至则四肢缓纵，口噤不能言，惟心目中了了而已。狐亦不交一言，不知为一狐所化，抑众狐更番而来也。其尤怪者，妇小姑偶入其室，突遇狐出，一跃即逝。小姑所见，是方巾道袍人，白须鬖鬖；妇所见则黯黑垢腻，一卖煤人耳。同时异状，更不可思议耳。

【译文】

有个仆人的儿子做裁缝,他父母卖身为奴时,并没有连儿子也卖了,所以单独住在外面。他的妻子二十多岁,被狐精迷惑,一年多后病死了。当初妻子还不肯说出来,到病重时才说:狐精刚来的时候,是女子的模样,自己说是新搬来的邻居。留下来交谈,慢慢说到调笑的话,又进一步靠近,一下子冲上来抱住,妇人就昏昏迷迷,像做梦一样。从此每天晚上狐精都来,每次来就变一个模样,有时是男有时是女,有时年老有时年轻,有时漂亮有时丑陋,有时是僧人有时是道士,有时是鬼有时是神,有时穿现在衣服有时穿古代衣服,一年多来没有一次重复。狐精一来,那妇人就四肢软绵绵的,嘴里说不出话来,只是心里很明白而已。狐精也不和她讲话,不知是一个狐精变化模样,还是一群狐精轮番前来。更奇怪的是,妇人的小姑有一次进房,突然碰上狐精出来,一跳就不见了。小姑看见的,是个戴方巾、穿道袍的人,白胡须毛茸茸的;而妇人自己所见却是皮肤黝黑,满身污垢,像个卖煤的人。同时会有不同模样,更是不可思议了。

鬼 畏 正 气

及孺爱先生言:(先生于余为疏从表侄,然幼时为余开蒙,故始终待以师礼。)交河有人田在丛冢旁,去家远,乃筑室就之。夜恒闻鬼语,习见不怪也。一夕,闻冢间呼曰:"尔狼狈何至是?"一人应曰:"适路遇一女,携一童子行。见其面有衰气,死期已近,未之避也。不虞女忽一嚏,其气中人,如巨杵舂撞(平声),伤而仆地。苏息良久,乃得归。今胸鬲尚作楚也。"此人默记其语。次日,耘者聚集,具述其异,因问:"昨日谁家女子傍晚行,致中途遇鬼?"中一宋姓者曰:"我女昨晚同我子自外家归,无遇鬼事也。"众以为妄语。数日后，宋女为强暴所执，捍刃抗节死。乃知贞烈之气，虽屈衰绝，尚刚劲如是也。鬼魅畏正人，殆以此夫。

【译文】

　　及孺爱先生说：（先生是我的远房表伯，但我小时候他对我做启蒙教育，所以我对他一直以师礼相待。）交河有人的田地靠近坟堆，离家比较远，就在田边建间屋居住，晚上常听到鬼讲话，见惯了也不奇怪。一天晚上，听到坟墓里有喊声说："你怎么这样狼狈呢？"另一个声音回答道："刚才在路上碰到一个女子，带着一个孩子赶路。我见她面有衰气，死期快到了，就没有躲避。没想到那女子忽然打了个喷嚏，那股气打中了我，就像大棒槌舂米撞（平声）击一样，我受伤倒在地上，休息了很久，才能回来。现在胸膛还隐隐作痛。"这个种田人默默地记下这番话。第二天，耘田的人聚在一起，这个人就把事情讲出来，还问："昨天傍晚，谁家的女子在路上碰到鬼了？"其中有个姓宋的说："昨晚我女儿和我儿子从外婆家回来，并没有碰到鬼的事。"大家都认为那个人乱讲。几天以后，宋家女儿被人抓住要强奸，她坚决反抗，被杀死了。人们才知道，女人贞烈的正气，虽然临近死亡，仍然刚强有力。鬼怪所以害怕正直的人，大概是因为这个原因。

前　生　债

　　张完质舍人言：有与狐为友者，将商于外，以家事托狐。凡火烛盗贼，皆为警卫；僮婢或作奸，皆摘发无遗。家政井井，逾于商未出时。惟其妇与邻人昵，狐若弗知。越两岁，商归，甚德狐。久而微闻邻人事，又甚咎狐。狐谢曰："此神所判，吾不敢违也。"商不服曰：

"鬼神祸淫，乃反导淫哉？狐曰："是有故。邻人前世为巨室，君为司出纳，因其倚信，侵蚀其多金。冥判以妇偿负，一夕准宿妓之价销金五星，今所欠只七十余金矣。销尽自绝，君何躁焉！君倘未信，试以所负偿之，观其如何耳。"商乃诣邻人家曰："闻君贫甚，仆此次幸多赢，谨以八十金奉助。"邻人感且愧，自是遂与妇绝。岁暮，馈肴品示谢，甚精腆。计其所值，正合七十余金所赢数。乃知夙生债负，受者毫厘不能增，与者毫厘不能减也。是亦可畏也已。

【译文】

张完质舍人说：有个和狐精做朋友的人，要外出经商，就把家事托付狐精。大凡有火灾盗贼，狐精都代他报警守卫；有仆人婢女做坏事，狐精也一一指出加以责备。家务事处理得井井有条，比这个人外出经商以前还要好。只有这个人的妻子与邻居偷情，狐精就像不知道似的。过了两年，商人回家，十分感激狐精。时间长了，稍稍听到邻居和妻子偷情的事，又很怪罪狐精。狐精表示抱歉，说："这是神的判决，我不敢违反。"商人不服气，说："鬼神惩罚淫乱的人，怎么反而引导他们淫乱呢？"狐精说："这是有原因的。邻居前世是大户人家，你在他家当出纳，他对你十分信任，你却贪污了他许多钱财。阴间判决你要用妻子赔偿欠债，一个晚上按嫖妓的价格，销掉五钱银子。到现在你的欠债只剩七十多两了。债还光了，就会没事，你何必发火呢！你如果不相信，试试把剩下的欠债款项还给他，看看会怎么样。"商人就到邻居家里，对他说："听说你很穷，我这次侥幸赚了许多钱，现在送上八十两银子资助你。"邻居又感动又惭愧，从此就断绝了和他妻子的往来。到年底时，邻居送来食物礼物表示感谢，礼物十分精美。估计礼物的价值，正好是扣除七十多两银子之后多余的钱数。这才知道，前生欠的债，收债的人一毫一厘也不能增加，还债的人一毫一厘也不能减少。这也是可怕的事呀！

孝 弟 通 神

　　族侄竹汀言：有农家妇少寡，矢志不嫁，养姑抚子数年矣。一日，见华服少年，从墙缺窥伺。以为过客误入，詈之去。次日复来。念近村无此少年，土人亦无此华服，心知是魅，持梃驱逐。乃复抛掷砖石，损坏器物。自是日日来，登墙自道相悦意。妇无计，哭诉于社公祠，亦无验。越七八日，白昼晦冥，雷击裂村南一古墓，魅乃绝。不知是狐是鬼也。以妖媚人，已干天律，况媚及柏舟之妇，其受殛也固宜。顾必迟久而后应，岂天人一理，事关诛死，亦待奏请而后刑，由社公辗转上闻，稍稽时日乎？然匹妇一哭，遽达天听，亦足见孝弟之通神明矣。

【译文】
　　族侄竹汀说：有个农家青年寡妇，誓死不再嫁，供养婆婆、抚育儿子，已经几年了。有一天，见有个穿华美衣服的青年，从墙头缺口处偷看她。她以为是过路客人误入此地，就把青年骂跑了。第二天，青年又来了。她想，附近村子并无这个青年，当地人也没有穿这样华美衣服的，知道一定是妖精，就拿起木棒去驱逐他。那妖精又抛掷砖头瓦块，损坏家中器物。还从此天天过来，爬到墙头上，向寡妇表达爱意。寡妇没办法，就到土地神庙去哭诉，也没有灵验。过了七八天，白天阴暗得像晚上一样，有雷火把村南一座古墓炸开来，妖精也绝迹了。不知道是狐精还是鬼怪。用妖术迷惑人，已经违反上天的法律，何况去迷惑守节的妇女呢！它受雷击而死,也是活该。至于一定要延迟时间才有报应,难道是天上人间同一道理,事关死刑,也要等待上奏报告然后才能行刑,由土地神层层上报,就会稍为拖延时间的吗?不过,一个普通寡妇的哭诉,就会到达天庭,也足以证明孝顺友爱能与神灵相通了。

狼 子 野 心

沧州一带海滨煮盐之地,谓之灶泡。袤延数百里,并斥卤不可耕种,荒草粘天,略如塞外,故狼多窟穴于其中。捕之者掘地为阱,深数尺,广三四尺,以板覆其上,中凿圆孔如盂大,略如枷状。人蹲阱中,携犬子或豚子,击使嗥叫。狼闻声而至,必以足探孔中攫之。人即握其足立起,肩以归。狼隔一板,爪牙无所施其利也。然或遇其群行,则亦能搏噬。故见人则以喙据地嗥,众狼毕集,若号令然,亦颇为行客道途患。有富室偶得二小狼,与家犬杂畜,亦与犬相安。稍长,亦颇驯,竟忘其为狼。一日,主人昼寝厅事,闻群犬呜呜作怒声,惊起周视,无一人。再就枕将寐,犬又如前。乃伪睡以俟,则二狼伺其未觉,将啮其喉,犬阻之不使前也。乃杀而取其革。此事从侄虞惇言。狼子野心,信不诬哉!然野心不过遁逸耳;阳为亲昵,而阴怀不测,更不止于野心矣。兽不足道,此人何取而自贻患耶!

【译文】
　　沧州一带海边煮盐的地方,称为灶泡。这片土地广袤数百里,充斥盐碱,不能耕种,荒草连天,有点像塞外,所以狼多数把巢穴设在那里。捕狼人挖开地面成陷阱,深约几尺,阔三四尺,用木板盖在上面,木板中间凿一个圆孔,有杯子大小,有点像枷锁的样子。人蹲在陷阱里,带着小狗或小猪,敲打它们,让它们叫喊。狼听到喊声就跑过来,一定用脚伸到木板洞内探查。人马上抓紧狼脚站起来,背在肩上回家去。狼隔着一层板,爪子牙齿都无法抓咬到人。但是遇到狼群,也会被咬死的。所以,狼一见有人,就把嘴靠近地面嗥叫,狼群就集中过来,好像听到号令一般,这也是旅客在旅途上的祸患。有个富户意外得到两只小狼,就把它们放到家里的狗群里一起养,小狼和狗也能平安相处。小狼长大一些时,也比较驯良,富人也忘记它们是狼了。有一天,主人在客厅午睡,听到狗群发出愤怒的呜呜声。他吃了一惊,起来四处查看,没有看见什么人。当他靠着枕头又要睡觉时,狗群又像前面一样发出叫声。于是,他装假睡着,静静等待,原来那两条狼想趁主人没有发觉,要咬主人的喉咙,狗群却在阻止,不让狼靠近主人。主人就把两条狼杀了,留下狼皮。这件事是堂侄虞惇说的。狼子野心这句话,真是一点也不假。不过,说野心不过指逃跑而已;表面上亲热,暗地里心怀不轨,就不仅仅是野心了。野兽的本性不值得一说,这个人怎么为自己制造祸患呢!

猴　　妖

田村一农妇,甚贞静。一日饁饷,有书生遇于野,从乞瓶中水。妇不应。出金一锭投其袖。妇掷且詈,书生皇恐遁。晚告其夫,物色之,无是人,疑其魅也。数日后,其夫外出,阻雨不得归。魅乃幻其夫形,作冒雨归者,入与寝处,草草息灯,遽相蝶戏。忽电光射窗,照见乃向书生。妇恚甚,爪败其面。魅甫跃出窗,闻呦然一声,莫知所往。次早夫归,则门外一猴脑裂死,如刃所中也。盖妖之媚人,皆因其怀春而媾合。若本无是心，而乘其不意，变幻以败其节，则罪当与强污等。揆诸神理，自必不容，而较前记竹汀所说事，其报更速。或社公权微，不能即断；此遇天神立殛之？抑彼尚未成，此则已玷，可以不请而诛欤？

【译文】
　　田村有个农妇，为人贞节淑静。有一天，她送饭到地里，在野外碰到一个书生。书生向她讨水壶的水喝，农妇不肯。书生拿出一块银子，抛在农妇衣袖上。农妇把银子掷回去，还大声骂起来，书生害怕地逃走了。晚上，农妇告诉了丈夫，她丈夫查找了一下，并没有这个人，怀疑书生是妖精。几天以后，丈夫到外面去，被大雨妨碍，晚上不能回家。妖精就变成她丈夫的模样，装作冒雨回家，进入寝室后，就匆匆忙忙地熄了灯，马上和农妇上床做爱。突然一股闪电，亮光透过窗户，照见床上原来是那个书生。农妇十分愤恨，用手指抓破书生的脸。妖精刚跳出窗口逃走，只听得哎呀地叫了一声，就不知道哪里去了。第二天早上，丈夫回家，在门外看到一只猴子，脑袋裂开，死在地上，就像被刀砍中一般。原来妖精迷惑人时，都是因为人有肉欲邪念就去和她做爱。假如本来没有这种心思，却乘其不意，变化模样去败坏人家名节，那么罪行和强奸相同。从神的道理而说，自然是不允许的。但这件事比以前记载过竹汀所讲的事，报应更快了。或者是土地神权力低微，不能立即断案；这件事是碰上了天神，马上就把妖精处死吧？还是那件事还没有成立强奸罪，这件事却已奸污了农妇，就可以不必奏请就对妖精处以死刑呢？

小鬼传言失实

　　同年邹道峰言：有韩生者，丁卯夏读书山中。窗外为悬崖，崖下为涧。涧绝陡，两岸虽近，然可望而不可至也。月明之夕,每见对岸有人影,虽知为鬼,度其不能越,亦不甚怖。久而见惯,试呼与语。亦响应,自言是堕涧鬼,在此待替。戏以余酒凭窗洒涧内,鬼下就饮,亦极感谢。自此遂为谈友,诵肄之暇,颇消岑寂。一日试问:"人言鬼前知。吾今岁应举,汝知我得失否?"鬼曰:"神不检籍,亦不能前知,何况于鬼。鬼但能以阳气之盛衰,知人年运;以神光之明晦,知人邪正耳。若夫禄命,则冥官执役之鬼,或旁窥窃听而知之;城市之鬼,或辗转相传而闻之;山野之鬼弗能也。城市之中,亦必捷巧之鬼乃闻之,钝鬼亦弗能也。譬君静坐此山,即官府之事不得知,况朝廷之机密乎!"一夕,闻隔涧呼曰:"与君送喜。顷城隍巡山,与社公相语,似言今科解元是君也。"生亦窃自贺。及榜发,解元乃韩作霖,鬼但闻其姓同耳。生太息曰:"乡中人传官里事,果若斯乎!"

【译文】
　　同年邹道峰说:有个姓韩的书生,丁卯年夏天在山里读书。窗外是悬崖,悬崖下面是山涧。涧壁十分陡峭,两岸虽然接近,但可以望见却不能往来。在月色明亮的夜晚,书生经常看见对岸有人影,虽然知道是鬼魂,估计它们不能越过山涧,心里也不很害怕。看得多了,也就习惯了,就试着喊话,人影也回答,自己说是堕涧鬼,在这里等候替代的人。书生开玩笑地靠着窗户,把剩酒倒到山涧里,那个鬼就下去喝酒,也很感谢书生。从此,彼此就成为朋友。书生在休息时,和鬼交谈,也能消除寂寞。有一天,书生试探地问:"人家都说鬼能先知。我今年参加科举考试,你知道我能否考上呢?"鬼说:"神仙不去查记事的册子,也不能先知,何况鬼呢!鬼只有从人的阳气的盛衰,判断人当年的命运;从人的精神脸色的明暗,判断人的邪正而已。至于某人做官的命运,对阴间官府里当差役的鬼来说，或者能从旁偷看偷听而知道；对于城市的鬼来说，或者能从辗转相传听到而知道。在山野的鬼就没有这个机会了。在城市之中，也要灵敏机巧的鬼才能打听到，愚笨的鬼也是不能够的。比方您安静地在这山上读书，对官府的事也不会知道，何况朝廷的机密大事呢！"有一天晚上，书生听到鬼隔着山涧大叫："给你报喜了。刚才城隍来巡山，和土地神谈话，好像说今科的解元是你。"书生也暗暗地自我祝贺一番。等到放榜时，解元是韩作霖，那个鬼只听到姓氏相同而已。书生也感叹地说："乡下人传说官府的事，果然这个样子吧！"

地　　仙

王史亭编修言：有崔生者，以罪戍广东。恐携孥有意外，乃留其妻妾，只身行。到戍后，穷愁抑郁，殊不自聊；且回思"少妇登楼"，弥增忉怛。偶遇一叟，自云姓董，字无念。言颇契，愍其流落，延为子师，亦甚相得。一夕，宾主夜酌，楼高月满，忽动离怀，把酒倚栏，都忘酬酢。叟笑曰："君其有'云鬟玉臂'之感乎？托在契末，已早为经纪，但至否未可知，故先不奉告；旬月后当有耗耳。"又半载，叟忽戒僮婢扫治别室，意甚匆遽。顷之，则三小肩舆至，妻妾及一婢揭帘出矣。惊喜怪问。皆曰："得君信相迓，嘱随某官眷属至。急不能久待，故草草来；家事托几房几兄代治，约岁得租米，岁岁鬻金寄至矣。"问："婢何来？"曰："即某官之媵，嫡不能容，以贱价就舟中鬻得也。"生感激拜叟，至于涕零。从此完聚成家，无复故园之梦。越数月，叟谓生曰："此婢中途邂逅，患难相从，当亦是有缘。似当共侍巾枙,无独使向隅也。"又数载,遇赦得归。生喜跃不能寐,而妻妾及婢俱惨惨有离别之色。生慰之曰:"尔辈恋主人恩耶?倘不死,会有日相报耳。"皆不答,惟趣为生治装。濒行,翁治酒作饯,并呼三女出曰:"今日事须明言矣。"因拱手对生曰:"老夫地仙也。过去生中,与君为同官。殁后,君百计营求,归吾妻子,恒耿耿不忘。今君别鹤离鸾,自合为君料理;但山川绵邈,二孱弱女子,何以能来?因摄召花妖,俾先至君家中半年,窥尊室容貌语言,摹拟俱似;并刺知家中旧事,使君有证不疑。渠本三姊妹,故多增一婢耳。渠皆幻相,君勿复思,到家相对旧人,仍与此间无异矣。"生请与三女俱归。叟曰:"鬼神各有地界,可暂出不可久越也。"三女握手作别,洒泪沾衣,俯仰间已俱不见。登舟时,遥见立岸上,招之不至矣。归后,妻子具言家日落,赖君岁岁寄金来,得活至今。盖亦此叟所为也。使世间离别人皆逢此叟,则无复牛女银河之恨矣。史亭曰:"信然。然粤东有地仙,他处亦必有地仙;董叟有此术,他仙亦必有此术。所以无人再逢者,当由过去生中原未受恩,故不肯竭尽心力缩地补天耳。"

【译文】
 王史亭编修说:有个姓崔的书生因为犯罪,流放到广东。他怕带着家眷会发生意外,就把妻妾留在老家,自己独身前往。到流放地后,崔某忧郁思念,无法排解,而且回想"少妇登楼"的诗意,更增加内心悲痛。一次,他偶然认识了一位老人。这老人自我介绍说姓董,字无念。两人谈得相当融洽。董老人可怜崔某流落异乡,就请他当儿子的老师,彼此相处很友好。一天晚上,董老人和崔某喝酒。崔某在高楼上看着圆月,不禁触动了离乡的情怀,拿着酒杯靠在栏杆上,竟然忘了应酬喝酒了。董老人笑道:"你大概有思念妻子的感触吧?我有幸和你攀上交情,早已替你筹划,但能否达到,还无法知道,所以现在还不能告诉你。过几个月,一定会有消息。"又过了半年,董老人忽然命奴仆打扫另外一间屋子,看样子十分紧急。不一会儿,有三乘小轿子来到,妻、妾和一个婢女揭开轿帘走了出来。崔某又惊又喜,连忙询问。妻、妾都说:"接到你的信要我们来,还吩咐跟某某官员的家眷一起走。我们心急,等不及了,就匆匆前来。家里的事,托第几房第几兄代为管理,按照每年田租、粮食,换成现金,再派人送来。"崔某又问:"这个婢女从哪儿来的?"妻、妾说:"这就是某某官员的侍妾,因为大夫人不能容纳,就在船上用低价买来了。"崔某感激地向董老人行礼,眼泪也流了出来。从此崔某家庭团圆,再不必做回家乡的梦了。过了几个月,董老人对崔某说:"这个婢女在途中意外相遇,患难之中肯跟从,应当也是有缘分的。也应该让她侍奉你,不应使她孤单单啊!"又过了几年,碰上大赦,崔某可以回家乡了。崔某高兴得睡不着觉,但妻、妾和婢女都流露出离别的悲惨神色。崔某安慰她们说:"你们怀念这里主人的恩德吗?我只要不死,总有一天要报答他的。"她们也都不答话,只是紧张地为崔某准备行装。临走的时候,董老人摆酒筵饯行,而且把三个女人叫出来说:"今天,我要把事情讲清楚了。"于是对崔某拱拱手,说:"老夫我是地仙。前生和你是同事。我死后你千方百计地筹办,把我的妻儿送回故乡,我一直不能忘怀。今生你离别妻、妾时,我应该为你照料。但是山川相隔遥远,你家两位柔弱的女子,怎能来到这里呢?因此,我用法术找来花妖,命她们先到你老家住半年,偷偷地熟悉你妻、妾的容貌语言,模仿得十分相似。而且又探听到你家中过去的事情,让你听了觉得可信,不会怀疑。她们本来是三姊妹,所以多增加一个婢女。她们都是幻形,你不必再多想念,等你回到老家,面对原来的妻、妾时,就会觉得和这里一样了。"崔某请求和三个女人一起回家乡,董老人说:"鬼神都各有地界,可以暂时出入,不能过界太久。"三个女人拉着崔某的手告别,眼泪滴湿了衣服,一下子就都不见了。崔某上了船,远远地看见她们站在河岸上,招呼她们也不过来。崔某回到老家,妻子说家道一天天破落,依赖你每年都寄钱回家,大家才能活到现在。原来这件事也是董老人做的。假如世间离别的人都能遇到这样的老人,就再没有牛郎织女隔河相望的怨恨了。史亭说:"这件事是可信的。不过,既然广东有地仙,其他地方一定也有地仙;董老人有这种法术,其他地仙也一定有这种法术。人们所以没有遇到神仙,是因为神仙前生没有受过恩惠,所以不肯尽心尽力为人缩地补天了!"

纸　　钱

有客在泊镇宿妓,与以金。妓反覆审谛,就灯铄之,微笑曰:"莫纸铤否?"怪问其故。云数日前粮艘演剧赛神,往看至夜深归。遇少年与以金,就河干草屋野合。至家,探怀觉太轻,取出乃一纸铤。盖遇鬼也。因言相近一妓家,有客赠衣饰甚厚。去后,皆己箧中物,钥故未启,疑为狐所给矣。客戏曰:"天道好还。"又瞽者刘君瑞言:青县有人与狐友,时共饮甚昵。忽久不见,偶过丛莽,闻有呻吟声,视之,此狐也。问:"何狼狈乃尔?"狐愧沮良久,曰:"顷见小妓颇壮盛,因化形往宿,冀采其精。不虞妓已有恶疮,采得之后,毒渗命门,与平生所采混合为一,如油入面,不可复分。遂溃裂蔓延,达于面部。耻见故人,故久疏来往耳。"此又狐之败于妓者。机械相乘,得失倚伏,胶胶扰扰,将伊于胡底乎?

【译文】

有个客人在泊镇嫖妓,送给妓女银子。妓女拿了银子反复地细看，放在灯上烧一烧，笑笑说："莫非是纸钱吧？"客人很奇怪，问她什么原因。妓女说，前几天运粮船演戏赛神，她前去看到深夜。回来的路上，碰到一个青年给她银子，就和他在河边的一间草屋里做爱。等回到家里，摸摸衣袋，觉得很轻，拿出来是一个纸锭。原来碰上鬼了。又说到附近有个妓女，客人送她很多衣服首饰。客人走后一看，都是自己箱子里的东西，锁头并没有打开，怀疑是被狐精作弄了。客人开玩笑地说："恶有恶报。"又有个盲人刘君瑞说：青县有个人和狐精交朋友，时常一起饮酒，关系亲密。忽然很久看不到狐精，偶然经过草木丛林，听到有呻吟声，过去一看，原来就是这个狐精。这个人问："怎么狼狈得这个样子？"狐精又羞愧又懊丧，过了很久才说："我看见有个小妓女相当丰满，就变成人样去住宿，希望采集她的精气。谁知这妓女早已生了恶疮，我采集了她的精气，毒气渗入命门里，和我过去采集的精气混杂一起，像油渗入面粉里，分也分不开。毒气蔓延，肌肉溃烂，一直染到面部。我没有脸见老朋友，所以很久不去找你。"这又是狐精失败于妓女的事例。双方机遇相对，得失相伏，互相纠缠在一起，真是不堪设想啊！

伟 丈 夫

李千之侍御言：某公子美丰姿，有卫玠璧人之目。雍正末，值秋试，于丰宜门内租僧舍过夏。以一室设榻，一室读书。每晨兴，书室几榻笔墨之类，皆拂拭无纤尘；乃至瓶插花，砚池注水，亦皆整顿如法，非粗材所办。忽悟北地多狐女，或藉通情愫，亦未可知，于意亦良得。既而盘中稍稍置果饵，皆精品。虽不敢食，然益以美人之贻，拭目以待佳遇。一夕月明，潜至北牖外穴纸窃窥，冀睹艳质。夜半，闻器具有声，果一人在室料理。谛视，则修髯伟丈夫也,怖而却走。次日,即移寓。移时,承尘上似有叹声。

【译文】

李千之侍御说:某公子英俊漂亮,被人称作美男子。雍正末年,他参加乡试,就在丰宜门内的寺院中租房过夏,一个房间放床,一个房间读书。每天早起,他发现书房的桌子、椅子、笔墨之类,都被人打扫得一尘不染,甚至瓶子插花、砚池注水,都办得很有条理。这绝不是没有文化的人做得到的。忽然,公子醒悟到,北方狐女很多,或者借这机会表示相爱,也不是不可能的。这样一想,心中便很得意。后来,在盘上还会出现一些水果点心,都是精美的物品。公子虽然还不敢吃,但更加认为是美人赠送的,要留心等候好事。一个月明之夜,公子偷偷地跑到北窗外,把窗纸弄破一个洞偷看,希望看到美女。到了半夜,听到室内器具有响声,果然有一个人在室内打扫。靠近观看时,原来是一个长着胡须的壮实汉子。公子吓得退回寝室去。第二天,马上搬家。搬家的时候,天花板上似乎有叹气的声音。

康　师

康师,杜林镇僧也。北俗呼僧多以姓,故名号不传焉。工疡医。余小时曾及见之。言其乡人家一婢,怀春死。魂不散,时出祟人。然不现形,不作声,亦不附人语,不使人病。惟时与少年梦中接,稍尪瘦,则别媚他少年,亦不至杀人。故为祟而不以为祟。即尝为所祟者,亦梦境恍惚,莫能确执。如是数十年,不为人所畏,亦不为人所劾治。真黠鬼哉!可谓善藏其用,善遁于虚,善留其不尽,善得老氏之旨矣。然终有人知之,有人传之，则黠巧终无不败也。

【译文】
　　康师是杜林镇上的僧人。北方习惯，称呼僧人大多用姓，所以名号反而不流传。康师专长外科，我小时候还见过他。他说，他家乡有户人家的婢女，因单相思而死。她的鬼魂并不消散，经常出来作弄人。但是，她不现形体，不发声音，也不附到别人身上讲话，不使被作弄的人生病。只有时常和青年在梦中做爱，等到青年有点黄瘦，她就去迷惑别个青年，也不至于杀人。所以，作怪也不认为是怪，被她作弄的人，也是梦中境界，恍恍惚惚，不能确切指出是谁。这样过了几十年，不被人所害怕，也不被人禁治。真是狡猾的鬼啊！可以说，她善于隐藏用意，善于躲入空虚，善于留下不尽之意，善于运用老子的学说主旨了。但是，毕竟有人知道，有人传说，那么狡猾机巧总不会不暴露的呀！

瓜子店火灾

　　相传康熙中，瓜子店火，（在正阳门之南而偏东。）有少年病瘵不能出，并屋焚焉。火熄，掘之，尸已焦，而有一狐与俱死，知其病为狐媚也。然不知狐何以亦死。或曰："狐情重，救之不出，守之不去也。"或曰："狐媚人至死，神所殛也。"是皆不然。狐鬼皆能变幻，而鬼能穿屋透壁出。（罗两峰云尔。）鬼有形无质，纯乎气也；气无所不达，故莫能碍。狐能大能小与龙等，然有形有质，质能缩而小，不能化而无。故有隙即遁，而无隙则碍不能出。虽至灵之狐，往来亦必由户牖。此少年未死间，狐尚来媚，猝遇火发，户牖俱焰，故并为烬焉耳。

【译文】

　　相传康熙年间,瓜子店(在正阳门南面偏东)发生火灾,店内有个重病的青年,不能逃出来,连同房屋一齐烧死了。火灭后挖掘火场,尸体已经烧焦了,还有一只狐狸和青年一道被烧死。因而知道,青年的病是受到狐精所迷惑造成的,但是却不知道狐精为什么会被烧死。有人说:"狐精情深义重,去救青年,救不出来,就死守在旁边不肯离开。"有人说:"狐精把人迷死了,被神灵诛杀。"这些说法都不对。狐精鬼怪都会变化,而且鬼怪还会穿屋透壁逃出。(罗两峰的说法。)鬼有形状无质量,纯粹是气体。气体没有什么不能去,所以没有任何东西能阻挡。狐精能大能小,和龙相同,但有形状有质量,质量可以缩小,但不能变成虚无。所以,有缝隙就能逃走,没有缝隙就不能出来。即使是最灵巧的狐精,来往一定经过门口窗户。这个青年未死时,狐精还来迷惑,猛然间碰上火灾,门口窗子都是火焰,所以一齐被烧成灰烬了。

婢女离魂

　　门人徐通判敬儒言:其乡有富室,昵一婢,宠眷甚至。婢亦倾意向其主,誓不更适。嫡心妒之而无如何。会富室以事他出,嫡密召女侩鬻诸人。待富室归,则以窃逃报。家人知主归事必有变也,伪向女侩买出,而匿诸尼庵。婢自到女侩家,即直视不语,提之立则立,扶之行则行,捺之卧则卧,否则如木偶,终日不动。与之食则食,与之饮则饮,不与亦不索也。到尼庵亦然。医以为愤恚痰迷,然药之不效,至尼庵仍不苏。如是不死不生者月余。富室归,果与嫡操刃斗,屠一羊沥血告神,誓不与俱生。家人度不可隐,乃以实告。急往尼庵迎归,痴如故。富室附耳呼其名,乃霍然如梦觉。自言初到女侩家，念此特主母意，主人当必不见弃，因自奔归；虑为主母见，恒藏匿隐处，以待主人之来。今闻主人呼，喜而出也。因言家中某日见某人，某人某日作某事，历历不爽。乃知其形去而魂归也。因是推之，知所谓离魂倩女，其事当不过如斯，特小说家点缀成文，以作佳话。至云魂归后衣皆重著，尤为诞谩。著衣者乃其本形，顷刻之间，襟带不解，岂能层层搀入？何不云衣如委蜕，尚稍近事理乎。

【译文】

门生徐敬儒通判说：他家乡有个富户，钟爱眷恋一个婢女到了极点。婢女也全心全意爱主人，发誓不改嫁。富户的夫人内心妒忌，但又没有办法。碰到富户有事外出，夫人就秘密地找来人贩子，把婢女卖给别人。等富户回家，就告诉他婢女偷了东西逃走了。家里别的人知道，主人回家后，事情一定有变化，就假装别的人向人贩子把婢女买出，藏在尼姑庵中。婢女自从到人贩子家开始，就眼睛直视，不讲话，扶她站立，她就站立；扶她行走，她就行走；按她躺下，她就躺下；否则就像木偶一般，整天不动。给她食物她就吃，给她饮料她就喝，不给也不向人要。到了尼姑庵，也是这样。医生认为是因为愤恨导致痰迷，但吃药又无效，到尼姑庵后也没有苏醒过来。就这样，不死不生地过了一个多月。富户回家，果然拿着刀与夫人争吵，还杀了一头羊，洒血禀告神灵，发誓要与夫人斗个你死我活。家里的人估计实在不能隐瞒了，就对富户讲了实话。富户急忙到尼姑庵把婢女接回家，婢女呆痴的样子仍然一样。富户贴着她耳边呼喊她的名字，婢女一下子清醒过来，好像做了一场梦。她自己说，刚到人贩子家时，想到这一定是夫人的意思，主人必定不会抛弃她的，因此自己跑回家；又怕被夫人看见，就经常躲藏在隐秘的地方，等候主人回家。现在听到主人叫喊，一高兴就跑出来了。还说到家中某日见到某人，某人某日做某事。所说一点都没有错。这才知道,她的肉体出去了,灵魂却回到家里。由这件事推论,所谓倩女离魂的故事,事情也不过如此。只是小说家编撰成了文章,当成了佳话。至于说到灵魂回归肉体后衣服都成了双重,就更荒诞乱讲了。穿衣服的是她本来的形体,很短时间之内,衣带都没有解开,怎能层层地套进去呢?为什么不说衣服像蛇蜕皮一样掉下来,还比较符合事物的实际。

田 不 满

客作田不满,(初以其取不自满假之义,称其命名有古意。既乃知以饕餮得此名,取田填同音也。)夜行失道,误经墟墓间,足踏一髑髅。髑髅作声曰:"毋败我面!且祸尔。"不满戆且悍,叱曰:"谁遣尔当路!"髑髅曰:"人移我于此,非我当路也。"不满又叱曰:"尔何不祸移尔者?"髑髅曰:"彼运方盛,无如何也。"不满笑且怒曰:"岂我衰耶?畏盛而凌衰,是何理耶?"髑髅作泣声曰:"君气亦盛,故我不敢祟,徒以虚词恫喝也。畏盛凌衰,人情皆尔,君乃责鬼乎!哀而拨入土窟中,公之惠也。"不满冲之竟过,惟闻背后呜呜声,卒无他异。余谓不满无仁心。然遇莽卤之人而以大言激其怒,鬼亦有过焉。

【译文】

雇工田不满,(最初以为他取名包含不能自满的意思,称赞他起名字有古代的味道。后来知道他以会吃出名,取"填"、"田"同音。)晚上赶路,迷了方向,误经过坟墓之间,脚踩着一个骷髅。骷髅出声说:"不要踩坏我的脸,我要害你!"田不满又戆又凶,就骂道:"谁叫你挡路!"骷髅说:"有人把我移到这里,并不是我想挡路。"田不满又骂道:"怎么不去害他呢?"骷髅说:"他的运气正在旺盛时期,我对他没有办法。"田不满又气又笑地说:"难道我就衰败吗?怕运气旺盛的人,欺侮运气衰败的人,是什么道理呢!"骷髅发出哭声,说:"你的运气也是旺盛的,所以我不敢作怪,只是讲大话来吓唬你。害怕旺盛,欺凌衰败,人间的世情都是这样,你怎能只是指责鬼呢?我恳求你把我拨进土洞里去,这是您的恩惠了。"田不满大步冲过去,只听到背后有呜呜的声音,最后也没有别的怪事。我认为,田不满缺乏仁爱之心。不过,碰到粗鲁莽撞的人,却要用大话去激怒他,这个鬼也有不对的地方。

倚 树 小 童

蒋苕生编修言:一士人北上,泊舟北仓、杨柳青之间。(北仓去天津二十里,杨柳青距天津四十里。)时已黄昏,四顾渺漫。去人家稍远,独一小童倚树立,姣丽特甚;然衣裳华洁,而神意不似大家儿。士故轻薄,自上岸与语。口操南音,自云流落至此,已有人相约携归,待尚未至。渐相款洽,因挑以微词,解扇上汉玉佩为赠。赪颜谢曰:"君是解人,亦不能自讳。然故人情重,实不忍别抱琵琶。"置佩而去。士人意未已,欲觇其居停,蹑迹从之。数十步外,倏已灭迹,惟丛莽中一小坟,方悟为鬼也。女子事夫,大义也,从一则为贞,野合乃为荡耳。男子而抱衾裯,已失身矣,犹言从一,非不揣本而齐末乎?然较反面负心,则终为差胜也。

【译文】

蒋苕生编修说:有个书生坐船北上,停泊在北仓、杨柳青之间。(北仓离天津二十里,杨柳青离天津四十里。)当时已是黄昏时分,四面迷迷蒙蒙。在离开村落比较远的地方,有一个少年靠着树站着。这少年十分漂亮,衣服华丽整洁,但神情意态不像大户人家的儿郎。书生本来是轻薄人,就上岸和少年谈话。少年带南方口音,自己说流落在这里,已经有人约定带他回去,现在还没有等到。两人谈话渐渐融洽,书生就用语言去挑动少年,还把扇带上的汉代玉佩送给他。少年红着脸拒绝了,说:"你是个明白人,我也不必隐瞒。不过老朋友情深义重,我实在不忍心投到别人怀抱去。"把玉佩放在地上就走了。书生还不满足,想偷看少年居住的地方,就轻手轻脚在后面追踪。走过几十步之外,少年一下子就不见了,只在草木丛中有一座小坟墓,这才醒悟少年是鬼。女子侍奉丈夫,是大道理。只嫁一个丈夫就叫做贞节,在野外与情人幽会就叫做放荡。做男子的却去和男人同性爱恋,已经失了身,还说要只爱一个人,这不是弃本逐末吗?但是,比那种翻脸负心的行为,还稍为好一些。

真道学先生

先师陈白崖先生言:业师某先生,(忘其姓字,似是姓周。)笃信洛、闽,而不骛讲学名,故穷老以终,声华阒寂。然内行醇至,粹然古君子也。尝税居空屋数楹,一夜,闻窗外语曰:"有事奉白,虑君恐怖,奈何?"先生曰:"第入无碍。"入则一人戴首于项,两手扶之;首无巾而身襕衫,血渍其半。先生拱之坐,亦谦逊如礼。先生问:"何语?"曰:"仆不幸,明末戕于盗,魂滞此屋内。向有居者,虽不欲为祟,然阴气阳光,互相激薄,人多惊悸,仆亦不安。今有一策:邻家一宅,可容君眷属。仆至彼多作变怪,彼必避去;有来居者,扰之如前,必弃为废宅。君以贱价售之,迁居于彼。仆仍安居于此。不两得乎?"先生曰:"吾平生不作机械事,况役鬼以病人乎?义不忍为。吾读书此室,图少静耳。君既在此,即改以贮杂物,日扃锁之可乎?"鬼愧谢曰:"徒见君案上有性理,故敢以此策进。不知君竟真道学,仆失言矣。既荷见容,即托宇下可也。"后居之四年,寂无他异。盖正气足以慑之矣。

【译文】
　　我的老师陈白崖先生说:有位教过他的老师某先生,(忘记他姓什么了,好像是姓周。)笃信洛学、闽学,却又不追求讲学的理学家名气,所以贫穷到老,毫无名声。但是思想行为十分规矩,完全是一个古时候的君子。他曾租住几间空屋。一天晚上,听到窗外有讲话声,说:"有事告诉您,又担心您害怕,怎么办呢?"先生说:"只管进来,没有关系。"这个人进门后,把脑袋顶在颈上,两边用手扶住。脑袋上没有方巾,却身穿秀才的衣服,血染半身。先生拱手请他坐下,他也谦恭有礼。先生问道:"有什么话?"这个人说:"我很不幸,明朝末年被强盗杀死,鬼魂滞留在这间屋子内。过去有人居住,我虽然不想作怪,但阴气和阳光,互相争斗,很多人被惊吓,我也于心不安。现在有个计策:邻居那所住宅,可以容纳您的家眷。我到那边多次作怪,他们一定会搬走。如果有另外来住的人,我照旧去捣乱,那所住宅一定成为废弃的房屋。您就可以用低价买进,迁居到那边。我仍旧安居在这里。这样不是双方都有利吗?"先生说:"我平生不做阴谋诡计的事情,何况支使鬼去害人呢!按道理我不能做。我在这间屋读书,图个安静而已。既然你在这里,我马上改为贮放杂物的房间,日日关闭上锁,可以吗?"鬼惭愧认错,说:"我只见到你桌子上有谈性理的书册,所以敢提出这个计策。我不知你竟然是个真道学的学者,我失言了。既然得到你的收容,我就寄托在你这房间里好了。"后来,先生在这里住了四年,也没别的怪事。原来正气就足以震慑鬼怪了。

肖 形 能 化

凡物太肖人形者，岁久多能幻化。族兄中涵言：官旌德时，一同官好戏剧，命匠造一女子，长短如人，周身形体以及隐微之处，亦一一如人；手足与目与舌，皆施关捩，能屈伸运动；衣裙簪珥，可以按时更易。所费百金，殆夺偃师之巧。或植立书室案侧，或坐于床橙，以资笑噱。一夜，僮仆闻书室格格声。时已鐍闭，穴纸窃视，月光在牖，乃此偶人来往自行。急告主人自觇之，信然。焚之，嘤嘤作痛声。又先祖母言：舅祖蝶庄张公家，有空屋数间，贮杂物。媪婢或夜见院中有女子，容色姣好，而颔下修髯如戟，两颊亦磔如猬毛，携四五小儿游戏。小儿或跛或盲，或头面破损，或无耳鼻。人至则倏隐，莫知何妖。然不为人害，亦不外出。或曰目眩，或曰妄语，均不甚留意。后检点此屋，见破裂虎丘泥孩一床，状如所见，其女子之须，则儿童嬉戏以墨笔所画云。

【译文】
凡物品太像人形，时间长了就会变化。族兄中涵说：在旌德做官时，有个同事喜欢戏剧，叫匠人制造一个女子模型，长短像人一样，身材体形甚至最隐秘的地方，也都同人一样。手足和眼睛、舌头，都装上机关，能够屈伸运动。模型的衣裙首饰，可以按季节更换。费去上百两银子，真是超过古代巧匠的制作。有时把它放在书房桌子旁边，有时把它放在床上凳上坐着，用来开开玩笑。有一天晚上，仆人听到书房发出格格的声音。当时书房已经关闭上锁，仆人就从窗纸洞中偷看，只见月光照在窗子上，这个木偶模型人在室内来来往往，自动行走。仆人急忙报告主人，主人亲自去看，果然如此。主人就把这木偶烧了，木偶还发出嘤嘤响的痛苦声音。又听祖母说：舅公张蝶庄老先生家里，有几间空屋子，存放杂物。仆妇婢女有时夜里看见院子中有个女人，相貌漂亮，但下巴长着又长又硬的胡须，两颊也长胡须，像刺猬一样。她带着四五个小孩子做游戏。那些小孩子，有的跛脚，有的盲眼，有的头破脸伤，有的没有耳朵、鼻子。有人来时，就都隐身不见，大家不知道是什么妖怪。不过也不害人，也不到外面去。有人说这可能是眼花看错了，也有人说这是胡说八道，大家都没有去留心。后来检查这间空屋，看到有一套碎裂的虎丘泥人，样子和夜晚见到的一样。那女人的胡须，就是本家小孩子玩耍时用墨笔画上去的。

扶乩判词

景州方夔典言：少尝患心气不宁，稍作劳则似簌簌动。服枣仁、远志之属，时作时止，不甚验也。偶遇友人家扶乩，云是纯阳真人。因拜乞方。乩判曰："此证现于心，而其原出于脾，脾虚则子食母气故也。可炒白术常服之。"试之果验。夔典又言：尝向乩仙问科第。乩判曰："场屋文字，只笔酣墨饱，书味盎然，即中式矣，何必预问乎！"后至乾隆丙辰登进士，本房同考官出阅卷簿视之，所注批词即此八字也。然则科名前定，并批词亦前定乎？

【译文】

景州方夔典说：小时候曾患心气不宁的症状，工作稍为疲劳，全身就会轻轻发抖。服用枣仁、远志等药物，症状还有时发作，有时停止，不很有效果。一次，朋友家扶乩请仙，说是请到了纯阳真人，他就请真人赐予仙方。乩仙判道："这个症状表现在心，原因出在脾，脾虚使气息反转的缘故。可以炒白术，经常服用。"经过试验，果然有效。夔典又说：曾经向乩仙询问科举前程。乩仙判道："科举考场的文字，只要'笔酣墨饱，书味盎然'，就考中了，何必预先查问呢！"后来，到乾隆元年中进士，本考场分房的考官拿出试卷上的批语看时，就是那判词上的八个字。但是，科举考中是早就注定，难道连试卷批语也是早就注定的么？

偷喝银汁

高梅村言：有二村民同行，一人偶便旋，蹴起片瓦，下有一罂。瓦上刻一字，则同行者姓也。惧为所见，托故自返，而潜伏荟蔚中；望其去远，乃往私取，则满罂皆清水矣。不胜其恚，举而尽饮之。时日已暮，无可栖止，忆同行者家尚近，径往借宿。夜中忽患霍乱，呕泄并作，秽其床席几遍；愧不自容，竟宵遁。质明，其家视之，则皆精银，如镕汁泻地成片然。余谓此语特供谐笑，未必真有。而梅村坚执谓不诬。然则物各有主，非人力可强求，凿然信矣。

【译文】
高梅村说：有两个村民一起走路，一个人去小便，路上遇到一块瓦片，用脚踢开，看到下面有一只坛子。瓦片上刻有一个字，是同行的人的姓。他担心被同行者看见，就找个借口回身走开，却悄悄地伏在草丛里。望见同行者走远了，才走出来，去拿坛子，只见满坛都是清水。这个人很生气，把坛子的水一饮而尽。当时已傍晚,没有地方住宿,想到同行者家在附近,就到那家去借住。半夜,这个人忽然患霍乱症,大吐大泻,把床铺弄得污秽不堪。这个人惭愧得很,就连夜偷偷走了。到天亮时,同行者的家人来看望,看到地下床上都是精制的银子,好像银汁熔化后泻在地下床上,成了一片片的形状。我认为这只是讲笑话罢了,不一定真有其事。但高梅村坚持说不是编出来的故事。那么,每件物品都各有主人,并非人力可以勉强追求得到的,这个道理是十分明白可信的了。

姜 挺

梅村又言:有姜挺者,以贩布为业,恒携一花犬自随。一日独行,途遇一叟呼之住。问:"不相识,何见招?"叟遽叩首有声曰:"我狐也。夙生负君命,三日后君当嗾花犬断我喉。冥数已定,不敢逃死。然窃念事隔百余年,君转生人道,我堕为狐,必追杀一狐,与君何益?且君已不记被杀事,偶杀一狐,亦无所快于心。愿纳女自赎,可乎?"姜曰:"我不敢引狐入室,亦不欲乘危劫人女。贳则贳汝,然何以防犬终不噬也?"曰:"君但手批一帖曰:'某人夙负,自愿销除。'我持以告神,则犬自不噬。冤家债主,解释须在本人,神不违也。"适携记簿纸笔,即批帖予之。叟喜跃去。后七八载,姜贩布渡大江,突遇暴风,帆不能落,舟将覆。见一人直上樯竿杪,掣断其索,骑帆俱落。望之似是此叟,转瞬已失所在矣。皆曰:"此狐能报恩。"余曰:"此狐无术自救,能数千里外救人乎?此神以好生延其寿,遣此狐耳。"

【译文】

　　高梅村又说：有个叫姜挺的人，以贩卖布匹为职业，常常随身带一条花狗。有一天，姜挺单身赶路，路上遇到一个老头，向他打招呼。姜挺说："我不认识你，你叫我干什么？"老头马上叩头行礼，说："我是狐精。前生欠了你一条命，注定三天以后，你会叫花狗咬断我的喉咙。阴间已经注定，我不敢逃避。不过，我想事情已经隔了一百多年，你投胎为人，我却堕落为狐。一定要杀死一只狐，对你有什么好处呢？而且你已经记不得前生被杀的事，现在杀死一条狐狸，心里也没有什么可高兴的。我自愿把女儿送给你，当做抵偿，可不可以呢？"姜挺说："我不敢引狐入室，也不想乘人之危，抢人家女儿。要饶就饶了你，但怎样才能防止花狗咬你呢？"老头说："你只要手写一张条子，说'某人前生欠债，我自愿免除。'我拿去报告神灵，那么花狗就不会咬我了。凡是冤家债主，解脱的权利在本人，神灵不会不同意的。"刚好姜挺身边带有记账的纸笔，就写了一张条子，交给老头。老头高兴得跳起来，就走了。七八年以后，姜挺贩布，横渡大江，突然遇到暴风，船帆落不下，船快要倾覆时，只见有个人冲上桅杆顶，拉断绳索，骑在帆上降落下来。远看有点像那个老头，一转眼已看不见了。大家都说："这只狐狸能够报恩。"我说："这只狐狸没法子救自己，怎能到几千里之外去救别人呢？这是神灵因为姜挺有好生之德，要延续他的寿命，所以派那只狐狸来相救而已。"

刘　　哲

　　周泰宇言：有刘哲者，先与一狐女狎，因以为继妻。操作如常人，孝舅姑，睦娣姒，抚前妻子女如己出，尤人所难能。老而死，其尸亦不变狐形。或曰："是本奔女，讳其事，托言狐也。"或曰："实狐也，炼成人道，未得仙，故有老有死；已解形，故死而尸如人。"余曰：

"皆非也,其心足以持之也。凡人之形,可以随心化。郗皇后之为蟒,封使君之为虎,其心先蟒先虎,故其形亦蟒亦虎也。旧说狐本淫妇阿紫所化,其人而狐心也,则人可为狐。其狐而人心也,则狐亦可为人。缁衣黄冠,或坐蜕不仆;忠臣烈女,或骸存不腐,皆神足以持其形耳。此狐死不变形,其类是夫!"泰宇曰:"信然。相传刘初纳狐,不能无疑惮。狐曰:'妇欲宜家耳,苟宜家,狐何异于人?且人徒知畏狐,而不知往往与狐侣。彼妇之容止无度,生疾损寿,何异狐之采补乎?彼妇之逾墙钻穴,密会幽欢,何异狐之冶荡乎?彼妇之长舌离间,生衅家庭,何异狐之媚惑乎?彼妇之隐盗资产,私给亲爱,何异狐之攘窃乎?彼妇之嚣凌诟谇,六亲不宁,何异狐之祟扰乎?君何不畏彼而反畏我哉?'是狐之立志,欲在人上久矣,宜其以人始以人终也。若所说种种类狐者,六道轮回,惟心所造,正恐眼光落地,不免堕入彼中耳。"

【译文】

周泰宇说:有个叫刘哲的人,先前和一个狐女相爱,后来就把狐女当作填房妻子。狐女操持家务,像平常人一样。孝顺公婆,和睦妯娌,抚育前妻的子女就像亲生子女一样,更是难得。狐女年老去世,尸首也不变回狐狸的模样。有人说:"她本来是个逃亡的女子,故意隐瞒事实,假装成狐女而已。"有人说:"实际上她还是狐女,修炼得成了人,还未成仙,所以才有年老死亡的事。她已解脱了原来的模样,所以死后尸体和人一样。"我说:"并非这样。只是她的心思完全可以使她保持人的模样而已。大凡人的模样,可以跟随心思变化。郗皇后变成蟒蛇,封使君变成老虎,是他们的心思早已先变成蟒心、虎心,所以模样也变成蟒、虎了。旧时的说法,说狐狸本来是淫妇阿紫变成的。人有狐心,人可以变成狐狸;狐有人心,所以狐也可以变成人。僧人、道士,有的坐化时不会倒下;忠臣烈女,有的死后尸骸不会腐烂,都是精神保持了他们的形象。这个狐女死后不变形,就属于这一类吧!"泰宇说:"这是可信的。相传刘哲刚娶狐女时,心里不能没有疑虑。狐女说:'要老婆只是要适合管理家务罢了,假使能管理家务,狐和人有什么不同呢?而且人们只知道怕狐精,却不知道经常和狐精做伴。那种行为不规矩,使男人生病短命的妇人,和狐精采补有什么不同?那种偷鸡摸狗,秘密偷情的妇人,和狐精的淫荡有什么不同?那种挑拨离间,分裂家庭的妇人,和狐精的迷惑有什么不同?那种偷盗家产,私自贴给亲爱者的妇人,和狐精的偷盗有什么不同?那种吵架打骂,使六亲不安的妇人,和狐精的骚扰有什么不同?你怎么不怕那些妇人,反而害怕我呢?'这狐女的心志,久已想在人之上,难怪她按人的生活开始,按人的死亡送终了。她讲的那些各种类似狐精的妇人,经过阴间六道轮回,按照她们的思想品德,只怕投生之后,免不了真堕落成狐狸了。"

继承为争家产

古者世禄世官,故宗子必立后,支子不祭,则礼无必立后之文。孟皮不闻有后,亦不闻孔子为立后,非嫡故也。支子之立后,其为茕嫠守志,不忍节妇之无祀乎?譬诸士本无谏,而县贲父则始谏,死职故也。童子本应殇,而汪锜则不殇,卫社稷故也。礼以义起,遂不可废。凡支子之无后者,亦遂沿为例不可废,而家庭之难,即往往由是作焉。董曲江言:东昌有兄弟三人,仲先死无后。兄欲以其子继,弟亦欲以其子继。兄曰,弟当让兄。

弟曰，兄子幼而其子长，弟又当让兄。讼经年，卒为兄夺。弟恚甚，郁结成疾。疾甚时，语其子曰："吾必求直于地下。"既而昏眩，经半日复苏，曰："岂特阳官諿哉，阴官之諿乃更甚。顷魂游冥司，陈诉此事。一阴官诘我曰：'汝为汝兄无后耶？汝兄已有后矣，汝特为资产争耳。见兽于野，两人并逐，捷足者先得。汝何讼焉？'竟不理也。夫争继原为资产，乃瞋目与我讲宗祀，何不解事至此耶？多置纸笔我棺中，我且诉诸上帝也。"此真至死不悟者欤！曲江曰："吾犹取其不自讳也。"

【译文】
　　古代世袭禄位、世袭官职，所以家族的嫡长子必须立后，其他儿子并不享受祭祀，所以按礼制没有必须立后的规定。没听说孟皮有后代，也没听说孔子为他立后，因为他不是嫡子的缘故。其他儿子立后，大概是因为寡妇守节，后人不忍心那些节妇无人祭祀吧？譬如士死后本来没有祭文，从县贲父开始才有祭文，是因为以身殉职的缘故。未成年人死亡叫做殇，但汪锜死时不称做殇，因为他是卫国战死的缘故。礼制是根据义理制定的，以后就不能随便废除。凡是其他儿子没有立后的，也就沿袭旧例要立后，不能废除了，但家庭中矛盾，就往往由此而发作。董曲江说：东昌有兄弟三人。老二先死，没有后代。老大想让自己的儿子去继承，老三也想让自己的儿子去继承。老大说，弟弟应当让兄长。老三说，兄长的儿子还年幼，而我的儿子已长大了，子侄一代弟弟又应当让兄长。打了一年多官司，终于被老大夺得继承权。老三愤恨极了，忧郁成病。病重时，对他儿子说："我一定要在阴间找到公平。"接着昏迷过去，过了半天再苏醒过来，说："不仅仅是阳世的官员糊涂，阴间的官员更糊涂。刚才我的灵魂到阴间官府，报告这件事，一个阴间官员反问我说：'你是为你二哥没有后代而争吗？那么你二哥现在已经有后代了，你只是想争夺遗产罢了。这仿佛在荒野看见一只野兽，两个人一起追逐,哪个跑得快哪个抓到。你还告什么状呢!'竟然不再理会我。本来争夺继承权就是为了争夺遗产,却睁大眼睛对我讲继承祖先祭祀的事,这官员怎么这样不通事理呢?你在我棺材里多放些纸笔,我要向上帝控告去。"这真是个至死不悟的人。曲江说:"我认为他不隐瞒意图还是可取的。"

情欲因缘

己卯典试山西时,陶序东以乐平令充同考官。卷未入时,共闲话仙鬼事。序东言有友尝游南岳,至林壑深处,见女子倚石坐花下。稔闻智琼、兰香事,遽往就之。女子以纨扇障面曰:"与君无缘,不宜相近。"曰:"缘自因生,不可从此种因乎?"女子曰:"因须夙造,缘须两合,非一人欲种即种也。"翳然灭迹,疑为仙也。余谓情欲之因缘,此女所说是也。至恩怨之因缘,则一人欲种即种,又当别论矣。

【译文】

己卯年我到山西主持科举考试,乐平县令陶序东担任同考官。试卷还没交上来时,大家闲谈神仙鬼怪故事。序东说,有个朋友游览南岳,走到山林幽深处,看见一个女子,靠着石头坐在花下面。这个人熟悉仙女成公智琼、杜兰香的故事,就向女子走过去。女子用绢扇遮住面孔,说:"我和你没有缘分,不应当接近。"这个人说:"缘分是从原因生发出来的,我们不可以现在开始种下原因吗?"女子说:"原因必须前生形成,缘分必须双方合成,并非一个人想种就种的。"说罢,一下子就不见了。这个人疑心是遇见仙女。我认为,对于情欲的因缘,这个女子讲得是很对的。至于恩怨的因缘,那是人们想种就种,这又当别论了。

真　仙

大同宋中书瑞言：昔在家中戏扶乩，乩动，请问仙号。即书曰："我本住深山，来往白云里。天风忽飒然，云动如流水。我偶随之游，飘飘因至此。荒村茅舍静，小坐亦可喜。莫问我姓名，我忘已久矣。且问此门前，去山凡几里？"书讫，乩遂不动。或者此乃真仙欤？

【译文】

大同的宋瑞中书说：从前在家中扶乩游戏，乩笔活动起来，就请教来到的仙人的道号。乩仙写道："我本住深山，来往白云里。天风忽飒然，云动如流水。我偶随之游，飘飘因至此。荒村茅舍静，小坐亦可喜。莫问我姓名，我忘已久矣。且问此门前，去山凡几里？"写毕，乩笔就不再活动了。或者这位是真仙吧！

小　李　陵

和和呼通诺尔之战，兵士有没蕃者。乙亥平定伊犁，望大兵旗帜，投出宥死，安置乌鲁木齐，群呼之曰"小李陵"。此人不知李陵为谁，亦漫应之。久而竟迷其本名。己丑、庚寅间，余在乌鲁木齐，犹见其人，已老矣。言在准噶尔转鬻数主，皆司牧羊。大兵将至前一岁八月中旬，夜栖山谷，望见沙碛有火光。西域诸部，每互相钞掠，疑为劫盗。登冈眺望，乃见一巨人，长丈许，衣冠华整，侍从秉炬前导，约七八十人。俄列队分立，巨人端拱向东拜，意甚虔肃，知为山灵。时适准噶尔乱，已微闻阿睦尔撒纳款塞请兵事，窃意或此地当内属，故鬼神预东向耶？既而果然。时尚不知八月中旬为圣节，归正后乃悟天声震叠，为遥祝万寿云。

【译文】

在和和呼通诺尔战役中，有个兵士被番邦俘获。乙亥年，平定伊犁，这士兵看到大军旗帜，就逃跑回来，被免去死罪，安置在乌鲁木齐，大家喊他为"小李陵"。这个人不知道李陵是谁，人家叫他，他也随口答应。时间长了，大家也忘记了他的本名。己丑、庚寅年间，我在乌鲁木齐时，还见到这个人，年纪已经老了。他说，在准噶尔时，被转卖过几个主人，都当牧羊人。大军到来前一年的八月中旬，晚上睡在山谷里，远远望见沙漠中有火光。西域各个部落，经常相互抢掠，他疑心碰上强盗，就爬上山头瞭望，看见一个巨人，有一丈多高，衣冠华美整齐，有侍从举着火炬在前面开路，大约七八十人之多。不久，就排好队伍，分两边站立。巨人严肃地向东方拱手行礼，神情十分虔诚肃穆，心知是山神了。当时正是准噶尔叛乱，又听到传说阿睦尔撒纳决定内附，请求政府出兵的事，心中猜想，也许这个地方要归属内地了，所以鬼神预先向东行礼吧？后来果然如此。当时还不知道八月中旬是天子的生日。等到回到政府这边，才醒悟到，天子的声威震动一切，所以山灵也遥祝天子的寿辰。

李名璇占术

甘肃李参将名璇，精康节观梅之术，占事多验。平定西域时，从大学士温公在军营。有兵士遗火，焚辕前枯草，阔丈许。公使占何祥。曰："此无他，公数日内当有密奏耳。火得枯草行最速，急递之象也；烟气上升，上达之象也。知为密奏。凡密奏，当焚草也。"公曰："我无当密奏事。"曰："遗火亦无心，非预定也。"既而果然。其占人终身，则使随手拈一物。或同拈一物，而所断又不同。至京师时，一翰林拈烟筒。曰："贮火而其烟呼吸通于内，公非冷局官也；然位不甚通显，尚待人吹嘘故也。"问："历官当几年？"曰："公毋怪直言。火本无多，一熄则为灰烬，热不久也。"问："寿几何？"摇首曰："铜器原可经久，然未见百年烟筒也。"其人愠去。后岁余，竟如所言。又一郎官同在座，亦拈此烟筒，观其复何所云。曰："烟筒火已息，公必冷官也。已置于床，是曾经停顿也；然再拈于手，是又遇提携复起矣。将来尚有热时，但热又占与前同耳。"后亦如所言。

【译文】

甘肃参将李名璇，精通邵雍的占卜法术，占卜事情大多很应验。平定西域时，在军营中跟随大学士温公。有个兵士失火，烧掉军营大门前一堆丈把宽的枯草。温公叫李名璇占卜，看看有什么征兆。李名璇说："这没什么，几天之内，您会有密奏报告朝廷而已。火焰碰上枯草，燃烧最快，是紧急传送的象征；烟气上升，是报告朝廷的象征。知道这是密奏，因为凡是密奏，一定把草稿烧掉。"温公说："我没有要密奏的事啊！"李名璇说："兵士失火也是无意中的行为，并非预先准备的。"后来果然如此。他占卜预测别人的终身命运时，就认人随手拿一件东西。有时几个人拿同一件东西，他的判断又各有不同。到京城时，有个翰林拿了烟筒，李名璇说："烟筒贮藏火焰，而且烟气吞吐又和内部相通，你不是清水衙门的官员，但地位不十分显赫，因为烟筒要等待别人呼吸呀！"翰林又问："我可以担任几年官职？"李名璇说："恕我直言，烟筒的火种不多，熄灭后都变灰烬，热的时间不会很长。"翰林又问："我的寿命有多少？"李名璇摇头说："铜器是可以经久耐用的，但是，从来没有见过有百年以上的烟筒呀！"翰林听后，生气地走了。一年多以后，翰林的命运正如李名璇所说的一样。还有一个郎官同时在座，也拿起那个烟筒，看看李名璇又怎么说。李名璇说："烟筒火已经熄灭了，你一定是清水衙门的官员。烟筒已经放在床上，是说曾经停顿过。再拿到手上，就是遇到有人提携，又出来做官。将来还有热起来的时候，不过热度又和以前相同。"后来，郎官的命运也和李名璇讲的一样。

女子乘舟图

吴惠叔携一小幅挂轴，纸色似百年外物，云得之长椿寺市上。笔墨草略，半以淡墨扫烟霭，半作水纹，中惟一小舟，一女子坐篷下，一女子摇橹而已。右角浓墨写一诗曰："沙鸥同住水云乡，不记荷花几度香。颇怪麻姑太多事，犹知人世有沧桑。"款曰："画中人自画并题。"无年月，无印记。或以为仙笔，然女仙手迹，人何自得之？或以为游女，又不应作此世外语。疑是明末女冠，避兵于渔庄蟹舍，自作此图。无旧人跋语，亦难确信。惠叔索题，余无从著笔，置数日还之。惠叔殁于蜀中，此画不知今在否也？

【译文】
　　吴惠叔带来一小幅挂轴，从纸的颜色看，似是百年前的东西，说是在长椿寺的集市上买来的。图画上的笔墨随意而且简略，半幅用淡墨描成烟雾，半幅画上水纹，中间画一只小船，一个女子坐在船篷下面，一个女子在摇橹。画的右角用浓墨写着一首诗："沙鸥同住水云乡，不记荷花几度香。颇怪麻姑太多事，犹知人世有沧桑。"题款是"画中人自画并题。"没有作画的年月，也没有印记。有人认为这是神仙写的。但如果是仙女的手迹，凡人又从哪里得到呢？有人认为是游玩女子所作，但又不应该写出这样出世的语言。疑心是明朝末年的女道士，在渔村里躲避战乱，自己画了这幅图画。但因为没有前人的跋语，所以也很难确定。惠叔请我题词，我觉得无处下笔，放了几天就还给他了。惠叔已死于四川，这幅画不知道还在吗？

程 家 少 女

舅氏实斋安公言：程老，村夫子也。女颇韶秀，偶门前买脂粉，为里中少年所挑，泣告父母。惮其暴横，弗敢较，然恚愤不可释，居恒郁郁。故与一狐友，每至辄对饮。一日，狐怪其惨沮。以实告，狐默然去。后此少年复过其门，见女倚门笑，渐相软语，遂野合于小圃空屋中。临别，女涕泣不舍，相约私奔。少年因夜至门外，引以归。防程老追索，以刃拟妇曰："敢泄者死！"越数日，无所闻；知程老讳其事，意甚得，益狎昵无度。后此女渐露妖迹，乃知为魅；然相悦甚，弗能遣也。岁余病瘵，惟一息仅存，此女乃去。百计医药，幸得不死，资产已荡然。夫妇露栖，又尫弱不任力作，竟食妇夜合之资，非复从前之悍气矣。程老不知其由，向狐述说。狐曰："是吾遣黠婢戏之耳。必假君女形，非是不足饵之也；必使知为我辈，防败君女之名也；濒危而舍之，其罪不至死也。报之已足，君无更怏怏矣。"此狐中之朱家、郭解欤？其不为已甚，则又非朱家、郭解所能也。

【译文】
　　舅舅安实斋先生说：有位程老人，是乡村塾师。他有个女儿，长得聪明清秀。女儿有次在门口买脂粉，被邻里的青年调戏，哭着回家告诉父母。因为青年那户人家凶狠横行，父母不敢计较，但心中愤恨不平。程老人本来有个狐精朋友，每次来，都要一起喝酒。有一天，狐精见老人神色沮丧，感到很奇怪，老人就把事情据实讲了出来。狐精听后，一声不响，就离开了。后来，那青年又经过老人的门口，看到老人的女儿靠在门上对他微笑，慢慢地两人讲起亲热的话，就到小菜园的空屋子里做爱。青年临走时，女儿流下眼泪，依依不舍，约定要私奔。因此，青年就夜里跑到老人门口，把他女儿带回自己家去。青年为了不使程老人知道要来追查，就用刀架在自己老婆脖子上，说："你敢泄露这件事，就杀死你！"过了几天，什么风声也没有。青年认为老人怕这件事暴露，心里更加得意，和老人女儿更加放纵淫乐。后来，这个女子渐渐露出妖怪的迹象，才知道她是妖怪。但是青年十分爱恋她，舍不得赶她走。一年多后，青年病重，奄奄一息，这个女子才离开了。青年家里千方百计地求医问药。幸好没有病死，但家中财产都花光了。青年夫妻两人睡在露天里，身体衰弱，又不能劳动，只好让妻子去卖淫为生，再没有先前那种凶狠横行的神气了。程老人并不知道其中的原因，就向狐精讲起这件事。狐精说："这是我派一个聪明的婢女去戏弄那个青年而已。一定要假装成你女儿的模样，否则不能引他上钩；后来又一定要让他知道是狐精，防止他败坏你女儿的名声；等他快要死时就离开，因为他的罪过还不至于处死。报复得已经足够了，你不必再愁眉苦脸了。"这是狐精中的侠客朱家、郭解吧？他不做过分的事，这又不是朱家、郭解能够及得了的。

南皮狐女

从孙树宝言：辛亥冬，与从兄道原访戈孝廉仲坊，见案上新诗数十纸，中有二绝句云："到手良缘事又违，春风空自锁双扉。人间果有乘龙婿，夜半居然破壁飞。""岂但蛾眉斗尹邢，仙家亦自妒娉婷。请看搔背麻姑爪，变相分明是巨灵。"皆不省所云，询其本事。仲坊曰："昨见沧州张君辅言：南皮某甲，年二十余，未娶。忽二艳女夜相就。诘所从来，自云：'是狐，以夙命当为夫妇。虽不能为君福，亦不至祸君。'某甲耽昵其色，为之不婚。有规戒之者，某甲谢曰：'狐遇我厚，相处日久无疾病，非相魅者。且言当为我生子，于嗣续亦无害，实不忍负心也。'后族众强为纳妇，甲闻其女甚姣丽，遂顿负旧盟。迨洞房停烛之时，突声若风霆，震撼檐宇，一手破窗而入，其大如箕，攫某甲以去。次日，四出觅访，杳然无迹。七八日后，有数小儿言，某神祠中有声如牛喘。北方之俗，凡神祠无庙祝者，虑流丐栖息，多以土墼墐其户，而留一穴置香炉。自穴窥之，似有一人裸体卧，不辨为谁。启户视之，则某甲在焉，已昏昏不知人矣。多方疗治，仅得不死。自是狐女不至。而妇家畏狐女之报，亦竟离婚。此二诗记此事也。"夫狐已通灵，事与人异。某甲虽娶，何碍倏忽之往来？乃逞厥凶锋，几戕其命，狐可谓妒且悍矣。然本无夙约，则曲在狐；既不慎于始而与约，又不善其终而背之，则激而为祟，亦自有词。是固未可罪狐也。

【译文】

　　侄孙树宝说：辛亥年冬天，他和堂兄道原去拜访戈仲坊举人，看见戈仲坊的书桌上有写上新诗的几十张信笺，其中有两首绝句说："到手良缘事又违，春风空自锁双扉。人间果有乘龙婿，夜半居然破壁飞。""岂但娥眉斗尹、邢，仙家亦自妒娉婷。请看搔背麻姑爪，变相分明是巨灵。"都不知所说的是什么事，就向戈仲坊请教诗所吟咏的事实。戈仲坊说："昨天遇见沧州的张辅，他说：在南皮县有个某甲，二十多岁，还未娶妻。突然有两个漂亮姑娘晚上来和他亲热。某甲问两个姑娘从哪里来，她们说：'我们是狐精，因为前生注定要与你成为夫妻。虽然我们不能给你带来福分，但也不至于害你。'某甲贪恋她们的美色，就不肯另外择女结婚。有人规劝某甲，某甲拒绝了，说：'狐女对我很好，我们相处的日子已很长，我也没有生病，说明她们不是作怪害我的。她们还说要给我生儿子，也不会影响我传宗接代，实在我不忍心辜负她们。'后来，家族强行给某甲定亲，某甲听说未婚妻十分美丽，就忘记了对狐精所起的誓言了。等到洞房花烛夜，突然出现像风暴的声响，房屋都震动了，有一只巨大得像簸箕般的大手，从外面破窗而入，抓起某甲就离开了。第二天，人们四处寻找，一点消息都没有。七八天后，有几个小孩子说，在一座神庙里有像牛喘气的声音。北方的风俗，凡是神庙都不设庙祝，又担心流浪乞丐住在神庙里，大多用泥砖堵住大门，只留下一个洞放香炉。人们从那个洞中察看，仿佛有一个人赤条条地躺在里面，但看不清是什么人。大家打开门口再看时，原来就是某甲，早已是昏迷不省人事了。经过多方治疗，总算留住了一条性命。从此，狐女再不来了。要和他结婚的女子家里，害怕狐女报复，也和某甲解除了婚约。这两首绝句，就是记述这件事情的。"狐精已经通灵性，办事和人不同。某甲即使娶妻，又怎能阻碍她们飞快地来往呢？狐精竟然逞凶，几乎杀了某甲性命，可说是又妒忌又凶悍了。不过，如果本来没有约定婚姻，那么错误在狐女一方。现在，某甲既然开始时不慎重，和狐精约定婚姻，后来又不好好处理，背叛了狐女。那么，狐女愤激而兴妖作怪，也是有道理的。这就不能怪罪狐女了。

鬼囚夜哭

北方之桥，施栏楯以防失足而已。闽中多雨，皆于桥上覆以屋，以庇行人。邱二田言：有人夜中遇雨，趋桥屋。先有一吏携案牍，与军役押数人避屋下，枷锁琅然。知为官府录囚，惧不敢近，但畏缩于一隅。中一囚号哭不止，吏叱曰："此时知惧，何如当日勿作耶？"囚泣曰："吾为吾师所误也。吾师日讲学，凡鬼神报应之说，皆斥为佛氏之妄语。吾信其言，窃以为机械能深，弥缝能巧，则种种惟所欲为，可以终身不败露；百年之后，气反太虚，冥冥漠漠，并毁誉不闻，何惮而不恣吾意乎！不虞地狱非诬，冥王果有。始知为其所卖，故悔而自悲也。"又一囚曰："尔之堕落由信儒，我则以信佛误也。佛家之说，谓虽造恶业，功德即可以消灭；虽堕地狱，经忏即可以超度。吾以为生前焚香布施，殁后延僧持诵，皆非吾力所不能。既有佛法护持，则无所不为，亦非地府所能治。不虞所谓罪福，乃论作事之善恶，非论舍财之多少。金钱虚耗，舂煮难逃。向非恃佛之故，又安敢纵恣至此耶？"语讫长号。诸囚亦皆痛哭。乃知其非人也。夫《六经》具在，不谓无鬼神；三藏所谈，非以敛财赂。自儒者沽名，佛者渔利，其流弊遂至此极。佛本异教，缁徒藉是以谋生，是未足为责。儒者亦何必

乃尔乎？

【译文】

　　北方的桥，架设栏杆，防止人们失足跌落而已。福建多雨，都在桥上面盖有屋子，使行人可以避雨。邱二田说：有个人夜行遇雨，就向桥屋跑去。这时，桥屋中已有个官吏带着公文，和差役押着几个囚犯，在里面避雨。听到枷锁撞击声音响亮，这个人知道是官府在登记囚犯，心里害怕，不敢靠近，只是躲在一个角落里。有一个囚犯痛哭不止，官吏骂他道："这个时候才知道害怕，不如当初不要那样做呢！"囚犯哭着说："我被我老师误导了。我老师天天讲理学，凡是有关鬼神报应的讲法，都被他斥责为佛家的胡说。我相信他的话，自己认为巧诈能深密，掩饰能巧妙，那么，什么事都可以为所欲为，可以永远不会败露。我死了以后，元气回到太虚之中，渺渺茫茫，别人责骂、称赞都听不到，有什么可怕呢？有什么不能让我任性而为呢？没想到地狱不是假的，阴间冥王果然存在。现在才知道我被老师出卖了，所以又后悔又悲伤啊！"又有一个囚犯说："你的堕落因为迷信儒家，我的堕落却是迷信佛家。佛家的学说认为，即使做了大坏事，做功德就可以消除罪过了。即使堕落到地狱，念经忏悔也就可以得到超度。我以为生前烧香布施财物，死后请僧人念经做佛事，都并非我的力量做不到的。既然有佛法保护，我就无所不为，阴间官府也不能治我的罪。没想到所谓有罪有福，却是按做事的善恶，并非按供佛的钱财多少。金钱白白花掉，罪罚仍然难逃。过去要不是信佛，我又怎会放肆到这个样子呢！"说完，高声哭喊，囚犯们也都痛哭起来。这个人才知道，这些都不是人类。《六经》里面，没有说无鬼神；佛经所讲的，也并非敛财。自从儒者追求名声，僧人求索钱财，流弊所至，就会发生这种现象。佛家本来是异族的宗教，僧人们以此为生，这也不值得过分责难。儒生也何必这个样子呢？

倪媪

倪媪，武清人，年未三十而寡。舅姑欲嫁之，以死自誓。舅姑怒，逐诸门外，使自谋生。流离艰苦，抚二子一女，皆婚嫁，而皆不才。茕茕无倚，惟一女孙度为尼，乃寄食佛寺，仅以自存，今七十八岁矣。所谓青年矢志，白首完贞者欤！余悯其节，时亦周之。马夫人尝从容谓曰："君为宗伯，主天下节烈之旌典。而此媪失诸目睫前，其故何欤？"余曰："国家典制，具有条格。节妇烈女，学校同举于州郡，州郡条上于台司，乃具奏请旨，下礼曹议，从公论也。礼曹得察核之、进退之，而不得自搜罗之，防私防滥也。譬司文柄者，棘闱墨牍，得握权衡，而不能取未试遗材，登诸榜上。此媪久去其乡，既无举者；京师人海，又谁知流寓之内，有此孤嫠？沧海遗珠，盖由于此。岂余能为而不为欤？"念古来潜德，往往藉稗官小说，以发幽光。因撮厥大凡，附诸琐录。虽书原志怪，未免为例不纯；于表章风教之旨，则未始不一耳。

【译文】

倪老太是武清人，不到三十岁就守了寡。公公婆婆想把她嫁出去，她誓死不从。公婆生气了，把她赶出了家门，让她自己去谋生。她流落他乡，历尽艰难困苦，抚育二子一女，都已婚嫁，但都没有出息。她孤苦伶仃，无依无靠，只有一个孙女当尼姑，自己就在佛寺中寄食，勉强生活，今年七十八岁了。这可说是年轻时立志守节，到年老还保持贞洁的人了。我同情她的贞节，经常周济她。有一次，马夫人不紧不慢地对我说："你是礼部长官，主持天下表彰节妇烈女的工作。这个老太近在眼前，却不表彰，那是为什么呢？"我说："国家的各项制度，有具体的格式条文。节妇烈女，要县学向州郡举荐，州郡向省里送报告，才上奏朝廷，由天子批给礼部官员评议，接受公正的评价。礼部官员可以考察审核，决定取舍，但不能自己到各处去物色，以防止私人推举，防止滥竽充数。比如主持科举考试的人，在考场阅卷中，要比较优劣，但不能把没有参加考试的人才，登在考中的榜文之上。这个老太离开家乡很久了，没有举荐的人；在京师的茫茫人海中，又有谁知道流落一隅的一个老寡妇呢？沧海无边，常有遗落的珍珠，就是由于这种情况。这哪里是我能做而不去做呢？"我想到自古以来隐秘的品德，往往借通俗小说笔记得以发扬，因此就把倪老太的大概情况，记载在杂记之中。虽然这本书本来记述奇怪的事，记倪老太就会使体例不统一。但从表彰善良，教育后人的主旨来说，也不一定不算统一吧！

卷十五

姑妄听之（一）

余性耽孤寂，而不能自闲。卷轴笔砚，自束发至今，无数十日相离也。三十以前，讲考证之学，所坐之处，典籍环绕如獭祭；三十以后，以文章与天下相驰骤，抽黄对白，恒彻夜构思；五十以后，领修秘籍，复折而讲考证。今老矣，无复当年之意兴，惟时拈纸墨，追录旧闻，姑以消遣岁月而已。故已成《滦阳消夏录》等三书，复有此集。缅昔作者，如王仲任、应仲远，引经据古，博辨宏通；陶渊明、刘敬叔、刘义庆，简谈数言，自然妙远。诚不敢妄拟前修，然大旨期不乖于风教。若怀挟恩怨，颠倒是非，如魏泰、陈善之所为，则自信无是矣。适盛子松云欲为剞劂，因率书数行弁于首。以多得诸传闻也，遂采庄子之语，名曰《姑妄听之》。乾隆癸丑七月二十五日，观弈道人自题。

【译文】

我天性喜欢孤寂一人，而不能让自己休息下来。书卷毛笔石砚，自从十五六岁开始到现在，没有数十天远离过它的。三十岁以前，我研究考证的学问，坐歇的地方典籍环绕，就像水獭祭鱼成堆那样。三十岁以后，凭借文章与天下的士子奔竞切磋，追求骈文的工巧精美，常常通夜构思文字。五十岁以后，总领编修内府的珍贵文献，又折回来讲究考证之学。现今老了，没有当年的意气兴趣了，只有时时抓起纸墨，追忆记录旧日的见闻，姑且用来消遣岁月罢了。因此已经写成了《滦阳消夏录》等三种书，再次有了这一个集子。以前的作者，比如王充、应劭（所作《论衡》、《风俗通义》）引征经典古籍，渊博辩证，宏达通明；陶渊明、刘敬叔、刘义庆，简洁的言语寥寥数句，自然高妙玄远。（我）诚然不敢轻率地比拟前人的著作，但期许主旨不违背风俗与教化的目标。如若胸怀恩怨之意，颠倒是非，像魏泰（《东轩笔录》）、陈善（《扪虱新话》）那样的所作所为，我自信是没有的。恰好盛子松说起意欲（将本书）付印刊行，于是随便写了几行放在卷首。由于内容大多得自于传闻，便采用了庄子的话，名之为《姑妄听之》。乾隆癸丑年七月二十五日，观弈道人自题。

读书人自重

冯御史静山家，一仆忽发狂自挝，口作谵语云："我虽落拓以死，究是衣冠。何物小人，傲不避路？今惩尔使知。"静山自往视之，曰："君白昼现形耶？幽明异路，恐于理不宜。君隐形耶？则君能见此辈，此辈不能见君，又何从而相避？"其仆俄如昏睡，稍顷而醒，则已复常矣。门人桐城耿守愚，狷介自好，而喜与人争礼数。余尝与论此事，曰："儒者每盛气凌轹，以邀人敬，谓之自重。不知重与不重，视所自为。苟道德无愧于圣贤，虽王侯拥篲不能荣，虽胥靡版筑不能辱。可贵者在我，则在外者不足计耳。如必以在外为重轻，是待人敬我我乃荣，人不敬我我即辱，舆台仆妾皆可操我之荣辱，毋乃自视太轻欤？"守愚曰："公生长富贵，故持论如斯。

寒士不贫贱骄人,则崖岸不立,益为人所贱矣。"余曰:"此田子方之言,朱子已驳之,其为客气不待辨。即就其说而论,亦谓道德本重,不以贫贱而自屈;非毫无道德,但贫贱即可骄人也。信如君言,则乞丐较君为更贫,奴隶较君为更贱,群起而骄君,君亦谓之能立品乎?先师陈白崖先生,尝手题一联于书室曰:'事能知足心常惬,人到无求品自高。'斯真探本之论,七字可以千古矣!"

【译文】

　　冯静山御史家有个仆人忽然发狂,一边打自己的嘴巴,一边说胡话道:"我虽潦倒不得志而死,毕竟还是个读书人。你是什么东西,敢不给我让路?今天要好好惩罚你一下,让你明白点。"静山亲自跑来探望,问那鬼魂说:"您是在白天显形吗?阴间与阳间有别,您这样做恐怕不合适;您是隐着形吗?那么您能看见这些仆人,而这些仆人却看不见您,他们又怎么知道回避您呢?"他的仆人随即变成昏睡的样子,不久便醒过来,恢复正常了。我有个学生叫耿守愚,是桐城人,很注意自己的操守,而喜欢与人争礼节。我曾经与他谈论此事,说:"读书人往往盛气凌人,想让别人尊敬自己,以为这就是自重。而不知道自己究竟是重还是不重,需取决于本人的作为。如果自己的品德与圣贤相比也没有什么好惭愧的,那么虽然王侯拿着扫把扫地来迎接自己,也不能增添荣耀;虽然自己作以土垒墙的苦力,也不算什么耻辱。可贵的东西在我自身,外在的东西根本不值得计较。如果一定要根据别人的态度来衡量自己的轻重,那就要靠别人尊敬,自己才感到荣耀;别人不尊敬,自己就感到屈辱。这样,男女奴仆们就都可操纵我的荣辱,这不是把自己看得太轻了吗?"守愚说:"您生来富贵,所以才持这种看法。贫寒的读书人如果因贫贱而失去傲气,就见不出读书人的尊严,也就更会被人看不起了。"我说:"这是田子方的观点,朱熹已经批驳过了。这是一种重外而不重内的态度,不必再辩了。即就这种说法本身而论,它的意思也不过是说要以道德为重,不应该因为贫贱而自己轻视自己，而并不是说可以毫无道德，只是因为贫贱就可以在别人面前傲气十足。如果真像你所说的，那么乞丐比你更贫穷，奴仆比你更低贱，他们都在你面前傲气十足，你能说这是他们在树立自己的品格吗？我已去世的老师陈白崖先生曾在书房中题写一副对联：'事能知足心常惬，人到无求品自高。'这才是真正说到了根本上，这七个字真可以千古流传了。"

道 士 魔 术

龚集生言：乾隆己未，在京师，寓灵佑宫，与一道士相识，时共杯酌。一日观剧，邀同往，亦欣然相随。薄暮归，道士拱揖曰："承诸君雅意，无以为酬，今夜一观傀儡可乎？"入夜，至所居室中，惟一大方几，近边略具酒果，中央则陈一棋局。呼童子闭外门，请宾四面围几坐。酒一再行，道士拍界尺一声，即有数小人长八九寸，落局上，合声演剧。呦呦嘤嘤，音如四五岁童子；而男女装饰，音调关目，一一与戏场无异。一出终，（传奇以一折为一出。古无是字，始见吴任臣《字汇补注》，曰读如尺。相沿已久，遂不能废。今亦从俗体书之。）瞥然不见。又数人落下，别演一出。众且骇且喜。畅饮至夜分，道士命童子于门外几上置鸡卵数百，白酒数罂。戛然乐止，惟闻餔啜之声矣。诘其何术。道士曰："凡得五雷法者，皆可以役狐。狐能大能小，故遣作此戏，为一宵之娱。然惟供驱使则可，若或役之盗物，役之祟人，或摄召狐女荐枕席，则天谴立至矣。"众见所未见，乞后夜再观，道士诺之。次夕诣所居，则早起已携童子去。

【译文】

龚集生说：乾隆四年在北京时，住在灵佑宫，认识了一位道士，常在一起饮酒。有一天去看戏，邀道士同往，道士也很高兴地跟着去了。傍晚时回宫，道士拱手作揖说："承蒙诸位的美意，我无以报答。今晚我请你们看一场傀儡表演，好吗？"到了晚上，大家都来到道士的住处，只见屋中仅有一个大方桌，沿边放了一点酒和果子，中间则摆了一方棋盘。道士叫童子把大门关上，请宾客们围着桌子四面坐，敬过一两遍酒后，道士把界尺拍了一声，即有几个八九寸长的小人落在棋盘上，齐声演起戏来，呦呦嘤嘤，发出像四五岁小孩的声音。但男女有别，装饰各异，声调和剧情与戏场上演的完全相同。演完一出戏，（传奇把一折称为一出。古代没有这个字，最初见于吴任臣的《字汇补注》，说读音"尺"。相沿已经很久，就留传下来了。现在也用俗体，写为"出"。）一眨眼就不见了。又有几个人落下，另演一出。大家既惊奇又兴奋，痛饮到半夜。道士命童子在门外桌子上放鸡蛋数百个，白酒数坛，音乐声忽然停止，于是只听到一阵吃喝的声音。大家问这是什么法术，道士说："凡是学会五雷法的人，都可役使狐狸。狐狸能大能小，所以驱使它们作这场戏法，供各位今晚取乐。不过仅只使唤它们是可以的，若派它们去偷窃东西，或者让它们去迷害人，或者召狐女来陪自己睡觉，那就立即会遭到上天的惩罚。"大家见到了从来不曾见过的戏法，请道士明晚再演，道士答应了。第二天晚上，大家又来到道士的住处，但道士一清早就带着童子离去了。

卜 者 先 知

卜者童西硎言：尝见有二人对弈，一客预点一弈图，如黑九三白六五之类，封置笥中。弈毕发视，一路不差。竟不知其操何术。按《前定录》载：开元中，宣平坊王生，为李揆卜进取。授以一缄，可数十纸，曰："君除拾遗日发此。"后揆以李璆荐，命宰臣试文词：一题为《紫丝盛露囊赋》，一题为《答吐蕃书》，一题为《代南越献白孔雀表》。揆自午至酉而成，凡涂八字，旁注两句。翌日，授左拾遗。旬余，乃发王生之缄视之，三篇皆在其中，涂注者亦如之。是古有此术，此人偶得别传耳。夫操管运思，临枰布子，虽当局之人，有不能预自主持者，而卜者乃能先知之。是任我自为之事，尚莫逃定数；巧取强求，营营然日以心斗者，是亦不可以已乎！

【译文】
　　占卜人童西硐说：曾经看到两个人下棋，一人预先摆了一盘棋谱，如黑九三、白六五之类，封在方形的竹匣中。等棋下完，把棋谱取出来一对照，一步棋也不差，也不知道那人用的什么法术。按《前定录》这本书上记载，唐代开元年间，宣平坊有个姓王的书生为李揆占卜赴考任官的前程。姓王的书生给李揆一叠纸，大约有几十张，说："您被任命为拾遗后，再打开看。"后来李揆得到李璆的推荐，皇帝命宰相考核他的文学才能，一道题是作一篇《紫丝盛露囊赋》，一道题是写一篇《答吐蕃书》，另一道题是写一篇《代南越献白孔雀表》。李揆从中午写到傍晚，全部完成，总共只改了八个字，加了两句旁注。第二天，朝廷即任命李揆为左拾遗。十多天后，他才打开姓王的书生给的纸包，发现三篇文章都在里面，涂改和加注的地方也一模一样。这样看来，自古就有这种法术，那个画棋谱的人不过是得到其中一个支流的传授罢了。像拿笔构思文章，面对棋盘布棋子，即使亲身做着的人也往往难以预先决定，而占卜的人却能预先知道，可见即使是任自己随意做的事情也逃脱不了天命，那些挖空心思钻营、一天到晚用心计的人，难道不应该罢休了么？

西藏野人

乌鲁木齐遣犯刚朝荣言：有二人诣西藏贸易，各乘一骡，山行失路，不辨东西。忽十余人自悬崖跃下，疑为夹坝。（西番以劫盗为夹坝，犹额鲁特之玛哈沁也。）渐近，则长皆七八尺，身毵毵有毛，或黄或绿，面目似人非人，语啁哳不可辨。知为妖魅，度必死，皆战栗伏地。十余人乃相向而笑，无搏噬之状，惟挟人于胁下，而驱其骡行。至一山坳，置人于地，二骡一推堕坎中，一抽刃屠割，吹火燔熟，环坐吞啖。亦提二人就坐，各置肉于前。察其似无恶意，方饥困，亦姑食之。既饱之后，十余人皆扪腹仰啸，声类马嘶。中二人仍各挟一人，飞越峻岭三四重，捷如猿鸟，送至官路旁，各予以一石，瞥然竟去。石巨如瓜，皆绿松也。携归货之，得价倍于所丧。事在乙酉、丙戌间。朝荣曾见其一人，言之甚悉。此未知为山精，为木魅，观其行事，似非妖物。殆幽岩穹谷之中，自有此一种野人，从古未与世通耳。

【译文】

流放到乌鲁木齐的犯人刚朝荣说：曾有两人去西藏做生意，各乘一头骡子，在大山里迷了路，分辨不出东西。忽然有十几个人从悬崖上跳下来，他俩以为是"夹壩"。（西番人称强盗为"夹壩"，就像额鲁特人所说的"玛哈沁"。）待他们走近，发现他们都有七八尺高，浑身长毛，有的是黄色，有的是绿色，面目像人又不像人，发出的声音奇特难懂。他俩知道碰上妖怪，估计活不成了，都浑身颤抖伏在地上。那十几个人互相看着笑了起来，并没有做出要来吃他俩的样子，只是把他俩夹在腋窝下，赶着他们的骡子，来到一个山坳里，将两人放在地上，把一头骡子推进土坑，另一头杀死，吹起火来烤熟，围坐成一圈大吃起来。他们把两个商人也提过来坐下，分了一些肉放在两人面前。两个商人发现他们似乎没有恶意，加上实在太饿了，于是也吃起来。吃饱后，那十几个人都摸着肚子，朝天上发出尖厉的叫声，像马鸣一样。其中两人又各挟一个商人，飞快翻过三四道峻岭，动作像猴子和飞鸟一样敏捷。他们将两人送到大路边，各给了一块石头，一眨眼就离去了。那石头有瓜那么大，都是绿松石。他们把它带回老家，卖得的钱超过所损失的货物价值的一倍。这事情发生在乾隆三十、三十一年间。朝荣曾亲自见到两个商人中的一个，说得十分详细。这不知是山里的精怪还是古木生出的妖孽，看他们的行为，好像不是妖怪。大概是深山峡谷中，本来就有这样一种野人，从古到今一直未与外部世界通来往吧。

珍奇水晶

漳州产水晶，云五色皆备，然赤者未尝见，故所贵惟紫。别有所谓金晶者，与黄晶迥殊，最不易得；或偶得之，亦大如豇豆如瓜种止矣。惟海澄公家有一三足蟾，可为扇坠，视之如精金熔液，洞彻空明，为希有之宝。杨制府景素官汀漳龙道时，尝为余言，然亦相传如是，未目睹也。姑录之以广异闻。

【译文】

　　福建漳州出产水晶，据说各种颜色都有，然而赤色的从不曾见到，所以以紫色的最为贵重。另有一种叫做金晶的，与黄晶完全不同，最不易得到。即使偶尔得到，也只不过豇豆、瓜籽那么大。只有海澄公家有一颗,像一只三条腿的蛤蟆,可以作扇坠,看去像纯金的熔液凝成,晶莹透明,是件希有的宝物。杨景素巡抚做福建汀漳龙道道员时,曾对我说起,但也不过是传闻如此,并不曾亲眼见到。姑且记载在这里,让人们知道有这么回事吧。

陈氏古砚

陈来章先生,余姻家也。尝得一古砚,上刻云中仪凤形。梁瑶峰相国为之铭曰:"其鸣将将,乘云翱翔。有妫之祥,其鸣归昌。云行四方,以发德光。"时癸巳闰三月也。(案:原题惟作闰月,盖古例如斯。)至庚子,为人盗去。丁未,先生仲子闻之,多方购得。癸丑六月,复乞铭于余。余又为之铭曰:"失而复得,如宝玉大弓。孰使之然?故物适逢。譬威凤之翀云,翩没影于遥空;及其归也,必仍止于梧桐。"故家子孙,于祖宗手泽,零落弃掷者多矣。余尝见媒媪携玉佩数事,云某公家求售。外裹残纸,乃北宋椠《公羊传》四页,为怅惘久之。闻之于先人已失之器,越八载购得,又乞人铭以求其传。人之用心,盖相去远矣。

【译文】

陈来章先生是我的儿女亲家,他曾得到一方古砚,上面刻有一种凤在云中飞翔的图案。梁瑶峰宰相为这方古砚作了几句铭文刻在上面:"其鸣将将,乘云翱翔。有妫之祥,其鸣归昌。云行四方,以发德光。"这是乾隆三十八年闰三月的事。(案:铭文只署"闰月",这是按古人的惯例。)到了乾隆四十五年,古砚被人盗走。乾隆五十二年时,陈先生的二儿子陈闻之想方设法把它购回。五十八年六月，又请我为它再作几句铭文，我写道："失而复得，如宝玉大弓。孰使之然？故物适逢。譬威凤之翀云，翩没影于遥空；及其归也，必仍止于梧桐。"一些旧官宦人家的子孙，将祖宗留传下来的东西抛弃变卖，弄得七零八落，这种情况见得多了。我曾见一个媒婆拿着几件玉佩，说是某官宦人家要卖的，外面包着几张破旧的纸，原来是北宋年间刊刻的《公羊传》的四页，我为之感慨不已。陈闻之对自己的先人已丢失的东西，隔八年后又把它买回来，又请人再写铭文，以求它能长久留传下去。人与人的想法，差距真是大啊。

三宝和四宝

董家庄佃户丁锦，生一子曰二牛。又一女赘曹宁为婿，相助工作，甚相得也。二牛生一子曰三宝。女亦生一女，因住母家，遂联名曰四宝。其生也同年同月，差数日耳。姑嫂互相抱携，互相乳哺，襁褓中已结婚姻。三宝四宝又甚相爱，稍长，即跬步不离。小家不知别嫌疑，于二儿嬉戏时，每指曰："此汝夫，此汝妇也。"二儿虽不知为何语，然闻之则已稔矣。七八岁外，稍稍解事，然俱随二牛之母同卧起，不相避忌。会康熙辛丑至雍正癸卯岁屡歉，锦夫妇并殁。曹宁先流转至京师，贫不自存，质四宝于陈郎中家。(不知其名，惟知为江南人。) 二牛继至，会郎中求馆僮，亦质三宝于其家，而诫勿言与四宝为夫妇。郎中家法严，每笞四宝，三宝必暗泣；笞三宝，四宝亦然。郎中疑之，转质四宝于郑氏，(或云，即貂皮郑也。) 而逐三宝。三宝仍投旧媒媪，又引与一家为馆僮。久而微闻四宝所在，乃夤缘入郑氏家。数日后，得见四宝，相持痛哭，时已十三四矣。郑氏怪之，则诡以兄妹相逢对。郑氏以其名行第相连，遂不疑。然内外隔绝，仅出入时相与目成而已。后岁稔，二牛、曹宁并赴京赎子女，辗转寻访至郑氏。郑氏始知其本夫妇，意甚悯恻，欲助之合卺，而仍留服役。其馆师严某，讲学家也，不知古今事异，昌言排斥曰："中表为婚礼所禁，亦律所禁，违之且有天诛。主人意虽善，然我辈读书人，当以风化为己任，见悖理乱伦而不沮，是成人之恶，非君子也。"以去就力争。郑氏故良懦，二牛、曹宁亦乡愚，闻违法罪重，皆慑而止。后四宝鬻为选人妾，不数月病卒。三宝发狂走出，莫知所终。或曰："四宝虽被迫胁去，然毁容哭泣，实未与选人共房帏。惜不知其详耳。"果其如是，则是二人者，天上人间，会当相见，定非一瞑不视者矣。惟严某作此恶业，不知何心，亦不知其究竟。然神理昭昭，当无善报。或又曰："是非泥古，亦非好名，殆觊觎四宝，欲以自侍耳。"若然，则地狱之设，正为斯人矣。

【译文】
　　董家庄的佃户丁锦生了一个儿子，取名叫二牛。又有一个女儿，招曹宁为上门女婿，互相帮助一起劳动，很合得来。二牛生了个儿子，取名叫三宝；曹宁夫妇也生了一个女儿，因住在女方娘家，于是顺着取了个名字叫四宝。两个孩子出生在同一年同一月，只不过前后差了几天。小姑和嫂嫂互相抱带，互相喂奶，还抱在怀里时就给他们订了婚。三宝和四宝两人相互间又很友爱，稍微长大一点就寸步不离，整天在一起玩耍。小户人家也不知道避嫌，经常在两个孩子玩耍时，指着一个对另一个说："这是你丈夫。""这是你老婆。"两个孩子虽不懂是什么意思,但已听得很熟悉了。七八岁以后,稍稍开始懂事,但都跟着二牛的母亲睡,彼此不避忌讳。康熙六十年到雍正元年,正逢连续三年天灾,庄稼歉收,丁锦夫妇都死了。曹宁先流落到北京,贫穷得活不下去,只好把四宝抵押在陈郎中家。(不知叫什么名字,只知道是江南人。)二牛接着也来到北京,正好陈郎中要物色一个书僮,于是将三宝也抵押在陈郎中家,并且告诫他不要说出自己与四宝是未婚夫妻。陈郎中家家规很严,每抽打四宝的时候,三宝必偷偷哭泣;抽打三宝时,四宝也是一样。陈郎中产生了怀疑,于是把四宝转押给郑家,(有人说,就是"貂皮郑"家。)而把三宝赶了出来。三宝去找原先的介绍人,被带到另一家做书僮。一段时间以后,三宝打听到了四宝所在的地方,于是又请人帮助介绍,也进了郑家。几天后,见到了四宝,两人抱在一起痛哭,这时他们已经十三四岁了。郑家感到奇怪,他们便谎称是兄妹。郑家人看他们的名字像是兄妹关系,也就不怀疑了。然而郑家内室和外堂隔绝,他们只有在出入时才能相互望上一眼。接着遇到丰年,二牛和曹宁都到北京来赎回子女,辗转打听找到郑家,郑家才知道事情的真相。郑家夫妇很同情可怜他们,打算资助他们成婚,并让他们继续留下来做工。郑家的家庭教师姓严,是个道学家,不明白古代与现在事情的区别,对这件事大加攻击。他说:"亲表兄妹结婚,这是古代《礼》书上禁止的事情,也是现在法律所禁止的,违背礼法,必定遭到上天严厉惩处。主人家虽是一片好意,但我们读书人应把维持社会风气当作自己的天职。见到违背礼法、伤风败俗的事而不加制止,那就是帮助人做坏事,这不是君子的行为。"他威胁郑家,如果让三宝、四宝成婚,他就辞职。郑家夫妇本是胆小怕事的人,二牛、曹宁也是没有见识的乡下人,听说这事违法,罪过不小,都害怕起来,不敢办了。后来四宝被卖给一个进京考选的人做妾,没几个月就病死了。三宝发狂出走,不知下落。有人说:"四宝虽然被逼迫,然而毁坏自己的容貌痛哭,实际上没有与那个进京考选的人同寝,只可惜不知道详细情况。"倘若真是如此,那么这两个人或在天上,或在下一世人间,应该能重新见面,不会一闭眼就不再相见了。只是那个姓严的人做了这样的坏事,不知是何居心,也不知他后来情形如何。然而神明天理在上,他一定不会得到好报。又有人说:"他既不是固执于古代礼法,也不是想博取好的名声,而是企图自己占有四宝。"倘若真是如此,那么阴间之所以设立地狱,正是为这种人准备的。

水 中 冤 鬼

乾隆戊午,运河水浅,粮艘衔尾不能进。共演剧赛神,运官皆在。方演《荆钗记》投江一出,忽扮钱玉莲者长跪哀号,泪随声下,口喃喃诉不止,语作闽音,唧唧无一字可辨。知为鬼附,诘问其故。鬼又不能解人语。或投以纸笔,摇首似道不识字,惟指天画地,叩额痛哭而已。无可如何,掖于岸上,尚呜咽跳掷,至人散乃已。久而稍苏,自云突见一女子,手携其头自水出。骇极失魂,昏然如醉,以后事皆不知也。此必水底羁魂,见诸官会集,故出鸣冤。然形影不睹,言语不通。遣善泅者求尸,亦无迹。旗丁又无新失女子者,莫可究诘。乃连衔具牒,焚于城隍祠。越四五日,有水手无故自到死。或即杀此女子者,神谴之欤?

【译文】
　　乾隆三年,大运河水浅,运粮船一艘接一艘都搁浅不能行驶,于是大家一起请戏班子演戏祭告水神,押运的官员都在场。正演《荆钗记·投江》一出时,扮钱玉莲的演员忽然跪下痛哭,声泪俱下,嘴里絮絮叨叨说个不停,好似福建口音,但一个字也听不懂。大家知道这是有鬼附体,忙问是怎么回事,鬼却又听不懂人话。有人把纸和笔扔给她,又摇头,好像是说不识字,只是指天画地,叩头痛哭而已。人们没有办法,把那位演员扶到岸上,还在呜呜咽咽地哭,蹦跳挣扎,等人们纷纷散去后才停止。又过了一会,才慢慢苏醒过来。她说自己突然见到一个女子,手提着头,从水中出来。她极端害怕,一下子失了魂魄,昏昏然像醉了似的,以后的事就都不知道了。这必定是水底没有得到昭雪的冤鬼,见众多官员在场,所以出来喊冤。但形影没有显现,话又听不懂。派水性好的人到水底寻找尸首,也没有发现。旗丁们也没有谁新近丢失了女子的,无法追查。众官员只好联名写了一篇告文,在城隍庙里焚烧了。四五天以后,有个水手无缘无故自杀而死,或者他就是杀那个女子的凶手,是神灵来惩罚他了么?

文 人 好 名

郑太守慎人言:尝有数友论闽诗,于林子羽颇致不满。夜分就寝,闻笔砚格格有声,以为鼠也。次日,见几上有字二行,曰:"如'橄雨古潭暝,礼星寒殿开',似钱、郎诸公都未道及,可尽以为唐摹晋帖乎?"时同寝数人,书皆不类;数人以外,又无人能作此语者。知文士争名,死尚未已。郑康成为厉之事,殆不虚乎?

【译文】

郑慎人太守说:曾有几位朋友在一起评论福建人写的诗,对明代的福建诗人林鸿的诗颇为不满。半夜就寝后,听到笔和砚发出"格格"的声音,大家都以为是老鼠。第二天,见桌上有两行字,写的是:"像'橄雨古潭暝,礼星寒殿开'这样的诗句,好像唐代诗人钱起、郎士元等人也不曾写到,你们能说我的诗全是模拟唐诗吗?"当时一起睡觉的几个人,笔迹都与桌上的字不同。除开这几个人,另外又没有人能写出这样的语句。可见文人喜欢争名,死了还不罢休。传说东汉时的郑玄死后还化为恶鬼为自己争名,这事也许是真的呢。

乩 仙 诗

黄小华言：西城有扶乩者，下坛诗曰："策策西风木叶飞，断肠花谢雁来稀。吴娘日暮幽房冷，犹著玲珑白苎衣。"皆不解所云。乩又书曰："顷过某家，见新来稚妾，锁闭空房。流落仳离，自其定命；但饥寒可念，振触人心，遂恻然咏此。敬告诸公，苟无驯狮、调象之才，勿轻举此念，亦阴功也。"请问仙号。书曰："无尘。"再问之，遂不答。按李无尘，明末名妓，祥符人。开封城陷，殁于水。有诗集，语颇秀拔。其哭王烈女诗曰："自嫌予有泪，敢谓世无人！"措词得体，尤为作者所称也。

【译文】

黄小华说：西城有个人扶乩，乩仙降临，赋诗一首："策策西风木叶飞，断肠花谢雁来稀。吴娘日暮幽房冷，犹著玲珑白苎衣。"在场的人都不懂是什么意思。乩仙又写道："刚才路过某户人家，见新娶来的小妾被正妻锁在空房里。这女孩身世飘零，与她的丈夫隔离，这固然是她命中注定；只是她现在又冷又饿，实在可怜，使人难过，我所以很伤感地咏了这首诗。我顺便敬告各位先生，如果您没有控制自己悍妒的妻子、使妻妾和睦相处的本领，请不要轻易生出娶妾的念头，这也算是积阴德啊。"大家请问乩仙的名号，只见写道："无尘。"再问它，就不回答了。按李无尘是明代末年有名的妓女，祥符人，开封城陷落时淹死。有诗集留传，诗句相当秀雅挺拔。她的《哭王烈女》诗写道："自嫌予有泪，敢谓世无人。"措辞得体，尤其为擅长作诗的人们所称道。

女子贪利失身

"遗秉""滞穗",寡妇之利,其事远见于周雅。乡村麦熟时,妇孺数十为群,随刈者之后,收所残剩,谓之拾麦。农家习以为俗,亦不复回顾,犹古风也。人情渐薄,趋利若鹜,所残剩者不足给,遂颇有盗窃攘夺,又浸淫而失其初意者矣。故四五月间,妇女露宿者遍野。有数人在静海之东,日暮后趁凉夜行,遥见一处有灯火,往就乞饮。至则门庭华焕,僮仆皆鲜衣;堂上张灯设乐,似乎燕宾。遥望三贵人据榻坐,方进酒行炙。众陈投止意,阍者为白主人,领之。俄又呼回,似附耳有所嘱。阍者出,引一媪悄语曰:"此去城市稍远,仓卒不能致妓女。主人欲于同来女伴中,择端正者三人侑酒荐寝,每人赠百金;其余亦各有犒赏。媪为通词,犒赏当加倍。"媪密告众。众利得资,怂恿幼妇应其请。遂引三人入,沐浴妆饰,更衣裙侍客;诸妇女皆置别室,亦大有酒食。至夜分,三贵人各拥一妇入别院,阖家皆灭烛就眠。诸妇女行路疲困,亦酣卧不知晓。比日高睡醒,则第宅人物,一无所睹,惟野草芃芃,一望无际而已。寻觅三妇,皆裸露在草间,所更衣裙已不见,惟旧衣抛十余步外,幸尚存。视所与金,皆纸锭。疑为鬼,而饮食皆真物,又疑为狐。或地近海滨,蛟螭水怪所为欤?贪利失身,乃只博一饱。想其惘然相对,忆此一宵,亦大似邯郸枕上矣。先兄晴湖则曰:"舞衫歌扇,仪态万方,弹指繁华，总随逝水。鸳鸯社散之日，茫茫回首，旧事皆空，亦与三女子裸露草间，同一梦醒耳。岂但海市蜃楼，为顷刻幻景哉！"

【译文】

　　遗落的稻穗麦秆，是寡妇们应该享有的，这种事情在《诗经》中周代的诗里就有记载。乡村麦子成熟时，妇女小孩几十人为一伙，随在割麦子的人的后面，捡遗落下来的麦穗，这叫"拾麦"。农村人家习以为常，割麦的人也不回过头来管，这算是保留下来的一种古老风俗。然而人心越变越浇薄，都拼命争利，遗落的麦子不能使他们满足，有的人就偷窃，甚至抢夺，于是慢慢地就失去这种事情当初本来的意义了。所以每到四五月间，妇女露宿的遍野都是。有几个人，在静海县东面，天黑下来后趁着凉快夜行，远远望见一处有灯火，就走近去讨水喝。到了那里，才发现门庭富丽堂皇，连奴仆们也都穿着华贵的新衣服；大堂上明灯高悬，有人在奏乐，似乎在宴请宾客。远远望见三位贵人坐在炕上，正在斟酒上菜。这几个人陈述了想投宿的意思，看门人转告主人，主人点头答应。过了一会儿，又叫回看门人，好像在他耳边嘱咐些什么。守门人出来后，从几个人中拉过一个老太婆，悄悄对她说："这里离城市太远，短时间内弄不来妓女，我们的主人想在你们同来的伙伴中挑三个长得端正的来劝酒，并且陪着睡觉。这三个人各赠一百两银子，其他的人也都有犒赏。您老人家把我的话说给他们听，您的犒赏加倍。"老太婆悄悄告诉同来的人，大家很想得到犒赏，于是怂恿年轻的妇女答应他们的要求。他们把三个女子带进去洗涤化妆，换上衣裙，侍候几位客人饮酒。其余的妇女都安置在另外的房子里，也有大量的酒饭招待。到了半夜，三位贵人各拥抱着一个女子走进别的院子里，全家都灭了灯烛就寝。众妇女走路走得十分劳累，都大睡不醒，天亮了都不知道。等太阳升起老高才醒过来，那些房子、人物都不见了，只有一望无际的茂盛的野草。寻找那三个女子，则都裸身躺在草丛里，所换的衣裙不见了，只有原来的衣裳抛弃在十多步远的地方，幸好还在。再看犒赏的银子，也都是些纸锭。她们怀疑是遇到了鬼，但吃喝的又是真东西。又怀疑是狐狸精作怪，或者是因为这里离海边很近，可能是蛟龙或水怪在捣乱。因为贪利而失身，结果只不过饱吃了一顿。想象这些女人你望着我，我望着你，回忆这一个晚上的情景，大概与卢生在邯郸道上作黄粱美梦的情形非常相似。我已去世的兄长晴湖则认为，女子扬衫起舞，挥扇高歌，装出万种娇态，弹指之间，这一切的繁华都像东流的江水一样一去不复返。鸳鸯群散的时候，回忆过去，事事皆空。这与三个女子裸身躺在草丛中然后惊醒，都是同样的道理，岂只有海市蜃楼才是顷刻间就要幻灭的景象呢？

失 身 得 银

乌鲁木齐参将德君楞额言：向在甘州，见互控于张掖令者，甲云造言污蔑，乙云事有实证。讯其事，则二人本中表。甲携妻出塞，乙亦同行。至甘州东数十里，夜失道。遇一人似贵家仆，言此僻径少人，我主人去此不远，不如投止一宿，明日指路上官道。随行三四里，果有小堡。其人入，良久出，招手曰："官唤汝等入。"进门数重，见一人坐堂上，问姓名籍贯，指挥曰："夜深无宿饭，只可留宿。门侧小屋，可容二人；女子令与媪婢睡可也。"二人就寝后，似隐隐闻妇唤声。暗中出视，摸索不得门，唤声亦寂，误以为耳偶鸣也。比睡醒，则在旷野中。急觅妇，则在半里外树下，裸体反接，鬓乱钗横，衣裳挂在高枝上。言一婢持灯导至此，有华屋数楹，婢媪数人。俄主人随至，逼同坐。拒不肯，则婢媪合手抱持，解衣缚臂置榻上。大呼无应者，遂受其污。天欲明，主人以二物置颈旁，屋宇顿失，身已卧沙石上矣。视颈旁物，乃银二铤，各镌重五十两；其年号则崇祯，其县名则榆次。土蚀黑黯，真百年以外铸也。甲戒乙勿言，约均分。后违约，乙怒讦争，其事乃泄。甲夫妇虽坚不承，然诘银所自，则云拾得；又诘妇缚伤，则云搔破。其词闪烁，疑乙语未必诳也。令笑遣甲曰："于律得遗失物当入官。姑念尔贫，可将去。"又瞋视乙曰："尔所告如虚，则同拾得，当同送官，于尔无分；所告如实，则此为鬼以酬甲妇，于尔更无分。再多言，且笞尔。"并驱之出。以不理理之，可谓善矣。此与拾麦妇女事相类：一以巧诱而以财移其心，一以强胁而以财消其怒；其揣度人情，投其所好，伎俩亦略相等也。

【译文】

　　乌鲁木齐参将德楞额说：从前在甘州时，见两个人在张掖县令面前互相告状，甲说乙是造谣诬蔑，乙则说事情有证有据。讯问究竟是什么事，原来两人本是中表亲戚，甲带妻出边塞，乙也同行。走到甘州以东数十里的地方，晚上迷了路，遇到一个人，好像是富贵人家的仆人。那人说："这条路很偏僻，少有人走。我主人家离这里不远，不如去投宿一晚，明天我给你们指路，你们好走大道。"三人跟着他走了三四里，果然有一座小堡。那人进去，许久才出来，招手说："我家官人叫你们进来。"进了几道门，见一个人坐在堂上，问了三个人的姓名籍贯，然后安排道："夜深了，没有现成饭供你们吃，只能留你们住一宿。门旁边的小屋可以住两个人，女人就与家中的女仆睡吧。"甲和乙睡下后，隐隐约约听到女人的叫声，黑暗中起来看，又摸不到门，叫声随即也消失了，误以为是自己偶尔耳鸣。等睡醒过来，却在旷野之中。急忙寻找女人，发现她在半里以外的树下，浑身赤裸，双手被反绑，头发零乱，首饰歪落，衣裳挂在高枝上。女人说："一个婢女拿着灯带我到这里，有几间漂亮的房子，几个年老和年幼的女仆。不久主人来了，逼我和他坐在一起，我拒绝不肯，女仆们就一起来把我抱住，脱掉衣服，捆住手臂，放在床上。我大声叫喊，无人答应，于是遭到污辱。天快亮时，主人将两件东西放在我脖子旁，房屋忽然就消失了，身体已经躺在沙石上。"看那脖子旁的东西，原来是两大锭银子，各刻着"重五十两"的字样，还刻有明代"崇祯"的年号，以及榆次县名，土花锈斑，颜色暗淡，真像是百年以前铸的。甲告诫乙不要声张，约定平分。后来又违约不分，乙发怒争骂，这事才暴露出来。甲夫妇虽坚决不承认，但问他们银子是从哪里来的，则说是拾到的；又问女人被捆绑的伤痕是怎么回事，则说是自己抓破的。听他们的言词躲躲闪闪，怀疑乙所说的话未必是谎言。张掖县令笑着把甲放掉，说："根据法律，拾到遗失的东西要交到官府。姑且念你贫穷，你可以把银子拿走。"又瞪着乙说："你所告的事如果是假，则你们是一起拾到遗失物，应该一起来送交官府，你也没有份；如果你告的事是真，则这银子是鬼酬劳甲的妻子的，你更没有份。如果你再啰嗦，就要鞭打你。"于是将他们一起赶了出来。张掖县令对这件事以不作处理来处理它，可以说是妥当不过了。这事与拾麦妇女一事很相似，一个是设巧计引诱，而以钱财使之动心；一个是以强力逼迫，然后以钱财来消除其怒气。这种揣度人们心理、投其所好的伎俩，也大致相同。

物价与好尚

金重牛鱼，即沈阳鲟鳇鱼，今尚重之。又重天鹅，今则不重矣。辽重毗离，亦曰毗令邦，即宣化黄鼠，明人尚重之，今亦不重矣。明重消熊栈鹿，栈鹿当是以栈饲养，今尚重之；消熊则不知为何物，虽极富贵家，问此名亦云未睹。盖物之轻重，各以其时之好尚，无定准也。记余幼时，人参、珊瑚、青金石价皆不贵，今则日昂。绿松石、碧鸦犀价皆至贵，今则日减。云南翡翠玉，当时不以玉视之，不过如蓝田干黄，强名以玉耳；今则以为珍玩，价远出真玉上矣。又灰鼠旧贵白，今贵黑。貂旧贵长毳，故曰丰貂，今贵短毳。银鼠旧比灰鼠价略贵，远不及天马，今则贵几如貂。珊瑚旧贵鲜红如榴花，今则贵淡红如樱桃，且有以白类车渠为至贵者。盖相距五六十年，物价不同已如此，况隔越数百年乎！儒者读《周礼》蚳酱，窃窃疑之，由未达古今异尚耳。

【译文】
　　金代重牛鱼，就是沈阳的鲟鳇鱼，现在也还看重它。金国人又重天鹅，现在则不看重了。辽国人重毗离，也称毗令邦，就是宣化黄鼠，明代人还看重它，现在也不看重了。明代重消熊、栈鹿，栈鹿应该是用木栈围栏饲养的，现在还看重。消熊则不知道是什么东西，即使是极富贵的人家，问起这个名称，也说没见过。大约物品被看轻或看重，各根据每个时代人们的好尚而定，没有一定的标准。记得我小的时候，人参、珊瑚、青金石等，价格都不贵，现在则一天比一天高；绿松石、碧鸦犀价格本来最贵，现在则一天天往下降。云南的翡翠玉，当时并不把它看作玉，不过像蓝田产的干黄一样，勉强叫作玉罢了。现在则当成了珍稀宝贝，价格远远超过真玉之上。又像灰鼠，从前以白为贵，如今则以黑为贵。貂皮，从前以毛长为贵，所以有"丰貂"的说法，现在则以短毛为贵了。银鼠的价格从前比灰鼠略贵一点，远不及天马，现在则贵得与貂差不多了。珊瑚，从前以颜色鲜红像榴花的为贵，现在则以颜色淡红像樱桃的为贵了，而且还有以白色像车渠者为最贵的。只不过相距五六十年，物价不同已经如此，何况隔上几百年呢。读书人读到《周礼》有所谓"蚳酱"，私下里都产生怀疑，这只不过是因为不了解古今好尚的差异而已。

八　珍

　　八珍惟熊掌、鹿尾为常见，驼峰出塞外，已罕觏矣。（此野驼之单峰，非常驼之双峰也。语详《槐西杂志》。）猩唇则仅闻其名。乾隆乙未，闵抚军少仪馈余二枚，贮以锦函，似甚珍重。乃自额至颏全剥而腊之，口鼻眉目，一一宛然，如戏场面具，不仅两唇。庖人不能治，转赠他友。其庖人亦未识，又复别赠。不知转落谁氏，迄未晓其烹饪法也。

【译文】

　　所谓"八珍"，只有熊掌和鹿尾比较常见，驼峰出产在塞外，已经少见了。（这是指野生骆驼的单峰，不是一般骆驼的双峰，《槐西杂志》中有详细说明。）猩唇则仅听说过这个名称。乾隆四十年，闵少仪巡抚赠给我两枚，用锦袋包着，似乎是很贵重的样子。但那是把猩猩的额头到下巴全割下来。腌晒成腊味，口鼻眉眼都清清楚楚，就像戏场上用的面具脸谱，并不仅是两片嘴唇而已。我家的厨师不会烧，转赠给另外的朋友，他家的厨师也不曾见过这东西，只好再转赠别的友人。不知最后转到谁家，也终究不知道烹饪它的方法。

兰　虫

　　李又聃先生言：东光毕公（偶忘其名，官贵州通判，征苗时运饷遇寇，血战阵亡者也。）尝奉檄勘苗峒地界，土官盛宴款接。宾主各一磁盖杯置面前，土官手捧启视，则贮一虫如蜈蚣，蠕蠕旋动。译者云，此虫兰开则生，兰谢则死，惟以兰蕊为食，至不易得。今喜值兰时，搜岩剔穴，得其二。故必献生，表至敬也。旋以盐末少许洒杯中，覆之以盖。须臾启视，已化为水，湛然净绿，莹澈如琉璃，兰气扑鼻。用以代醯，香沁齿颊，半日后尚留余味。惜未问其何名也。

【译文】

李又聃先生说：东光入毕公（偶尔忘记了他的名字，他曾任贵州的通判，征讨苗民时负责运送粮饷，遇到匪徒袭击，血战阵亡。）曾奉朝命勘定苗族人居住地的地界，苗族酋长盛宴接待。宾主前面各放一个杯子，用磁盖盖着。酋长站起来用手捧起杯子，打开来看，则里面装着一条虫，样子像蜈蚣，在杯里慢慢地翻滚爬动。翻译说：这虫兰花开时就生，兰花谢时就死，只吃兰花的花蕊，非常不容易抓到。现在幸好是兰花盛开的时候，派人到山岭峡谷中到处搜寻，好不容易抓到两条，所以一定要把活的献给您，表示我们深深的敬意。接着他们洒了一点盐末在杯子里，再盖上，稍过一会儿，再打开一看，则已经化成水，绿色清澈透明，像玻璃一样，兰花香气扑鼻。用它代替醋，香味满口，半天过后口里还有余香，只可惜没有问它叫什么名字。

哈 密 瓜

西域之果，蒲桃莫盛于土鲁番，瓜莫盛于哈密。蒲桃京师贵绿者，取其色耳。实则绿色乃微熟，不能甚甘；渐熟则黄，再熟则红，熟十分则紫，甘亦十分矣。此福松岩额驸（各福增格，怡府婿也）镇辟展时为余言。瓜则充贡品者，真出哈密。馈赠之瓜，皆金塔寺产。然贡品亦只熟至六分有奇,途间封闭包束,瓜气自相郁蒸,至京可熟至八分。如以熟八九分者贮运,则蒸而霉烂矣。余尝问哈密国王苏来满(额敏和卓之子):"京师园户,以瓜子种殖者,一年形味并存;二年味已改,惟形粗近;三年则形味俱变尽。岂地气不同欤?"苏来满曰:"此地上暖泉甘而无雨,故瓜味浓厚。种于内地,固应少减,然亦养子不得法。如以今年瓜子,明年种之,虽此地味亦不美,得气薄也。其法当以灰培瓜子,贮于不湿不燥之空仓,三五年后乃可用。年愈久则愈佳,得气足也。若培至十四五年者,国王之圃乃有之,民间不能待,亦不能久而不坏也。"其语似为近理。然其灰培之法,必有节度,亦必有宜忌,恐中国以意为之,亦未必能如所说耳。

【译文】

西域的水果,葡萄最盛产的地方是吐鲁番,瓜最盛产的地方是哈密。京城里的人认为绿色的葡萄最好,这是只看重颜色,其实绿色葡萄是刚开始成熟,不可能很甜。稍熟一点便成了黄色,再熟一些则成红色,十分熟则成紫色,甜度也就到了十分。这是福松岩额驸(名叫福增格,怡王府女婿)镇守辟展时告诉我的。进贡到宫廷里的瓜,是从哈密出产的,一般人相互赠送的瓜,则都是金塔寺出产的。但进贡的瓜也只熟到六分多一点,途中要包裹封闭,瓜气自相蒸闷,到京城时大约就熟到八分了。如果以熟到八九分的瓜贮运进贡,则一定会蒸闷霉烂了。我曾经问哈密国王苏来满(额敏和卓的儿子):"京城种瓜人用哈密瓜子作种,第一年形状味道都还保存;二年味道已变,只有形状还大体接近;三年则形味道都彻底改变。难道是土壤气候不同的缘故吗?"苏来满说:"哈密这地方气候温暖,泉水甘甜,又很少下雨,所以瓜的味道很浓厚。在内地种植,味道固然会稍微淡一些,但也与没有掌握保养种子的方法有关。如果用今年的瓜子明年种，则虽在本地，味道也不好，因为这瓜子得的地气还薄。正确的方法，应该是用灰拌种子，然后将它们贮藏在不干燥也不潮湿的空仓库里，过三五年后才可以用，时间越久则质量越好，这是因为得的地气足了。若保存到十四五年的种子，则只有国王的瓜园里才会有，普通人家等不了那么久，也无法保存这么长时间而不坏。"苏来满的话似乎有道理。不过他们用灰拌种子的方法，肯定有一些特殊的规定，适宜怎么做，不适宜怎么做等等。中原人如果全凭想象去做，恐怕达不到苏来满所说的那种效果。

杨勤悫公幼时

裘超然编修言：杨勤悫公年幼时，往来乡塾，有绿衫女子时乘墙缺窥之。或偶避入，亦必回眸一笑，若与目成。公始终不侧视。一日，拾块掷公曰："如此妍皮，乃裹痴骨！"公拱手对曰："钻穴逾墙，实所不解。别觅不痴者何如？"女子忽瞪目直视曰："汝狡黠如是，安能从尔索命乎？且待来生耳。"散发吐舌而去。自此不复见矣。此足见立心端正，虽冤鬼亦无如何；又足见一代名臣，在童稚之年，已自树立如此也。

【译文】

裘超然编修说：杨勤悫公年幼的时候，每天到乡塾去上学，有个穿绿衣的女子经常从墙缺口上探出头来窥视他。偶尔回避走入屋中，也必定要回眸一笑，好像是以目传情的样子。杨公则始终不侧目看一眼。一天，那女子捡起土块扔向杨公，说："这样漂亮的外貌，却包着一副痴呆骨头。"杨公拱手回答说："钻洞翻墙偷情，我确实不懂，你另外去找不痴呆的如何？"那女子忽然睁大眼睛直盯着杨公说："你如此狡猾聪明，我又怎能指望在你身上索回性命呢，且等下一辈子罢。"说完，那女子披散头发吐出舌头离去了，从此不再出现。由此可见，一个人立心端正，即使冤鬼也不能把他怎么样。也可以看出，像杨公这样一代有名的大臣，在幼年时就能这样树立自己的品格了。

人鬼互不相犯

河间王仲颖先生，（安溪李文贞公为先生改字曰仲退。然原字行已久，无人称其改字也。）名之锐，李文贞公之高弟。经术湛深，而行谊方正，粹然古君子也。乙卯、丙辰间，余随姚安公在京师，先生犹官国子监助教，未能一见，至今怅然。相传先生夜偶至邸后空院，拔所种莱菔下酒，似恍惚见人影，疑为盗。倏已不见，知为鬼魅，因以幽明异路之理厉声责之。闻丛竹中人语曰："先生邃于《易》，一阴一阳，天之道也。人出以昼，鬼出以夜，是即幽明之分。人居无鬼之地，鬼居无人之地，是即异路焉耳。故天地间无处无人，亦无处无鬼，但不相干，即不妨并育。使鬼昼入先生室，先生责之是也。今时已深更，地为空隙，以鬼出之时，入鬼居之地，既不炳烛，又不扬声，猝不及防，突然相遇，是先生犯鬼，非鬼犯先生。敬避似已足矣，先生何责之深乎？"先生笑曰："汝词直，姑置勿论。"自拔莱菔而返。后以语门人，门人谓："鬼既能言，先生又不畏怖，何不叩其姓字，暂假词色，问冥司之说为妄为真，或亦格物之一道。"先生曰："是又人与鬼狎矣，何幽明异路之云乎？"

【译文】

　　河间人王仲颖先生（安溪李文贞公为他改字为仲退。但他原来的字通行已久，没有人称呼他改过的字），名之锐，是李文贞公最得意的学生，对经典学术造诣很深，而且为人处事非常正派，真算得上是古代君子一样的人物。乙卯、丙辰年间，我随父亲姚安公住在京城，当时王先生还在担任国子监的助教，我未能见上一面，至今遗憾不已。相传王先生有一次偶然到屋后的空院子里拔自己所种的萝卜来下酒，恍惚间好像看到有人影，怀疑是盗贼，但随即影子又不见了。王先生知道是鬼魅，于是用阴间的鬼和阳间的人应有区别的道理，严厉地斥责它。只听见竹丛中有人发话道："先生对《易》有深入研究，一阴一阳，这是天下的大道。人在白天出来，鬼在夜晚出来，这就是阴间与阳间有别；人住在没有鬼的地方，鬼住在没有人的地方，这就是人鬼不同路了。所以天地之间，无处无人，也无处无鬼，只要互不干扰，也就不妨共存。假使鬼白天跑进您的房中，您责备它，这是应该的。现在时间已是深更半夜，地方是在空院里，您在应是鬼出来的时候，跑到应是鬼所居住的地方，既不点灯烛，又不预先发出声音，使我仓促不及提防，突然与先生相遇，是您冲犯了鬼，而不是鬼冲犯了您。我马上回避您，似乎也已足够了，先生何必还责备得如此严厉呢？"王先生笑了笑，说："你的话有道理，这事姑且就不提了。"他于是拔了萝卜回屋。后来他把此事告诉学生，学生们说："鬼既然能说话，您又不害怕，何不问问他姓什么叫什么？稍微对他语气温和些，问问所谓阴间也有官府的说法到底是假是真，这也是了解事物、丰富学问的一种途径嘛。"王先生说："如果这样做，则又是人与鬼相亲热了，还说什么阴间与阳间有别呢？"

仙灵经过

　　郑慎人言：曩与数友往九鲤湖，宿仙游山家。夜凉未寝，出门步月。忽轻风泠然，穿林而过，木叶簌簌，栖鸟惊飞。觉有种种花香，沁人心骨，出林后沿溪而去。水禽亦磔格乱鸣，似有所见。然凝睇无睹也，心知为仙灵来往。次日，寻视林内，微雨新晴，绿苔如罽，步步皆印弓弯；又有跣足之迹，然总无及三寸者。溪边泥迹亦然。数之，约二十余人。指点徘徊，相与叹异，不知是何神女也。慎人有四诗纪之，忘留其稿，不能追忆矣。

【译文】
　　郑慎人说：往日曾与几位朋友去福建仙游的九鲤湖，晚上住在山中人家。因天气凉快，都没有就寝，出门散步赏月。忽然一阵微风吹过，使人觉得十分清凉。那股风穿过树林，树叶发出"簌簌"的响声，树上的鸟儿也惊飞起来。接着，便觉有各种各样的花香弥漫，沁人心髓。阵风从树林背后吹出后，又沿着溪水吹过去，水鸟也发出"格格磔磔"的乱叫声，好像是见到了什么。但凝神注意看，又没见到什么东西。大家知道这肯定是仙灵来往。第二天，大家到树林中察寻，只见下过一场小雨，天刚放晴，地面的绿苔好似一层地毯，一步步的鞋印清清楚楚，都是女人的小脚绣鞋印，还有赤脚的脚印，都不到三寸长。溪边的泥上也留有同样的印迹，数一数大约是二十几人的样子。几位朋友对地上的脚印指指点点，徘徊很久，都很感新奇，不知是那位神女路过。慎人作了四首诗纪念这件事，我忘了留下他的诗稿，现在也回忆不起来了。

骑蝶仙女

　　慎人又言：一日，庭花盛开，闻婢妪惊相呼唤。推窗视之，竟以手指桂树杪，乃一蛱蝶大如掌，背上坐一红衫女子，大如拇指，翩翩翔舞。斯须过墙去，邻家儿女又惊相呼唤矣。此不知为何怪，殆所谓花月之妖欤？

说此事时，在刘景南家，景南曰："安知非闺阁游戏，以蒻草花朵中人物，缚于蝶背而纵之耶？"是亦一说。慎人曰："实见小人在蝶背，有磬控驾驭之状，俯仰顾盼，意态生动，殊不类偶人也。"是又不可知矣。

【译文】

郑慎人又说：有一天，庭院里百花盛开，忽然听到家里的丫鬟仆妇们惊叫起来。推开窗户一看，只见她们都用手指着桂树顶端。原来是一只蝴蝶，有巴掌那么大，背上坐着一个穿红衫的女子，大如拇指，在那里翩翩起舞。不一会儿，就飞过墙去，邻居家的儿女又惊叫起来。这不知是何种妖怪，大概就是所谓的花月之妖吧。我们谈论这件事时，正在刘景南家。景南说："怎可知道这不就是闺房中女孩子们玩的游戏呢？用蒻草扎成一个小人，把它绑在蝴蝶背上，然后把蝴蝶放掉而已。"这也算是一种说法。但郑慎人说："确实见到那小人在蝴蝶背上，做出驾驭的样子，而且前俯后仰，左顾右盼，活灵活现，根本不像是蒻草扎的小人。"这又不知道究竟是怎么回事了。

泥神惩奸

舅氏安公介然言：曩随高阳刘伯丝先生官瑞州，闻城西土神祠有一泥鬼忽仆地，又一青面赤发鬼，衣装面貌与泥鬼相同，压于其下。视之，则里中少年某，伪为鬼状也，已断脊死矣。众相骇怪，莫明其故。久而有知其事者曰："某邻妇少艾，挑之，为所詈。妇是日往母家，度必夜归过祠前。祠去人稍远，乃伪为鬼状伏像后，待其至而突掩之，将乘其惊怖昏仆，以图一逞。不虞神之见谴也。"盖其妇弟预是谋,初不敢告人,事定后,乃稍稍泄之云。介然公又言:有狂童荡妇,相遇于河间文庙前,调谑无所避忌。忽飞瓦破其脑,莫知所自来也。夫圣人道德侔乎天地,岂如二氏之教,必假灵异而始信,必待护法而始尊哉!然神鬼执呵,则理所应有。必谓朱锦作会元,由于前世修文庙,视圣人太小矣;必谓数仞宫墙,竟无灵卫,是又儒者之迂也。

【译文】
　　我的舅父安介然先生说:往日随高阳人刘伯丝先生在瑞州做官时,听说城西土神祠里有一泥塑的鬼突然倒地,又有一个青面红头发的鬼,衣饰装束面目等都与泥塑鬼相同,而被压在下面。搬开来一看,原来是村里的一个年轻人伪装成鬼的样子,已经被压断脊骨死了。大家都感到很奇怪,不明白是什么缘故。一段时间以后,有知道事情真相的人说:"这年轻人邻居家的少妇年轻貌美,他挑逗她,挨了一顿骂。那少妇当天回娘家,这年轻人估计她晚上必定归来,肯定要路过土神祠前。这土神祠隔人家较远,于是他便伪装成泥塑鬼的样子,藏在泥像后面,准备等少妇路过时,突然冲出,乘那少妇吓昏倒地之机,实现自己的企图。没想到泥神会惩罚他。"原来这年轻人妻子的弟弟也参与了设计这个阴谋,开始不敢告诉别人,后来事情平息过去了,才把事情的真相慢慢泄露出来。介然先生又说:有一对放荡的男女,在河间的孔庙前相遇,两人尽情开起下流玩笑,一点也不避忌。忽然有瓦片飞来,砸破了脑袋,不知这石头是从哪里飞出来的。像孔子这样的圣人,道德与天地一样高大,难道还和佛教、道教一样,一定要凭借灵异才能使人相信,一定要靠护法神保护才显得尊严吗?然而鬼神们来守护保卫他,那也是情理之中应有的事。一定要说朱锦考中会元,是因为他前生修了孔庙的缘故,那是太小看圣人了;但一定要说几丈院墙围着的孔庙没有一点灵验,也没有鬼神护卫着,则又是某些过分迂腐的儒生的看法了。

虎 陷 山 洞

三座塔（蒙古名古尔板苏巴尔，汉唐之营州柳城县，辽之兴中府也。今为喀剌沁右翼地。）金巡检言：（裘文达公之侄婿，偶忘其名。）有樵者山行遇虎，避入石穴中，虎亦随入。穴故嵌空而缭曲，辗转内避，渐不容虎。而虎必欲搏樵者，努力强入。樵者窘迫，见旁一小窦，尚足容身，遂蛇行而入；不意蜿蜒数步，忽睹天光，竟反出穴外。乃力运数石，窒虎退路，两穴并聚柴以焚之。虎被熏灼，吼震岩谷，不食顷，死矣。此事亦足为当止不止之戒也。

【译文】

三座塔（蒙古语叫古尔板苏巴尔，即汉朝和唐朝时的营州柳城县，辽国的兴中府。现在为喀剌沁左翼。）的金巡检（裘文达公的侄女婿，偶尔忘掉了他的名字。）说：有个砍柴人，走山路时遇到老虎，钻进一个石洞中躲避，那老虎跟着也进了石洞。这石洞本来空间不大，又弯弯曲曲，砍柴人辗转往里躲，洞渐渐小得容不下老虎了，而老虎一定要来吃砍柴人，拼命往里钻。砍柴人十分危急，见旁边有一个小孔，勉强装得下身躯，于是扭动身子爬进去。没想到像蛇一样爬了几步后，忽然见到外面的光亮，于是竟从洞后爬了出来。他马上用力搬了几块大石头，堵住老虎的退路，在前后两个洞口都堆上柴，点火烧起来。老虎被熏烤，发出的吼声震动了山岭和峡谷。不到一顿饭的时间就死了。这件事也可以作为应该停止而不肯停止的一条教训。

太 湖 石

金巡检又言：巡检署中一太湖石，高出檐际，皴皱斑驳，孔窍玲珑，望之势如飞动。云辽金旧物也。考金尝拆艮岳奇石，运之北行，此殆所谓"卿云万态奇峰"耶？然金以大定府为北京，今大宁城是也。辽兴中府，金降为州，不应置石于州治，是又疑不能明矣。又相传京师兔儿山石，皆艮岳故物，余幼时尚见之。余虎坊桥宅，为威信公故第，厅事东偏，一石高七八尺，云是雍正中初造宅时所赐，亦移自兔儿山者。南城所有太湖石，此为第一。余又号"孤石老人"，盖以此云。

【译文】

金巡检又说：他的巡检衙门中有一块太湖石，高出屋檐，纹路色彩斑驳陆离，中间的洞窾玲珑精致，望去像要飞动一样，是辽、金时留下来的旧物。史书上记载金国人曾拆毁北宋徽宗在汴京造的艮岳上的奇异石头，运到北方去，这块石头难道就是当时所说的"卿云万态奇峰"么？然而金国以大定府为北京，就是现在的大宁城。三座塔在辽时为兴中府，金国时降为州，不应该把这石头放在一个州的衙门，这又弄不明白了。又相传京城兔儿山上的石头，原来都是艮岳上的东西，我小的时候还见过。我在虎坊桥的住宅，原为威信公的旧府第，大厅东边有一块石头，有七八尺高，据说是雍正年间刚造府第时皇帝所赏赐，也是从兔儿山移运来的。在南城所有的太湖石中，这块石头为第一。我又有一个号叫"孤石老人"，就是因它而取的。

藤花与青桐

京师花木最古者，首给孤寺吕氏藤花，次则余家之青桐，皆数百年物也。桐身横径尺五寸，耸峙高秀，夏月庭院皆碧色。惜虫蛀一孔，雨渍其内，久而中朽至根，竟以枯槁。吕氏宅后售与高太守兆煌，又转售程主事振甲。藤今犹在，其架用梁栋之材，始能支拄。其阴覆厅事一院，其蔓旁引，又覆西偏书室一院。花时如紫云垂地，香气袭衣。慕堂孝廉在日，（慕堂名元龙，庚午举人，朱石君之妹婿也。与余同受业于董文恪公。）或自宴客，或友人借宴客，觞咏殆无虚夕。迄今四十余年，再到曾游，已非旧主，殊深邻笛之悲。倪穟畴年丈尝为题一联曰："一庭芳草围新绿，十亩藤花落古香。"书法精妙，如渴骥怒猊，今亦不知所在矣。

【译文】

京城里的花木，最古老的首推给孤寺吕家的藤花，其次便是我家的青桐，都是已经几百年的东西了。青桐树干直径一尺五寸，高大茂盛，到了夏天，整个庭院都是碧色。可惜被虫蛀了一个洞，雨水浸进去，久而久之，中间空朽，直到根部，结果因此枯死。吕家的住宅后来卖给高兆煌太守，高兆煌又转卖给程振甲主事，藤花现在还保存着。它的架子一定要用可以作栋梁的大木料来搭建，才支撑得起。它的浓荫遮盖了厅房的整个院子，藤蔓往旁边牵过去，又遮盖了西偏屋书房的院子。花开时，好像紫色的云团下垂在地上，香气袭人。慕堂举人在世的时候，（慕堂名元龙，庚午年举人，朱石君的妹婿，与我一起就学于董文恪公。）或者自己宴请客人，或者朋友借这个地方宴请客人，饮酒作诗，简直没有空过一个晚上。至今已有四十多年了，我重到那里时曾游览过，已经不是原来的主人了，我不禁像魏晋时的向秀怀念老朋友嵇康一样，伤感不已。倪稼畴老先生曾为之题过一副对联，写道："一庭芳草围新绿，十亩藤花落古香。"书法精妙，笔势就像渴极的马奔向泉水和发怒的狮子越过山石的样子，现在也不知落到什么地方去了。

狐 爱 书

陈句山前辈移居一宅，搬运家具时，先置书十余箧于庭。似闻树后小语曰："三十余年，此间不见此物也。"视之阒如。或曰："必狐也。"句山掉首曰："解作此语，狐亦大佳。"

【译文】
　　陈句山前辈移居一处住宅，搬运家具时，先将十几箱书放在院子里，好像听到树后面有很小的声音说："这地方不见这种东西，已经三十多年了。"仔细去看，又没一点声息了。有人说这肯定是狐精，句山先生掉头说："能说出这样的话，是狐精也不错。"

木 偶 成 精

先祖光禄公，康熙中于崔庄设质库，司事者沈玉伯也。尝有提傀儡者，质木偶二箱，高皆尺余，制作颇精巧。逾期未赎，又无可转售，遂为弃物，久置废屋中。一夕月明，玉伯见木偶跳舞院中，作演剧之状。听之，亦咿嘤似度曲。玉伯故有胆，厉声叱之。一时迸散。次日，举火焚之，了无他异。盖物久为妖，焚之则精气烁散，不复能聚。或有所凭亦为妖，焚之则失所依附，亦不能灵。固物理之自然耳。

【译文】
　　我已去世的祖父（曾任光禄寺官）康熙年间在崔庄开了一家典当铺，管事的是沈玉伯。曾经有个演木偶戏的，拿了两箱木偶来当。那些木偶都有一尺多高，制作得很精巧。当期过了，那人也不来赎回，又没有人可以转卖，于是便成了无用之物，长时期放在一间废弃的房屋中。一天晚上，月光明亮，玉伯见木偶在院子里跳舞，好像是在演戏。仔细一听，它们还发出"咿咿嘤嘤"的声音，好像在唱曲。玉伯历来胆子大，大声一喝，那些木偶一下子就散开消失了。第二天，点火将那些木偶全部烧掉，也没发生什么怪事。大约物体年深月久就会成精怪，如果烧掉它，则它的精气消散，不再能聚合成形。有的妖精还附在某些物体上，也能作怪。只要烧掉那东西，则妖怪便失去了依凭，也就不能再显灵了。世界上事物的道理固然就是这样的。

吏役忘恩负义

　　献县一令，待吏役至有恩。殁后，眷属尚在署，吏役无一存问者。强呼数人至，皆狰狞相向，非复曩时。夫人愤恚，恸哭柩前，倦而假寐。恍惚见令语曰："此辈无良，是其本分。吾望其感德已大误，汝责其负德，不又误乎？"霍然忽醒，遂无复怨尤。

【译文】
　　献县有个县令，对手下的吏役很有恩惠。死后，他的家属还在县衙里，吏役们没有一个人来慰问帮忙。勉强叫来几个，则都是凶神恶煞的样子，全不像县令在世时的模样。县令夫人极为愤怒，在灵柩前痛哭，哭累后打个盹，恍恍惚惚见县令现形说："这种人没有良心，是他们的本分。我当初希望他们能感激我的恩德，已犯了一个大错误；你现在再谴责他们忘恩负义，不是又犯了错误么？"夫人突然醒来，再也不怨恨了。

善恶相抵

康熙末，张歌桥（河间县地。）有刘横者，（横读去声，以其强悍得此称，非其本名也。）居河侧。会河水暴满，小舟重载者往往漂没。偶见中流一妇，抱断橹浮沉波浪间，号呼求救。众莫敢援，横独奋然曰："汝曹非丈夫哉，乌有见死不救者！"自棹舴艋追三四里，几覆没者数，竟拯出之。越日，生一子。月余，横忽病，即命妻子治后事。时尚能行立，众皆怪之。横太息曰："吾不起也。吾援溺之夕，恍惚梦至一官府。吏卒导入，官持簿示吾曰：'汝平生积恶种种，当以今岁某日死，堕豕身，五世受屠割之刑。幸汝一日活二命，作大阴功，于冥律当延二纪。今销除寿籍，用抵业报，仍以原注死日死。缘期限已迫，恐世人昧昧，疑有是善事，反促其生。故召尔证明，使知其故。今生因果并完矣，来生努力可也。'醒而心恶之，未以告人。今届期果病，尚望活乎？"既而竟如其言。此见神理分明，毫厘不爽。乘除进退，恒合数世而计之。勿以偶然不验，遂谓天道无知也。

【译文】

康熙末年,张歌桥(在河间县)有一个叫刘横的人,(横读去声,因为他强暴凶悍,所以得到这个称号,并不是他本来的名字。)居住在河边。正好碰上河水暴涨,小船载重过多的往往被打翻沉没。忽然,刘横见河中心一个女人抱着一枝断桨,在波浪中忽现忽没,叫喊救命,人们都不敢去救。刘横挺身而出道:"你们不是男子汉大丈夫吗?哪有见死不救的?"于是他自己驾着一只小船,追了三四里,好几次都差一点翻船,最后终于将那女人救了上来。过了几天,那女人生下一个男孩,一个多月后,刘横忽然生病,就嘱咐老婆孩子准备后事。这时刘横还能站立行走,大家都感到奇怪。刘横长叹一声说:"我的病好不了啦!我救起那个落水女人的那天晚上,恍恍惚惚在梦中来到一座官府。吏役们把我带到府中,那长官拿着一本册子给我看,说:'你这一生作了各种各样的坏事,应该在今年某一天死,以后五世都变为猪,受屠宰切割的痛苦。幸亏你在一天内救了两条人命,积了大的阴功,根据阴间的法律,你应该延长寿命二十四年。现在销除你应延长的寿命,抵掉你下几世变猪的报应,所以仍以原来注定的日期死去。因为期限已经迫近,恐怕世人糊涂,怀疑你做了这样的善事,却短命而死,所以召你来说个明白,使你们知道其中的缘故。这样你这一辈子的因果报应就都了结了,下一辈子你再好好努力吧。'我醒过来后,心里很不舒服,没有将这事告诉别人。现在到期果然生起病来,我还能指望活下去么?"结果竟与他所说的完全一样。由此可见,神灵主持公道,清清楚楚一毫一厘也无差错,人的因果报应,寿命的加减,贫富的变化,都是把几辈子的善恶加在一起而计算的。不要因为偶尔不灵验,就说天道不知世间的事。

报应不爽

郑苏仙言:有约邻妇私会,而病其妻在家者,夙负妻家钱数千,乃遣妻赍还。妻欣然往。不意邻妇失期,而其妻乃途遇强暴,尽夺衣裙簪珥,缚置秫丛。皆客作流民,莫可追诘。其夫惟俯首太息,无复一言。人亦不知邻妇事也。后数年,有村媪之子挑人妇女,为媪所觉,反覆戒饬,举此事以明因果。人乃稍知。盖此人与邻妇相闻,实此媪通词,故知之审;惟邻妇姓名,则媪始终不肯泄,幸不败焉。

【译文】

　　郑苏仙说:有个人约邻居的妻子私下通奸,嫌自己老婆在家碍事。他一直欠着老婆娘家几贯钱,于是他让老婆带钱去还,老婆很高兴地去了。没想到邻居的妻子没来赴约,而自己的老婆在路上却遇上了强盗。他们把她的衣服裙子首饰全部抢走,把她捆绑着扔在麦秸堆里。这些人都是外地来打短工的和一些到处流窜的人,连查也没法查。她丈夫知道后,只是低头叹气,一句话也说不出来。人们也不知道他与邻居妻子的事。几年以后,村里有个老太婆的儿子挑逗别人家的妇女,被老太婆发觉了。她反复劝诫儿子不要做这种事,并举上面这件事为例,说明因果报应的道理,人们才慢慢知道当初是怎么回事了。原来那人与邻居妻子有私情,就是这老太婆在中间牵线通信,所以知道得很详细。不过老太婆始终不肯泄露那邻居妻子的名字,那女人也幸亏这老太婆保密,因此没有丢丑。

鬼 之 幻 术

　　狐所幻化,不知其自视如何,其互相视又如何。尝于《滦阳消夏录》论之。然狐本善为妖惑者也。至鬼则人之余气,其灵不过如人耳。人不能化无为有,化小为大,化丑为妍。而诸书载遇鬼者,其棺化为宫室,可延人入;其墓化为庭院,可留人居。其凶终之鬼,备诸恶状者，可化为美丽。岂一为鬼而即能欤？抑有教之者欤？此视狐之幻，尤不可解。忆在凉州路中，御者指一山坳曰："曩与车数十辆露宿此山，月明之下，遥见山半有人家，土垣周络，屋角一一可数。明日过之，则数冢而已。"是无人之地，亦能自现此象矣。明器之作，圣人其知此情状乎？

【译文】

　　狐精变化成人，不知它自己看起来如何，又不知它们互相看起来怎么样，这个问题我曾在《滦阳消夏录》中谈论过。然而狐精本来就是善于成妖作怪来迷惑人的。至于鬼，则不过是人死后残剩的精气形成的，它的灵通不过与人差不多。人不能把没有的东西变成有，不能把小的东西变成大，不能把丑的东西变成美，而各种书上记载遇到鬼的事，都说鬼的棺材可以化为宫殿房屋，可以把人请进去；鬼的坟墓可以化为院子，可以留人居住。那些死于非命的鬼，本来呈现各种各样丑恶的样子，却可以变得美丽。难道是人一作了鬼就能做到这些了？或者是有谁教会它们了么？与狐精能够变化的情况相比，这事更难理解。记得我过去在凉州路上，驾车的人指着一个山坳说："从前我们曾与几十辆车子一起露宿在这个山坳里，月光之下，远远望见半山腰有人家，土垒的院墙四面围绕，屋檐角也一一可数。第二天经过时，则只是几座坟墓而已。"这样看来，鬼在没有人的地方，也会自然变化出这种现象。古代圣人提倡用竹、木、纸等扎制一些车马、宫殿之类的东西作随葬品，他们是不是已经知道这种情形呢？

魔女诱僧

　　吴僧慧贞言：有浙僧立志精进，誓愿坚苦，胁未尝至席。一夜，有艳女窥户。心知魔至，如不见闻。女蛊惑万状，终不能近禅榻。后夜夜必至，亦终不能使起一念。女技穷，遥语曰："师定力如斯，我固宜断绝妄想。虽然，师忉利天中人也，知近我则必败道，故畏我如虎狼。即努力得到非非想天，亦不过柔肌著体，如抱冰雪；媚姿到眼，如见尘垢，不能离乎色相也。如心到四禅天，则花自照镜，镜不知花；月自映水，水不知月，乃离色相矣。再到诸菩萨天，则花亦无花，镜亦无镜，月亦无月，水亦无水，乃无色无相，无离不离，为自在神通，不可思议。师如敢容我一近，而真空不染，则摩登伽一意皈依，不复再扰阿难矣。"僧自揣道力足以胜魔，坦然许之。偎倚抚摩，竟毁戒体。懊丧失志，侘傺以终。夫"磨而不磷，涅而不缁"，惟圣人能之，大贤以下弗能也。此僧中于一激，遂开门揖盗。天下自恃可为，遂为人所不敢为，卒至溃败决裂者，皆此僧也哉！

【译文】
　　吴地的和尚慧贞说：浙江有一个和尚，立志修行成佛，志向坚定，刻苦修炼，从来没有两胁靠着席子躺下睡觉。一天晚上，有个美女在窗口窥视。和尚心里明白，这是妖魔到了，但装得好像没看到没听到一样。那女子千方百计诱惑，也靠近不了和尚所坐的蒲团。此后每天晚上都来，也终究不能使和尚生起一丝欲念。女子的伎俩用尽了，于是远远地对和尚说："师父坚守自己意志的能力到了这种地步，我确实应该抛弃妄想了。不过，您还只是佛教所说的'忉利天'这一层境界中的人物，知道一旦靠近我，就会败坏自己的道行，所以怕我像害怕虎狼一样。即使您进一步努力修行，得以达到'非非想天'，也不过只能做到女人柔软的肌肤靠着自己的身体，就像抱着冰雪；美女娇媚的姿态呈现在眼前，就像见到的是灰尘而已，还是不能摆脱色相。如果您的心灵达到了'四禅天'，则能觉察不到任何外在物象的影响，像花自然映照在镜子里，镜子并不知道有花，月亮自然映照在水中，水也并不知道有月亮，这就是摆脱色相了。再进一步达到'诸菩萨天'，则花也无所谓花，镜子也无所谓镜子，月亮也无所谓月亮，水也无所谓水，没有颜色也没有物象，也无所谓离，也无所谓不离，这便是佛的自在神通，进入一种不可思议的神妙境界了。您如果能让我靠近一下，而本心不受影响，则我将一心一意敬服您，就像当初妖女摩登伽敬服佛祖的大弟子阿难一样，再也不来干扰您了。"和尚揣度自己的道行法力足以战胜魔女的诱惑，于是很轻松地答应了。那女子偎依在和尚怀中，百般抚摸挑逗，这和尚终于控制不住欲念，与她发生性关系，损坏了自己修行的清净身体。事后悔恨不已，结果在苦恼悲愤中死去。所谓经过碾磨也不变成粉末，放在黑水中也不变成黑色，这种经受考验而不改变的行为，只有圣人才能做到，大贤人以下的人都做不到。这和尚一下子中了魔女的激将法，便开门把强盗请进门。天下凡以为自己能做到什么，于是就去做人们不敢做的事，结果惨败完蛋的，都是属于这个和尚一类的人。

乩仙论棋

德音斋扶乩，其仙降坛不作诗，自署名曰刘仲甫。众不知为谁，有一国手在侧，曰："是南宋国手，著有《棋诀》四篇者也。"因请对弈。乩判曰："弈则我必负。"固请，乃许。乩果负半子。众曰："大仙谦挹，欲奖成后进之名耶？"乩判曰："不然，后人事事不及古，惟推步与弈棋则皆胜古。或谓因古人所及，更复精思，故已到竿头，又能进步，是为推步言，非为弈棋言也。盖风气日薄，人情日巧，其倾轧攻取之术，两机激薄，变幻万端，吊诡出奇，不留余地。古人不肯为之事，往往肯为；古人不敢冒之险，往往敢冒；古人不忍出之策，往往忍出。故一切世事心计，皆出古人上。弈棋亦心计之一，故宋元国手，至明已差一路，今则差一路半矣。然古之国手，极败不过一路耳；今之国手，或败至两路三路，是则踏实蹈虚之辨也。"问："弈竟无常胜法乎？"又判曰："无常胜法，而有常不负法。不弈则常不负矣。仆猥以凡慧，得作鬼仙，世外闲身，名心都尽，逢场作戏，胜败何关。若当局者角争得失，尚慎旃哉！"四座有经历世故者，多喟然太息。

【译文】

德奇斋扶乩，乩仙降临后没有作诗，只是署了一个名，叫"刘仲甫"。大家不知是什么人。有一个全国有名的围棋手在旁边，说："这是南宋时一个著名的围棋手，写过四篇《棋诀》的文章。"他接着请乩仙一起下棋，乩仙写道："下则我肯定输。"又再三邀请，乩仙才同意，结果果然输了半子。在场的人说："大仙您是故意谦虚，以帮助后辈成名吧？"乩仙写道："不是这样。后代人事事都赶不上古人，只有天文历法学和下棋则都胜过古人。有的人也许会说，这是因为后人在古人所达到的水平的基础上，再进一步深入思考，所以能百尺竿头，更进一步。然而这话只能对天文历法学而言，对下棋就不能这么说了。世俗风尚一代比一代浇薄，人们的性情一天比一天狡猾，互相倾轧进攻夺取的伎俩，两方面互相推动，花样层出不穷，挖空心思出奇斗巧，不留任何余地。古人不肯做的事，后代人往往肯做；古人不敢冒的险，后代人也往往敢冒；古人不忍心使出的计策，后代人也往往忍心使出。所以对世界上各种事物的心计，都超过了古人。下棋也属于心计的一种，所以宋元时代的国手，到明代已差了一路，至今天则差一路半了。不过，古代的围棋高手最败不过输一路，现在的围棋高手则有输到两路三路的，这是因为古人都稳步踏实，现在的人则喜欢冒险出奇计企图胜过对手的缘故。"大家又问："难道下棋根本没有保证常赢的办法吗？"乩仙写道："没有保证常赢的办法，但保证永远不输的办法是有的，那就是不下棋，不下就不会输了。我很侥幸因为本来聪明，得以成为鬼仙，已是摆脱人世的自由清闲的人了，争名誉的心思早就没了，现在只不过逢场作戏，是胜是败有什么关系？像那些还在人世间名利场上竞争得失的人，还望他们小心谨慎些呵。"当时在场的人中，有些是饱经世故的，听了这话，都深深叹息。

狐狸怕狐狸

季沧洲言：有狐居某氏书楼中数十年矣，为整理卷轴，驱除虫鼠，善藏弄者不及也。能与人语，而终不见其形。宾客宴集，或虚置一席，亦出相酬酢，词气恬雅，而谈言微中，往往倾其座人。一日，酒纠宣觞政，约各言所畏，无理者罚，非所独畏者亦罚。有云畏讲学者，有云畏名士者，有云畏富人者，有云畏贵官者，有云畏善谀者，有云畏过谦者，有云畏礼法周密者，有云畏缄默慎重、欲言不言者。最后问狐，则曰："吾畏狐。"众哗笑曰："人畏狐可也，君为同类，何所畏？请浮大白。"狐哂曰："天下惟同类可畏也。夫瓯、越之人，与奚、霫不争地；江海之人，与车马不争路。类不同也。凡争产者，必同父之子；凡争宠者，必同夫之妻；凡争权者，必同官之士；凡争利者，必同市之贾。势近则相碍，相碍则相轧耳。且射雉者媒以雉，不媒以鸡鹜；捕鹿者由以鹿，不由以羊豕。凡反间内应，亦必以同类；

非其同类，不能投其好而入，伺其隙而抵也。由是以思，狐安得不畏狐乎？"座有经历险阻者，多称其中理。独一客酌酒狐前曰："君言诚确。然此天下所同畏，非君所独畏。仍宜浮大白。"乃一笑而散。余谓狐之罚觞，应减其半。盖相碍相轧，天下皆知之；至伏肘腋之间，而为心腹之大患，托水乳之契，而藏钩距之深谋，则不知者或多矣。

【译文】

季沧洲说：有只狐狸，住在某户人家的藏书楼上，已经好几十年了。它帮主人整理书卷，驱赶老鼠，除灾害虫，最善于收藏管护的人也赶不上它。它能与人说话，但从来不现形。宾客饮宴聚会，安排一席空在那里，它也会出来与大家应酬。说话温文尔雅，而又委婉中肯，使在座的人都为之倾倒。有一天，监督饮酒的人宣布喝酒的规则，约定每个人都说出自己最害怕的东西，说得没有道理的就罚酒，说出并不是某人单独害怕的东西也要罚酒。有的说最害怕讲道学的人，有的说最怕那些所谓的名士，有的说最怕有钱人，有的说最怕当大官，有的说最怕善于说阿谀奉承话的，有的说最怕过分谦虚的，有的说最怕讲礼节太周密的，有的说最怕总是闭口不言装出慎重的样子想说话又不说的。最后问狐狸，狐狸却说："我最怕狐狸。"大家一起喧哗起来，笑着说："人怕狐狸可以理解，你是狐狸的同类，怕它什么呢？请喝一大碗酒！"狐狸轻轻一笑，说："天下只有同类的东西最可怕。生活在福建、浙江等地的人，不会与生活在北方的奚族人和霫族人争地盘；在江海中驾船行驶的人，不会与在陆地上坐车骑马的人争路，这是因为他们不同类。凡是争财产的，必定是同一个父亲的儿子；凡是争宠爱的，必定是同一个丈夫的妻妾；凡是争权位的，必定是在一起做官的人士；凡是争利的，必定是在同一个市场上做买卖的人。他们所处的位置相近，就会相互妨碍；既然相互妨碍，就必定会相互倾轧。而且射野鸡的人，总是以野鸡作诱饵，不会用鸡鸭；捕鹿的人，总是用鹿把鹿引出来，不会用羊或猪。凡是作反间作内应的，也必定是用他们的同类。如果不是他（它）们的同类，就不善于投其所好，不善于抓住他（它）们的弱点加以利用以陷害他（它）们。根据这些来想想，狐狸又怎能不怕狐狸呢？"在座的人中，有些是经历过许多人世间的风波险阻的，他们大都称赞狐狸说的话有道理。只有一个客人倒了一碗酒放在狐狸面前，说："你的话确实有道理。但这种情况是天下人都共同害怕的，不是你一个人害怕的，仍然应该喝一大碗酒。"于是大家一笑而散。在我看来，狐狸罚的一碗酒应该减掉一半，因为相互妨碍、相互倾轧这样的事，天下人都知道并且都害怕，至于那种就潜伏在你的身边而将来可能成为你的心腹大患的恶人，那种假装与你是挚友亲朋而心里则藏着陷害你的阴险计谋的恶人，那不知道的人恐怕就多了。

小妾巧计逃生

沧州李媪，余乳母也。其子曰柱儿，言昔往海上放青时，（海滨空旷之地，茂草丛生。土人驱牛马往牧，谓之放青。）有灶丁夜方寝，（海上煮盐之户，谓之灶丁。）闻室内窸窣有声。时月明穿牖，谛视无人，以为虫鼠类也。俄闻人语嘈杂，自远而至，有人连呼曰："窜入此屋矣。"疑讶间已到窗外，扣窗问曰："某在此乎？"室内泣应曰："在。"又问："留汝乎？"泣应曰："留。"又问："汝同床乎？别宿乎？"泣良久，乃应曰："不同床谁肯留也！"窗外顿足曰："败矣。"忽一妇大笑曰："我度其出投他所，人必不相饶。汝以为未必，今竟何如？尚有面目携归乎？"此语之后，惟闻索索人行声，不闻再语。既而妇又大笑曰："此尚不决，汝为何物乎？"扣窗呼灶丁曰：

"我家逃婢投汝家,既已留宿,义无归理。此非尔胁诱,老奴无词以仇汝;即或仇汝,有我在,老奴无能为也。尔等且寝,我去矣。"穴纸私窥,阒然无影;回顾枕畔,则一艳女横陈。且喜且骇,问所自来。言:"身本狐女,为此冢狐买作妾。大妇妒甚,日日加捶楚。度不可住,逃出求生。所以不先告君者,虑恐怖不留,必为所执。故踡伏床角,俟其追至,始冒死言已失身,冀或相舍。今幸得脱,愿生死随君。"灶丁虑无故得妻,或为人物色,致有他虞。女言:"能自隐形,不为人见,顷缩身为数寸,君顿忘耶!"遂留为夫妇,亲操井臼,不异贫家,灶丁竟以小康。柱儿于灶丁为外兄,故知其审。李媪说此事时,云女尚在。今四十余年,不知如何矣。此婢遭逢患难,不辞诡语以自污,可谓铤而走险。然既已自污,则其夫留之为无理,其嫡去之为有词,此冒险之计,实亦决胜之计也,婢亦黠矣哉。惟其夫初既不顾其后,后又不为之所,使此婢援绝路穷,至一决而横溃,又何如度德量力,早省此一举欤!

【译文】
  沧州李老太是我的奶妈,她的儿子叫柱儿,他说:从前去海边"放青"时(海滨空旷的地方,青草长得十分茂盛。当地老百姓把牛马赶到那里去放牧,称为"放青"),有个"灶丁"晚上刚上床睡觉(在海边上煮盐的人家称为"灶丁"),听到屋里有窸窸窣窣的声音。当时月光明亮,透过窗户照进屋里,灶丁仔细查看,没看到人,于是以为是虫子老鼠之类发出的声音。不久便听到吵吵嚷嚷的声音,从远处慢慢靠近,有人连声喊道:"钻进这幢屋里去了。"灶丁正感到疑惑吃惊,那声音已到了窗户外面。有人敲着窗户问道:"某某在这里吗?"只听屋里一个带着哭腔的声音回答道:"在这里。"外面的人又问:"主人留下你了吗?"哭着的声音又答道:"留下了。"又问:"你和主人是同床睡,还是单独睡?"那哭声继续了好一会儿,才回答:"不同床,谁肯留我呢?"窗户外的人跳着脚说:"完了,完了。"忽然有一个女人大笑道:"我就估计她跑到别人家里,别人一定不会放过她,你还说未必,现在究竟如何?你还有脸面把她带回去吗?"继说话声之后,便只听到一阵索索的人走动的声音,再没有人说话的声音了。过了一会儿,那个女人的声音又大笑,说:"这事都不能决断,你还算什么东西。"又敲着窗户说:"我家逃出来的婢女投到你家,你既然留下一起睡觉了,按道理就不好回去了。这不是你故意威胁诱骗来的,老东西没有什么理由找你的麻烦;即使他要找你的麻烦,有我在,老东西也不敢把你怎么样。你们好好睡吧,我走了。"灶丁把窗户纸戳一个洞偷偷往外看,外面连个人影也没了。回头一看枕头边,则有一个美貌的女子横躺在床上,灶丁又欢喜又吃惊,问她从哪里来,那女子说:"小女子本是个狐女,被这边坟墓中的老狐狸买作小老婆,它的正妻非常妒忌,天天毒打我。我料想住不下去,所以逃出来求生。之所以没有先给您打招呼,是担心您害怕,不留下我,我就一定会被他们抓回去,所以蜷着身子躲在床角边。等他们追来了,我才冒死说自己已经失身,希望他们或者能放过我。现在幸亏逃脱了,我愿生生死死与您相伴。"灶丁担心无缘无故就得了个老婆,倘若被别人发现追查,就会引来别的麻烦,那女子便说:"我能隐蔽自己的形体,不让人看见我。刚才我就缩成几寸长,您就忘了吗?"于是灶丁留下她,结为夫妇。那女子亲手操持家务,打水做饭,与贫穷人家的女子没有两样,灶丁竟因此建成了一个小康之家。柱儿与那灶丁是表兄弟,所以这件事知道得很详细。李老太谈起这件事时说:"那女子还活着,已经四十多年了,现在不知怎样。"这个小妾遭遇很不幸,她不惜说谎话以玷污自己,可以说是铤而走险了。不过,她既已玷污自己的名声,则她的丈夫就没有理由留她了,那正妻要把她赶走也就有依据了。这是一个冒险的计策,但也是一个可以取得决定性成功的计策,这小妾也够机智的了。只是她的那个丈夫,当初买她时既不考虑以后会怎么样,后来又不为她作出安排,使这女子走投无路，最后只好铤而走险，造成这样的结果。既然如此，那丈夫何不当初就估量一下自己的能耐，不做这件事，好省这个麻烦呢？

狡黠舞文之报

老儒周懋官，口操南音，不记为何许人。久困名场，流离困顿，尝往来于周西擎、何华峰家。华峰本亦姓周，或二君之族欤？乾隆初，余尚及见之，迂拘拙钝，古君子也。每应试，或以笔画小误被贴，或已售而以一二字被落。亦有过遭吹索，如题目写曰字偶稍狭，即以误作日字贴；写已字末笔偶锋尖上出，即以误作已字贴。尤抑郁不平。一日，焚牒文昌祠，诉平生未作过恶，横见沮抑。数日后，梦朱衣吏引至一殿，神据案语曰："尔功名坎坷，遽渎明神，徒挟怨尤，不知因果。尔前身本部院吏也，以尔狡黠舞文，故罚尔今生为书痴，毫不解事。以尔好指摘文牒，虽明知不误，而巧词锻炼，以挟制取财，故罚尔今生处处以字画见斥。"因指簿示之曰："尔以日字见贴者，此官前世乃福建驻防音德布之妻，老节妇也，因咨文写音为殷，译语谐声，本无定字。尔反覆驳诘，来往再三，使穷困孤嫠所得建坊之金，不足供路费。尔以已字见贴者，此官前世以知县起服，本历俸三年零一月。尔需索不遂，改其文三字为五，一字为十，又以五年零十月核计，应得别案处分。比及辨白，坐原文错误，已沉滞年余。业报牵缠，今生相遇，尔何冤之可鸣欤？其他种种，皆有夙因，不能为尔备陈，亦不可为尔预泄。尔宜委顺，无更哓哓。傥其不信，则缁袍黄冠，行且有与尔为难者，可了然悟矣。"语讫，挥出。霍然而醒，殊不解缁袍黄冠之语。时方寓佛寺，因迁徙避之。至乙卯乡试，闱中已拟第十三。二场僧道拜父母判中，有"长揖君亲"字，盖用傅奕表"不忠不孝，削发而揖君亲"语也。考官以为疵累，竟斥落。方知神语不诬。此其馆步丈陈谟家（名登廷，枣强人，官制造库郎中。）自详述于步丈者。后不知所终，殆坎壈以殁矣。

【译文】

　　老儒生周懋官，说话是南方口音，记不得他是什么地方人了。他科举考试一直不得意，穷困潦倒到处漂流。他曾经在周西擎、何华峰两家住过。华峰本来也姓周，周懋官或有可能是两家的同族。乾隆初年，我还见到过他。他有些迂腐拘谨，老实本分，是一个古代君子式的人物。他每次参加考试，或者因写字笔画有小的误差而被判为不合格；或者已被录取，而因为一两个字有问题又被黜落。也有遭到过分吹毛求疵的，如题目中的"日"字，写得稍窄一点，就被认为是错写成"日"字而被标出；写"己"字，最后一笔末端稍微往上出了一点，就被认为是错写成"已"字，又被标出。周懋官感到十分气愤。一天，他在文昌祠前焚烧了一篇告文，诉说自己平生没做什么坏事，也没什么过错，却如此横遭压抑。几天后，他梦见有个穿红衣的吏役带他到一座殿里，神坐在桌后说："你功名不顺利，便来吵闹神灵，只知道怀恨抱怨，却不知因果报应的道理。你前身本是部院里的书吏，因为你狡猾多诈，喜欢拿文字玩弄花样，所以罚你这一世成个书呆子，什么事也不懂。因为你最喜欢指摘别人的公文，虽然明明知道没有差错，也要诡辩罗织罪名，以威胁别人，诈取钱财，所以罚你这一辈子处处因笔划的原因被黜落。"那神还指着簿子给他看道："你因'日'字被标出黜落，是因为那考官前世乃是福建驻防军音德布的妻子，是个老节妇，上报她的文书把'音德布'的'音'字写成了'殷'，而这本是译音字，并没有固定用哪个字的，你却几次三番驳回责问，使那穷困的老寡妇所得到的官府赏给她建节妇牌坊的银子，还不够做来往的路费。你因'巳'字被标出黜落，是因为那考官前生守孝期满，复任知县，满了三年零一个月，应该升转，你却因索取贿赂不得，便把'三'字改成'五'字，把'一'字改成'十'字，又根据五年零十个月应该在另一批人员中办理。等到查清楚，因原文的错误，已拖了一年多。这些罪孽必得报应，所以你这一世又与他们相遇，你还有什么冤屈可喊呢？其他各种事情，也都有前世的原因，不能跟你一一说明，也不可预先泄露给你。你应该顺从天命，不要再啰啰嗦嗦。倘若还不相信，那和尚道士就有得找你麻烦的，你应该醒悟了。"说完，挥手命周懋官出去。周忽然就醒过来，完全不懂"和尚道士"等等是什么意思。当时他正寄居在佛寺，因此马上迁居别处，以避开和尚。到了乙卯年参加乡试，考官已拟定他为第十三名举人了。但第二场考试时，有一道题是为和尚道士应当拜见父母之事写一段判语，周的答卷中有"长揖君亲"的句子，是用了唐代傅奕所上主张禁止佛教的表文中"不忠不孝，削发而揖君亲"的典故。考官因不知这个典故，认为周这句话有毛病，竟又把他黜落了。周懋官这才知道神所说的话果然不假。这些事都是他在步陈谟老先生（名登廷，枣强人，任制造库郎中）家做家庭教师时，自己详细告诉步老先生的。后来不知他结局如何，大概是在坎坷潦倒中死去了。

借尸还魂

虞倚帆待诏言：有选人张某，携一妻一婢至京师，僦居海丰寺街。岁余，妻病殁。又岁余，婢亦暴卒。方治椟，忽似有呼吸，既而目睛转动，已复苏，呼选人执手泣曰："一别年余，不意又相见。"选人骇愕。则曰：

"君勿疑谵语,我是君妇,借婢尸再生也。此婢虽侍君巾栉,恒郁郁不欲居我下。商于妖尼,以术魇我。我遂发病死,魂为术者收瓶中,镇以符咒,埋尼庵墙下。局促昏暗,苦状难言。会尼庵墙圮,掘地重筑,圬者劚土破瓶,我乃得出。茫茫昧昧,莫知所往,伽蓝神指我诉城隍。而行魇法者皆有邪神为城社,辗转撑拄,狱不能成。达于东岳,乃捕逮术者,鞫治得状,拘婢付泥犁。我寿未尽,尸已久朽,故判借婢尸再生也。"阖家悲喜,仍以主母事之。而所指作魇之尼,则谓选人欲以婢为妻,故诈死片时,造作斯语。不顾陷人于重辟,汹汹欲讦讼。事无实证,惧干妖妄罪,遂讳不敢言。然倚帆尝私叩其僮仆,具道妇再生后,述旧事无纤毫差,其语音行步,亦与妇无纤毫异。又婢拙女红,而妇善刺绣,有旧所制履未竟,补成其半,宛然一手,则似非伪托矣。此雍正末年事也。

【译文】

虞倚帆待诏说:有个姓张的人,到京城候选官职,带着一妻一妾,租住在海丰寺街。一年多后,妻子生病而死。又过了一年多,妾也突然死去。正在制作棺材时,那妾突然又好像有了呼吸,接着眼睛转动,已重新醒过来。她叫着张某的名字,握着他的手哭道:"一别就是一年多,没想到还能见面。"张某非常吃惊,女人便接着说:"你不要以为我在讲胡话,我是你的妻子,现在是借妾的身体复生了。这妾虽然服侍你,但总是愤愤不平,不愿居于我的下面。她与坏尼姑商量,用妖术诅咒我,我就发病而死。我的魂魄被坏尼姑收在瓶子中,用符咒镇住,埋在尼姑庵的墙下。我在里面憋得难受,苦不堪言。碰上尼姑庵的墙倒了,挖地重筑,泥工挖土时砸破了瓶子，我才得出来。只见外面一片茫茫，我昏昏然不知到哪里去。伽蓝神指示我去向城隍申诉，而行妖术的人也都有邪神作后台来庇护他们，因此互相僵着拖了下来，案子不能了结。后来申报到东岳神那里，才下令逮捕使妖术的人，审问清楚，将那妾抓送泥犁地狱。我的寿命未尽，但尸体早已腐烂，所以判我借妾的身体复生。"全家听到这里，都又悲又喜，于是把复生的女人当女主人对待。而她指认的那个使妖术的尼姑，则一口咬定是张某想让妾升为正妻，所以让她假装死一会儿，然后造出这种鬼话来，而不惜将杀头的大罪栽在别人头上，气势汹汹地说要告到官府。张某因没有实在的证据，怕官府以乱造妖言加罪，于是闭口不敢提了。不过倚帆曾经私下询问张家的仆人，他们都说那女人再生后，说起从前的事没有一丝差错；她讲话的声音、走路的样子也与原来的女主人没有丝毫差别。又说那妾做针线活技术很差，而女主人则善于刺绣。以前她有一双鞋没有做完，复生后把剩下的一半补做完成，完全像同一双手做出来的。这样看来，这事又似乎不是假的了。这是雍正末年的事。

节 孝 女 子

范衡洲（山阴人，名家相，甲戌进士，官柳州府知府。）之侄女，未婚殉节，吞金环不死，卒自投于河。曾太守（嘉祥人，曾子裔也，偶忘其名字。）之女，以救母并焚死。其事迹始末，当时皆了了知之。今四十余年，不能举其详矣。奇闻易记，庸行易忘，固事理之常欤！附存姓氏，冀不泯幽光。《孔子家语》载弟子七十二人，固不必一一皆具行实尔。

【译文】

范蘅洲（山阴人，名家相，甲戌年进士，曾任柳州知府。）的侄女还没成婚，她的未婚夫死了，她就要殉节，吞下金环不死，结果自己投河而死。曾太守（嘉祥人，孔子学生曾参的后裔，偶尔忘记他的名字。）的女儿为了救母亲，被一起烧死。这两件事情的始末，当时人都知道得清清楚楚。现在过了四十多年，已不能说出它的细节了。奇异的见闻容易被记住，正常的行为容易被忘记，这固然是事物的常理么？姑且把她们的姓氏附带记在这里，希望她们的德性不会泯灭。《孔子家语》记载孔子的七十二个弟子，也不是每个人都有具体事迹的。

阎王慎断疑案

蘅洲言：其乡某甲甚朴愿，一生无妄为。一日昼寝，梦数役持牒摄之去。至一公署，则冥王坐堂上，鞫以谋财杀某乙。某乙至，亦执甚坚。盖某乙自外索逋归，天未曙，趁凉早发。遇数人，见腰缠累然，共击杀之，携资遁，弃尸岸旁。某甲适棹舴艋过，见尸大骇，视之，识为某乙，尚微有气。因属邻里，抱置舟上，欲送之归。某乙垂绝，忽稍苏，张目见某甲，以为众夺财去，某甲独载尸弃诸江也。故魂至冥司，独讼某甲。冥王检籍，云盗为某某，非某甲。某乙以亲见固争。冥吏又以冥籍无误理，与某乙固争。冥王曰："冥籍无误，论其常也。然安知千百万年不误者，不偶此一误乎？我断之不如人质之也，吏言之不如囚证之也。"故拘某甲。某甲具述载送意。照以业镜，如所言。某乙乃悟。某甲初窃怪误拘，冥王告以故，某甲亦悟。遂别治某乙狱，而送某甲归。夫折狱之明决，至冥司止矣；案牍之详确，至冥司亦止矣。而冥王若是不自信也，又若是不惮烦也，斯冥王所以为冥王欤!

【译文】

　　范蘅洲说：他的家乡有某甲，为人忠厚随和，一生从不乱来。一天他睡午觉时，梦见几个差役手持公文来抓他，把他带到一座衙门，只见阎王坐在大堂上，审问他为什么要谋财害命杀某乙。这时某乙也被带到，一口咬定是某甲杀了他。原来某乙从外面讨债回家，天没亮，他就趁着天气凉快上路了。路上遇到几个人，他们见某乙腰包鼓鼓囊囊，就共同杀害了他，抢了钱逃走，把尸体扔在岸边。某甲正好驾着小船路过，见到尸体大吃一惊，认出是某乙，还有一点气，于是请邻近的人帮助抱到船上，准备把他送回家。某乙临死前忽然醒过来一次，张开眼睛见是某甲，以为是几个人把钱抢走了，让某甲一个人把尸体运到江里扔掉，所以他的魂魄到阴司告状，只告某甲一人。阎王翻簿子查阅，说："强盗应是某某人，不是某甲。"某乙说自己是亲眼所见，坚决不服；但阴司的吏认为阴司的簿子不可能错，因此与某乙争吵起来。阎王说："阴司的簿子不会有错，这是就一般而言。然而怎么知道千百万年都没有错过一次，就不会有一次偶然的错误呢？由我来判断，还不如让人当面对质；由吏来说，不如让犯人自己证明。"所以把某甲抓来。某甲详细说明了当时运送的本意，阎王又用"业镜"来照，映现的情形与某甲所说的一致。某乙这才明白。某甲开始弄不明白自己为什么会被错抓来，阎王把原因告诉他，他也就明白了。于是阎王另外审理某乙的案件，而派人送某甲回家。就判断案情的聪明果断而言，到阴司也就算到顶了；就审案的文件记录的详细可靠而言，到阴司也同样算是到顶了。而阎王还这样地不专信自己，这样地不嫌麻烦，这大概也就是阎王之所以为阎王的原因吧。

凡事不应做过头

　　"仲尼不为已甚"，岂仅防矫枉过直哉，圣人之所虑远也。老子曰："民不畏死，奈何以死畏之！"夫民未尝不畏死，至知必死乃不畏。至不畏死，则无事不可为矣。小时闻某大姓为盗劫，悬赏格购捕。半岁余，悉就执，亦俱引伏。而大姓恨盗甚，以多金赂狱卒，百计苦之：至足不蹑地，胁不到席，束缚不使如厕，裈中蛆虫蠕蠕噆股髀，惟不绝饮食，使勿速死而已。盗恨大姓甚，私计强劫得财，律不分首从斩；轮奸妇女，律亦不分首从斩。二罪从一科断，均归一斩，万无加至磔裂理。乃于庭鞫时，自供遍污其妇女。官虽不据以录供，而众口坚执，众耳共闻，迄不能灭此语。不善大姓者又从而附会，谓盗已论死足蔽罪，而不惜多金又百计苦之，其衔恨次骨正以此。人言籍籍，亦无从而辨此疑，遂大为门户玷，悔已无及。夫劫盗骈戮，不能怨主人；即拷掠追讯，桎梏幽系，亦不能怨主人，法所应受也。至虐以法外，则其志不甘。掷石击石，力过猛必激而反。取一时之快，受百世之污，岂非已甚之故乎？然则圣人之所虑远矣。

【译文】

孔子主张凡事不要做得过分，他的意思难道只是要求不要矫枉过正吗？圣人所考虑的还深远着呢。老子说："老百姓连死都不怕，你用死来威胁他们还有什么用？"其实老百姓何尝不怕死，只是知道必定要死，也就不怕了。到了死都不怕的地步，那就没有什么事情不敢做了。我小时候听说某个大户人家遭到强盗抢劫，官府悬赏捉拿。过了半年多，强盗都被抓住，而且都供认服罪。但那个大户人家对强盗恨得要命，于是用很多金银贿赂看守监狱的人，千方百计折磨他们，以至于使他们的脚挨不着地，两胁挨不着席子，把他们捆绑着不让上厕所，致使他们的裤子里面长满蛆虫，到处爬动，啃他们的大腿,只是不停止供给饮食,好让他们不能很快死掉而已。强盗们对这大户人家恨入骨髓,他们私下商量道:抢劫财物,按法律不分首犯从犯,全部斩首;轮奸妇女,按法律也是不分首犯从犯,一律斩首。两项罪加在一起审判,也只是一斩,决没有加至碎剐的道理。于是在当堂审问时,他们都招认说把那个大户人家的妇女全部强奸了。官府虽没有照他们的话录写供词,但强盗们却众口一词坚持有这回事,在场的人也都听到了,于是这话就不胫而走了。对那大户人家不满的一些人又因此附会,说:强盗们已被判处死刑,已抵得上他们的罪过了,而大户还不惜花费大量金钱,千方百计折磨他们,大户之所以对他们恨到如此地步,正是因为他们强奸了他家妇女的缘故。人们议论纷纷,大户又无法为自己辩白,整个家庭于是蒙受了极大的羞辱,后悔也来不及了。强盗们一齐杀头,不能怨大户;即使是拷打审问,戴上镣铐,长时间关押,这也不能怨大户,因为根据法律,这是他们应受的。至于用法律之外的办法来虐待,则他们肯定不甘心。用石头击石头,力量过猛,石头必定会反弹回来,为了一时的痛快,使整个家族百世都蒙上耻辱,这难道不正是做过分的缘故么?由此看来,圣人所考虑的确实十分深远啊。

高斗击盗得妻

霍养仲言:雍正初,东光有农家,粗具中人产。一夕,有劫盗,不甚搜财物,惟就衾中曳其女,掖入后圃,仰缚曲项老树上,盖其意本不在劫也。女哭詈。客作高斗,睡圃中,闻之跃起,挺刃出与斗。盗尽披靡,女以免。女恚愤泣涕,不语不食。父母宽譬终不解,穷诘再三,始出一语曰:"我身裸露,可令高斗见乎?"父母喻意,竟以妻斗。此与楚钟建事适相类。然斗始愿不及此,徒以其父病,主为医药;及死为棺敛,葬以隙地,而招其母司炊煮，故感激出死力耳。罗大经《鹤林玉露》载咏朱亥诗曰："高论唐虞儒者事，负君卖友岂胜言。凭君莫笑金椎陋，却是屠沽解报恩。"至哉言乎！

【译文】

霍养仲说：雍正初年，东光有户农家，大致有中等的家产。一天晚上来了强盗，不大搜取财物，只是从被子中拖出这农家的女儿，拖到屋后菜园里，将她朝上绑在一株弯曲的老树上，大概他们本就不是为抢钱财而来的。那女子又哭又骂。在这农家打工的高斗正好睡在菜园中，听到后跳起来，操着刀与强盗格斗。强盗们全打不过，都跑了。女子因此幸免遭害，但她又羞愧又愤怒，不说话，不吃饭，只是哭泣。父母反复劝慰，也没有效果。再三问她，她才说了一句话："我的身体裸露着，被高斗看到，这怎么行呢？"父母明白了她的意思，于是干脆把她嫁给了高斗。这事与楚人钟建的故事正好相似，不过高斗当初并没有想到这一步。他只是因为以前自己父亲生病时，这家主人帮助寻医问药；父亲死后，主人又买了棺材帮助安葬在空地里，并让他的母亲在他们家烧饭，高斗感激他们的恩情，所以拼命救出他们的女儿。罗大经《鹤林玉露》载有一首咏战国时的侠客朱亥的诗说："高论唐虞儒者事，负君卖友岂胜言。凭君莫笑金椎陋，却是屠沽解报恩。"这话说的真好啊！

李 生 夫 妻

太白诗曰："徘徊映歌扇，似月云中见；相见不相亲，不如不相见。"此为冶游言也。人家夫妇有睽离阻隔，而日日相见者，则不知是何因果矣。郭石洲言：中州有李生者，娶妇旬余而母病，夫妇更番守侍，衣不解结者七八月。母殁后，谨守礼法，三载不内宿。后贫甚，同依外家。外家亦仅仅温饱，屋宇无多，扫一室留居。未匝月，外姑之弟远就馆，送母来依姊。无室可容，乃以母与女共一室，而李生别榻书斋，仅早晚同案食耳。阅两载，李生入京规进取，外舅亦携家就幕江西。后得信，云妇已卒。李生意气懊丧，益落拓不自存，仍附舟南下觅外舅。外舅已别易主人，随往他所。无所栖托，姑卖字糊口。一日，市中遇雄伟丈夫，取视其字曰："君书大好。能一岁三四十金，为人书记乎？"李生喜出望外，即同登舟。烟水渺茫，不知何处。至家，供张亦甚盛。及观所属笔札，则绿林豪客也。无可如何，姑且依止。虑有后患，因诡易里籍姓名。主人性豪侈，声伎满前，不甚避客。每张乐，必召李生。偶见一姬，酷肖其妇，疑为鬼。姬亦时时目李生，似曾相识。然彼此不敢通一语。盖其外舅江行，适为此盗所劫，见妇有姿首，并掠以去。外舅以为大辱，急市薄榇，诡言女中伤死，伪为哭敛，载以归。妇惮死失身，已充盗后房。故于是相遇，然李生信妇已死，妇又不知李生改姓名，疑为貌似，故两相失。大抵三五日必一见，见惯亦不复相目矣。如是六七年，一日，主人呼李生曰："吾事且败，君文士不必与此难。此黄金五十两，君可怀之，藏某处丛荻间。候兵退，速觅渔舟返。此地人皆识君，不虑其不相送也。"语讫，挥手使急去伏匿。未几，闻哄然格斗声。既而闻传呼曰："盗已全队扬帆去，且籍其金帛妇女。"时已曛黑，火光中窥见诸乐伎皆披发肉袒，反接系颈，以鞭杖驱之行，此姬亦在内，惊怖战栗，使人心恻。明日，岛上无一人，痴立水次。良久，忽一人棹小舟呼曰："某先生耶？大王故无恙，且送先生返。"行一日夜，至岸。惧遭物色，乃怀金北归。至则外舅已先返。仍住其家，货所携，渐丰裕。念夫妇至相爱，而结褵十载，始终无一月共枕席。今物力稍充，不忍终以薄椟葬。拟易佳木，且欲一睹其遗骨，亦风昔之情。外舅力沮不能止，词穷吐实。急兼程至豫章，冀合乐昌之镜。则所俘乐伎，分赏已久，不知流落何所矣。每回忆六七年中，咫尺千里，辄惘然如失。又回忆被俘时，缧绁鞭笞之状，不知以后摧折，更复若何，又辄肠断也。从此不娶。闻后竟为僧。戈芥舟前辈曰："此事竟可作传奇，惜末无结束，与《桃花扇》相等。虽曲终不见，江上峰青，绵邈含情，正在烟波不尽，究未免增人怊怅耳。"

【译文】

　　李白有首诗说："徘徊映歌扇，似月云中见。相见不相亲，不如不相见。"这是写那些寻花问柳的人的。普通人家的夫妻有相互分离隔阻，却天天见面的，那就不知道是什么因果造成的了。郭石洲说：河南有个李生，娶妻才十多天，母亲就病了。夫妻俩轮换守护照料，一直忙了七八个月，没有脱衣在床上好好休息过。母亲死后，他们又严格遵照礼法，丈夫三年不进房与妻同宿。后来他们穷得过不下去，只好投靠妻子的娘家。娘家也仅仅能维持温饱，房子也不多，只能打扫一间屋给他们住。还不到一个月，岳母的弟弟要到很远的地方去给人做家庭教师，把老娘送到姐姐家。没有地方安置，只好把老太太与李生的妻子安排在一间房里住，李生则在书房中搭了一个铺。夫妻俩只在早晨和晚上同桌吃饭而已。这样过了两年，李生到京城去想找一条出路，岳父也带着全家到江西去给官府做幕僚。后来李生接到岳父的来信，说妻子已死，李生感到非常悲伤。后来李生越来越混不下去了，又搭别人的船南下，到江西投靠岳父。而他的岳父已经换了主人，并随新的主人到另外的地方去了。李生无地安身，只好卖字度日。一天，在街上遇到一个长得雄壮魁梧的好汉，那人拿起李生写的字看了看，说："你的字写得很好，三四十两银子一年，替人照管文件书信之类的事，你愿意干吗？"李生喜出望外，便与那好汉一起上船。只见烟水茫茫，不知到了什么地方。到那好汉的家后，招待供应也很丰盛。及看那些需要起草回答的书信，原来主人是绿林强盗。李生无可奈何，只好暂且安身。他担心以后会有麻烦，于是谎报了自己的籍贯姓名。那主人既豪爽又生活奢侈，歌妓很多，也不大注意避开男客。他家每次有歌舞表演，都邀李生一起观赏。李生偶尔见到一个歌妓特别像自己的妻子，怀疑她是鬼；那歌妓也总是朝李生看，好像曾经认识。然而两人不敢相互说一句话。原来，他岳父带家人乘船去江西时，正好遭到这个强盗抢劫，见李生的妻子长得很漂亮，便一起抢走了。他岳父认为这是丑事，于是急忙买了一副薄棺材，声称女儿受伤已死，假装哭泣收殓，然后带回去了。这女人怕死，因此已失身，成为强盗众多侍妾中的一个，所以两人得以在强盗家相遇。但李生因相信自己的妻子已死，女人又不知道李生已经改了姓名，两人都怀疑只是长相相似，因此相见却没有相认。大约过那么三五天，两人必定见面，见惯了，也就不再你我对看了。这样过了六七年。一天，强盗对李生说："我的事要败露了。你是个读书人，不必一起遭难。这里是黄金五十两，你可带着，藏在某个地方的芦苇丛里，等来追捕我们的兵退走了，你赶紧找一只渔船乘着回家。这地方的人都认识你，不必担心他们不送你。"说完，挥手让李生快去藏起来。不一会，只听得外面喊杀声响成一片，接着听到一些人高声传报说："强盗已经全部乘船跑掉了，就查封没收强盗的钱财、女人吧。"当时天色已暗，李生借着火光偷偷望去，只见那些歌妓都披散头发，被剥去了上衣，双手反绑，用绳子系在脖子上，连成一串，被用鞭子赶着走，而那个像自己妻子的歌妓也在里面。她惊慌恐惧，浑身发抖，显得非常可怜。第二天，岛上一个人也没有了。李生呆呆地站在水边，过了很久，忽然有个人驾着一只小船过来，叫道："您就是某某先生吧，我们大王没事，我现在送您回去。"过了一天一夜,就到了岸边。李生担心有人查问,于是带着金子往北走。到了老家所在的地方,他岳父也先已回家,于是李生仍住在他家,卖掉随身带回的金子,生活渐渐充裕起来。他想起与妻子深深相爱,但结婚十年,同寝的时间总共不到一个月。现在家产稍宽裕一些了,不忍心让妻子用薄薄的棺材埋着,打算换一副优质木料做的棺材,同时也想再看看妻子的遗骨,也算是夫妻一场的情分。岳父尽力阻止,李生也不听。岳父无奈,只好说明真相。李生急忙日夜兼程赶到南昌,希望能与妻子破镜重圆。但上次被官府俘获的歌伎早已分赏,李生的妻子不知流落到哪里去了。李生每回忆起两人六七年间近在咫尺却好似相隔千里的情景,就惘然若失。又回忆妻子被俘时遭捆绑鞭打的情形,不知那以后遭到凌辱折磨又是什么样子,往往伤心肠断。李生从此不再娶妻,听说后来竟作了和尚。戈芥舟老先生说:"这事真可以编一个传奇剧本,只可惜没有结局,与《桃花扇》一样。虽然文学作品的韵味,往往就在那似了未了的结尾,有如钱起的诗所写的:'曲终人不见,江上数峰青。'——山水的韵味,正在那若有若无、浩渺无穷的烟波中,但李生夫妇之事这样收场,终究不免使人感到惆怅。"

群狐盗金丹

金可亭(此浙江金孝廉,名嘉炎。与金大司农同姓同号,各自一人。)言:有赵公者,官监司。晚岁家居,得一婢曰紫桃,宠专房,他姬莫当夕。紫桃亦婉娈善奉事,呼之必在侧,百不一失。赵公固聪察,疑有异,于枕畔固诘。紫桃自承为狐,然夙缘当侍公,与公无害。昵爱久,亦弗言。家有园亭,一日立两室间,呼紫桃。则两室各一紫桃出。乃大骇。紫桃谢曰:"妾分形也。"偶春日策杖郊外,逢道士与语,甚有理致。情颇洽,问所自来。曰:

"为公来。公本谪仙,限满当归三岛。今金丹已为狐所盗,不可复归。再不治,虑寿限亦减。仆公旧侣,故来视公。"赵公心知紫桃事,邀同归。道士踞坐厅事,索笔书一符,曼声长啸。邸中纷纷扰扰,有数十紫桃,容色衣饰,无毫发差,跪庭院皆满。道士呼真紫桃出。众相顾曰:"无真也。"又呼最先紫桃出。一女叩额曰:"婢子是。"道士叱曰:"尔盗赵公丹已非,又呼朋引类,务败其道,何也?"女对曰:"是有二故:赵公前生,炼精四五百年,元关坚固,非更番迭取不能得。然赵公非碌碌者,见众美遝进,必觉为蛊惑,断不肯纳。故终始共幻一形,匿其迹也。今事已露,愿散去。"道士挥手令出,顾赵公太息曰:"小人献媚旅进,君子弗受也。一小人伺君子之隙,投其所尚,众小人从而阴佐之,则君子弗觉矣。《易·姤卦》之初六,一阴始生,其象为系于金柅。柅以止车,示当止也。不止则履霜之初,即坚冰之渐。浸假而《剥卦》六五至矣。今日之事,是之谓乎?然苟无其隙,虽小人不能伺;苟无所好,虽小人不能投。千金之堤,溃于蚁漏,有罅故也。公先误涉旁门,欲讲容成之术;既而耽玩艳冶,失其初心。嗜欲日深,故妖物乘之而麕集。衅因自起,于彼何尤?此始此终,固亦其理。驱之而不遣,盖以是耳。吾来稍晚,于公事已无益。然从此摄心清静,犹不失作九十翁。"再三珍重,瞥然而去。赵公后果寿八十余。

【译文】

　　金可亭（这是浙江的金举人，名嘉炎。与任户部尚书的金公同姓、同号，但各是一人。）说：有位赵公，曾做过布政使司官，晚年退休家居，娶了一妾，名叫紫桃。赵公十分宠爱紫桃，从此再也不进别的妾的房了。紫桃也十分温顺，善于体贴侍候人。只要赵公叫她，她总是早已在他身边，每次都是如此。赵公本是个精明机警的人，怀疑她有什么特殊，两人同寝时反复追问，紫桃承认自己是狐狸，然而前世有缘，应该侍候赵公，而且不会对赵公有害。赵公因为一直很喜爱她，也就没把这事说出去。赵家有花园亭阁。一天，赵公站在两间房子中间叫紫桃，那两间房中就各跑出一个紫桃。赵公大为吃惊，紫桃道歉说："这是我的分身术。"赵公偶尔在春天里拄着拐杖到郊外走走，碰上一个道士，与他交谈，道士讲话很有道理情致，两人很谈得来。赵公问道士从哪里来，道士说："正为您而来。您本是仙人，降谪到人间，期限满后，您应该返回蓬莱等三座仙岛。但你修炼的金丹现在已被狐狸盗走，你不能回仙岛了。如果你再不惩治这些妖狐，连你的寿命也会减短。我是你在仙境的老伙伴，所以来看望你。"赵公心里明白，这是指的紫桃，于是邀请道士一起回家。道士高高坐在大厅上，索来纸笔，画了一道符，然后拖长声音长啸，住宅中纷纷走出几十个紫桃，长相衣服装束全一模一样，都跪在院子里，连院子也跪满了。道士叫真紫桃出来，那些女子你望着我我望着你，然后说："没有真的。"道士又叫最先来的紫桃出来，只见一个女子上前跪地叩头说："奴婢便是。"道士斥责道："你盗取赵公的金丹，本就不该，又带上这么多同类来，非要破坏他的道行不可，是为什么？"那女子回答道："这有两个缘故。一是赵公前生修炼精气四五百年，玄关坚固，我们不轮番去盗取，就得不到；二是赵公不是平庸糊涂的人，如果见有这么多美女都来伴寝，一定会怀疑是妖怪，决不肯容纳。所以我们大家都变成同一个样子，是想不露出形迹。现在事情已经败露，我们愿意散去。"道士挥手让她们出去，回头对赵公长叹道："小人一齐来说好听的话，君子是不会上当的。如果一个小人发现了君子的弱点，投其所好，很多小人又跟着暗暗帮助他，君子就觉察不出来了。《周易》'姤卦'的'初六'说：一阴始生，其象为系于金柅。

梡即木块，塞在车轮下阻止车轮滚动。意思就是应该停止。如果不停止，那刚刚踩到霜的时候，已经意味着坚硬的冰块将要形成。逐渐'剥卦'的'六五'就要到了。今天这事，不正是这样的吗？然而如果本身没有弱点，那小人也钻不了空子；如果本身没有嗜好，那小人也无法投合。非常重要的大堤，往往因一个小小的蚂蚁洞而崩溃，就是因为有空隙的缘故。你先就错误地涉猎一些旁门左道，想实验容成子所提倡的探阴补阳的法术，后来就干脆被美女的外貌迷住了，失去了当初的道心，嗜好欲念一天天加深，所以妖狐才乘机聚集在这里。灾祸是因自己而引起的，有什么好怪罪它们的呢？这件事这样发生，这样结局，也是常理。我现在把它们赶走而没有惩治，就是因为这个缘故。我来得稍晚了一点，对你的事已无法帮助了。但你如能从此收守心神，清静度日，活到九十岁，这一点还是可以做到的。"道士再三嘱咐赵公自己珍重，一眨眼就不见了。赵公后来果然活到八十多岁。

清 修 之 狐

哈密屯军，多牧马西北深山中。屯弁或往考牧，中途恒憩一民家。主翁或具瓜果，意甚恭谨。久渐款洽，然窃怪其无邻无里，不圃不农，寂历空山，作何生计。一日，偶诘其故。翁无词自解，云实蜕形之狐。问："狐喜近人，何以僻处？狐多聚族，何以独居？"曰："修道必世外幽栖，始精神坚定。如往来城市，则嗜欲日生，难以炼形服气，不免于媚人采补，摄取外丹。傥所害过多，终干天律。至往来墟墓，种类太繁，则踪迹彰明，易招弋猎，尤非远害之方。故均不为也。"屯弁喜其朴诚，亦不猜惧，约为兄弟。翁亦欣然。因出便旋，循墙环视。翁笑曰："凡变形之狐，其室皆幻；蜕形之狐，其室皆真。老夫尸解以来，久归人道，此并葺茅伐木，手自经营，公毋疑如海市也。"他日再往，屯军告月明之夕，不睹人形，而石壁时现二人影，高并丈余，疑为鬼物，欲改牧厂。屯弁以问，此翁曰："此所谓木石之怪夔罔两也。山川精气，翕合而生，其始如泡露，久而渐如烟雾，久而凝聚成形，尚空虚无质，故月下惟见其影；再百余年，则气足而有质矣。二物吾亦尝见之，不为人害，无庸避也。"后屯弁泄其事，狐遂徙去。惟二影今尚存焉。此哈密徐守备所说。徐云久拟同屯弁往观，以往返须数日，尚未暇也。

【译文】

哈密的驻军，大多在西北的深山中放养马匹，驻军头目有时去检查放养情况，中途总要在一户人家休息。这家的老翁有时还准备一点瓜果，态度非常恭敬谨慎，久而久之，他们搞熟了，但军官私下里感到奇怪：这里没有村落，没有邻居，老翁不种菜，也不种粮，在寂静空旷的山中他是靠什么维持生活的呢？一次偶然问起，老翁无法解释，只得说道："我实际上是一只换了形的狐狸。"军官问："狐狸喜欢靠近人，你为什么住在这个偏僻得没有人烟的地方？狐狸往往成群结伙，你为什么单独一人？"狐狸回答说："要修炼道性，一定要住在人世之外幽静的地方，才能精神坚定。如经常往返于人聚居的地方，嗜好欲望一天一天多起来，就难以炼形服气，于是不免去迷惑人，与之交合，采取其精气。一旦害人太多，就犯了天上的刑律，必定受到惩罚。至于经常在废墟墓地中出没，因为这种地方狐狸为数众多，容易被人发现，从而遭到捕杀，尤其不是避免灾祸的好办法，所以我都不做。"军官喜欢它老实，也就不害怕防备，并要与它结为兄弟，老翁也很乐意。军官因出门小解，绕着围墙看老翁的住宅，老翁笑道："凡是变形的狐狸，它们的房子都是假的；凡是已换形的狐狸，它们的房子都是真的。我自从脱去狐形以来，久已过人的生活，这房子是我砍木头割茅草亲手建造起来的，你不要怀疑这跟海市蜃楼一样是假的。"过了几天，军官再去检查，当兵的告诉说，每在月光明亮的晚上，他们没看到人的形体，却见石壁上时时映现两个人影，都有一丈多高，怀疑是鬼怪，想换一个地方放牧。军官将这事请教老翁，老翁说："这就是《国语》和《孔子家语》中所说的山林中的妖怪如夔、魍魉等。它们是山川的精气交合而产生的，刚开始时像泡影，久而久之渐渐变成像烟雾，又久而久之便会凝聚成形。因为它本身还空虚没有实体，所以在月光下只能看到它的影子。再过百余年，它就气足而有实体了。这两个影子我也曾见过，不会对人造成伤害，用不着躲避。"后来军官把老翁是狐狸的秘密泄露出去，它便迁到别处去了。只有那两个影子现在还在。这是哈密的徐守备所说的。徐还说，很早就打算同军官一起去看那影子，因为往返需几天时间，所以还没来得及去。

乌鲁木齐山路

乌鲁木齐牧厂一夕大风雨，马惊逸者数十匹，追寻无迹。七八日后，乃自哈密山中出。知为乌鲁木齐马者，马有火印故也。是地距哈密二十余程，何以不十日即至？知穹谷幽岩，人迹未到之处，别有捷径矣。大学士温公，遣台军数辈，裹粮往探。皆粮尽空返，终不得路。或曰："台军惮路远，在近山逗遛旬日，诡云已往。"或曰："台军惮伐山开路劳，又惮移台搬运费，故讳不言。"或曰："自哈密辟展至迪化，（即乌鲁木齐之城名，今因为州名。）人烟相接，村落市廛，邮传馆舍如内地，又沙平如掌。改而山行，则路既险阻，地亦荒凉，事事皆不适。故不愿。"或曰："道途既减大半，则台军之额，驿马之数，以及一切转运之费，皆应减大半，于官吏颇有损。故阴掣肘。"是皆不可知。然七八日得马之事，终不可解。或又为之说曰："失马谴重，司牧者以牢醴祷山神。神驱之故马速出，非别有路也。"然神能驱之行，何不驱之返乎？

【译文】

　　一天晚上，乌鲁木齐牧场遭到暴风雨袭击，马受惊逃走了几十匹，无法追寻。七八天后，它们竟从哈密山中跑出来。人们之所以认得是乌鲁木齐的马，是因为马身上有火烙的印记。这地方距乌鲁木齐有二十多天的路程，那些马为什么不到十天就跑到了呢？可知高山峡谷中人迹不到的地方，一定另有近路。大学士温公派几个守军带着干粮去探查，都因粮食吃完而回，说没有找到路。有人说：守军怕路远，只在近处的山里逗留了十多天，假称已经去探查过了。又有人说，守军是担心找到路后要凿山开路，必定很辛苦；又担心要更换驻地，搬运要花费许多钱，所以故意隐瞒不报。还有人说，从哈密、辟展到迪化（即乌鲁木齐的城名，现在用作州名），一路都有人烟，有村庄，有市镇，通信运输的车马和站馆与内地一样，而且沙路平坦。如果改走山路，则路又险阻，一路上也荒凉，各方面都不方便，所以当兵的不愿意。也有人说，如果路程缩短一大半，则驻军的人数、用于通信运输的马匹数，以及一切转送运输的费用，也都应该减去一大半，对官吏们的利益很有损害，所以官吏们暗中阻止这件事。总之这些都弄不清楚了，只是七八天就在哈密得到马这事，终究让人难以理解。又有人解释说，丢了马要遭严惩，所以管放马的人以礼品祭祀祷告山神，山神驱赶马，所以马才很快就跑出来了，并非另有近路。然而这也说不通。山神既然能驱赶马往哈密跑，为什么不把马往回赶呢？

水 上 羊 头

　　奴子王廷佑之母言：幼时家在卫河侧，一日晨起，闻两岸呼噪声。时水暴涨，疑河决，跟跄出视，则河中一羊头昂出水上，巨如五斗栲栳，急如激箭，顺流向北去。皆曰羊神过。余谓此蛟螭之类，首似羊也。《埤雅》载龙九似，亦称首似牛云。

【译文】

奴仆王廷佑的母亲说：小时候家住在卫河岸边，一天早晨起来，听到两岸喊成一片。当时正逢河水暴涨，以为是河决口了。急急忙忙跑出来一看，原来是河中有一只羊头，高高露出水面，有可装五斗的大簸箕那么大，速度像射出的箭一样，顺着水流向北去了，大家都说是羊神路过。我说这应该是龙中的蛟、螭一类东西，不过头像羊而已。《埤雅》上说龙的各个部分分别像九种东西，也说过"头似牛"的。

河堤决口的征兆

居卫河侧者言：河之将决，中流之水必凸起，高于两岸；然不知其在何处也。至棒椎鱼集于一处，则所集之处不一两日溃矣。父老相传，验之百不失一。棒椎鱼者，象其形而名，平时不知在何所，网钓亦未见得之者，至河暴涨乃麇至。护堤者见其以首触岸，如万杵齐筑，则决在斯须间矣，岂非数哉！然唐尧洪水，天数也；神禹随刊，则人事也。惟圣人能知天，惟圣人不委过于天。先事而绸缪，后事而补救，虽不能消弭，亦必有所挽回。

【译文】

居住在卫河两岸的人说：河将要决口时，河流中间的水一定会凸起，高过两岸，但不知将在哪里决口。如果有棒槌鱼聚集在某个地方，则这地方一两天内必定决口。这种经验是上辈人传下来的，经过验证，百不失一。棒槌鱼形状像棒槌，所以叫这个名字。平时它们不知躲在什么地方，用网捕、用钩钓，也从没有抓到过它的，等到河水暴涨时，它们便成群结队出现了。守堤的人见它们用头来撞岸，像千万根杵头一齐在捣，那堤顷刻间就要决口，这难道不是命运决定的么？然而古代圣君唐尧在位时，也有洪水灾害，这是天命；大禹按照地形加以疏导，则是尽人力。只有圣人能知道天命，也只有圣人不把罪责推给天。事先有所考虑准备，事后努力加以补救，虽然不能从根本上消除天灾的危害，也多少能挽回一些损失。

盗酒受惩

先曾祖母王太夫人八旬时，宾客满堂。奴子李荣司茶酒，窃沧酒半罂，匿房内。夜归将寝，闻罂中有鼾声，怪而撼之。罂中忽语曰："我醉欲眠，尔勿扰。"知为狐魅，怒而极撼之。鼾益甚。探手引之，则一人首出罂口，渐巨如斗，渐巨如栲栳。荣批其颊，则掉首一摇，连罂旋转，砰然有声，触甃而碎，已涓滴不遗矣。荣顿足极骂，闻梁上语曰："长孙无礼！（长孙，荣之小名也。）许尔盗不许我盗耶？尔既惜酒，我亦不胜酒。今还尔。"据其项而呕。自顶至踵，淋漓殆遍。此与余所记西城狐事相似而更恶作剧。然小人贪冒，无一事不作奸，稍料理之，未为过也。

【译文】

我已去世的曾祖母王太夫人八十大寿时，家中宾客满堂，奴仆李荣专门负责供应茶酒。他偷了半坛沧酒,藏在自己房里。晚上回屋正准备睡觉时,只听见坛中有鼾声。李荣感到奇怪,摇动酒坛,只听坛中有一个声音说:"我喝醉了,要睡觉了,你不要来打扰。"李荣知道是狐妖,发怒猛力摇动坛子,里面的鼾声却更大了。李荣伸手进去拉,就有一个人头从坛口伸出来,渐渐变得有一斗大,又渐渐变得有一簸箕大。李荣用巴掌打它的脸,那头就一摇,带着坛子一起旋转,发出砰砰的声音,碰在一个大坛子上,酒坛碎了,酒一滴也没剩下。李荣急得跳脚大骂,只听屋梁上有声音说:"长孙无礼!(长孙,李荣的小名。)只许你偷,就不许我偷吗?你既可惜你的酒,我也不胜酒力,现在就还给你。"狐狸骑在李荣的脖子上呕吐,吐得李荣从头顶到脚跟浑身都是酒。这与我所记载过的西城狐狸的事相似,而这个狐狸更会捉弄人。然而小人本性贪婪,做任何事情都要耍诡计,稍微惩罚一下他们,也不算过分。

狐 狸 打 牌

安州陈大宗伯,宅在孙公园。(其后废墟即孙退谷之别业。)后有楼贮杂物,云有狐居,然不甚露形声也。一日,闻似相诟谇;忽乱掷牙牌于楼下,琤琤如雹。数之,得三十一扇,惟阙二四一扇耳。二四幺二,牌家谓之至尊,(以合为九数故也。)得者为大捷。疑其争此二扇,怒而抛弃欤?余儿时曾亲见之。杜工部大呼五白,韩昌黎博塞争财,李习之作《五木经》,杨大年喜叶子戏,偶然寄兴,借此消闲,名士风流,往往不免。乃至"元邱校尉"亦复沿波。余性迂疏,终以为非雅戏也。

【译文】
安州陈公做过礼部尚书,他的住宅在孙公园。(它的后面有一片废墟,就是原来孙退谷的别墅。)宅后有一间楼房贮藏杂物,据说有狐狸住在里面,然而不大显露形体和声音。一天,听到它们好像在争吵,忽然向楼下乱扔牙牌,叮当作响,好像下冰雹一样。家人捡起一数,共有三十一张,只缺一张"二四"。"二四"和"幺二",打牌的人称为"至尊"(因它们合成"九"的缘故),得到的人就可大赢。怀疑狐狸们就是为了争这两张牌,才发怒把牙牌扔下楼的。我小的时候,曾亲眼看到这事。杜甫曾大叫"五白",韩愈曾参加六博和格五之类的赌博来赢钱财,李翱写过《五木经》,杨亿喜欢叶子格之类的赌博游戏。偶然以此寄托兴致,消遣闲暇时光,作为名士风流潇洒的一种表现,古今名人往往不免喜欢这类东西,以至狐狸也跟着染上了这种嗜好。不过我这个人天性迂腐,总还是认为这不是一种高雅的游戏。

摄 尸 术

蒋心余言:有客赴人游湖约,至则画船箫鼓,红裙而侑酒者,谛视乃其妇也。去家二千里,不知何流落到此,惧为辱,嗫不敢言。妇乃若不相识,无恐怖意,亦无惭愧意,调丝度曲,引袖飞觥,恬如也。惟声音不相似。又妇笑好掩口,此妓不然,亦不相似。而右腕红痣如粟颗,乃复宛然。大惑不解,草草终筵,将治装为归计。俄得家书,妇半载前死矣。疑为见鬼,亦不复深求。所亲见其意态殊常,密诘再三,始知其故,咸以为貌偶同也。后闻一游士来往吴越间,不事干谒,不通交游,亦无所经营贸易,惟携姬媵数辈闭门居;或时出一二人,属媒媪卖之而已。以为贩鬻妇女者,无与人事,莫或过问也。一日,意甚匆遽,急买舟欲赴天目山,求高行僧作道场。僧以其疏语掩抑支离,不知何事;又有"本是佛传,当求佛佑,仰藉慈云之庇,庶宽雷部之刑"语,疑有别故,还其衬施,谢遣之。至中途,果殒于雷。后从者微泄其事,曰:"此人从一红衣番僧受异术,能持咒摄取新敛女子尸,又摄取妖狐淫鬼,附其尸以生,即以自侍。再有新者,即以旧者转售人,获利无算。因梦神责以恶贯将满,当伏天诛,故忏悔以求免,竟不能也。"疑此客之妇,即为此人所摄矣。理藩院尚书留公亦言红教喇嘛有摄召妇女术,故黄教斥以为魔云。

【译文】
　　蒋士铨说:有一位客人应朋友的邀请去游湖,到了那里,只见船很华丽,船上有歌舞表演,并有红衣美女为客人劝酒。这客人仔细一看,竟是自己的妻子的模样。这里离家两千里,不知她是怎么流落到这里的。客人担心招致羞辱,所以闭口不敢出声。而那女人则像不认识他的样子,没有害怕的意思,也没有惭愧的意思,在那里调整乐器弹曲子,扬起衣袖饮酒,显得非常自在。只是声音不像,而且客人的妻子笑的时候有遮住嘴的习惯,这个歌妓却不这样,这一点也不同。但是,客人的妻子右臂上有一颗粟米大的红痣,这歌妓又一模一样。客人大感不解,草草饮过酒,便回住处整理行装,打算回家。就在这时,收到家中来信,说他妻子半年前已经死了。客人怀疑那天在船上见到的是鬼,也就不去查问了。他的亲友们见他神情有些不正常,私下里再三询问,才知道是怎么回事,都认为这是两个女人的相貌偶尔相同而已。后来,听说有一个行踪不定的人,经常在江苏、浙江一带来往。人们从来没见他去拜见有钱有势的人以求赏赐,也不见他有什么朋友往来,也不见他做什么生意,只是携带几个小妾,闭门不出;或者有时叫出一两个女人,交给媒婆卖掉。人们都以为这是个贩卖妇女的人贩子,与别人不相干,所以没有人去过问。有一天,这人显得慌慌张张,急急忙忙订了船，赶往天目山，求有道行的和尚做道场。和尚见他写的祷告文语言含糊，不知他究竟是为什么事要做道场，又见文中有"本是佛祖的后裔，自然应尽求佛祖保佑。希望靠佛祖慈悲的庇护，我能免遭雷神的轰击"之类的话，怀疑他另有别的缘故，于是退还了他送上的钱物，拒绝为他做道场。这人回到中途，果然被雷击死。后来跟随他的人稍稍把真相泄露出来，说："这人从一个红衣喇嘛那里学到一种怪异的法术，能够通过念咒语摄取新葬的女子尸体，又能摄取妖狐和淫鬼来附在女尸上以复生，用它们来伴自己睡觉。如果又得到新的，便把旧的转卖给人，赚了大量的钱。因为他梦见神灵斥责，说他作恶太多，已到末日，应遭上天的惩罚，所以才到佛寺去忏悔，想免遭雷击，没想到已不可能了。"这位客人的妻子，估计就是被这个人摄去的。理藩院尚书留公也说，红教喇嘛确实有摄取妇女的妖术，所以黄教的人指斥他们是妖魔。

盗墓是报应

外祖安公，前母安太夫人父也。殁时，家尚盛，诸舅多以金宝殉。或陈"璠玙"之戒，不省。又筑室墓垣外，以数壮夫逻守，柝声铃声，彻夜相答。或曰："是树帜招盗也。"亦不省。既而果被发。盖盗乘守者昼寝，衣青蓑，逾垣伏草间，故未觉其入。至夜，以椎凿破棺。柝二击则亦二椎，柝三击则亦三椎，故转以击柝不闻声。伏至天欲晓，铃柝皆息，乃逾垣遁，故未觉其出。一含珠巨如龙眼核，亦裂颊取去。先闻之也，告官。大索未得间，诸舅同梦外祖曰："吾夙生负此三人财，今取偿，捕亦不获。惟我未尝屠割彼，而横见酷虐，刃劙断我颐，是当受报，吾得直于冥司矣。"后月余，获一盗，果取珠者。珠为尸气所蚀，已青黯不值一钱。其二盗灼知姓名，而千金购捕不能得，则梦语不诬矣。

【译文】
　　我的外祖父安公，是我前一个母亲安太夫人的父亲。他去世时，家里还很富裕，几个舅舅用很多金银珠宝给他陪葬。有人劝阻说，墓里埋的金银珠宝多，容易被盗墓，反而是祸害，但舅舅们不听。他们又在墓地院墙处建了房屋，派几个身强力壮的人分别巡逻守护，敲梆摇铃，以声音互相整夜联络。又有人劝道，这是树立目标，招惹强盗，舅舅们也不听。不久，果然墓被盗。原来盗墓的人乘守墓人白天睡觉时，穿着绿色的蓑衣，跳过墙，藏在青草里，所以没有被发觉。到了晚上，他们用锥子凿破棺材，木梆敲两声，他们也凿两下，敲三声，就也凿三下，所以反而因为有敲木梆的声音，而听不到他们凿棺材的声音。他们藏到天快亮时，见敲梆摇铃的都停下了，便翻墙逃走，守墓的人又没有发觉。有一颗含在尸体口中的珍珠，有龙眼核大，也被敲破下颌取去，原来他们先已听说了。家里人告到官府，官府大肆搜查，也没有结果。这时几位舅舅同时做了一个梦，梦中见外祖父说："我过去欠了这三个人的钱，现在他们是来讨回了，你们要搜捕也不会抓到。不过，我没有用刀刺割过他们，而惨遭他们刀割，戳破我的下颌，他们应该受到报应。我已经在阴间官府告状，并得到认可了。"一个多月后，抓到一个强盗，果然就是那个动手取珍珠的。那珍珠已被尸体腐烂的气息侵蚀，色彩变得黯淡发青，已经不值一文钱了。另外两个盗墓人，官府已经掌握了他们的姓名，悬赏上千两银子搜捕，结果还是没抓到，可见梦中的话不假。

一妾两嫁

　　表叔王月阡言：近村某甲买一妾，两月余，逃去。其父反以妒杀焚尸讼。会县官在京需次时，逃妾构讼，事与此类，触其旧愤，穷治得诬状。计不得逭，然坚不承转鬻。盖无诱逃实证,难于究诘,妾卒无踪。某甲妇弟住隔县。妇归宁,闻弟新纳妾,欲见之。妾闭户不肯出,其弟自曳之来。一见即投地叩额,称死罪,正所失妾也。妇弟以某甲旧妾,不肯纳。某甲以曾侍妇弟,亦不肯纳。鞭之百,以配老奴,竟以爨婢终焉。夫富室构讼,词连帷薄,此不能旦夕结也,而适值是县官。女子转鬻,深匿闺帏,此不易物色求也,而适值其妇弟。机械百端,可云至巧,乌知造物更巧哉!

【译文】
　　表叔王月阡说:邻近的村子里有某甲买了一个妾,两个多月后,那妾就逃走了。妾的父亲反而去官府告状,说是某甲正妻因妒忌杀死他女儿,并已焚尸灭迹。正好那位县官在京城中等候委任时,自己也经历过妾逃走而妾的父亲反而诬告的事。这个案子触起了他的旧恨,因此他极力追查,弄清了妾的父亲诬告的真相,使其阴谋没有得逞,但妾的父亲坚决不承认是转卖给另一家了。因为没有引诱逃走的证据,所以也无法再审,那妾也一直没有下落。某甲的妻子的弟弟住在邻县,某甲的妻子回娘家,听说弟弟新娶了一个妾,想见见。那妾关门不肯出来,妻子的弟弟自己把她拖了出来。一见面,她就跪在地上叩头,称自己有死罪,原来她就是某甲逃走的妾。妻子的弟弟因为她是姐夫的旧妾,不肯要了;某甲又因为她已经与妻子的弟弟同寝,也不肯要了。于是打了她一百鞭,配给一个老奴仆,最后一直做烧饭的女佣。有钱人家打官司,又涉及家庭内部的男女之事,往往是不可能几天就了结的,而这次正好碰上了这样一位县官;女子已被转卖,整天生活在闺房内室里,一般是查找不到的,而这次又碰巧是卖在原主人妻子的弟弟家。这妾和她的父亲设计了这个圈套,算是够巧妙的了,哪知上天的安排比他们更巧妙呢!

妖 道 诱 骗

门人葛观察正华,吉州人。言其乡有数商,驱骡纲行山间。见樵径上立一道士,青袍棕笠,以麈尾招其中一人曰:"尔何姓名?"具以对。又问籍何县,曰:"是尔矣,尔本谪仙,今限满当归紫府。吾是尔本师,故来导尔。尔宜随我行。"此人私念平生不能识一字,鲁钝如是,不应为仙人转生;且父母年已高,亦无弃之求仙理,坚谢不往。道士太息,又招众人曰:"彼既堕落,当有一人补其位。诸君相遇,即是有缘,有能随我行者乎?千载一遇,不可失也。"众亦疑骇无应者,道士怫然去。众至逆旅,以此事告人。或云仙人接引,不去可惜。或云恐或妖物,不去是。有好事者,次日循樵径探之,甫登一岭,见草间残骸狼藉,乃新被虎食者也。惶遽而返。此道士殆虎伥欤?故无故而致非常之福,贪冒者所喜,明哲者所惧也。无故而作非分之想,侥幸者其偶,颠越者其常也。谓此人之鲁钝,正此人之聪明可矣。

【译文】
我的学生葛正华是吉州人,作过道员。他说他的家乡有几个商人,赶着一队骡子搭载着货物在山里走,见山路上站着一个道士,穿着青袍,戴着棕笠,用麈尾招呼他们中的一个说:"你叫什么名字?"那商人回答了。道士又问道:"籍贯在哪个县?"商人又回答了。道士说:"就是你了。你本是天上的仙人,降谪到人间。现在期限已满,应回归仙境。我是你原来的师父,所以来带你回去,你快跟我走吧。"那个商人私下里想:我这辈子字也不认识一个,这样蠢笨,不应该是仙人转生的。而且我的父母年纪都大了,也没有抛弃他们而去做神仙的道理。于是他坚决拒绝跟去。道士长叹一声,又招呼其他商人说:"他既然已经堕落,应该有一人补他的位子。你们今天与我相遇,就是有缘分。你们有谁肯跟我走的吗?这是千载难逢的机会,不可错过啊!"其他商人也都怀疑害怕,没有一个人肯答应,道士很不满意地走了。商人们走到一家旅店住下,把这事告诉另外的人。有人说:"仙人来引导成仙而不去,真可惜。"有的则说:"恐怕是妖怪,不跟去是对的。"有一个喜欢管闲事的人,第二天顺着山路去探查。刚登上一道山岭,只见草丛里到处是残剩的骨头,原来是刚被老虎吃了的人的骨头。那人又惊又怕,急忙往回跑。这道士也许是引诱人给老虎吃的伥鬼吧。所以,没有充分的理由而一下子获得不同寻常的福气,贪心的人是喜欢的,头脑清醒的人则是害怕的。无缘无故而想作非分的事情,侥幸如愿的只是极个别的,而因此招来灾祸的则是绝大部分。可以说,这个人的蠢笨,实际上正是这个人的聪明之处。

恶仆转生为蟹

宋人咏蟹诗曰:"水清讵免双螯黑,秋老难逃一背红。"借寓朱劢之贪婪必败也。然他物供庖厨,一死焉而已。惟蟹则生投釜甑,徐受蒸煮,由初沸至熟,至速亦逾数刻,其楚毒有求死不得者。意非夙业深重,不堕是中。相传赵公宏燮官直隶巡抚时(时直隶尚未设总督),一夜梦家中已死僮仆媪婢数十人,环跪阶下,皆叩额乞命,曰:"奴辈生受豢养恩,而互结朋党,蒙蔽主人,久而枝蔓牵缠,根柢胶固,成牢不可破之局。即稍有败露,亦众口一音,巧为解结,使心知之而无如何。又久而阴相掣肘，使不如众人之意，则不能行一事。坐是罪恶，堕入水族，使世世罹汤镬之苦。明日主人供膳蟹，即奴辈后身见赦宥。"公故仁慈，天曙，以梦告司庖，饬举蟹投水，且为礼忏作功德。时霜蟹肥美，使宅所供，尤精选膏腴。奴辈皆窃笑曰："老翁狡狯，造此语怖人耶！吾辈岂受汝绐者。"竟效校人之烹，而以已放告；又干没其功德钱，而以佛事已毕告。赵公竟终不知也。此辈作奸，固其常态；要亦此数十僮仆婢媪者，留此锢习，适以自戕。请君入瓮，此之谓欤！

【译文】
　　宋代人有一首《咏蟹诗》说："水清讵免双螯黑，秋老难逃一背红。"这是借蟹暗指当时朱勔贪婪，日后一定会遭到严惩。其他东西作食物，不过一死而已，唯有蟹是将活的丢在锅里或甑中去蒸煮，从开始水沸到蒸煮熟，最快也要过几个时刻，它的痛苦肯定非常厉害，是求死不得的。我想不是前一辈子造孽极为深重，是不会转生到蟹这一类中的。传说赵宏燮担任直隶巡抚时（当时直隶还没有设总督），一天晚上，梦见家中已死的男女老少的仆人有几十个，都围绕着跪在台阶下面，叩头请求救命，说："我们这些奴仆活着的时候受到您的养育之恩，却互相勾结成死党，蒙蔽主人。久而久之，上上下下结成一团，使主人无法对付。即使有某人偶尔败露了，大家也众口一词替他掩盖。使得主人即使心里明白了，也无可奈何。慢慢地我们还暗中控制，主人如果不如我们的意，我们就使他一件事也办不成。因为这些罪过，现在我们被罚，托生为水中的动物，世世代代遭受开水蒸煮的痛苦。明天供给您的食物中有蟹，那就是我们这些奴才托生的，恳求您赦免我们。"赵公历来仁慈，天亮后，将做的这个梦告诉厨房的人，命他们把蟹丢进水里，而且作一场法事，替他们忏悔超度。当时正是深秋降霜的时节，蟹很肥美，巡抚家里买的蟹都是精心挑选过的，尤其肥大。那些奴仆们听了主人的话，都偷偷笑道："这老头子狡猾，想造出这种话来吓人吗？我们难道会受你的骗吗？"于是，他们就像春秋时子产手下的校人做过的一样，把这些蟹煮吃了，报告主人时，却说已全部放生。又贪污了主人叫他们操办法事的钱，向主人报告时，却说法事已举行过了。而赵公却一直蒙在鼓里。奴仆们耍诡计，固然是他们经常做的事。追究起来，也是以前那几十个奴仆留下来的恶习，结果正因此遭到杀害。请君入瓮，自作自受，就是指的这种情况吧。

魂魄离形

魂与魄交而成梦，究不能明其所以然。先兄晴湖，尝咏高唐神女事曰："他人梦见我，我固不得知；我梦见他人，人又乌知之？孱王自幻想，神女宁幽期？如何巫山上，云雨今犹疑。"足为瑶姬雪谤。然实有见人之梦者。奴子李星，尝月夜村外纳凉，遥见邻家少妇掩映枣林间，以为守圃防盗，恐其翁姑及夫或同在，不敢呼与语。俄见其循塍西行半里许，入秫丛中。疑其有所期会，益不敢近，仅远望之。俄见穿秫丛出行数步，阻水而返，痴立良久，又循水北行百余步，阻泥泞又返，折而东北入豆田。诘屈行，颠踬者再。知其迷路，乃遥呼曰："几嫂深夜往何处？迤北更无路，且陷淖中矣。"妇回顾应曰："我不能出，几郎可领我还。"急赴之，已无睹矣。知为遇鬼，心惊骨栗，狂奔归家。乃见妇与其母坐门外墙下，言适纺倦睡去，梦至林野中，迷不能出，闻几郎在后唤我，乃霍然醒。与星所见，一一相符。盖疲苶之极，神不守舍，真阳飞越，遂至离魂。魄与形离，是即鬼类，与神识起灭自生幻象者不同，故人或得而见之。独孤生之梦游，正此类耳。

【译文】
　　人的魂与魄相合则形成梦，但到底不知梦是怎么回事。我已去世的兄长晴湖曾写过一首咏高唐神女的诗说："他人梦见我，我固不得知；我梦见他人，人又乌知之？孱王自幻想，神女宁幽期？如何巫山上，云雨今犹疑。"这足以为巫山神女澄清毁谤了。然而世界上确有见到别人的梦的人。奴仆李星，一天月夜在村外纳凉，远远望见邻居家的一个年轻女人在枣树林里躲躲闪闪。他以为她是在守护果园防止盗贼，怕她的公公婆婆和丈夫可能与她在一起，因此不敢叫她讲话。接着又见她沿着田埂往西走了半里左右，钻进秫秸堆里去了，李星怀疑她是与人偷偷约会，更不敢走过去，只能远远地望着。又过了一会，只见她穿过秫秸堆再走几步，被水挡住而折回，呆呆地站了好久，又沿着水流往北走了一百多步，又为一片稀泥挡住，又回头往东北走，钻进豆田里，绕来绕去，摔倒几次。李星现在知道她是迷路了，于是远远喊道："某嫂，你深更半夜要到哪里去？往北更加没有路了，而且会陷在沼泽里。"那女人回头答应说："我出不来了，某郎，你来带我出去吧。"李星急忙赶过去，却什么也没有了。李星知道自己遇上了鬼，心惊胆战，发狂似地往回跑。只见邻居家的那个女人正与她婆婆坐在大门外的墙下，说："刚才纺纱，累得睡着了，梦见自己走到野外树林中，迷了路出不来。听见某郎在后面叫我，我突然就醒过来了。"她说的与李星所见到的完全一样。这大约是因为人疲倦之极时，神不守舍，人的真阳就会飞出身体，于是使人的魂魄与形体相分离，这就是鬼一类的东西了，与人的意识自生自灭而形成的幻象是不同的，所以别的人有时能够看见。相传独孤生梦游的事，正是属于这一类。

贪横州官

有州牧以贪横伏诛。既死之后,州民喧传其种种冥报,至不可殚书。余谓此怨毒未平,造作讹言耳。先兄晴湖则曰:"天地无心,视听在民;民言如是,是亦可危也已。"

【译文】
有个州官,因为贪污横暴,被朝廷处死。事后,这个州的老百姓互相传说他在阴间如何如何遭受各种惩罚,说法多得无法一一记下来。我认为这是老百姓太恨这州官,因为怨恨没有平息,所以才造出这些谣言。而我已去世的兄长晴湖说:"天地原本是无心的,完全根据老百姓们的反映来作决定,现在老百姓都这样说,那个州官在阴间的遭遇就很危险了。"

烧灰除积食

里媪遇饭食凝滞者,即以其物烧灰存性,调水服之。余初斥其妄,然亦往往验。审思其故,此皆油腻凝滞者也。盖油腻先凝,物稍过多,则遇之必滞。凡药物入胃,必凑其同气。故某物之灰,能自到某物凝滞处。凡油腻得灰即解散,故灰到其处,滞者自行,犹之以灰浣垢而已。若脾弱之凝滞,胃满之凝滞,气郁之凝滞,血瘀痰结之凝滞,则非灰所能除矣。

【译文】
乡下老婆婆遇到患积食的人,看他吃过什么,就用什么烧成灰,保存它的本性,让病人调水吃下去。我开始总斥责这种办法是胡闹，但它却往往有效。我仔细思考其中的原因，原来这些都是因吃多了油腻而积食的。油腻凝结最快，然后其他食物稍吃得多一些，遇到已凝结的油腻就会积起来。凡是药物吃到人的胃里后，它们总是喜欢与同类的东西凑在一块，所以某种东西的灰，就能达到这种东西凝结住的部位。而油腻遇灰就会解散，所以灰到某处，那里凝滞的东西自然会下去，这就好像用草木灰洗衣物上的污垢一样。如果是脾弱引起的凝滞，胃病引起的凝滞，郁气引起的凝滞，瘀血痰结引起的凝滞，就不是烧灰所能消除的了。

女 子 变 狼

乌鲁木齐军校王福言：曩在西宁，与同队数人入山射生。遥见山腰一番妇独行，有四狼随其后。以为狼将搏噬，番妇未见也，共相呼噪。番妇如不闻。一人引满射狼，乃误中番妇，倒掷堕山下。众方惊悔，视之，亦一狼也。四狼则已逸去矣。盖妖兽幻形，诱人而啖，不幸遭殪也。岂恶贯已盈，若或使之欤！

【译文】
乌鲁木齐有个军官王福说：从前在西宁与同队的几个人进山打猎，远远望见山腰有一个边疆少数民族妇女独自行走，有四只狼跟在后面。士兵们以为狼想吃那女子，而女子还没察觉，于是一起叫喊，但那女子像没听见似的。一个士兵猛力一箭向狼射去，却误中那女子。女子倒地滚下山坡。大家正在惊慌后悔，仔细一看，原来也是一只狼，另四只狼则已逃走了。大概这是妖怪变成女人的样子来诱惑人，好吃掉他，没想到自己被射死了。或者这妖怪作恶太多，已到末日，所以上天使它落得这个下场吧？

卷十六

姑妄听之（二）

神不能决

天下事，情理而已，然情理有时而互妨。里有姑虐其养媳者，惨酷无人理，遁归母家。母怜而匿别所，诡云未见，因涉讼。姑以朱老与比邻，当见其来往，引为证。朱私念言女已归，则驱人就死；言女未归，则助人离婚。疑不能决，乞签于神。举筒屡摇，签不出。奋力再摇，签乃全出。是神亦不能决也。辛彤甫先生闻之曰："神殊愦愦！十岁幼女，而日日加炮烙，恩义绝矣。听其逃死不为过。"

【译文】

天下的事，无非是情、理两方面而已，然而情与理有时候也会互相冲突。乡下有个婆婆虐待童养媳，惨无人道。童养媳逃回娘家，母亲可怜女儿，把她藏到别的地方，谎称没见她回来，于是两家打起了官司。婆婆因为朱老和童养媳娘家相邻而居，应当看见童养媳回去，于是请他作证。姓朱的老人私下想：如果说女孩已回娘家，就等于是把她逼上绝路；如果说女孩没回娘家，就是促使别人离婚。老人犹豫不决，于是到神像前求签，他举着签筒摇了几次，都没有签掉出来。他再使劲一摇，则签全部掉出。这大约是神灵也不能作出决断了。辛彤甫先生听到了这件事,说:"这神太糊涂了。一个十岁的幼女,天天用烧红的火钳来烫她,早就没有什么恩情关系可言了。容许她死里逃生,不算过分。"

梦见他人之诗

戈孝廉仲坊,丁酉乡试后,梦至一处,见屏上书绝句数首。醒而记其两句曰:"知是蓬莱第一仙,因何清浅几多年?"壬子春,在河间见景州李生,偶话其事。李骇曰:"此余族弟屏上近人题梅花作也。句殊不工,不知何以入君梦?"前无因缘,后无征验,《周官》六梦,竟何所属乎?

【译文】

举人戈仲坊丁酉年参加乡试后,梦见到了一个地方,见屏风上书写着几首绝句。醒过来后,他还记得其中两句是:"知是蓬莱第一仙,因何清浅几多年?"壬子年春天,他在河间遇到景州的李生,偶然谈起这事,李生大吃一惊,说:"这是我的堂弟家屏风上近人所作的题梅花诗,句子一点也不出色,不知怎么进了您的梦中。"这事事前没有什么因缘,事后也没有任何应验。《周官》记载梦有六种,这样的梦到底归入哪一类呢?

雄 鸡 卵

《新齐谐》(即《子不语》之改名)载雄鸡卵事,今乃知竟实有之。其大如指顶,形似闽中落花生,不能正圆,外有斑点,向日映之,其中深红如琥珀,以点目眚,甚效。德少司空成、汪副宪承霈皆尝以是物合药。然不易得，一枚可以值十金。阿少司农迪斯曰："是虽罕睹，实亦人力所为。以肥壮雄鸡闭笼中，纵群雌绕笼外，使相近而不能相接。久而精气抟结，自能成卵。"此亦理所宜然。然鸡秉巽风之气，故食之发疮毒。其卵以盛阳不泄，郁积而成，自必蕴热，不知何以反明目？又《本草》之所不载，医经之所未言，何以知其能明目？此则莫明其故矣。汪副宪曰："有以蛇卵售欺者，但映日不红，即为伪托。"亦不可不知也。

【译文】

　　袁枚的《新齐谐》（即《子不语》一书的改名）载有雄鸡生蛋的事，现在我才知道竟真有其事。它有手指头大，形状像福建的落花生，不可能是正圆形，外表有斑点，对着太阳照，里面颜色深红，好像琥珀。用它点进眼里治白内障很有效。工部侍郎德成、按察副使汪承霈等人都曾经用它配药。但雄鸡卵很不容易得到，一枚可以值十两银子。户部侍郎阿迪斯说："这东西虽少见，实际上也是人想办法弄出来的。把肥壮的雄鸡关在笼子里，放一群母鸡围绕着笼子，使它们相互靠近却不能交配，久而久之，雄鸡的精气凝结郁积，自然能变成蛋。"这也是情理之中的事。然而鸡属巽，巽为风，所以吃鸡容易引发毒疮。雄鸡的蛋是因强盛的阳气不能泄露而郁积成的，自然蕴含热毒，不知为什么反而能明目。而且关于雄鸡蛋，《本草》没有记载，医学经典没提到过，人们是怎么知道它能明目的呢？这些都弄不清楚了。汪副使还说：有人用蛇蛋假冒雄鸡蛋出售骗人，但蛇蛋对着太阳照里面不红，根据这一点就可判断出是假雄鸡蛋，这一点也不可以不知道。

变鸡生蛋偿债

沈媪言：里有赵三者，与母俱佣于郭氏。母殁后年余，一夕，似梦非梦，闻母语曰："明日大雪，墙头当冻死一鸡，主人必与尔。尔慎勿食。我尝盗主人三百钱，冥司判为鸡以偿。今生卵足数而去也。"次日，果如所言。赵三不肯食，泣而埋之。反复穷诘，始吐其实。此数年内事也。然则世之供车骑受刲煮者，必有前因焉，人不知耳。此辈之狡黠攘窃者，亦必有后果焉，人不思耳。

【译文】

沈老太说：村里有个赵三，与母亲一起在郭家做工。母亲死了一年多后的一个晚上，赵三躺在床上，像做梦又不像做梦，听见母亲说："明天下大雪，院墙外会冻死一只鸡，东家肯定会送给你，你千万别吃。我曾偷过主人三百文钱，阴间官府判我变鸡还债。现在生的蛋已经够卖三百文钱，我将离开这里了。"第二天，果然一切都像她所说的。赵三不肯吃那只鸡，哭着将它埋掉。主人反复追问，赵三才说实话。这是近几年的事。由此看来，世界上供人骑和拉车的马牛，供人吃受屠宰烹煮的鸡猪等，前一辈子必定欠了这些人的债，只是人们不知道而已；这些奴仆狡猾偷窃，下辈子也必遭报应，只是他们没有好好想想而已。

卖假药尽孝

余十一二岁时，闻从叔灿若公言：里有齐某者，以罪成黑龙江，殁数年矣。其子稍长，欲归其骨，而贫不能往，恒蹙然如抱深忧。一日，偶得豆数升，乃屑以为末，水抟成丸；衣以赭土，诈为卖药者以往，姑以给取数文钱供口食耳。乃沿途买其药者，虽危证亦立愈。转相告语，颇得善价，竟藉是达戍所，得父骨，以箧负归。归途于窝集遇三盗，急弃其资斧，负箧奔。盗追及，开箧见骨，怪问其故。涕泣陈述。共悯而释之，转赠以金。方拜谢间，一盗忽擗踊大恸曰："此人孱弱如是，尚数千里外求父骨。我堂堂丈夫，自命豪杰，顾乃不能耶？诸君好住，吾今往肃州矣。"语讫，挥手西行。其徒呼使别妻子，终不反顾，盖所感者深矣。惜人往风微，无传于世。余作《滦阳消夏录》诸书，亦竟忘之。癸丑三月三日，宿海淀直庐，偶然忆及，因录以补志乘之遗。傥亦潜德未彰，幽灵不泯，有以默启余衷乎！

【译文】
　　我十一二岁时，听堂叔灿若公说，村里有个齐某，因为犯罪发配黑龙江充军，死去已经几年了。他的儿子慢慢长大，想去把父亲的遗骨运回来，因家里贫穷去不了，于是总是很难过，好像心中有很大的忧伤一样。一天，他偶然得到几升豆子，便把它们磨成末，和水做成丸子，外面再包上一层红土，装成个卖药的上路了。他是想借此骗得几文钱，一路糊口。然而他一路卖去，买了他的药的人，即使是很危重的病也吃了就好。人们互相转告，于是他的"药"卖了相当不错的价钱。他竟靠这一方法到达了他父亲充军的地方，找到遗骨，用竹筐装着往回走。走到原始森林中，遇到三个强盗，他急忙丢下身上所有的钱，背着竹筐拼命跑。强盗追上他，打开竹筐见到遗骨，感到奇怪，问是怎么回事。他哭着把事情的来龙去脉说了一遍，强盗们都可怜他，把他放了，反而还送给他一些银子。他正跪着表示感谢,一个强盗忽然捶胸顿脚嚎啕大哭,说:"这个人身体如此瘦弱,还能远走几千里找回父亲的遗骨。我是个堂堂男子汉,自以为算是英雄豪杰,难道反而不能做到吗?你们好自为之,我要往甘肃肃州去了。"说完,他挥挥手就往西走。他的同伙叫他与妻子告个别再走,他一直不回头,大约是受孝子的事迹感动太深了。可惜这孝子的事迹不久便被人们遗忘,没有为之作传使它流传于世的。我作《滦阳消夏录》等书时,竟然也忘了此事。癸丑年三月三日,我住在海淀值班的地方,偶然回忆起来,于是记下,用以补充地方志的遗漏。这或许是因为孝子的德性埋没,他的灵魂没有泯灭,所以暗暗提醒了我吧?

狐媚老翁

李蟠木言:其乡有灌园叟,年六十余矣。与客作数人同屋寝,忽闻其哑哑作颤声,又呢呢作媚语,呼之不应。一夕,灯未尽,见其布衾蠕蠕掀簸,如有人交接者,问之亦不言。既而白昼或忽趋僻处,或无故闭门。怪而觇之,辄有瓦石飞击。人方知其为魅所据。久之不能自讳,言初见一少年至园中,似曾相识,而不能记忆;邀之坐,问所自来。少年言:"有一事告君,祈君勿拒。君四世前与我为密友,后忽藉胥魁势豪夺我田。我诉官,反遭笞。郁结以死,诉于冥官。主者以契交隙末,当以欢喜解冤。判君为我妇二十年。不意我以业重,遽堕狐身,尚有四年未了。比我炼形成道,君已再入轮回,转生今世。前因虽昧,旧债难消;夙命牵缠,遇于此地。业缘凑合,不能待君再堕女身,便乞相偿,完此因果。"我方骇怪,彼遽嘘我以气,惘惘然如醉如梦,已受其污。

自是日必一两至，去后亦自悔恨，然来时又帖然意肯，竟自忘为老翁，不知其何以故也。一夜，初闻狎昵声，渐闻呻吟声，渐闻悄悄乞缓声，渐闻切切求免声；至鸡鸣后，乃嗷然失声。突梁上大笑曰："此足抵笞三十矣。"自是遂不至。后葺治草屋，见梁上皆白粉所画圈，十圈为一行。数之，得一千四百四十，正合四年之日数。乃知为所记淫筹。计其来去，不满四年，殆以一度抵一日矣。或曰："是狐欲媚此叟，故造斯言。"然狐之媚人，悦其色，摄其精耳。鸡皮鹤发，有何色之可悦？有何精之可摄？其非相媚也明甚。且以扶杖之年，讲分桃之好，逆来顺受，亦太不情。其为身异性存，夙根未泯，自然相就，如磁引针，亦明甚。狐之所云，殆非虚语。然则怨毒纠结，变端百出，至三生之后而未已，其亦慎勿造因哉！

【译文】

李蟠木说：他的家乡有个种花木果树的老头，六十多岁了，与几个打短工的人同睡在一间屋里。大家忽然听到老头发出低低的呻吟声，接着又发出嗲声嗲气很淫荡的声音，叫他也不答应。有天晚上灯没吹熄，只见老头的被子轻轻抖动翻卷，好像有人性交的样子。别人问他，也不回答。后来，在白天里这老头有时突然跑到某个偏僻的角落，有时无故把门关上。大家感到奇怪，偷偷窥视，便有瓦片石块飞来打人，大家这才明白老头是被鬼魅迷住了。又过了一段时间，老头无法隐瞒，只得说出：最初是见到一个少年到花园来，好像见过面，但又记不得他是谁了，便请他坐，问他从哪里来。少年说："有件事要告诉你，请你不要拒绝。四世以前，你和我是好朋友，后来你忽然倚仗衙役头儿和同村有钱有势人家的势力，夺取了我的田产。我告到官府，反而遭到鞭打。我含冤而死，告到阴间官府，主持审理的人认为我们是好朋友而结怨，应该以欢欢喜喜的方式解开怨恨，判你作我二十年妻子。没想到我罪孽太重，很快就托生为狐狸，还有四年夫妻的缘分没有了结。等我修炼得道，你又再次转生，托生为现在这一世。最初的纠葛差不多被忘记了，但旧债还是不能消除。因为命运的牵扯，我与你在这里重聚，这也是缘分凑成的。我等不到你再转生为女人，希望现在就还我这笔债，了结这段因果报应吧。"我正感到奇怪，他就朝我嘘了一口气，我便迷迷糊糊，像做梦或喝醉了酒一样，于是遭到他的污辱。从此以后，他每天都要来一两次。他离去后，我也感到羞愧悔恨。但等他一来，我又心甘情愿接受，竟忘记自己是个老头子，也不知道究竟是什么缘故。一天晚上，大家又听到那老头开始发出调情亲热的声音，接着便是呻吟声，接着便是悄悄恳求慢一点的声音。接着便是很急切恳求停止的声音，到鸡叫时，便发出放声叫唤的声音，突然屋梁上有个声音大笑说道："这足以抵得上鞭打三十下了。"从此以后，那狐狸就不再来。后来整修那幢草屋时，见屋梁上尽是用白粉划的圈，十圈为一行，数了一遍，共是一千四百四十，正合四年的天数，于是知道这是那狐狸记录的行淫次数的标记。它从头至尾来的时间不到四年，大概是以行淫一次抵一天吧。有人认为，这狐狸想迷这老头，所以才捏造出这篇鬼话。然而狐狸迷人，都是因为喜欢某个人的美貌，或想摄取他的精。这老头浑身皮都皱了，头发也花白稀疏了，有什么美貌讨人喜欢？又有什么精可以摄取呢？它决不是只为了想迷他，这是很清楚的。而且这老头已到了拄拐杖的年岁，还去做别人的男宠，逆来顺受，这也太不合情理。他们都是因为形体已改变，但本性还保留，前世的缘分未断，所以才像磁石吸引铁针一样，两者很自然地凑在一起，这也是很清楚的。那狐狸说的话，也许并不假。由此看来，人与人之间的怨仇缠绕纠结，变化百出，至三世之后还没了结，人们实在应该小心，不要结怨造下祸因啊。

少年不受妖诱

文水李秀升言：其乡有少年山行，遇少妇独骑一驴，红裙蓝帔，貌颇娴雅，屡以目侧睨。少年故谨厚，虑或招嫌，恒在其后数十步，俯首未尝一视。至林谷深处，妇忽按辔不行，待其追及，语之曰："君秉心端正，大不易得。我不欲害君，此非往某处路，君误随行。可于某树下绕向某方，斜行三四里即得路矣。"语讫，自驴背一跃，直上木杪，其身渐渐长丈余，俄风起叶飞，瞥然已逝。再视其驴，乃一狐也。少年悸几失魂。殆飞天夜叉之类欤？使稍与狎昵，不知作何变怪矣。

【译文】

文水人李秀升说：他的家乡有个年轻人在山里走，遇到一个少妇骑着驴子，穿着蓝色上衣、红裙子，相貌神情很是秀雅。那少妇总是侧过眼来斜看年轻人，年轻人历来老实本分，怕惹嫌疑，所以总离她有几十步远，低着头不望她一眼。走到林谷深处，少妇忽然让驴子停下，待年轻人赶上后对他说："你立心端正，真不容易，我不想害你。这不是到某个地方去的路，你跟着走错了。你可在某株树下绕往某个方向，再斜走三四里，就能找到路了。"说完，她从驴背上一跳，直蹦到树顶，她的身体也渐渐变大到一丈多长。接着一阵风起，树叶纷飞，一眨眼间，她已不见了。再看那驴子，原来是一只狐狸。年轻人吓得丧魂落魄。这大概是所谓飞的夜叉之类的妖怪吧。要是年轻人稍微对她轻薄一些，还不知会变出什么花样来呢。

举 子 发 狂

癸丑会试,陕西一举子于号舍遇鬼,骤发狂疾。众掖出归寓,鬼亦随出,自以首触壁,皮骨皆破。避至外城,鬼又随至,卒以刃自刺死。未死间,手书片纸付其友,乃"天网恢恢,疏而不漏"八字。虽不知所为何事,其为冤报则凿凿矣。

【译文】

癸丑年会试时,陕西的一位举人在考试的号舍里碰到了鬼,突然发狂。大家把他扶出,回到住处,那鬼也跟了出来。举人自己用头撞墙壁,头皮和头骨都撞破了。于是躲到外城,那鬼又跟到外城,结果举人用刀自杀而死。还没死时,他写了一张纸条给友人,上面是"天网恢恢,疏而不漏"八个字。虽然不知道到底为了什么事,但这属冤孽报应,则是肯定无疑的。

狐能克己让人

南皮郝子明言:有士人读书僧寺,偶便旋于空院,忽有飞瓦击其背。俄闻屋中语曰:"汝辈能见人,人则不能见汝辈。不自引避,反嗔人耶?"方骇愕间,屋内又语曰:"小婢无礼,当即答之,先生勿介意。然空屋多我辈所居,先生凡遇此等处,宜面墙便旋,勿对门窗,则两无触忤矣。"此狐可谓能克己。余尝谓僮仆吏役与人争角而不胜,其长恒引以为辱,世态类然。夫天下至可耻者,莫过于悖理。不问理之曲直，而务求我所隶属人不能犯以为荣，果足为荣也耶？昔有属官私其胥魁，百计袒护。余戏语之曰："吾侪身后，当各有碑志一篇，使盖棺论定，撰文者奋笔书曰：'公秉正不阿，于所属吏役，犯法者一无假借。'人必以为荣，谅君亦以为荣也。又或奋笔书曰：'公平生喜庇吏役，虽受赇黩法，亦一一曲为讳匿。'人必以为辱，谅君亦以为辱也。何此时乃以辱为荣，以荣为辱耶？"先师董文恪曰："凡事不可载入行状，即断断不可为。"斯言谅矣。

【译文】

　　南皮人郝子明说：有个读书人在佛寺里读书，偶尔在空院里小便，忽然有一片飞瓦打在背上，接着便听到屋里有声音说道："你们能看到人，人却不能看见你们。你们不自己注意回避，反而要怪人吗？"读书人正感到奇怪，屋里的声音又说道："小丫头不懂礼貌，我会打她，先生不要在意。不过空屋中往往有我们居住，先生凡是遇到这种情况，应对着墙小便，不要对着门窗，那么我们相互间就不会发生冲突了。"这狐可以说是能够克制约束自己的了。我曾说过，自己家的仆人或自己手下的吏役与人发生争执而没有占上风，主人或官长总认为是自己的耻辱，世上人大多如此。然而天下最可耻的事情，莫过于违背道理。不管道理上是对还是不对，只求别人一概不能侵犯自己属下的人，以为这很荣耀，这果真算得上是荣耀吗？以前我有个下属官员，对他手下吏役的头目很好，千方百计袒护。我对他开玩笑说："我们这些人死后应该各有墓志铭一篇。如果那对我们的一生作最后评判的人举笔写道：'公秉正不阿，对属下的吏役犯法者，坚决惩治，不讲情面。'人们必定认为这是一种荣耀，你想必也认为这是一种荣耀。又如果那人举笔写道：'公平生喜欢庇护吏役，即使他们受贿违法，也一一设法替他们掩盖。'那么人们必认为这是一种耻辱，谅你也会认为这是一种耻辱。你为什么现在却以耻辱为荣耀,又把荣耀当成耻辱呢?"我已去世的老师董文恪公说:"凡事不能写进死后的行状的,就决不可做。"这话说得真好。

狐戏悭商

侍鹭川言:(侍氏未详所出,疑本侍其氏,明洪武中,凡复姓皆令去一字,因为侍氏也。)有贾于淮上者,偶行曲巷,见一女姿色明艳,殆类天人。私访其近邻。曰:"新来未匝月,只老母携婢数人同居,未知为何许人也。"贾因赂媒媪觇之。其母言:"杭州金姓,同一子一女往依其婿。不幸子遘疾,卒于舟;二仆又乘隙窃资逃。茕茕孤嫠,惧遭强暴,不得已税屋权住此,待亲属来迎。尚未知其肯来否?"语讫,泣下。媒舔以既无所归,又无地主,将来作何究竟,有女如是,何不于此地求佳婿,暮年亦有所依。母言:"甚善,我亦不求多聘币。但弱女娇养久,亦不欲草草。有能制衣饰衾具约值千金者,我即许之。所办仍是渠家物,我惟至彼一阅视,不取纤芥归也。"媒以告贾,贾私计良得。旬日内,趣办金珠锦绣,殚极华美;一切器用,亦事事精好。先亲迎一日,邀母来观,意甚惬足。次日,箫鼓至门,乃坚闭不启。候至数刻,呼亦不应。询问邻舍,又未见其移居。不得已逾墙入视,则阒无一人。偏索诸室,惟破床堆髑髅数具,乃知其非人。回视家中,一物不失,然无所用之,重鬻仅能得半价。懊丧不出者数月,竟莫测此魅何所取。或曰:"魅本无意惑贾。贾妄生窥伺，反往觇魅，魅故因而戏弄之。"是于理当然。或又曰："贾富而悭，心计可以析秋毫。犯鬼神之忌，故魅以美色颠倒之。"是亦理所宜有也。

【译文】

　　侍鹭川说（侍姓不知起于何时何地何人。我怀疑本来姓侍其，明朝洪武年间，朝廷下令凡复姓都去掉一字，因而变为侍姓）：有个商人在淮上经商，偶尔经过一条小巷，见到一个女子，相貌美丽动人，简直像仙女。商人悄悄向附近的邻居打听，他们说："这女子刚来这里，还不到一个月，只有一个老母亲带几个婢女居在一起，不知是什么样的人。"商人于是贿赂媒婆去察看，那老母亲对媒婆说："我们是杭州人，姓金，这次是与一个儿子一个女儿一起去投靠女婿，不幸儿子生病，死在船上，两个仆人又乘机盗取钱财逃走了。我们孤零零的寡母幼女，怕在路上遭到强暴，不得已在这里租了房子，暂且住下，等候亲戚家来迎接，还不知他们肯来与否。"说完她就哭起来了。媒婆用话引诱说："你们现在无处可去，在这里又没有人可依靠，将来究竟怎么打算呢？有这样的女儿，何不就在这里找一个好女婿，你的晚年也就有了依靠了。"那老母亲说："你的话说得对，我也不想要多的聘礼，只是我这女儿爱惜抚养这么多年，也不愿意草草了事。如果有人能给她缝些衣裳，买些首饰家具，合起来值千把两银子，我就把女儿许给他。置下的这些东西到时候仍然是他家所有，我只是到那里看一遍，不取丝毫回来。"媒婆把这些话告诉商人，商人私下想，这事划得来。于是在十天以内，急忙派人买办金珠锦绣，都华美之极，所制的一切家具，也样样精致。在迎亲的前一天，他请那老母亲来验看，老母亲相当满意。第二天，他们敲锣打鼓来到女方家，只见大门紧闭不开。等了很久，叫也没人答应。询问邻居，又说没见她们搬走。一伙人不得已，只好翻墙进去看，则又空又静没有一个人。在各间房里到处搜寻，只在一张破床上发现几具骷髅，这才知道她们不是人。商人回到家里，置办的东西一件也没少，只是毫无用处了，重新去卖，只能得到一半的价钱。商人十分懊丧，几个月不出门，也不知道这妖怪这样做到底是为了得到什么。有人说：这妖怪本来无意迷惑商人，是商人居心不良，反去窥探妖怪，妖怪因而戏弄他，按情理这是可能的。又有人说：这商人很有钱，却特别悭吝，工于算计，一丝一厘都算得很精，触犯了鬼神的忌讳，所以妖怪用美女来戏弄他一下，这也是情理中应有的事。

疮中出蝙蝠

《宣室志》载陇西李生左乳患痈，一日痈溃，有雉自乳飞出，不知所之。《闻奇录》载崔尧封外甥李言吉左目患瘤，剖之有黄雀鸣噪而去。其事皆不可以理解。札阁学郎阿亲见其亲串家小婢项上生疮，疮中出一白蝙蝠。知唐人记二事非虚。岂但"六合之外，存而不论"哉？

【译文】

《宣室志》书记载：陇西有个李生，左乳上生一个肿瘤，一天肿瘤穿孔，有小野鸡从乳中飞出，不知飞到哪里去了。《闻奇录》又记载：崔尧封的外甥李言吉左眼上长瘤子，剖开时有黄雀鸣叫着飞走。这种事都不可能用道理解释。内阁学士札郎阿亲眼见到他亲戚家有个小婢女，脖子上生疮，疮中出来一只白蝙蝠。由此可知唐代人记载的上述两件事不假。世上难以用道理解释的事本来就不少，难道仅仅是人世之外的东西我们弄不清楚，只好知道有那么回事而不去讨论吗？

醉 钟 馗

曹慕堂宗丞有乩仙所画《醉钟馗图》，余题以二绝句曰:"一梦荒唐事有无,吴生粉本几临摹;纷纷画手多新样,又道先生是酒徒。""午日家家蒲酒香,终南进士亦壶觞;太平时节无妖厉,任尔闲游到醉乡。"画者题者,均弄笔狡狯而已。一日,午睡初醒,听窗外婢媪悄语说鬼:有王媪家在西山,言曾月夕守瓜田,遥见双灯自林外冉冉来,人语嘈杂,乃一大鬼醉欲倒,诸小鬼掖之踉跄行。安知非醉钟馗乎?天地之大,无所不有。随意画一人,往往遇一人与之肖;随意命一名,往往有一人与之同。无心暗合,是即化工之自然也。

【译文】

宗人府丞曹慕堂有一幅乩仙画的《醉钟馗图》,我曾在上面题了两首绝句,一首是:"一梦荒唐事有无,吴生粉本几临摹。纷纷画手多新样,又道先生是酒徒。"另一首是:"午日家家蒲酒香,终南进士亦壶觞。太平时节无妖疠,任尔闲游到醉乡。"别人画,我题诗,都不过是玩弄笔墨而已。一天,我午睡刚醒,听见窗外女仆们正在悄悄谈鬼,说有个姓王的老妇家在西山,她说曾在月夜守瓜田,远远望见一对灯从树林外慢慢移近,人声嘈杂,原来是一个大鬼醉得要倒下,许多小鬼扶着他,跌跌撞撞往前走。怎么知道这不就是醉钟馗呢?天地之大,无所不有。人们随意画一个人,往往会遇到一个与之相似的人;人们随意取个名字,往往有一个人与之相同。无心而暗合,这是天地自然的安排。

习儒之狐

相传魏环极先生尝读书山寺,凡笔墨几榻之类,不待拂拭,自然无尘。初不为意,后稍稍怪之。一日晚归,门尚未启，闻室中窸窣有声；从隙窃觇，见一人方整饬书案。骤入掩之，其人瞥穿后窗去。急呼令近，其人遂拱立窗外，意甚恭谨。问："汝何怪？"謦折对曰："某狐之习儒者也。以公正人，不敢近，然私敬公，故日日窃执仆隶役。幸公勿讶。"先生隔窗与语，甚有理致。自是虽不敢入室，然遇先生不甚避，先生亦时时与言。一日，偶问："汝视我能作圣贤乎？"曰："公所讲者道学，与圣贤各一事也。圣贤依乎中庸，以实心励实行，以实学求实用。道学则务语精微，先理气，后彝伦，尊性命，薄事功，其用意已稍别。圣贤之于人，有是非心，无彼我心；有诱导心，无苛刻心。道学则各立门户，不能不争；既已相争，不能不巧诋以求胜。以是意见，生种种作用，遂不尽可令孔孟见矣。公刚大之气，正直之情，实可质鬼神而不愧，所以敬公者在此。公率其本性，为圣为贤亦在此。若公所讲，则固各自一事，非下愚之所知也。"公默然遣之。后以语门人曰："是盖因明季党祸，有激而言，非笃论也。然其抉摘情伪，固可警世之讲学者。"

【译文】

相传魏象枢先生曾在山中佛寺读书，凡笔墨桌椅床铺之类，不须收拾打扫，自然没有灰尘。魏先生开始还不在意，后来才感到有些奇怪。一天他很晚才回来，还没开门，只听屋里有窸窸窣窣的声音。魏先生从门缝里悄悄往里看，只见有个人正在整理书桌。魏先生突然闯进去，那个人一晃而穿过后面的窗户逃走。魏先生急忙叫他停住并靠近些，那人便躬腰站在窗户外面，神情很恭谨。问他是什么妖怪,他弯腰回答道:"我是个读儒书的狐狸。因为您是正人君子,所以我不敢靠近,但心里很敬仰您,所以每天都偷偷来服侍您,请您不要惊讶。"魏先生隔着窗户与它说话,它的话很有条理情趣。从此以后,它虽不敢进入寝室,但遇到魏先生也不大回避,魏先生也时与它谈话。一天偶然问道:"你看我能成为圣贤吗?"它回答道:"您所讲习的是道学,与圣贤不是一回事。圣贤根据的是中庸之道,以实实在在的心地,努力做实实在在的事;以实实在在的学问,求得实实在在的用处。道学则喜欢讲深奥微妙的道理,注重探讨理与气之类的问题,把人世的道德伦理放在次要位置;认为人的本性和命运是最关键的东西,而轻视做具体的事情建立功绩。它们的用意本已稍有区别。圣贤对待人,有是非的观念,没有分别你我的观念;有诱导的愿望,没有苛刻要求的愿望。道学则各立门派,于是互相之间不能不发生争论;既然相互争论,则不可能不用尽心机攻击丑化对方以求获胜。因这种想法,而做出各种各样的事情,这些事情便不尽是可以让孔子、孟子顺眼的了。您刚强宏大的气魄,正直的性情,确实可以面对鬼神而不惭愧,我之所以敬仰您,就是因为这些。您如果按照自己的本性,成为圣人和贤人,也是因为这些。至于您所讲的道学,则确属另外一回事,不是我这样愚昧的人所能理解的。"魏先生听了沉默好一阵子,然后让它走了。后来他把这事告诉学生,并说:"这是因为看到明代晚期党派之争造成的灾难而产生的偏激的观点,不是公正中肯的评论。然而它揭露某些人的真实心理,还是可以警戒世上讲道学的人的。"

沉 河 之 石

沧州南一寺临河干,山门圮于河,二石兽并沉焉。阅十余岁,僧募金重修,求二石兽于水中,竟不可得,以为顺流下矣。棹数小舟,曳铁钯,寻十余里无迹。一讲学家设帐寺中,闻之笑曰:"尔辈不能究物理。是非木杮,岂能为暴涨携之去?乃石性坚重,沙性松浮,湮于沙上，渐沉渐深耳。沿河求之，不亦颠乎？"众服为确论。一老河兵闻之，又笑曰："凡河中失石，当求之于上流。盖石性坚重，沙性松浮，水不能冲石，其反激之力，必于石下迎水处啮沙为坎穴。渐激渐深，至石之半，石必倒掷坎穴中。如是再啮，石又再转。转转不已，遂反溯流逆上矣。求之下流，固颠；求之地中，不更颠乎？"如其言，果得于数里外。然则天下之事，但知其一，不知其二者多矣，可据理臆断欤！

【译文】

沧州南面有座寺庙，建在河岸边。它的山门坍塌倒进河里，门口的两只兽形石雕也沉进水中。过了十几年，和尚募集钱财，重修山门，在水里找那两只石兽，竟找不到。人们以为顺水冲到下游去了，于是驾着几只小船，拖着铁钯搜索了十几里，也没发现踪迹。有个讲道学的先生，当时正在设在庙里的私塾教书。他听说后笑道："你们不懂事物的道理。石兽又不是木片，怎么可能被急流带走呢？石头的特征是坚硬而沉重，而沙的特征是松软而轻浮。石兽沉在沙上，渐沉渐深。沿着河流去找，不是太荒谬了么？"在场的人听了，都相信是高见。一个老河兵得知，又笑道："凡是石头沉在河中，应当在沉落地点的上游去找。因为石头坚硬而沉重，沙子松软而轻浮，水冲不动石头，反激的力量必然在石头下面迎着水流的那一边冲动沙子，以至冲出一个空洞来。越冲越深，等到超过石头一半深时，石头就必定会往前倒在空洞里。像这样水再冲沙，石头再往前倒，倒了又倒，于是石头就反而逆移向上游了。在下游寻找，固然荒谬；在水底泥沙中寻找，不是更荒谬吗？"大家按照老河兵的话，果然在几里远的上游找到了石兽。由此可见，人们对于世上的事情，只知其一，不知其二，这种情况是很多的，怎么能想当然而加以臆断呢？

轻佻受惩

交河及友声言：有农家子，颇轻佻。路逢邻村一妇，伫目睨视。方微笑挑之，适有馌者同行，遂各散去。阅日，又遇诸涂，妇骑一乌牸牛，似相顾盼。农家子大喜，随之。时霖雨之后，野水纵横，牛行沮洳中甚速。沾体濡足，颠踬者屡，比至其门，气殆不属。及妇下牛，觉形忽不类；谛视之，乃一老翁。恍惚惊疑，有如梦寐。翁讶其痴立，问："到此何为？"无可置词，诡以迷路对，踉跄而归。次日，门前老柳削去木皮三尺余，大书其上曰："私窥贞妇，罚行泥泞十里。"乃知为魅所戏也。邻里怪问，不能自掩，为其父捶几殆。自是愧悔，竟以改行。此魅虽恶作剧，即谓之善知识可矣。

友声又言：一人见狐睡树下，以片瓦掷之。不中，瓦碎有声，狐惊跃去。归甫入门，突见其妇缢树上，大骇呼救。其妇狂奔而出，树上缢者已不见。但闻檐际大笑曰："亦还汝一惊。"此亦足为佻达者戒也。

【译文】

交河人及友声说：有个农民的儿子，生性很轻佻，在路上碰到邻村一位妇女，便盯住了看。正笑嘻嘻挑逗她，恰好有往田里送饭的人走来，只得各自散开。第二天他在路上又遇到那妇女，只见她骑着一头大青牛，好像以目传情，农民的儿子大喜，于是跟着她走。当时正是下过一场大雨之后，遍野都是积水，牛在沼泽中走得很快，他拼命跟上，弄得浑身是稀泥，几次摔倒，等走到她家门前，他已经上气不接下气了。等那妇女跳下牛背，他觉得样子不像，仔细一看，原来是个老头。他恍恍惚惚，又惊又疑，好像做梦。那老头见他呆呆站在那里，感到奇怪，问他到这里来干什么，他无话可答，谎称是迷了路。他无精打采回到家里，第二天，门前老柳树的皮被削去了三尺多，上书写着几个大字："私窥贞妇，罚行泥泞十里。"他这才知道是被妖怪戏弄了。邻居们见到树上的字，感到奇怪，都来问他，他无法掩盖，只得说出。他父亲得知，差一点将他打死。他从此惭愧后悔，竟因此改了品性。这个妖怪虽然善于戏弄人，但要说他是一个善于做好事的人，也是可以的。

友声又说，有个人见一只狐狸睡在树下，便捡起一块瓦片打过去，没有打中，瓦片落地发出碎裂声，狐狸吃了一惊，急忙逃走。那人回家刚进门，突然见妻子在树上上吊，大吃一惊，忙叫救人。他的妻子急忙跑出门来，树上上吊的人已经不见了。只听屋檐边发出大笑声，说："也还你一惊。"这事也足以为轻佻随便的人提供一个教训。

道士之徒败事

同年陈半江言：有道士善符箓，驱鬼缚魅，具有灵应。所至惟蔬食茗饮而已，不受铢金寸帛也。久而术渐不验，十每失四五。后竟为群魅所遮，大见窘辱，狼狈遁走。诉于其师。师至，登坛召将，执群魅鞫状。乃知道士虽不取一物，而其徒往往索人财，乃为行法；又窃其符箓，摄狐女媟狎。狐女因窃污其法器，故神怒不降，而仇之者得以逞也。师拊髀叹曰："此非魅败尔，尔徒之败尔也；亦非尔徒之败尔，尔不察尔徒，适以自败也。赖尔持戒清苦，得免幸矣，于魅乎何尤！"拂衣竟去。夫天君泰然，百体从令，此儒者之常谈也。然奸黠之徒，岂能以主人廉介，遂辍贪谋哉！半江此言，盖其官直隶时，与某令相遇于余家，微以相讽。此令不悟，故清风两袖，而卒被恶声，其可惜也已。

【译文】
　　与我同年考中的陈半江说：有个道士善于画符驱除鬼怪，缚捉妖魅，都很灵验。每到一个地方，他只吃蔬菜喝茶而已，从不接受主人丝毫钱财。久而久之，他的法术渐渐变得不灵验了，十次总有四五次不成功。后来竟在降妖时被妖怪们围住，受到妖怪的戏弄侮辱，只得狼狈逃走。他去告诉自己的师父。师父赶来，登坛召唤神将，命他们把妖怪全部抓来审问，这才知道，道士虽没有收取任何财物，但他的徒弟们则往往向人索取财物，然后才肯行使法术。而且他们还常常偷道士的符箓，用它召来狐女淫乐。狐女们乘机污染道士的法器，所以神灵发怒，不肯降临，而妖怪们因此得逞。师父拍着大腿叹息道："这不是妖怪来败坏你，是你的徒弟在败坏你；也不是你的徒弟败坏你，而是你不注意管教徒弟，自己败坏自己。亏得你本人持戒清苦，得以免受伤害，这就算幸运的了，有什么好怪妖魅的呢？"师父说完，一摆衣袖走了。人的头脑清静，浑身都听使唤；主宰者安宁清静，所有的部下都会随之清静：这是信奉儒家学说的人常说的话。然而奸诈狡猾的部下或仆人，难道会因为主人清廉正直，便停止他们贪婪的阴谋吗？半江说这话，是因为他在直隶做官时，与某位县令正好在我家相遇，所以用这个故事暗示他，而那位县令却没有领悟。结果虽然他两袖清风，却落了个丑恶的名声，真是可惜啊。

造谤得报应

　　里有少年，无故自掘其妻墓，几见棺矣。时耕者满野，见其且詈且掘，疑为颠痫，群起阻之。诘其故，坚不肯吐；然为众手所牵制，不能复掘，荷锸恨恨去。皆莫测其所以然也。越日，一牧者忽至墓下，发狂自挢曰："汝播弄是非，间人骨肉多矣。今乃诬及黄泉耶？吾得请于神，不汝贷也。"因缕陈始末，自啮其舌死。盖少年恃其刚悍，顾盼自雄，视乡党如无物。牧者恚焉，因为造谤曰："或谓某帷薄不修，吾固未信也。昨偶夜行，过其妻墓，闻林中呜呜有声，惧不敢前，伏草间窃视。月明之下，见七八黑影，至墓前与其妻杂坐调谑，媟声艳语，一一分明。人言其殆不诬耶？"有闻之者，以告少年。少年为其所中，遽有是举。方窃幸得计，不虞鬼之有灵也。小人狙诈，自及也宜哉。然亦少年意气凭陵，乃招是忌。故曰"君子不欲多上人"。

【译文】
　　村子里有个年轻人，无缘无故跑去挖妻子的坟墓，差不多就要挖到棺材了。当时周围田地里都是耕田的人，见他一边挖一边骂，怀疑他是得了狂病，一齐来劝阻，并问他是什么缘故，他死也不肯说。但因被众人拉住，不能再挖，只得背起锹，满腔愤恨地走了，大家都想不出他究竟是为什么。过了一天，一个放牧的人突然跑到墓下，发狂地打自己的嘴巴，说："你喜欢搬弄是非，离间人家的骨肉之亲，已经够多了，现在竟诬蔑到埋在地下的死人。我已请求神灵，决饶不了你。"接着他交待了事情的始末，最后自己咬破舌头而死。原来，这年轻人倚仗自己力大胆大，扬扬得意，自认为了不起，从不把同村人放在眼里。放牧的人恨他，因此造谣道："有人说某某人家里有丑事，我还不相信。昨天夜里我偶尔路过他妻子墓边，只听树林里有'呜呜'的响声。我害怕不敢上前，只好伏在草丛里偷看，只见月光之下，有七八个黑影来到墓边，与某某的妻子坐在一起，互相打情骂俏，讲的那些淫荡的话，一一听得清清楚楚。人们传说的话，看来不是假的。"有人听到这些谣言，告诉那年轻人，年轻人信了，于是做出挖掘妻子坟墓的事来。放牧人正在庆幸阴谋得逞，没想到鬼会显灵。小人奸险狡诈，自作自受是应该的。但那年轻人过分盛气凌人，才招惹这场祸。所以说，君子不想多居于人上。

七婿同死

从孙树宝，盐山刘氏甥也。言其外祖有至戚，生七女，皆已嫁。中一婿，夜梦与僚婿六人，以红绳连系，疑为不祥。会其妇翁殁，七婿皆赴吊。此人忆是噩梦，不敢与六人同眠食；偶或相聚，亦稍坐即避出。怪诘之，具述其故。皆疑其别有所嗛，托是言也。一夕，置酒邀共饮，而私键其外户，使不得遁。突殡宫火发，竟七人俱烬。乃悟此人无是梦则不避六人，不避六人则主人不键户，不键户则七人未必尽焚。神特以一梦诱之，使无一得脱也。此不知是何夙因？同为此家之婿，同时而死，又不知是何夙因？七女同生于此家，同时而寡，殆必非偶然矣。

【译文】
　　我的侄孙树宝，是盐山刘家的外甥。他说他外祖父家有户关系密切的亲戚，生了七个女儿，都已出嫁。其中一个女婿晚上梦见与六个连襟用一根红绳系在一起，怀疑不是好兆头。正好碰上他们的岳父去世，七个女婿都来吊唁。这个女婿回忆起那个噩梦，不敢与另外六人一起吃饭睡觉。偶尔相聚，也只是稍微坐一下就避开。大家感到奇怪，都来问他，他说出原因，大家都认为他肯定有另外的事情不满意，才假托这话。一天晚上，主人摆酒邀他共饮，而偷偷把门从外面锁上，使他跑不了。突然停丧的房里起火，七个人竟一齐烧死。于是人们才明白，这人不做这个梦，则不会躲避另外六人；不躲避另外六人，则主人不会锁门；不锁门，则七个人未必会一齐烧死。神特地用一个梦来引诱他们，好使他们一个也跑不掉，这不知是因为前生有什么冤孽。七个人同做这家的女婿，又同时烧死，这也不知道是因为前生有什么冤孽。七个女儿同出生在这户人家，同时成为寡妇，大约也不是偶然的。

狐避雷击

周密庵言：其族有孀妇，抚一子，十五六矣。偶见老父携幼女，饥寒困惫，踣不能行，言愿与人为养媳。女故端丽，孀妇以千钱聘之。手书婚帖，留一宿而去。女虽孱弱，而善操作，井臼皆能任；又工针黹，家藉以小康。事姑先意承志，无所不至，饮食起居，皆经营周至，一夜往往三四起。遇疾病，日侍榻旁，经旬月目不交睫。姑爱之乃过于子。姑病卒，出数十金与其夫使治棺衾。夫诘所自来，女低回良久曰："实告君，我狐之避雷劫者也。凡狐遇雷劫，惟德重禄重者庇之可免。然猝不易逢，逢之又皆为鬼神所呵护，猝不能近。此外惟早修善业，亦可以免。然善业不易修，修小善业亦不足度大劫。因化身为君妇，黾勉事姑。今藉姑之庇，得免天刑，故厚营葬礼以申报，君何疑焉！"子故孱弱，闻之惊怖，竟不敢同居。女乃泣涕别去。后遇祭扫之期，其姑墓上必先有焚楮酹酒迹，疑亦女所为也。是特巧于逭死，非真有爱于其姑。然有为为之，犹邀神福，信孝为德之至矣。

【译文】

　　周密庵说：他同族中有个寡妇，抚养一个儿子，已经十五六岁了。一天，见一个老头带着个女儿，又冷又饿，精疲力尽，再也走不动了。老头说愿意把女儿送给人作童养媳。那女孩长得端端正正，老寡妇用一千文钱作聘礼，双方写好婚约，那老头住了一晚便走了。女孩虽瘦弱，而善于料理家务，打水舂米样样都能干，针线活又好，寡妇家靠她过上了小康生活。她侍候婆婆十分尽心，凡是婆婆想的事情，她总是不待吩咐就做了。她照料婆婆的饮食起居，也十分周到，一夜往往要起来三四次。遇上婆婆生病，她便天天守护在床头，十天半月不合眼。婆婆对她比对自己的儿子还喜欢。婆婆病死后，她拿出几十两银子给丈夫，让丈夫买棺材做寿衣。丈夫问她钱是从哪里来的，她低头犹豫了好久，才说："实话告诉你，我是一只躲避雷击的狐狸。凡是狐将受到雷击，只有品德高尚地位显赫的人才能庇护它们避免，然而一时间很难遇到这样的人，遇到了他们周围又往往有鬼神保护着，不能靠近。除此之外，只有早早行善，积下功德，也可以避免，然而行善积德不容易，积点小小的善德也不足以度过大的劫难。因此，我变为你的妻子，勤勤恳恳侍候婆婆。现在靠婆婆的庇佑，我得以免遭上天的惩罚，所以要隆重地厚葬婆婆，来报答她的恩情，你还要怀疑什么呢？"她的丈夫本是个胆小怕事的人，听了这话，又惊又怕，竟不敢再与她住在一起，她只好哭着离去。以后每逢祭祀扫墓的日期，婆婆坟上必定先就有人烧过纸钱浇过酒，怀疑也是狐女做的。这狐女只是善于利用人来逃避死亡，并不是真心爱戴婆婆。然而尽管是有个人目的而做这些事，仍然得到了神灵的宽恕，可见孝道确实是最重要的品德。

狐媚村女

　　闻有村女，年十三四，为狐所媚。每夜同寝处，笑语媟狎，宛如伉俪。然女不狂惑，亦不疾病，饮食起居如常人，女甚安之。狐恒给钱米布帛，足一家之用。又为女制簪珥衣裳，及衾枕茵褥之类，所值逾数百金。女父亦甚安之。如是岁余，狐忽呼女父语曰："我将还山，汝女奁具亦略备，可急为觅一佳婿，吾不再来矣。汝女犹完璧，无疑我始乱终弃也。"女故无母，倩邻妇验之，果然。此余乡近年事，婢媪辈言之凿凿，竟与乖崖还婢其事略同。狐之媚人，从未闻有如是者。其亦夙缘应了，夙债应偿耶？

【译文】

听说有个农村女孩，约十三四岁，被狐狸迷住了。狐狸每天晚上都要来与她同寝，两个调情开玩笑，就像夫妇一样。然而女孩不发狂，也不生病，饮食起居与常人没有任何区别，女孩也习惯了。狐狸经常送来钱、米和布匹，足够一家所用。它又为女孩添置了首饰、衣裳及枕头、被褥之类，价值合起来超过几百两银子，女孩的父亲也习惯了。这样过了一年多，狐狸忽然对女孩的父亲说："我要回山里去了，你女儿的嫁妆也准备得差不多了，你可以加紧为她找个好女婿，我不会再来了。你女儿还是个处女，不要怀疑我是先玩弄她最终又把她抛弃。"女孩早就没了母亲，请邻居家的妇女验看，果然还是处女。这是我的家乡近年发生的事，老少女仆们说起来还清清楚楚。这竟与张乖崖还婢女的事相似。狐狸迷人，从来没听说有这样的，大概它也是因为有前生的缘分应该了结，或有前生欠债应该偿还吧。

道 士 抑 欲

杨雨亭言：登莱间有木工，其子年十四五，甚姣丽。

课之读书，亦颇慧。一日，自乡塾独归，遇道士对之诵咒，即惘惘不自主，随之俱行。至山坳一草庵，四无居人，道士引入室，复相对诵咒。心顿明了，然口噤不能声，四肢缓軃不能举。又诵咒，衣皆自脱。道士掖伏榻上，抚摩偎倚，调以媟词，方露体近之，忽蹶起却坐曰："修道二百余年，乃为此狡童败乎？"沉思良久，复偃卧其侧，周身玩视，慨然曰："如此佳儿，千载难遇。纵败吾道，不过再炼气二百年，亦何足惜！"奋身相逼，势已万万无免理。间不容发之际，又掉头自语曰："二百年辛苦，亦大不易。"挈身下榻，立若木鸡；俄绕屋旋行如转磨。突抽壁上短剑，自刺其臂，血如涌泉。欹倚呻吟，约一食顷，掷剑呼此子曰："尔几败，吾亦几败，今幸俱免矣。"更对之诵咒。此子觉如解束缚，急起披衣。道士引出门外，指以归路。口吐火焰，自焚草庵，转瞬已失所在，不知其为妖为仙也。余谓妖魅纵淫，断无顾虑。此殆谷饮岩栖，多年胎息，偶差一念，魔障遂生；幸道力原深，故忽迷忽悟，能勒马悬崖耳。老子称不见可欲，使心不乱；若已见已乱，则非大智慧不能猛省，非大神通不能痛割。此道士于欲海横流，势不能遏，竟毅然一决，以楚毒断绝爱根，可谓地狱劫中证天堂果矣。其转念可师，其前事可勿论也。

【译文】

　　杨雨亭说：登州、莱州一带有个木匠，他有个儿子，十四五岁，生得十分漂亮。教他读书，也很聪明。一天从乡里私塾独自回家,遇到一个道士对着他念咒语,他就迷迷糊糊起来,不由自主地跟着道士走。走到山坳里一座草屋前,四周无人居住。道士将他带进屋,又对着念咒语,他心里立刻清醒了,但嘴巴说不出话来,四肢无力不能举动。道士再念咒语,他身上的衣服便自行脱落。道士扶他伏在床上,抚摸亲昵,并用下流话挑逗他。道士刚自己脱掉衣服接近他时,突然跳起,后退坐在一边,自言自语道:"修炼道行二百多年,难道就被这个漂亮男孩败坏掉吗?"道士沉思了好一会,又俯卧在男孩身边,对男孩全身玩弄欣赏,很感慨地说:"这么漂亮的男孩,真是千载难逢。纵然败坏了我的道行,不过再修炼二百年而已,又有什么好可惜的!"于是道士突然起来相逼,当时的情形已似乎是男孩万万不可能免遭淫污了。就在这千钧一发之际,只见道士又掉过头去自言自语道:"二百年辛辛苦苦修炼,也大不容易。"于是他又跳身下床,呆若木鸡站了一会儿,然后绕着草屋跑动,就像石磨旋转。突然抽出墙壁上的短剑,刺向自己的胳膊,血流如泉涌。道士斜靠着呻吟,大约过了一顿饭时候,他丢掉短剑,叫男孩道:"你差一点完蛋,我也差一点完蛋,现在都没事了。"他再一次对男孩念咒语,男孩就像被别人松了绑一样,急忙起来披上衣服。道士把他带到门外,指给他回家的路,然后口里吐出火焰,烧掉草屋。一眨眼,道士就不见了,也不知他是妖怪还是神仙。我认为,如果是妖怪要行淫,它们是决不会顾虑这些的。这位道士在此以前在深山峡谷中修炼多年,偶因一念之差,心中便生起魔障。幸好他道力本来深厚,所以一会儿迷惑一会儿又醒悟,最后终于悬崖勒马。老子说过:不见到可以引起人欲念的东西,就可以使心思不被扰乱;若已见到而且心思已被扰乱,则不是具有非凡的智慧的人不能猛然醒悟,不是具有非凡勇气力量的人也不能忍痛割舍。这个道士能够在欲念极其强烈简直不可能遏止的情况下,竟毅然作出决断,以痛苦的手段断绝情欲,可以说是处于下地狱的劫难中而实现了可上天堂的功德。他转变念头的行为是值得效法的,至于这之前的事就可以不去计较了。

佚名女子诗词

朱秋厓初入翰林时，租横街一小宅，最后有破屋数楹，用贮杂物。一日，偶入检视，见尘壁仿佛有字迹。拂拭谛观，乃细楷书二绝句，其一曰："红蕊几枝斜，春深道韫家。枝枝都看遍，原少并头花。"其二曰："向夕对银釭，含情坐绮窗。未须怜寂寞，我与影成双。"墨迹黯淡，殆已多年。又有行书一段，剥落残缺。玩其句格，似是一词，惟末二句可辨，曰："天孙莫怅阻银河，汝尚有牵牛相忆。"不知是谁家娇女，寄感摽梅。然不畏人知，濡毫题壁，亦太放诞风流矣。余曰："《摽梅》三章，非女子自赋耶？"秋厓曰："旧说如是，于心终有所格格。忆先儒有一说，云是女子父母所作，【按：此宋戴岷隐之说。】是或近之。"倪余疆闻之曰："详词末二语，是殆思妇之作，遘脱辐之变者也。二公其皆失之乎！"既而秋厓揭换壁纸，又得数诗，其一曰："门掩花空落，梁空燕不来。惟余双小婢，鞋印在青苔。"其二曰："久已梳妆懒，香奁偶一开。自持明镜看，原让赵阳台。"又一首曰："咫尺楼窗夜见灯，云山似阻几千层。居家翻作无家客，隔院真成退院僧。镜里容华空若许，梦中晤对亦何曾？侍儿劝织回文锦，懒惰心情病未能。"则余疆之说信矣。后为程文恭公诵之。公俯思良久，曰："吾知之，吾不言。"既而曰："语语负气，不见答也亦宜。"

【译文】

　　朱秋圃刚进翰林院时,租了横街一小住宅居住。院子最后面有几间破屋,用来贮藏杂物,一天,朱秋圃偶尔进去查看,见满是灰尘的墙壁上好像有字迹,他擦了一下,仔细一看,原来是用小楷书写的两首绝句,一首是:"红蕊几枝斜,春深道韫家。枝枝都看遍,原少并头花。"另一首是:"向夕对银釭,含情坐绮窗。未须怜寂寞,我与影成双。"墨迹已经暗淡,大约已经过许多年了。又有一段行书,已经残缺不全。分析它的句法,好像是一首词,只有最后两句还辨认得出,是:"天孙莫怅阻银河,汝尚有牵牛相忆。"不知是哪户人家的娇女,以此来寄寓已到结婚年龄还没有出嫁的苦闷。然而不怕别人知道,挥笔写在墙壁上,也太风流放诞了。我听了朱秋圃的话,说道:"《诗经》中的《摽有梅》一诗,写的就是女子已到结婚年龄而还没有出嫁的心事,不也是女子自己写的吗?"秋圃说:"过去的解释确实是这么说的,但我心里总觉得难以接受。回忆以前有位学者曾提出这是女子的父母所写(案:这就是宋代戴岷隐的说法),这可能接近真实。"倪余疆得知后说:"仔细体会词的最后两句,这大约是思念丈夫的妻子所作,她可能是遭到抛弃了。"二位先生也许都没有说对吧。后来秋圃揭换壁上贴的纸,又见到几首诗。一首说:"门掩花空落,梁空燕不来。唯余双小婢,鞋印在青苔。"一首说:"久已梳妆懒,香奁偶一开。自持明镜看,原让赵阳台。"又一首说:"咫尺楼窗夜见灯,云山似阻几千层。居家翻作无家客,隔院真成退院僧。镜里容华空若许,梦中晤对亦何曾。侍儿劝织回文锦,懒惰心情病未能。"这样看来,则余疆的说法是正确的。后来我们把这些诗词念给程文恭公听,他低头思索了很久,然后说:"我知道是谁了,但我不说。"接着他又说:"这些诗词句句都含有怨气,它们没有得到回答也是应该的。"

鬼　战　斗

　　季漱六言:有佃户所居枕旷野。一夕,闻兵仗格斗声,阖家惊骇,登墙视之,无所睹。而战声如故,至鸡鸣乃息。知为鬼也。次日复然,病其聒不已,共谋伏铳击之,果应声啾啾奔散。既而屋上屋下,众声合噪曰:"彼劫我妇女,我亦劫彼妇女为质,互控于社公。社公愤愤,劝以互抵息事。俱不肯伏,故在此决胜负,何预汝事?汝以铳击我,今共至汝家,汝举铳则我去,汝置铳则我又来,汝能夜夜自昏至晓,发铳不止耶?"思其言中理,乃跪拜谢过,大具酒食纸钱送之去。然战声亦自此息矣。夫不能不为之事,不出任之,是失几也;不能不除之害,不力争之,是养痈也。鬼不干人,人反干鬼,鬼有词矣,非开门揖盗乎!孟子有言,乡邻有斗者,被发缨冠而往救之。则惑也,虽闭户可也。

【译文】
　　季沤六说:有个佃户人家,住的地方靠近一片旷野。一天晚上,他们听到兵器格斗的声音,全家人都很惊慌。爬上墙头一看,什么也看不到,而战斗声依然如故,到鸡叫时才停息,他们才知道这是鬼。第二天又是如此。这家人嫌它吵闹不休,一齐商量埋土枪来轰击,果然土枪一响,鬼们纷纷叽叽喳喳散走了。接着屋上屋下一齐发出吵闹声,说:"他们抢了我们的妇女,我们也抢了他们的妇女做人质。我们一起去土地神那里告状,土地神糊涂,竟然劝我们互相抵消了事,我们都不服,所以在这里决一胜负,干你们什么事,你们竟用土枪轰击我们?现在我们一齐来到你家,你举起枪,我们就走开;你放下枪,则我们又来,你能每个晚上从黄昏到拂晓都不停地开枪吗?"这家人听它们的话有道理,于是跪下赔礼道歉,并准备了大量酒食和纸钱送它们走。就这样,战斗声也从此停息了。世界上不能不去做的事,不出来承担它,这是失去时机;不能不除掉的有害的事物,不出来力争除掉它,这是养痈遗害。这鬼没有侵犯人，人反而要侵犯鬼，鬼就有道理了，这不等于是开门把强盗请进来吗？孟子说过：邻居有人打架，自己披散头发不系帽带去救，这是干蠢事，你把门关上就可以了。

嫉恶太甚之报

伊松林舍人言：有赵延洪者，性伉直，嫉恶至严，每面责人过，无所避忌。偶见邻妇与少年语，遽告其夫。夫侦之有迹，因伺其私会骈斩之，携首鸣官。官已依律勿论矣。越半载，赵忽发狂自挝，作邻妇语，与索命，竟啮断其舌死。夫荡妇逾闲，诚为有罪。然惟其亲属得执之，惟其夫得杀之，非乱臣贼子，人人得而诛者也。且所失者一身之名节，所玷者一家之门户，亦非神奸巨蠹，弱肉强食，虐焰横煽，沉冤莫雪，使人人公愤者也。律以隐恶扬善之义，即转语他人，已伤盛德。傥伯仁由我而死，尚不免罪有所归；况直告其夫，是诚何意，岂非激以必杀哉！游魂为厉，固不为无词。观事经半载，始得取偿，其必得请于神，乃奉行天罚矣。然则以讦为直，固非忠厚之道，抑亦非养福之道也。

【译文】

伊松林舍人说，有个叫赵延洪的人，性情耿直，对坏人坏事痛恨之极，往往当面指责别人的过错，一点也不注意回避忌讳。他偶尔见到邻居家的女人与一个年轻男子交谈，便马上告诉她丈夫。她丈夫注意观察，发现确有其事，等他们两人私下相会时，一齐杀死，带着人头到官府自首，官府根据法律免予追究。过了半年后，赵延洪突然发狂，打自己的嘴巴，发出女人的声音，向他讨命，他最后竟咬断自己的舌头而死。淫荡的妇女做出非礼的事情,诚然有罪,但只有她的亲属有权来抓,只有她的丈夫才有资格来杀她,这与那种造反叛乱的臣子,人人都可以杀,不属于同一种情况。且这女子所丧失的只是她本人一身的名节,所污辱的只是她一家的面子,也不同于那种阴谋篡位的大奸臣、烧杀掳掠的强盗,势焰熏天,使人们有冤无处申,引起所有人的公愤。根据应该替别人遮盖丑事、宣扬美德的道德原则,即使是将这种事情转告另外的人,也已有损于高尚的品德了。倘若这女子因此被杀,虽不是自己亲手所杀,但她实际上是因为自己而死,自己就不免要承担一定责任;何况直接告诉她的丈夫,这是什么意思?岂不是故意刺激他,使他非杀掉她不可吗?女子的鬼魂来害他,就不是完全没有一点理由了。这事经过半年,她才得以让他偿命,肯定是请求神灵,得到允许,然后才代表天意来惩罚他的。由此看来,那么把攻击别人当做直率,确实不符合忠厚的要求,而且也不是给自己造福的行为。

仆诬主人遭报应

御史佛公伦,姚安公老友也。言贵家一佣奴,以游荡为主人所逐。衔恨次骨,乃造作蜚语,诬主人帷薄不修,缕述其下烝上报状,言之凿凿,一时传布。主人亦稍闻之,然无以箝其口,又无从而与辩;妇女辈惟爇香吁神而已。一日,奴与其党坐茶肆,方抵掌纵谈,四座耸听,忽嗷然一声,已仆于几上死。无由检验,以痰厥具报。官为敛埋,棺薄土浅,竟为群犬掮食,残骸狼藉。始知为负心之报矣。佛公天性和易,不喜闻人过,凡僮仆婢媪,有言旧主之失者,必善遣使去,鉴此奴也。尝语昀曰:"宋党进闻平话说韩信,(优人演说故实,谓之平话。《永乐大典》所载,尚数十部。)即行斥逐。或请其故。曰:

'对我说韩信,必对韩信亦说我,是乌可听?'千古笑其愦愦,不知实绝大聪明。彼但喜对我说韩信,不思对韩信说我者,乃真愦愦耳。"真通人之论也。

【译文】

御史佛伦先生,是我父亲的老朋友,他说,有个富贵人家有一雇工,因为游手好闲不务正业,被主人驱逐,于是对主人恨之入骨,便造谣诽谤,说主人家里男女之间有许多丑事。他详细描绘公公媳妇婶子侄儿之间乱伦的状况,说得绘声绘色,一时流传开去,主人也略有所闻,但无法箝制他的嘴巴,又无法与他辩白。主人家的妇女们只能焚香祷告神灵而已。一天,这人正与他的同伙坐在茶馆里,拍着手大谈特谈,在座的人都凝神倾听,他突然"嗷"地叫了一声,已扑倒在桌上死了。检验死因的人当作因痰堵而死上报官府,官府出面收葬。因为棺材很薄,土又埋得浅,竟被一群狗拖出来撕咬,残剩的骨头散得满地都是,人们这才知道他是背叛主人而遭到报应。佛公天性温和平易,不喜欢听说别人的坏话。凡是家里男女老少仆人喜欢说他们原来主人的坏话的,他一定好好打发他们离开,就是借鉴了这个雇工的教训。他曾经对我说:"宋代的党进听人说韩信的平话(艺人演说故事,叫做平话,《永乐大典》还收了几十种),马上把他赶走,有人问为什么,党进回答说:'他当着我的面说韩信,当着韩信的面必定也说我,怎么能听他的呢?'近千年来,人们都笑话党进糊涂,不知他实际上是极为聪明的。那些只喜欢当自己的面说'韩信',而不想想对着'韩信'的面会说我的人,才是真正的糊涂啊!"这才真正是通达的人的见识。

贵官对奴仆作祟

福建泉州试院,故海防道署也,室宇宏壮。而明季兵燹,署中多撄杀戮;又三年之中,学使按临仅两次,空闭日久,鬼物遂多。阿雨斋侍郎言:尝于黄昏以后,隐隐见古衣冠人,暗中来往。既而视之,则无睹。余按临是郡,时幕友孙介亭亦曾见纱帽红袍人入奴子室中,奴子即梦魇。介亭故有胆,对窗唾曰:"生为贵官,死乃为僮仆辈作祟,何不自重乃尔耶?"奴子忽醒,此后遂不复见。意其魂即栖是室,故欲驱奴子出;一经斥责,自知理屈而止欤?

【译文】

　　福建泉州的考场,从前是海防道的衙门,房舍宏伟壮丽,但在明代末年的战乱中,衙门里有很多人被杀。加上三年之中,主管教育和考试的提学使只来两次,其余时间房子都空关着,日子一久,鬼怪便多起来。阿雨斋侍郎说,曾在黄昏以后,隐隐约约见有穿着古代衣帽的人在暗中往来,走近一看,又什么也没有。我做提学使巡视到这地方时,我的幕僚孙介亭也曾见戴着纱帽穿着红袍的人进入奴仆们的房里,奴仆即被迷住说胡话。介亭本来胆子大,对着窗户吐口水,骂道:"你生前是尊贵的官员,死后却对奴仆作祟,为什么这样不自重呢?"那奴仆马上就醒过来。从此以后再也没见到那个鬼,想来他的魂魄就住在那间屋,所以想把奴仆赶走,受了一顿斥责,自知理亏,就罢休了吧?

预卜重病者生死

　　里俗遇人病笃时,私剪其着体衣襟一片,炽火焚之。其灰有白文,斑驳如篆籀者,则必死;无字迹者,即生。又或联纸为衾,其缝不以糊粘,但以秤锤就捣衣砧上捶之。其缝缀合者必死,不合者即生。试之,十有八九验。

此均不测其何理。

【译文】
　　乡下风俗，遇到有人病危时，偷偷剪一块他贴身穿的衣服，点火来烧。如果灰中有曲曲折折的线条，像小篆与籀书文字的样子，则这个人必死无疑；如没有字迹，则可活下去。又或者用纸联成被套，接缝的地方不用浆糊粘，而是放在捶衣服的石头上，用秤锤去捶。接缝如果联起来，则这人必死；如果不联在一起，则可以活。用这种办法试，十有八九都很灵验，但都不知是什么缘故。

念 起 魔 生

　　莆田林生霈言：闻泉州有人，忽灯下自顾其影，觉不类己形。谛审之，运动转侧，虽一一与形相应，而首巨如斗，发鬅鬙如羽葆，手足皆钩曲如鸟爪，宛然一奇鬼也。大骇，呼妻子来视，所见亦同。自是每夕皆然，莫喻其故，惶怖不知所为。邻有塾师闻之，曰："妖不自兴，因人而兴。子其阴有恶念，致罗刹感而现形欤？"其人悚然具服，曰："实与某氏有积仇，拟手刃其一门，使无遗种，而跳身以从鸭母。（康熙末，台湾逆寇朱一贵结党煽乱。一贵以养鸭为业，闽人皆呼为鸭母云。）今变怪如是，毋乃神果警我乎！且辍是谋，观子言验否？"是夕鬼影即不见。此真一念转移，立分祸福矣。

【译文】
　　莆田林生霈说：听说泉州有个人，忽然在灯下看见自己的影子，觉得不像自己的模样。仔细再看，那影子四面转动或左右摇摆,虽然一一都与自己的身体相应,但头有斗大,头发蓬乱,好像用羽毛扎的仪仗,手脚都弯曲得像鸟的爪子,看上去简直像一个怪鬼。那人大惊,急忙叫妻子来看,看到的情况也相同。从此以后,每天晚上都是如此,不知是什么缘故,惊慌恐惧,不知如何是好。邻居家的教私塾先生得知此事,说:"妖怪自己不会产生,都是由人们本身的原因而产生的。你是否暗暗怀有险恶的念头,才招致罗刹鬼受到感应而现形呢?"那人很吃惊地承认说:"确实与某家人有积仇,打算亲手杀掉他们全家,让他家绝种,然后逃走去投靠'鸭母'(康熙末年,台湾有朱一贵聚众造反。一贵曾以养鸭为生,所以福建人都称他为"鸭母"),现在妖怪这样显现,真的是神在警告我么?暂且不把这个计划付诸实施,看你的话是否得到证实。"当天晚上鬼影就不见了。这真是一个念头的转变,就可以决定是祸还是福。

拉　　花

丁御史芷溪言:曩在天津,遇上元,有少年观灯夜归,遇少妇甚妍丽,徘徊歧路,若有所待,衣香鬓影,楚楚动人。初以为失侣之游女,挑与语,不答。问姓氏里居,亦不答。乃疑为幽期密约迟所欢而未至者,计可以挟制留也,邀至家少憩。坚不肯。强迫之同归。柏酒粉团,时犹未彻,遂使杂坐妻妹间,联袂共饮。初甚觍覥,既而渐相调谑,媚态横生,与其妻妹互劝酬。少年狂喜,稍露留宿之意。则微笑曰:"缘蒙不弃,故暂借君家一卸妆。恐伙伴相待,不能久住。"起解衣饰卷束之,长揖径行,乃社会中拉花者也。(秧歌队中作女妆者,俗谓之拉花。)少年愤恚,追至门外,欲与斗。邻里聚问,有亲见其强邀者,不能责以夜入人家;有亲见其唱歌者,不能责以改妆戏妇女,竟哄笑而散。此真侮人反自侮矣。

【译文】

丁芷溪御史说:从前在天津时,正遇上元宵节。有个年轻人晚上观过灯后回家,遇到一个年轻女子,长得很美丽,在岔路口徘徊,好像在等什么人。她的衣服发出幽香,头上的发髻高耸,在夜幕中影影绰绰,更显得楚楚动人。年轻人开始以为是与伙伴走散了的观灯的女子,故意与她搭话,她不回答;问她姓什么住在哪里,她也不说。于是年轻人怀疑她是与人私会,正在等心上人,可以用这一点来要挟她,让她留下来。年轻人邀请她到自己家稍休息一下,她坚决不肯。强逼着与自己一齐回家,则家中过元宵节的宴席还没散,于是使她夹坐在自己的妻子和妹妹中间,一起饮酒。她开始还很腼腆,不久便互相开起玩笑来。只见她美目顾盼,仪态万方,与年轻人的妻子妹妹互相劝酒。年轻人高兴欲狂,稍微吐露出想留她住下的意思,她就微笑着说:"因为你盛情邀请,所以我暂时借你家卸一下妆。怕伙伴们在等,我不能久留了。"她站起来解开外衣,和首饰卷在一起,作一个揖便往外走,原来是乡里演社戏的团伙中的"拉花"(秧歌队里装女子的男人,俗称为"拉花")。年轻人怒气冲天,追到门外想与他打架,邻居们一起聚拢来询问事情原委。有人亲眼看到是年轻人强逼他来的,所以不能给他加上夜晚私闯进人家的罪名;有人又亲眼见他唱歌,所以也不能加给他改扮装束调戏妇女的罪名。最后众人哄笑而散。这真是本想侮辱人,反而侮辱了自己。

卢泰舅氏

老仆卢泰言:其舅氏某,月夜坐院中枣树下,见邻女在墙上露半身,向之索枣。扑数十枚与之。女言今日始归宁,兄嫂皆往守瓜,父母已睡。因以手指墙下梯,斜盼而去。其舅会意，蹑梯而登。料女甫下，必有几凳在墙内，伸足试踏，乃踏空堕溷中。女父兄闻声趋视，大受捶楚。众为哀恳乃免。然邻女是日实未归，方知为魅所戏也。前所记骑牛妇，尚农家子先挑之；此则无因而至，可云无妄之灾。然使招之不往，魅亦何所施其技？仍谓之自取可矣。

【译文】
　　老仆人卢泰说：他的舅舅某氏，月夜坐在院子中的枣树下，见邻居家的女儿在墙上露出半截身子，向他讨枣子。某氏打下几十枚枣子给她，她说："我今天才回娘家，哥哥嫂嫂都去看守瓜田，父母已经睡下。"接着她便用手指一指墙下的梯子，然后斜看着某氏下墙去了。某氏明白她的意思，踩着梯子爬上墙，料想女子刚从墙上下去，墙下必定有凳子椅子之类，于是伸脚下去试踏，结果踩了个空，掉进粪坑里。女子的父亲哥哥听到声音赶来，把他痛打了一顿，众人拼命为他恳求，他们才放手。然而邻居家的女儿这天实际上并没有回娘家，这才知道是被妖怪戏弄了。前面记载的骑青牛妇女的故事，还是那农民的儿子先挑逗她。这一次则妖怪毫无原因便找上门来，可以说无缘无故而遭灾。不过，假如妖怪招引，某氏也不去，妖怪又有什么办法呢？所以仍可以说是某氏自讨的。

偷窥鬼嬉

　　李苪亭言：有友尝避暑一僧寺，禅室甚洁，而以板室其后窗。友置榻其下。一夕，月明，枕旁有隙如指顶，似透微光。疑后为僧密室，穴纸觇之，乃一空园，为厝棺之所。意其间必有鬼，因侧卧枕上，以一目就窥。夜半,果有黑影,仿佛如人,来往树下。谛视粗能别男女,但眉目不了了。以耳就隙窃听,终不闻语声。厝棺约数十,然所见鬼少仅三五,多不过十余。或久而渐散,或已入转轮欤?如是者月余,不以告人,鬼亦竟未觉。一夕,见二鬼媟狎于树后,距窗下才七八尺,冶荡之态,更甚于人。不觉失声笑,乃阒然灭迹。次夜再窥,不见一鬼矣。越数日,寒热大作,疑鬼为祟,乃徙居他寺。变幻如鬼,不免于意想之外,使人得见其阴私。十目十手,殆非虚语。然智出鬼上,而卒不免为鬼驱。察见渊鱼者不祥,又是之谓矣。

【译文】

李芍亭说:有个朋友曾在佛寺里避暑,寺中的房间很清洁,但后面的窗户却用木板堵住。朋友把床铺在窗户下面。一天晚上月光明亮,枕头旁墙壁上有指尖那么大一个空隙,透过光线来。朋友怀疑是和尚们的密室,于是把纸捅破偷偷往外看,原来是用来停放棺材的地方。朋友估计这里一定会有鬼,于是侧躺在枕头上,用一只眼睛凑着空隙往外看。到了半夜,果然有黑影,好像人的样子,在树下走来走去。仔细去看,大致能分辨男女,但面目则看不清楚。他把耳朵靠在空隙上偷听,一直没听到任何说话声。停放的棺材有几十具,但见到的鬼少则三五个,多不过十多个,或者有些鬼过的时间长了魂魄就散掉了,或者有些已轮回转生了吧。这样过了一个多月,他没把这事告诉别人,鬼也没察觉到他。一天晚上,见两个鬼在树后亲热,距窗户才七八尺远,它们淫荡的状态,比人还要厉害,他不觉发出笑声,两个鬼一晃就无影无踪了。第二天晚上他再偷看,则见不到一个鬼了。过了几天,他生起一场大病,时冷时热,怀疑是鬼作怪,于是迁到别的寺庙去住。像鬼这样善于变幻,还免不了在意料之外被人看见自己的隐私。《礼记》中说,人的任何一种举动,都有十只眼睛十只手盯着指着,这话真不假啊。然而聪明超过鬼，结果免不了被鬼驱逐。《韩非子》里说，一个人的洞察力达到了能看清深水中的鱼的程度，不是件好事，也就是指的这种情况。

诈死而冒他人姓名

大学士温公镇乌鲁木齐日，军屯报遣犯王某逃，缉捕无迹。久而微闻其本与一吴某皆闽人，同押解至哈密辟展间，王某道死。监送台军不通闽语，不能别孰吴孰王。吴某因言死者为吴，而自冒王某之名。来至配所数月，伺隙潜遁。官府据哈密文牒，缉王不缉吴，故吴幸跳免。然事无左证，疑不能明，竟无从究诘。

军吏巴哈布因言：有卖丝者妇，甚有姿首。忽得奇疾，终日惟昏昏卧，而食则兼数人。如是两载余。一日，嗷然长号，僵如尸厥。灌治竟夜，稍稍能言。自云魂为城隍判官所摄，逼为妾媵，而别摄一饿鬼附其形。至某日寿尽之期，冥牒拘召，判官又嘱鬼役别摄一饿鬼抵。饿鬼亦喜得转生，愿为之代。迨城隍庭讯，乃察知伪状，以判官鬼役付狱，遣我归也。后判官塑像无故自碎，此妇又两年余乃终。计其复生至再死，与其得疾至复生，日数恰符。知以枉被掠夺，仍还其应得之寿矣。然则移甲代乙，冥司亦有，所幸者此少城隍一讯耳。

【译文】

大学士温公镇守乌鲁木齐时，驻军报告流放犯人王某逃走了，于是到处搜寻，不见踪迹。很久以后，才慢慢知道，王某本来与一姓吴的人同被押送到哈密、辟展一带,两人都是福建人。王某半路上死了,押送的驻军听不懂福建话,分不清哪个姓王哪个姓吴。吴某于是谎称死的是吴某,而自己冒充王某的名字。到达流放地几个月后,他寻找机会逃跑了。官府根据哈密转来的公文,通缉王某而不通缉吴某,于是姓吴的侥幸逃脱了。因为事情没有旁证,只能怀疑而不能证实,最后竟无法追究。

军吏巴哈布接着又说起另外一件事:有个卖丝商人的妻子,长得很漂亮,忽然得了怪病,一天到晚只是昏睡,而吃饭则抵得上几个人。这样过了两年多,一天,她发出一声长长的嗷叫,然后便浑身僵硬,像抽搐而死的尸体。灌水灌药抢救了一个通宵,她终于慢慢可以讲话了,说:"我的魂被城隍判官摄去,逼我给它作妾,而另外摄来一个饿鬼,附在我的形体上。到了某一天,是我寿命终结的日子,阴司发公文来召我去,判官吩咐鬼役另摄一个饿鬼替代我。那饿鬼也为能够得到转生而高兴,愿意替代。等到城隍神当堂审问时,才察觉假冒的真相,将判官和鬼役下到监狱中,而放我回来。"后来城隍庙里判官的塑像无缘无故自然碎裂,而这个女人又活了两年多才死,算她复生到再死的时间,与她得病到复生的天数正好相等,知道她是冤枉被判官掠夺去,所以又还给她应得的寿命了。这样说来,以甲代替乙,阴司里也是有的。可惜上面讲的王某吴某的事情,没有城隍神当堂审问一下。

杀狐遭报复

李阿亭言:滦州民家,有狐据其仓中居,不甚为祟;或偶然抛掷砖瓦,盗窃饮食耳。后延术士劾治,殪数狐;且留符曰:"再至则焚之。"狐果移去。然时时幻形为其家妇女,夜出与邻舍少年狎;甚乃幻其幼子形,与诸无赖同卧起。大播丑声,民固弗知。一日,至佛寺,闻禅室嬉笑声。穴纸窃窥,乃其女与僧杂坐。愤甚,归取刃。

其女乃自内室出。始悟为狐复仇,再延术士。术士曰:"是已窜逸,莫知所之矣。"夫狐魅小小扰人,事所恒有,可以不必治,即治亦罪不至死。遽骈诛之,实为已甚,其衔冤也固宜。虽有符可恃,狐不能再逞,而相报之巧,乃卒生于所备外。然则君子于小人,力不足胜,固遭反噬;即力足胜之,而机械潜伏,变端百出,其亦深可怖已。

【译文】
　　李阿亭说:滦州一居民家里有狐狸,占据他家的仓库居住,不大为害,只不过偶尔抛掷砖瓦、偷窃些食物而已。后来这户人家请来法师作法加以整治,杀死了几只狐狸。法师还留下画好的符,说:"如果狐再来,就焚烧这符。"狐狸果然都搬出去了,然而经常变成他家女人的样子,晚上出去与邻居家的年轻男子嬉戏;又变成他家小儿子的模样,与一群无赖睡在一起,弄得他家丑声远扬,而这家人还一点也不知道。一天他到佛寺去,听到禅室中有嬉笑声。他捅破窗户纸一看,原来是自己的女儿与和尚杂坐在一起。他愤怒之极,回家去拿刀,却见女儿从内房中出来,才明白这是狐狸来报仇了。于是再请法师来,法师说:"它们已经逃走,我不知它们逃到什么地方去了。"狐狸稍微打扰一下人,这是常有的事,可以不必管它。即使要治一治它们,它们的罪过也不到处死的地步。突然将它们一齐杀死,实在做得太过分了,它们怀恨也是应该的。虽然有符可倚恃,狐狸再也不敢来直接伤害,但狐狸们巧妙地加以报复,结果还是超出了人们所能防备的范围之外。由此可见,君子对小人,力量如果不能胜过他们,固然会遭到他们的反击伤害;即使力量足以胜过他们,而他们包藏祸心,变化无穷,也足以令人深深感到可怕。

狐诛狐

嵩辅堂阁学言：海淀有贵家守墓者，偶见数犬逐一狐，毛血狼藉。意甚悯之，持杖击犬散，提狐置室中，俟其苏息，送至旷野，纵之去。越数日，夜有女子款扉入，容华绝代。骇问所自来。再拜曰："身是狐女，昨遘大难，蒙君再生，今来为君拂枕席。"守墓者度无恶意，因纳之。往来狎昵，两月余，日渐瘵瘦，然爱之不疑也。一日，方共寝，闻窗外呼曰："阿六贱婢！我养创甫愈，未即报恩，尔何得冒托我名，魅郎君使病？脱有不讳，族党中谓我负义，我何以自明？即知事出于尔，而郎君救我，我坐视其死，又何以自安？今偕姑姊来诛尔。"女子惊起欲遁，业有数女排闼入，掊击立毙。守墓者惑溺已久，痛惜恚忿，反斥此女无良，夺其所爱。此女反覆自陈，终不见省，且拔刃跃起，欲为彼女报冤。此女乃痛哭越墙去。守墓者后为人言之，犹恨恨也。此所谓"忠而见谤，信而见疑"也欤！

【译文】

内阁学士嵩辅堂说：海淀有个为富贵人家守墓的人，偶然见到几只狗追一只狐狸。那狐狸浑身是血，皮毛凌乱，守墓人很可怜它，于是拿起棍棒打散那些狗，把狐狸提进屋里，等它醒过来后，再把它送到旷野中放掉了。几天以后的一个晚上，有女子敲门进来，美貌无比。守墓人大吃一惊，问她从哪里来。女子拜了两拜，说："我是狐女，前几天遇到大灾难，蒙你救了我的命，我今天是来侍候你的。"守墓人估计它没有恶意，于是把它留下。他们在一起调戏亲热，过了两个多月，守墓人越来越枯瘦。但他非常爱这狐女，没有怀疑它。一天，他们正在一起睡觉，只听窗外叫道："阿六贱丫头，我养伤刚好，还没来得及报恩，你怎能假托我的名字来迷惑郎君使他生病呢？假使郎君病死了，我们同族的狐狸会说是我忘恩负义害死的，我怎能为自己辩白呢？即使知道事情是你干的，而郎君救了我，我看着他被你害死而不管，我怎能心安呢？今天我和姑姑姐姐们一起来杀你了。"那女子大惊，起身想逃走，已经有几个女子推门进来，立即将她打死。守墓人受她迷惑已久，非常痛惜，大肆发怒，反而指责这个女子心不好，夺走了他心中所爱的人。这个女子反复给他解释，他仍然不理解，甚至拔出刀跳起来，要为那女子报仇。这个女子只好痛哭着越过墙头而去。守墓人后来对人说起这事，仍然恨恨不已。这可以说是忠心而遭到毁谤，诚实而遭到怀疑了。

假道学出丑

董曲江前辈言：有讲学者，性乖僻，好以苛礼绳生徒。生徒苦之，然其人颇负端方名，不能诋其非也。塾后有小圃，一夕，散步月下，见花间隐隐有人影。时积雨初晴，土垣微圮，疑为邻里窃蔬者。迫而诘之，则一丽人匿树后，跪答曰："身是狐女，畏公正人不敢近，故夜来折花。不虞为公所见，乞曲恕。"言词柔婉，顾盼间百媚俱生。讲学者惑之，挑与语。宛转相就，且云妾能隐形，往来无迹，即有人在侧亦不睹，不至为生徒知也。因相燕昵。比天欲晓，讲学者促之行。曰："外有人声，我自能从窗隙去，公无虑。"俄晓日满窗，执经者麕至，女仍垂帐偃卧。讲学者心摇摇，然尚冀人不见。忽外言某媪来迓女。女披衣径出,坐皋比上,理鬓讫,敛衽谢曰:"未携妆具,且归梳沐。暇日再来访,索昨夕缠头锦耳。"乃里中新来角妓,诸生徒贿使为此也。讲学者大沮,生徒课毕归早餐,已自负衣装遁矣。外有余必中不足,岂不信乎!

【译文】

董曲江老先生说:有个道学先生,性格乖僻,喜欢用苛刻的礼节要求学生,学生们深受其苦。然而这人颇有品性端正的名声,人们不好指责他的错误。私塾后面有个小菜园,一天晚上,道学先生去散步,月光下见花丛中隐隐约约有人影。当时正逢久雨初晴,土墙稍微塌掉了一些,他怀疑是邻近的人来偷菜,于是走近去追问,只见原来是个美女躲在树背后。她跪着回答道:"我是个狐女,因您是个正人君子,我不敢靠近,所以晚上来折花,没想到被您见到了,请您宽恕。"这女子说话间语气温柔,媚态横生,道学先生被迷住了,挑逗她,她也很柔顺地应允了,并说:"我能隐蔽自己的形体,来往不见痕迹,即使有人在旁边,也看不见,所以不会被您的学生们知道。"道学先生于是与她亲昵。等到天要亮时,道学先生催促她离开,她说:"外面有人说话的声音,我能从后窗缝隙里走出,您不要担心。"不久太阳光照到整个窗户上,学生们提问请教的成群而来,女子仍放下帐子在床上躺着。道学先生提心吊胆,还指望人们看不见她。忽然窗外有人说某老太婆来接女儿了,女子披起衣服一路走出,坐在道学先生的讲台上,整理好头发,提起衣襟行个礼,说:"我没带梳妆的器具来,暂且回家去梳洗,有空再来讨昨天晚上的报酬。"原来她是当地新来的妓女,是学生们贿赂她这么做的。道学先生极为沮丧。学生们上完课回去吃早饭,而道学先生已打起包裹逃掉了。外面装得过分,内心里必然有所欠缺,这话难道不是实实在在的吗?

偶人作鬼仆

曲江又言：济南有贵公子，妾与妻相继殁。一日，独坐荷亭，似睡非睡，恍惚若见其亡姬。素所怜爱，即亦不畏，问："何以能返？"曰："鬼有地界，土神禁不许阑入。今日明日，值娘子诵经期，连放焰口，得来领法食也。"问："娘子已来否？"曰："娘子狱事未竟，安得自来！"问："施食无益于亡者，作焰口何益？"曰："天心仁爱，佛法慈悲，赈人者佛天喜，赈鬼者佛天亦喜。是为亡者资冥福，非为其自来食也。"问："泉下况味何似？"曰："堕女身者妾夙业，充下陈者君夙缘。业缘俱满，静待转轮，亦无大苦乐。但乏一小婢供驱使，君能为焚一偶人乎？"懵腾而醒，姑信其有，为作偶人焚之。次夕见梦，则一小婢相随矣。夫束刍缚竹，剪纸裂缯，假合成质，何亦通灵？盖精气抟结，万物成形；形不虚立，秉气含精。虽久而腐朽，犹蜩蠓以化，芝菌以蒸。故人之精气未散者为鬼，布帛之精气，鬼之衣服，亦如生。其于物也，既有其质，精气斯凝，以质为范，象肖以成。火化其渣滓，不化其菁英，故体为灰烬，而神聚幽冥。如人殂谢，魄降而魂升。夏作明器，殷周相承，圣人所以知鬼神之情也。若夫金釭、春条，未闷佳城，殡宫闃寂，彳亍夜行，投畀炎火，微闻唧嘤。是则衰气所召，妖以人兴，抑或他物之所凭矣。（有樊媪者，在东光见有是事。）

【译文】

董曲江又说：济南有个富贵人家的公子，妾和妻相继死去。一天，他独自坐在荷花亭，似睡非睡，恍惚中好像见到已死的妾。他素来很喜欢她，所以并不害怕，问她为什么能回来。妾回答道："鬼也划分地界，土神禁止随便走进。今天和明天正逢娘子诵经的日期，连作布施，所以我来领法食。"问娘子来了没有，答道："娘子的案子还没了结，怎能自己来呢？"又问："施舍饭食对死亡的人没有用，布施又有什么用呢？"妾又答道："上天的心意是仁爱的，佛法也以慈悲为本。赈济活着的人，上天和佛都高兴；赈济鬼，上天和佛也高兴。所以布施是为了替死亡的人在阴间积德添福，并不是为了给他们自己吃的。"问阴间情况和她的感受怎么样，妾答道："我这辈子托生为女人，是因为我前生的罪业；给你作妾，是你前世的缘分。现在罪业缘分都已了结，静静地等待再次转生，也没有什么很苦或很快乐的感觉，只是缺个小丫鬟使唤。你能为我焚烧一个偶人吗？"公子憣然惊醒，姑且相信是有那么回事，作了一个偶人焚烧。第二天晚上妾又来托梦，则她旁边已有个小丫鬟伴随着了。捆起草把绑住竹子，剪开纸张撕裂布匹，做成偶人，只不过假装做成那么个样子而已，为什么也会产生灵气呢？大概因为精气凝结，才形成万物的形状；万物的形体也不是空虚的存在，而是包含着精气的。它们虽然时间一久形体要腐朽，但还能化成细微的小虫，蒸发生成芝菌之类。所以，人的精气尚未散失就形成鬼，布匹的精气成鬼的衣服，就像真实的布做活人的衣服一样。凡是所有的物，既有了实体，精气就凝结在其中了。物以实体作框架，于是便形成了某种物的形状。火可以焚烧掉这物的渣滓，但它的精气不会因焚烧而消失。所以物的形体是变成了灰烬，而它的神灵则聚集在冥冥世界中，就像人死了，体魄瓦解了，而魂则进入冥冥世界中一样。传说夏代时就开始用明器殉葬，商、周以后一直继承，这大约就是因为当时的圣人们已了解鬼神的情况了。至于像金灯玉环之类贵重的殉葬品不能长埋棺材中，而要变成精怪出来；墓地里荒凉寂静，而有随葬的物品变成精怪出来走动；如果把这些东西丢在火上烧，会隐隐约约听到"咿嘤"的声音等，则是人自身的衰气召来。妖是因人本身的原因而出现的，或者便是另外的鬼怪附着在它上面了。(有个姓樊的老妇,在东光见到有这种事。)

峰巅人家

朱子颖运使言:昔官叙永同知时,由成都回署,偶遇茂林,停舆小憩。遥见万峰之顶,似有人家;而削立千仞,实非人迹所到。适携西洋远镜,试以窥之,见草屋三楹,向阳启户,有老翁倚松立,一幼女坐檐下,手有所持,似俯首缝补;屋柱似有对联,望不了了。俄云气瀚郁,遂不复睹。后重过其地,林麓依然,再以远镜窥之,空山而已。其仙灵之宅,误为人见,遂更移居欤?

【译文】
朱子颖运使说:从前任叙永同知时,从成都回叙永的衙门,偶然经过一片茂密的树林,于是停车休息。远远望见万峰之巅好像有人家,而那座高峰陡峭壁立,高达千仞,确实不是人能够上去的。当时正好带着西洋进口的望远镜,于是试着用它一望,见是三间草屋,向东边开门,有个老翁靠松树站立,还有个小女孩坐在屋檐下,手里拿着什么东西,好像是低着头在缝补。屋柱上似乎还有对联,望不清楚。不久云雾弥漫,便看不见了。后来再次路过这地方,树林山峰依然如故,再用望远镜去望,则只是一座空山而已。这或许是仙人的住宅,因不注意被人望见了,于是移居别处去了么?

潘南田画

潘南田画有逸气,而性情孤峭,使酒骂座,落落然不合于时。偶为余作梅花横幅，余题一绝曰："水边篱落影横斜，曾在孤山处士家。只怪樛枝蟠似铁，风流毕竟让桃花。"盖戏之也。后余从军塞外，侍姬辈嫌其敝黯，竟以桃花一幅易之。然则细琐之事，亦似皆前定矣。

【译文】
　　潘南田的画气格飘逸，但他为人性情孤僻倔强，经常借酒醉骂人，与世人都合不来。他偶尔为我画了一幅梅花横幅，我题了一首绝句在上面，说："水边篱落影横斜，曾在孤山处士家。只怪樛枝蟠似铁，风流毕竟让桃花。"这诗含有和他开玩笑的意思。后来我随军远征塞外，家里的姬妾们嫌它陈旧黯淡，竟用一幅桃花图换掉它。由此看来，即使是细小琐碎的事情，也好像是先就注定了的。

真鬼假鬼

　　青县王恩溥，先祖母张太夫人乳母孙也。一日，自兴济夜归，月明如昼，见大树下数人聚饮，杯盘狼藉。一少年邀之入座，一老翁嗔语少年曰："素不相知，勿恶作剧。"又正色谓恩溥曰："君宜速去，我辈非人，恐小儿等于君不利。"恩溥大怖，狼狈奔走，得至家，殆无气以动。后于亲串家作吊，突见是翁，惊仆欲绝，惟连呼："鬼！鬼！"老翁笑掖之起，曰："仆耽曲糵，日恒不足。前值月夜，荷邻里相邀，酒已无多。遇君适至，恐增一客则不满枯肠，故诡语遣君。君乃竟以为真耶！"宾客满堂，莫不绝倒。中一客目击此事，恒向人说之。偶夜过废祠，见数人轰饮，亦邀入座。觉酒味有异，心方疑讶，乃为群鬼挤入深淖，化磷火荧荧散。东方渐白，有耕者救之，乃出。缘此胆破，翻疑恩溥所见为真鬼。后途遇此翁，竟不敢接谈。此表兄张自修所说。戴君恩诏则曰实有此事，而所传殊倒置。乃此客先遇鬼，而恩溥闻之。偶夜过某村，值一多年未晤之友，邀之共饮。疑其已死，绝裾奔逃。后相晤于姻家，大遭诟谇也。二说未审孰是。然由张所说，知不可偶经一事，遂谓事事皆然，致失于误信；由戴所说，知亦不可偶经一事，遂谓事事皆然，反败于多疑也。

【译文】
　　青县王恩溥，是我的祖母张太夫人奶妈的孙子。一天晚上，他从兴济回家，月光明亮如同白天。他见大树下有几个人聚在一起饮酒，杯子盘子弄得十分凌乱。这时一个年轻人邀请他也入座，一个老翁责备年轻人说："你与别人素不相识，不要戏弄人家。"又很严肃地对王恩溥说："你应赶快离开，我们不是人，怕我的儿子们会害你。"恩溥大惊，狼狈奔逃，等跑到家，气都喘不过来了。后来去一个亲戚家吊丧，突然见到这个老翁，恩溥惊倒在地，差一点吓死，只知连声喊道："鬼！鬼！"老翁笑着把他扶起，说："我最爱喝酒，每天都喝不足。前次月夜，蒙乡亲们邀请饮酒。当时酒已经不多了，你正好走来，我怕增加一个客人，就又不够我喝了，所以假称是鬼，把你赶走，你竟以为我们真的是鬼吗？"当时满屋子的客人莫不大笑。其中有一个客人，亲眼见过这事，经常向别人说起。他偶尔在晚上经过一座废弃的祠堂，见几个人正在大声喧哗饮酒，他们也邀他入座。他觉得酒的味道不对，心里正在疑惑，那一群鬼便一齐将他挤进深泥潭中，然后化成一点点的磷火散掉了。东方渐渐发亮，有耕田的人经过，才把他救出来。他因此吓破了胆，反而怀疑恩溥所见的是真鬼，以后在路上遇到那老翁，也不敢与之交谈了。以上是我的表兄张自修所说的。戴恩诏则说，确有这么回事，而人们传说的正好把它弄颠倒了。原是这位客人先遇到了鬼，而恩溥听说了。后来恩溥偶尔在夜里路过某村，碰到一个多年没有见面的朋友邀他一起喝酒，他怀疑朋友已经死了，碰到的是鬼，于是扯破衣服逃走。后来他们又在某位亲戚家相遇，结果恩溥被痛骂了一顿。两种说法不知哪一种是对的。不过，根据张所说的则可知道，人们不应该偶尔经历了一件事，便认为事事都是如此，以致因为错误地相信而造成过失；根据戴所说，则人们也不应该偶尔经历了一件事，便认为事事都是如此，反而因为多疑而造成过失。

狐教友人之子

李秋崖言：一老儒家，有狐居其空仓中，三四十年未尝为祟。恒与人对语，亦颇知书；或邀之饮，亦肯出，但不见其形耳。老儒殁后，其子亦诸生，与狐酬酢如其父。狐不甚答，久乃渐肆扰。生故设帐于家，而兼为人作讼牒。凡所批课文，皆不遗失；凡作讼牒，则甫具草辄碎裂，或从手中掣其笔。凡修脯所入，毫厘不失；凡刀笔所得，虽扃锁严密，辄盗去。凡学子出入，皆无所见；凡讼者至，或瓦石击头面流血，或檐际作人语，对众发其阴谋。生苦之，延道士劾治。登坛召将，摄狐至。狐侃侃辩曰："其父不以异类视我，与我交至厚。我亦不以异类自外，视其父如弟兄。今其子自堕家声，作种种恶业，不殒身不止。我不忍坐视，故挠之使改图；所攫金皆埋其父墓中，将待其倾覆，周其妻子，实无他肠。不虞炼师之见谴，生死惟命。"道士蹶然下座，三揖而握其手曰："使我亡友有此子，吾不能也；微我不能，恐能者千百无一二。此举乃出尔曹乎！"不别主人，太息径去。其子愧不自容，誓辍是业，竟得考终。

【译文】

李秋崖说：有个老秀才，家中有狐狸，住在空仓中，三四十年里从不作怪，经常与人对话，还很懂书中的内容。如果邀它一起饮酒，它也肯出来，只是看不见它的形体。老秀才死后，他的儿子也是个秀才，与狐狸互相交往，完全像父亲一样，但狐狸不大答理。久而久之，它开始放肆打扰起来。秀才本来在家里设个私塾教书，兼为别人写状纸。凡是批改的学生的功课，一件也不丢失；凡是写的状纸，则刚写个草稿，就被撕碎，甚至抽去他手中的笔。凡是教学生得的报酬，毫厘都不丢失；凡是写状纸得的报酬，即使锁藏十分严密，也会被偷走。凡是学生进进出出，都见不到什么动静；凡是告状的人来了，或者有瓦片石块打在头上脸上，使之流血，或者在屋檐下发出人的声音，在大庭广众中揭露他们私下密谋的诡计。秀才大伤脑筋，请道士来加以惩治。道士登坛召唤神将，抓来狐狸，狐狸理直气壮地为自己辩解，说："他的父亲不把我当异类看待，与我交情深厚；我也不把自己当成异类而故意疏远他，把他父亲看作自己的兄弟。现在他的儿子自己败坏家庭的名声，做了种种坏事，不到因此丧命不肯罢休。我不忍心看着不管，所以阻挠他，使他改走正路。我所拿他的钱财，都埋在他父亲的墓中，准备等他遭到灾祸后，周济他的老婆孩子。我确实没有别的意思，没想到法师会来谴责惩罚我。是生是死，由你决定。"道士急忙走下法坛，作了三个揖，然后握着狐狸的手说："如果是我死去的老朋友有这样的儿子，你的行为是我所做不到的；不仅仅我做不到，恐怕千百人中也没有一两个能做到。这样的好事竟出于你们族类中么？"道士不与主人告别，叹息着离去了。秀才惭愧得无地自容，发誓再不做这种事，后来他竟得以善终。

贵官托女尸还魂

乾隆丙辰、丁巳间，户部员外郎长公泰有仆妇，年二十余，中风昏眩，气奄奄如缕，至夜而绝。次日，方为营棺敛，手足忽动，渐能屈伸。俄起坐，问："此何处？"众以为犹谵语也。既而环视室中，意若省悟，喟然者数四，默默无语，从此病顿愈。然察其语音行步，皆似男子；亦不能自梳沐，见其夫若不相识。觉有异，细诘其由。始自言本男子，数日前死。魂至冥司，主者检算未尽，然当谪为女身，命借此妇尸复生。觉倏如睡去，倏如梦醒，则已卧板榻上矣。问其姓名里贯，坚不肯言，惟曰事已至此，何必更为前世辱。遂不穷究。初不肯与仆同寝，后无词可拒，乃曲从；然每一荐枕，辄饮泣至晓。或窃闻其自语曰："读书二十年，作官三十余年，乃忍耻受奴子辱耶？"其夫又尝闻呓语曰："积金徒供儿辈乐，多亦何为？"呼醒问之，则曰未言。知其深讳，亦姑置之。长公恶言神怪事，禁家人勿传，故事不甚彰，然亦颇有知之者。越三载余，终郁郁病死。讫不知其为谁也。

【译文】

乾隆元年、二年间，户部员外郎长泰家有个仆人的妻子，年纪二十多岁，突然中风昏迷，只剩下一丝气息，到晚上就死了。第二天，人们正在买棺材准备收殓，她的手脚忽然动起来，渐渐能屈能伸，不久便坐起来，问道："这是什么地方？"人们还以为她在说胡话。接着她把房子里四下打量了一遍,神情好像是已经明白了什么,连连叹气,默默无语,从此病也全好了。但观察她讲话的声音和走路的姿势,都像男子,而且她自己不会梳头洗脸,见到她的丈夫,似乎根本不认识。大家发现不对劲,仔细问她,她才说:"我本是个男人,几天前死了,魂灵到了阴间官府,管事的人查出我的寿命还没完,然而应贬为女身,命我借这家女人的尸体复生。我只觉得一下子好像睡去,一下子又像梦醒了,就已经躺在板床上了。"人们问她的姓名和籍贯,她坚决不肯讲,说:"事情已到了这一步,何必还给前一世带来羞辱呢?"人们也就不刨根问底了。开始她不肯与那个仆人同寝,后来没有理由拒绝,只得勉强服从,然而每次仆人与她性交,她都低声哭泣直到天亮。有人偷偷听到她自言自语说:"读了二十年书,作了三十多年官,竟然要忍受羞耻被奴才侮辱吗?"她丈夫又曾听到她说梦话道:"积累金钱,只是供儿辈们享乐而已,多又有什么用?"叫醒了问她,她就回答没说。知道她想隐瞒,也就暂且不管它。长公厌恶谈论鬼神之类的事,禁止家人不要传出去,所以这事不很流传,但也有不少人知道。过了三年多,她终于郁郁不乐地病死了,结果人们还是不知道她的前生是谁。

郭　　生

先师裘文达公言:有郭生,刚直负气。偶中秋燕集,与朋友论鬼神,自云不畏。众请宿某凶宅以验之,郭慨然仗剑往。宅约数十间,秋草满庭,荒芜蒙翳。扃户独坐,寂无见闻。四鼓后,有人当户立。郭奋剑欲起,其人挥袖一拂,觉口噤体僵,有如梦魇,然心目仍了了。其人磬折致词曰:"君固豪士,为人所激,因至此。好胜者常情,亦不怪君。既蒙枉顾,本应稍尽宾主意。然今日佳节,眷属皆出赏月,礼别内外,实不欲公见。公又夜深无所归。今筹一策，拟请君入瓮，幸君勿嗔；觞酒豆肉，聊以破闷，亦幸勿见弃。"遂有数人舁郭置大荷缸中，上覆方桌，压以巨石。俄隔缸笑语杂遝，约男妇数十，呼酒行炙，一一可辨。忽觉酒香触鼻，暗中摸索，有壶一、杯一、小盘四、横阁象箸二。方苦饥渴，且姑饮啖。复有数童子绕缸唱艳歌，有人扣缸语曰："主人命娱宾也。"亦靡靡可听。良久，又扣缸语曰："郭君勿罪，大众皆醉，不能举巨石。君且姑耐，贵友行至矣。"语讫，遂寂。次日，众见门不启，疑有变，逾垣而入。郭闻人声，在缸内大号。众竭力移石，乃閧然出，述所见闻，莫不拊掌。视缸中器具，似皆己物。还家讯问，则昨夕家燕，并酒肴失之，方诟谇大索也。此魅可云狡狯矣。然闻之使人笑不使人怒，当出瓮时，虽郭生亦自哑然也，真恶作剧哉。

余容若曰："是犹玩弄为戏也。曩客秦陇间，闻有少年随塾师读书山寺。相传寺楼有魅，时出媚人。私念狐女必绝艳，每夕诣楼外，祷以蝶词，冀有所遇。一夜，徘徊树下，见小环招手。心知狐女至，跃然相就。小环悄语曰：'君是解人，不烦絮说。娘子甚悦君，然此何等事，乃公然致祝！主人怒君甚，以君贵人，不敢祟；惟约束娘子颇严。今夜幸他出，娘子使来私招君。君宜速往。'少年随之行，觉深闺曲弄，都非寺内旧门径。至一房，朱榻半开，虽无灯，隐隐见床帐。小环曰：'娘子初会，觉觍觍，已卧帐内。君第解衣，径登榻，无出一言，恐他婢闻也。'语讫，径去。少年喜不自禁，遽揭其被，拥于怀而接唇。忽其人惊起大呼。却立愕视,则室庐皆不见,乃塾师睡檐下乘凉也。塾师怒,大施夏楚。不得已吐实,竟遭斥逐。此乃真恶作剧矣。"

文达公曰:"郭生恃客气,故仅为魅侮;此生怀邪心,故竟为魅陷。二生各自取耳,岂魅有善恶哉!"

【译文】

我已去世的老师裘文达公说:有个郭生,性格刚直,年少气盛。偶尔参加一个中秋节的聚会,与朋友们谈论鬼神,他说自己从来不怕鬼。众人请他到一处闹鬼的住宅住一晚,以检验他是否真的不怕,郭生爽快答应,带着宝剑就去了。这所住宅约有几十间房子,满院都是枯草,草丛朦胧,十分荒凉。郭生拴上门,独自坐在宅中,周围毫无动静。四更以后,有人对着门口站立,郭挥剑正要起身,那人衣袖一拂,郭生口里便说不出话来,浑身僵硬,好像做梦时被什么东西魇住了,但眼睛和心里仍清清楚楚。那人弯腰对郭生说:"你确实是个豪迈之士,受了别人的鼓动跑到这里来,这也是好胜的人常有的事,我不怪罪你。既然蒙你来到这里,我们本应该尽一尽主人的义务招待客人。但今天是中秋佳节,我的家眷都出来赏月,根据礼法要分别内外,我实在不想让你见到。但现在夜深了,你又没有地方可回。现在我想出一个办法,打算请你进入大缸中,希望你不会生气。缸里有那么一点儿酒肉,聊且帮你解解烦闷,也希望你不要推辞。"于是便有几个人抬起郭生,把他放进一口大荷花缸中,上面盖上一张方桌,再上面压了一块巨大的石头。接着隔着缸只听见笑声说话声响成一片,大约有男女几十人,互相劝酒敬菜,一一听得清清楚楚。忽然觉得有酒的香味钻进鼻孔,暗中一摸,原来有一只酒壶,一只杯子,四个小盘,上面横放着两根象牙筷子。郭生正饥渴难忍,于是暂且吃喝。又有几个儿童绕着缸唱艳情歌曲,有人敲着缸说道:"这是主人派来供客人娱乐的。"这歌曲也柔美动听。过了很久,又有人敲缸说道:"郭君不要见怪,大家都醉了,不能搬动大石头,你暂且耐心等待,你的朋友们就会来的。"说完，四周重新一片寂静。第二天，众人见大门不开，担心有什么变故，翻墙而入。郭生听到人说话的声音，在缸中大喊大叫。众人用尽力气移开石头，郭生才一跃而出，陈述昨夜的所见所闻，大家莫不拍手大笑。郭仔细看那缸中的器具，好像都是自己的东西，回到家里一问，原来昨夜家中设宴，这些器具连带酒菜都不翼而飞，正在吵吵闹闹到处寻找呢。这个妖怪可以说是够狡猾了，但听到这事，只会使人觉得好笑，不会使人愤怒。当郭生从缸中跳出来时，即使郭生本人，想必也不免哑然失笑。这妖怪真会戏弄人。

余容若说：这还不过是开了个玩笑而已。从前我在陕、甘一带作客时，听说有一个少年，随着私塾先生在山中寺庙里读书。相传寺中楼上有狐狸精，常常出来迷人。少年私下想，狐女一定极其美丽。于是他每天晚上都跑到楼前，以一些下流的话来祷告，希望能遇到狐女。一天晚上他正在树下徘徊，见一个小丫头向他招手。他心里明白这是狐女来了，急忙走过去。小丫头悄悄说："你是个明白人，不须细细说。娘子非常爱慕你，但这是什么样的事情，你怎能公然祈求呢？主人非常恼恨你，只因为你是个贵人，不敢作怪害你，只是把娘子管束得很严。今天晚上幸好主人到别处去了，娘子派我来偷偷带你去，你快跟我走。"少年跟着她，觉得经过的房子和通道，都不是寺中原有的路线。来到一间房前，红色的窗子半开着，虽没有灯，但隐隐约约见到有床铺蚊帐。小丫头说："娘子初次相会，不好意思，已躺在帐里了。你只管脱衣，直接上床，不要说一句话，恐怕别的婢女听到。"说完，小丫头就走了。少年喜不自禁，急急忙忙揭开被子，把里面的人抱在怀中，就去亲嘴，那人忽然惊起大叫，少年慌忙退后站立。惊讶地看到房子都不见了，原来是私塾先生睡在屋檐下乘凉。私塾先生大怒，把少年狠狠抽打一顿，少年不得不说出实情，结果被驱逐出去。这才真是恶作剧了。

文达公说：郭生恃仗血气之勇，所以仅仅遭到妖怪的戏弄；这个少年心怀邪念，所以竟被妖怪陷害：两人都是自取应得的后果，并不是因为妖怪有善恶之分。

念 佛 解 怨

李村有农家妇,每早晚出馌,辄见女子随左右。问同行者,则不见。意大恐怖。后乃渐随至家,然恒在院中,或在墙隅,不入寝室。妇逼视,即却走;妇返,即仍前。知为冤对,因遥问之。女子曰:"汝前生与我并贵家妾,汝妒我宠,以奸盗诬我致幽死。今来取偿,讵汝今生事姑孝,恒为善神所护,我不能近,故日日相随。揆度事势,万万无可相报理。汝傥作道场度我,我得转轮,即亦解冤矣。"妇辞以贫。女子曰:"汝贫非虚语,能发念诵佛号万声,亦可度我。"问:"此安能得度鬼?"曰:"常人诵佛号,佛不闻也,特念念如对佛,自摄此心而已。若忠臣孝子,诚感神明,一诵佛号,则声闻三界,故其力与经忏等。汝是孝妇,知必应也。"妇如所说,发念持诵。每诵一声,则见女子一拜。至满万声,女子不见矣。此事故老时说之,知笃志事亲,胜信心礼佛。

【译文】

李村有个农家妇女,每次早晨和晚上送饭到田边去时,就见有个女子跟随在左右,问同行的人,则都说没看到,农妇非常恐惧。后来那女子渐渐跟到她家,但总停在院中,或在院墙边,不入寝室。农妇逼近看着她,她便后退;农妇一转身,则又跟上来。农妇知道这是与自己有怨的对头,于是,远远问她,那女子说:"你前生和我同是某富贵人家的妾,你妒忌我得宠,用通奸盗窃的罪名诬陷我,致使我幽闭空房而死,我现在是来讨债的。谁知你今生侍候婆婆非常孝顺,总是被善良神保护着,我不能靠近,所以天天跟着你。现在我估计一下形势,是万万不可能报复你了。你如果做一个道场超度我,我得以转生,就解除与你结的冤。"农妇说家里贫穷无法做道场,那女子说:"你家贫穷,这不是假话。你如果能立起一个信念,念诵佛号一万声,也可以超度我。"农妇问:"这怎么也能超度鬼呢?"那女鬼说:"一般人念诵佛号,佛是听不到的。他们不过是自己念时仿佛是面对着佛,以此来收摄自己的心神而已。若忠臣孝子,诚心感应神灵,一诵佛号,则声音响彻三界,所以它的功力与设道场诵经忏悔相等。你是孝妇,所以知道你念佛肯定会应验的。"农妇按照它所说的,立愿坚持念诵,每诵一声,则见那女子下拜一次,至满一万声,那女子就不见了。这事上辈人经常说起,由此可知,实实在在侍候尊亲,胜过一心一意拜佛。

刘某孝悌

又闻洼东有刘某者,母爱其幼弟,刘爱弟更甚于母。弟婴痼疾,母忧之,废寝食。刘经营疗治,至鬻其子供医药。尝语妻曰:"弟不救,则母可虑,毋宁我死耳!"妻感之,鬻及祒衣,无怨言。弟病笃,刘夫妇昼夜泣守。有丐者夜栖土神祠,闻鬼语曰:"刘某夫妇轮守其弟,神光照烁,猝不能入,有违冥限,奈何?"土神曰:"兵家声东而击西,汝知之乎?"次日,其母灶下卒中恶。夫妇奔视,母苏而弟已绝矣。盖鬼以计取之也。后夫妇并年八十余乃卒。奴子刘琪之女,嫁于洼东,言闻诸故老曰,刘自奉母以外,诸事蠢蠢如一牛。有告以某忤其母者,刘掉头曰:"世宁有是人?人宁有是事?汝毋造言。"其痴多类此,传以为笑。不知乃天性纯挚,直以尽孝为自然,故有是疑耳。元人《王彦章墓》诗曰:"谁信人间有冯道?"即此意矣。

【译文】

又听说洼东有个刘某,他的母亲喜爱他的小弟弟,他却比母亲更喜爱小弟弟。弟弟患了不治之症,母亲忧愁,吃不下饭,睡不着觉。刘某想方设法治疗弟弟,以至卖掉了自己的儿子来请医买药。他曾对妻子说:"弟弟死了,母亲也会死,还不如我死掉。"他的妻子深受感动,连内衣都卖掉了也无怨言。弟弟病危了,刘某夫妇日夜哭泣守护。有个乞丐晚上住在土神祠里,听到鬼说话道:"刘某夫妇轮番守护他们的弟弟,神光照耀,我们短期内进不去,违反了阴司限定的时刻,怎么办呢?"土地神说:"打仗的人常用声称要从东边进攻实际却从西边进攻的计策,你们知道吗?"第二天,刘某的母亲在灶前突然发急病,刘某夫妇奔过去看。母亲苏醒,而弟弟已断气了,大概是鬼用计得手的。后来刘某夫妇都活到八十多岁才死。我家的奴仆刘琪的女儿嫁到洼东,她听长辈们讲,刘某除侍候母亲外,做其他事情都蠢得像条牛。有人告诉他:某某对自己的母亲不敬。刘某掉过头不相信,说:"世界上难道有这样的人吗?人难道会做这样的事吗?你不要捏造。"刘某往往就是这样痴呆,人们都把这话传来传去,当作笑料。不知刘某是天性单纯诚挚,认为尽孝是自然的事情,所以才会产生这种疑问。元代人写的吊王彦章墓诗说"谁信人间有冯道",也就是这个意思。

翰林院鬼论诗

景少司马介兹官翰林时,斋宿清秘堂。(此因乾隆甲子御题"集贤清秘"额,因相沿称之,实无此堂名。)积雨初晴,微月未上,独坐廊下。闻瀛洲亭中语曰:"今日楼上看西山,知杜紫微'雨余山态活'句,真神来之笔。"一人曰:"此句佳在活字,又佳在态字烘出活字。若作山色山翠，则兴象俱减矣。"疑为博晰之等尚未睡，纳凉池上，呼之不应；推户视之，阒无人迹。次日，以告晰之。晰之笑曰："翰林院鬼，故应作是语。"

【译文】

兵部侍郎景介兹在翰林院任职时，单身住在清秘堂（这是因为乾隆九年皇帝题写"集贤清秘"的匾额，后来人们就这么叫，其实并没有这个堂名）。当时正值久雨初晴，微弱的月光还没有照上夜空。景介兹独坐在屋廊下，听见瀛洲亭中有人说话道："今天在楼上看西山，才知道杜牧'雨余山态活'的诗句真是神来之笔。"又一人说："这句诗好就好在'活'字，又好在'态'字烘托出'活'字。若作'山色'、'山翠'，就意味景象都要减弱了。"景介兹以为是同僚博晰之等人还没睡，在池上纳凉，就叫了一声，没人答应。推开门一看，根本没有人的踪影。第二天将这事告诉晰之，晰之笑道："翰林院的鬼，本来应该讲这种话。"

夺舍换形

释家能夺舍，道家能换形。夺舍者托孕妇而转生；换形者血气已衰，大丹未就，则借一壮盛之躯，与之互易也。狐亦能之。族兄次辰云，有张仲深者，与狐友，偶问其修道之术。狐言："初炼幻形，道渐深则炼蜕形，蜕形之后，则可以换形。凡人痴者忽黠，黠者忽颠，与初不学仙而忽好服饵导引，人怪其性情变常，不知皆魂气已离，狐附其体而生也。然既换人形，即归人道，不复能幻化飞腾。由是而精进，则与人之修仙同，其证果较易。或声色货利，嗜欲牵缠，则与人之惑溺同，其堕轮回亦易。故非道力坚定，多不敢轻涉世缘，恐浸淫而不自觉也。"其言似亦近理。然则人欲之险，其可畏也哉。

【译文】

　　佛教徒能夺舍，道教徒能换形。夺舍就是托孕妇而转生；换形是因为血脉气息已经衰竭，而大丹还没炼成，于是借一个强壮人的躯体与他互换。狐狸也能换形。我的族兄次辰说：有个叫张仲深的人，与狐狸交朋友，偶尔问起它们修道的方法，狐狸说："开始是炼变幻形体，道行渐深后，则炼蜕落形体。蜕落形体之后，便可以换形了。凡是痴呆的人突然变得狡猾聪明，或狡猾聪明的人忽然发狂，以及原来并不学道，而忽然喜欢服用丹药练气功，众人都对他们的性情忽然变化感到奇怪，不知道他们的魂气实际上已离去，是狐精附在他们的形体上而复生了。然而既已换成人形，就归入人类，不再能变幻飞腾了。在此基础上精心修炼，就与人的修道一样，这样它们要修成仙就比较容易。但受声色货利嗜好欲望的牵缠诱惑，也与人沉溺其中一样，它们半途而废堕入轮回的危险也增大了。所以，不是道性坚定的狐狸精，一般不敢换成人形到人间来修炼，怕不知不觉中受到人世间种种诱惑的浸染。"这话似乎也近理。这样说来，人世间欲望之险恶，真是令人可怕啊。

阴司业镜

　　朱介如言：尝因中暑眩瞀，觉忽至旷野中，凉风飒然，意甚爽适。然四顾无行迹，莫知所向。遥见数十人前行，姑往随之。至一公署，亦姑随入。见殿阁宏敞，左右皆长廊；吏役奔走，如大官将坐衙状。中一吏突握其手曰："君何到此？"视之，乃亡友张恒照。悟为冥司，因告以失路状。张曰："生魂误至，往往有此，王见之亦不罪；然未免多一诘问。不如且坐我廊屋，俟放衙，送君返；我亦欲略问家事也。"入坐未几，王已升座。自窗隙窃窥，见同来数十人，以次庭讯。语不甚了了，惟一人昂首争辩，似不服罪。王举袂一挥，殿左忽现大圆镜，围约丈余。镜中现一女子反缚受鞭像。俄似电光一瞥，又现一女子忍泪横陈像。其人叩颡曰："伏矣。"即曳去。良久放衙，张就问子孙近状。朱略道一二，张挥手曰："勿再言，徒乱人意。"因问："顷所见者业镜耶？"曰："是也。"问："影必肖形，今无形而现影，何也？"曰："人镜照形，神镜照心。人作一事，心皆自知；既已自知，即心有此事；心有此事，即心有此事之象，故一照而毕现也。若无心作过，本不自知，则照亦不见。心无是事，即无是象耳。冥司断狱，惟以有心无心别善恶，君其识之。"又问："神镜何以能照心？"曰："心不可见，缘物以形。体魄已离，存者性灵。神识不灭，如灯荧荧。外光无翳，内光虚明，内外莹澈，故纤芥必呈也。"语讫，遽曳之行。觉此身忽高忽下，如随风败箨。倏然惊醒，则已卧榻上矣。此事在甲子七月。怪其乡试后期至，乃具道之。

【译文】
　　朱介如说：他曾因中暑昏迷，觉得自己忽然来到一片旷野，一阵凉风吹过，感到非常爽快。然而四面望去，都没有人经过的痕迹，不知该向哪个方向走。远远望见有几十个人在前面走，就暂且跟着他们。到了一座公署，也就跟着一道进去，只见殿阁高大宽敞，左右都是长长的走廊，吏役们急急忙忙走来跑去，好像大官要升堂的样子。其中一个吏突然握住朱介如的手说："你为什么来到这里？"仔细一看，原来是已死的友人张恒照。朱介如明白这里是阴间官府了，于是告诉自己迷路的经过。张说："活人的魂错跑到这里，这样的事经常发生，阎王见到了，也不怪罪，但不免要多一番讯问。你不如到我的廊屋里坐一会，等放衙后我送你回去，顺便我还想稍问问家里的事。"介如进屋坐了不久，阎王已经登上座位，介如从窗缝往里面偷看，只见同来的几十个人依次当堂审讯，话听不很清楚。其中只有一个人仰着头争辩，好像是不服罪。阎王把衣袖一挥，只见殿的左面忽然现出一个大圆镜，周围约一丈多长，镜中现出一个女子，被反绑着，正在受鞭打。接着好像电光一闪，又现出一个女子，忍泪横躺在床上。那个人叩着头说："服了。"就被拉出去。许久以后放衙了，张恒照过来问自己子孙们最近的情况，朱刚说了几句，张挥手止住说："不要再讲了，只能引起烦恼而已。"朱于是问起刚才见到的是不是所谓"业镜"，张说就是。朱又问："影子必然像形体，现在没有形体在，镜中为什么会现出影来呢？"张回答道："人的镜子照形体，神的镜子照心。人每做一事，心都自己知道；既然自己已经知道，则心中就有了这回事；心中既已有这回事，则心中便有了这事的景象，所以一照就都显现出来了。若是无心而做了坏事，自己的心本来不知道，则照的时候也不显现，因为既然心里不知道，心中也就没有这事的景象。阴司里审判案子，只根据是有心做的还是无心做的判别善恶，你可要记住。"朱介如又问："神镜为什么能照见心呢？"张恒照说："心是见不到的，它要附着一定的物体而显现。人死了，人的体魄和性灵相互分离，体魄要朽散，性灵则还存在。它像一盏光亮荧荧的灯，外部没有阴影遮掩，内部也空彻透明，内外都是晶莹透彻的，所以里面丝毫的迹象都会清楚地显现。"张说完，急忙拉起他就走。朱介如觉得自己的身体忽高忽下，像随风滚动的枯竹壳。忽然一下惊醒，则已经躺在床上了。这事发生在甲子年七月，我们对朱介如参加乡试迟到感到奇怪，他来后才详详细细地说了一遍。

马 节 妇

东光马节妇,余妻党也。年未二十而寡,无翁姑兄弟,亦无子女。艰难困苦,坐卧一破屋中,以浣濯缝纫自给,至鬻釜以易粟,而拾破瓦盆以代釜。年八十余,乃终。余尝序马氏家乘,然其夫之名字,与母之族氏,则忘之久矣。相传其十一二时,随母至外家。故有狐,夜掷瓦石击其窗。闻屋上厉声曰:"此有贵人,汝辈勿取死。"然竟以民妇终,殆孟子所谓"天爵"欤?先师李又聃先生与同里,尝为作诗曰:"早岁吟黄鹄,颠连四十春。怀贞心比铁,完节鬓如银。慷慨期千古,凋零剩一身。几番经坎坷,此念未缁磷。(原注:节妇初寡时,尚存薄田数亩。有欲迫之嫁者,侵凌至尽。)震撼惊风雨,扶呵赖鬼神。(原注:一岁霖雨经旬,邻屋新造者皆圮,节妇一破屋,支柱欹斜,竟得无恙。)天原常佑善,人竟不怜贫。稍觉亲朋少,羞为乞索频。一家徒四壁,九食度三旬。绝粒肠空转,佣针手尽皴。有薪皆扫叶,无甑可生尘。鲞面真如鹄,悬衣半似鹑。遮门才破荐,(原注:屋扉破碎不能葺,以破荐代扉者十余年。)藉草是华茵。只自甘饥冻,翻嫌话苦辛。偷儿嗤饿鬼,(原注:夜有盗过节妇屋上,节妇呼问,盗大笑曰:"吾何至进汝饿鬼家!")女伴笑痴人。(原注:有同巷贫妇,再醮富室。归宁时华服过节妇曰:"看我享用,汝岂非大痴耶!")生死心无改,存亡理亦均。喧阗凭燕雀,坚劲自松筠。伊我钦贤淑,多年共里闉。不辞歌咏拙,取表性情真。公议存乡校,廷评待史臣。他时邀紫诰,光映九河滨。"盖先生壬申公车主余家时所作,故仅云"颠连四十春"。诗格绝类香山。敬录于此,一以昭节妇之贤,一以存先师之遗墨也。后外舅周箖马公见此诗,遂割腴田三百亩为节妇立嗣,且为请旌。或亦讽谕之力欤!

【译文】
　　东光的马节妇,是我妻子家的亲戚。她不到二十岁就死了丈夫,没有公公婆婆兄弟,也没有子女,艰难困苦,住在一间破屋中,靠替别人洗衣服缝缝补补维持生活,后来竟贫穷到把锅卖掉换点小米,而捡一个破瓦盆代替锅的地步,活到八十多岁才死。我曾为马家家谱作序,然而她丈夫的名字与她娘家的姓,则早就忘记了。相传她十一二岁时随母亲到外祖父家,外祖父家本来有狐狸精,晚上扔瓦片石块砸窗户,只听屋上有个严厉的声音说道:"这里有贵人,你们不要找死。"但她最终只是一个平民妇女,这大约就是孟子所说的"天爵"吧。我已去世的老师李又聃先生,与马节妇同村,曾为她作了一首诗,说:"早岁吟黄鹄,颠连四十春。怀贞心比铁,完节鬓如银。慷慨期千古,凋零剩一身。几番经坎坷,此念未缁磷(原注:节妇初寡时,还有贫瘠的田地数亩。有人想逼她改嫁,把这点田地掠夺无尽)。震撼惊风雨,扔呵赖鬼神(原注:有一年,一连十几天下大雨,邻近人家新造的房屋都垮掉了,节妇一间东倒西歪的破屋竟然没事)。天原常佑善,人竟不怜贫。稍觉亲朋少,羞为乞索频。一家徒四壁,九食度三旬。绝粒肠空转,佣针手尽皴。有薪皆扫叶,无甑可生尘。黧面真如鹄,悬衣半似鹑。遮门才破荐(原注:节妇房门破碎,不能修造,用破草席代门,过了十多年),藉草是华茵。只自甘饥冻,翻嫌话苦辛。偷儿嗔饿鬼(原注:有天晚上有个小偷经过节妇屋上,节妇问是谁,小偷大笑道:我何至于跑进你饿鬼的家),女伴笑痴人(原注:有一个同巷的贫穷妇女,丈夫死后改嫁一个有钱人家,回娘家时,穿着华丽的衣服来看望马节妇,说:你看我的享受,你难道不是太痴了吗?)。

生死心无改，存亡理亦均。喧阗凭燕雀，坚劲自松筠。伊我钦贤淑，多年共里闾。不辞歌咏拙，取表性情真。公议存乡校，廷评待史臣。他时邀紫诰，光映九河滨。"这是李先生壬申年赴京参加进士考试住在我们家时所作，所以仅说"颠连四十春"。这诗的格调与白居易诗非常相似。我现在恭敬地把它抄录在这里，一是为了表彰节妇的贤德，二是为了保存我已去世的老师的遗作。后来我的岳父马周箓先生见到这首诗，便捐出三百亩肥沃田地，为节妇立了后嗣，而且替她向官府请求旌表，这或者也是这首诗篇感染的结果吧。

误传仙诗

余从军西域时，草奏草檄，日不暇给，遂不复吟咏。或得一联一句，亦境过辄忘。乌鲁木齐杂诗百六十首，皆归途追忆而成，非当日作也。一日，功加毛副戎自述生平，怅怀今昔，偶为赋一绝句曰："雄心老去渐颓唐，醉卧将军古战场；半夜醒来吹铁笛，满天明月满林霜。"毛不解诗，余亦不复存稿。后同年杨君逢元过访，偶话及之。不知何日杨君登城北关帝祠楼，戏书于壁，不署姓名。适有道士经过，遂传为仙笔。余畏人乞诗，杨君畏人乞书，皆不肯自言。人又微知余能诗不能书，杨君能书不能诗，亦遂不疑及，竟几于流为丹青。迨余辛卯还京祖饯，于是始对众言之。乃爽然若失。昔南宋闽人林外题词于西湖，误传仙笔。元【按：元当作金。王庭筠，字子端，金河东人，自号黄华老人。】王黄华诗刻于山西者，后摹刻于滇南，亦误传仙笔。然则诸书所谓仙诗者，此类多矣。

【译文】

我在西域从军时,草写各种奏章檄文,每天都忙不过来,于是不再作诗。偶尔想到一联或一句,换个环境也就忘了。《乌鲁木齐杂诗》一百六十首,都是我回来的路上追忆写成的,不是当时所作。一天,毛功加副将回顾自己的生平经历,感慨很深,我为他写了一首绝句:"雄心老去渐颓唐,醉卧将军古战场。半夜醒来吹铁笛,满天明月满林霜。"毛不懂诗,我也没有留下底稿。后来我的同年杨逢元来看我,我偶尔提到它。不知哪一天,杨君登上城北关帝祠的楼上,随意把这首诗写在壁上,没有署姓名,正好当时有道士路过,人们于是传说这是仙人留下的笔迹。我怕别人向我求诗,杨君怕人向他求书法,都不肯说出真相。人们又稍微知道我会写诗而不善于书法,杨君书法好但又不会写诗,所以也没怀疑到我们头上,于是这事几乎被人们画进画里流传开来。等到我辛卯年返回京城时,大家设宴送行,我才当众说明,大家反而好像失去了什么。从前南宋时福建人林外在西湖题了一首词,人们误传为仙人的笔迹。元代【按:元代当作金代。王庭筠,字子端,金代河东人,自号黄华老人。】王黄华的诗刻在山西,后来云南南部有人摹刻,也误传是仙人所作。由此看来,各种书籍中记载的所谓仙诗,恐怕大多都属于这种情况。

狐女赘婿

图裕斋前辈言:有选人游钓鱼台。时西顶社会,游女如织。薄暮,车马渐稀,一女子左抱小儿,右持鼗鼓,袅袅来。见选人,举鼗一摇。选人一笑,女子亦一笑。选人故狡黠,揣女子装束类贵家,而抱子独行,又似村妇,踪迹诡异,疑为狐魅,因逐之絮谈。女子微露夫亡子幼意。选人笑语之曰:"毋多言,我知尔,亦不惧尔。然我贫,闻尔辈能致财。若能赡我,我即从尔去。"女子亦笑曰："然则同归耳。"至其家，屋不甚宏壮，而颇华洁；亦有父母姑姊妹。彼此意会，不复话氏族，惟献酬款洽而已。酒阑就宿，备极嬿婉。次日入城，携小奴及襆被往，颇相安。惟女子冶荡无度，奔命殆疲。又渐使拂枕簟，侍梳沐，理衣裳，司洒扫，至于烟筒茗碗之役，亦遣执之。久而其姑若姊妹，皆调谑指挥，视如僮婢。选人耽其色，利其财，不能拒也。一旦，使涤厕牏，选人不肯。女子愠曰："事事随汝意，此乃不随我意耶？"诸女亦助之消责。由此渐相忤。既而每夜出不归，云亲戚留宿。又时有客至，皆曰中表，日嬉笑燕饮，或琵琶度曲，而禁选人勿至前。选人恚愤，女子亦怒，且笑曰："不如是，金帛从何来？使我谢客易，然一家三十口，须汝供给，汝能之耶？"选人知不可留，携小奴入京，僦住屋。次日再至，则荒烟蔓草，无复人居，并衣装不知所往矣。选人本携数百金，善治生，衣颇褴褛。忽被服华楚，皆怪之。具言赘婿状，人亦不疑。俄又褴褛，讳不自言。后小奴私泄其事，人乃知之。曹慕堂宗丞曰："此魅窃逃，犹有人理。吾所见有甚于此者矣。"

【译文】

图裕斋前辈说：有个到京城候补官职的人去钓鱼台游玩。当时西顶正有赛神聚会，出来游玩的女子很多。傍晚时分，车马渐渐稀少，只见有个女子左手抱个小孩，右手拿着一只咚咚鼓，袅袅婷婷走过来，见到这人，举起鼓一摇，这人一笑，女子也一笑。这人本来很机灵，打量女子的装束，像是富贵人家；但自己抱着小孩独自行走，又像个乡村妇女，行迹可疑，怀疑是个狐狸精。于是他跟着她走,与她慢慢交谈,女子稍微吐露出丈夫已死孩子还小的意思,这人笑着对她说:"不用多说了,我知道你是什么,也不怕你,但我很穷,听说你们能招来钱财,若能供给我,我就跟你去。"女子也笑道:"那么就一起回去吧。"到了她家,房子不太高大,但很华丽清洁。也有父母小姑姊妹等,彼此心里都明白,也就不互相打听家族姓氏,只是坐在一起饮酒而已。酒宴结束,两人同寝,极其恩爱欢悦。第二天,这人回城,把一个小仆人及行李也带来了,相互间都很适应。只是那女子性欲极强,这人疲于奔命。她又渐渐支使他打扫床铺,侍候她梳头洗脸,帮她整理衣裳,洒水扫地,以至于点烟筒、泡茶之类的事也要他做。久而久之,她的小姑及姊妹之类都随便对他开玩笑,命令他做这做那,好像使唤奴仆一样。这人迷恋她的美貌,贪图她的钱财,不敢拒绝。一天,她竟叫他洗贴身内衣,他不肯,女子生气说:"事事都随你的意,这事就不能随我的意吗?"其他女人也给她助威责备他,从此相互间开始发生冲突。接着那女子常常晚上出去不归,说是亲戚挽留住下。又常常有客人来,都说是表兄弟,天天嬉戏饮酒,有时还弹着琵琶唱歌助兴,而禁止这人不许靠近。这人又羞又怒,女子也发怒并笑道:"不这样,金钱财物从哪里来?使我不见客容易,但一家三十口人,须由你供养,你能办到吗?"这人知道不能留下去了,带着小奴仆回京城去租房子。第二天再去,则只见一片荒烟野草,根本无人居住,连自己的衣服行李也不知到哪里去了。这人本带了几百两银子进京,平时很节俭,衣服破旧,忽然穿得衣冠楚楚起来,人们都感到奇怪。他于是说明给人家入赘作女婿的情况,人们也不怀疑。不久他又穿得破破烂烂了,他又不肯说出缘故。后来小奴仆偷偷把这事泄露出去,人们才明白。曹慕堂宗丞说:"这妖怪窃取一点钱财而逃走,还算有点人的味道,我所见到的事有比这更厉害的。"

一女同时作两人妾

武强张公令誉,康熙丁酉举人,刘景南之妇翁也。

言有选人纳一姬,聘币颇轻,惟言其母爱女甚,每月当十五日在寓,十五日归宁。悦其色美而值廉,竟曲从之。后一选人纳姬,约亦如是。选人初不肯,则举此选人为例。询访信然,亦曲从之。二人本同年,一日话及,前选人忽省曰:"君家阿娇归宁上半月耶?下半月耶?"曰:"下半月。"前选人大悟,急引入内室视之,果一人也。盖其初鬻之时,已预留再鬻地矣。张公淳实君子,度必无妄言。惟是京师鬻女之家,虽变幻万状,亦必欺以其方,故其术一时不遽败。若月月克日归宁,已不近事理;又不时往来于两家,岂人不能闻。是必败之道,狡黠者断不出此。或传闻失实,张公误听之欤?然紫陌看花,动多迷路。其造作是语,固亦不为无因耳。

【译文】

　　武强张令誉先生,是康熙五十六年举人刘景南的岳父。他说有个赴京候选官职的人纳了一妾,聘礼要得很少,只是说她的母亲特别疼爱这个女儿,每月须十五天在丈夫身边,十五天回娘家。这人喜欢她的美貌,而且价钱便宜,就勉强同意了。后来又有一个赴京候选官职的人纳妾,女方提出的要求与上例相同。这人开始不肯,女方便举前者为例。这人去询问查访,确有其事,也勉强答应了。两个人本是同年考中科举的,一天在一起谈及此事,前面那人突然醒悟,问:"你家新娘子是上半月还是下半月回娘家?"回答:"是下半月。"前面那人完全明白了,急忙把后面那人引进自家寝室一看,果然是同一个人。看来她家第一次卖她时,已经为再卖留下余地了。张公是个诚实厚道的君子,估计他不会乱说。只是京城卖女儿的人家,虽然花样百出,也必定是利用买方的某种弱点,所以他们的诡计一时间不会败露。而这家要求每个月按时回娘家,已不近情理,又经常在两家来来往往,人家怎会不知道?这必然要败露,狡猾的人是决不肯这样做的。或有可能是人们传闻失实,张公误信了么?然而在京城里选买小妾,往往受糊弄。那些造出这个故事来的人,也不是完全没有根据的。

姊妹同作一人妾

朱青雷言:李华麓在京,以五百金纳一姬。会以他事诣天津,还京之日,途遇一友,下车为礼。遥见姬与二媒媪同车驰过,大骇愕。而姬若弗见华麓者。恐误认,思所衣绣衫又己所新制,益怀疑,草草话别。至家,则姬故在。一见,即问:"尔先至耶?媒媪又将尔嫁何处?"姬仓皇不知所对。乃怒遣家僮呼其父母来领女。父母狼狈至。其妹闻姊有变,亦同来。入门则宛然车中女,其绣衫乃借于姊者,尚未脱。盖少其姊一岁,容貌略相似也。华麓方跳踉如虢虎,见之省悟,嗒然无一语。父母固诘相召意。乃述误认之故,深自引愆。父母亦具述方鬻次女,借衣随媒媪同往事。问价几何,曰:"三百金,未允也。"华麓鞿然,急开箧取五百金置几上曰:"与其姊同价可乎?"顷刻议定,留不遣归,即是夕同衾焉。风水相遭,无心凑合。此亦可为佳话矣。

【译文】

朱青雷说:李华麓在京城时,以五百两银子买了一个妾。一次,碰上有别的事,华麓到天津去了一趟。返回京城时,半路上遇到一个朋友,下车施礼相见。这时他突然远远望见那妾和两个媒婆坐在一辆车中迅速驰过。华麓大吃一惊,而妾好像没见到华麓一样。华麓怕认错了,但又想到她穿着的绣花衫是自己最近为她作的,于是更加怀疑。草草与朋友告别,回到家里,则妾正在。华麓一见面就问:"你先回来了吗?媒婆们又把你嫁到什么地方了?"妾莫名其妙,仓促间不知如何回答。于是华麓怒气冲冲派仆人去叫她的父母来,把女儿领回去。父母急急忙忙赶来,妾的妹妹听说姐姐出了变故,也一齐赶到。一进门,华麓就认出她即是车中的那个女子,那件绣花衫,是借的她姐姐的,还穿在身上。原来她只比姐姐小一岁,长相很相似。华麓刚才还在暴跳如雷,见到她后猛然醒悟,哑口无言了。妾的父母一定要问把他们叫来是为了什么,华麓只得讲出错认的经过,并深表歉意。父母也把刚才正准备卖小女儿,借衣服,随着媒婆一齐去的事说了一遍。华麓问:"你们要的价钱是多少?"回答说:"人家出三百两银子,我们还没答应。"华麓一笑,急忙开箱子取出五百两银子放在桌上,说:"与她姐姐同样价钱,可以吗?"马上议定,就留下她不回去了,当晚两人就共寝。像风与水偶然相碰,无心凑合,这也算是一个颇有意思的故事了。

鬼折狂生

刘东堂言:狂生某者,性悖妄,诋訾今古,高自位置。有指摘其诗文一字者,衔之次骨,或至相殴。值河间岁试,同寓十数人,或相识,或不相识。夏夜散坐庭院纳凉,狂生纵意高谈。众畏其唇吻,皆缄口不答。惟树后坐一人,抗词与辩,连抵其隙。理屈词穷,怒问:"子为谁?"暗中应曰:"仆焦王相也。"(河间之宿儒。)骇问:"子不久死耶?"笑应曰:"仆如不死,敢捋虎须耶?"狂生跳掷叫号,绕墙寻觅。惟闻笑声吃吃,或在木杪,或在檐端而已。

【译文】

刘东堂说：有个秀才十分狂妄，对古代和当代的人物乱加贬斥，而自以为很了不起。如果有谁指出他的诗文某个字用得不好，他就恨之入骨，甚至与之殴斗。当时正逢河间的秀才参加岁试，住在一起的十几个人，有相识的，也有不认识的，因为天热都散坐在院子里乘凉。狂生肆意高谈阔论，众人怕他那张嘴，都闭口不答理。只有树背后一人发话与他辩论，连连指出他的漏洞。狂生理屈词穷，怒问道："你是谁？"暗中一个声音回答道："我是焦王相。"（河间的著名学者）狂生吃惊问道："你不是早死了吗？"那个声音笑着回答："我如果不死，敢摸老虎的胡须吗？"狂生气得又跳又叫，绕着墙寻找，只听见"吃吃"的笑声，一会儿在树顶上，一会儿在屋檐边。

狐 罚 少 年

王洪绪言：鄢州筑堤时，有少妇抱衣袱行堤上，力若不胜，就柳下暂息。时佣作数十人，亦散憩树下。少妇言归自母家，幼弟控一驴相送。驴惊坠地，弟入秫田追驴，自辰至午尚未返。不得已沿堤自行。家去此西北四五里。谁能抱袱送我，当谢百钱。一少年私念此可挑，不然亦得谢，乃随往。一路与调谑，不甚答亦不甚拒。行三四里，突七八人要于路曰："何物狂且，敢觊觎我家妇女？"共执缚捶楚，皆曰："送官徒涉讼，不如埋之。"少妇又述其谑语。益无可辩，惟再三哀祈。一人曰："姑贳尔。然须罚掘开此塍，尽泄其积水。"授以一锸，坐守促之。掘至夜半，水道乃通，诸人亦不见。环视四面，芦苇丛生，杳无村落。疑狐穴被水，诱此人浚治云。

【译文】
　　王洪绪说：郑州筑堤时，有个少妇抱着一个装衣服的大包袱在堤上走，好像抱不动了，于是走到柳树下暂时休息一下。当时有几十个做工的人，也散在柳树下休息。少妇说自己从娘家回来，只有小弟弟一人牵着一头驴相送。驴突然惊跑，把她摔下。弟弟钻进秋田去追驴，从上午到中午还不见回来，不得已，她只好沿着堤自己走。她的家在西北那边，离这里有四、五里，谁能帮助抱着包袱送到家，她将以一百文钱相谢。有个年轻人私下想，这个女子可以挑逗，不然的话，也能得到谢礼，于是就跟着她走。一路上年轻人开玩笑调戏她，她不大答理，也不太拒绝。走了三四里，突然有七八个人拦在路上，说："什么样的狂徒，敢打我家妇女的主意？"他们一齐上前抓住年轻人，一顿痛打，都说："送到官府告状麻烦，不如活埋掉算了。"少妇又叙述他一路调戏的话，他更加无法辩解，只是再三哀求。其中一个人说："姑且饶了你，但须罚你挖开这道田塍，把积水全部排掉。"他们给他一把锹，坐着监督催促他。年轻人挖到半夜，水道才通，那些人也不见了。四面望去，只见芦苇丛生，远近都没有村落。怀疑是狐狸的洞穴遭水淹了，于是诱惑这个人来为它们疏浚。

卷十七

姑妄听之（三）

狐女供养公婆

族侄竹汀言：文安有佣工古北口外者，久无音问。其父母值岁荒，亦就食口外，且觅子。亦久无音问。后乃有人见之泰山下。言昔至密云东北，日已暮，风云并作。遥见山谷有灯光，漫往投止。至则土屋数楹，围以秫篱，有老妪应门，问其里贯，入以告。又遣问姓名年岁，并问："曾有子出口否？子何名？年几何岁？"具以实对。忽有女子整衣出，延入上坐，拜而侍立；促老妪督婢治酒肴，意甚亲昵。莫测其由，起而固诘。则失声伏地曰："儿不敢欺翁姑。儿狐女也，尝与翁姑之子为夫妇。本出相悦，无相媚意。不虞其爱恋过度，竟以瘵亡。心恒愧悔，故誓不别适，依其墓以居。今无意与翁姑遇，幸勿他往，儿尚能养翁姑。"初甚骇怖，既而见其意真切，相持涕泣，留共居。狐女奉事无不至，转胜于有子。如是六七年，狐女忽遣老妪市一棺，且具锸畚。怪问其故，欣然曰："翁姑宜贺儿。儿奉事翁姑，自追念逝者，聊尽寸心耳。不期感动土地，闻于岳帝。岳帝悯之，许不待丹成,解形证果。今以遗蜕合窆,表同穴意也。"引至侧室,果一黑狐卧榻上,毛光如漆;举之轻如叶,扣之乃作金石声。信其真仙矣。葬事毕,又启曰:"今隶碧霞元君为女官,当往泰山。请共往。"故相偕至此,僦屋与土人杂居。狐女惟不使人见形,其供养仍如初也。后不知其所终。此与前所记狐女略相近,然彼有所为而为,故仅得逭诛;此无所为而为,故竟能成道。天上无不忠不孝之神仙,斯言谅哉。

【译文】

　　堂侄竹汀说:文安有个人到古北口以外的地方去打工,久无音信。他的父母遇上荒年,于是也到口外去讨饭,同时寻找儿子,又是久无音信。后来有人在泰山脚下见到他们,他们说,当初走到密云东北时,天已晚,风云并起,远远望见山谷中有灯光,两人姑且去投奔,走近一看,原来是几间土垒的房子,周围是一道用秫秸编的篱笆。有个老年女仆出来接待,问了他们的籍贯,进去禀报。里面又派她出来问他们的姓名年纪,并问曾经有儿子到古北口外去否,儿子叫什么名字,年纪多大。他们都实话相告。忽然有个女子整理好衣衫走出来,请他们进去坐在上面的座位上,向他们下拜,然后站在他们身旁,催促老女仆去监督婢女们准备酒菜,神情十分亲热。两位老人不知是怎么回事,站起来要问清楚,那女子突然伏在地上失声痛哭,说:"我不敢欺骗公公婆婆,我是个狐女,曾经与你们的儿子做夫妻。本来出于相互爱慕,没有迷惑他的意思,没想到他爱恋我过度,竟因精气枯竭身体干瘦而死,我心里一直惭愧后悔,所以发誓不再嫁别人,在他的坟墓旁住了下来。今天无意中与公公婆婆相遇,希望你们不要到别的地方去了,我还供养得起你们。"两位老人开始很害怕,接着见她情意真切,于是相互拉着手哭泣,留下来一起居住。狐女侍候他们无一不周到,反而胜过了有儿子。这样过了六七年,狐女忽然派老女仆去买一具棺材,而且准备了锹和畚箕。两位老人感到奇怪,问是什么缘故,狐女很愉快地说:"公公婆婆应该祝贺我。我侍候公公婆婆,本只是因为怀念死去的人,聊尽一点心意而已,没想到感动了土地神。它报告到东岳帝君那里,帝君同情我,允许我不等到金丹炼成,就蜕去形体成仙。现在将我蜕落下来的形体埋葬在你们儿子的旁边,是表示夫妇死后同墓穴的意思。"她带他们走进旁边一间房里,果然有一只黑狐躺在床上,皮毛像漆一样光亮,举起来像树叶一样轻,敲它便发出金石一样的声音,于是他们相信狐女真是成仙了。埋葬完毕,狐女又对他们说:"我现在被分派在碧霞元君属下做女官,应该去泰山,请你们一起去。"所以他们就跟着到了这里,租了房子,与当地人住在一起,狐女只是不让人见到她的形状,供养公婆则和从前一样。后来结果不知如何。这与前面所记载的狐女侍候婆婆的事大致相近,但那个狐女是有自己的目的而那么做,所以仅仅得以避免雷击;这个狐女则不是为了什么而这么做,所以竟能成道成仙。天上没有不忠不孝的神仙,这话一点不假啊。

孝 妇 难 死

竹汀又言:有夜宿城隍庙廊者,闻殿中鬼语曰:"奉牒拘某妇。某妇恋其病姑,不肯死,念念固结,神不离舍,不能摄取,奈何?"城隍曰:"愚忠愚孝,多不计成败。与命数争,徒自苦者,固不少;精诚之至,鬼神所不能夺者,挽回一二,间亦有之。与强魂捍拒,其事迥殊,此宜申岳帝取进止,毋遽以厉鬼往也。"语讫,遂寂。后不知究竟能摄否。然足知人定胜天,确有是理矣。

【译文】

竹汀又说:有人晚上睡在城隍庙走廊上,听到殿中有鬼说话道:"我拿了公文去押解某位妇女,她挂念生病的婆婆,不肯死,反复念叨这一心愿，以至魂灵与形体牢固连接，不能脱离，押解不成，怎么办呢？"城隍神说："愚昧地尽忠尽孝的人，往往不管成败与否，与命定的寿数相抗争，只不过是自找苦吃而已，这样的情况并不少见。但精诚之至，鬼神也不能迫使其改变的人稍微挽回一些寿命的情况，也偶尔有过。他们与那种强悍的魂灵顽固抗拒的情况是完全不同的。这件事还是应该报告岳帝，听它的决定，不要急于派恶鬼去抓。"说完，殿中重新寂静，不知后来它们去抓了那个妇女没有。然而由此可见，人通过主观努力可以改变天命，这个道理是可信的。

顾德懋断冥狱

顾郎中德懋，世所称判冥者也。尝自言平反一狱，颇自喜。其姓名不敢泄，其事则有姑出其妇者，以小姑之谗，非其罪也。姑性卞，仓卒度无挽回理；而母家亲党无一人，遂披缁尼庵，待姑意转。其夫怜之，时往视妇，亦不能无情。庵旁有废园，每约以夜伏破屋，而自逾墙缺私就之。来往岁余，为其师所觉。师持戒严，以为污佛地，斥其夫勿来，来且逐妇。夫遂绝迹。妇竟郁郁死。冥官谓既入空门，宜遵佛法，乃耽淫犯戒，当从僧律科断，议付泥犁。顾驳之曰："尼犯淫戒，固有明刑。然必初念皈依，中违誓愿，科以僧律，百喙无词。此妇则无罪仳离，冀收覆水，恩非断绝，志且坚贞。徒以孤苦无归，托身荒刹。其为尼也，但可谓之毁容，未可谓之奉法；其在庵也，但可谓之借榻，不可谓之安禅。若据其浮踪，执为恶业，则瑶光夺婿，更以何罪相加？至其感念故夫，逾墙幽会，迹似'赠以芍药'，事均

'采彼蘼芜'。人本同衾，理殊失节。阳律于未婚私媾，仅拟杖刑，犹容纳赎。兹之违礼，恐视彼为轻。况已抑郁捐生，纵有微愆，足以蔽罪。自应宽其薄罚，径付转轮。准理酌情，似乎两协。"事上，冥王竟从其议。此语真妄，无可证验。然据其所议，固持平之论矣。又顾临殁，自云以多泄阴事，谪为社公。姑存其说，亦足为轻谈温室者箴也。

【译文】
　　顾德懋郎中，就是人们所说的能断阴司中案子的那种人。他曾说起自己平反过一件冤案，感到很自豪。案中人的姓名他不敢泄露，事情的经过则是这样的：有个媳妇没有过错，但婆婆听信小姑的谗言，将她驱逐出门。婆婆的性格暴躁固执，她估计短期内没有挽回的可能，而娘家又一个亲人也没有了，于是只好到尼姑庵做了尼姑，等待婆婆回心转意。丈夫可怜她，经常去看望，她自然也不可能没有感情。庵旁有一个废弃的院子，他们每次都约定丈夫晚上躲在破屋中，而她自己翻过院墙缺口去与他相会。这样来往了一年多，被老尼姑发觉了。老尼姑持守戒律非常严格，认为他们玷污了佛地，斥责她的丈夫不准再来，否则就把她驱逐出去。丈夫从此以后真不来了，这女子于是郁郁不乐而死。阴司的官员认为，她既然已进尼姑庵作了尼姑，就应该遵守佛法，却迷恋淫乐，触犯戒律，应该按有关尼姑的法律判处，提议将她打入泥犁地狱。顾德懋反驳道："尼姑犯淫乱罪触犯戒律，确有明文规定的刑罚，但必须是开始立愿皈依佛法，中途又违背了自己的誓愿，这种情况按僧人的法律来判处，犯罪者即使有一百张嘴巴也无法申辩。这个女子则是无罪而被迫与丈夫分离，希望将来还能破镜重圆，夫妻恩情没有断绝，而且对丈夫忠心不二。只不过因为孤苦伶仃，无处可去，才在尼姑庵中暂且安身。她做尼姑，只可称为毁坏容貌，不可称为奉信佛法；她住在尼姑庵中，只可称为借宿，不可认为是安坐参禅。如果根据她暂时寄居尼庵，就认定她犯了尼姑淫乱的罪孽，那么像北魏时瑶光寺的尼姑夺洛阳男子做夫婿之类的情况,又该判以什么样的罪名呢?至于她怀念过去的丈夫,翻墙幽会,从表面上看好像《诗经·溱洧》中描写的男女相互调情的情形一样,而事情本身却和古诗《上山采蘼芜》中描写的被休弃的妻子见到原来的丈夫的情况相同。他们本来是同衾共枕的人,从道理上说和失节不同。人间的法律对未婚而私下发生性关系的人,仅判以受杖的刑罚,而且还容许交纳钱物赎免。他们的违背礼法,比这还要轻。何况她已经郁郁而死,纵然有小的罪过,也足以抵消了。所以,应该从宽处理,直接让她转生为人。无论是从理还是从情方面考虑,这样都很合适。"这事上报到阎王那里,阎王竟同意按顾德懋的意见办理。这些话是真是假,无法验证。不过就他的意见而言,则确算得是公正的看法。又顾德懋临终前说:自己因为多泄露阴间的事,已被贬为土地神。姑且记下他这一说法,也足以为随便漏泄阴司事情的人提供一个警告。

李印与满答尔

库尔喀喇乌苏（库尔喀喇,译言黑;乌苏,译言水也。）台军李印,尝随都司刘德行山中。见悬崖老松贯一矢,莫测其由。晚宿邮舍,印乃言昔过是地,遥见一骑飞驰来,疑为玛哈沁,伏深草伺之。渐近,则一物似人非人,据马上,马乃野马也。知为怪,发一矢,中之。铿然如钟声,化黑烟去;野马亦惊逸。今此矢在树,知为木妖也。问:"顷见之何不言?"曰:"射时彼原未见我。彼既有灵,恐闻之或报复,故宁默也。"其机警多类此。一日,塔尔巴哈台押逋寇满答尔至,命印接解。以铁杻贯手,以铁链从马腹横锁其足。时已病,奄奄仅一息。与之食,亦不甚咽;在马上每欲倒掷下,赖繋足得不堕。但虑其死，不虑其逃也。至戈壁，两马相并，又作欲堕状。印举手引之。突挺然而起，以杻击印仆马下，即旋辔驰入戈壁去。戈壁东北连科布多，（北路定边副将军所属。）绵亘数百里，古无人迹，竟莫能追。始知其病者伪也。参将岳济，坐是获重谴；印亦长枷。既而伊犁复捕得满答尔。盖额鲁特来降者，赏赉最厚。满答尔贪饵而出，因就擒。讯其何以敢再至。则曰："我罪至重，谅必不料我来；我随众而来，亦必不疑其中有我。"其所计良是，而不虞识其顶上箭瘢也。以印之巧密，而卒为术愚；以满答尔之深险，而卒以诈败。日以心斗，诚不知其所穷。然任智终遇其敌，未有千虑不一失者，则定理也。

【译文】

库尔喀喇乌苏（库尔喀喇，译为汉语是"黑"；乌苏，译为汉语即"水"）的驻军李印，曾随都司刘德经过山中，见悬崖的老松树上穿着一支箭，不知道是怎么回事。晚上他们在驿站住下，李印才说：从前路过这地方时，见一个人骑着马飞驰而来，怀疑是玛哈沁，于是躲在深草中偷望。走近来一看，则是一个又像人又不像人的怪物骑在马上，马也是一匹野马。他知道是妖怪，就射出一支箭，射中时发出"嗡嗡"的像撞钟的声音，妖物化成一道黑烟散去，野马也惊跑了。现在这支箭穿在树上，可知那是个木妖。刘德问他刚才看到时为什么不说，李印答道："射的时候它没有看见我，它既然有神灵，恐怕听到后来报复，所以宁愿沉默。"李印往往就是这样机警。一天，塔尔巴哈台押来一名叫满答尔的强盗，长官命令李印接着押送。李印用铁铐铐住他的手，用铁链从马肚子底下绕上来横锁住他的脚。满答尔当时已患病，虚弱得只剩下奄奄一息。给他食物，他也不大下咽，坐在马上，总要向下倒，只是因为系住了脚，才没掉下来。李印只担心他会死，不担心他会逃。到了戈壁，两人的马并列行走，满答尔又作出要倒下的样子，李印伸手去拉他，他突然挺起，用镖铐把李印砸倒在马下，接着拨转马头，驰入戈壁中去了。戈壁东北面连着科布多（属北路定边副将军管辖），绵延数百里，自古没有人迹，根本无法追捕，这才知道他生病是假装的，参将岳济因此事受到严厉惩处，李印也长期戴枷示众。后来伊犁重新抓到满答尔。原来，额鲁特部落的人来归降的，朝廷给的赏赐很多，满答尔也来想领赏，结果被擒。问他为何敢再来，他说："我的罪最重，估计你们肯定想不到我还会来。我来与很多人在一起，你们肯定不会怀疑其中有我。"他想得也确实周到，没料到人们会认出他头顶上的箭伤疤痕。像李印这样机警细心，结果还是中了圈套；像满答尔这样阴险狡诈，结果还是因使诈而败亡。人们每天都在用心互斗，确实不知心计的巧妙会到什么地步。但专门倚仗心计的人，终究会遇到对手，从来没有千虑而不一失的，这一点则是肯定无疑的道理。

鬼 唱 曲

李义山诗"空闻子夜鬼悲歌"，用晋时鬼歌子夜事也。李昌谷诗"秋坟鬼唱鲍家诗"，则以鲍参军有《蒿里行》，幻宵其词耳。然世固往往有是事。田香沚言：尝读书别业。一夕，风静月明，闻有度昆曲者，亮折清圆，凄心动魄。谛审之，乃《牡丹亭》"叫画"一出也。忘其所以，静听至终。忽省墙外皆断港荒陂，人迹罕至，此曲自何而来？开户视之，惟芦荻瑟瑟而已。

【译文】

　　李商隐的诗句"空闻子夜鬼悲歌"，用的是晋代鬼唱《子夜歌》的典故。李贺的诗句"秋坟鬼唱鲍家诗"，则是因为鲍照写过《蒿里行》，李贺把它说得更加玄乎而已。但世界上往往真有这样的事。田香沚说：他曾经在某个田庄里读书。一天晚上，风静月明，忽听到有唱昆曲的声音，清脆响亮，转折圆畅，使人心神都深受感动。仔细一听，原来是《牡丹亭》的"叫画"这出戏。香沚听得入神，一直听到结束，才忽然想到，墙外面是死港荒坡，很少有人经过，这歌声是从哪里传来的呢？他推开窗户一望，只有芦苇在夜色中瑟瑟摇动而已。

鬼赌背诗

香沚又言：有老儒授徒野寺。寺外多荒冢，暮夜或见鬼形，或闻鬼语。老儒有胆，殊不怖。其僮仆习惯，亦不怖也。一夕，隔墙语曰："邻君已久，知先生不讶。尝闻吟咏，案上当有温庭筠诗，乞录其《达摩支曲》一首焚之。"又小语曰："末句'邺城风雨连天草'，祈写'连'为'粘'，则感极矣。顷争此一字，与人赌小酒食也。"老儒适有温集，遂举投墙外。约一食顷，忽木叶乱飞，旋飚怒卷，泥沙洒窗户如急雨。老儒笑且叱曰："尔辈勿劣相。我筹之已熟：两相角赌，必有一负；负者必怨，事理之常。然因改字以招怨，则吾词曲；因其本书以招怨，则吾词直。听尔辈狡狯，吾不愧也。"语讫而风止。褚鹤汀曰："究是读书鬼，故虽负气求胜，而能为理屈。然老儒不出此集，不更两全乎？"王穀原曰："君论世法也，老儒解世法，不老儒矣。"

【译文】

香沚又说：有个老儒生，在野外一座寺庙里教学生。寺外有很多荒芜的坟墓,晚上有时看到鬼的形状,有时听到鬼的声音。老儒生胆子大,一点也不怕;他的奴仆们习惯了,也不怕。一天晚上,有鬼隔着墙说道:"和你做邻居已经很久了,知道你对我们不感到惊讶。曾经听到你吟诗,你桌上应该有温庭筠诗集。请抄录其中《达摩支曲》一首焚烧。"接着又小声说道:"最后一句'邺城风雨连天草',请你抄的时候把'连'字写成'粘'字,则非常感激。刚才我与人争论这个字,赌了一点酒食。"老儒生正好有温庭筠的诗集,于是拿起扔到墙外。约过了一顿饭时候,忽然树叶乱飞,旋风怒卷,泥沙飞打在窗户上,像急雨一样。老儒生笑着骂道:"你们不要作怪样子,我已经仔细考虑过了。两人相赌,必有一人要输,输的人必然埋怨,这也是常有的事。但因改字而招致埋怨,我就没道理;因为书本身而招致埋怨,我就有道理。随你们要什么花样,我没什么好惭愧的。"他的话刚说完,风就停了。褚鹤汀说:"到底是个读书鬼,所以虽然赌气争胜,还能被道理屈服。然而老儒生不拿出诗集,不是更两全其美吗?"王谷原说:"你讲的是世间人们处事的技巧。老儒生懂得这些技巧,也就不会是个老儒生了。"

伥 鬼 害 虎

司爨王媪言:(即见醉钟馗者。)有樵者伐木山冈,力倦小憩。遥见一人持衣数袭,沿路弃之,不省其何故。谛视之,履险阻如坦途,其行甚速,非人可及;貌亦惨淡不似人,疑为妖魅。登高树瞰之,人已不见。由其弃衣之路,宛转至山坳,则一虎伏焉。知人为伥鬼,衣所食者之遗也。急弃柴自冈后遁。次日,闻某村某甲于是地死于虎矣。路非人径所必经,知其以衣为饵,导之至是也。物莫灵于人,人恒以饵取物。今物乃以饵取人,岂人弗灵哉!利汩其灵,故智出物下耳。然是事一传,猎者因循衣所在，得虎窟，合铳群击，殪其三焉。则虎又以智败矣。辗转倚伏，机械又安有穷欤？或又曰："虎至悍而至愚，心计万万不到此。闻伥役于虎，必得代乃转生。是殆伥诱人自代，因引人捕虎报冤也。"伥者人所化，揆诸人事，固亦有之。又惜虎知伥助己，不知即伥害己矣。

【译文】

烧饭的王老太（即见到过醉钟馗的）说：有个砍柴人在山冈上砍树，砍累了休息一会，远远望见一个人拿着几件衣服，一路走一路丢，不明白是什么缘故。仔细再看，只见他踏过非常险峻的地方就像走大路一样，而且速度很快，不是人可以做到的。他的相貌也灰暗，不像是人，怀疑是妖怪。砍柴人于是爬到高树上再看，那人已经不见了。砍柴人沿着他丢衣服的路转来转去，来到一个山坳，看见有一只老虎伏在那里。他知道那人是伥鬼，衣服是被老虎吃掉的人留下的，于是急忙丢掉柴，从山冈后面逃回家。第二天，就听说某村某某人在这个地方被老虎吃掉了。这条路不是人们行走要经过的，所以它用衣服作诱饵，把人引去。万物没有比人还聪明的，人总是用诱饵去捕取动物，现在动物却以诱饵捕取人。难道是人不聪明了吗？利欲扰乱蒙住了他的聪明，所以智慧反而在动物之下了。但这事传开后，猎人沿着衣服所在的路线，找到了虎洞。许多土枪齐放，打死了三只老虎，则老虎又是因为运用智谋而招致败亡了。辗转倚伏，世界上的狡计智谋又怎会有尽头呢？又有人说："虎最凶悍而又最愚蠢，心计万万不可能达到这个水平。据说被虎吃的人变为伥鬼，它们要侍候老虎，待有新伥鬼来代替，它们才能转生。这事大约是伥鬼引诱人来代替自己，同时也把猎人引来捕杀老虎，替自己报怨。"伥鬼是人变的，根据人间的事情来判断，这很有可能。又可惜老虎知道伥鬼帮助自己，却不知道就是伥鬼害了自己。

真 道 士

梁豁堂言：有粤东大商，喜学仙，招纳方士数十人，转相神圣，皆曰冲举可坐致。所费不资，然亦时时有小验，故信之益笃。一日，有道士来访，虽敝衣破笠，而神意落落，如独鹤孤松。与之言，微妙玄远，多出意表。试其法，则驱役鬼神，呼召风雨，如操券也；松鲈、台菌、吴橙、闽荔，如取携也；星娥琴筝，玉女歌舞，犹仆隶也。握其符，十洲三岛，可以梦游。出黍颗之丹，点瓦石为黄金，百炼不耗。粤商大骇服。诸方士自顾不及，亦稽首称圣师，皆愿为弟子，求传道。道士曰："然则择日设坛，当一一授汝。"至期，道士登座，众拜讫。道士问："尔辈何求？"曰："求仙。"问："求仙何以求诸我？"曰："如是灵异，非真仙而何？"道士轩渠良久，曰："此术也，非道也。夫道者冲漠自然，与元气为一，乌有如是种种哉！盖三教之放失久矣。儒之本旨，明体达用而已。文章记诵，非也；谈天说性，亦非也。佛之本旨，无生无灭而已。布施供养，非也；机锋语录，亦非也。道之本旨，清净冲虚而已。章咒符箓，非也；炉火服饵，亦非也。尔所见种种，是皆章咒符箓事，去炉火服饵，尚隔几尘，况长生乎？然无所征验，遽斥其非，尔必谓誉其所能，而毁其所不能，徒大言耳。今示以种种能为，而告以种种不可为，尔庶几知返乎！儒家释家，情伪日增，门径各别，可勿与辩也。吾疾夫道家之滋伪，故因汝好道，姑一正之。"因指诸方士曰："尔之不食，辟谷丸也。尔之前知，桃偶人也。尔之烧丹，房中药也。尔之点金，缩银法也。尔之入冥，茉莉根也。尔之召仙，摄灵鬼也。尔之返魂，役狐魅也。尔之搬运，五鬼术也。尔之辟兵，铁布衫也。尔之飞跃，鹿卢蹻也。名曰道流，皆妖人耳。不速解散，雷部且至矣。"振衣欲起。众牵衣叩额曰："下士沉迷，已知其罪；幸逢仙驾，是亦前缘。忍不一度脱乎？"道士却坐，顾粤商曰："尔曾闻笙歌锦绣之中，有一人挥手飞升者乎？"顾诸方士曰："尔曾闻炫术鬻财之辈，有一人脱屣羽化者乎？夫修道者须谢绝万缘，坚持一念，使此心寂寂如死，而后可不死；使此气绵绵不停，而后可长停。然亦非枯坐事也。仙有仙骨，亦有仙缘。骨非药物所能换，缘亦非情好所能结。必积功累德，而后列名于仙籍，仙骨以生；仙骨既成，真灵自尔感通，仙缘乃凑。此在尔辈之自度，仙家安有度人法乎？"因索纸大书十六字曰："内绝世缘，外积阴骘；无怪无奇，是真秘密。"投笔于案，声如霹雳，已失所在矣。

【译文】

梁豁堂说：广东东部有个大商人，喜欢学仙，招纳了几十个方士。这些方士互相吹嘘神化，都说升天成仙很容易办到。他们花掉的钱财无数，但也常常有些小的灵验，所以商人越来越相信他们。一天，有个道士来访，虽然穿着旧衣，戴着破笠，但神情清高洒脱，像独飞的鸿鹤，又像孤耸的青松。与他交谈，他的话微妙玄远，多出人意表。请他演示法术，则驱使鬼神，呼召风雨，像手持凭证向人取物一样有绝对把握；要变出松江的鲈鱼、台州的菌子、吴地的橙子、福建的荔枝等，就像取随身带着的东西一样容易；要召来嫦娥弹琴、织女唱歌跳舞，就像使唤奴仆一样；握住他画的符，则人们在梦中可以游遍十洲三岛；他拿出黍米大一颗金丹，用它将瓦片石头一点，就变为黄金，而且冶炼一百遍也不会损耗。商人非常吃惊信服，众多方士也自以为不及，都叩头称他为"圣师"，愿意做他的徒弟，求他传授大道。道士说："那么就挑个日子设坛，我将一一传授给你们。"到了选定的日期，道士登上座位，众人拜过，道士问道："你们求什么？"回答说"求仙"；又问"求仙为什么求我？"回答说："你的法术如此灵验奇异，你不是真正的仙人又是什么呢？"道士笑了好一阵，然后说："这都是些巧术，不是道。所谓道是虚静自然，与天地的元气为一体的，哪有这种种花样呢？儒、佛、道三教丧失本来面目已经很久了。儒教的根本宗旨是明白事体并能够实用而已，专门写文章、比背诵则不是，空谈天地性理之类的话题也不是；佛教的根本宗旨是无生无灭而已，讲施舍供佛像等不是，逗机锋传语录也不是；道教的根本宗旨是清净空虚而已，念咒画符则不是，炼丹服药也不是。你们前次看到的种种法术，都属于念咒画符一类，离炼丹服药还隔几层，何况成仙长生不老呢？然而我如果在这方面不显示一些灵验，而直接指出它们的谬误，你们肯定会说我是抬高自己所擅长的东西，而贬低自己不能做的事情，只是说大话而已。现在我既已经证明能做这些事情，然后告诉你们这些事情不应做，你们或许能够醒悟回头了吧。儒家、佛家越变越虚伪，因为他们与我们门户不同，路数各异，所以不必与他们辩论。我痛恨的是我们道家也日益虚伪，所以借你们求道的机会，姑且作一次纠正。"他随即一一指着众方士说："你不吃饭，是服了辟谷丸；你能预先知道将要发生的事，是用了桃木作偶人的法术；你炼的丹，实际上就是春药；你点石成金，用的是缩银法；你能使人产生进入阴间的幻觉，是用了茉莉根作迷魂药；你说能招来仙人，实际上是摄来灵鬼；你能使人返魂复生，实际上是驱使狐狸精借尸体复生；你能奇妙地搬运东西，用的是五鬼术；你能够刀剑不入，是练了铁布衫的功夫；你能飞跃得很高很远，是学了鹿卢跻的功夫。你们自称道士，实际上都是些妖人。你们还不解散离去，雷神就要来击你们了。"这道士把衣一掀,正要起身,众人扯住他的衣服叩头说:"我们这些下等人物一直沉迷在妖术中,现在已知道自己的罪过了。有幸碰上你来到这里,这也是前定的缘分,你忍心不超度我们吗?"道士退后重新坐下,看着大商人说:"你曾听到生活在锦绣歌舞这种环境中的人有一个挥手升天成仙了的吗?"又对众方士说:"你们曾听说卖弄法术骗取钱财的人中有一个脱离红尘成仙了的吗?所谓修道,必须断绝一切俗缘,坚持一个信念,使自己的心寂寂好像死了一样,然后才可以不死;使自己的气息只剩下一丝不停,然后才可以长停下来。但要达到这种境界,也不仅仅靠枯燥地呆坐着。成仙要有仙骨,还要有仙缘,仙骨不是靠药物能够换成的,仙缘也不是仅靠有学仙的爱好就能结成的。必须积蓄功德,然后你的名字才能被列入仙人的名册,然后就可以生出仙骨;仙骨既已长成,与仙灵之间自然互相感应,仙缘也就会合了。这事都靠你们自己超度自己,仙人哪有超度人的方法呢?"道士接着要了一张纸,写了十六个大字:"内绝世缘,外积阴骘,无怪无奇,是真秘密。"写完,他将笔扔在桌上,发出像霹雳一样的响声。众人再看时,他已经不见了。

王洪生家狐

表伯王洪生家,有狐居仓中,不甚为祟;然小儿女或近仓游戏,辄被瓦击。一日,厨下得一小狐,众欲捶杀以泄愤。洪生曰:"是挑衅也。人与妖斗,宁有胜乎?"乃引至榻上,哺以果饵,亲送至仓外。自是儿女辈往来其地,不复击矣。此不战而屈人也。

【译文】
我的表伯王洪生家有狐狸,住在仓中,不大为害,但小孩子如果靠近仓房游戏,就会被瓦片飞来击中。一天,家里人在厨房抓到一只小狐狸,都提议把它捶死,以发泄愤怒。王洪生说:"这是挑起事端引来麻烦,人与妖怪斗,哪有斗赢的呢?"于是他把小狐狸放在床上,用果子点心等喂它,然后亲手送到仓房旁。从此以后,小孩们经过那地方,再也没有瓦片飞击来了。这是不通过战斗而使它屈服了。

狐婢绿云

又舅氏安公五占,居县东留福庄。其邻家二犬,一夕吠甚急。邻妇出视无一人,惟闻屋上语曰:"汝家犬太恶,我不敢下。有逃婢匿汝家灶内,烦以烟熏之,当自出。"妇大骇,入视灶内,果嘤嘤有泣声。问是何物,何以至此?灶内小语曰:"我名绿云,狐家婢也。不胜鞭捶,逃匿于此,冀少缓须臾死,惟娘子哀之。"妇故长斋礼佛,意颇怜悯,向屋仰语曰:"渠畏怖不出,我亦实不忍火攻。苟无大罪,乞仙家舍之。"(里俗呼狐曰仙家。)屋上应曰:"我二千钱新买得,那能即舍?"妇曰:"二千钱赎之,可乎?"良久,乃应曰:"是或尚可。"妇以钱掷于屋上,遂不闻声。妇扣灶呼曰:"绿云可出,我已赎得汝。汝主去矣。"灶内应曰:"感活命恩,今便随娘子驱使。"妇曰:"人那可蓄狐婢,汝且自去;恐惊骇小儿女,亦慎勿露形。"果似有黑物瞥然逝。后每逢元旦,辄闻窗外呼曰:"绿云叩头。"

【译文】

又我舅舅安五占先生,住在县东面的留福庄,他邻居家有二条狗。一天晚上,狗叫得很凶,邻居的妻子出来看,又不见一人,只听屋上有个声音说:"你家的狗太凶,我不敢下来。有个逃出来的婢女,躲在你家的灶内,麻烦你用烟熏她,她自己会出来的。"邻居的妻子大惊,进屋朝灶内一看,果然里面有"嘤嘤"的哭泣声,她问:"你是什么东西,为什么跑到这里来?"灶内小声说道:"我叫绿云,是狐狸家的婢女,受不了鞭打,逃来藏在这里,希望延缓一下死亡,盼娘子可怜我。"邻居的妻子本来一直吃素拜佛,很是怜悯她,于是抬起头向屋上说:"她害怕不敢出来,我也实在不忍心用火烧她。如果她没有大的罪过,求仙家(乡里人习惯称狐狸为"仙家")放了她罢。"屋上回答道:"我用两千钱刚买来不久,怎能就放了她?"邻居的妻子说:"用两千钱赎她可以吗?"过了好一会儿屋上才回答:"这或许还可以。"邻居的妻子把钱扔到屋上,于是再没听到声音了。她敲着灶说:"绿云,你可以出来了,我已经赎出你了,你的主人已经去了。"灶内答道:"感谢救命之恩,从现在起便随娘子使唤。"邻居的妻子说:"人怎么可以使唤狐狸婢女呢?你自己走吧。恐怕吓着孩子,还请你不要露出形体。"果然像有一件黑东西,一晃就不见了。后来每逢正月初一,就听到窗外有像奴仆拜见的声音:"绿云叩头。"

羊 骨 卜

蒙古以羊骨卜,烧而观其坼兆,犹蛮峒鸡卜也。霍丈易书在葵苏图军台时,有老妇解此术。使卜归期。妇侧睨良久,曰:"马未鞍,人未冠,是不行也;然鞍与冠皆已具,行有兆矣。"越数月,又使卜。妇一视即拜曰:"马已鞍,人已冠矣,公不久其归乎!"既而果赐环。

又大学士温公言:曩征乌什,俘回部十余人,禁地窖中。一日,指口诉饥。投以杏。众分食讫,一年老者握其核,喃喃密祝,掷于地上,观其纵横奇偶,忽失声哭。其党环视，亦皆哭。既而骈诛之牒至。疑其法如火珠林钱卜也。是与蓍龟虽不同，然以骨取象者，龟之变；以物取数者，蓍之变。其藉人精神以有灵，理则一耳。

【译文】
　　蒙古人用羊骨头占卜，把羊骨头烧过后看它开坼的纹路，就好像南方的苗族、侗族等少数民族用鸡占卜一样。霍易书老前辈在葵苏图军台时，有个老妇会这种卜术，霍先生请她预卜自己什么时候能回内地，老妇歪着头看了很久，说："马还没系上鞍，人还没戴上帽子，是走不成。但鞍和冠都已经准备好了，走是有希望了。"过了几个月，又请她占卜，老妇看了一眼就下拜说："马已系上鞍，人已戴上帽子，您不久就要回去了。"不久果然皇帝命他返回内地。
　　又大学士温公说，从前征讨乌什时，俘虏了十几个回族人，监禁在地窖里。一天，他们指着自己的口诉说饿了，于是丢给他们一些杏子，他们分着吃完了。一个年老的握着杏核，口里念念有词暗暗祈祷，把杏核丢在地上，看它们的横竖排列以及是双数还是单数，忽然放声痛哭。他的同伴围过去看，也都哭起来，不久将他们一齐斩首的命令就下达了。怀疑他们的方法与用火珠林钱占卜相同。这些东西虽与蓍草、龟甲不同，但从骨头上看图像，是用龟甲的变种；从物体上看数字，是用蓍草的变种。它们都是靠人的精神感应而有灵验，道理是一样的。

公狐母狐分护男女

　　康熙癸巳秋，宋村厂佃户周甲，不胜其妇之捶楚，夜伺妇寝，逃匿破庙，将待晓，介邻里乞怜。妇觉之，追迹至庙，对神像数其罪，叱使伏受鞭。庙故有狐。鞭甫十余，方哀呼，群狐合噪而出，曰："世乃有此不平事！"齐夺甲置墙隅，执其妇，裸无寸缕，即以其鞭鞭之，至流血未释。突狐妇又合噪而出，曰："男子但解护男子。渠背妻私昵某家女，不应死耶？"亦夺其妇置墙隅，而相率执甲。群狐格斗争救，喧哄良久。守田者疑为劫盗，大呼鸣铳为声援。狐乃各散。妇已委顿，甲竭蹶负以归。王德庵先生时设帐于是，见妇在途中犹喃喃骂也。先生尝曰："快哉诸狐！可谓礼失而求野。狐妇乃恶伤其类，又别执一理，操同室之戈。盖门户分而朋党起，朋党盛而公论淆，缪辀纷纭，是非蜂起，其相轧也久矣。"

【译文】

康熙五十二年秋天，宋村厂的佃户周甲受不了他妻子的鞭打，晚上乘妻子睡觉之机逃出来，藏在破庙里，想等天亮后请邻居帮助求饶。他妻子发觉后追到庙里，对着神像数落他的罪过，命他伏在地上接受鞭打。这庙里历来有狐狸居住，刚抽了十几下，周甲正在哀叫，一群狐狸一齐嚷着冲出来，说："世界上竟有这样不合理的事吗？"它们一齐抢过周甲，把他放在墙边，然后抓住他妻子，剥得不剩一条丝，就用她的鞭子抽她，一直抽到流血还不肯放手。突然狐狸的妻子们又一齐嚷着冲出来，说："男人只知道护着男人，他背着妻子偷偷和某家女子相好，不该死吗？"它们也抢过周甲的妻子，把她放在墙边，而一齐来抓周甲。于是狐狸们乱打一团，闹哄哄吵了很久。守庄稼的人以为是强盗来了，都大叫大喊，放土枪作声援，狐狸们才各自散去。周甲的妻子已被打得瘫软在地，周甲东倒西歪背着她回家。王德庵先生当时正在当地私塾教书，见她在路上还口里喃喃骂个不停。先生曾经说："真令人痛快啊，这些狐狸。这真可以说是礼仪在朝廷里已经丧失了，只能在乡下偏僻的地方去找；人间的礼仪已丧失了，只有在狐狸那儿去找。狐狸的妻子们因痛恨伤害它们的同类，又另外根据一种道理，于是与它们的丈夫们打起来。门派主张一有区别，人们就各自结成朋党；朋党兴盛，则公正的看法就被混淆掩盖了。于是相互纠缠，是是非非纷纭复杂，彼此倾轧，这种情况存在已经很久了。"

知礼之狐

张铉耳先生家，一夕觅一婢不见，意其逋逃。次日，乃醉卧宅后积薪下。空房锁闭，不知其何从入也。沃发渍面，至午乃苏。言昨晚闻后院嬉笑声，稔知狐魅，习惯不惧，窃从门隙窥之。见酒炙罗列，数少年方聚饮。俄为所觉，遽跃起拥我逾墙入。恍惚间如睡如梦，噤不能言，遂被逼入坐。陈酿醇酽，加以苛罚，遂至沉酣，不记几时眠，亦不知其几时去也。铉耳先生素刚正，自往数之曰："相处多年，除日日取柴外，两无干犯。何突然越礼，以良家婢子作倡女侑觞？子弟猖狂，父兄安在？为家长者宁不愧乎？"至夜半，窗外语曰："儿辈冶荡，业已笞之。然其间有一线乞原者：此婢先探手入门，作谑词乞肉，非出强牵。且其月下花前，采兰赠芍，阅人非一，碎璧多年，故儿辈敢通款曲。不然，则某婢某婢色岂不佳，何终不敢犯乎？防范之疏，仆与先生似当两分其过，惟俯察之。"先生曰："君既笞儿，此婢吾亦当痛笞。"狐哂曰："过摽梅之年，而不为之择配偶，郁而横决，罪岂独在此婢乎？"先生默然。次日，呼媒媪至，凡年长数婢尽嫁之。

【译文】

　　张铉耳先生家有天晚上不见了一个婢女,以为她逃走了。第二天才发现她醉躺在住宅后面的柴堆下,那间空房子锁着,不知她是怎么进去的。用冷水浇她的头发和脸,到中午她才苏醒,说:"昨晚听到后院有嬉笑声,我知道是狐狸精,因习惯了,并不害怕。我从门缝朝里面偷看,只见摆列着许多酒菜,几个年轻人正在一起饮酒,不久它们发现了我,突然跳起来挟着我翻墙进去,恍惚中我如睡如梦,口里发不出声音,于是被逼迫入座。它们摆出陈年好酒,罚我多喝,我于是大醉,记不清是什么时候睡着的,也不知道它们什么时候离去。"铉耳先生素来刚强正直,亲自到后院斥责道:"我们一起相处多年,除每天取柴外,互不侵犯,为什么突然违背礼法,把好人家的婢女当娼妓,让她陪酒?子弟如此胡作非为,他们的父兄到哪里去了,做家长的难道不惭愧吗?"到了半夜,窗户外有个声音说道:"儿辈们放荡无礼,我已经鞭打过了。但这里面有一点希望能得到谅解:这婢女先把手伸进门,讲些嘻皮笑脸的话讨肉吃,不是被强行拉进来的。而且她花前月下与人偷偷约会,互赠信物,交往的人不止一个,早就不是处女了,所以儿辈们敢于与她交往。不然的话,另外某个某个婢女难道不漂亮吗?为什么儿辈们一直不敢冒犯她们呢?防范不严,我与先生好像应该分担这个责任,希望你考虑考虑。"铉耳先生说:"你既已鞭打儿子,这婢女我也应该痛打一顿。"狐狸笑了一下,说:"她过了找配偶的年龄,而不替她挑选一个丈夫。她偶尔因压抑而发泄,罪过难道只在这婢女身上吗?"铉耳先生沉默不语了。第二天,他叫来媒婆,凡是年纪大的几个婢女全部嫁掉。

杜　　奎

　　邱县丞天锦言:西商有杜奎者,不知其乡贯,其语似泽、潞人也。刚劲有胆,不畏鬼神,空宅荒祠,所至恒檠被独宿,亦无所见闻。偶行经六盘山麓,日已曛黑,遂投止。废堡破屋,荒烟蔓草,四无人踪。度万万无寇盗,解装绊马,拾枯枝爇火御寒竟,展衾安卧。方欲睡间,闻有哭声。谛听之,似在屋后,似出地下。时楄榅方燃,室明如昼,因侧眠握刀以待之。俄声渐近,已在窗外黑处,呜呜不已;然终不露形。杜叱问曰:"平生未曾见尔辈。是何鬼物?可出面言。"暗中有应者曰:"身是女子,裸无寸缕,愧难相见。如不见弃,许入被中,则有物蔽形,可以对语。"杜知其欲相媚惑,亦不惧之,微哂曰:"欲入即入。"阴风飒然,已一好女共枕矣。羞容觍觍,掩面泣曰:"一语才通,遽相偎倚。人虽冶荡,何至于斯?缘有苦情,迫于陈诉,虽嫌造次,勿讶淫奔。此堡故群盗所居,妾偶独行,为其所劫,尽褫衣裳簪珥,缚弃涧中。夏浸寒泉,冬埋积雪,沉阴沍冻,万苦难名。后恶党伏诛,废为墟莽。无人可告,茹痛至今。幸空谷足音,得见君子,机缘难再,千载一时。故忍耻相投,不辞自献,拟以一宵之爱,乞市薄榇,移骨平原。庶地气少温,得安营魄。倘更作佛事,超拔转轮,则再造之恩,誓世世长执巾栉。"语讫拭泪,纵体入怀。杜慨然曰:"本谓尔为妖,乃沉冤如是!吾虽耽花柳,然乘人窘急,挟制求欢,则落落丈夫,义不出此。汝既畏冷,无妨就我取温;如讲幽期,则不如径去。"女伏枕叩额,亦不再言。杜拥之酣眠,帖然就抱。天晓,已失所在。乃留数日,为营葬营斋。越数载归里,有邻家小女,见杜辄恋恋相随。后老而无子,求为侧室。父母不肯。女自请相从,竟得一男。知其事者,皆疑为此鬼后身也。

【译文】

　　邱天锦县丞说：有个西部商人叫杜奎，不知他的籍贯，听他的口音好像是山西泽州、潞州一带人。他胆子大，不怕鬼神，每到一地，不管是空住宅还是荒凉的祠庙，他总是带着铺盖卷独自一人住进去，也没见到或听到什么。偶尔有一次经过六盘山麓，天色已晚，他于是走进一座废弃的地堡中，周围只有荒烟蔓草，没有人经过的痕迹。杜奎估计这里决不可能有强盗，于是解开行李，系好马，捡些枯树枝生起火御寒，然后铺开被卷安心躺下。他正要入睡时，听到有哭声，仔细一听，好像在屋后，又好像是从地下传出来的。当时火堆正烧着，照得屋里像白天一样明亮。杜奎于是侧身躺着，拿起一把刀等候。不久那声音渐渐靠近，已到了窗户外的黑暗处，呜呜哭个不停，但还是不显露形体。杜奎喝道："我平生没见过你们这一类，是什么鬼东西，可以出来当面说话。"暗中有声音回答道："我是个女子，身上一丝不挂，羞愧难以相见。如你不嫌弃，让我钻进被子中，则有东西遮盖形体，就可以对话了。"杜知道她是想迷惑自己，但也不害怕，微笑一下，说："想进来就进来。"只见一阵阴风吹过，则已有一个美貌女子躺在身旁了。她十分害羞，神情腼腆，遮住自己的脸哭道："刚讲一句话，就来和您偎依在一起，即使淫荡的人也不会达到这个地步。只因为我有苦难的经历要向您陈诉，虽嫌太唐突了，但请您不要怀疑为淫乐而来。这个地堡原来住着一群强盗，我偶尔独自路过，遭到他们袭击。他们把我身上的衣服首饰全部剥去，捆绑着扔在山涧中。我夏天被寒冷的泉水浸泡，冬天被厚厚的积雪压埋，寒气彻骨，所受的苦难难以用言语描述。后来这群凶恶的强盗被捉住处死，这个地堡便荒芜成了废墟。我无人可以告诉，满含痛苦直到今天。幸得空空的山谷中听到有人走路的脚步声，得以见到您。这样的机会缘分恐怕再也不会有了，千年也许就这么一次。所以我忍着羞耻，不惜自动献出身体。希望凭一个晚上的欢爱，能求您为我买一具薄薄的棺材，把尸骨移到平地上埋葬。这样地下的气温多少暖和一点，使我的魂魄能住得稍安稳一些。如果您还能为我作作佛事，超度我转生，则我发誓一定世世代代永做您的妻妾侍候您，以报答使我重生的恩德。"说完，她擦干眼泪，钻进杜奎的怀里。杜奎慷慨地说道："本以为你是妖怪,没想到你含着这么深的冤恨。我虽然喜欢玩女人,但乘着别人危急时,通过要挟求得欢乐,则堂堂大丈夫决不肯做这种事。你既然怕冷,可以靠着我取暖,如果要性交,则你不如快走。"女子伏在枕上叩头,也不再说什么。杜奎抱着她大睡,她也很温顺地让他抱着。天亮时,她已不见了。于是杜奎在这里留了几天,为她料理埋葬,又为她作了佛事。几年以后,杜奎回到家乡,有个邻居家的小女孩一见杜奎,就恋恋不舍地跟在后面。后来杜奎年老了还没有儿子,请求娶她为妾,她的父母不肯,女孩主动请求嫁他,后来竟生了个儿子。知道前面的事情的人,都怀疑女孩是那个女鬼转生。

珊 瑚 钩

《宋书·符瑞志》曰:珊瑚钩,王者恭信则见。然不言其形状,盖自然之宝也。杜工部诗曰:"飘飘青琐郎,文采珊瑚钩。"似即指此。萧诠诗曰:"珠帘半上珊瑚钩。"则以珊瑚为钩耳。余见故大学士杨公一带钩,长约四寸余,围约一寸六七分。其钩就倒垂桠杈,截去附枝,作一螭头。其系绦缳柱,亦就一横出之瘿瘤,作一芝草。其干天然弯曲,脉理分明,无一毫斧凿迹,色亦纯作樱桃红,殆为奇绝。其挂钩之环,则以交柯连理之枝,去其外歧,而存其周围相属者,亦似天成。然珊瑚连理者多,佩环似此者亦多,不为异也。云以千四百金得诸洋舶。此在壬午、癸未间,其时珊瑚易致,价尚未昂云。

【译文】

《宋书·符瑞志》说:"珊瑚钩,国王恭敬有礼守信用,它就出现。"但没有描绘它的形状，大约它是一种自然生成的宝物。杜甫诗中说的"飘飘青琐郎，文采珊瑚钩"，似乎就是指的这种东西。萧诠诗中说的"珠帘半上珊瑚钩"，则是用珊瑚做成的钩而已。我见过已故大学士杨公家有一只带钩，长约四寸余，粗约一寸六七分。它的钩是就倒垂的枝丫截去附枝，做成一个螭头的形状。它上面系丝绳的圆环的柱子，也是靠近一个横长出的瘿瘤做成一根芝草的形状。它的主干天然弯曲，脉络纹理分明，没有一丝一毫斧凿的痕迹，颜色也纯呈樱桃红，可以算是奇绝之宝。挂钩的环则是用两株树孪生为一体的连理木的树枝，去掉外面的分杈，而留下那连成一体的一段，也好像是自然生成的。珊瑚连为一体的很多，佩环像这样子的也不少，不足为奇。据说它是用一千四百两银子从西洋商船上买到的，这事在壬午、癸未年间，当时珊瑚还容易得到，价格还没有高起来。

温 公 玉

又余在乌鲁木齐时，见故大学士温公有玉一片，如掌大，可作臂阁。质理莹白，面有红斑四点，皆大如指顶，鲜活如花片，非血浸，非油炼，非琥珀烫，深入腠理，而晕脚四散，渐远渐淡，以至于无，盖天成也。公恒以自随。木果木之战，公埋轮縶马，慷慨捐生。此物想流落蛮烟瘴雨间矣。

【译文】

我在乌鲁木齐时，见到已故大学士温公有一块玉，像手掌那么大，可以做臂阁。它质地晶莹洁白，面上有四个红色斑点，都像手指头那么大，颜色鲜艳，栩栩如生，很像花瓣。它不是用血浸成的，不是用油炼成的，也不是用琥珀烫成的。它们的颜色浸透到里面，而晕脚四面散开，渐远渐淡，以至于消失，大约是自然生成的。温公总是把它带在身边。木果木之战,温公坚守阵地浴血奋战,慷慨捐躯,这块玉想必已流落在充满瘴气淫雨的蛮夷之地了。

玉　　簪

又尝见贾人持一玉簪,长五寸余,圆如画笔之管,上半纯白,下半莹澈如琥珀,为目所未睹。有酬以九百金者,坚不肯售。余终疑为药炼也。

【译文】
又曾见商人拿着一支玉簪,长五寸余,圆圆的像画笔的笔管,上半截是纯白色,下半截晶莹透明像琥珀,是我所从未见到过的。有人出价九百两银子,商人坚决不肯卖,但我一直怀疑它是用药炼成的。

玉　　蟹

五十年前,见董文恪公一玉蟹,质不甚巨,而纯白无点瑕。独视之亦常玉,以他白玉相比,则非隐青即隐黄隐赭,无一正白者,乃知其可贵。顷与柘林司农话及,司农曰:"公在日,偶值匮乏,以六百金转售之矣。"

【译文】
五十年前,我见董文恪公家有一块玉蟹,形体不大,但颜色纯白,没有一点斑瑕。单独看它,也就是块一般的玉;用其他的白玉比着看,则它们不是隐隐现出青色,就是隐隐现出黄色或赭红色,没有一块是纯白色的,这才知道它的可贵。最近我与户部尚书柘林提及此事，他说：董文恪公在世的时候，偶尔遇上缺钱用，已以六百两银子转卖给他人了。

亡祖训孙

益都有书生，才气飚发，颇为隽上。一日，晚凉散步，与村女目成。密遣仆妇通词，约某夕虚掩后门待。生潜踪匿影，方暗中扪壁窃行，突火光一掣，朗若月明，见一厉鬼当户立。狼狈奔回，几失魂魄。次日至塾，塾师忽端坐大言曰："吾辛苦积得小阴骘，当有一孙登第。何逾墙钻穴，自败成功？幸我变形阻之，未至削籍，然亦殿两举矣。尔受人脩脯，教人子弟，何无约束至此耶？"自批其颊十余，昏然仆地。方灌治间，宅内仆妇亦自批其颊曰："尔我家三世奴，岂朝秦暮楚者耶？幼主妄行当劝戒，不从则当告主人。乃献媚希赏，几误其终身，岂非负心耶？后再不悛，且褫尔魄！"语讫，亦昏仆。并久之，乃苏。门人李南涧曾亲见之。盖祖父之积累如是其难，子孙之败坏如是其易也，祖父之于子孙如是其死尚不忘也，人可不深长思乎！然南涧言此生终身不第，颓颔以终。殆流荡不返，其祖亦无如何欤？抑或附形于塾师，附形于仆妇，而不附形于其孙，亦不附形于其子，犹有溺爱者存，故终不知惩欤？

【译文】

益都有个书生，才华横溢，出类拔萃。一天晚上很凉爽，他外出散步，与同村一个女子以目传情，于是他暗中派家中一个仆人的妻子偷偷去传话，约定某天晚上女子虚掩后门等待。到了这天晚上，书生躲躲闪闪出门，正当他暗中摸着墙壁往前走时，突然火光一闪，像月亮一样明亮，只见一个凶神恶煞的鬼站在门口。书生连滚带爬逃回，魂都差一点吓掉了。第二天到私塾，私塾的老师忽然端端正正坐着大声说道："我辛辛苦苦积了一些小阴德，应该有一个孙子考中科举。他为什么要翻墙钻洞与人私通，自己毁坏前程？幸亏我变幻成恶鬼的形状把他阻止住，不至于让他从名籍中削除，但中举也要推迟两科了。你接受了人家的报酬，教人家的子弟，为什么不加管教到这个地步呢？"老师自己打脸打了十几下，然后昏迷倒地。家里人正在灌水救治时，住宅内仆人的妻子也打起自己的脸来，说："你三代人都在我家做奴仆，难道和那些今天在东家做明天在西家做的奴仆一样吗？小主人胡作非为，你应加以劝阻；如果他不听，则应该告诉主人。你反而讨好他，希图赏钱，差一点误了他的终身，这难道不是负心的行为吗？以后再不悔改，我就要你的命。"说完，她也昏迷倒地，过了好久才苏醒。我的学生李南涧曾亲眼见到这件事。祖父父亲积德是这样的艰难，子孙们要败坏它又是这样的容易。祖父父亲对于子孙，又是这样的死了还不忘记。每个人难道不应该好好想一想吗？然而南涧说这个书生终身也没考上举人进士，潦倒而死。大约是浪荡而不肯回头，他的祖父也无可奈何么？或者是因为他祖父附在老师身上，又附在仆人妻子身上，而不附在孙子身上，也不附在儿子身上，是对儿孙有溺爱之心，所以终究不能对孙子加以严惩么？

罗生招狐妾

狐魅，人之所畏也，而有罗生者，读小说杂记，稔闻狐女之姣丽，恨不一遇。近郊古冢，人云有狐，又云时或有人与狎昵。乃诣其窟穴，具贽币牲醴，投书求婚姻，且云或香闺娇女，并已乘龙，或鄙弃樗材，不堪倚玉，则乞赐一艳婢，用充贵媵，衔感亦均。再拜置之而返，数日寂然。一夕，独坐凝思，忽有好女出灯下，嫣然笑曰："主人感君盛意，卜今吉日，遣小婢三秀来充下陈，幸见收录。"因叩谒如礼，凝眸侧立，妖媚横生。生大欣慰，即于是夜定情。自以为彩鸾甲帐，不是过也。婢善隐形，人不能见；虽远行别宿，亦复相随，益惬生所愿。惟性饕餮，家中食物，多被窃。食物不足，则盗衣裳器具，鬻钱以买，亦不知谁为料理，意有徒党同来也。以是稍谯责之，然媚态柔情，摇魂动魄，低眉一盼，亦复回嗔。又冶荡殊常，蛊惑万状，卜夜卜昼，靡有已时，尚嗛嗛不足。以是家为之凋，体亦为之敝。久而疲于奔命，怨詈时闻，渐起衅端，遂成仇隙。呼朋引类，妖祟大兴，日不聊生。延正一真人劾治，婢现形抗辩曰："始缘祈请，本异私奔；继奉主命，不为苟合。手札具存，非无故为魅也。至于盗窃淫佚，狐之本性，振古如是，彼岂不知？既以耽色之故，舍人而求狐；乃又责狐以人理，毋乃悖欤？即以人理而论，图声色之娱者，不能惜蓄养之费。既充妾媵，即当仰食于主人；所给不敷，即不免私有所取。家庭之内，似此者多。较攘窃他人，终为有间。若夫闺房燕昵，何所不有？圣人制礼，亦不能立以程限；帝王定律，亦不能设以科条。在嫡配尚属常情，在姬侍尤其本分。录以为罪，窃有未甘。"真人曰："鸠众肆扰，又何理乎？"曰："嫁女与人，意图求取。不满所欲，聚党喧哄者，不知凡几，未闻有人科其罪，乃科罪于狐欤？"真人俯思良久，顾罗生笑曰："君所谓求仁得仁，亦复何怨。老夫耄矣，不能驱役鬼神，预人家儿女事。"后罗生家贫如洗,竟以瘵终。

【译文】

　　狐狸精是人们所害怕的,但有一个罗生,读小说杂记很多,见里面总是说狐女如何美丽,恨不能遇到一个。近郊有座古坟,人们说里面有狐狸,又说常常有人与那里的狐女亲热,于是罗生来到洞穴前,摆上礼物祭品,投进一封书信,请求狐女与他结婚,并说:要是狐狸小姐们都已经嫁人,或者看不起自己,认为粗蠢不配作狐狸小姐们的丈夫,则请求赏一个漂亮的婢女,用作小妾,也是同样感激。罗生拜了几拜,将书信丢下,然后回家。几天过去了,没一点儿动静。一天晚上他正独自坐着凝神思念,忽然有一个美貌女子出现在灯下,很妩媚地笑着说:"主人感激你的盛情,选定今天是个吉日,派小婢三秀来做你的小妾,希望你收留。"接着她行礼叩头拜见,然后凝眸侧身站立,妖媚横生。罗生欣喜欲狂,就于当晚同寝,以为就是与仙女共寝,快乐也不会超过了。这狐婢善于隐去形体,人见不到她。即使罗生远行在别处睡觉,她也会伴随,更加满足了罗生的心愿。只是她非常贪吃,家中的食物多被她偷吃掉。食物不够,她就偷衣服器具等卖钱再去买,也不知是谁替她操办,估计她有同伙一起来。因为这些,罗生稍微开始斥责她。但她妖媚的体态,温柔的情意,总使罗生心神荡漾。她即使低着眉头望一眼,也会使罗生消气。而且她淫荡不同寻常,挑逗迷惑罗生花样百出,日以继夜,没有停止的时候,还是不能满足。罗生的家业因此衰落,身体也因此拖垮,久而久之,更加疲于奔命。她时时发出怨言,渐渐产生矛盾,于是互相仇视起来。她引来同类,大肆捣乱作怪,罗生一天也过不下去了,只好请正一真人来惩治。狐婢现出形体,针锋相对地为自己辩护:"最初是因为他的再三请求我才来的,本就与私奔不同。同时我也是奉主人之命而与他成亲,不属于苟且结合。他写的书信都还存在,我并不是无缘无故来迷惑他。至于偷窃东西和过分淫荡,这是狐狸的本性,自古以来就是如此,他难道不知道吗?他既因为贪图美色,舍人间女子而求狐女,而又以对人的要求来要求狐狸,不是太荒谬了吗?就根据人类的道理而言,贪图声色娱乐的人,就不能吝惜供养的费用;女子既作了小妾,就应该靠主人养活。所供给的不够用,就不免偷偷拿一点。人世间的家庭之内,这种情况是很多的,比起偷别人家的东西,还是有区别的。至于男女在卧室里亲热取乐,什么样的情形都会有。所以圣人制定礼法,也不能在这方面立下限度;帝王制定法律,也不能在这种事情上设置罪名刑罚。即使是正妻,做这种事情也是很正常的;对于做妾的来说,这更是她的本分。要把这一点提出来作为我的罪过,我实在不甘心。"真人说:"那么你纠集同伙大肆捣乱,又有什么理由?"她回答说:"把女儿嫁给别人,就是为了获取好处。如果得不到满足,就聚集一伙人去吵闹,这种情况不知有多少,没听见有人来判他们的罪,现在竟要判狐狸的罪吗?"真人低头思索了很久,然后对罗生笑着说:"你这真可以说是主动追求什么,结果就得到了什么,还有什么好埋怨的呢?我老了,不能驱使鬼神来干预人家家中的男女之事。"后来罗生家贫如洗,自己也一病而死。

吴士俊

从侄秀山言:奴子吴士俊尝与人斗,不胜,恚而求自尽。欲于村外觅僻地,甫出栅,即有二鬼邀之。一鬼言投井佳,一鬼言自缢更佳,左右牵掣,莫知所适。俄有旧识丁文奎者从北来,挥拳击二鬼遁去,而自送士俊归。士俊惘惘如梦醒,自尽之心顿息。文奎亦先以缢死者,盖二人同役于叔父栗甫公家。文奎殁后,其母㽪疾困卧。士俊尝助以钱五百,故以是报之。此余家近岁事,与《新齐谐》所记针工遇鬼略相似,信凿然有之。而文奎之求代而来,报恩而去,尤足以激薄俗矣。

【译文】

　　堂侄秀山说：奴仆吴士俊曾与人争斗，不能取胜，愤怒得要去自杀，想在村外找一个僻静的地方。他刚走出栅栏，就有两个鬼来邀他，一个说跳井好，一个说上吊更好。它们一左一右拉扯，吴士俊不知跟谁去好。这时有个过去认识的丁文奎从北面走来，挥起拳头把两个鬼打跑，自己送吴士俊回家。吴士俊迷迷糊糊像从梦中醒过来，自杀的想法一下就消失了。文奎也是在这以前上吊自杀而死的，他曾与士俊一起在我叔父栗甫先生家做工。文奎死后，他的母亲生病躺在床上，士俊曾送了五百文钱，所以丁文奎以此来报答他。这是我们家族内近年发生的事，与袁枚《新齐谐》记载的针工遇鬼的事大致相似，这是确实有过的。文奎本来也是来找替身的，结果却报恩然后离去，这尤其足以激励人们从浇薄的风俗中振奋起来。

虐待婢女遭惩罚

　　周景垣前辈言：有巨室眷属，连舻之任，晚泊大江中。俄一大舰来同泊，门灯樯帜，亦官舫也。日欲没时，舱中二十余人露刃跃过，尽驱妇女出舱外。有靓妆女子隔窗指一少妇曰："此即是矣。"群盗应声曳之去。一盗大呼曰："我即尔家某婢父。尔女酷虐我女，鞭捶炮烙无人理。幸逃出遇我。尔追捕未获。衔冤次骨，今来复仇也。"言讫，扬帆顺流去，斯须灭影。缉寻无迹，女竟不知其所终，然情状可想矣。夫贫至鬻女，岂复有所能为？而不虑其能为盗也。婢受惨毒，岂复能报？而不虑其父能为盗也。此所谓蜂虿有毒欤！又李受公言：有御婢残忍者，偶以小过闭空房，冻饿死，然无伤痕。其父讼不得直，反受笞。冤愤莫释，夜逾垣入，并其母女手刃之。

海捕多年，竟终漏网。是不为盗亦能报矣。又言京师某家火，夫妇子女并焚，亦群婢怨毒之所为。事无显证，遂无可追求。是不必有父亦自能报矣。余有亲串，鞭笞婢妾，嬉笑如儿戏，间有死者。一夕，有黑气如车轮，自檐堕下，旋转如风，啾啾然有声，直入内室而隐。次日，疽发于项如粟颗，渐以四溃，首断如斩。是人所不能报，鬼亦报之矣。人之爱子，谁不如我？其强者衔冤茹痛，郁结莫申，一决横流，势所必至。其弱者横遭荼毒，赍恨黄泉，哀感三灵，岂无神理！不有人祸，必有天刑，固亦理之自然耳。

【译文】

　　周景垣前辈说：有个大官带着家属，乘着连在一起的几只船去赴任，傍晚停泊在大江中。不久又一艘大船来停泊在一起，那船舱门口挂着灯笼，桅杆上飘着旗帜，也像是一艘官员乘坐的船。太阳快要落山时，那船舱中跳出二十几个人，都拿着刀跳上大官家的船，把所有妇女都驱赶到舱外。那船上有个穿戴华丽的女子隔着窗户指着一个少妇说："这个就是。"那些盗贼于是一拥而上，把这个少妇拖了过去。一个强盗大声说道："我就是你们家某婢女的父亲，你女儿残酷虐待我的女儿，用鞭抽用火烫，简直没有人性。幸亏她逃出来遇到我，你们没有追捕到。我恨你入骨，今天是来报仇的。"说完，他们扯起帆船，顺水驶去，转眼间就不见踪影了。官府没有线索追捕，大官的女儿不知后来怎样，但情状是可以想象得到的。贫穷到卖女儿的人，还能有何作为？没想到他可以做强盗；婢女受到残酷毒打，她还能怎么样？没想到她的父亲可以做了强盗来报仇。这就是人们常说的蜜蜂蝎子虽小，也有毒刺螫人！又李受公说，有个人对待婢女十分残忍，偶尔因为一点小过失，就把一个婢女锁在空房里，使她冻饿而死。然而身上没有伤痕，她的父亲告状不赢，反被鞭打。他冤愤之极，晚上跳过墙进入主人家，将主人母女俩一齐杀死。官府全国通缉多年，也没有抓住。这又是不做强盗也能报仇了。又说京城某户人家失火，夫妇子女全部烧死，也是他家众多婢女怨恨之极而做的事。因为没有明显证据，也无法追究。这又是不必有父亲，自己也能报仇了。我有一个亲戚，鞭打婢女小妾时，还嬉嬉笑笑如同儿戏，有时甚至活活打死。一天晚上，有一股黑气像车轮一样，从屋檐上落下，然后像风一样地旋转，还发出"啾啾"的声音，一直飘进卧室，最后散掉了。第二天，我那亲戚脖子上便长了一个痈疽，开始只有粟米粒那么大，渐渐向四面溃烂，最后头齐脖子烂掉，像刀斩断的一样。这又是人不能报仇，鬼也要报仇了。人都爱自己的儿女，谁不跟自己一样？那些刚强的，衔冤忍痛，积压在心底，无处申诉，于是铤而走险报仇，这是很自然的事情。那些弱小的横遭毒害，怀恨而死，他们的悲哀必然感动神灵，神一定会替他们作主。因此，那些虐待婢女的，没遭到人为的祸患，也必定会遭到天神的惩罚，这也是很自然的事情。

琢 玉 之 术

世谓古玉皆昆吾刀刻，不尽然也。魏文帝《典论》已不信世有昆吾刀，是汉时已无此器。李义山诗："玉集胡沙割。"是唐已沙碾矣。今琢玉之巧，以痕都斯坦为第一，其地即佛经之印度、《汉书》之身毒。精是技者，相传犹汉武时玉工之裔，故所雕物象，颇有中国花草，非西域所有者，沿旧谱也。又云别有奇药能软玉，故细入毫芒，曲折如意。余尝见玛少宰兴阿自西域买来梅花一枝，虬干夭矫，殆可以插瓶；而开之则上盖下底成一盒，虽细条碎瓣，亦皆空中。又尝见一钵，内外两重，可以转而不可出，中间隙缝，仅如一发。摇之无声，断无容刀之理；刀亦断无屈曲三折，透至钵底之理。疑其又有粘合无迹之药，不但能软也。此在前代，偶然一见，谓之鬼工。今则纳赍输琛，有如域内，亦寻常视之矣。

【译文】
　　世人说琢玉器都要用昆吾刀来刻，其实并不一定是这样。魏文帝《典论》中已不相信世上有昆吾刀，可见汉代时就不存在这种东西了。李商隐的诗中说"玉集胡沙割"，则唐代琢磨玉器已经用沙来碾了。当代琢玉的技巧，以痕都斯坦为第一。这个地方也就是佛经上所说的印度，《汉书》所说的身毒。当地精通这门技艺的人，相传还是汉武帝时中国玉工的后裔，所以他们所雕的物品图像，有不少是产于中国的花草，不是西域所有的，这是因为他们还是按照过去传下来的图样刻的缘故。又说，他们有一种奇异的药，能够使玉变软，所以刻痕细如毛发，曲折如意。我曾见吏部侍郎玛兴阿从西域买来一枝玉雕成的梅花，它的枝干像龙一样弯曲起伏，可以插进瓶中。而一打开，则上面是盖，下面是底，合成一个盒子。即使是细细的枝条和零碎的花瓣，中间也都是空心的。我又曾见到一个玉钵，内外两层，可以转动，而拿不出来，两层之间的缝隙仅有一根头发那么宽，摇动也不发出声音，绝没有放进刀子的可能，刀子也绝没有弯曲几次直伸到钵底的道理。我怀疑他们又有将玉粘合起来不留一点痕迹的药，而不仅仅是有使玉变软的药。这样的东西如果是在以前的朝代偶尔见到一次，肯定被认为是神鬼作的。现在则海外各地都把奇异珍宝运到中国来交易，就像在内地作生意一样，于是人们也就把它看得平常了。

饮茉莉根汁诈死

　　闽人有女未嫁卒，已葬矣。阅岁余，有亲串见之别县。初疑貌相似，然声音体态，无相似至此者。出其不意，从后试呼其小名。女忽回顾。知不谬，又疑为鬼。

归告其父母,开冢验视,果空棺。共往踪迹。初阳不相识。父母举其胸胁瘢痣,呼邻妇密视,乃具伏。觅其夫,则已遁矣。盖闽中茉莉花根,以酒磨汁饮之,一寸可尸蹶一日,服至六寸尚可苏,至七寸乃真死。女已有婿,而私与邻子狎,故磨此根使诈死,待其葬而发墓共逃也。婿家鸣官,捕得邻子,供词与女同。时吴林塘官闽县,亲鞫是狱。欲引开棺见尸律,则人实未死,事异图财;欲引药迷子女例,则女本同谋,情殊掠卖。无正条可以拟罪,乃仍以奸拐本律断。人情变幻,亦何所不有乎!

【译文】
　　有个福建人的女儿没出嫁就死了,已经下葬。一年多后,有个亲戚在别的县里见到她。开始以为是相貌相似,但声音体态不可能有这样相同的。于是亲戚出其不意地从后面叫她的小名,她忽然回头看了一下。亲戚知道错不了,又怀疑她是鬼,于是回去告诉她父母。挖开坟墓验看,果然棺材是空的,于是一齐去搜寻。她开始还假装不认识,父母说出她的胸前和腋下有痣瘢,叫邻居家的妇女查看,她这才承认。找她的丈夫,则已逃走。原来福建的茉莉花根用酒磨成汁来喝,一寸茉莉花根可以使人假死一天,变得好像僵硬的尸体一样。喝至六寸还能苏醒,至七寸就真死了。这女子已有未婚夫,而偷偷与邻居家的儿子相好,所以磨了茉莉花根让她喝了诈死,待埋葬后挖开坟墓,一齐逃走。她的未婚夫家告到官府,抓到了邻居的儿子,供词与女子相同。当时吴林塘任闽县知县,亲自审问这个案子,想按开棺见尸的罪名判处,则人实际上没死,事情与贪图钱财盗墓有区别;想按用药迷子女的罪名判处,则女子本是同谋,情况也与掠取贩卖男女有区别。因为没有适当的刑法可以用来定他们的罪,最后只好仍以通奸拐诱的罪名判处。人情变幻,真是何奇不有。

犀带与大理石

唐宋人最重通犀，所云"种种人物形至奇巧者，唐武后之简作双龙对立状，宋孝宗之带作南极老人扶杖像"，见于诸书者不一，当非妄语。今惟有黑白二色，未闻有肖人物形者，此何以故欤？惟大理石往往似画，至今尚然。尝见梁少司马铁幢家一插屏，作一鹰立老树斜柯上，嘴距翼尾，一一酷似；侧身旁睨，似欲下搏，神气亦极生动。朱运使子颖，尝以大理石镇纸赠亡儿汝佶，长约二寸，广约一寸，厚约五六分。一面悬崖对峙，中有二人乘一舟顺流下；一面作双松欹立，针鬣分明，下有水纹，一月在松梢，一月在水。宛然两水墨小幅。上有刻字，一题曰"轻舟出峡"，一题曰"松溪印月"，左侧题"十岳山人"。字皆八分书。盖明王寅故物也。汝佶以献余，余于器玩不甚留意，后为人取去。烟云过眼矣，偶然忆及，因并记之。

【译文】
　　唐宋时的人最看重犀牛角中的通天犀，据记载上面有种种人或物的图案，最奇特巧妙的如武则天的手板上有两条龙对立的图案，宋孝宗的犀带上有南极老人拄着拐杖的像。像这类情况记载在各种书里的很多，应该不假。现在的犀牛角则只有黑白两种颜色，没听说有人或物的图形的，这是什么缘故呢？唯有大理石往往有像画一样的图案，现在还能见到。我曾见兵部侍郎梁铁幢家有块插屏，上面有一只老鹰立在老树斜枝上的图案，嘴、爪、翅、尾都一一酷似，侧身斜视，好像是要飞下搏击的样子，神气也极生动。朱子颖运使曾将一块大理石镇纸送给我已死去的儿子汝佶,长约二寸,宽约一寸,厚约五六分。一面是悬崖两边对峙,中间有两个人乘一只船顺流驶下;另一面是两棵松树斜立,连松针也清晰可见。下面有水波纹,一个月亮在松树枝头,一个月亮在水中,很像两小幅水墨画。上面刻有字,一面题的是"轻舟出峡",一面题的是"松溪印月"。左侧署名"十岳山人",字都是八分书体,看来它过去属明代的王寅所有。汝佶把它献给我,我历来对这类器物玩意儿不大感兴趣,后来它就被人拿走了,对我来说好似过眼烟云。现在偶然回忆起,所以一并记在这里。

北宋苑画

旧蓄北宋苑画八幅,不题名氏,绢丝如布,笔墨沉著,工密中有浑浑穆穆之气,疑为真迹。所画皆故事,而中有三幅不可考。一幅下作甲仗隐现状,上作一月衔树杪,一女子衣带飘舞,翩如飞鸟,似御风而行。一幅作旷野之中,一中使背诏立;一人衣巾褴褛自右来,二小儿迎拜于左,其人作引手援之状;中使若不见三人,三人亦若不见中使。一幅作一堂甚华敞,阶下列酒罂五,左侧作艳女数人,靓妆彩服,若贵家姬;右侧作媪婢携抱小儿女,皆侍立甚肃;中一人常服据榻坐,自抱一酒罂,持钴钴之。后前一幅辨为红线,后二幅则终不知为谁。姑记于此,俟博雅者考之。

【译文】
　　我家旧藏有北宋的苑画八幅,不题姓名,所用的丝绢像布,笔法墨迹都沉着有力,工致细密中含有一种浑浑穆穆的气象,我怀疑是真迹。它们所画都是故事,而其中有三幅考证不出画的是什么故事。一幅下面是盔甲兵器隐隐显现,上面是一轮月亮挂在树枝间,一个女子衣带飘舞,有如飞鸟,好像乘风飞行。一幅是在旷野之中,一个宦官背着诏书站立,一人衣服破破烂烂从右边过来,二个小孩在左边拜迎,他作出用手去扶的样子。宦官好像没看到这三个人,这三个人也好像没看到宦官。一幅画的一座厅堂,非常华丽宽敞。台阶下摆着五个酒坛,左边是几个美女,穿着非常华丽的衣服,像是富贵人家的妾。右边是女仆们抱着小男孩小女孩,都很恭敬地侍候着。中间有个人穿着日常衣服,坐在炕上,自己抱着一个酒坛,正拿钻子去钻。后来,前一幅辨出画的是唐代传奇所写的红线的故事,后两幅则一直不知道画的是谁。现在姑且记载在这里,等博学多才的君子去考证它。

张　石　邻

张石邻先生,姚安公同年老友也。性伉直,每面折人过;然慷慨尚义,视朋友之事如己事,劳与怨皆不避也。尝梦其亡友某公盛气相诘曰:"君两为县令,凡故人子孙零替者,无不收恤。独我子数千里相投,视如陌路,何也?"先生梦中怒且笑曰:"君忘之欤?夫所谓朋友,岂势利相攀援,酒食相征逐哉?为缓急可恃,而休戚相关也。我视君如弟兄,吾家奴结党以蠹我,其势蟠固。我无可如何。我常密托君察某某。君目睹其奸状,而恐招嫌怨,讳不肯言。及某某贯盈自败,君又博忠厚之名,百端为之解脱。我事之偿不偿,我财之给不给,君皆弗问,第求若辈感激,称长者而已。是非厚其所薄,薄其所厚乎?君先陌路视我,而怪我视君如陌路,君忘之软?"其人瑟缩而去。此五十年前事也。大抵士大夫之习气,类以不谈人过为君子,而不计其人之亲疏,事之利害。余尝见胡牧亭为群仆剥削,至衣食不给。同年朱学士竹君奋然代为驱逐,牧亭生计乃稍苏。又尝见陈裕斋殁后,孀妾孤儿,为其婿所凌逼。同年曹宗丞慕堂亦奋然鸠率旧好,代为驱逐,其子乃得以自存。一时清议,称古道者百不一二,称多事者十恒八九也。又尝见崔总宪应阶娶孙妇,赁彩轿亲迎。其家奴互相钩贯,非三百金不能得,众喙一音。至前期一两日,价更倍昂。崔公恚愤,自求朋友代赁。朋友皆避怨不肯应,甚有谓彩轿无定价,贫富贵贱,各随其人为消长,非他人所可代赁,以巧为调停者。不得已,以己所乘轿结彩缯用之。一时清议,谓坐视非理者亦百不一二,谓善体下情者亦十恒八九也。彼一是非,此一是非,将乌乎质之哉?

【译文】
　　张石邻先生,是我父亲同年考中科举的老朋友。他性格刚直,经常当面指责别人的过错。但慷慨磊落,讲信义,把朋友的事情看作自己的事情,任劳任怨,从不推辞。他曾梦见一位死去的朋友怒气冲冲责问他说:"你做了两任县令,凡老朋友的子孙无依无靠者,你无不收养抚恤,唯独我的儿子奔走几千里来投靠你,你却像遇到路上的陌生人一样,这是为什么?"张先生在梦中又好气又好笑,回答道:"你忘了吗?所谓朋友,难道就是为了权势利益而相互利用,或者经常在一起吃吃喝喝吗?为的是遇到危难的情况可以相互依靠,彼此的命运休戚相关。当初我把你看作兄弟,我家的奴仆结成死党来败坏我的家产,他们死死抱成一团,我已无可奈何,只好暗暗请你注意观察某某。你看到了他种种奸诈的行径,却因怕招嫌疑怨恨,而不肯告诉我。当他恶贯满盈自我败露后,你又想博得个忠厚的好名声，千方百计为他开脱。我的事坏不坏，我的财产保不保得住，你都不管，只求这些奴仆能感激你，赞美你是忠厚长者而已，你这不是对对自己好的人不好，而对对自己不好的人好吗？你已经先把我看作路上的陌生人了，还怪我把你看作路上的陌生人，你忘记这些了吗？"那个人被骂得垂头丧气而去，这是五十年前的事情。大约读书人和当官的人的习气，大多认为不谈论别人的过失就是君子，而不考虑人与人之间关系的亲疏，以及事情是有利还是有害。我曾见胡牧亭被家里的仆人掠夺得衣食都供不上了，与他同年考中科举的朱竹君学士挺身而出，替他把这些奴仆驱逐出去，牧亭的生活才得以维持。一时间舆论认为朱学士是古道热肠的，一百人中没有一两人；认为他多事的，占十分之八九。又曾见陈裕斋死后，寡妾和孤儿被他的女婿欺凌逼迫，与陈同年考中科举的曹慕堂宗丞也挺身而出，率领老朋友们代他们将女婿驱逐出去，陈的儿子才得以生存下来。一时间，舆论认为他们是古道热肠的，一百人中没有一两个；而认为他们多事的，占十分之八九。我又曾见都御史崔应阶娶孙媳妇，要租一顶彩轿去迎亲，他家的奴仆们统一口径，硬说没有三百两银子绝不可能租到。到了迎亲之前的一两天，价格更是加倍。崔公愤怒之极，求朋友们代租一顶，朋友们都怕仆人们怨恨，不肯答应。甚至有人说彩轿本来没有一定的价格，就看租的人的贫富贵贱而定多少，不是别人可以代租的，用巧诈的话来打圆场。崔公不得已，只好将自己乘的轿子结上彩花，用来迎亲。一时间人们的议论，认为崔的朋友们坐看崔公为难是不合道理的，百人中也没有一两个；认为崔的朋友们善于体贴仆人们的心情，倒是十人中有八九个。前一类人有前一类人的道理，后一类人也有后一类人的道理。那么，请谁来作评判呢？

互不相下

朱青雷言：尝谒椒山祠，见数人结伴入，众皆叩拜，中一人独长揖。或诘其故。曰："杨公员外郎，我亦员外郎，品秩相等，无庭参礼也。"或又曰："杨公忠臣。"怫然曰："我奸臣乎？"

于大羽因言：聂松岩尝骑驴，遇一治磨者，嗔不让路。治磨者曰："石工遇石工，（松岩安丘张卯君之弟子，以篆刻名一时。）何让之有？"

余亦言：交河一塾师与张晴岚论文相诋。塾师怒曰："我与汝同岁入泮，同至今日皆不第，汝何处胜我耶？"

三事相类，虽善辩者无如何也。田白岩曰："天地之大，何所不有？遇此种人，惟当以不治治之，亦于事无害；必欲其解悟，弥出葛藤。尝见两生同寓佛寺，一詈紫阳，一詈象山，喧诟至夜半。僧从旁解纷，又谓异端害正，共与僧斗。次日，三人破额，诣讼庭。非天下本无事，庸人自扰之乎？"

【译文】
　　朱青雷说：曾去瞻仰杨继盛的祠堂，见有几个人也结伴而进。众人都叩头而拜，唯有一人只作了一个揖。有人问是什么缘故，他说："杨公是员外郎，我也是员外郎，级别相同，不应有当堂叩拜的礼节。"又有人说："杨公是忠臣。"他很不高兴地说："我就是奸臣吗？"
　　于大羽接着说了一件事：聂松岩曾骑着驴子走，遇到一个制作石磨的人，责问他为什么不让路。那人说："石工遇石工，有什么好让路的。"（松岩是安邱张卯君的学生，以篆刻著名当时。）
　　我也说了一件事：交河有个私塾教师，与张晴岚谈论文章，互相攻击。私塾教师发怒道："我与你同年考中秀才，同样到今天还没考上举人，你哪个地方胜过我了？"
　　这三件事很类似，即使善于辩论的人，对他们也无可奈何。田白岩说："天地这么大，什么样的人和什么样的事没有？遇到这种人，只有以不理睬来对待，也不会造成什么损害。如果一定要让他们明白醒悟，可能会引出更多的纠葛。我曾见两个书生同寄住在佛寺中，一人骂朱熹，一人骂陆九渊，吵闹到半夜。和尚在旁边劝解，两人又说佛教是异端邪说，危害儒学正统，一起与和尚争斗。第二天，三人都打破了头，到官府去告状。这不是'天下本无事，庸人自扰之'吗？"

鸡 报 恩

昌平有老妪，蓄鸡至多，惟卖其卵。有买鸡充馔者，虽十倍其价不肯售。所居依山麓，日久滋衍，殆以谷量。将曙时，唱声竞作，如传呼之相应也。会刈麦曝于门外，群鸡忽千百齐至，围绕啄食。妪持杖驱之不开，遍呼男女，交手扑击，东散西聚，莫可如何。方喧呶间，住屋五楹，訇然摧圮，鸡乃俱惊飞入山去。此与《宣室志》所载李甲家鼠报恩事相类。夫鹤知夜半，鸡知将旦，气之相感而精神动焉，非其能自知时也。故邵子曰："禽鸟得气之先。"至万物成毁之数，断非禽鸟所先知，何以聚族而来，脱主人于厄乎？此必有凭之者矣！

【译文】
　　昌平有个老妇，养了许多鸡，只卖鸡蛋。有人要买鸡去杀了做菜，即使出十倍的价钱她也不卖。她住在山脚下，日子一久，鸡繁殖得越来越多，像秦代乌氏倮的牛马要用山谷来量一样无法计数。清早群鸡竞相鸣叫，好像千军万马传令呼应，此起彼伏。碰上割麦的日子，麦子晒在门外，鸡忽然成百上千一齐赶来围着啄食。老妇拿着棍子驱赶不开，于是把家里人全叫出来帮着驱赶。东边的鸡散开了，西边的鸡又聚拢了。正当他们无可奈何叫叫嚷嚷时，五间住房"轰"的一声倒塌,鸡才都惊飞进山里去了。这与《宣室志》所记载的李甲家老鼠报恩的事很相似。鹤知道夜半,鸡知道天将亮,这是因为气息触动,而它们的精神便有所感应,并非它们本身真知道时间,所以邵雍说:"禽鸟可以最早感受到气息的变化。至于各种事物的形成或毁坏,则绝不是禽鸟所能预先知道的。"鸡何以能聚集在一起而来把主人从灾难中救出呢?这必定是有神灵附在它们身上了。

狐戏猎人

从侄汝夔言:甲乙并以捕狐为业,所居相距十余里。一日,伺得一冢有狐迹,拟共往,约日落后会于某所。乙至,甲已先在,同至冢侧,相其穴,可容人。甲令乙伏穴内,而自匿冢畔丛薄中;待狐归穴,甲御其出路,而乙在内禽縶之。乙暗坐至夜分,寂无音响,欲出与甲商进止。呼良久,不应;试出寻之,则二墓碑横压穴口,仅隙光一线,阔寸许,重不可举。乃知为甲所卖。次日,闻外有叱牛声,极力号叫。牧者始闻,报其家往视。鸠人移石,已幽闭一昼夜矣。疑甲谋杀,率子弟诣甲,将执讼官。至半途,乃见甲裸体反缚柳树上。众围而唾詈,或鞭扑之。盖甲赴约时,路遇馌妇相调谑,因私狎于秫丛。时盛暑,各解衣置地。甫脱手,妇跃起掣其衣走,莫知所向。幸无人见,狼狈潜归。未至家,遇明火持械者,见之呼曰:"奴在此。"则邻家少妇三四,睡于院中,忽见甲解衣就同卧;惊唤众起,已弃衣逾墙遁。方共里党追捕也。甲无以自白,惟呼天而已。乙述昨事,乃知皆为狐所卖。然伺其穴而掩袭，此戕杀之仇也。戕杀之仇，以游戏报之：一闭使不出，而留隙使不死；一褫其衣使受缚无辩，而人觉即遁，使其罪亦不至死。犹可谓善留余地矣。

【译文】

堂侄汝夔说：有甲乙两人，都以捕捉狐狸为业，所住的地方相距十几里。一天，他们发现一座坟墓有狐狸的踪迹，准备一起去捕捉，约定日落后在某个地方碰头。当乙到达时，甲已先在那里了。他们一同来到墓旁，观察那个洞容得下一个人，于是甲要乙埋伏在洞中，而自己躲藏在墓旁的草丛里，待狐狸回洞时，甲堵住它的出路，而乙在洞中捉住它。乙在黑暗中坐到半夜，不见一点动静，打算出来与甲商量下一步怎么办，叫了很久没人答应，试着出来寻找，则有两块墓碑横压在洞口，只留了一线空隙，射进一丝光亮，仅有一寸左右宽。那两块墓碑很重，乙根本举不动，于是知道是被甲骗了。第二天，他听到外面有吆喝牛的声音，于是拼命叫唤，放牛的人才听见，回去告诉他家里的人去看，召集一些人搬开墓碑，乙已经被堵在里面一天一夜了。他怀疑甲谋杀自己，于是率领子弟去找甲，准备告状。走到半路，只见甲正被反绑在柳树上，浑身赤裸，一伙人正围着大骂，有人还用鞭子棍棒抽打。原来，甲在昨天赴约的路上，遇到一个送饭的妇女，互相调戏，于是在秫丛里鬼混。当时正是大热天，他把衣服脱了放在地上，刚一放下，那女人跳起来，拿起他的衣服就跑，不知跑到哪里去了。幸好没人看见，甲很狼狈地偷偷溜回家。还没到家时，遇到一伙人打着火把拿着棍棒迎面赶来，见到他便喊道："这奴才在这里。"原来邻居家有三四个少妇睡在院子中纳凉，忽然见甲脱掉衣服跑来睡在一起，她们大惊，叫起众人，则甲已经丢下衣服翻墙逃走了，他们正和村里人一起追。甲无法为自己辩白，只有喊天而已。乙叙述了昨天晚上的事，这才知道都是被狐狸戏弄了。然而，伏在它们的洞口准备突然袭击，这是杀害的冤仇。

杀害的冤仇，而只以戏弄来报复，一个闭在洞中使他出不来，但留了缝隙使他不至于丧命；一个剥掉衣裳使他遭捆绑并无法辩白，但人们一明白原委就放了他，使他的罪过不至于该死。这狐狸可以说还是善于给人留余地的了。

争认祖先墓地

天下有极细之事，而皋陶亦不能断者。门人折生遇兰，健令也。官安定日，有两家争一坟山，讼四五十年，阅两世矣。其地广阔不盈亩，中有二冢，两家各以为祖茔。问邻证，则万山之中，裹粮挈水乃能至，四无居人。问契券，则皆称前明兵燹已不存。问地粮串票，则两造具在。其词皆曰："此地万不足耕，无锱铢之利，而有地丁之额。所以百控不已者，徒以祖宗丘陇，不欲为他人占耳。"又皆曰："苟非先人之体魄，谁肯涉讼数十年，认他人为祖宗者。"或疑为谋占吉地，则又皆曰："秦陇素不讲此事，实无此心，亦彼此不疑有此心；且四围皆石，不能再容一棺，如得地之后，掘而别葬，是反授不得者以间。谁敢为之？"竟无以折服，又无均分理，无人官理，亦莫能判定。大抵每祭必斗，每斗必讼官。惟就斗论斗，更不问其所因矣。后蔡西斋为甘肃藩司，闻之曰："此争祭非争产也，盍以理喻之。"曰："尔既自以为祖墓，应听尔祭。其来争祭者既愿以尔祖为祖，于尔祖无损，于尔亦无损也，听其享荐亦大佳，何必拒乎？"亦不得已之权词，然迄不知其遵否也。

【译文】
　　天下有极细小的事情，但即使舜时最善于断案的皋陶也断不了。我有个学生叫折遇兰，是个能干的官员。他任安定县令时，有两户人家争一块坟地，案子已拖了四五十年，已经过两代人了。那块地宽广不满一亩，中间有两座坟，两家都说是自己祖先的坟。问是否有邻居作证，则这块地处于万山之中，人们要携带干粮和水才能到达，四周都无人居住。问是否有地契，则两家都说在前朝明代的战乱中已经丢失了。问交纳赋税的收据，则两家都有。他们说的话都是：这地方绝不可能耕种，没有丝毫利益，反而有按亩出夫役的份额。之所以上百次控告不已，只是因为是祖宗的坟地，不想被别人占去。又都说：如果不是祖先的遗骨埋葬在这里，谁肯打几十年官司，认别人的祖宗作祖宗呢？或有人怀疑他们是想谋占风水宝地，则又都说：陕西甘肃一带的人从来不讲究这些名堂，确实没有这种想法，也彼此都不怀疑有这种想法。而且这块地四周都是石头，不可能再埋下一具棺材。如果得到地后挖掉坟墓而另葬下棺材，则是反而给不得地的一方以把柄，谁敢这么做呢？最后也没办法使双方都服，又没有平均分配的道理，也没有官府没收的道理，于是无法判定。大约两家每逢祭祀就要发生争斗，每次争斗就要打官司，官府只能就争斗论争斗，也不问根本原因了。后来蔡西斋任甘肃布政使，得知此事后说："这是争祭祀，不是争地产，何不用道理来开导他们，说：你们既然认为这里是你们的祖坟，自然应允许你们祭祀。他们来争祭的，既然愿意把你们的祖宗当成他们的祖宗，对你们的祖宗没有损害，对你们也没有损害。让他们去祭祀，也是件大好事，何必拒绝呢？"这也是不得已的暂时处理办法，但不知他们后来听从了没有。

蠢　人　有　福

　　胡牧亭言：其乡一富室，厚自奉养，闭门不与外事，人罕得识其面。不善治生，而财终不耗；不善调摄，而终无疾病。或有祸患，亦意外得解。尝一婢自缢死，里胥大喜，张其事报官。官亦欣然即日来。比陈尸检验，忽手足蠕蠕动。方共骇怪，俄欠伸，俄转侧，俄起坐，已复苏矣。官尚欲以逼污投缳，锻炼罗织，微以语导之。婢叩首曰："主人妾媵如神仙，宁有情到我？设其到我，方欢喜不暇，宁肯自戕？实闻父不知何故为官所杖杀，悲痛难释，愤恚求死耳，无他故也。"官乃大沮去。其他往往多类此。乡人皆言其蠢然一物，乃有此福，理不可明。偶扶乩召仙，以此叩之。乩判曰："诸君误矣，其福正以其蠢也。此翁过去生中，乃一村叟，其人淳淳闷闷，无计较心；悠悠忽忽，无得失心；落落漠漠，无爱憎心；坦坦平平，无偏私心；人或凌侮，无争竞心；人或欺绐，无机械心；人或谤詈，无嗔怒心；人或构害，无报复心。故虽槁死牖下，无大功德，而独以是心为神所福，使之食报于今生。其蠢无知识，正其身异性存，未昧前世善根也。诸君乃以为疑，不亦误耶！"时在侧者，信不信参半。吾窃有味斯言也。余曰："此先生自作传赞，托诸斯人耳。然理固有之。"

【译文】

胡牧亭说：他的家乡有个富翁，很会享受，关起门来享福，不参与外面的事情，人们很少能见他一面。他不善于经营理财，而家里的财产总不减少；不善于调养身体，而从不生病。偶尔遭到灾祸，也能意外地得到解脱。曾经有个婢女上吊而死，村里的无赖大喜，故意夸大其事上报官府，官吏也兴致勃勃地当天赶到。等陈放尸首检验时，那婢女忽然手脚都轻轻动起来，大家正在感到奇怪，接着她便开始伸缩，开始翻身，接着坐起来，已经苏醒了。官吏还想以强奸迫使上吊的罪名加在富翁头上，稍稍用一些话引导婢女，婢女叩头说："主人的姬妾都像天仙一般美丽，哪有心情用到我身上？倘若他能喜欢我，我欢喜都来不及，还肯自杀吗？实在是因为听说父亲不知由于什么缘故被官府拷打而死，我悲痛无处申诉，愤恨之极，所以寻死，没有别的原因。"那官员听了顿时垂头丧气走了。其他的事情也往往与此相似。乡亲们都说，这个富翁蠢得像头猪，却有这样的福气，这里面的道理实在弄不明白。偶尔扶乩，召来乩仙问起这事，乩仙写道："诸位错了。他的福气正来自于他的蠢。这位老翁前一生是个乡村老头，他为人淳朴老实，没有计较心；随随便便，没有得失心；平平淡淡，没有爱憎心；坦坦荡荡，没有偏私心；有人欺凌侮辱，他也没有争竞心；有人欺骗他，他也没有防备心；有人谩骂攻击他，他也没有发怒心；有人陷害他，他也没有报复心。所以，他虽然穷困一生，无声无息而死，没有什么大的功德，却就以这样的心地，受到神灵的福佑，使他这一生享受到回报。他这一生愚蠢毫无知识，正是因为他身体虽已变换，本性仍然没有丧失前生善良的根本。你们却对此产生怀疑，不是大错特错了吗？"当时在场的人，相信和怀疑的各占了一半，我则认为这些话耐人寻味。我以为，这是胡牧亭先生对自己一生的自我评价，而假托于这个老翁说出来。不过，这种情况根据道理应该是确实有的。

刘　　寅

刘约斋舍人言：刘生名寅，（此在刘景南家酒间话及。南北乡音各异，不知是此寅字否也？）家酷贫。其父早年与一友订婚姻，一诺为定，无媒妁，无婚书庚帖，亦无聘币；然子女则并知之也。刘生父卒，友亦卒。刘生少不更事，窭益甚，至寄食僧寮。友妻谋悔婚，刘生无如之何。女竟郁郁死，刘生知之，痛悼而已。是夕，灯下独坐，悒悒不宁。忽闻窗外啜泣声,问之不应,而泣不已。固问之,仿佛似答一我字。刘生顿悟,曰:"是子也耶?吾知之矣。事已至此,来生相聚可也。"语讫,遂寂。后刘生亦夭死,惜无人好事,竟不能合葬华山。《长恨歌》曰:"天长地久有时尽,此恨绵绵无了期。"此之谓乎!虽悔婚无迹,不能名以贞;又以病终,不能名以烈。然其志则贞烈兼矣。说是事时,满座太息,而忘问刘生里贯。约斋家在苏州,意其乡里欤?

【译文】

刘约斋舍人说:有个人叫刘寅(这件事是在刘景南家饮酒时谈到的。南北口音有区别,不知是否是这个"寅"字),家里极为贫穷。他父亲早年与一位朋友约定作儿女亲家,只是口头答应,没有媒人,也没写婚书和双方的生辰八字,也没有送聘礼,但双方的儿女都知道这件事。后来刘寅的父亲死了,父亲的朋友也死了,刘寅年轻不懂事,家里变得更为贫穷,甚至只能靠在寺庙里讨饭吃为生。女子的母亲想悔弃婚约,刘生也无可奈何,女子结果竟郁郁而死。刘寅知道了,也只能痛心悼念而已。这天晚上,他独自坐在灯下,心中正在伤感苦闷,忽听到窗户外面有抽泣声,问"是谁",没有回答,而抽泣声仍未停止。刘寅反复地问,才仿佛听到一个很轻微的声音回答了一个"我"字。刘寅突然明白了,他说:"是你吗?你的心意我知道了,但事情已到这一步,让我们下一辈子相聚吧。"说完,那抽泣声便没有了。后来刘寅也年纪轻轻就死去,可惜没有热心的人,将他们的墓合葬在一起。白居易的《长恨歌》里说"天长地久有时尽,此恨绵绵无绝期",就是说的这类情况吧。虽然母亲的悔婚还没成事实,不能称她为"贞";她又因病而死,也不能称之为"烈"。但她的心愿志向,则是兼有"贞"、"烈"的品格。说这件事时,在场的人无不叹息,都忘记问刘寅的籍贯了。刘约斋的家在苏州,或者刘寅也就是苏州人吧。

以佛卖药

河间有游僧，卖药于市。以一铜佛置案上，而盘贮药丸，佛作引手取物状。有买者，先祷于佛，而捧盘进之。病可治者，则丸跃入佛手；其难治者，则丸不跃。举国信之。后有人于所寓寺内，见其闭户研铁屑。乃悟其盘中之丸，必半有铁屑，半无铁屑；其佛手必磁石为之，而装金于外。验之信然，其术乃败。会有讲学者，阴作讼牒，为人所讦。到官昂然不介意，侃侃而争。取所批《性理大全》核对，笔迹皆相符，乃叩额伏罪。太守徐公，讳景曾，通儒也。闻之笑曰："吾平生信佛不信僧，信圣贤不信道学。今日观之，灼然不谬。"

【译文】

河间地方有个云游和尚，在市场上卖药。他将一尊铜铸的佛像放在桌上，用一个盘子装上药丸，那佛像作出伸手拿东西的样子。有人来买药，先对佛像祈祷，然后捧着盘子放在佛像前。如果病可以治好，药丸就跳到佛像手中；如果病很难治好，则药丸就不跳。一时间周围的人都很相信和尚的药效。后来有人发觉和尚在寄居的寺庙里关着门磨铁粉，这才明白盘中的药丸必定是一半含有铁粉，一半不含铁粉，那佛像的手肯定是用磁石做成，外面包了一层铜。一检验，果然如此，于是和尚的骗术才败露。正好另有一个道学家，背地里替人写状纸，被人发觉，告到官府。这道学家来到官府，神气十足，根本不当一回事，大声争辩。等拿到他批点的《性理大全》一核对，笔迹与状纸完全相同，他才叩头认罪。太守徐景曾先生，是一位博通古今的学者，听说这件事后，笑道："我平生相信佛，但不相信和尚；信奉圣贤，但不相信道学家。现在看来，确实不错。"

鬼 问 路

杨槐亭前辈有族叔,夏日读书山寺中。至夜半,弟子皆睡,独秉烛呫哔。倦极假寐,闻叩窗语曰:"敢敬问先生,此往某村当从何路?"怪问为谁?曰:"吾鬼也。溪谷重复,独行失路。空山中鬼本稀疏,偶一二无赖贱鬼,不欲与言;即问之,亦未必肯相告。与君幽明虽隔,气类原同,故闻书声而至也。"具以告之,谢而去。后以语槐亭,槐亭怃然曰:"吾乃知孤介寡合,即作鬼亦难。"

【译文】

杨槐亭前辈有个堂叔,夏天在山中一座寺庙里教书。到了半夜,学生们都睡了,他独自坐在烛光下诵读。正当他因困倦打瞌睡时,忽听有人敲着窗户说:"冒昧请问先生,从这里到某某村,应该走哪条路?"他感到奇怪,问"是谁",窗外回答:"我是鬼。这里溪流峡谷纵横交错,我独自行走迷了路。空山里面鬼本来就稀少,偶尔遇到一两个,都是些无赖贱鬼,我不愿与它们说话;即使问他们,他们也未必肯告诉我。我与您虽然一在阴间,一在人世,但气质性格上属于同一类,所以我听到您读书的声音,就找到这里来了。"他详细地告诉那鬼该怎么走,那鬼表示感谢后便离去了。后来他将此事告诉槐亭,槐亭很感慨地说:"我这才知道性格孤傲耿介,不大合群,就是做鬼也是很艰难的。"

鬼 论 诗 词

李秋崖与金谷村尝秋夜坐济南历下亭,时微雨新霁,片月初生。秋崖曰："韦苏州'流云吐华月'句兴象天然，觉张子野'云破月来花弄影'句便多少著力。"谷村未答，忽暗中人语曰："岂但著力不著力，意境迥殊。一是诗语，一是词语，格调亦迥殊也。即如《花间集》'细雨湿流光'句，在词家为妙语，在诗家则靡靡矣。"愕然惊顾，寂无一人。

【译文】
　　李秋崖与金谷村曾在一个秋天的晚上，坐在济南历下亭中。当时正值一场小雨过后，月亮刚刚升起。秋崖说："韦应物的诗句'流云吐华月'，兴味意象得自天然，比较起来，张先的词句'云破月来花弄影'露出的人为的痕迹就明显多了。"谷村还没来得及回答，忽然黑暗中有人说道："岂止是天然与人为的区别，意境也迥然不同。一是诗的语言，一是词的语言，格调也大不一样。即如《花间集》中'细雨湿流光'的句子，从词的角度看是妙句，从诗的角度看则太细巧低靡了。"秋崖和谷村很吃惊地回头去看，则周围一片寂静，连一个人影也没有。

道士纵论天地日月

　　胶州法南墅，尝偕一友登日观。先有一道士倚石坐，傲不为礼。二人亦弗与言。俄丹曦欲吐，海天滉耀，千汇万状，不可端倪。南墅吟元人诗曰："'万古齐州烟九点，五更沧海日三竿。'不信然乎！"道士忽哂曰："昌谷用作梦天诗，故为奇语。用之泰山，不太假借乎？"南墅回顾，道士即不再言。既而踆乌涌上，南墅谓其友曰："太阳真火，故入水不濡也。"道士又哂曰："公谓日自海出乎？此由不知天形，故不知地形；不知地形，故不知水形也。盖天椭圆如鸡卵，地浑圆如弹丸，水则附地而流，如核桃之皱皱。椭圆者东西远而上下近，凡有九重，最上曰宗动，元气之表，无象可窥。次为恒星，高不可测。次七重，则日月五星各占一重，随大气旋转，去地且二百余万里，无论海也。浑圆者地无正顶，身所立处皆为顶；地无正平，目所见处皆为平。至广漠之野，四望天地相接处，其圆中规，中高而四隤之证也，是为地平。圆规以外，目所不见者，则地平下矣。湖海之中，四望天水相合处，亦圆中规，是又水随地形，中高四隤之证也。然江河之水狭且浅，夹以两岸，行于地中，故日出地上始受日光。惟海至广至深，附于地面，无所障蔽，故中高四隤之处，如水晶球之半。日未至地平，倒影上射，则初见如一线；日将近地平，则斜影横穿，未明先睹。今所见者是日之影，非日之形。是天上之日影隔水而映，非海中之日影浴水而出也。至日出地平，则影斜落海底，转不能见矣。儒家盖尝见此景，故以为天包水，水浮地，日出入于水中。而不知日自附天，水自附地。佛家未见此景，故以须弥山四面为四州，日环绕此山，南昼则北夜，东暮则西朝，是日常旋转，平行竟不入地。证以今日所见，其谬更无庸辩矣。"南墅惊其博辩，欲与再言。道士笑曰："更竟其说。子不知九万里之围圆，以渐而迤，以渐而转，渐迤渐转，遂至周环，必以为人能正立，不能倒立，拾杨光先之说，苦相诘难。老夫慵惰，不能与子到大郎山上看南斗，（大郎山在亚禄国，与中国上下反对。其地南极出地三十五度,北极入地三十五度。)不如其已也。"振衣径去,竟莫测其何许人。

【译文】

　　胶州法南墅曾与一位朋友同登泰山日观峰,先有一位道士已在那里靠着石头坐着,很傲慢的样子,不与两人施礼相见,两人也不与他搭话。不久朝霞将起,海与天边相接处滉漾闪耀,千汇万状,难以捉摸,难以形容。南墅吟起元朝人写的诗句说:"'万古齐州烟九点,五更沧海日三竿',不是写得极真切吗?"道士忽然不屑一顾地笑了一声,说:"这两句诗是摹拟李贺《梦天》诗。李贺用它写梦中天地的情景,自然奇妙。如用它来写泰山观日出的景象,不是太勉强了吗?"南墅回过头去看,道士又不说话了。过了一会,一轮火红的太阳涌出,南墅对友人说:"太阳是真火,所以能从海水中涌出而不沾湿。"道士又轻笑一声,说:"您认为太阳是从海里出来的吗?这是因为您不知道天的形状,所以不知道地的形状;又因为不知道地的形状,所以不知道海水的形状。整个天体是椭圆形,像只鸡蛋;地球则是浑圆形,像一颗弹丸。水则附在地面上流动,就像核桃壳表面的皱沟。所谓天体椭圆,是指它从东到西远,而从上到下近。天共有九层,最上面的一层叫宗动,是宇宙元气的外表,看不到它的形状。下一层就是恒星,也极为高远,无法测量。再往下数还有七层,就是太阳、月亮以及水、火、木、金、土五颗星各占一层。它们随着宇宙的气流旋转,离地面还有二百多万里,更不用说海了。所谓地球浑圆,是指它没有一个唯一的正顶点,每个人所立的地方都可以说是顶点。也没有一道唯一的正平线,眼睛所望到的都可以说是正平线。在非常广阔空旷的原野上,朝四面望去,一直望到天地相接的地方,视力所到的地方正好是一个正圆形,这就证明地球是一个圆球面,站的地方是中心,它最高,而周围则依次低下去了。天与地相接处就是地平线。这个正圆形以外、人的眼睛望不到的地方,就在地平线以下了。如果处于大湖或大海之中,朝四面望去,视力所到的四周天水相接处,也构成一个正圆形。这又证明,水面是随地面伸展,也是中间高而周围依次低下去的。然而江河中的水既狭窄又浅，夹在两岸之间，在地面中流动，所以一定要等到太阳高过地平线后，才能照到日光。而大海则既深又广阔，附在地面上，没有什么东西遮挡，所以人处在中间高而四面低的地面上，地球的这一部分便像水晶球的一半。当太阳还没到达地平线时，它的光线往上倒射，于是人们便开始见到地平线上有一道光线。太阳接近地平线时，则它的光线斜照，所以人们在太阳还没出来时便见到了它。现在我们见到的，不是太阳本身，而是它的影子；是天上的太阳隔着地平线的水映现出来，而不是海中的太阳从水中钻出来。等到太阳高出地平线后，则太阳照在水中的影子落下海底，陆地上的人反而看不见了。儒家的学者大概曾注意到这种现象，所以认为天包着水，水浮着地，太阳从水中出入，而不知道太阳实际上附于天空，水则附在地面上。佛教学者大概没有注意到这种现象，所以他们认为须弥山四面有四大洲，太阳环绕着这座山，南面是白天，北面就是夜晚；东面是傍晚，西面就是早晨。太阳总是围绕地球平行旋转，总不入地。用我们现在观察到的情况来检验，这种看法的荒谬性更用不着辩论了。"南墅听了这番话，对道士的知识渊博和能言善辩感到惊奇，正想再与他交谈，只见道士笑道："让我再把这个问题说完。你不知道地球表面有九万里，它的圆形一点一点伸展，也一点一点转弯，这样渐伸渐转，结果就转了一周，你必定以为人能正着站立，不能倒立，捡起杨光先提出的这种说法，来与我苦苦地追究争辩。我年纪大了，懒惰无力，不能和你一起到大郎山上去看南斗（大郎山在亚禄国，与中国正好上下相对。那里南极高出地平线35度，北极低于地平线35度），不如就到此为止吧。"说完，那道士抖动衣衫离去，竟不能断定他究竟是个什么人。

移皮疗伤

大学士温公言：征乌什时，有骁骑校腹中数刃，医不能缝。适生俘数回妇，医曰："得之矣。"择一年壮肥白者，生刳腹皮，幂于创上，以匹帛缠束，竟获无恙。创愈后，浑合为一，痛痒亦如一。公谓非战阵无此病，非战阵亦无此药。信然。然叛徒逆党，法本应诛；即不剥肤，亦即断脰。用救忠义之士，固异于杀人以活人尔。

【译文】

　　大学士温公说：他率军征讨乌什时，有个骑兵军校腹部中了几刀，军医无法缝治。这时正好俘虏了几个当地妇女，医生说："有办法了。"他挑了一个年轻丰满白皙的妇女，活活挖下一块肚子上的皮肤，盖在伤兵的伤口上，用布捆扎住，这军校因此得以活下来。伤口痊愈后，移植的皮和原有的皮完全吻合，连痛痒的感觉也一致。温公说："不是因为打仗，不会得这样的伤病；不是因为打仗，也不会得到这样的'药'。"这话说得一点不假。但是反叛的乱党，按法律本就应该处死；即使不挖剥皮肤，他们也免不了被砍杀。利用他们的皮肤来挽救忠义的将士的生命，这与通常靠杀害人来救某人性命的情况还是不同的。

仙鬼论道学

　　周化源言：有二士游黄山，留连松石，日暮忘归。夜色苍茫，草深苔滑，乃共坐于悬崖之下，仰视峭壁，猿鸟路穷，中间片石斜欹，如云出岫。缺月微升，见有二人坐其上，知非仙即鬼，屏息静听。右一人曰："顷游岳麓，闻此翁又作何语？"左一人曰："去时方聚众讲《西铭》，归时又讲《大学衍义》也。"右一人曰："《西铭》论万物一体，理原如是。然岂徒心知此理，即道济天下乎？父母之于子，可云爱之深矣，子有疾病，何以不能疗？子有患难，何以不能救？无术焉而已。此犹非一身也。人之一身，虑无不深自爱者，己之疾病，何以不能疗？己之患难，何以不能救？亦无术焉而已。今不讲体国经野之政，捍灾御变之方，而曰吾仁爱之心，同于天地之生物。果此心一举，万物即可以生乎？吾不知之矣。至《大学》条目，自格致以至治平，节节相因，而节节各有其功力。譬如土生苗，苗成禾，禾成谷，谷成米，米成饭，本节节相因。然土不耕则不生苗，苗不灌则不得禾，禾不刈则不得谷，谷不舂则不得米，米不炊则不得饭，亦节节各有其功力。西山作《大学衍义》，列目至齐家而止，谓治国平天下可举而措之。不知虞舜之时，果瞽瞍允若而洪水即平，三苗即格乎？抑犹有治法在乎？又不知周文之世，果太姒徽音而江汉即化，崇侯即服乎？抑别有政典存乎？今一切弃置，而归本于齐家，毋亦如土可生苗，即炊土为饭乎？吾又不知之矣。"左一人曰："琼山所补，治平之道其备乎？"右一人曰："真氏过于泥其本，丘氏又过于逐其末，不究古今之时势，不揆南北之情形，琐琐屑屑，缕陈多法，且一一疏请施行，是乱天下也。即其海运一议，胪列历年漂失之数，谓所省转运之费，足以相抵。不知一舟人命，讵止数十；合数十舟即逾千百，又何为抵乎？亦妄谈而已矣。"左一人曰："是则然矣。诸儒所述封建井田，皆先王之大法，有太平之实验，究何如乎？"右一人曰："封建井田，断不可行，驳者众矣。然讲学家持是说者，意别有在，驳者未得其要领也。夫封建井田不可行，微驳者知之，讲学者本自知之。知之而必持是说，其意固欲借一必不行之事，以藏其身也。盖言理言气，言性言心，皆恍惚无可质，谁能考未分天地之前，作何形状；幽微暧昧之中，作何情态乎？至于实事，则有凭矣。试之而不效，则人人见其短长矣。故必持一不可行之说，使人必不能试，必不肯试，必不敢试，而后可号于众曰：'吾所传先王之法，吾之法可为万世致太平，而无如人不用何也！'人莫得而究诘，则亦相率而叹曰：'先生王佐之才，惜哉不竟其用'云尔。以棘刺之端为母猴，而要以三月斋戒乃能观，是即此术。第彼犹有棘刺，犹有母猴，故人得以求其削。此更托之空言，并无削之可求矣。天下之至巧，莫过于是。驳者乃以迂阔议之，乌识其用意哉！"相与太息者久之，划然长啸而去。二士窃记其语，颇为人述之。有讲学者闻之，曰："学求闻道而已。所谓道者，曰天曰性曰心而已。忠孝节义，犹为末务；礼乐刑政，更末之末矣。为是说者，其必永嘉之徒也夫！"

【译文】

周化源说：有两位读书人游览黄山，因被松石奇景所吸引，不忍离去，到了傍晚，还没有往回走。这时夜色苍茫，路上草深苔滑，于是他们一起坐在一座悬崖下面，仰望陡峭的山壁。那上面猿猴飞鸟都是上不去的，中间有一块石头伸出来，就好像从峡谷中飘起的一朵云团。当一弯残月刚刚升起时，只见有两个人坐在那块石头上。两位游客知道这不是神仙就是鬼怪，于是屏住呼吸静听他们说些什么。只听右边那个人问道："最近你到湖南岳麓山去游学，听那位老先生又在说些什么？"左边那个人回答："我去的时候他正聚集了一些人在讲张载的学说，我回来时他又开始讲真德秀编的

《大学衍义》了。"右边那个人说:"张载主张世界上包括人在内的万事万物本属一体,每个人都应该把别人及世界上的万事万物当做自己本身一样看待,道理上本来确实如此。然而岂是只要心中明白了这个道理,就能拯救天下呢?父母对儿女,可谓爱得极深。儿女有疾病,父母为什么不能治疗?儿女遇到灾祸,父母为什么不能救护?这都是因为没有具体的办法罢了。儿女与父母毕竟还不是一个身体。人对自己的身体,想来没有不非常爱惜的,生了疾病,为什么还是不能自己治疗?遇到灾祸,为什么还是不能自己救护?这也是因为没有具体的办法罢了。现在讲道学的人,不讲考察国家规划天下的政治纲领,不讲抵抗灾害防御突发事变的策略,而只是说:我仁慈友爱的心就像天地孕育万物一样。果然只要树立这个念头,万物就可以生长发育吗?我不知道。至于《大学》一书的条目,从'格物、致知'到'治国、平天下',节节相承接,而且各自显出功力。好比土长出幼苗,幼苗长成稻禾,禾生成稻谷,谷变成大米,米变成饭粒,各个环节紧密联系;然而土地不耕耘就不会长生幼苗,幼苗不灌溉则长不成稻禾,禾不收割就不能变成谷,谷不舂就不能变成米,米不煮就不能变成饭,也是各个环节都有相应功力。真德秀编著《大学衍义》,列的条目到'齐家'就止了,认为'治国'、'平天下'将自然做到,不必再去管它。不知唐尧、虞舜在位时,果然因为舜的父亲瞽瞍最终为舜的大孝所感化而信服顺从了,于是洪水灾害自然就平息了,三苗等叛乱的部落自然就归顺了呢?还是这些都有待于尧、舜推行正确的政治法规才能达到?又不知周文王在位时,果然因为他的王妃太姒贤德仁惠,子孙众多,于是长江上游和汉水流域的部落就自然归顺他,殷商的后裔崇侯虎就自然服从了呢?还是这一切都是他推行了一系列正确的政治法规才实现的呢?现在这一切都抛弃在一边,不再探讨,而把所有的希望都寄于修养本身、管理好家庭,这就像土可以生出禾苗,于是就煮土为饭,这行得通吗?这也是我所不知道的。"左边那个人说:"那么明代的邱濬补足了《大学衍义》的'治国'、'平天下'两个条目,他的补充完整吗?"右边那个人说:"真德秀过分拘泥于根本部分,邱濬又过于探究一些细枝末节,而不考虑古今时代情况的变化,不估量南北情形的不同,零细琐碎,罗列各种政策方法,而且

——上疏请朝廷加以实施，这必将引起天下混乱。就说他主张把南方的粮食走海路运往北方这一件事吧，他罗列了历年海运翻船沉没的数字，认为所节省的走运河运输的费用足以相抵，却没想到一只船上人命就不止几十条，几十只船加在一起，就超过千百条人命，这又用什么相抵呢？他的说法不过是胡扯而已。"左边那个人说："这件事确实是这样。至于历代儒家学者以至现在的道学家都谈分封国王、实行井田制等等，这些都是夏、商、周时代君主们实行过的根本大法，并且实践证明它们曾导致天下太平，这究竟怎么样呢？"右边那个人说："分封诸侯王、推行井田制等都绝不可能实施，以前对它加以批驳的人已经不少。不过，道学家中喜欢大谈这一套的人，另有意图，批驳者们还没有抓住其中要害。分封制度、井田制度的不可能推行，不仅批驳的人知道，道学家们自己心里也明白。他们知道不可行还是要大谈这一套，其意图在于故意借一种必不可能推行的主张，作为保护自己面子的挡箭牌。因为谈'理'、'气'、'心'、'性'等等，都是些空洞不着边际的话题，无法着实。谁能考察出天地未分之前究竟是什么样子？复杂微妙的心理活动中'性'与'情'又各是什么样子？至于实际的事情，则有事实可以把握。一试验而没有生效，则人人都能看出它的长短优劣。于是，他们必须大谈一种根本不可能实施的学说，使别人必定不能去试验，必定不肯去试验，必定不敢去试验。然后他们就可以当着众人的面大肆吹嘘：'我所传授的是先代圣王的大法，我的大法可以带来万代太平，可惜没有人任用我实施这些大法，又有什么办法呢？'旁人也无法考察他们的话究竟是真是假，于是也都跟着一齐嚷嚷：'先生您真是辅佐圣君的大才啊，可惜呀，你们的才能不能充分施展'等等。《韩非子·外储左上》记载，战国时宋国有个人说能为燕王用棘刺的尖做个母猴，但说要斋戒三个月后才能看见，就是用的这种骗术。但那个人还得有棘刺，还得要造出一个实实在在的母猴来，所以人们还可以要求看他究竟使用的是什么曲刀。而道学家所说的这一套更加空洞，连看曲刀也无法要求。天下最巧妙狡猾的计策，都不超过这种手段。批驳的人总认为它的过失在于迂腐，哪里知道他们的真实用意呢？"两个人彼此叹息了好久，然后发出响亮的啸声，飘然离去。二位游客偷偷记住他们所说的话，后来经常复述给别人听。有个道学家听到后说:"学习的目的不过是懂得大道而已,所谓大道,也就是天、性、心而已。至于忠孝节义之类,还属于细碎的事情,而礼乐刑法政治制度等等,就更是细碎中的细碎了。抱有上述看法的人,肯定是以叶适为代表的讲究王霸之学和重视功利的永嘉学派的门徒。"

乩仙二诗

刘香畹寓斋扶乩,邀余未赴。或传其二诗曰:"是处春山长药苗,闲随蝴蝶过溪桥。林中借得樵童斧,自斫槐根木瘿瓢。""飞岩倒挂万年藤,猿狖攀缘到未能。记得随身棕拂子,前年遗在最高层。"虽意境微狭,亦楚楚有致。

【译文】

刘香畹在住所扶乩,邀我前往,我没去。有人传出乩仙写的两首诗,一首说:"是处春山长药苗,闲随蝴蝶过溪桥。林中借得樵童斧,自斫槐根木瘿瓢。"另一首是:"飞岩倒挂万年藤,猿狖攀缘到未能。记得随身棕拂子,前年遗在最高层。"虽然意境稍微狭隘了一些,但也相当有文采韵味。

原心与诛心之法

《春秋》有原心之法,有诛心之法。青县有人陷大辟,县令好外宠。其子年十四五,颇秀丽。乘其赴省宿馆舍,邀之于途,托言牒诉而自献焉。狱竟解。实为娈童,人不以娈童贱之,原其心也。里有少妇与其夫狎昵无度，夫病瘵死。姑察其性佚荡，恒自监之，眠食必共，出入必偕，五六年未常离一步。竟郁郁以终。实为节妇，人不以节妇许之，诛其心也。余谓此童与郭六事相类，惟欠一死耳。（语详《滦阳消夏录》。）此妇心不可知，而身则无玷。《大车》之诗所谓"畏子不奔，畏子不敢"者，在上犹为有刑政，则在下犹为守礼法。君子与人为善，盖棺之后，固应仍以节许之。

【译文】
　　《春秋》有推究犯罪者的心迹而予以原谅的笔法，也有追究似乎没有犯罪的人的心迹而加以声讨的笔法。青县有个人因犯大罪被判死刑，当时的县令喜欢娈童，犯罪者的儿子当时十四五岁，长得很秀美，乘着县令去省城在中途住旅店的机会，等候他来到，假托要递申诉状，主动献身于他，这件案子因此竟免予处理。这少年实际上是做了娈童，但人们不因为他做了娈童而鄙视他，是因为原谅他的心迹。又某乡村有个少妇，与她丈夫淫乐无节制，丈夫因此生病而死。婆婆见她性情淫荡，于是总亲自监督她，吃饭睡觉都在一起，进出家门也形影不离，五六年间从没有离开她一步，她结果郁闷压抑而死。她实际上是个节妇，但人们不承认她是节妇，这是因为追究她的本心。在我看来，这少年的事情与郭六的行为相似，差的只不过是一死而已（郭六的事详见《滦阳消夏录》）。这少妇的本心究竟如何不知道，而身体则没有玷污。《诗经·大车》中的"因害怕你主意未定而没有私奔，因害怕你主意未定而不敢私奔"，就是说，如果当官的人能因畏惧而不为非作歹，就算是还遵守国家的法令制度；普通民众能因畏惧而不做坏事，也还算是遵守礼法。君子应该宽恕待人，像这位少妇死后，我们对她身后的评论，还是应该肯定她是个节妇。

啄木鸟的神通

啄木能禹步劾禁,竟实有之。奴子李福,性顽劣,尝登高木之杪,以杙塞其穴口,而锯平其外,伏草间伺之。啄木返,果翩然下树,以喙画沙若符箓,画毕,以翼拂之,其穴口之杙,铮然拔出如激矢。此岂可以理解欤?余在书局,销毁妖书,见《万法归宗》中载有是符,其画纵横交贯,略如小篆两无字相并之形。不知何以得之,亦不知其信否也。

【译文】

相传啄木鸟能像巫师那样跛脚走路,念咒语显神通,没想到竟真有其事。我家的小奴仆李福生性顽皮,曾爬到大树的顶端,用一截木头塞住啄木鸟的巢洞,并把露出树外的部分锯平,然后埋伏在草丛里观察。只见啄木鸟飞回来后,发现巢洞被塞,果然直接飞落地面,用嘴在沙上画,画出像巫师符咒一样的图案,画完后用翅膀一拂,那巢洞口上的木桩一下子就被拔出来,好像突然射出的箭一样。这种现象怎能用道理来解释呢?我在朝廷设立的整理编辑书籍的机构工作时,奉命销毁妖书,曾见《万法归宗》中载有这种符咒,它的笔划纵横交错,大体像小篆体的两个"無"字合在一起的形状。不知这种符咒当初是怎样得来的,也不知它们是否灵验。

鬼　　鸣

李福又尝于月黑之夜,出村南丛冢间,呜呜作鬼声,以恐行人。俄燐火四起,皆呜呜来赴。福乃狼狈逃归。

此以类相召也。故人家子弟，于交游当慎其所召。

【译文】
　　李福又曾在没有月亮的黑夜跑到村子南面的坟堆中，发出"呜呜"的声音装鬼叫，来恐吓过路的人。不料接着四面出现燐火，都发出"呜呜"的声音向他身边聚拢过来，李福于是非常恐慌，狼狈逃回来。这是同类的东西相互招引的缘故。所以每户人家的子弟，交朋友都要很谨慎加以选择。

虎 变 美 女

　　壬午顺天乡试，与安溪李延彬前辈同分校。偶然说虎，延彬曰："里有入山樵采者，见一美妇隔涧行，衣饰华丽，不似村妆。心知为魅，伏丛薄中觇所往。适一鹿引麑下涧饮，妇见之，突扑地化为虎，衣饰委地如蝉蜕，径搏二鹿食之。斯须仍化美妇，整顿衣饰，款款循山去。临流照影，妖媚横生，几忘其曾为虎也。"秦涧泉前辈曰："妖媚蛊惑，但不变虎形耳，搏噬之性则一也。偶露本质，遽相惊讶，此樵何少见多怪乎！"

【译文】
　　壬午年顺天乡试，我与安溪李延彬前辈都参加阅卷，偶尔谈起老虎，延彬说："家乡有个人进山砍柴，见隔着溪流有个美貌妇女在行走，衣服妆饰很华丽，不像乡村女人的装束，砍柴人知道这肯定是妖怪，于是躲在树丛中看她往哪里走。这时正好有只大鹿带着一只小鹿来溪边喝水，那美女见了，突然往地上一扑，变成一只老虎，衣服首饰脱落在地上，就像蝉蜕下外壳一样。只见它直冲过去，抓住两只鹿，把它们吃掉。过了一会儿，它又变成美女，整理一下衣服首饰，然后袅袅婷婷顺着山路走远了。她在溪边照自己的影子，娇媚无比，使人几乎忘了她刚才还是只老虎。"秦涧泉前辈说："妖媚女子迷惑人，只不过不变出虎的形状而已，吃人害人的性质则相同。这个美女偶尔露出虎的本相，砍柴人便如此惊讶，他真是少见多怪啊。"

伍公诗

大学士伍公镇乌鲁木齐日，颇喜吟咏，而未睹其稿。惟于驿壁见一诗曰："极目孤城上，苍茫见四郊。斜阳高树顶，残雪乱山坳。牧马嘶归枥，啼乌倦返巢。秦兵真耐冷，薄暮尚鸣骹。"殊有中唐气韵。

【译文】

大学士伍公镇守乌鲁木齐时，很喜欢作诗，却没机会见到他的诗稿。我只是在驿站的墙壁上看到过他题的一首诗："极目孤城上，苍茫见四郊。斜阳高树顶，残雪乱山坳。牧马嘶归枥，啼乌倦返巢。秦兵真耐冷，薄暮尚鸣骹。"这首诗很有中唐诗歌的气格韵味。

李氏装鬼免祸

束州佃户邵仁我言：有李氏妇，自母家归。日薄暮，风雨大作，避入废庙中。入夜稍止，已暗不能行。适客作（俗谓之短工。为人锄田刈禾，计日受值，去来无定者也。）数人荷锄入。惧遭强暴，又避入庙后破屋。客作暗中见影，相呼追迹。妇窘急无计，乃呜呜作鬼声。既而墙内外并呜呜有声，如相应答。数人怖而反。夜半雨晴，意潜踪得脱。此与李福事相类，而一出偶相追逐，一似来相救援。虽谓秉心贞正，感动幽灵，亦未必不然也。

【译文】

束州佃户邵仁我说：有个姓李人家的媳妇，从娘家返回婆家。傍晚时，刮起大风下起大雨，她只好走进一座破庙躲避。天黑以后，风雨稍微停下来，外面已暗得无法行走。这时正好有几个外地打工的人（人们一般称他们叫短工，他们替人锄地割禾，按天数算工钱，来去行踪不定），扛着镢头走进来，李家媳妇怕遭强暴，又躲进庙后面的破屋中。那些打工的人暗中见到她的影子，于是叫喊着追了上来。她窘迫焦急，没有办法，只得"呜呜"学鬼叫，接着屋里屋外都响起"呜呜"的声音，好像在互相答应一样。几个打工的人害怕，于是退回不再追。到了半夜，雨全住了，她竟得以悄悄逃回家。这事与李福的事也相似，但一是鬼们偶尔来追逐聚拢，一是鬼们好像有意赶来救援。我们即使说这是李家媳妇坚贞的心愿感动了鬼神，也未必没有道理。

婢女放火擒盗

仁我又言：有盗劫一富室，攻楼门垂破。其党手炬露刃，迫胁家众曰："敢号呼者死！且大风，号呼亦不闻，死何益！"皆噤不出声。一灶婢年十五六，睡厨下，乃密持火种，黑暗中伏地蛇行，潜至后院，乘风纵火，焚其积柴。烟焰烛天，阖村惊起，数里内邻村亦救视。大众既集，火光下明如白昼，群盗格斗不能脱，竟骈首就擒。主人深感此婢，欲留为子妇。其子亦首肯，曰："具此智略，必能作家，虽灶婢何害。"主人大喜，趣取衣饰，即是夜成礼。曰："迟则讲尊卑，论良贱，是非不一，恐有变局矣。"亦奇女子哉！

【译文】

　　仁我又说：有伙强盗抢劫一户富裕人家，攻打楼门，眼看就要攻破。强盗们举着火把，执着大刀，威胁全家人说："敢叫喊的一律杀死，而且现在正刮大风，喊也没人听见，白白送死，有什么用？"全家人都闭口不敢出声。有个烧火丫头，年纪约十五六岁，睡在厨房里。她于是偷偷带着火种，在黑暗中伏在地上爬行，悄悄进入后院，乘风放火，烧起堆在那里的许多干柴，火光照到半天空，全村的人都被惊起，几里以内邻村的人也来救火。众人聚集后，火光之下像白天一样明亮，强盗们与众人格斗，无法逃脱，竟全部被擒。主人深深感谢这个婢女，要留她作儿媳妇，他儿子也完全同意，说："有这样的智慧胆识，一定会持家，虽然是烧火丫头，又有什么关系？"主人大喜，催促马上取来衣服首饰，就在当晚举行婚礼，说："一迟就会讲究什么尊卑，考虑什么良贱，赞成反对的意见不一，事情可能就会发生变化。"这婢女也真算得上是一位奇特的女子了。

妖怪揭穿巫师骗局

　　边秋厓前辈言：一宦家夜至书斋，突见案上一人首，大骇，以为咎征。里有道士能符箓，时预人丧葬事。急召占之。亦骇曰："大凶！然可禳解，斋醮之费，不过百余金耳。"正拟议间，窗外有人语曰："身不幸伏法就终，幽魂无首，则不可转生，故恒自提携，累如疣赘。顷见公案几滑净，偶置其上。适公猝至，仓皇忘取，以致相惊。此自仆之粗疏，无关公之祸福。术士妄语，慎不可听。"道士乃丧气而去。

又言：一宦家患狐祟，延术士劾治。法不验，反为狐所窘。走投其师，更乞符箓至。方登坛檄将，已闻楼上搬移声、呼应声，汹汹然相率而去。术士顾盼有德色。宦家亦深感谢。忽举首见壁上一帖曰："公衰运将临，故吾辈得相扰。昨公捐金九百建育婴堂，德感神明，又增福泽，故吾辈举族而去。术士行法，适值其时；据以为功，深为忝窃。赐以觞豆，为稍障羞颜，庶几或可；若有所酬赠，则小人太徼幸矣。"字径寸余，墨痕犹湿。术士惭沮，竟嗫不敢言。梁简文帝与湘东王书引谚曰："山川而能语，葬师食无所；肺腑而能语，医师面如土。"此二事者，可谓鬼魅能语矣，术士其知之。

【译文】

边秋崖前辈说：有个做官的人，晚上到书房去，突然见书桌上有个人头，大惊，以为是个凶险的兆头。当地有个道士能画符念咒，经常参与操办人家丧葬之类的事情，这个做官的人急忙把他召来。道士一推算，也大吃一惊，说："是大凶险的兆头，但可以祈祷避免，做法事的费用不过一百多两银子。"两人正在商议时，只听窗外有人说道："我不幸因罪被斩首而死，鬼没有头就不能转生，所以我总是自己提着它，很感累赘。刚才见您的书桌上平整干净，偶尔把头放在上面，碰上您突然闯进来，我慌忙躲避，仓促中忘记取走，以致让您受惊了。这只是因我的粗心而导致，与您的祸福毫无关系。巫师胡说八道，您千万不要相信。"那道士于是垂头丧气走掉了。

边秋崖前辈又说：有个当官的人家狐狸精作怪扰乱，于是请了巫师来惩治，不灵验，巫师反而被狐狸精弄得很狼狈。巫师跑去向师父求援，请来了新的符咒，刚刚重新登坛召唤神将，就听到楼上有搬家的声音，有互相招呼的声音，轰轰然响个不停，狐狸精们已相继离去了。巫师左顾右盼,很是得意,这户当官的人家也非常感激他。忽然,他们抬头见壁上贴了一张纸,上面写道:"你衰败的命运将要来临,所以我们敢来打扰。昨天你捐献九百两银子建育婴堂,这种高尚品德感动了神明,又给你增添了福分,所以我们全部撤走。巫师做法事正好碰上这个时机,于是把这当成自己的功劳,这真是脸皮厚。你赏他一顿酒饭,稍微替他遮遮羞,这还是可以的;若还要给他酬谢,则这种小人也太侥幸了。"那些字每个大小有一寸多见方,墨迹还是湿的。巫师惭愧沮丧,闭口不敢出声。梁简文帝《与湘东王书》引当时的谚语说:"山川而能语,葬师食无所;肺腑而能语,医师面如土。"上述两件事,可以说是鬼怪能说话了,巫师们大概应该知道吧。

妻偏心之报

朱导江言:有妻服已释忽为礼忏者,意甚哀切,过于初丧。问之,初不言。所亲或私叩之,乃泫然曰:"亡妇相聚半生,初未觉其有显过。顷忽梦至冥司,见女子数百人,锁以银铛,驱以骨朵,入一大官署中。俄闻号呼凄惨,栗魄动魂。既而一一引出,并流血被骭,匍匐膝行,如牵羊豕。中一人见我招手,视即亡妇。惊问:'何罪至此?'曰:'坐事事与君怀二意。初谓为家庭常态,不意阴律至严,与欺父欺君竟同一理,故堕落如斯。'问:'二意者何事?'曰:'不过骨肉之中私庇子女,奴隶之中私庇婢媪,亲串之中私庇母党,均使君不知而已。今每至月朔,必受铁杖三十,未知何日得脱。此累累者皆是也。'尚欲再言,已为鬼卒曳去。多年伉俪,未免有情,故为营斋造福耳。"夫同牢之礼,于情最亲，亲则非疏者所能间；敌体之义，于分本尊，尊则非卑者所能违。故二人同心，则家庭之纤微曲折，男子所不能知、与知而不能自为者，皆足以弥缝其阙。苟徇其私爱，意有所偏，则机械百出，亦可于耳目所不及者无所不为，种种衅端，种种败坏，皆从是起。所关者大，则其罪自不得轻。况信之者至深，托之者至重，而欺其不觉，为所欲为，在朋友犹属负心，应干神谴；则人原一体，分属三纲者，其负心之罪不更加倍蓰乎？寻常细故，断以严刑，固不得谓之深文矣。

【译文】

朱导江说：有个人为妻子服丧，期限已满，却又做法事为她祈祷，而且十分悲痛哀伤，超过妻子刚死时。有人问他，他开始不肯说。与他关系亲密的人私下询问，他才流泪说道："我与亡妻在一起生活了大半辈子，一直没觉得她有什么明显的过错。前不久我忽然梦见到了阴间，见有几百个女人被铁链锁着，后面有人拿着大头棒驱赶，进入一座大衙门中。不久便听到凄惨的叫喊声，惊心动魄。接着一一被带出来，个个都血流遍体，伏在地上用膝盖爬行，好像牵的一群猪羊。其中有一个女人向我招手，我仔细一看，竟是我死去的妻子。我很吃惊地问她有什么罪过，竟遭到如此严厉的惩罚，她说：'就因为事事都对你怀有二意。开始时我以为这是家庭中常有的情形，没想到阴间的法律极为严厉，欺骗丈夫与欺骗父亲、君王是同等的罪过，所以我现在落到这个地步。'我问她所谓怀二意是指哪些事情，她说：'不过就是骨肉中我对自己的亲生儿女私下偏护，奴仆中我对女仆们私下偏护，亲属中我对娘家人私下偏护，并且都不让你知道而已。现在每月的初一，我都要被铁杖打三十下，不知哪一天才能解脱。这一群女人，都与我情况相同。'本还想再说几句话，那鬼卒已把她拉走了。多年的夫妻，不免有感情，所以我现在为她做法事祈福。"一男一女经过同食的结婚仪式结为夫妇,在感情上是最亲密的人,既然亲密,则不是其他疏远的人所能离间的;夫妻的地位相等,理当相互尊重,尊重则不是卑贱的人所能离间的。所以,夫妻俩同心协力,则家庭中任何细碎的事情,男人所不能知道的,及知道了而不便亲自处理的,妻子都能加以弥补。倘若妻子只根据自己的私心所爱,心中有偏颇,则花样百出,也可以在丈夫耳目所不及的地方无所不为。种种祸害的起因,种种败坏的状况,都由此引起。既然这一点关系重大,那么在这方面犯了罪过就不会轻。何况丈夫对妻子最为信任,寄予重托,而妻子却欺负丈夫不知道,为所欲为,这种事情即使发生在朋友之间也是负心的行为,也应遭到神灵的惩罚。丈夫和妻子本为一体,关系上属于"三纲"之一,妻子如果对丈夫负心,她的罪过不是应该更增加五倍十倍吗?虽然是因为一些日常小事,却判处严厉的刑罚,也不能说这是苛刻了。

京城人的狡诈

人情狙诈,无过于京师。余尝买罗小华墨十六锭,漆匣黯敝,真旧物也。试之,乃抟泥而染以黑色,其上白霜,亦盦于湿地所生。又丁卯乡试,在小寓买烛,爇之不燃。乃泥质而幂以羊脂。又灯下有唱卖炉鸭者,从兄万周买之。乃尽食其肉,而完其全骨,内傅以泥,外糊以纸,染为炙煿之色,涂以油,惟两掌头颈为真。又奴子赵平以二千钱买得皮靴,甚自喜。一日骤雨,著以出,徒跣而归。盖靿则乌油高丽纸揉作绉纹,底则糊粘败絮,缘之以布。其他作伪多类此,然犹小物也。有选人见对门少妇甚端丽,问之,乃其夫游幕,寄家于京师,与母同居。越数月,忽白纸糊门,合家号哭,则其夫讣音至矣。设位祭奠,诵经追荐,亦颇有吊者。既而渐鬻衣物，云乏食，且议嫁。选人因赘其家。又数月，突其夫生还。始知为误传凶问。夫怒甚，将讼官。母女哀吁，乃尽留其囊箧，驱选人出。越半载，选人在巡城御史处，见此妇对簿。则先归者乃妇所欢，合谋挟取选人财，后其夫真归而败也。黎丘之技，不愈出愈奇乎！

又西城有一宅，约四五十楹，月租二十余金。有一人住半载余，恒先期纳租，因不过问。一日，忽闭门去，不告主人。主人往视，则纵横瓦砾，元复寸椽，惟前后临街屋仅在。盖是宅前后有门，居者于后门设木肆，贩鬻屋材，而阴拆宅内之梁柱门窗，间杂卖之。各居一巷，故人不能觉。累栋连甍，搬运无迹，尤神乎技矣。

然是五六事，或以取贱值，或以取便易，因贪受饵，其咎亦不尽在人。钱文敏公曰："与京师人作缘，斤斤自守，不入陷阱已幸矣。稍见便宜，必藏机械，神奸巨蠹，百怪千奇，岂有便宜到我辈。"诚哉是言也。

【译文】
　　人心狡诈，没有比京城里更厉害的。我曾买到制墨名家罗小华的墨十六锭，装墨的匣子漆色暗旧，好像真是经过了许多年岁的东西。等到一试，才发现是用泥巴捏成，外面染上了一层黑色，表面的白霜也是放在阴暗潮湿地方长出来的霉。丁卯年参加乡试，在小小的住所买了蜡烛，点它点不燃，原来也是用泥捏的，外面蒙了一层羊油。晚上又有卖烤鸭的，我的堂兄万周买了一只，原来是肉已经吃光了，而骨头架子保持完整，里面涂了一些泥巴，外面糊了一层纸，染成经过烧烤的颜色，涂上一层油，只有两只脚掌和头颈是真的。又我家的仆人赵平用两千文钱买了一双皮靴，非常高兴。一天突然下雨，他穿着出去，不久便赤着脚回来，原来皮靴的帮是用乌油高丽纸揉出一些皱纹作的，底则是用浆糊把烂棉絮粘成一块，再用布包上。其他造假的情况大多与此类似，但这还是一些小东西。有个赴京候选官职的人，见对门住的少妇长得很端庄秀丽，一问，才知道她的丈夫给人作幕僚远行，暂把家眷寄在京城，她与母亲住在一起。过了几个月，她家门口忽然糊上白纸，全家号哭，原来是她丈夫的死讯传到了。她家设起灵位祭奠，又请和尚念经超度，也有不少人来吊唁。事后不久，她渐渐开始变卖衣物，说是没饭吃了，而且准备再嫁人，候选官职的人于是入赘她家。又过了几个月，她的丈夫突然活着回来，这才知道误传了死讯。她丈夫非常愤怒，要到官府告状，母女俩百般哀求，才留下候选官职的人所有钱财，把他赶出来。又过了半年，这人在巡城御史那里看到那妇女正在受审，原来前面跑来并扣下他的财物的那个人是女子的相好，他们合谋夺取了他的钱财。现在女子的丈夫真的回来了，所以他们才因败露而被拘捕。真真假假的诡计，不是越变越奇异么？

又西城区有一处住宅，约有四五十间房子，每月租金二十多两银子。有个人租住了半年多，总是在规定的日期之前就把租金交来，房主于是也不过问。一天，他突然关门离去，没有通知房主，房主跑去一看，则院子里碎砖烂瓦散落满地，不剩一根木头，只有前后临街的房子还保存着。原来这处住宅前后都有门，租住的人在后门口设了个木材店，贩卖建房用的木料，而暗暗拆住宅里的梁、柱及门窗等，夹杂着卖掉。因为前后门在不同街巷，所以别人没能发觉。宅内大片房屋的木料砖瓦，不声不响地全部搬运光，这骗术真可谓神乎其神了。

不过，以上五六件事情，受骗的人或者是看中了价格低廉，或者是为它的方便所吸引，都是因有所贪图而上当受骗，责任也不全在骗子身上。钱文敏公说："与京城的人打交道，时时刻刻注意保护自己，不落入别人设置的陷阱，就算幸运的了。稍微显示出便宜的事情，其中必然设有圈套。京城人阴险狡猾，千奇百怪，哪有便宜落到我们这些人身上。"这话说得真深刻啊。

害人者不可信

王青士言：有弟谋夺兄产者，招讼师至密室，篝灯筹画。讼师为设机布阱，一一周详，并反间内应之术，无不曲到。谋既定，讼师掀髯曰："令兄虽猛如虎豹，亦难出铁网矣。然何以酬我乎？"弟感谢曰："与君至交，情同骨肉，岂敢忘大德。"时两人对据一方几，忽几下一人突出，绕室翘一足而跳舞，目光如炬，长毛毵毵如蓑衣，指讼师曰："先生斟酌：此君视先生如骨肉，先生其危乎？"且笑且舞，跃上屋檐而去。二人与侍侧童子并惊仆。家人觉声息有异，相呼入视，已昏不知人。灌治至夜半，童子先苏，具述所闻见。二人至晓乃能动。事机已泄，人言藉藉，竟寝其谋，闭门不出者数月。

相传有狎一妓者，相爱甚。然欲为脱籍，则拒不从；许以别宅自居，礼数如嫡，拒益力。怪诘其故，喟然曰："君弃其结发而昵我，此岂可托终身者乎？"与此鬼之言，可云所见略同矣。

【译文】
王青士说：有个弟弟图谋夺取哥哥的家产，请了一个专替人打官司的讼师，两人在秘密房间里点起灯来策划，讼师替他设计圈套，布置陷阱，一一都安排得十分周密详尽，包括反间、内应之类的计谋，也无不设置得丝丝入扣。计谋设计好后，讼师一捋胡须说道："你的兄长即使猛如虎豹，也难以逃脱我布下的铁网。然而你准备怎样酬谢我呢？"那位弟弟感谢道："与你是最亲密的朋友，感情如同骨肉兄弟,怎能忘记你的大恩大德?"当时两人对坐在一张方桌两边,只见桌子底下突然跳出一个人,在屋里绕行,翘起一只脚跳舞,目光闪闪发亮像火把,浑身长着长长的毛,好似披着蓑衣,指着讼师说:"先生可得好好想想,这个人要把你看作兄弟,先生恐怕就很危险了。"那人一边笑一边跳舞,飞上屋檐消失了,两人与在旁边侍候的书僮都惊倒在地。家里人觉得声音好像不对劲,互相招呼着进屋来看,只见他们都已昏迷不省人事。灌下汤水抢救到半夜,书僮先苏醒,把所看到所听到的一切全说了出来。两个人到早晨才能动,但计谋已经泄露,人们议论纷纷,弟弟结果不得不放弃这一企图,几个月关着门不出来。

又相传有个人和一个妓女打得火热,但提出要为她赎身,她便拒绝不肯;许诺另找一处住宅住下,按正妻的礼节对待她,她拒绝更加坚决。这人感到奇怪,问她为什么,她长叹一声说道:"你能抛弃结发妻子而与我相好,这种人是可以托以终身的吗?"这妓女的话与上面那个鬼所说的话,可以说见解大体相同。

女不如媳

张夫人,先祖母之妹,先叔之外姑也。病革时,顾侍者曰:"不起矣。闻将死者见先亡,今见之矣。"既而环顾病榻,若有所觅,唱然曰:"错矣!"俄又拊枕曰:"大错矣!"俄又瞑目啮齿、掐掌有痕曰:"真大错矣!"疑为谵语,不敢问。良久,尽呼女媳至榻前,告之曰:"吾向以为夫族疏而母族亲,今来导者皆夫族,无母族也;吾向以为媳疏而女亲,今亡媳在左右而亡女不见也。非一气者相关,异派者不属乎?回思平日之存心,非厚其所薄,薄其所厚乎?吾一误矣,尔曹勿再误也。"此三叔母张太宜人所亲闻。妇女偏私,至死不悟者多矣。此犹是大智慧人，能回头猛省也。

【译文】
　　张夫人，是我已去世的祖母的妹妹，也就是我已去世的叔父的岳母。她病危时对旁边侍候的人说："我好不了啦。听说快死的人能看到已死的人，我现在已经看到了。"接着她环视病榻周围，好像在找什么，只听她叹息一声，说："错了。"接着她又拍着枕头说："大错了。"接着她闭上眼紧咬牙关，把自己的手掌掐出很深的痕，说："真的大错了。"旁边的人以为她在说胡话，都不敢问。过了很久，她把所有的女儿媳妇都召到床前，告诉她们说："我过去以为夫家的人疏远而娘家的人亲密，现在来引导我的，都是夫家的鬼，没有娘家的鬼；我过去以为媳妇疏远而女儿亲密，现在死去的媳妇都来到我身旁，而不见死去的女儿。这不正表明同一血脉的人才互相关怀，而别为一家的人就不相关连吗？回想起平日的看法，不是厚待了薄待自己的人，而薄待了厚待自己的人吗？我已经错过一次了，你们不要再错了。"这些是我的三叔母张太宜人所亲耳听到的。女人们偏爱娘家人或女儿等，到死也不醒悟，这种情况是太多了。像张夫人这样，还算是具有大智慧的人，能够回头猛省。

老乳母智讽女主人

　　孔子有言：谏有五，吾从其讽。圣人之究悉物情也。亲串中一妇，无子而阴忮其庶子；侄若婿又媒蘖短长私党胶固，殆不可以理喻。妇有老乳母，年八十余矣。闻之，匍匐入谒，一拜，辄痛哭曰："老奴三日不食矣。"妇问："曷不依尔侄？"曰："老奴初有所蓄积，侄事我如事母，诱我财尽。今如不相识，求一盂饭不得矣。"又问："曷不依尔女若婿？"曰："婿诱我财如我侄，我财尽后，弃我亦如我侄，虽我女无如何也。"又问："至亲相负，曷不讼之？"曰："讼之矣，官以为我已出嫁，于本宗为异姓；女已出嫁，又于我为异姓。其收养为格外情，其不收养律无罪，弗能直也。"又问："尔将来奈何？"曰："亡夫昔随某官在外，娶妇生一子，今长成矣。吾讼侄与婿时，官以为既有此子，当养嫡母，不养则律当重诛。已移牒拘唤，但不知何日至耳。"妇爽然若失，自是所为遂渐改。此亲戚族党唇焦舌敝不能争者，而此妪以数言回其意。现身说法，言之者无罪，闻之者足以戒耳。触龙之于赵太后，盖用此术矣。

【译文】
　　孔子说过：劝告有五种方式，我倾向于用巧妙暗示的方式。这表明圣人对人情世故是了解把握得十分准确深刻的。我的一家亲戚中有个妇人，自己没有儿子，而心里十分嫉恨妾所生的儿子，侄儿和女婿们又造谣中伤，彼此勾结抱成一团，简直不可能用道理使她醒悟了。妇人有个老奶妈，已经八十多岁，得知后很艰难地走来拜见她，刚一下拜就痛哭起来，说："老奴仆已经三天没吃饭了。"妇人问她为什么不去投靠侄儿，老奶妈说："老奴仆当初积蓄了一点钱财，侄儿对待我就像对待自己的母亲一样，把我的钱财全骗去了。现在看到我像不认识一样，求一碗饭也得不到了。"又问为什么不去投靠女儿女婿，老奶妈说："女婿骗取我的钱财，和侄儿一模一样。我的钱财没有了，他抛弃我也和侄儿一模一样，我的女儿也无可奈何。"又问："骨肉之亲负心，你为什么不去告状？"老奶妈说："告过状了，官府说我已经出嫁，对娘家人来说已经是异姓人了；我女儿也已出嫁，对我来说她也已经是异姓人了。他们如果愿意收养我，那是他们格外的恩情；他们不肯收养，在法律上没有罪过，所以官府不能为我作主。"又问："那你将来怎么办呢？"老奶妈说："我已死去的丈夫从前跟随某位官员，在外面娶了一个妾，生了一个儿子。现在他长大成人了,我告侄儿和女婿的状时,官府说我既然有这个儿子,他应该赡养我这个嫡母,如不肯赡养,在法律上就有重罪。官府已发出传票召他来这里,只不知他哪天才能到。"妇人听了爽然若有所失。从此以后,她的行为也就慢慢改变了。这件事,亲戚族人说得口干舌燥也没有用,而这个老奶妈只用几句话就使她回心转意。用自己作例子来说明道理,说的人没有罪过,听的人足以用来警戒自己。触龙说服赵太后,也是用的这种方法。

卷十八

姑妄听之（四）

妾智擒盗

马德重言：沧州城南，盗劫一富室，已破扉入，主人夫妇并被执，众莫敢谁何。有妾居东厢，变服逃匿厨下，私语灶婢曰："主人在盗手，是不敢与斗。渠辈屋脊各有人，以防救应；然不能见檐下。汝抉后窗循檐出，密告诸仆：各乘马执械，四面伏三五里外。盗四更后必出，——四更不出，则天晓不能归巢也。——出必挟主人送；苟无人阻，则行一二里必释，不释恐见其去向也。俟其释主人，急负还而相率随其后，相去务在半里内。彼如返斗即奔还，彼止亦止，彼行又随行。再返斗仍奔，再止仍止，再行仍随行。如此数四，彼不返斗则随之得其巢，彼返斗则既不得战，又不得遁，逮至天明，无一人得脱矣。"婢冒死出告，众以为中理，如其言，果并就擒。重赏灶婢。妾与嫡故不甚协，至是亦相睦。后问妾何以办此，泫然曰："吾故盗魁某甲女，父在时，尝言行劫所畏惟此法，然未见有用之者。今事急姑试，竟侥幸验也。"故曰，用兵者务得敌之情。又曰，以贼攻贼。

【译文】

马德重说：沧州城南面，有一伙强盗抢劫一户富裕人家，已打破大门冲进去，主人夫妇都被抓住，众人因此不敢动手。有一个妾住在东厢房，她穿上仆人的衣服逃到厨房里，悄悄对烧火的丫头说："主人在强盗手里，因此不能与他们正面相斗。他们在屋顶上都安排了人，以防有人来救援，但看不到屋檐底下。你撬开后面的窗户，顺着屋檐逃出去，悄悄告诉仆人们，让他们都拿上武器骑上马，在三五里以外的地方四面埋伏。强盗们四更后一定会走，因为四更还不走，天亮时就不能回到老窝了。他们走的时候一定会挟制主人送行，如果无人阻拦，则走一二里后肯定会放掉主人，不放掉怕主人看出他们逃走的方向。等他们放了主人，就立即把主人背回来，然后一起尾随在强盗们后面，相隔一定要在半里以内。他们如果回过头来格斗，即急忙往回跑；他们停下，也就停下；他们再走，又跟上去；他们再回头来格斗，仍然急忙往回跑；他们再停下，也就再停下；他们又走，仍跟着走。这样反复几次，他们不回头格斗就一直跟着，可以发现他们的老窝在哪里；他们回过头来格斗，则既格斗不成，又无法逃走。等到天亮，他们就一个也逃不掉了。"烧火丫头冒死跑出告诉众人，都以为妾说的话有道理，于是按照她所说的做，果然将强盗全部擒住。主人重赏了烧火丫头。妾本来一直与正妻不大和睦，这以后也相互和睦了。后来问妾怎能想出这样的主意，妾流着泪说："我本来是强盗头子某某的女儿，父亲生前曾说抢劫最怕的就是这一招，但从没见到被抢人家用它。当时情况紧急，我姑且试一试，没想到竟侥幸成功了。"所以说，用兵的人，一定要了解敌方的隐情。又有一种说法，叫以贼攻贼。

狐 驱 鬼

戴东原言：有狐居人家空屋中，与主人通言语，致馈遗，或互假器物，相安若比邻。一日，狐告主人曰："君别院空屋，有缢鬼多年矣。君近拆是屋，鬼无所栖，乃来与我争屋。时时现恶状，恐怖小儿女，已自可憎；又作祟使患寒热，尤不堪忍。某观道士能劾鬼，君盍求之除此害。"主人果求得一符，焚于院中。俄暴风骤起，声轰然如雷霆。方骇愕间，闻屋瓦格格乱鸣，如数十人奔走践踏者，屋上呼曰："吾计大左，悔不及。顷神将下击，鬼缚而吾亦被驱，今别君去矣。"盖不忍其愤，急于一逞，未有不两败俱伤者。观于此狐，可为炯鉴。

又吕氏表兄言：（忘其名字，先姑之长子也。）有人患狐祟，延术士禁咒。狐去而术士需索无厌，时遣木人纸虎之类至其家扰人，赂之，暂止。越旬日复然，其祟更甚于狐。携家至京师避之，乃免。锐于求胜，借助小人，未有不遭反噬者。此亦一征矣。

【译文】

戴震说：有群狐狸精住在一户人家的空屋中，与主人相互通话，互相赠送礼物，互相借用器具物品，相安无事，就像邻居一样。一天，狐狸告诉主人说："你另一个院子的空屋中有吊死鬼，已经有很多年了。你近来拆掉那房屋，鬼没有地方栖身，于是跑来与我争屋住。它常常现出凶恶的形状，恐吓我的小儿小女，已令人可恨，又作怪让我的孩子患上疟疾，时冷时热，尤其不堪忍受。某座道观里的道士能惩治恶鬼，你为何不请他来除掉这个祸害呢？"主人果然从道士那里求来了一道符，在院子里焚烧。紧接着大风骤起，声音轰轰隆隆像雷霆。主人正感到惊恐时，只听屋上的瓦片"格格"乱响，好像有几十个人奔走践踏。屋上有个声音大叫道："我的计策大错特错，后悔也来不及了。刚才神将下来攻击，捉住了鬼，我也被驱逐，现在与你告别，我们要走了。"凡是不能忍受一时的愤怒，急于一泄怨气的，没有不两败俱伤的。看看这只狐狸的经历，就是一个明显的教训。

又我的一位姓吕的表兄（我忘了他的名字，他是我已去世的姑母的长子）说：有个人遭狐狸为害，请巫师来用符咒禁治。狐狸是走了，而巫师却贪得无厌，总是派遣一些木人纸虎之类到他家捣乱，送了钱财，就暂时停止，过上十来天，又是原样，他的为害反而超过了狐狸。这人只好把家搬到京城来逃避，才得以免受巫师的害。凡是急于求胜，请小人帮忙的，没有不被小人反咬一口的，这件事也是一个明证。

山　精

乌鲁木齐参将海起云言：昔征乌什时，战罢还营，见厓下树桠间一人探首外窥。疑为间谍，奋矛刺之。（军中呼矛曰苗子，盖声之转。）中石上，火光激进，矛折，臂几损。疑为目眩，然矛上地上皆有血迹，不知何怪。余谓此必山精也。深山大泽，何所不育。《白泽图》所载，虽多附会，殆亦有之。又言：有一游兵，见黑物蹲石上。疑为熊，引满射之。三发皆中，而此物夷然如不知。骇极，驰回呼伙伴，携铳往，则已去矣。余谓此亦山精耳。

【译文】

乌鲁木齐参将海起云说：从前征讨乌什时，有一天战斗结束返回营地，见山崖下的树丫间有个人伸出头来张望，怀疑是间谍，举矛用力刺去（军队中称矛叫苗子，大约是音相近而变），却刺中石头，只见火星迸散，矛折断，胳膊也差一点受伤。他怀疑是眼睛看花了，但矛上和地上又都有血迹，不知究竟是个什么妖怪。我认为这肯定是山精。深山大泽中，什么东西生长不出来？《白泽图》所载的各种妖怪，虽然很多是附会假造出来的，大概也有实际存在的。海起云又说，有个巡逻兵见一团黑东西蹲在石头上，怀疑是熊,把弓拉满射去,连续三箭都射中,而那东西竟然像不知道似的。士兵极为惊慌,急忙骑马跑回,叫了一群伙伴,带着土枪再去,则已不在那里了。我认为这也是山精。

长　姐

常山峪道中加班轿夫刘福言:(九卿肩舆,以八人更番,出京则加四人,谓之加班。)长姐者,忘其姓,山东流民之女。年十五六,随父母就食于赤峰,(即乌蓝哈达。乌蓝译言红,哈达译言峰也。今建为赤峰州。)租田以耕。一日,入山采樵,遇风雨,避岩下。雨止已昏黑,畏虎不敢行,匿草间。遥见双炬,疑为虎目。至前,则官役数人,衣冠不古不今,叱问何人。以实告。官坐石上,令曳出。众呼跪,长姐以为山神,匍匐听命。官曰:"汝夙孽应充我食。今就擒,当啖尔。速解衣伏石上,无留寸缕,致挂碍齿牙。"知为虎王,觳觫祈免。官曰:"视尔貌尚可,肯侍我寝,当赦尔。后当来往于尔家,且福尔。"长姐愤怒跃起曰:"岂有神灵肯作此语?必邪魅也。啖则啖耳,长姐良家女,不能蒙面作此事。"拾石块奋击,一时奔散。此非其力足胜之,其气足胜之,其贞烈之心足以帅其气也。故曰:"其为气也,至大至刚。"

【译文】
　　常山山道上的加班轿夫(九卿一级的官员坐的轿子用八个人轮番抬,出了京城则加四个人,称为加班。)刘福说:有个女孩叫长姐,忘记她姓什么了,是个山东流民的女儿,年纪十五六岁,随父母一起到赤峰讨生计(即乌蓝哈达,"乌蓝"译成汉语是"红","哈达"译成汉语是"峰"。现在这里已设赤峰州),租了当地人一些田耕种。一天,长姐进山砍柴,遇到风雨,她躲在悬崖下避雨。等到雨停,天已昏黑,怕有老虎,不敢回家,因此躲在草丛中。这时只见远远有一对灯笼,她怀疑是老虎的眼睛。等靠近后,才发现是一个官和几个仆人,穿的衣服戴的帽子既不像古代人又不像当代人。那官员喝问是什么人,长姐实话相告。那官员坐在石头上,命令仆人将长姐从草丛中拖出来。仆人们叫长姐跪下,长姐以为遇到了山神,于是伏在地上听命。那官员说:"你前生犯了罪,应该充当我的食物。现在抓住你了,应该马上吃掉你。快把衣服脱掉,躺在石头上,不要留下一根纱,免得妨碍我的牙齿咀嚼。"长姐这才知道他是虎王,浑身颤抖着祈求饶命。那官员说:"看你的容貌还可以,如果肯陪我睡觉,我可以赦免你。以后我会常来你家,并给你带来好处。"长姐愤怒地跳起来,说:"哪有神灵肯说出这种话的?你必定是个妖怪。你要吃就吃吧。我长姐是良家女子,决不能蒙着自己的脸做这种事。"说完,她捡起石头乱打,那些妖怪四处逃散。这不是她的力量足以战胜妖怪,而是她的正气足以压倒妖怪,她的坚贞刚烈的心灵又足以统帅她的气。所以说,人的正气,是最强大最刚强的。

妓女智赈灾民

张太守墨谷言:德、景间有富室,恒积谷而不积金,防劫盗也。康熙、雍正间,岁频歉,米价昂。闭廪不肯粜升合,冀价再增。乡人病之,而无如何。有角妓号玉面狐者曰:"是易与,第备钱以待可耳。"乃自诣其家曰:"我为鸨母钱树,鸨母顾虐我。昨与勃谿,约我以千金自赎。我亦厌倦风尘,愿得一忠厚长者托终身,念无如公者。公能捐千金,则终身执巾栉。闻公不喜积金,即钱二千贯亦足抵。昨有木商闻此事,已回天津取资。计其到,当在半月外。我不愿随此庸奴。公能于十日内先定,则受德多矣。"张故惑此妓,闻之惊喜,急出谷贱售。廪已开,买者坌至,不能复闭,遂空其所积,米价大平。谷尽之日,妓遣谢富室曰:"鸨母养我久,一时负气相诟,致有是议。今悔过挽留,义不可负心。所言姑俟诸异日。"富室原与私约,无媒无证,无一钱聘定,竟无如何也。此事李露园亦言之,当非虚谬。闻此妓年甫十六七,遽能办此,亦女侠哉!

【译文】

张墨谷太守说:德州、景州一带有个财主,总是囤积粮食,而不积累金银,为的是防备强盗。康熙雍正年间,连年歉收,米价高涨。这个财主关着仓门不肯卖一升一合米,希望价格再往上涨。附近的人很恨他,却又无可奈何。有个妓女外号叫"玉面狐",她说:"这好对付,你们只管把钱准备好,等候买粮吧。"于是她走到财主家,说:"我是鸨母的摇钱树,她却虐待我。昨天我与她吵了一架,已约定我用一千两银子自己赎身。我也厌倦了妓院里的生活,愿意找一个忠厚老实的人,倚托终身,想来想去没有比您更合适的了。您如果能拿出一千两银子,则我一辈子都将侍候您。听说您不喜欢积蓄金钱,那么用两千贯铜钱也可以抵数。昨天有个木材商人知道了这事,已回天津取钱去了。算他再到达这里应当在半个月以后,我不愿意跟随这个平庸的人,您能在十天内先定下来,则我十分感激您的恩德。"这个姓张的财主本来就十分贪恋这个妓女的美貌,听了这番话非常惊喜,急忙拿出谷来便宜出售。仓库一开,买的人一涌而来,仓门无法再关上。结果他仓中的米全部卖空,粮价也大大平抑下来。谷卖完的那天,妓女派个人来对财主道歉说:"鸨母养我这么久,一时间斗气争吵,以致有赎身的想法。现在鸨母后悔认错,要挽留我,按情理我不能负心,所约的事等以后再说吧。"

财主原来与她只是私下约定,没有媒人,没有证人,也没有出一文钱作聘礼,竟也无可奈何。这件事李露园也说起过,应该不假。听说这妓女年纪才十六七岁,就能做成这种事情,也算是一位女侠了。

狐妾自辩

丁药园言:有孝廉四十无子,买一妾,甚明慧。嫡不能相安,旦夕诟谇。越岁,生一子。益不能容,竟转鬻于远处。孝廉惘惘如有失。独宿书斋,夜分未寐,妾忽搴帷入。惊问:"何来?"曰:"逃归耳。"孝廉沉思曰:"逃归虑来追捕,妒妇岂肯匿?且事已至此,归何所容?"妾笑曰:"不欺君,我实狐也。前以人来,人有人理,不敢不忍诟;今以狐来,变幻无端,出入无迹,彼乌得而知之?"因嬿婉如初。久而渐为僮婢泄,嫡大恚,多金募术士劾治。一术士檄将拘妾至,妾不服罪,攘臂与术士争曰:"无子纳妾,则纳为有理;生子遣妾,则夫为负心。无故见出,罪不在我。"术士曰:"既见出矣,岂可私归?"妾曰:"出母未嫁,与子未绝;出妇未嫁,于夫亦未绝。况鬻我者妒妇,非见出于夫。夫仍纳我,是未出也,何不可归?"术士怒曰:"尔本兽类,何敢据人理争?"妾曰:"人变兽心,阴律阳律皆有刑。兽变人心,反以为罪,法师据何宪典耶?"术士益怒曰:"吾持五雷法,知诛妖耳,不知其他。"妾大笑曰:"妖亦天地之一物,苟其无罪,天地未尝不并育。上帝所不诛,法师乃欲尽诛乎?"术士拍案曰:"媚惑男子,非尔罪耶?"

妾曰:"我以礼纳,不得为媚惑;倘其媚惑,则摄精吸气,此生久槁矣。今在家两年,复归又五六年,康强无恙,所谓媚惑者安在?法师受妒妇多金,锻炼周内,以酷济贪耳,吾岂服耶!"问答之顷,术士顾所召神将,已失所在。无可如何,瞑目曰:"今不与尔争,明日会当召雷部。"明日,嫡再促设坛,则宵遁矣。盖所持之法虽正,而法以贿行,故魅亦不畏,神将亦不满也。相传刘念台先生官总宪时,题御史台一联曰:"无欲常教心似水,有言自觉气如霜。"可谓知本矣。

【译文】

丁药园说:有个举人,四十岁还没有儿子,于是买了一个妾。那妾非常聪明伶俐,正妻不肯容纳,早晚吵闹詈骂。过一年后生了个儿子,正妻更加不能容纳,竟将她转卖到很远的地方去了。举人闷闷不乐,如有所失,晚上独自躺在书房里,半夜还没入睡,忽见妾掀起门帘走进来。举人惊问她怎能回来,她说是逃回来的。举人沉思了一会,说:"你逃回来,怕你的新主人来追捕,妒妇怎肯将你藏住?而且事情到了这一步,你回来她又怎么容得下你呢?"妾笑着说:"不骗你,我实际上是狐狸。从前是作为人而来,人有人的道理,我不敢不忍受她的怒骂;现在我是作为狐狸而来,可以变幻无穷,出入不见形迹,她怎能知道?"于是两人亲亲热热,又像当初一样。久而久之,仆人们渐渐把这事泄露出来,正妻大怒,花了很多银子请巫师来惩治。一个巫师召唤神将把妾抓来,妾不认罪,挥动手臂与巫师争辩,说:"没有儿子而纳妾,则纳妾是合理的;妾生了儿子却把妾赶走,这是做丈夫的负心。无缘无故遭到休弃,罪责不在我身上。"巫师说:"既然已经被休弃,怎可私自回来?"妾说:"已被休弃的女人没有重新嫁人,则与她亲生的儿子的关系没有断绝;已被休弃的妻子没有重新嫁人,则与丈夫的关系也还没有断绝。何况卖我的是那个妒妇,不是丈夫的主意。丈夫仍然容纳我,则等于是还没休弃,我怎么不能回来?"巫师发起怒来,说:"你本是兽类,怎敢依据人的道理来争辩?"妾说:"人变成了禽兽的心肠,则阴间的法律和阳间的法律都要处以刑罚;禽兽变成了人的心肠,反而认为有罪,法师依据的是什么法律?"巫师更加恼怒,说:"我用五雷法,只知道诛灭妖怪,不管别的。"妾大笑说:"妖怪也是天地间自然存在的东西之一,如果它没有罪,天地未尝不也一起容纳养育。上帝都不诛灭的东西,法师却要全部诛灭吗?"巫师拍桌大叫道:"你用妖媚之态迷惑男子,这不是你的罪吗?"妾说:"我是按礼节纳的妾,不能算是迷惑。倘若真是迷惑,则会摄取他的精气,他早就干瘦而死了。上次我在他家过了两年,重新回来又已五六年,他身体强健,没有疾病,所谓用妖媚之态迷惑他又表现在哪里?你受了妒妇大量的贿赂,一定要给我编造罗织罪名,用残酷的手段实现贪婪的目的,我怎能服呢?"就在他们相互问答的时候,巫师看看召来的神将,已经不知到哪里去了。他无可奈何,瞪着眼喝道:"今天不与你争,明天我一定召唤雷神来击你。"第二天,妒妇派人再来催设坛,则道士已在晚上溜走了。大约因为他所用的法术虽属正道,但却因受贿赂而运用,所以妖怪不怕,神将也不满。相传明代末年刘宗周先生作左都御史时,在都察院题了一副对联:"无欲常教心似水,有言自觉气如霜。"这话可算是说到根本上了。

阴 司 报 应

　　莫雪崖言:有乡人患疫,困卧草榻,魂忽已出门外,觉顿离热恼,意殊自适。然道路都非所曾经,信步所之。偶遇一故友,相见悲喜。忆其已死,忽自悟曰:"我其入冥耶?"友曰:"君未合死,离魂到此耳。此境非人所可到,盍同游览,以广见闻。"因随之行,所经城市墟落,都不异人世;往来扰扰,亦各有所营。见乡人皆目送之,然无人交一语也。乡人曰："闻有地狱，可一观乎？"友曰："地狱如囚牢，非冥官不能启，非冥吏不能导，吾不能至也。有三数奇鬼，近乎地狱，君可以往观。"因改循歧路，行半里许，至一地，空旷如墟墓。见一鬼，状貌如人，而鼻下则无口。问："此何故？"曰："是人生时，巧于应对，谀词颂语，媚世悦人，故受此报，使不能语；或遇焰口浆水，则饮以鼻。"又见一鬼，尻耸向上，首折向下，面著于腹，以两手支拄而行。问："此何故？"曰："是人生时，妄自尊大，故受此报，使不能仰面傲人。"又见一鬼，自胸至腹，裂罅数寸，五脏六腑，虚无一物。问"此何故？"曰："是人生时，城府深隐，人不能测，故受是报，使中无匿形。"又见一鬼，足长二尺，指巨如椎，踵巨如斗，重如千斛之舟，努力半刻，始移一寸。问："此何故？"曰："此人生时，高材捷足，事事务居人先，故受是报，使不能行。"又见一鬼，两耳拖地，如曳双翼，而混沌无窍。问："此何故？"曰："此人生时，怀忌多疑，喜闻蜚语，故受此报，使不能听。是皆按恶业浅深，待受报期满，始入转轮。其罪减地狱一等，如阳律之徒流也。"俄见车骑杂遝，一冥官经过，见乡人，惊曰："此是生魂，误游至此，恐迷不得归。谁识其家，可导使去。"友跪启是旧交。官即令送返。将至门，大汗而醒，自是病愈。雪崖天性爽朗，胸中落落无宿物；与朋友谐戏，每俊辩横生。此当是其寓言，未必真有。然庄生、列子，半属寓言，义足劝惩，固不必刻舟求剑尔。

【译文】

　　莫雪崖说：有个同乡染上瘟疫，躺在草席上不能动弹，灵魂忽然已经出了门，觉得顿时离开了烦热，感到非常舒适，但道路都是不曾走过的。他随意往前走，偶然遇到一位老朋友，相见时悲喜交集，忽然回忆起这位朋友已经死了，顿时明白，说："我这是到阴间了吗？"朋友说："你不该死，是你的灵魂离开躯体飘到这里来了。这地方不是人能够来的，你既然来了，何不游览一番，长长见识。"他于是随着朋友走，一路上的城镇村落等，都与人间没有区别。只见人们匆匆忙忙来来往往，也都在各干各的事情。他们见到他，都盯着看，但没有一个人与他交谈。他说："听说阴间有地狱，可以去看看吗？"朋友说："阴间的地狱就像人间的监牢，不是阴司的官员不能开门，不是阴间的吏役不能引路，我也不能去。另有几个奇形怪状的鬼，接近地狱里鬼的模样，你可以去看看。"于是他们改朝一条岔路走去，走了半里左右，到了一个空旷的地方，像是一块墓地，只见一个鬼形状像人，而鼻子下面却没有嘴巴。问这是什么缘故，朋友说："这人在生时最会讲话，用一些阿谀奉承的语言取悦世人，所以受到这种报应，使他不能说话。遇到人间放焰口施舍食物，他只能用鼻子饮一些浆水。"又见一个鬼臀部朝上，头低向下，脸挨在肚子上，用两只手支撑着走路。问这又是什么缘故，友人说："这人生前自以为了不起，所以受这种报应，使他不能再仰着脸在别人面前神气十足。"又见一个鬼从胸部到腹部裂开几寸长，五脏六腑里面什么东西也没有。问这又是什么缘故，友人说："这个人在生时城府很深，心机隐蔽难测，所以受这种报应，使他的肺腑中不能隐藏任何东西。"又见到一个鬼脚长二尺，脚趾大得像棒槌，脚后跟大得像斗，好像是千万斤重的一只船，要使劲半天才能移动一寸。问这是什么缘故，友人说："这个人在生时很有才干，动作敏捷，什么事都要抢先，所以受到这种报应，使他走不动。"又见到一个鬼，两只耳朵拖在地上，好像是拖着两扇翅膀，而上面却没有洞眼。问这是什么缘故，友人说："这人在生时总是多心多疑，喜欢听一些谣言，所以受到这种报应，使他听不到声音。这些都是按照他们在生前所造罪孽的深浅而遭报应，待他们受报应的期限满后，他们才可以进入转生的行列。他们的报应只比下地狱轻一等,相当于人世间法律中的流放。"不久见到一队车马走近,一个阴司官员过来,朝他看了一眼,吃惊地说:"这是个活人的魂,误游到这里,怕他迷路不能回去,谁知道他的家,可带他出去。"友人跪着禀告:"我是他的老朋友。"阴司官员即命令他送他回来。走到大门口,浑身大汗,忽然醒来,从此病也就好了。雪崖这人天性爽快开朗,胸中不藏任何事情,与朋友们开玩笑,往往口若悬河,滔滔不绝。他说的这个故事,大概是编造的寓言,不一定真有其事。然而《庄子》、《列子》中,一半是寓言。只要它包含的道理足以给人以警戒,就不必像刻舟求剑那样去作徒劳的刨根究底了。

多情之鬼

陈半江言:有书生月夕遇一妇,色颇姣丽,挑以微词,欣然相就。自云家在邻近,而不肯言姓名。又云夫恒数日一外出,家有后窗可开,有墙缺可逾,遇隙即来,不能预定期也。如是五六年,情好甚至。一岁,书生将远行,妇夜来话别。书生言随人作计,后会无期。凄恋万状,哽咽至不成语。妇忽嬉笑曰:"君如此情痴,必相思致疾,非我初来相就意。实与君言,我鬼之待替者也。凡人与鬼狎,无不病且死,阴剥阳也。惟我以爱君韶秀,不忍玉折兰摧,故必越七八日后,待君阳复,乃肯再来。有剥有复,故君能无恙。使遇他鬼,则纵情冶荡,不出半载,索君于枯鱼之肆矣。我辈至多,求如我者则至少,君其宜慎。感君义重,此所以报也。"语讫,散发吐舌作鬼形,长啸而去。书生震栗几失魂,自是虽遇冶容,曾不侧视。

【译文】

陈半江说：有个书生，在一个月夜遇到一位女子，容貌很美丽。书生用含蓄的话挑逗她，她便很愉快地来与他相处。她说自己的家就在附近，却不肯说出姓名。又说她的丈夫总是几天就要出去一次，家里有后窗可以打开，院墙上有缺口容易跨过，只要有机会就会来与他相会，但是不能预定时间。这样过了五六年，感情非常深。一年，书生要远行，女子晚上来话别，书生说自己的命运都由别人来支配，将来不知什么时候能再与她相会。说到这里，书生不胜伤感留恋，哽咽说不出话来。那女子忽然嘻笑着说道："你这样痴情，必然会因相思而生病，这可不是当初我来与你相处的本意。实话对你说吧，我是一个正在等待替身的鬼。凡是人与鬼亲热，没有不生病并死亡的，这是因为阴气耗损阳气的缘故。只有我因为爱你年轻漂亮，不忍心让你夭折，所以一定要每隔七八天后，当你的阳气已经恢复时，我才再来一次。有耗损有恢复，所以你没有生病。假使你遇到别的鬼，则尽情淫乐，不出半年，你早就没命了。像我这样的鬼很多，但其中和我一样重情的则极少，你以后可要慎重啊。我为你的深情厚谊所感动，就把这些告诉你，作为报答。"说完，她披散头发，吐出舌头，现出鬼的形状，发出长长的啸声离去了。书生心惊胆战，几乎丧魂落魄。从此以后，他即使遇到艳丽妖冶的美女，也不会侧眼望一下。

村妇智斗奸吏

王梅序言：交河有为盗诬引者，乡民朴愿，无以自明，以赂求援于县吏。吏闻盗之诬引，由私调其妇，致为所殴，意其妇必美，却赂而微示以意曰："此事秘密，须其妇潜身自来，乃可授方略。"居间者以告乡民。乡民惮死失志，呼妇母至狱，私语以故。母告妇，怫然不应也。越两三日，吏家有人夜扣门。启视，则一丐妇，布帕裹首，衣百结破衫，闯然入。问之不答，且行且解衫与帕，则鲜妆华服艳妇也。惊问所自，红潮晕颊，俯首无言，惟袖出片纸。就所持灯视之，某人妻三字而已。吏喜过望，引入内室，故问其来意。妇掩泪曰："不喻君语，何以夜来？既已来此，不必问矣，惟祈毋失信耳。"吏发洪誓，遂相嬿婉。潜留数日，大为妇所蛊惑，神志颠倒，惟恐不得当妇意。妇暂辞去，言村中日日受侮，难于久住，如城中近君租数楹，便可托庇荫，免无赖凌藉，亦可朝夕相往来。吏益喜，竟百计白其冤。狱解之后，遇乡民，意甚索漠。以为狎昵其妇，愧相见也。后因事到乡，诣其家，亦拒不见。知其相绝，乃大恨。会有挟妓诱博者讼于官，官断妓押归原籍。吏视之，乡民妇也，就与语。妇言苦为夫禁制，愧相负，相忆殊深。今幸相逢，乞念旧时数日欢，免杖免解。吏又惑之，因告官曰："妓所供乃母家籍，实县民某妻。宜究其夫。"盖觊觎惠官卖，自买之也。遣拘乡民，乡民携妻至，乃别一人。问乡里皆云不伪。问吏何以诬乡民？吏不能对，第曰风闻。问闻之何人？则嗫无语，呼妓问之，妓乃言吏初欲挟污乡民妻，妻念从则失身，不从则夫死，值妓新来，乃尽脱簪珥，赂妓冒名往，故与吏狎识。今当受杖，适与相逢，因仍诳托乡民妻，冀脱棰楚。不虞其又有他谋，致两败也。官覆勘乡民，果被诬。姑念其计出救死，又出于其妻，释不究，而严惩此吏焉。神奸巨蠹，莫吏若矣，而为村妇所笼络，如玩弄婴孩。盖愚者恒为智者败，而物极必反，亦往往于所备之外，有智出其上者，突起而胜之。无往不复，天之道也。使智者终不败，则天地间惟智者存，愚者断绝矣，有是理哉！

【译文】

　　王梅序说：交河县有个村民被强盗诬指为同伙，村民忠厚老实，不会替自己辩白，于是送了一些贿赂给县吏，请他帮忙。县吏听说强盗之所以要诬指，是因为强盗曾偷偷调戏村民的妻子，被村民打了一顿。县吏想，村民的妻子一定很美，于是拒收贿赂，而暗示说：这事秘密，必须村民的妻子悄悄到他这里来，他才能给她出主意。在中间说情的人把县吏的话告诉村民，村民怕死怕昏了头，就把岳母叫到监狱，告知此事。岳母回家后告诉女儿，女儿根本不理睬。过了两三天，有人晚上来县吏家敲门，打开门一看，是个讨饭的女人，用布帕包着头，衣服破破烂烂，直闯进来，问她是谁，也不回答。只见她一边走，一边脱去外面的衣裳和头巾，里面穿的竟是非常华丽的衣饰，原来是个非常娇美的女子。县吏吃惊地问她从哪里来，她满脸羞红，低着头不说话，只是从衣袖中递出一张小纸片。县吏拿近手上的灯边一看，上面只有"某某妻"三个字。县吏大喜过望，把她带进寝室，故意问她来干什么。女子用衣袖擦着泪说："我如果不明白你的话是什么意思，怎会在晚上来这里？现在既然已来了，这就不必问了，只是求你不要失信。"县吏赌咒发誓，然后两人亲热起来。女子在县吏家偷偷留住了几天，县吏完全被她迷住了，神魂颠倒，生怕不合女子的意。女子暂时告辞离去，说在村里天天受侮辱，难以长住下去。如果城中与县吏家邻近的地方可以租到几间房子，她便可以得到县吏的保护，免受无赖们的欺凌，也可朝夕与县吏来往。县吏听了这番话更加高兴，竟千方百计为村民辩明冤枉，使他无罪释放。后来他遇到村民，见村民神情平淡冷漠，县吏以为是玩弄了他的妻子，所以他羞愧不愿见面。再后来县吏因事到乡下，来到村民的家，村民夫妇也拒绝见面。县吏明白他们是要与自己断绝往来，非常愤恨。正好碰上有个人利用妓女引诱人赌博，被抓到官府审问，官吏判定妓女押回原籍。县吏看那妓女，就是村民的妻子，于是走过去和她说话。那女子说:"因为被丈夫管束得很严,不能按约定来往,非常惭愧,十分想念。今日幸得相逢,求你看在往日几天欢乐的分上,想办法让我免受杖刑,免于押回原籍。"县吏又被她迷住了,于是对官员说:"妓女原来招供的是娘家的籍贯,她实际上是县中某村民的妻子,现在应该追究她丈夫的责任。"县吏是想让官府判她由官府拍卖,然后自己买下。官府派人抓来村民,村民带着妻子一同到来,才发现她是另外一人。询问同村的邻居,都说不是假的。于是问县吏为什么要诬陷村民,县吏无法回答,只好说是听人说的。问他是听谁说的,则他又张口说不出来。官员叫妓女过来问,妓女说:县吏当初是想通过要挟奸污村民的妻子,村民的妻子想,顺从则失身,不顺从则丈夫会被害死。这时正好这个妓女新到,村民的妻子便把自己所有的首饰脱下来送给她,让她冒名顶替去县吏家,与县吏亲热,所以相互认得。现在要受杖刑,碰巧又与县吏相逢,于是继续冒充是那个村民的妻子,希望县吏能帮助她免遭杖刑,没想到县吏又另生诡计,结果两人都遭败露。官府重审村民的案子,发现他确属冤枉。姑且念他当初有意让妻子献身于县吏是为了救命,后来的事又由他妻子设计,所以免予处罚,而对县吏则予以严惩。狡诈阴险,没有人比得上吏,但这个吏却被一位乡村妇女愚弄,就好像玩弄一个婴儿。这是因为愚蠢者总是被聪明的人所欺负,但事情发展到极端则会向相反的方向转化,聪明的人也往往在自己没有估计到的地方,被智慧更超过他的人突然出现而战胜他。没有做出的事情不遭到回报的,这是天地的规律。倘若智慧的人就永不失败,那么这个世界上就只剩下聪明的人,愚昧的人早就绝迹了,难道会有这样的道理吗?

鬼 吃 人

鬼魇人至死,不知何意。倪余疆曰:"吾闻诸施亮生矣,取啖其生魂耳。盖鬼为余气,渐消渐减,以至于无;得生魂之气以益之,则又可再延。故女鬼恒欲与人狎,摄其精也。男鬼不能摄人精，则杀人而吸其生气，均犹狐之采补耳。"因忆刘挺生言：康熙庚子，有五举子晚遇雨，栖破寺中。四人已眠，惟一人眠未稳，觉阴风飒然，有数黑影自牖入，向四人嘘气，四人即梦魇。又向一人嘘气，心虽了了，而亦渐昏瞀，觉似有拖曳之者。及稍醒，已离故处，似被絷缚，欲呼则噤不能声；视四人亦纵横僵卧。众鬼共举一人啖之，斯须而尽；又以次食二人。至第四人，忽有老翁自外入，厉声叱曰："野鬼无造次！此二人有禄相，不可犯也。"众鬼骇散。二人倏然自醒，述所见相同。后一终于教谕，一终于训导。鲍敬亭先生闻之，笑曰："平生自薄此官，不料为鬼神所重也。"观其所言，似亮生之说不虚矣。

【译文】

鬼迷惑人可直至将人弄死，不知是什么用意，倪余疆说：我从施亮生那里得知其中原因了。鬼只是要吃人的生魂。因为鬼是人残剩的气构成的，这种气渐渐消失减少，直到完全散尽。得到生魂的气来补充，则它又可以延长。所以女鬼总是喜欢与人淫乐，这是为了摄取人的精气。男鬼无法摄取人的精气，则把人杀死后吸他的生气，这都与狐狸精采取人的精气补充自己的大丹相类似。我因此回忆起刘挺生曾说：康熙五十九年，有五个举人晚上碰到下雨，进一座破庙躲避。四个人已入睡，只有一个人还没睡着，忽觉一阵阴风飘来，有几个黑影从窗户中爬进，对着四个人吹气，四个人便迷糊了。又对没睡着的这个人吹气，这个人心里虽然明明白白，但也觉得渐渐昏迷，恍惚中觉得有人在拖自己。等他清醒一点，则发觉已不在原来的地方了，好像还被捆绑着，想呼叫，则张口发不出声音。再看另外四个人，也横的横竖的竖俯躺在地上。几个鬼共同举起一个人来吃，不一会就吃完了，又接着吃了两个人，等它们正要吃第四个人时，忽然有个老头子从外面进来，厉声喝道："野鬼不要乱来，这两个人有做官的福相，你们不可侵犯。"几个鬼吃惊地散开了。两人不久便醒过来，叙述所见到的情况相同。后来他们一个做了县学的教谕，一个做了训导。鲍敬亭先生听说这事后笑道："我这辈子一直嫌这个官太小，不料鬼神还这样看重。"从刘挺生所说的这件事看来，亮生的说法似乎不假。

鬼　写　信

李庆子言：朱生立园，辛酉北应顺天试。晚过羊留之北，因绕避泥泞，遂迂回失道，无逆旅可栖。遥见林外有人家，试往投止。至则土垣瓦舍，凡六七楹，一童子出应门。朱具道乞宿意。一翁衣冠朴雅，延宾入，止旁舍中。呼灯至，黯黯无光。翁曰："岁歉油不佳，殊令人闷，然无如何也。"又曰："夜深不能具肴馔，村酒小饮，勿以为亵。"意甚款洽。朱问："家中有何人？"曰："零丁孤苦，惟老妻与僮婢同居耳。"问朱何适，朱告以北上。曰："有一札及少物欲致京中，僻路苦无书邮。今遇君甚幸。"朱问："四无邻里，独居不怖乎？"曰："薄田数亩，课奴辈耕作，因就之卜居。贫无储蓄，不畏盗也。"朱曰："谓旷野多鬼魅耳。"翁曰："鬼魅即未见，君如怖是，陪坐至天曙，可乎？"因借朱纸笔，入作书札；又以杂物封函内，以旧布裹束，密缝其外。付朱曰："居址已写于函上，君至京拆视自知。"天曙作别，又切嘱信物勿遗失，始殷勤分手。朱至京，拆视布裹，则函题"朱立园先生启"字，其物乃金簪银钏各一双。其札称：" 仆老无子息，误惑妇言，以婿为嗣。至外孙犹间一祭扫，后则视为异姓，纸钱麦饭，久已阙如；三尺孤坟，亦就倾圮。九泉茹痛，百悔难追。谨以殉棺薄物，祈君货鬻，归途以所得之直，修治荒茔，并稍浚冢南水道，庶淫潦不浸幽窀。如允所祈，定如杜回结草。知君畏鬼，当暗中稽首，不敢见形，勿滋疑虑。亡人杨宁顿首。" 朱骇汗浃背，方知遇鬼；以书中归途之语，知必不售，既而果然。还至羊留，以所卖簪钏钱遣仆往治其墓，竟不敢再至焉。

【译文】

李庆子说：有个叫朱立园的秀才，辛酉年北上参加顺天乡试。晚上经过羊留北面，因为绕避泥泞的路，转来转去迷失了方向。当地没有旅店可住，远远望见树林外有户人家，于是试着去投宿。到房前一看，外面是一道土垒的院墙，里面是六七间瓦房。有个童子出来接待，朱立园详细说明了请求留宿的意思，这时一个老翁走出来，衣服朴素而清雅。他请客人进去，走进正房旁边的小屋中，叫拿灯来。那灯光黯淡，老翁说："年成歉收，油的质量不好，很令人烦闷，但无可奈何。"又说："夜深了，不能多备菜肴，只有一点粗酿的酒，稍微喝一点，请不要嫌太轻慢。"两人谈得很投契，朱立园问他家有些什么人，老翁说："孤苦伶仃，只有老妻和几个男女仆人住在一起。"他又问朱立园要到哪里去，朱告诉说是到京城去的。老翁说："我有一封信和一点东西想送到京城去，但这个地方偏僻，没有传送书信的人路过。今天遇到您，太幸运了。"朱问："四周都没有邻居，独自住在这里，不害怕吗？"老翁说："我在这里有几亩薄田，督促奴仆们耕种，因而就近在这里住下。家里贫穷没什么积蓄，不担心强盗。"朱说："我的意思是指旷野中鬼很多。"老翁说："鬼却没见过。你如果害怕这个，我陪你坐到天亮，好吗？"接着他向朱立园借了纸和笔，进屋去写了书信，又将一点东西放在信封里，然后用旧布把信封包得严严实实，外面又密密缝上，交给朱立园，说："收信人的住址已写在信封上了，你到京城后拆开看，就自然知道。"天亮后告别，老翁又反复叮嘱信和东西千万不要遗失，然后才依依分手。朱立园到京城后拆开包裹一看，只见信封上写着"朱立园先生启"几个字，里面包的东西是金簪和银钏各一双，信上说："我年老没有儿子，被妻子的话迷惑，以女婿作继承人。到外孙时还偶尔祭奠扫扫墓，后来便被看作异姓人，纸钱、麦饭早就不供给了。矮矮的一座孤坟，也渐渐塌陷。我在九泉之下含冤忍痛，后悔不已。现在谨以殉葬的一点小东西，请你把它们卖掉，回来的路上，用卖得的钱帮我修一修坟墓，并稍微疏浚一下坟墓南面的水沟，使积水不会浸入我的墓穴。如能答应我的请求，我一定要像《左传》中记载的那个结成草绳绊倒杜回的那个老人的鬼魂一样，报答你的恩情。我知道你怕鬼，所以我会暗中给你叩头，不敢现出形体，请不要生起疑虑。亡人杨宁顿首。"朱立园大惊，汗流浃背，这才知道是遇了鬼。因书信中有"回来的路上"的话，朱立园知道这次考试肯定不中，结果果然如此。回归经过羊留时，他用卖金簪银钏所得的钱，派仆人去为杨宁修理坟墓，自己则再也不敢到那里去了。

鬼谈神鬼

吴云岩言：有秦生者，不畏鬼，恒以未一见为歉。一夕，散步别业，闻树外朗吟唐人诗曰："自去自来人不知，归时惟对空山月。"其声哀厉而长。隔叶窥之，一古衣冠人倚石坐。确知为鬼，遽前掩之。鬼亦不避。秦生长揖曰："与君路异幽明，人殊今古，邂逅相遇，无可寒温。所以来者，欲一问鬼神情状耳。敢问为鬼时何似？"曰："一脱形骸，即已为鬼，如茧成蝶，亦不自知。"问："果魂升魄降，还入太虚乎？"曰："自我为鬼，即在此间。今我全身现与君对，未尝随絪缊元气，升降飞扬。子孙祭时始一聚，子孙祭毕则散也。"问："果有神乎？"曰："鬼既不虚，神自不妄。譬有百姓，必有官师。"问："先儒称雷神之类，皆旋生旋化，果不诬乎？"曰："作措大时，饱闻是说。然窃疑霹雳击格，轰然交作，如一雷一神，则神之数多于蚊蚋；如雷止神灭，则神之寿促于蜉蝣。以质先生，率遭呵叱。为鬼之后，乃知百神奉职，如世建官，皆非顷刻之幻影。恨不能以所闻见，再质先生。然尔时拥皋比者，计为鬼已久，当自知之，无庸再诘矣。大抵无鬼之说，圣人未有。诸大儒恐人谄渎，故强造斯言。然禁沉湎可，并废酒醴则不可；禁淫荡可，并废夫妇则不可；禁贪悷可，并废财货则不可；禁斗争可，并废五兵则不可。故以一代盛名，挟百千万亿朋党之助，能使人嗫不敢语，而终不能惬服其心，职是故耳。传其教者，虽心知不然，然不持是论，即不得称为精义之学，亦违心而和之曰，理必如是云尔。君不察先儒矫枉之意，生于相激，非其本心；后儒辟邪之说，压于所畏，亦非其本心。竟信儒者，真谓无鬼神，皇皇质问，则君之受绐久矣。泉下之人，不欲久与生人接；君亦不宜久与鬼狎。言尽于此，余可类推。"曼声长啸而去。案此谓儒者明知有鬼，故言无鬼，与黄山二鬼谓儒者明知井田封建不可行，故言可行，皆洞见症结之论。仅目以迂阔，犹堕五里雾中矣。

【译文】

吴雪岩说：有个秦生不怕鬼，总是为没能亲眼见一次鬼感到遗憾。一天晚上，他在自家别墅散步，听到树林外面有人高声朗诵唐代人的诗句："自去自来人不知，归时唯对空山月。"声音哀伤凄厉，拖得很长。秦生隔着树叶偷看，原来是一个穿着古代衣冠的人靠石头坐着。秦生知道是鬼，突然冲出站在他的面前，鬼也不逃避。秦生长长作了个揖说："我与你一属阳间，一属阴间；一是今人，一是古人。今天偶尔相逢，互相没有什么好寒暄的。我之所以来，是想问问鬼神的情况。请问变成鬼时是什么情形？"他说："人的灵魂一脱离躯体，就成了鬼，好像茧化成了蝶，自己都不知道是怎么回事。"秦生又问："变成鬼后，果然是体魄下降散灭，而魂灵上升，返回太虚宇宙中么？"他说："我变成鬼后就一直在这里，现在我现出全身，对你相对，并没有随天地间的元气升降飞扬，只是在子孙祭祀时才聚合，祭祀完毕则重新分散。"秦生问："果然有神灵么？"他回答："既然鬼确实存在，神也就不是假的了。好比人间有百姓，必有官吏师长。"秦生问："从前的儒家学者都说雷神之类都是刚产生马上又消失，这种说法果然正确么？"他说："我作书生时，也听够了这类说法。但当时就私下怀疑，霹雳轰击，转眼即逝，而且往往同时发作。如一次雷击就是一个雷神，则神的数量将比蚊子还多；如雷击结束雷神也就消失，则神的寿命比蜉蝣还要短。当时我向老师问起这些问题，总是遭到呵斥。直到做了鬼之后，我才知道各种神灵奉行着各自的职责，就好像人间设置各种各样的官职一样，都不是片刻就消失的幻影。遗憾的是我不能将亲眼所见亲耳所闻的情形再去质问老师。不过，当时坐在讲台上讲课的人，现在都应该早变成鬼了，他们自己肯定已经知道，也用不着我去责问了。大致说来，世上没有鬼这种说法，圣人从没有提过。只是后代的著名儒家学者们，担心人们过分迷信鬼神，所以强行提出这种说法。然而，禁止酗酒是可以的，连带着完全废止酒就不可以了；禁止淫荡是应该的，连带着禁止夫妻之爱就不对了；禁止贪婪是正确的，连带着将所有财产货物都禁止就是荒谬的了；禁止争夺是对的，连带着禁止一切武器就不对了。所以那些著名儒学家，凭藉享有一代盛名，又有成千上万的朋党声援，往往可以使人不敢开口说话，但终究不能使人们心服，就是因为这个缘故。传授他们学说的人，心里也明白事实不是这样，但因为不主张这种学说，世人就不承认你的学问正确精深，所以也只好违心地附和它，说：按道理应该是这样的吧。你没有体会到早期的儒学大师们否定鬼是一种矫枉过正的说法，他们是因为受迷信鬼神的严重状况刺激才这么说的，其实这不是他们的真心话；你也没有觉察到后来的儒学家主张禁止谈神说鬼的'异端邪说'，是因为他们受到压力有所畏惧才这么做的，其实也不是他们的真实心愿。你现在竟然相信这些儒学家，真以为没有鬼神，并且正儿八经地向我问起这些问题，则你是被他们骗得太久了。我是个阴间的鬼，不想与活人相处太久，你也不宜于太长时间与鬼呆在一起。我的话到此为止，其他的问题可由此类推。"说完，他发出长长的啸声离去了。这个鬼说儒学家们明知有鬼，却故意说没有鬼，与前面记载的黄山二鬼说儒学家们明知井田制及分封制度行不通，却故意说可行，这都是非常犀利深刻的见解。世人往往以为这些儒学家们只是太迂腐不切实际，这就还是被迷惑而不能弄清真相。

古鬼知今事

汪主事厚石言：有在西湖扶乩者，下坛诗曰："旧埋香处草离离，只有西陵夜月知。词客情多来吊古，幽魂肠断看题诗。沧桑几劫湖仍绿，云雨千年梦尚疑。谁信灵山散花女，如今佛火对琉璃。"众知为苏小小也。客或请曰："仙姬生在南齐，何以亦能七律？"乩判曰："阅历岁时，幽明一理。性灵不昧，即与世推移。宣圣惟识大篆，祝词何写以隶书？释迦不解华言，疏文何行以骈体？是知千载前人，其性识至今犹在，即能解今之语，通今之文。江文通、谢玄晖【按：谢玄晖当系谢希逸之误。爱妾换马事见《纂异记》。】能作爱妾换马八韵律赋,沈休文子青箱能作《金陵怀古》五言律诗,古有其事,又何疑于今乎?"又问:"尚能作永明体否?"即书四诗曰:"欢来不得来,侬去不得去。懊恼石尤风,一夜断人渡。""欢从何处来?今日大风雨,湿尽杏子衫,辛苦皆因汝。""结束蛱蝶裙,为欢棹舴艋。宛转沿大堤,绿波双照影。""莫泊荷花汀,且泊杨柳岸。花外有人行,柳深人不见。"盖《子夜歌》也。虽才鬼依托,亦可云俊辩矣。

【译文】

汪厚石主事说:有些人在杭州西湖扶乩,乩仙降临作诗说:"旧埋香处草离离,只有西陵夜月知。词客情多来吊古,幽魂肠断看题诗。沧桑几劫湖仍绿,云雨千年梦尚疑。谁信灵山散花女,如今佛火对琉璃。"众人知道这乩仙是苏小小,于是有人问道:"你是南朝齐时的人,为什么也能作唐代以后才有的七言律诗呢?"乩仙又写道:"经过年年月月,阴间与阳间是相同的。鬼神的性灵没有湮灭,就能随着时间的推移而更新知识。孔子生前只认识大篆体的文字,现在人们祭祀他用的祭文却可用隶书体书写;释迦牟尼不懂中国的语言,而现在的祈祷文却可以用汉语中的骈体文来写。由此可见,千年以前的人,他们的性灵至今还存在,因此也就听得懂现在的话,能写现在的文章。南朝齐、梁时的文人江淹、谢朓能够作《爱妾换马》的八韵律赋(按:谢朓当是谢庄之误,爱妾换马的故事见于《纂异记》),而这种赋体是唐代才有的;沈约的儿子青箱能够作《金陵怀古》的五言律诗,而这种诗体也是唐代才有的。古代人化为乩仙能作后代的诗文,这种事情从前早就有过,今天的事情又有什么好怀疑的呢?"在场的人又问:"你还能作齐梁时盛行的'永明体'诗吗?"乩仙随即写了四首:"欢来不得来,侬去不得去。懊恼石尤风,一夜断人渡。""欢从何处来,今日大风雨。湿尽杏子衫,辛苦皆因汝。""结束蛱蝶裙,为欢棹舴艋。宛转沿大堤,绿波双照影。""莫泊荷花汀，且泊杨柳岸。花外有人行，柳深人不见。"这些都是《子夜歌》的形式。虽然这是个有才华的鬼依托苏小小，但他也可谓能言善辩了。

疑 案 二 则

表兄安伊在言：河城秋获时，有少妇抱子行塍上，忽失足仆地，卧不复起。获者遥见之，疑有故；趋视，则已死，子亦触瓦角脑裂死。骇报田主，田主报里胥。辨验死者，数十里内无此妇；且衣饰华洁，子亦银钏红绫衫，不类贫家。大惑不解，且覆以苇箔，更番守视，而急闻于官。河城去县近，官次日晡时至，启箔检视，则中置稿秸一束，二尸已不见；压箔之砖固未动，守者亦未顷刻离也。官大怒，尽拘田主及守者去，多方鞫治，无丝毫谋杀弃尸状。纠结缴绕至年余，乃以疑案上。上官以案情恍惚，往返驳诘。又岁余，乃姑俟访，而是家已荡然矣。此康熙癸巳、甲午间事。相传村南墟墓间，有黑狐夜夜拜月，人多见之。是家一子好弋猎，潜往伏伺，彀弩中其股。嗷然长号，化火光西去。搜其穴，得二小狐，絷以返。旋逸去，月余而有是事。疑狐变幻来报冤。然荒怪无据，人不敢以入供，官亦不敢入案牍，不能不以匿尸论，故纷扰至斯也。

又言：城西某村有丐妇，为姑所虐，缢于土神祠。亦箔覆待检，更番守视。官至，则尸与守者俱不见。亦穷治如河城。后七八年，乃得之于安平。（深州属县。）盖妇颇白皙,一少年轮守时,褰下裳而淫其尸。尸得人气复生,竟相携以逃也。此康熙末事。或疑河城之事当类此,是未可知。或并为一事,则传闻误矣。

【译文】
　　表兄安伊在说:河城秋收时,有个少妇抱着个孩子在田塍上走,忽然失足倒地,躺下没有再起来。秋收的人远远望见,怀疑出了什么事情,跑过去一看,则少妇已死,孩子也撞在瓦角上,头破而死。人们大惊,急忙告诉这块地的主人,主人马上报告里长,大家一起来辨认,则方圆几十里以内都没有这个妇女。而且她衣饰华丽整洁,孩子也戴着银手钏,穿着红绫衫,不像是贫穷人家的人。人们大惑不解,暂且用草席盖着,轮番看守,而派人急忙报告官府。河城离县城很近,县官第二天下午就赶到了。等揭开草席一看,则里面只有一捆麦秸,两具尸体已不见了。压草席的砖没有动过,看守的人也片刻都没有离开过。县官大怒,将地的主人及看守的人全部抓去,千方百计拷打审问,也没有发现丝毫谋杀弃尸的迹象。这案子纠缠折腾了一年有余,只好作为疑案上报上级官府。上级官府以案情模糊不清,反复驳回责问。这样又折腾了一年多,才作为疑案待调查搁置下来,而地的主人已倾家荡产了。这事发生在康熙五十二、三年间。据说当地村子南面墓地里有只黑色的狐狸,每天晚上都出来望月而拜,以修炼道术,很多人都看到过。地的主人家有个儿子喜欢打猎,偷偷埋伏在那里,安上弩箭,结果射中了黑狐的大腿,黑狐尖声长叫,化为一团火光向西逃走。搜黑狐的洞穴,发现两只小狐,于是把它们捆着带回家,但不久就逃掉了。过了一个多月,就发生了上面这件事。人们怀疑是狐狸变成少妇来报仇,但这种说法太荒诞怪异缺乏证据,所以不敢把它当作供词,官府也不敢把它写进审讯记录,于是不得不以藏匿尸首论处,所以才折腾到这个地步。
　　安伊在还说,城西某个村子有个讨饭的妇女遭到婆婆的虐待,在土神祠里上吊自杀,也是用草席盖着,等候官府来检验。人们轮番看守,但官员到场时,尸体和看守的人都不见了。于是也像河城那件案子一样千方百计追查审讯。七八年之后，人们在安平（安平县属深州）发现了他们俩。原来那女子长得很白净，轮到一个年轻人看守时，脱掉她下身的衣服奸污她的尸体。尸体受到活人的气息，竟复活了。于是那个年轻人带着女子逃到了安平，这事发生在康熙末年。有人怀疑河城的案子可能与此类似，不知究竟怎样。又有人把两件事情合成一件事，则是因传闻而弄错了。

道 士 摄 魂

同年龚肖夫言：有人四十余无子，妇悍妒，万无纳妾理，恒郁郁不适。偶至道观，有道士招之曰："君气色凝滞，似有重忧。道家以济物为念，盍言其实，或一效铅刀之用乎！"异其言，具以告。道士曰："固闻之，姑问君耳。君为制鬼卒衣装十许具，当有以报命。如不能制，即假诸伶官亦可也。"心益怪之，然度其诳取无所用，当必有故，姑试其所为。是夕，妇梦魇，呼不醒，且呻吟号叫声甚惨。次日，两股皆青黯。问之，秘不言，吁嗟而已。三日后复然。自是每三日后皆复然。半月后，忽遣奴唤媒媪，云将买妾。人皆弗信；其夫亦虑后患，殊持疑。既而妇昏瞀累日，醒而促买妾愈急，布金于案，与僮仆约：三日不得必重挞，得而不佳亦重挞。观其状，似非诡语。觅二女以应，并留之。是夕，即整饰衾枕，促其夫入房。举家骇愕，莫喻其意；夫亦惘惘如梦境。后复见道士，始知其有术能摄魂：夜使观中道众为鬼装，而道士星冠羽衣坐堂上，焚符摄妇魂，言其祖宗翁姑，以斩祀不孝，具牒诉冥府，用桃杖决一百；遣归，克期令纳妾。妇初以为噩梦，尚未肯。俄三日一摄，如征比然。其昏瞀累日，则倒悬其魂，灌鼻以醋，约三日不得好女子，即付泥犁也。摄魂小术，本非正法。然法无邪正，惟人所用，如同一戈矛，用以杀掠则劫盗，用以征讨则王师耳。术无大小，亦惟人所用，如不龟手之药，可以洴澼絖，亦可以大败越师耳。道士所谓善用其术欤！至嚚顽悍妇，情理不能喻，法令不能禁，而道士能以术制之。尧牵一羊，舜从而鞭，羊不行，一牧竖驱之则群行。物各有所制，药各有所畏。神道设教，以驯天下之强梗，圣人之意深矣。讲学家乌乎识之？

【译文】

　　与我同年中科举的龚肖夫说：有个人四十多岁了，还没有儿子，而妻子非常凶悍嫉妒，绝没有纳妾的可能。这人因此总是郁郁不乐。一天他偶尔来到一座道观，有道士向他打招呼，说："你的气色呆滞，好像有很重的忧虑。我们道家以帮助人为目的，你何不把真实情况告诉我，或者我能帮上一点忙呢。"这人觉得道士的话很奇特，于是以实相告，道士说："其实我早就知道这事了，不过问问你而已。你可以为我缝制鬼卒穿的衣服十来件，我一定能为你做点什么。如果你不能缝制，向演戏的人去借也可以。"这人更加觉得奇怪，但仔细一想，道士即使是骗取衣物，也没有什么用，肯定是有什么缘故，姑且让他试试看。当天晚上，这人的妻子就做噩梦，叫也叫不醒，而且呻吟号叫，声音十分凄惨。第二天，她的两边大腿上全是青紫的伤痕。问她，她不肯说，只是长吁短叹而已。三天后，又是这样。从此以后，每过三天都出现这种情况。半个月后，她忽然派奴仆去叫媒婆，说是要为丈夫买妾，人们都不相信，她丈夫也怕后患无穷，所以非常怀疑犹豫。接着她便一连昏迷了几天，醒来后，更加急切地催促买妾，并把金银放在桌子上，与家里的仆人们约定：三天没买到，就要重重拷打；买到了但是不好，也要重重拷打。看她那样子，似乎不是在说假话。仆人们找到两个女子送上，她一齐留下，当晚就收拾床铺，催丈夫入房与妾同寝，全家人都感到惊奇，不知她是什么意思，丈夫也似信非信，好像在梦中一样。后来他再次见到道士，才知道道士有摄取人的魂魄的法术。他让道观中的道士们穿上那些衣服扮成鬼卒，而自己则戴着七星冠，穿上有羽毛的道服，坐在堂上焚烧符咒，摄来那女人的魂魄，对她说：她家的祖宗公公婆婆等，因为她断了他们家的后代，是大不孝，所以向阴司官府告了状，该用桃木杖打一百下放回，并限期买妾。她开始还以为是做噩梦，不肯执行。后来过三天魂魄就被摄去一次，就像人间官府定期拷问追赔一样。她一连昏迷几天，则是魂魄被倒悬着，往鼻子里灌醋，并限定三天内不买到美女给丈夫作妾，则把她打入泥犁地狱。像摄人魂魄这种小法术，本不是正大光明的法术。然而法术本身无所谓邪与正，就看人怎么用它了。比如说同是戈矛，用它来杀人抢劫则是强盗，用它来征讨敌寇则是正义之师。法术本身也无所谓大小，也看人怎么用它。如《庄子》里就记载，同是一种使人的手上皮肤不开裂的药，发明它的人只会用它来帮助自己漂洗丝绵，而另外一人则利用它帮助吴国的军队在冬天与越国军队展开水战，大败越国。这个道士可以说是善于运用他的法术了。至于这个嚣张凶悍的妇女，讲情理不能使她醒悟，法律也无法惩治她，而道士却能用小小的法术制服她。尧牵一只羊，舜跟在后面鞭打，那羊也不走；但放羊的人一赶，则羊成群奔跑。每种东西都有特定的制约它的事物，每种药物都畏惧另外某种东西抵消它的药用。古今帝王圣贤们都提倡神鬼仙道之类来教化民众，使那些强悍大胆的人有所畏惧，从而变得驯服，其用心是极为深远的。讲道学的人总是否定鬼神，他们哪里知道这里面的奥妙呢？

狐狸打抱不平

褚鹤汀言：有太学生，资巨万。妻生一子死。再娶，丰于色，太学惑之，托言家政无佐理，迎其母至。母又携二妹来。不一载，其一兄二弟亦挈家来。久而僮仆婢媪皆妻党，太学父子反茕茕若寄食。又久而管钥簿籍、钱粟出入，皆不与闻；残杯冷炙，反遭厌薄矣。稍不能堪，欲还夺所侵权，则妻兄弟哄于外，妻母妹等诟于内。尝为众所聚殴，至落须败面，呼救无应者。其子狂奔至，一捆仆地，惟叩额乞缓死而已。恚不自胜，诣后圃将自经。忽一老人止之曰："君勿尔，君家之事，神人共愤久矣。我居君家久，不平尤甚。君但焚牒土神祠，云乞遣后圃狐驱逐，神必许君。"如其言。是夕，果屋瓦乱鸣，窗扉震撼，妻党皆为砖石所击，破额流血。俄而妻党妇女并为狐媚，虽其母不免。昼则发狂裸走，丑词亵状，无所不至；夜则每室垒集数十狐，更番嬲戏，不胜其创，哀乞声相闻。厨中肴馔，俱摄置太学父子前；妻党所食，皆杂以秽物。知不可住，皆窜归。太学乃稍稍招集旧仆，复理家政，始可以自存。妻党觊觎未息，恒来探视，入门辄被击。或私有所携，归家则囊已空矣。其妻或私馈亦然。由是遂绝迹。然核计资产，损耗已甚，微狐力，则太学父子饿殍矣。此至亲密友所不能代谋，此狐百计代谋之，岂狐之果胜人哉？人于世故深，故远嫌畏怨，趋易避难，坐视而不救；狐则未谙世故，故不巧博忠厚长者名，义所当为，奋然而起也。虽狐也，为之执鞭，所欣慕焉。

【译文】
　　褚鹤汀说：有个国子监生，家中的财产无法估计。妻子生了一个儿子后死了，续娶了一个女人。这女人颇有几分姿色，监生被她迷住了。她假称家务事没人帮忙料理，把她的母亲接来，母亲又把两个妹妹也带来了。不到一年，她的一个哥哥两个弟弟也带着家眷来住在一起，时间一长，家里的男女仆人也都换成女方的人，监生父子反而孤单伶仃，就好像寄居在别人家里讨饭吃一样。久而久之，家里的钥匙账簿钱粮收支等监生父子都无权过问，他们俩往往只能吃点残汤冷炙，反而遭到嫌弃。稍微表示一点不满，想夺回被侵吞的权力，则女人的哥哥弟弟在堂屋里吵，母亲妹妹等在内室里骂。监生父子还曾遭到他们一伙的围攻殴打，胡须被扯掉，脸被抓破，拼命喊救命，也没人答应。儿子急忙跑来救助，竟被一巴掌打倒在地，只得磕头求饶，希望让自己多活几天。监生愤恨之极，跑到后院菜地上准备上吊自杀，忽然有位老人劝阻他，说："你不要这样。你家的事情，神灵和人都早已愤愤不平。我在你家已经住了很久，尤其为你不平。你只要到土神祠里烧一篇祈祷文，请求土神派遣住在你家后院的老狐狸驱逐那伙人，土神必定会答应你的要求。"监生按照他的话做了，当天晚上果然屋上的瓦乱响，窗户门扇震动摇晃，妻子家的一伙人都被砖块石头击中，头破血流。不久妻家一伙的女人都被狐狸迷住，即使她的母亲也不例外。她们白天则发狂赤裸着身体乱跑，讲些不堪入耳的话，作出些不堪入目的下流动作，无所不至；晚上则每人的卧室中都聚集着几十只狐狸，轮番奸污她们，她们忍受不了痛楚，哀叫求饶的声音此起彼伏。厨房里的食物往往都被摄取到监生父子面前，妻子家一伙人吃的东西里往往夹杂着污秽之物。他们知道住不下去了，都逃走了。监生才得以渐渐召回原来的仆人，重新料理家事，于是才能存活下来。妻子家的一伙人还不死心，经常来窥探，但一进门就会遭到袭击。有时他们想偷偷带走什么东西，但到家后则袋子已是空的。妻子偷偷送给他们财物，也是如此。于是他们终于不敢再来，但清点一下家产，则损耗已经十分惨重了。如果不是狐狸出力，则监生父子势必饿死。这种事情，即使是关系最密切的亲友也不能代他出主意，而这只狐狸却千方百计为他想办法。难道是狐狸果然胜过人吗？人受世故的影响深，所以总是避免与人结怨、遭人嫌嫉；总是挑容易的事情作，而回避困难的事情，于是见人有危难也坐视不救。狐狸则不通世故，所以想不到用机巧的手段博取忠厚长者的名声。根据道义应该做的事情，它们就挺身而出。虽然它们是狐狸，为它们赶车牵马，也是我十分乐意做的事情。

瞎子报仇

瞽者刘君瑞言：一瞽者年三十余，恒往来卫河旁，遇泊舟者，必问："此有殷桐乎？"又必申之曰："夏殷之殷，梧桐之桐也。"有与之同宿者，其梦中呓语，亦惟此二字。问其姓名，则旬日必一变，亦无深诘之者。如是十余年，人多识之，或逢其欲问，辄呼曰："此无殷桐，别觅可也。"一日，粮艘泊河干，瞽者问如初。一人挺身上岸曰："是尔耶，殷桐在此，尔何能为？"瞽者狂吼如虓虎，扑抱其颈，口啮其鼻，血淋漓满地。众前拆解，牢不可开，竟共堕河中，随流而没。后得尸于天妃宫前，（海口不受尸，凡河中求尸不得，至天妃宫前必浮出。）桐捶其左胁骨尽断，终不释手；十指抠桐肩背，深入寸余；两颧两颊，啮肉几尽。迄不知其何仇，疑必父母之冤也。夫以无目之人，偵有目之人，其不得决也；以孱弱之人，搏强横之人，其不敌亦决也。此较伍胥之仇楚，其报更难矣。乃十余年坚意不回，竟卒得而食其肉，岂非精诚之至，天地亦不能违乎！宋高宗之歌舞湖山，究未可以势弱解也。

【译文】

瞎子刘君瑞说：有一个瞎子，年纪三十多岁，总在卫河畔来往。遇到停船的人，就一定要问："这里有殷桐吗？"而且一定还会重申："是夏殷的'殷'，梧桐的'桐'。"有人晚上与这瞎子睡在一处，只听他说梦话也总是念叨这两个字。问他的姓名，则他过十天半月就要变一次，也没有人向他问个究竟。这样过了十多年，人们都认识他了。有时他正要开口问，人们就说："这里没有殷桐，你到别处去找吧。"一天，运粮的船队停泊在岸边，瞎子又像往常一样去问，只见一个人挺身跳上岸来，说："是你吗？殷桐在这里，你能把我怎么样？"只见瞎子发出虎吼般的狂叫声，扑上去抱住他的脖子，用嘴咬他的鼻子，血流淋漓满地。众人上前想拉扯开，但瞎子抱得死死的，根本拉不开，结果两人一齐滚入河中，随着水流沉没了。后来人们在天妃宫前发现他们的尸首（尸首漂不出入海口，凡是在河中没有找到的尸体，在天妃宫前一定会浮出来），只见殷桐将瞎子左边的肋骨全部捶断，但瞎子始终没有放手，他的十个指头抠进殷桐的肩背达一寸多深，殷桐两边脸上的肉几乎全被咬掉。人们终究还是不知道他有什么冤仇，估计是杀害父母的冤仇。以一个没有双眼的人，来搜寻一个有眼的仇人，不可能发现几乎是肯定无疑的；以一个残疾弱小的人，来与一个强壮凶横的人搏斗，不会取胜也几乎是肯定无疑的。这比起伍子胥要报楚国的杀父之仇，是更为困难的。但他仍然十几年不改变自己的决心，结果竟然咬了仇人的肉报了冤，这难道不是因为他精诚之至，连天地也不能违背他的意愿吗？南宋高宗不肯出师北伐收复金人占领的北方，迎回徽钦二帝，而躲在临安游山玩水，轻歌曼舞，终究是不能以国势衰弱为理由替自己开脱的。

荆 浩 为 鬼

　　王昆霞作《雁宕游记》一卷，朱导江为余书挂幅，摘其中一条云：四月十七日，晚出小石门，至北碉，耽玩忘返，坐树下待月上。倦欲微眠，山风吹衣，栗然忽醒。微闻人语曰："夜气澄清，尤为幽绝，胜辔画图中看金碧山水。"以为同游者夜至也。俄又曰："古琴铭云：'山虚水深，万籁萧萧。古无人踪，惟石嶕峣。'真妙写难状之景。尝乞洪谷子画此意，竟不能下笔。"窃讶斯是何人，乃见荆浩？起坐听之。又曰："顷东坡为画竹半壁，分柯布叶，如春云出岫，疏疏密密，意态自然，无杈枒怒张之状。"又一人曰："近见其西天目诗，如空江秋净，烟水渺然，老鹤长唳，清飚远引，亦消尽纵横之气。缘才子之笔，务殚心巧；飞仙之笔，妙出天然，境界故不同耳。"知为仙人，立起仰视。忽扑簌一声，山花乱落，有二鸟冲云去。其诗有"蹑屐颇笑谢康乐，化鹤亲见徐佐卿"句，即记此事也。

【译文】

王昆霞作了《雁宕游记》一卷，朱导江为我书写一幅书法挂轴时，摘录了其中一条，说："四月十七日，晚上从小石门出来，到北涧。因贪赏景色，忘记返回，只得坐在树下，等待月亮上来。因为困倦，正想稍睡一会，只见一阵山风吹来，十分凉爽，使人忽然清醒。这时隐隐听到人的言语声，说：'夜里气雾澄清，更加幽静，在这里坐坐，胜过看图画中色彩斑斓的山水景象。'我以为这是一同游山的人晚上到了这里，所以不大在意。过了一会又听那边说道：'古代《琴铭》中说：山虚水深，万籁萧萧。古无人踪，唯石嶕峣。这真是善于描绘一种很难描绘的景象。我曾请洪谷子按这几句话的意思画一幅画，他竟无法下笔。'我感到惊讶，想想这是谁呀？他竟然能够见到五代时的著名画家荆浩（荆浩号洪谷子）？于是坐起来听他们再说些什么。只听一个声音又说道：'前不久苏东坡为我画了半面墙壁的竹，分布躯干枝叶，像春天山谷中的云雾飘涌而出，或疏或密，意趣神态非常自然，没有那种枝干横冲直伸的形状。'又一个声音说：'近日我见到他写的《西天目山》诗，像空空的江面在秋天里特别明净，烟水渺然；又像老鹤发出长长的叫声，凄清嘹亮，传向远方，也将他原来诗作中的那种纵横傲岸的气势消除干净了。大约因为他过去是人间的才子，用笔往往追求充分表现心思的巧妙；现在他成了飞腾的仙人，笔法天然神妙，境界所以不同。'我知道这说话的必定是仙人，便站起来抬头望去，忽然'扑簌'一响，山间的野花纷纷散落，有两只鸟冲向云空飞走了。"王昆霞有"蹑屐颇笑谢康乐，化鹤亲见徐佐卿"的诗句，就是记载他经历的这件事的。

狐狸为女奴辩冤

刘拟山家失金钏，掠问小女奴，具承卖与打鼓者。（京师无赖游民，多妇女在家倚门，其夫白昼避出，担二荆筐，操短柄小鼓击之，收买杂物，谓之打鼓。凡僮婢幼孩窃出之物，多以贱价取之。盖虽不为盗，实盗之羽翼。然赃物细碎，所值不多，又踪迹诡秘，无可究诘，故王法亦不能禁也。）又掠问打鼓者衣服形状，求之不获。仍复掠问，忽承尘上微嗽曰："我居君家四十年，不肯一露形声，故不知有我。今则实不能忍矣。此钏非夫人检点杂物，误置漆奁中耶？"如言求之，果不谬，然小女奴已无完肤矣。拟山终身愧悔，恒自道之曰："时时不免有此事，安能处处有此狐！"故仕宦二十余载，鞫狱未尝以刑求。

【译文】
刘拟山家有只金钏不见了，拷问小女奴，女奴承认是偷卖给打鼓人了。（京城中的无业游民，往往女人在家倚门卖笑招揽嫖客，男人白天要回避，就挑着一对柳条筐，拿着一只短柄的小鼓敲打，收买杂物废品，称为"打鼓"。凡是家中的仆人或小孩偷出的东西，打鼓人往往以很低的价钱买去。他们虽然不直接偷盗,实际上是盗贼的同伙。然所收买的这些东西往往很零碎,值不了几个钱,而行踪又很诡秘,根本无法追查,所以国法也不能对之加以禁止。)又拷打追问那打鼓人穿的什么衣服,什么模样,结果还是没有找回金钗,于是又重新拷打小女奴。这时,天花板上有个声音轻轻咳嗽了一下,说:"我在你们家住了四十年,从来没有显露形迹声响,所以你们不知道有我。今天我实在不忍心默不作声了。这只金钗不是你家夫人检点杂物时误放进漆盒中了吗?"刘家人根据这话去找,果然不错,而小女奴已经被打得遍体鳞伤了。拟山终身为此感到惭愧后悔,总是自己提起这件事,说:"这样的事情经常会发生,但怎能经常有这只狐狸在身边呢?"所以他做了二十多年官,审问案件从来不用严刑逼供。

多情乩仙

多小山言:尝于景州见扶乩者,召仙不至。再焚符,乩摇撼良久,书一诗曰:"薄命轻如叶,残魂转似蓬。练拖三尺白,花谢一枝红。云雨期虽久,烟波路不通。秋坟空鬼唱,遗恨宋家东。"知为缢鬼,姑问姓名。又书曰:"妾系本吴门,家侨楚泽。偶业缘之相凑,宛转通词;讵好梦之未成,仓皇就死。律以圣贤之礼,君子应讥;谅其儿女之情,才人或悯。聊抒哀怨,莫问姓名。"此才不减李清照;其圣贤儿女一联,自评亦确也。

【译文】

多小山说:他曾在景州见到有人扶乩,召乩仙不来,再焚烧符咒,乩笔摇晃了好大一会,然后写出一首诗:"薄命轻如叶,残魂转似蓬。练拖三尺白,花谢一枝红。云雨期虽久,烟波路不通。秋坟空鬼唱，遗恨宋家东。"在场的人知道这乩仙是个吊死鬼，于是问她的姓名，她又写出几句话："我家祖籍苏州，移住楚地。偶尔遇到一个心上人，陷入情网，彼此吐露了心迹。不料好梦未成，就仓促含恨上吊自杀。以圣贤制定的礼法来要求，正人君子肯定要讥讽我；但原谅痴情儿女的一段感情，多情才子或许会予以怜悯。我姑且抒发一点悲哀怨恨，请你们就不要问我的姓名了。"这位女子的才华不弱于李清照，她所说的"圣贤、儿女"两句话，作为对自己的评价也是很恰当的。

吕　留　良

《新齐谐》载冥司榜吕留良之罪曰："辟佛太过。"此必非事实也。留良之罪，在明亡以后，既不能首阳一饿，追迹夷齐；又不能戢影逃名，鸿冥世外，如真山民之比。乃青衿应试，身列胶庠；其子葆中，亦高掇科名，以第二人入翰苑。则久食周粟，断不能自比殷顽。何得肆作谤书，荧惑黔首？诡托于桀犬之吠尧，是首鼠两端，进退无据，实狡黠反覆之尤。核其生平，实与钱谦益相等。殁罹阴谴，自必由斯。至其讲学辟佛，则以尊朱之故，不得不辟陆、王为禅。既已辟禅，自不得不牵连辟佛，非其本志，亦非其本罪也。金人入梦以来，辟佛者多，辟佛太过者亦多。以是为罪，恐留良转有词矣。抑尝闻五台僧明玉之言曰：辟佛之说，宋儒深而昌黎浅，宋儒精而昌黎粗。然而披缁之徒，畏昌黎不畏宋儒，衔昌黎不衔宋儒也。盖昌黎所辟，檀施供养之佛也，为愚夫妇言之也。宋儒所辟，明心见性之佛也，为士大夫言之也。天下士大夫少而愚夫妇多；僧徒之所取给，亦资于士大夫者少，资于愚夫妇者多。使昌黎之说胜，则香积无烟，祇园无地，虽有大善知识，能率恒河沙众，枵腹露宿而说法哉！此如用兵者先断粮道，不攻而自溃也。故畏昌黎甚，衔昌黎亦甚。使宋儒之说胜，不过尔儒理如是，儒法如是，尔不必从我；我佛理如是，佛法如是，我亦不必从尔。各尊所闻，各行所知，两相枝拄，未有害也。故不畏宋儒，亦不甚衔宋儒。然则唐以前之儒，语语有实用；宋以后之儒，事事皆空谈。讲学家之辟佛，于释氏毫无所加损，徒喧哄耳。录以为功，固为说论；录以为罪，亦未免重视留良耳。

【译文】

袁枚《新齐谐》记载阴司中公布吕留良的罪过是声讨佛教过分，这肯定不是事实。吕留良的罪过，在于在明朝灭亡之后，既不能像伯夷、叔齐不吃新王朝的粮食，饿死首阳山；又不能隐姓埋名，逃避人世之外，像真山民那样。他自己和众多童生一起参加了清朝的科举考试，作了秀才，他儿子吕葆中还高中进士，以第二名进入翰林院，则他们父子早就享受了新王朝的名位俸禄，决不能还把自己看作旧王朝的遗民了。他们怎能写作诽谤清朝的著作，迷惑煽动老百姓，借口忠于明朝来攻击清朝呢？这是一种动摇不定进退无准的行为，是最狡猾最反复无常的表现。考察一下他平生的作为，实与钱谦益相同。死后在阴间还逃不脱惩罚，必然是因为这个缘故。至于他讲理学，斥责佛学，则是因为他既然要推尊程、朱一派的理学，就不得不批驳陆九渊、王守仁一派的理学为禅学；既然斥责禅学，自然不得不牵连着批驳整个佛学。其实批驳佛学并不是他的本意，也不是他真正的罪过。自从佛学在东汉明帝时传入中国以来，批驳佛教的很多，批驳佛教太过分的也很多，以此作为吕留良的罪过，恐怕他反而有了辩解的理由，不知人们是否曾经听说过五台山和尚明玉所说的话，他说：批驳佛教的主张，宋代儒学家很深刻而韩愈则很肤浅，宋代儒学家很精致而韩愈很粗疏，然而剃了头发披起袈裟做和尚的人怕的是韩愈而不是宋代儒学家，恨的是韩愈而不是宋代儒学家。因为韩愈斥责的是佛教信徒们给寺院和和尚施舍供养，这是针对广大普通民众而发的；宋代儒学家批驳的是有关明心见性的佛学理论，是针对知识分子而发的。天下知识分子少而普通民众多，和尚们生活所需的东西，也是来自知识分子的少，而来自普通民众的占大多数。假使韩愈的主张获胜，则寺庙的厨房里必然要断了炊烟，想建寺院也没有土地。即使有佛学造诣极深的和尚，他难道能率领数不清的和尚们空着肚子坐在露天里说佛法吗？这就好像用兵的人先切断了敌军的粮草供给线，敌军就将不战而自我溃散了。所以和尚们非常怕韩愈，也非常恨韩愈。若使宋代儒学家们的主张获胜，则大不了你儒家的道理是那样，儒家的礼法是那样，你不必听从我；我佛家的道理是这样，佛教的礼法是这样，我也不必听从你。你我可以各自信奉自己所知道的东西，各自施行自己所理解的东西，彼此对峙，对任何一方都没有什么危害。所以，佛教徒不太怕宋代儒学家，也不太恨宋代儒学家。由此可见，唐代以前的儒学家，所说的每句话都有实用；宋代以后的儒学家，则每件事情都只是空谈。讲理学的人口口声声斥责佛教，实际上对佛教毫无损伤，只不过是空吵闹而已。把这当作功劳，固然是讲理学的人自相吹捧；把这当作什么罪过，也未免太看重吕留良了。

死鬼诱人自杀

奴子王发，夜猎归。月明之下，见一人为二人各捉一臂，东西牵曳，而寂不闻声。疑为昏夜之中，剥夺衣物，乃向空虚鸣一铳。二人奔迸散去，一人返奔归，倏皆不见，方知为鬼。比及村口，则一家灯火出入，人语嘈囋，云："新妇缢死复苏矣。"妇云："姑命晚餐作饼，为犬衔去两三枚。姑疑窃食，痛批其颊。冤抑莫白，痴立树下。俄一妇来劝：'如此负屈，不如死。'犹豫未决，又一妇来怂恿之。恍惚迷瞀，若不自知，遂解带就缢，二妇助之。闷塞痛苦，殆难言状，渐似睡去，不觉身已出门外。一妇曰：'我先劝，当代我。'一妇曰：'非我后至不能决，当代我。'方争夺间，忽霹雳一声，火光四照，二妇惊走，我乃得归也。"后发夜归，辄遥闻哭詈，言破坏我事，誓必相杀。发亦不畏。一夕，又闻哭詈。发诃曰："尔杀人，我救人，即告于神，我亦理直。敢杀即杀，何必虚相恐怖！"自是遂绝。然则救人于死，亦招欲杀者之怨，宜袖手者多欤？此奴亦可云小异矣。

【译文】

奴仆王发有天晚上打猎后回家，月光之下，只见有个人被两个人各拉着一只胳膊，一个向东拉扯，一个向西拉扯，而没发出任何声音。王发怀疑是有人在黑夜里抢夺衣裳钱物，于是向空中开了一枪。那两个人飞奔跑开，被拉的人急忙奔回来，但一晃也不见了，王发才知道遇上了鬼。等他走到村口，只见一户人家灯火通明，很多人进进出出，人声嘈杂，说是有个新媳妇上吊，现在已复苏了。那媳妇说："婆婆叫我做饼当晚餐，饼被狗衔走了两三个，婆婆怀疑是我偷吃了，狠狠打我耳光。我感到冤枉无处申诉，呆呆站在树下。不久就有一个妇女过来劝道：'这样受冤屈，还不如死了。'我正犹豫不决，又过来一位妇女，也怂恿我寻死算了。我恍恍惚惚迷迷糊糊，自己不知不觉，就解下腰带上吊，两个妇女在一旁帮我。开始呼吸被堵，难受得难以形容，渐渐地就像睡了过去，不知不觉身体已经出了门。一个妇女说：'是我先劝的，应该代替我。'另一个妇女说：'不是我在后面跟来，她下不了决心，应该代替我。'她们正在争夺，忽然'霹雳'一声，火光照亮了四周，两个妇女都惊走了，我才得以回来。"后来王发每次晚上回家，就远远听到哭骂声，说："你坏了我的事，我发誓一定要杀了你。"王发也不害怕。一天晚上，他又听到哭骂声，于是怒喝道："你杀人，我救人，就是告到神灵那里，道理也在我这边。你敢杀我就杀掉我，何必总是白白地吓人。"从此以后，哭骂声再也没有了。由此看来，把人从死亡边缘中救回来，也会招来想杀他的人的怨恨，难怪世上袖手旁观的人这么多了。这个奴仆，也算是稍有点特别了。

幕僚"四救四不救"

宋清远先生言：昔在王坦斋先生学幕时，一友言梦游至冥司，见衣冠数十人累累入；冥王诘责良久，又累累出，各有愧恨之色。偶见一吏，似相识，而不记姓名，试揖之，亦相答。因问："此并何人，作此形状？"吏笑曰："君亦居幕府，其中岂无一故交耶？"曰："仆但两次佐学幕，未入有司署也。"吏曰："然则真不知矣。此所谓四救先生者也。"问："四救何义？"曰："佐幕者有相传口诀，曰救生不救死，救官不救民，救大不救小，救旧不救新。救生不救死者，死者已死，断无可救；生者尚生，又杀以抵命，是多死一人也，故宁委曲以出之。而死者衔冤与否，则非所计也。救官不救民者，上控之案，使冤得申，则官之祸福不可测；使不得申，即反坐不过军流耳。而官之枉断与否，则非所计也。救大不救小者，罪归上官，则权位重者谴愈重，且牵累必多；罪归微官，则责任轻者罚可轻，且归结较易。而小官之当罪与否,则非所计也。救旧不救新者,旧官已去,有所未了,羁留之恐不能偿;新官方来,有所委卸,强抑之尚可以办。其新官之能堪与否,则非所计也。是皆以君子之心,行忠厚长者之事,非有所求取巧为舞文,亦非有所恩仇私相报复。然人情百态,事变万端,原不能执一而论。苟坚持此例,则矫枉过直,顾此失彼,本造福而反造孽,本弭事而反酿事,亦往往有之。今日所鞫,即以此贻祸者。"问:"其果报何如乎?"曰:"种瓜得瓜,种豆得豆。夙业牵缠,因缘终凑。未来生中,不过亦遇四救先生,列诸四不救而已矣。"俯仰之间,霍然忽醒,莫明其入梦之故,岂神明或假以告人欤?

【译文】

宋清远先生说:从前在王坦斋先生的提学使衙门中做幕僚时,有个朋友说梦游中到了阴司,只见几十个士大夫模样的人排着队走进去,阎王讯问斥责了很久,然后他们又相继走出来,都露出惭愧悔恨的神情。偶然见到一个吏,好像见过面,但记不得他的姓名了,试着向他打招呼,他也答礼,于是问他刚才都是些什么人,为什么露出这种神情。吏笑着说:"你也在做幕僚,刚才这些人中你难道就没有一个老朋友吗?"这人回答说:"我只是作了两次提学使的幕僚,没有进过有实权的长官的幕府。"吏说:"要是这样,你就是真的不知道了。这些就是所谓的'四救先生'。"问"四救"是什么意思,吏说:"凡是给人做幕僚的,都传授着几句口诀,叫做:救生不救死,救官不救民,救大不救小,救旧不救新。救生不救死,是指死的人已经死了,已决无什么好救了;活的人则还活着,又杀了他抵命,就是又多死一个人。所以宁愿想方设法使他免于死罪,而死者含冤与否,就不管它了。救官不救民,是指向上一级官府上诉的案子,让上诉人的冤屈得伸,原先主持审判的官员的祸福就难以测度了；使上诉人的冤屈不得伸，就是反坐上诉人的诬告之罪，最多不过充军、流放而已。而原审官员究竟错判与否，就不管它了。救大不救小，是指罪过如果落到上级官员头上，权力越大地位越高的官员，遭到的惩处也就越严厉，而且牵连得罪的人也必定很多；如果罪过落到小官身上，责任越轻的处罚越轻，而且比较容易结案。至于小官究竟该定罪与否，就不去管它了。救旧不救新，是指旧任官已经离开此任，如果还有什么案子没有了结，把他扣留下来，恐怕他没办法赔偿；新官刚来，要他承担什么责任，施加一点压力，他还可以办到。至于新官是否承受得了，也就不去管它了。这些都是以君子的心肠，做忠厚长者该做的事情，并不是企图得到什么好处而巧妙地利用法律的漏洞，也不是因为自己有什么私恩私仇而以公报私。然而人情世态千变万化，十分复杂，原本不能执定某一条规则去对待处理。如果坚持这种条例，则往往会矫枉过直，顾此失彼。本是为了替人造福，反而造了孽；本来是为了平息事端，反而酿成了事变，这种情况也会经常发生。今天审问的，就是因此而造成了祸害的人。"问他们将会遭到怎样的报应，吏说："种瓜得瓜，种豆得豆，前世的罪孽要纠缠到下一世，因为种种因素凑合，他们下一生中也将遇到这种'四救先生'，而被列入'四不救'的行列，如此而已。"忽然间猛地醒来，左思右想，也不明白入梦的原因。难道是神灵借这个人做梦而给世人以告诫么？

石膏治瘟疫

乾隆癸丑春夏间，京中多疫。以张景岳法治之，十死八九；以吴又可法治之，亦不甚验。有桐城一医，以重剂石膏治冯鸿胪星实之姬，人见者骇异。然呼吸将绝，应手辄痊。踵其法者，活人无算。有一剂用至八两，一人服至四斤者。虽刘守真之《原病式》、张子和之《儒门事亲》，专用寒凉，亦未敢至是，实自古所未闻矣。考喜用石膏，莫过于明缪仲淳，（名希雍，天、崇间人，与张景岳同时，而所传各别。）本非中道，故王懋竑《白田集》有《石膏论》一篇，力辩其非。不知何以取效如此。此亦五运六气，适值是年，未可执为定例也。

【译文】

  乾隆五十八年春夏间，京城里流行瘟疫，用张景岳的疗法治疗，十死八九；用吴又可的疗法来治，也不大有效。有个桐城来的医生，用大剂量的石膏治冯星实鸿胪的妾，见到的人都感到惊异，但这妾眼看就要断气，一剂药下去就治好了。人们效仿这种疗法，救活的人数也数不清。其中有的一剂药就用了八两石膏，有的病人喝的石膏达到四斤，虽然刘守真的《原病式》、张子和的《儒门事亲》等医学著作都以专门倡导用寒凉类药物闻名，但也不敢用剂量达到这种地步，这种剂量实在是自古以来都没有听说过的。考察一下历代喜欢用石膏的医生，没有超过明代的缪仲淳的（缪仲淳名希雍，天启、崇祯年间人，与张景岳同时，而所传医术不同）。这本不属于用药的中和之道，所以王懋竑《白田集》中有一篇《石膏论》，极力指责缪仲淳的错误，不知它为什么竟有这样的疗效。这也是金、木、水、火、土五运与风、热、湿、火、燥、寒六气的运行在这年正好构成一种特殊状态而造成的，不能据此把它当作一种通行不变的疗法。

鬼 托 人 情

  从伯君章公言：中表某丈，月夕纳凉于村外。遇一人似是书生，长揖曰："仆不幸获谴于社公，自祷弗解也。一社之中，惟君祀社公最丰，而数十年一无所祈请。社公甚德君，亦甚重君。君为一祷，必见从。"表丈曰：

"尔何人?"曰:"某故诸生,与君先人亦相识,今下世三十余年矣。昨偶向某家索食,为所诉也。"表丈曰:"己事不祈请,乃祈请人事乎?人事不祈请,乃祈请鬼事乎?仆无能为役,先生休矣。"其人掉臂去曰:"自了汉耳,不足谋也。"夫肴酒必丰,敬鬼神也;无所祈请,远之也。敬鬼神而远之,即民之义也。视流俗之谄渎,迂儒之傲侮,为得其中矣。说此事时,余甫八九岁,此表丈偶忘姓名。其时乡风淳厚,大抵必端谨笃实之家,始相与为婚姻,行谊似此者多,不能揣度为谁也。"高山仰止,景行行止",俯仰七十年间,能勿罣然远想哉!

【译文】

堂伯君章公说:有个表兄,在某个有月亮的晚上,在村外纳凉,遇到一个人,像是个读书人。只见他长长作了一揖,说:"我不幸遭到土地神的谴责,自己祈祷无济于事。这一带只有您祭祀土地神的供品最丰厚,而几十年来没有求过土地神任何事情。土地神很感激您,也很敬重您。您如果帮我祈祷一下,土地神肯定会听从。"表兄问:"你是什么人?"他答道:"我从前是个秀才,与您的父亲也认识。现在死了已经三十多年了。昨天偶尔向人家素取食物,被他告到土地神那里。"表兄说:"自己的事情不祈求,还能为别人的事情祈求吗?人的事情不祈求,还能为鬼的事情祈求吗?我不能帮你的忙,你算了吧。"那人听完,甩手离去,口里说道:"你不过是个只顾自己的人罢了,不值得和你商量。"祭祀的供品必须丰厚,这是表示对鬼神的恭敬;不去祈求鬼神,这是为了与鬼神保持距离。尊敬鬼神而又与它保持距离,这是民众应该遵循的原则。比起世俗中人讨好祈求鬼神、迂腐的儒生对鬼神傲慢凌侮,这算是适中的一种态度。堂伯说起这事时,我才八九岁,这位表丈的姓名我也不巧忘记了。当时乡间的风俗淳朴忠厚,大约必定是端正谨慎、笃厚实在的家庭之间,才互相结为儿女亲家。我家的亲戚中为人处事像这位表丈的很多,现在也不能猜度到底是哪位了。他们的品德像远处高高耸立的山峰,令我仰望钦羡不已。不知不觉已经七十年过去了,我怎能不深深缅怀呢?

潘　　班

　　黄叶道人潘班,尝与一林下巨公连坐,屡呼巨公为兄。巨公怒且笑曰:"老夫今七十余矣。"时潘已被酒,昂首曰:"兄前朝年岁,当与前朝人序齿,不应阑入本朝。若本朝年岁,则仆以顺治二年九月生,兄以顺治元年五月入大清,仅差十余月耳。唐诗曰:'与兄行年较一岁。'称兄自是古礼,君何过责耶?"满座为之咋舌。论者谓潘生狂士,此语太伤忠厚,宜其坎壈终身,然不能谓其无理也。余作《四库全书总目》,明代集部以练子宁至金川门卒龚诩八人列解缙、胡广诸人前,并附案语曰:"谨案练子宁以下八人,皆惠宗旧臣也。考其通籍之年,盖有在解缙等后者。然一则效死于故君,一则邀恩于新主,枭鸾异性,未可同居,故分别编之,使各从其类。至龚诩卒于成化辛丑,更远在缙等后,今亦升列于前,用以昭名教是非。千秋论定,纡青拖紫之荣,竟不能与荷戟老兵争此一纸之先后也。"黄泉易逝,青史难诬。潘生是言,又安可以佻薄废乎?

【译文】
　　潘班自号黄叶道人,曾与一个退居田野的著名人物同席饮酒,潘班屡次称他为兄,这著名人物十分恼怒,勉强笑着说:"老夫现在已经七十多岁了。"当时潘班已经喝醉,昂着头说:"老兄在明朝所过的年岁,应该用于与明代的人排列长幼顺序,不应该一并算进清朝来。根据清朝的年岁,则我是顺治二年九月生,老兄是顺治元年五月才投降进入清朝,我只比你晚十几个月。唐代诗歌中有'与兄行年较一岁'的句子,我称你为兄,自是古已有之的礼节,你何必过分指责呢?"当时在座的人都为之感到吃惊。评论这件事的人都认为潘班是个狂士,这话太伤忠厚之道,他一辈子坎坷不得志看来不是偶然的。但是也不能说他的话没有道理。我在编写《四库全书总目》时,关于明代文人的别集,我将练子宁至金川门卒龚诩等八个人列在解缙、胡广等人之前,并且附了一段案语说:"谨此说明:练子宁以下八人都是建文帝的旧臣,考察他们考中科举登上仕途的年月,有在解缙等人后面的。但是,一为原来的君主殉难,一则投靠新君主永乐帝获取恩宠。他们像枭鸟与凤凰本性不同,不可排列在一起,所以我将他们分别编列,使他们各自归入所属的一类。至于龚诩死于成化十七年,更远在解缙等人之后。现在也把他列在前面,是用以昭示礼义纲常和人事是非。"千载之下是非论定。那些变节投降的人,虽然生前享受了高官厚禄的荣耀,死后竟不能与一个手持武器的老兵争青史上列名的先后。死去的人很容易被人们遗忘,但史书中的是非却不能颠倒。潘班说的这番话,又怎能因为它的轻佻刻薄而加以否定呢?

幕僚鬼论官司胜负

曾映华言:有数书生赴乡试,长夏溽暑,趁月夜行。倦投一废祠之前,就阶小憩,或睡或醒。一生闻祠后有人声,疑为守瓜枣者,又疑为盗,屏息细听。一人曰:"先生何来?"一人曰:"顷与邻家争地界,讼于社公。先生老于幕府者,请揣其胜负。"一人笑曰:"先生真书痴耶!夫胜负乌有常也?此事可使后讼者胜,诘先讼者曰：'彼不讼而尔讼，是尔兴戎侵彼也。'可使先讼者胜，诘后讼者曰：'彼讼而尔不讼，是尔先侵彼，知理曲也。'可使后至者胜，诘先至者曰：'尔乘其未来，早占之也。'可使先至者胜，诘后至者曰：'久定之界，尔忽翻旧局，是尔无故生衅也。'可使富者胜，诘贫者曰：'尔贫无赖，欲使畏讼赂尔也。'可使贫者胜，诘富者曰：'尔为富不仁，兼并不已，欲以财势压孤茕也。'可使强者胜，诘弱者曰：'人情抑强而扶弱，尔欲以肤受之诉耸听也。'可使弱者胜，诘强者曰：'天下有强凌弱，无弱凌强。彼非真枉，不敢冒险撄尔锋也。'可以使两胜，曰：'无券无证，纠结安穷？中分以息讼，亦可以已也。'可以使两败，曰：'人有阡陌，鬼宁有疆畔？一棺之外，皆人所有，非尔辈所有，让为闲田可也。'以是种种胜负，乌有常乎？"一人曰："然则究竟当何如？"一人曰："是十说者，各有词可执，又各有词以解，纷纭反覆，终古不能已也。城隍社公不可知，若夫冥吏鬼卒，则长拥两美庄矣。"语讫遂寂。此真老于幕府之言也。

【译文】
　　曾映华说：有几个书生赶赴乡试，当时正值盛夏，天气炎热，于是他们借着月光趁凉夜行。走累了，他们来到一座废弃的祠堂前，坐在台阶上休息，有的睡着了，有的还醒着。其中一个书生听见祠堂后面有人说话的声音，怀疑是看守瓜田枣树的，又担心是强盗，于是屏住呼吸仔细谛听。只听有个人说："先生从哪里来？"又一人回答道："刚才与邻居争地界，到土地神那里去告状。先生一直给官府做幕僚，请估计一下谁胜谁负。"前面那个人笑道："先生真是个书呆子吗？打官司的胜负哪有一定的呢？可以使被告获胜，而责问原告说：'他不告状而你告状，是你挑起事端侵犯他'；也可以使原告获胜，而责问被告说：'他告状而你不告状，是你先侵犯了他，自知理亏'；可以使后埋界石的获胜，而责问先埋在这里的说：'你趁他还没有来，早就占了他的地界'；也可以使先埋界石的获胜，而责问后埋到这里的说：'地界早已确定，你突然要推翻原状，是你无故引起矛盾'；可以使富裕的一方获胜，而责问贫穷的一方说：'你因贫穷无赖，想使对方害怕打官司，而送给你钱财'；也可以使贫穷的一方获胜，而责问富裕的一方说：'你为富不仁，总是侵吞别人的土地，你是想凭藉财势欺压孤苦无依的人'；可以使强壮的一方获胜，而责问弱小的一方说：'人们一般都压制强横的人而保护弱小的人，你是想用不实的哀诉来博得人们的同情心'；也可使弱小的一方获胜，而责问强壮的一方说：'天下只有强者欺凌弱者，没有弱者欺凌强者。对方不是真正冤枉，是不敢冒险惹你的'；可以使双方都获胜，说：'你们都没有地契，没有证人，这么纠缠下去，什么时候才能了结呢？把这块地平分，以平息这场争执，你们也就可以罢休了'；也可以使双方都失败，说：'人有地界，鬼哪有地界。一具棺材之外，都属人所有，不归你们所有，你们把这块地让出来作闲田算了'。因为这种种说法，胜负怎么能有一定呢？"后面那人问："那么究竟应该怎样处置呢？"前面那人说："这十种说法，各有各的依据，也都另有理由可以驳倒它。这样争来争去，永远也没个完。城隍土地神究竟会怎样处置不可预知，若阴司中的吏和鬼卒，则必定会通过向双方索取贿赂，等于拥有两处肥美的庄田了。"说完，周围重新归于沉寂。这些话，只有深知官府内幕的人才说得出的。

动 物 报 仇

蛇能报冤，古记有之，他毒物则不能也。然闻故老之言曰："凡遇毒物，无杀害心，则终不遭螫；或见即杀害，必有一日受其毒。"验之颇信。是非物之知报，气机相感耳。狗见屠狗者群吠，非识其人，亦感其气也。又有生啖毒虫者，云能益力。毒虫中人或至死，全贮其毒于腹中，乃反无恙，此又何理欤？崔庄一无赖少年习此术，尝见其握一赤练蛇，断其首而生啮，如有余味。殆其刚悍鸷忍之气足以胜之乎？力何必益？即益力，方药亦颇多，又何必是也？

【译文】

　　蛇能报仇，古书里有记载，其他有毒的动物则不能如此。但听老人们说，凡是遇到有毒的动物，如果没有杀害它的心思，则终究不会被它咬；如果一见到它们就加以杀害，则必定有一天要中它们同类的毒。有人做过试验，很是灵验。这并不是因为动物知道报仇，而是因为气息时机相互感应的缘故。狗见到宰狗的人，必定成群结队地对他狂吠，这并不是因为它们认识这个人，而是也感受到了他身上气息的缘故。又有人活吃毒虫，说是能增添体力。毒虫刺中了人，有时会置人于死地，但这些人把毒虫全部吃进肚子里，反而没事，这又是什么道理呢？崔庄有个无赖青年学会了这种手段，我曾亲眼见他手里握着一条赤练蛇，砍掉它的头，然后生吃，还吃得津津有味。大约是他凶猛横蛮的血气，足以战胜蛇毒吧。体力何必增添？即使要增添体力，古来流传的药方也很多，又何必要用这种办法呢？

挑逗狐妻遭报复

　　贾公霖言：有贸易来往于樊屯者，与一狐友。狐每邀之至所居，房舍一如人家，但出门后，回顾则不见耳。一夕，饮狐家。妇出行酒，色甚妍丽。此人醉后心荡，戏捘其腕。妇目狐，狐侧睨笑曰："弟乃欲作陈平耶？"

亦殊不怒，笑谑如平时。此人归后，一日忽家中客作控一驴送其妇来，云得急信，君暴中风，故借驴仓皇连夜至。此人大骇，以为同伴相戏也。旅舍无地容眷属，呼客作送归。客作已自去。距家不一日程，时甫辰巳，乃自控送归。中途遇少年与妇摩肩过，手触妇足。妇怒詈，少年惟笑谢，语涉轻薄。此人愤与相搏，致驴惊逸入歧路，蜀秫方茂，斯须不见。此人舍少年追妇，寻蹄迹行一二里，驴陷淖中，妇则不知所往矣。野田连陌，四无人踪，彻夜奔驰，旁皇至晓。姑骑驴且返，再商觅妇。未及数里，闻路旁大呼曰："贼得矣。"则邻村驴昨夜被窃，方四出缉捕也。众相执缚，大受捶楚。赖遇素识多方辩说，始得免。懊丧至家，则纺车琤然，妇方引线。问以昨事，茫然不知。始悟妇与客作及少年皆狐所幻，惟驴为真耳。狐之报复恶矣，然衅则此人自启也。

【译文】

　　贾公霖说：有个商人做买卖，经常来往于樊屯一带，与一只狐狸交上了朋友。狐狸常请他到自己所住的房子里，这里与普通人家毫无区别，只是商人一走出大门，再回头看，则一切都不见了。一天晚上，商人又在狐狸家饮酒，狐狸的妻子出来斟酒劝饮，容貌非常美丽。商人喝醉了酒，心神荡漾，开玩笑捏她的手腕。她朝狐狸看，狐狸斜着看了一眼，笑着说："老弟想学陈平调戏嫂嫂吗？"看样子一点也没发怒，还是和平时一样轻松地说说笑笑。商人回到住处后的第二天，忽见家里雇的短工牵着一头驴子，把商人的妻子送来，说："得到急信，说你突然中风，所以借了驴子急忙连夜赶到这里。"商人大惊，以为是同伴们开的玩笑。旅馆里没有地方住家眷，叫短工仍旧把她送回去，短工却已早走了。旅馆距家不到一天的路程，而当时还是上午，于是商人自己牵着驴子送妻子回家。途中遇到一个年轻人与妻子擦肩而过,他的手碰了一下妻子的脚,妻子怒骂,那年轻人嬉皮笑脸地道歉,又说出些很轻薄的话来。商人十分愤怒,与年轻人厮打起来,驴子受惊,窜到岔路上去了。当时高粱长得正茂盛,转眼间驴子就不见了。商人丢下年轻人去追妻子,顺着驴子的足迹走了一两里地,发现驴子已陷在泥潭中,妻子则不知到哪里去了。那里一望无际都是田野,没有人迹。商人东奔西跑折腾了一个通宵,心里惶惶然等到天亮,只得暂且骑着驴子回家,再想办法寻找妻子。没走几里,忽然听路边有人大叫道:"找到贼了。"原来邻村有户人家的驴昨晚被偷,村子里的人正在四处搜索。众人一涌而上将商人捆住,痛打了一顿。幸亏遇到过去认识的人千方百计为他辩白求饶,他才被放掉。商人懊恼沮丧地回到家里,则纺车的声音"琤琤"作响,妻子正在那儿纺线。问起昨天晚上的事,则她茫茫然全不知道。商人这才明白,妻子、短工及年轻人都是狐狸所变,只有驴子是真的。狐狸的报复可以说够恶毒了,但祸因则是这个商人自己引起的。

木　　商

壬子春,滦阳采木者数十人夜宿山坳,见隔涧坡上有数鹿散游,又有二人往来林下,相对泣。共诧人入鹿群,鹿何不惊?疑为仙鬼,又不应对泣。虽崖高水急,人径不通,然月明如昼,了然可见,有微辨其中一人似旧木商某者。俄山风陡作,木叶乱鸣,一虎自林突出,搏二鹿殪焉。知顷所见,乃其生魂矣。东坡诗曰"未死神先泣",是之谓乎!闻此木商亦无大恶,但心计深密,事事务得便宜耳。阴谋者道家所忌,良有以夫。

又闻巴公彦弼言:征乌什时,一日攻城急,一人方奋力酣战,忽有飞矢自旁来,不及见也;一人在侧见之,急举刀代格，反自贯颅死。此人感而哭奠之。夜梦死者曰："尔我前世为同官，凡任劳任怨之事，吾皆卸尔；凡见功见长之事，则抑尔不得前。以是因缘，冥司注今生代尔死。自今以往，两无恩仇。我自有赏恤，毋庸尔祭也。"此与木商事相近。木商阴谋，故谴重；此人小智，故谴轻耳。然则所谓巧者，非正其拙欤！

【译文】

　　壬子年春天，在滦阳伐木的几十个人晚上露宿在山坳里，只见山涧对面的坡地上有几只鹿在散游，又有两个人在树林边走来走去，相对着哭泣。伐木的人们都感到奇怪：那两个人走进鹿群时，鹿为什么不惊走呢？怀疑他们是神仙或者鬼怪，则他们又不应该相对着哭泣。虽然当地山崖高耸，涧流汹涌，人走不过去，但当时月光照耀如同白天，对面的景象清晰可见。有人稍稍辨认出两人中的一个像是以前的木材商人某某。不久陡然刮起一阵山风，树叶"哗哗"乱响，一只老虎突然从树林中跳出来，把两个人咬死了。于是伐木的人才明白，刚才见到的是木材商人和另一个人的生魂。苏东坡的诗中有"未死神先泣"，就是指的这种情况吧。据说这个木材商人平生也没有大的罪恶，只是工于心计，事事都一定要得便宜而已。阴谋诡计，是道家所忌讳的东西，看来是有道理的。

　　又听巴彦弼说：征讨乌什时，一天正在加紧攻城，一个人正在奋力酣战，忽然有一支箭从旁边飞过来，没有发觉。另一个人在旁边，急忙举起刀去拨，反而被箭射穿头颅而死。这个人非常感激，哭着祭奠他，晚上他给这人托梦说："你和我前世同在一个衙门做官，凡是劳累或易招人怨恨的事情，我总是推卸给你；凡是容易立功表现自己的才干的事情，我总是排挤你不让你参与。因为这个缘故，阴司判我这一生代替你死。从今以后，我们之间就无恩无仇了。我自有朝廷赏赐抚恤，用不着你祭祀。"这事与木材商人的事相近似。木材商人暗中算计人，所以遭到的惩罚很重；这个人只是要点小聪明，所以遭到的惩罚轻。由此看来，一个人的巧智，不正是他的愚蠢之处吗?

郝 瑗

门人郝瑗,孟县人,余己卯典试所取士也。成进士,授进贤令。菲衣恶食,视民事如家事。仓库出入,月月造一册。预储归途舟车费,扃一笥中,虽窘急不用铢两。囊箧皆结束室中,如治装状,盖无日不为去官计。人见其日日可去官,亦无如之何。后患病乞归,不名一钱,以授徒终于家。闻其少时,值春社,游人如织。见一媪将二女,村妆野服,而姿致天然。瑗与同行,未尝侧盼。忽见妪与二女,踏乱石横行至绝涧,鹄立树下。怪其不由人径,若有所避,转凝睇视之。媪从容前致词曰:"节物暄妍,率儿辈踏青,各觅眷属。以公正人不敢近,亦乞公毋近儿辈,使刺促不宁。"瑗悟为狐魅,掉臂去之。然则花月之妖,为人心自召明矣。

【译文】

我的门生郝瑗,是孟县人,是我己卯年主持科举考试时录取的士子。他中进士后,被任命为进贤县令,总是穿着破旧的衣服,吃着很差的饭菜,把老百姓的事情当成自己家里的事情。县库里的钱粮出入,他每个月都要造成表册。他还预先准备好回家途中所需的车船费用,锁在一个箱子里,即使非常拮据,也决不动用一文。他把家里的箱子包裹都整理得好好的放在房里,好像准备好行李的样子,他是没有一天不作好随时弃官的准备。别人见他随时都准备弃官,也就不能把他怎么样了。后来他因生病请求免职回家,没有积下丝毫财产,只得靠教私塾维持生活,直到死去。听说他年轻时,有次遇到春社日，游玩的人很多，有个老太婆带着两个女儿，虽然是乡村的装束，穿着很平常的衣服，但风韵天然。郝瑷与她们同行，没有侧过头去看一眼。忽然见老太婆带着两个女儿踩着乱石往旁边的方向跑去，跑到一条深涧旁，呆立在树下。郝瑷对她们不走人们常走的路、好像在躲避什么感到奇怪，反而转过头去望着她们。只见老太婆不慌不忙跨前一步说道："节日里景物晴朗美好，我带着孩子们出来踏青，给她们各找婆家。因为您是个正人君子，所以不敢靠近。也请求您不要靠近孩子们，使她们恐惧不安。"郝瑷这才明白她们是狐狸精，于是甩手离去。这样看来，花妖狐精之类，都是由人本有不正当的心思而招引来的。

虎 化 石

木兰伐官木者，遥见对山有数虎。悬崖削壁，非迂回数里不能至；人不畏虎，虎亦不畏人也。俄见别队伐木者，冲虎径过。众顿足危栗。然人如不见虎，虎如不见人也。数日后，相晤话及。别队者曰："是日亦遥见众人，亦似遥闻呼噪声。然所见乃数巨石，无一虎也。"是殆命不遭咥乎？然命何能使虎化石，其必有司命者矣。司命者空虚无朕，冥漠无知，又何能使虎化石？其必天与鬼神矣。天与鬼神能司命，而顾谓天即理也，鬼神二气之良能也。然则理气浑沦，一屈一伸，偶遇斯人，怒而搏者，遂峙而嶙峋乎？吾无以测之矣。

【译文】

在木兰一带为朝廷砍伐木材的人，远远望见对面山上有几只老虎。那里是悬崖峭壁，不绕上几里路不能到达，所以这些人不怕那些老虎，那些老虎也不怕这些人。不久，只见另外一队伐木的人在老虎面前经过，这些人都跺着脚为他们提心吊胆，但那些人好像没看见老虎，老虎也好像没看见他们。几天后，两队伐木的人会面谈起这事，那一队的伐木人说："那天也远远望见你们了，也好像远远听到了你们的呼叫声，但我们看到的只是几块巨大的石头，没有一只老虎。"这大概是他们命中注定不应该被虎吃么？然而命又如何能使老虎化为石头呢？这肯定是有命运主宰者存在了。然而命运主宰者空虚没有实体，渺渺茫茫没有知觉，它又怎么能使老虎化为石头呢？这必定是天和鬼神在起作用。天和鬼神能主宰人的命运，而人们都说天就是理，鬼神就是阴阳二气在起作用，如果是这样，那么是理与气浑沦一体，一收一伸，偶尔遇到了这些人，于是便使发怒要吃人的老虎一下子就变成嶙峋的大石头了吗？这些我就无法猜度了。

高冠瀛

景州高冠瀛，以梦高江村而生，故亦名士奇。笃学能文，小试必第一，而省闱辄北，竟坎壈以终。年二十余时，日者推其命，谓天官、文昌、魁星贵人皆集于一宫，于法当以鼎甲入翰林。而是岁只得食饩。计其一生遭遇，亦无更得志于食饩者。盖其赋命本薄，故虽极盛之运，所得不过如是也。田白岩曰："张文和公八字，日者以其一生仕履，较量星度，其开坊仅抵一衿耳。此与冠瀛之命，可以互勘。术家宜以此消息，不可徒据星度，遽断休咎也。"又尝见一术士云，凡阵亡将士，推其死绥之岁月，运必极盛。盖尽节一时，垂名千古，馨香百世，荣逮子孙，所得有在王侯将相之上者故也。立论极奇，而实有至理。此又法外之意，不在李虚中等格局中矣。

冠瀛久困名场，意殊抑郁，尝语余及雪崖曰："闻旧家一宅，留宿者夜辄遭魇，或鬼或狐，莫能明也。一生有胆力，欲伺为祟者何物，故寝其中。二更后，果有黑影瞥落地，似前似却，闻生转侧，即伏不动。知其畏人，佯睡以俟之，渐作鼾声。俄觉自足而上，稍及胸腹，即觉昏沉，急奋右手搏之，执得其尾，即以左手扼其项。嗷然一声，作人言求释。急呼灯视之，乃一黑狐。众共捺制，刃穿其骸，贯以索而自系于左臂。度不能幻化，乃持刀问其作祟意。狐哀鸣曰：'凡狐之灵者，皆修炼求仙：最上者调息炼神，讲坎离龙虎之旨，吸精服气，饵日月星斗之华，用以内结金丹，蜕形羽化。是须仙授，亦须仙才。若是者吾不能。次则修容成素女之术，妖媚蛊惑，摄精补益，内外配合，亦可成丹。然所采少则道不成，所采多则戕人利己，不干冥谪，必有天刑。若是者吾不敢。故以剽窃之功，为猎取之计，乘人酣睡，仰鼻息以收余气，如蜂采蕊，无损于花，凑合渐多，融结为一，亦可元神不散，岁久通灵。即我辈是也。虽道浅术疏，积功亦苦。如不见释，则百年精力，尽付东流，惟君子哀而恕之。'生悯其词切，竟纵之使去。此事在雍正末年，相传已久。吾因是以思科场，上者鸿才硕学，吾亦不能；次者行险徼幸，吾亦不敢；下者剽窃猎取，庶几能之，而吾又有所不肯，吾道穷矣。二君皆早掇科第，其何以教我乎？"雪崖戏曰："以君作江村后身，如香山之为白老矣。惟此一念，当是身异性存。此病至深，仆辈实无药相救也。"相与一笑而罢。盖冠瀛为文，喜戛戞生造,硬语盘空,屡踬有司,率多坐是。故雪崖用以为戏。《贾长江集》有"独行潭底影,数息树边身"一联,句下夹注一诗曰:"两句三年得,一吟双泪流。知音如不赏,归卧故山秋。"千古畸人,其意见略相似矣。

【译文】

景州人高冠瀛,因他父亲梦见高士奇而生下他,所以也取名士奇。他读书勤奋,善于写文章,小考必得第一,但每次参加乡试都失败,竟坎坷不得志而死。他二十多岁时,算命的人推算他的命,说是天官文昌魁星贵人都集于同一命官,根据算命法应该以一甲进士进入翰林院,而他当年仅仅成为廪膳秀才。他一生的遭际,也没有比成为廪膳秀才更得意一点的事了。因为他的本命本来很薄,所以虽然遇上最旺盛的运,所得到的也不过如此。田白岩说:张文和公的生辰八字,算命的人以他一生的仕宦经历与其命运星相相比较,发现他由翰林院升转春坊官的那一次,按命运只是考中秀才的福分而已,这与高冠瀛的命运恰好形成对照。算命的人应该根据这类情况来推测,不可仅仅根据星命而妄行判断祸福。我又曾听到一个算命的人说:凡是阵亡的将士,推算他们为国捐躯的那年那月的星运,必定极盛。这是因为他们在这个时刻为国牺牲,是名留千古的壮举,他们的事迹将百代传扬,他们的光荣将及于子孙,他们所获得的东西,有比王侯将相的功名利禄更宝贵的。这种说法极为奇特,而实际上包含着深刻的道理。这又是算命法以外的内容,不在李虚中等人制定的算命格式方法之中。

高冠瀛在科举考试中长期不得意,心情十分压抑郁闷。他曾对我和雪崖说:"我听说一个大户人家有幢房子,凡是晚上在里面住宿的人,必遭迷惑,到底是鬼还是狐狸,一直弄不明白。一个书生有胆量,有力气,想查出作怪的到底是什么东西,所以晚上睡在里面。二更以后,果然有个黑影翩然落在地上,似进似退,一听到书生翻身,它就伏在地上不动。书生知道它是怕人,于是装成睡着的样子等候它,并渐渐发出打鼾声。不久就感觉到它从脚上爬上来,刚到腹部胸口之间，书生便开始觉得昏昏沉沉了。书生急忙挥起右手去打，抓住了它的尾巴，并随即用左手掐住它的喉咙。它发出尖厉的叫声，然后像人一样讲起话来，请求放了它。书生急忙叫人拿灯来一照，原来是只黑色狐狸。众人一起把它按住，用刀子刺穿它的大腿，穿上一根绳子，然后书生把绳子的另一头系在自己的左臂上，估计它不可能再变化了，于是拿起刀逼问它为什么要作怪。狐狸哀叫道：'凡是比较有灵性的狐狸，都注意修炼希望成仙。最上一等的调节气息，炼养神气，讲究水火相生相克的深妙意义，吸纳天地的精气，服食日月星斗的精华，靠这些在腹中凝结成金丹，然后蜕落形体，飞升成仙。这须有仙人来传授，被传授者也要先具备成仙的才干。像这种情况，我不能做到。次一等的则是运用容成子和素女传下来的法术，变成美女或美男子去迷惑人，通过交合吸取人的精气，来补充增添自己的精气。外吸与内养相互配合，也可以凝结成丹；但所采的精气太少，则不足以凝结成丹；所采的精气太多，则是伤害人而自己取利，不遭到阴司的惩处，也会受到上天的处罚。像这种办法，我不敢采取。所以我只好靠盗窃的办法捡点便宜，乘人们熟睡时，去接受他们鼻孔中呼出来的剩余气息，就好像蜂采花蜜一样，对花不会造成损害。而慢慢积累增多，最后也能凝结成丹，也可以达到元神不散。久而久之，就会感通灵气而能飞升成仙。像我这类狐狸，就属这种情况。我虽然道行浅薄，法术低微，但积累功力也十分不容易。如果你们不放我，则我上百年来耗费的全部精力，都要付诸东流了，只求君子怜悯饶了我。'书生被它的一番话所打动，竟把它放掉了。这事发生在雍正末年，流传已经很久了。我因此想到，在科举考场上，有些人才华横溢，学问渊博，我也做不到；其次有些人阴险狡猾，通过不正当手段获取功名，我也不敢做。最下一等的靠剽窃模拟，混个出身，我或许能够做到，而又不屑于这么做。我算是没有出路了。你们两位都是很年轻就考取了功名，能给我一些教诲吗？"雪崖开玩笑说："你是高士奇的后身，就像白居易托生成了李商隐的儿子白老一样。只是这种倔强不肯随俗的念头还存在，大概是高士奇的形体已经变换，但本性还保存。这个毛病根深蒂固，我们也没有好药能救得你。"于是三人笑了一场而作罢。原来冠瀛写文章喜欢标新立异，用语豪迈而不切实际,每次被考官黜落,往往都是因为这个缘故,所以雪崖开这个玩笑。贾岛的《长江集》中有"独行潭底影,数息树边声"的诗句,下面自注道:"两句三年得,一吟双泪流。知音如不赏,归卧故山秋。"千古以来,这些性格经历很特殊的人,他们的想法大致是相似的。

毛　人

吉木萨台军言:尝逐雉入深山中,见悬崖之上,似有人立。越涧往视,去地不四五丈,一人衣紫氆氇,面及手足皆黑毛,茸茸长寸许;一女子甚姣丽,作蒙古装,惟跣足不靴,衣则绿氆氇也,方对坐共炙肉。旁侍黑毛人四五,皆如小儿,身不著寸缕,见人嘻笑。其语非蒙古、非额鲁特、非回部、非西番,啁哳如鸟不可辨。观其情状,似非妖物,乃跪拜之。忽掷一物于崖下,乃熟野骡肉半肘也。又拜谢之,皆摇手。乃携以归,足三四日食。再与牧马者往迹,不复见矣。意其山神欤?

【译文】

吉木萨的驻军说:曾因追赶野鸡进入深山中,见悬崖上好像有人站着,于是越过山涧走近去看,那悬崖离地面不过四五丈高。只见有个人穿着紫色毡衣,脸部及手脚上都是茸茸的黑毛,有一寸来长。另有一个女子,长得很姣美,穿着是蒙古人的装束,只是打着赤脚没有穿靴,衣服则是绿毡制成。他们正面对面坐着烤肉吃。旁边还有四五个黑毛人侍候着,都像是小孩,身上一丝不挂。他们见到人都嘻笑起来,语音既不是蒙古话,也不是额鲁特话,也不是回族话,也不是西番话。声调像鸟声,叽叽喳喳难以分辨。看他们的神情形状,似乎不是妖怪。驻军们于是向他们跪拜,他们忽然扔了一件东西到悬崖下,原来是半只烤熟了的野骡腿。驻军们又跪拜表示感谢,则他们都摇手。驻军们把这只熟骡腿带回来,足够吃三四天。他们再和放马的人去那里,则不见毛人的踪迹了。猜想他们大约是山神吧。

虹

世言虹见则雨止,此倒置也,乃雨止则虹见耳。盖云破日露,则回光返照,射对面之云。天体浑圆,上覆如笠,在顶上则仰视,在四垂则侧视,故敛为一线。其形随下垂,两面之势,屈曲如弓。又侧视之中,斜对目者近,平对目者远。以渐而远,故重重云气,皆见其边际,叠为重重红绿色;非真有一物如带,横亘天半也。其能下涧饮水,或见其首如驴者,(见朱子语录。)并有能狎昵妇女者,(见《太平广记》。)当是别一妖气,其形似虹;或别一妖物,化形为虹耳。

【译文】
世人说虹出现则雨停,这是说倒了,实际上是雨停则出现虹。雨云破散,阳光露现,则它的光线要照射到对面天空的云。天体是浑圆形的,盖在上面像斗笠。在顶上的人看太阳要仰视;在四边的人就要侧视。所以太阳光能聚成一条线,它的形状随四周天顶向下垂的趋势而弯下去,构成弓的模样。又在侧视之中,斜对眼睛的天体距离近,平对眼睛的天体距离远,渐斜渐远,所以一层层的云气都可以看到。这些云气的边缘叠成一层层的红绿色,并不是真有一件像带子一样的东西横跨在半天空。有人说见到虹能垂头到涧里饮水,它的头像驴(见《朱子语类》),又有人说虹还能调戏妇女(见《太平广记》),这应该是另一种妖气,它的形体与虹近似,或者是另一种妖怪变化成虹的形状罢了。

蝇 作 祟

及孺爱先生言：尝亲见一蝇，飞入人耳中为祟，能作人言，惟病者闻之。或谓蝇之蠢蠢，岂能成魅？或魅化蝇形耳。此语近之。青衣童子之宣赦，浑家门客之吟诗，皆小说妄言，不足据也。

【译文】
及孺爱先生说：曾亲眼见到一只苍蝇飞进人的耳朵中作怪，能说人话，只有患病者本人能听见。有人认为，苍蝇如此愚蠢，怎能成为妖精，也许是某种妖怪变成苍蝇的形状吧。这话也许接近事实。至于符坚时有蝇变成青衣童子宣布大赦消息，唐睿宗时有蝇变成浑家的门客和且耶吟诗，这些都是人们随意虚构编造出来的，不值得相信。

辟 尘 珠

辟尘之珠，外舅马公周箓曾遇之，确有其物，而惜未睹其形也。初，隆福寺鬻杂珠宝者，布茵于地，（俗谓之摆摊。）罗诸小篋于其上。虽大风霾，无点尘。或戏以囊有辟尘珠。其人椎鲁，漫笑应之。弗信也。如是半载，一日，顿足大呼曰："吾真误卖至宝矣！"盖是日飞尘忽集，始知从前果珠所辟也。按医书有服响豆法。响豆者，槐实之夜中爆响者也，一树只一颗，不可辨识。其法槐始花时，即以丝网幂树上，防鸟鹊啄食。结子熟后，多缝布囊贮之，夜以为枕，听无声者即弃去。如是递枕，必有一囊作爆声者。取此一囊，又多分小囊贮之，枕听，初得一响者则又分。如二枕渐分至仅存二颗，再分枕之，则响豆得矣。此人所鬻之珠，谅亦无几。如以此法分试，不数刻得矣，何至交臂失之乎？乃漫然不省，卒以轻弃，当缘禄相原薄耳。

【译文】
　　可以驱避灰尘的珠子，我的岳父马周箓老先生曾遇到过，确实存在这种东西，可惜没有看清它的形状。当初隆福寺有人卖各种各样的珍珠，他在地上铺了一块布（俗称摆摊），然后把各种小盒子摆列在上面。即使是刮大风沙土飞扬，他的摊子上也没有一点灰尘。有人开玩笑说他的袋子里有辟尘珠，他傻乎乎地随口承认说有，其实并不相信，这样过了半年。一天，他忽然跳脚大叫道："我真的把最贵重的宝贝错卖掉了。"原来当天飞扬的灰尘忽然落集在他的摊子上，他才知道以前灰尘不来果然是有辟尘珠在起作用。按医书上有服用"响豆"的方法，所谓"响豆"，就是在夜里爆响的槐树籽，一棵槐树上只有一粒，难以辨认。获取的方法是，当槐树刚开始开花时，就用丝网罩在树上，防止鸟鹊来啄食。槐树结籽成熟后，缝制很多布袋，将它们全部装好贮存起来，然后晚上用这些布袋做枕头，没有听到声音的就丢掉。像这样依次换枕头，必有一个布袋中会发出爆响声，于是把这一袋中的槐树籽又分装进许多小布袋中，然后用这些小布袋作枕头。只要听到哪个小布袋中有爆响的声音，则又将里面的槐树籽分装进多个更小的布袋中。这样依次分下去，一直到只剩下两颗，再分开枕着听，就可以得到响豆了。这个人所卖的珍珠，谅也不是很多。如果用这个办法一边分一边试，不要几下就可以辨出那颗辟尘珠了，怎会至于白白从手里错卖掉呢？他却一点也没想到这些，结果轻易地就失去了这件宝贝，大约是因为他的命运福相本来就很薄吧。

烈火不烧孝子家

乾隆甲辰,济南多火灾。四月杪,南门内西横街又火,自东而西,巷狭风猛,夹路皆烈焰。有张某者,草屋三楹在路北,火未及时,原可挈妻孥出;以有母柩,筹所以移避,既势不可出,夫妇与子女四人,抱棺悲号,誓以身殉。时抚标参将方督军扑救,隐隐闻哭声,令标军升后巷屋寻声至所居,垂绠使縋出。张夫妇并呼曰:"母柩在此,安可弃也?"其子女亦呼曰:"父母殉父母,我不当殉父母乎?"亦不肯上。俄火及,标军越屋避去,仅以身免。以为阖门并煨烬,遥望太息而已。乃火熄巡视,其屋岿然独存。盖回飙忽作,火转而北,绕其屋后,焚邻居一质库,始复西也。非鬼神呵护,何以能然!此事在癸丑七月,德州山长张君庆源录以寄余,与余《滦阳消夏录》载孀妇事相类。而夫妇子女,齐心同愿,则尤难之难。夫"二人同心,其利断金",况六人乎!庶女一呼,雷霆下击,况六人并纯孝乎!精诚之至,哀感三灵,虽有命数,亦不能不为之挽回。人定胜天,此亦其一。事虽异闻,即谓之常理可也。余于张君不相识,而张君间关邮致,务使有传,则张君之志趣可知矣。因为点定字句,录之此编。

吕太常含晖言:京师有一民家,停柩遇火,无路出,亦无人肯助异。乃阖家男妇,锹镢刀铲,合手于室内掘一坎,置棺于中,上覆以土。坎甫掩而火及,屋虽被焚，棺在坎中，竟无恙。火性炎上故也。此亦应变之急智，因张孝子事附录之。

【译文】

  乾隆四十九年，济南屡次发生火灾。四月末，南门内西横街又失火，从东向西烧，巷道狭窄，风势又猛，街道两边都烈焰冲天。有个张某，有三间草屋，位于路北边。大火还没烧到时，他原本可以带着妻子儿女逃出。只因他母亲的灵柩停在家里，他为了筹划转移灵柩的办法耽误了时间，结果全家人被困在大火中出不来了。夫妇及四个子女抱着棺材大声哭叫，发誓要与棺材同化为灰烬。当时巡抚手下的参将正督促士兵扑救火灾，隐隐听到哭叫声，他于是命令士兵爬上后巷的屋顶，看声音是从哪里发出来的，发现了张某一家。士兵们扔下绳子准备吊他们出来，张某夫妇一齐叫道："母亲的灵柩在这里，怎可抛弃不管？"他们的几个子女也叫道："父母为他们的父母殉死，我们不应该为我们的父母殉死吗？"也不肯上去。不久大火烧到，士兵们跳过屋顶避开了，差一点被烧着。他们都以为张家几口人肯定全部被烧成灰烬了，远远望着，为之长长叹息。等到火熄后，士兵们巡视火灾现场，竟发现张家的房子孤零零地保存完好。原来当时突然刮过一股回风，火头转折向北，从他家屋后绕过，烧掉邻居家一间典当库，然后重新转回西面。要是没有鬼神呵护，怎会出现这种情况？这事是在癸丑年七月间，德州书院山长张庆源先生记载下来寄给我的。它与我在《滦阳消夏录》中记载的寡妇一事很类似，而张某夫妇子女能够齐心同愿尽孝，尤为难得。两人同心，力量可以折断金属，何况是六人呢？贫民女子一声呼叫，雷霆可以为之下击，何况六人都一片纯孝呢？精诚之至，可以感动天地鬼神，虽有命运注定，也不能不为之挽回。人通过主观努力一定可以胜过天命，这也算是例证之一了。这事情虽听起来觉得很奇特，但要说它是很正常的也是可以的。我与张庆源先生不相识，而张先生辗转托人寄告我，务使这件事情得到传扬，则张先生的志趣如何，人们也不难想见了。我因此对他的记载稍加修改，把它收录在这本书里。

吕含晖太常说：京城有户人家停放着灵柩，突然遇上火灾，没有路可以运出，也没有人肯帮助抬运。于是全家男女拿起锹镢刀铲等，合力在屋中挖了一个坑，把棺材放在里面，上面盖上土。坑刚掩埋好，大火就烧到了。结果房屋虽被焚烧，棺材在坑中一点事也没有，这是火的特性是向上烧的缘故。这也是应付突发事变而急中生智。因谈到张孝子的事，所以把它也附录在这里。

王 飞 腿

交河泊镇有王某，善技击，所谓王飞骽者是也。（骽俗作腿，相沿已久，然非正字也。）一夕，偶过墟墓间，见十余小儿当路戏，约皆四五岁，叱使避，如不闻。怒搉其一，群儿共噪詈。王愈怒，蹴以足。群儿坌涌，各持砖瓦击其髁，捷若猿狖，执之不得；拒左则右来，御前则后至，盘旋撑拄，竟以颠陨；头目亦被伤，屡起屡仆，至于夜半，竟无气以动。次日，家人觅之归，两足青紫，卧半月乃能起。小儿盖狐也。以王之力，平时敌数十壮夫，尚挥霍自如；而遇此小魅，乃一败涂地。《淮南子》引尧诫曰："战战栗栗，日慎一日，人莫踬于山而踬于垤。"《左传》曰："蜂虿有毒。"信夫！

【译文】
交河县泊镇有个王某，武功高强，人们都称为"王飞骽"（"骽"字世人都写作"腿"，相沿已久，但这不是正体）。一天晚上，他偶尔路过一片墓地，见有十几个小孩在路上游戏，都大约四五岁的样子。王某喝让他们避开，他们好像没听见一样。王某发怒，用巴掌打了其中一个，小孩们一起吵闹骂詈。王某更加恼怒，用脚去踢，小孩们蜂拥而上，各拿着砖瓦，打他的脚踝，动作敏捷得像猴子，抓也抓不着。王某对付左边，则右边又上来；防御前面，则后面又上来了。旋转支撑，竟被撞倒在地，头和眼睛也被打伤。屡次爬起来，又屡次跌倒，一直到半夜，竟连动弹的力气也没有了。第二天，家里人找到他，把他扶回家，只见两只脚全部青紫，在床上躺了半个月才能起来。这些小孩大概是狐狸。以王某的力气，平时对付几十个壮汉还绰绰有余，而遇到这些小妖怪，竟然一败涂地。《淮南子》引尧告诫的话说："人应该时时刻刻战战兢兢，小心翼翼，一天比一天谨慎。人往往不是在山里跌倒，而是在蚂蚁窝的土堆上跌倒。"《左传》里说："蜂虿虽小，却也有毒。"确实是这样啊。

狐 狸 报 复

郭彤纶言：阜城有人外出，数载无音问。一日，仓皇夜归，曰："我流落无藉，误落群盗中，所劫杀非一。今事败，幸跳身免；然闻他被执者已供我姓名居址，计已飞檄拘眷属。汝曹宜自为计，俱死无益也。"挥泪竟去，更无一言。阖家震骇，一夜星散尽，所居竟废为墟。人亦不明其故也。越数载，此人至其故宅，访父母妻子移居何处。邻人告以久逃匿，亦茫然不测所由。稍稍踪迹，知其妻在彤纶家佣作。叩门寻访，乃知其故。然在外实无为盗事，后亦实无夜归事；彤纶为稽官赓，亦并无缉捕事。久而忆耕作八沟时，（汉右北平之故地也。）筑室山冈。冈后有狐，时或窃物，又或夜中嗥叫搅人睡。乃聚徒劚破其穴，薰之以烟，狐乃尽去。疑或其为魅以报欤？

【译文】

郭彤纶说：阜城有个人离家外出几年，一直没有音信。一天晚上他突然匆匆忙忙赶回家，说："我在外面流浪，无所依靠，不得已加入了强盗团伙，抢劫杀害了许多人。现在罪行败露，我侥幸逃了出来，但听说其他被抓的人已供出了我的姓名和家庭住址，估计官府已传递公文要来拘捕家属了。你们应该快点自想办法，和我一起死是无益的。"说完，他挥泪离去，再也没说一句话。全家人惊慌恐惧，一夜之间全部逃散，所住的房屋不久便成为废墟，人们也不明白其中的缘故。几年以后，这人回到旧居，寻访父母妻子搬到哪里去了，邻居告诉他早已逃走，不知躲在什么地方，他自己也莫名其妙。后来慢慢打听，得知他妻子在郭彤纶家做女佣，于是登门寻访，才知道他们为什么逃散。但他实际上在外面并没有加入强盗团伙，而且也没有在夜里回家的事。郭彤纶替他到官府查阅公文，也没有追捕他和他家人的事。过了好久，他才回忆起在八沟（即汉代右北平所在地）替人种地时，在山冈上建房子居住。冈后有狐狸，有时候偷盗东西，有时又在半夜里嗥叫，打扰人睡觉。他于是邀了一些人去挖破狐狸的洞穴，用烟去熏，狐狸才全部逃离，有人怀疑是这些狐狸化为妖怪来报复。

李　　六

奴子史锦文，尝往沧州延医。暑月未携襆被，乘一马而行。至张家沟西，痁忽作，乃系马于树，倚树小憩。渐惛腾睡去，梦至一处，草屋数楹，一翁一妪坐门外，见锦文邀坐，问姓名；自言姓李行六，曾在崔庄住两载，与其父史成德有交，锦文幼时亦相见，今如是长成耶。感念存殁，意颇凄怆。妪又问："五魁无恙否？（五魁，史锦彩之乳名。）三黑尚相随否？"（三黑李姓，锦文异父弟，随继母同来者也。）亦颇周至。翁因言今年水潦，由某路至某处水虽深，然沙底不陷；由某路至某处水虽浅，然皆红土胶泥，粘马足难行。雨且至，日已过午，尔宜速往，不留汝坐矣。霍然而醒，遥见四五丈外，有一孤冢，意即李六所葬欤？如所指路，晚至常家砖河，果遇雨。归告其继母，继母曰："是尝在崔庄卖瓜果，与尔父日游醉乡者也。"殂谢黄泉，尚惓惓故人之子，亦小人之有意识者矣。

【译文】
　　小奴仆史锦文曾前往沧州请医生，当时正值夏天，他没有带铺盖，骑着一匹马就出发了。走到张家沟西面时，疟疾忽然发作，于是将马系在树上，靠着树休息一会。不久他便朦朦胧胧睡了过去，梦见到了一个地方，有几间草屋，一男一女两位老人坐在门外。他们见到锦文，便邀他坐。锦文问他们的姓名，老头说姓李，排行第六，曾在崔庄住过两年，与锦文的父亲史成德有交情，锦文小时候也曾见到过。老人说："你都长这么大了吗？"谈起哪些人已经死了，哪些人还健在，他似乎不胜感慨。老太婆又问五魁（史锦文的弟弟史锦彩的乳名）还好否，三黑（姓李，锦文的异父弟弟，是随锦文的继母一道来的）还在一起住否，神情也很关切。老头接着说："今年大雨，到处有积水。从某条路到某条路，积水虽深，但水底是沙地，不会陷进去；从某条路到某条路，积水虽浅，但水底都是红土，胶泥会粘住马脚，所以很难走。大雨就要来了，现在已经过了中午，你应该快去，我们就不留你坐了。"史锦文忽然醒来，见四五丈远的地方有座孤零零的坟墓，估计就是李六埋葬的地方。他按照李六所指的路线走，晚上到常家砖河时，果然遇上大雨。回家后把这事告诉他的继母，继母说："这人曾在崔庄卖瓜果，天天与你父亲在一起喝酒。"李六已经葬身黄土之中，还对老朋友的儿子十分关切，也算是小人物中有头脑有良心的了。

迂 腐 仆 人

奴子傅显,喜读书,颇知文义,亦稍知医药。性情迂缓,望之如偃蹇老儒。一日,雅步行市上,逢人辄问:"见魏三兄否?"(奴子魏藻,行三也。)或指所在,复雅步以往。比相见,喘息良久。魏问相见何意?曰:"适在苦水井前,遇见三嫂在树下作针黹,倦而假寐。小儿嬉戏井旁,相距三五尺耳,似乎可虑。男女有别,不便呼三嫂使醒,故走觅兄。"魏大骇,奔往,则妇已俯井哭子矣。夫僮仆读书,可云佳事。然读书以明理,明理以致用也。食而不化,至昏愦僻谬,贻害无穷,亦何贵此儒者哉!

【译文】

我家的年轻仆人傅显喜欢读书,还能理解一些书中的意思,并且稍微懂一点医药知识。只是性情迂腐迟缓,望去就像个古板不得志的老儒生。一天,他在街上不紧不慢地走,遇到人就问:"见到魏三兄了吗?"(年轻仆人魏藻,排行第三。)有人告诉他魏藻所在的地方,他又不紧不慢地走去。等见到魏三,他喘息了好久还没开口说话,魏藻问他找自己有什么事,他才说道:"我刚才在苦水井边,遇到三嫂在树下做针线活,做累了正在小睡。你家的小儿子在井边玩耍,距井口只有三五尺远,似乎令人担心。但男女有别,我不便叫醒三嫂,所以走来找你。"魏藻大惊,急忙跑回家,则妻子已伏在井上哭儿子了。做奴仆的喜欢读书,可以说是件好事。但读书的目的是为了明白道理,明白道理的目的是有益于实用。像傅显这样死记住一些条条框框,却没有理解它的意义,以至于糊糊涂涂,荒谬怪僻,反而带来无穷的危害,这样的儒者又有什么价值呢?

祖宗明智

武强一大姓，夜有劫盗，群起捕逐。盗逸去，众合力穷追。盗奔其祖茔松柏中，林深月黑，人不敢入，盗亦不敢出。相持之际，树内旋飚四起，沙砾乱飞，人皆眯目不相见，盗乘间突围得脱。众相诧异，先灵何反助盗耶？主人夜梦其祖曰："盗劫财不能不捕，官捕得而伏法，盗亦不能怨主人。若未得财，可勿追也；追而及，盗还斗伤人，所失不大乎？即众力足殪盗，盗殪则必告官，官或不谅，坐以擅杀，所失不更大乎？且我众乌合，盗皆死党；盗可夜夜伺我，我不能夜夜备盗也。一与为仇，隐忧方大，可不深长思乎？旋风我所为，解此结也，尔又何尤焉！"主人醒而喟然曰："吾乃知老成远虑，胜少年盛气多矣。"

【译文】
　　武强有个大户人家，晚上遭到强盗抢劫，全家人一起起来追捕。强盗逃走，众人一起穷追。强盗们钻进大户人家祖坟的松柏林中。那树林很深，月光暗淡，众人不敢攻入，强盗也不敢出来。就在这样僵持着的时候，松柏林中突然刮起一阵旋风，沙石乱飞，人们都睁不开眼，强盗们乘机突破包围逃脱了。众人都感到奇怪：自家的祖宗为什么反而帮助强盗呢？这户人家的主人夜里梦见祖宗对他说："强盗抢劫钱财，不能不追捕。若是官府捕捉住他们，将他们杀头，他们也不能怨恨主人。若他们没有抢劫到财物，则可以不追赶。追上了强盗，强盗回过头来格斗，肯定会杀伤人，损失不是加大了吗？即使众人的力量足以杀死盗贼，杀死了人就必须上报官府，官府或者不予谅解，给你们加上个擅自杀人的罪名，损失不就更大了吗？而且我方的人都是临时聚集起来的，强盗们则是一伙死党，强盗们以后夜夜都可以寻找机会报复，我们却不可能每天晚上都聚集起来防备盗贼。如果今天与他们结了仇，潜在的危险就大了，对这些能不好好考虑一下吗？旋风是我刮起来的，是为了解开这场冤仇，你们又有什么好埋怨的呢？"主人醒来，长叹一声说道："我今天才真正明白，老成稳重的人深谋远虑，比起年轻人凭冲动办事，不知要胜过多少啊。"

平　姐

沧州城守尉永公宁与舅氏张公梦征友善。余幼在外家，闻其告舅氏一事曰："某前锋有女曰平姐，年十八九，未许人。一日，门外买脂粉，有少年挑之，怒詈而入。父母出视，路无是人，邻里亦未见是人也。夜扃户寝，少年乃出于灯下。知为魅，亦不惊呼，亦不与语，操利剪伪睡以俟之。少年不敢近，惟立于床下，诱说百端。平姐如不见闻。少年俄去，越片时复来，握金珠簪珥数十事，值约千金，陈于床上。平姐仍如不见闻。少年又去，而其物则未收。至天欲曙，少年突出曰：'吾伺尔彻夜，尔竟未一取视也！人至不可以利动，意所不可，鬼神不能争，况我曹乎？吾误会尔私祝一言，妄谓托词于父母，故有是举，尔勿嗔也。'敛其物自去。盖女家素贫，母又老且病，父所支饷不足赡，曾私祝佛前，愿早得一婿养父母，为魅所窃闻也。"然则一语之出，一念之萌，暧昧中俱有伺察矣。耳目之前，可涂饰假借乎！

【译文】

驻守沧州城的军官永宁与我的舅舅张梦征是好朋友。我小时候在外祖父家,听他告诉舅舅一件事说:某个前锋有个女儿,名叫平姐,年纪已有十八九岁,还没有订亲。一天她到门外买脂粉,有个年轻人挑逗她,她怒骂了一顿进门去了。父母出去看,路上没有这个人,邻居们也说没看见这个人。晚上她拴好房门就寝,那年轻人忽从灯下钻出来。平姐知道是妖怪,也不惊叫,也不与他说话,只是抓了一把锋利的剪刀在手里,假装睡着等候他。那年轻人不敢靠近,只是站在床旁边,千方百计劝诱,平姐就像没看到没听到一样。年轻人忽然离去,过了一会儿又来,拿出几十件金珠簪珥之类的东西,约值上千两银子,摆列在床上,平姐仍然好像没见到没听到似的。年轻人又离去,而那些物品则没有收走。等到天快亮时,年轻人又突然出现说:"我偷偷观察了你一个通宵,你竟没有拿这些东西看一下。人若是不被钱财所打动,他(她)所不情愿的事情,就是鬼神也无法勉强,何况我们这一类呢?我误会了你私下祈祷时讲的一句话,以为你是想男人而假托为了父母,所以才这样来试着引诱你,请你不要生气。"说完,他收起那些物品离去了。原来平姐家素来贫穷,母亲又年老多病,父亲领的军饷养不活全家人,平姐曾在佛像前暗暗祈祷,希望早日找到一个丈夫,好赡养父母。没想到被妖怪偷听到了。由此可见,说一句话,萌生一个念头,即使在暗中,也都有人或其他东西在旁观察注意着。那么,当着人的面,有人还想对自己的意图掩饰假托,这能办得到吗?

狐狸教诲赌徒

瑶泾有好博者,贫至无甑,夫妇寒夜相对泣,悔不可追。夫言:"此时但有钱三五千,即可挑贩给朝夕,虽死不入囊家矣。顾安所从得乎?"忽闻扣窗语曰:"尔果悔,是亦易得,即多于是亦易得,但恐故智复萌耳。"以为同院尊长悯恻相周,遂饮泣设誓,词甚坚苦。随开门出视，月明如昼，寂无一人，惘惘莫测其所以。次夕，又闻扣窗曰："钱已尽返，可自取。"秉火起视，则数百千钱累累然皆在屋内，计与所负适相当。夫妇狂喜，以为梦寐，彼此掐腕皆觉痛，知灼然是真。（俗传梦中自疑是梦者，但自掐腕觉痛者是真，不痛者是梦也。）以为鬼神佑助，市牲醴祭谢。途遇旧博徒曰："尔术进耶？运转耶？何数年所负，昨一日尽复也？"罔知所对，唯诺而已。归甫设祭，闻檐上语曰："尔勿妄祭，致招邪鬼。昨代博者是我也。我居附近尔父墓，以尔父愤尔游荡，夜夜悲啸，我不忍闻，故幻尔形往囊家取钱归。尔父寄语：事可一不可再也。"语讫，遂寂。此人亦自此改行，温饱以终。呜呼！不肖之子，自以为惟所欲为矣，其亦念黄泉之下，有夜夜悲啸者乎！

【译文】

瑶泾有个人喜欢赌博，赌到家里穷得连瓦盆也没剩下一个。在一个寒冷的夜晚，夫妻俩相对着哭泣，追悔莫及，丈夫说："这时候只要有三五千铜钱，我就可以挑着货担做个小本生意，维持生活，死也不会再进赌场的门了。可是从哪里能得到这三五千钱呢？"忽听见有人敲着窗户说："你真的后悔了吗？这点钱也容易得到，即使比这多的钱也容易得到。只是怕你旧病复发而已。"夫妻俩以为是同院中的长辈同情他们，予以周济，于是哭着发誓，话说得很坚决。接着他们打开门出去看，只见月光明亮如同白天，院子里寂静，空无一人。他们惘惘然，不知究竟是什么缘故。第二天晚上，又听见那人敲窗户说道："你过去输的钱都拿回来了，你自己来取吧。"夫妻俩点起火把一照，则几百贯钱一串一串都已堆在屋里，算来与过去输的钱数目差不多。夫妇俩狂喜，还担心是在做梦，互相掐手腕，都感觉到痛，这才相信确确实实是真的。（民间相传如果自己怀疑是在做梦,只要掐自己的手腕,感觉到痛便是真的,不感到痛则是在做梦。)他们以为是鬼神保佑帮助,于是去买酒肉果品来祭谢,路上遇到过去在一起赌博的人,他们都说:"你的赌术长进了吗?你的运气转了吗?怎么几年间输的钱,昨天一天就全赢回去了?"这人迷迷糊糊,也不知该怎么回答,只是连连点头而已。回家后刚开始摆设祭品,只听屋檐上有个声音说道:"你不要乱祭,恐怕招来邪鬼。昨天代替你去赌的就是我。我住的地方靠近你父亲的坟墓。你的父亲恨你不务正业,每天晚上都悲伤不已,叹息哭泣,我不忍心听下去,所以变成你的模样,到赌场老板家把钱取回来。你的父亲叫我传话给你,这种事情可以发生一次,不可有两次。"说完,周围重归寂静。这人也从此改变自己的行为,得以温饱终生。唉,世上不长进的儿孙们,自以为可以为所欲为,没人管得了他们,哪会想到黄泉之下有人正为自己的行为夜夜悲哀哭泣呢?

捐金得孙

李秀升言:山西有富室,老惟一子。子病瘵,子妇亦病瘵,势皆不救,父母甚忧之。子妇先卒,其父乃趣为子纳妾。其母骇曰:"是病至此,不速之死乎?"其父曰:"吾固知其必不起。然未生是子以前,吾尝祈嗣于灵隐,梦大士言,'汝本无后,以捐金助赈活千人,特予一孙送汝老。'不趁其未死,早为纳妾,孙自何来乎?"促成其事。不三四月而子卒,遗腹果生一子,竟延其祀。山谷诗曰:"能与贫人共年谷,必有明月生蚌胎。"信不诬矣。

【译文】

李秀升说:山西有户财主,主人已老,只有一个儿子。儿子患了肺病，儿媳也患了肺病，看样子都没救了，父母十分忧虑。不久儿媳先死，父亲便催促为儿子娶妾。母亲十分吃惊，说："都病成这样了，这不是加速他的死亡吗？"父亲说："我也知道他必定会死。但我们还没生这个儿子之前，我曾到灵隐寺祈求后嗣，梦见菩萨对我说：'你本来不该有后人，因你捐献金银帮助赈济灾民，救活了上千人，特地赐予你一个孙子，为你养老送终。'现在我们不趁儿子还没死，早点为他娶妾，孙子从哪里来？"于是他们很快地办了这件事。不到三四个月，儿子就死了。后来妾生下一个遗腹子，果然使他家的血脉得以延续下去。黄庭坚的诗中说道："能与贫人共年谷，必有明月生蚌胎。"这话真是一点不假。

艾 孝 子

宝坻王泗和，余姻家也。尝示余《书艾孝子事》一篇，曰："艾子诚，宁河之艾邻村人。父文仲，以木工自给。偶与人斗，击之踣，误以为死，惧而逃，虽其妻莫知所往，第仿佛传闻似出山海关尔。是时妻方娠，越两月，始生子诚。文仲不知已有子；子诚幼鞠于母，亦不知有父也。迨稍有知，乃问母父所在，母泣语以故。子诚自是惘惘如有失，恒絮问其父之年齿状貌，及先世之名字，姻娅之姓氏里居。亦莫测其意，姑一一告之。比长，或欲妻以女，子诚固辞曰：'乌有其父流离，而其子安处室家者？'始知其有志于寻父，徒以孀母在堂，不欲远离耳。然文仲久无音耗，子诚又生未出里闬，天地茫茫，何从踪迹？皆未信其果能往。子诚亦未尝议及斯事，惟力作以养母。越二十年，母以疾卒。营葬毕，遂治装裹粮赴辽东，有沮以存亡难定者，子诚泫然曰：'苟相遇，生则共返，殁则负骨归。苟不相遇，宁老死道路间，不生还矣。'众挥涕而送之。子诚出关后，念父避罪亡命，必潜踪于僻地。凡深山穷谷，险阻幽隐之处，无不物色。久而资斧既竭，行乞以糊口。凡二十载，终无悔心。一日，于马家城山中遇老父，哀其穷饿，呼与语。询得其故，为之感泣，引至家，款以酒食。俄有梓人携具入，计其年与父相等。子诚心动，谛审其貌，与母所说略相似。因牵裾泣涕，具述其父出亡年月，且缕述家世及戚党，冀其或是。是人且骇且悲，似欲相认，而自疑在家未有子。子诚具陈始末，乃嗷然相持哭。盖文仲辗转逃避，乃至是地，已阅四十余年；又变姓名为王友义。故寻访无迹，至是始偶相遇也。老父感其孝，为谋归计。而文仲流落久，多逋负，滞不能行。子诚乃踉跄奔还，质田宅，贷亲党，得百金再往，竟奉以归。归七年，以寿终。子诚得父之后，始娶妻。今有四子，皆勤俭能治生。昔文安王原寻亲万里之外，子孙至今为望族。子诚事与相似，天殆将昌其家乎？子诚佃种余田，所居距余别业仅二里。余重其为人，因就问其详而书其大略如右，俾学士大夫，知陇亩间有是人也。时癸丑重阳后二日。"案子诚求父多年，无心忽遇，与宋朱寿昌寻母事同，皆若有神助，非人力所能为。然精诚之至，故哀感幽明，虽谓之人力亦可也。

【译文】

宝坻人王泗和，是我的姻亲。他曾将一篇记述艾孝子事迹的文章给我看，文章写道：艾子诚，宁河艾邻村人。他的父亲叫艾文仲，以做木工为生。偶尔与人争斗，把对方击倒在地，误以为已经打死，因害怕而逃走了，即使他妻子也不知道他逃往什么地方，只仿佛听人传说他逃出了山海关。当时他妻子正怀着孕，两个月后生下一个儿子，就是子诚。艾文仲不知道自己有儿子；子诚从小靠母亲抚养大，也不知道自己还有个父亲。等他稍微懂事，便问自己的父亲在哪里，母亲哭着把真相告诉他。从此以后，子诚便惘惘然好像遗失了什么东西似的，总是不厌其烦地问父亲年纪有多大，长相是什么样子，以及祖先各叫什么名字，都有哪些亲戚，他们的姓名是什么，住在哪里等等，母亲不知他有什么用意，姑且一一告诉他。等他长大后，有人要把女儿嫁给他做妻子，他坚决拒绝，说："哪有父亲在外流离，而儿子在家安心过日子的呢？"人们这才知道他有志于寻找父亲，只是因为寡母还在，他还不肯远离而已。但是艾文仲久无音信，而且子诚出生以后从没有离开过所在的乡村，天地茫茫，他到哪里去寻找呢？所以人们并不相信子诚真能去寻父，子诚自己也从未提起过此事。只是勤劳耕作，以赡养母亲。又过了二十年，母亲因病去世。料理完丧葬之事后，他便打点行装，准备干粮，出发前往辽东。有人劝阻他，说他父亲不知是否还活着，子诚泪流满面说道："如果能相遇，父亲还活着，我就和他一起回来；要是已经死了，我就将他的遗骨背回。如果不相遇，我宁愿老死在道路中，决不活着回来。"乡亲们挥泪送他上了路。子诚出了山海关后，考虑父亲是惧罪逃命的，一定会隐蔽踪迹，躲在某个偏僻的地方，于是凡是深山穷谷、险阻幽隐的地方，无不一一搜寻。久而久之，路费用完了，他只得靠乞讨糊口。这样过了二十年，他始终没有后悔的念头。一天，他在马家城山中遇到一位老翁。老翁看到他又穷又饿的样子，十分同情，与他说话。当老翁得知他是为了寻父而落到这步田地时，感动得流下了眼泪，于是把他带回家，用酒饭招待。不久，有个木匠拿着工具进来，说起年纪，正与父亲的岁数相同，子诚不由得心里一动。接着他仔细打量这个人的相貌，发现与母亲告诉自己的也差不多，于是他拉住这个人的衣襟，哭着把父亲出逃的年月，以及自己的家世和亲戚的情况全部说了一遍，希望这个人或者就是自己的父亲。只见这个人既吃惊又悲伤，似乎想相认，但又怀疑自己在家时并没有儿子。子诚把事情的来龙去脉陈述了一遍，这人才放声痛哭，和子诚抱在一起。原来艾文仲辗转逃避到这个地方，已经过了四十多年，而且改换了姓名叫王友义，所以子诚一直问不到他的踪迹，到这时才偶然相遇。老翁为子诚的孝心所感动，为他们筹划回家。但文仲流落了这么久，欠了别人许多钱，无法脱身，子诚于是又匆忙赶回老家，抵押了房子和田地，又向亲戚朋友借债，凑足了百两银子再去，最后终于接回了父亲。父亲回家七年后，才因年老去世。子诚找回父亲后，才娶妻子，现在已经有了四个儿子，都勤俭持家。从前文安人王原寻亲远至万里之外，他的子孙们至今家族兴旺。子诚的事与之相类似，上天大约也将使他家繁荣昌盛吧。子诚佃种我家的田地，他住的地方距我家的别墅仅两里路，我很敬重他的为人，因此前去询问了详细情况，而记下它的大概如上，希望能使读书做官的人们知道，乡村的平民百姓中，也有这样的人物。我写这篇文章的时间，是癸丑年重阳节后两天。案：子诚寻找父亲多年，而在无意中相遇，这与宋代朱寿昌寻母的经历相同，都好像是有神的力量在帮助，并不是人的力量能够做到的。但是，正是因为他们的精诚到了极点，才使神灵受到感动。所以，要说这是靠他们的人力所做到的，也是可以的。

一 胎 产 三 男

引据古义，宜征经典；其余杂说，参酌而已，不能一一执为定论也。《汉书·五行志》【按：《汉书》疑《元史》之误。《元史·五行志》："中统二年九月，河南民王四妻邹氏一产三男。"】以一产三男列于人痾，其说以为母气盛也，故谓之咎征。然成周八士，四乳而生，圣人不以为妖异，抑又何欤？夫天地氤氲，万物化醇，非地之自能生也。男女构精，万物化生，非女之自能生也。使三男不夫而孕，谓之人痾可矣；既为有父之子，则父气亦盛可知，何独以为阴盛阳衰乎？循是以推，则嘉禾专车，异亩同颖，见于《书序》者，亦将谓地气太盛乎？大抵《洪范五行》，说多穿凿，而此条之难通为尤甚，不得以源出伏胜，遂以传为经。国家典制，凡一产三男，皆予赏赉。一扫曲学之陋说，真千古定议矣。余修《续文献通考》，于祥异考中，变马氏之例，削去此门，遵功令也。癸丑七月草此书成，适仪曹以题赏一产三男本稿请署。偶与论此，因附记于书末。

【译文】
　　引用古书上的话作论据，应该以经典为主。其他各家杂说，只能供参考斟酌而已，不能一一都当作定论。《汉书·五行志》（按：《汉书》疑是《元史》之误。《元史·五行志》载：中统二年九月，河南百姓王四妻邹氏一胎生三男。）把一胎生三个男孩当作有关人体的妖异现象，认为这是母亲的气血太强盛的缘故，所以是不吉祥的征兆。然而周代的八个贤能之士，是四对双胞胎，圣人们也不认为是妖异，这又是为什么呢？天地的气息交通感应，孕育出万物，并不是地单独能生出万物；男女的精血融汇孕育成胎儿，并不是女子能单独生出孩子。如果三个男孩是这个女子未与丈夫性交而生下的，那么说是人妖是可以的。既然他们是有父亲的孩子，则他们父亲的气血显然也很强盛，怎能只认为这是阴盛阳衰的表现呢？照此类推，特大的稻穗可单独装满一辆车子，分别生长在两垄地上的稻禾结穗却连成一体等等，像这些见于相传是孔子作的《书序》中的情况，也要说是地气太盛么？大体说来，《洪范》中关于"五行"的说法，多属于穿凿附会，而这一条尤其说不通。我们不能因为它是由汉初伏胜传下来的，就把实属于"传"的东西当作"经"。我们大清朝的典章制度，凡是一胎生三个男孩的，官府都给予赏赐。这个制度一举扫清了一些不通达的学究们的迂腐浅陋说法，真可谓是千古定论。我编纂《续文献通考》时，在"祥异考"这一部分中，改变了马端临编《文献通考》的体例，取消了这个类别，这是为了遵循朝廷的制度。癸丑年七月，我这本书刚刚写完，碰上礼部官员以报请赏赐一胎生三男的奏稿让我签署，我偶尔与他们谈起这个问题，并附记在这本书的末尾。

盛　跋

　　河间先生典校秘书廿余年，学问文章，名满天下。而天性孤峭，不甚喜交游。退食之余，焚香扫地，杜门著述而已。年近七十，不复以词赋经心，惟时时追录旧闻，以消闲送老。初作《滦阳消夏录》，又作《如是我闻》，又作《槐西杂志》，皆已为坊贾刊行。今岁夏秋之间，又笔记四卷，取庄子语题曰《姑妄听之》。以前三书，甫经脱稿，即为钞胥私写去。脱文误字，往往而有。故此书特付时彦校之。时彦尝谓先生诸书，虽托诸小说，而义存劝戒，无一非典型之言，此天下之所知也。至于辨析名理，妙极精微；引据古义，具有根柢，则学问见焉。叙述剪裁，贯穿映带，如云容水态，迥出天机，则文章亦见焉。读者或未必尽知也，第曰："先生出其余技，以笔墨游戏耳。"然则视先生之书去小说几何哉！

　　夫著书必取熔经义，而后宗旨正；必参酌史裁，而后条理明；必博涉诸子百家，而后变化尽。譬大匠之造宫室，千楹广厦，与数椽小筑，其结构一也。故不明著书之理者，虽诂经评史，不杂则陋；明著书之理者，虽稗官脞记，亦具有体例。

先生尝曰："《聊斋志异》盛行一时，然才子之笔，非著书者之笔也。虞初以下，干宝以上，古书多佚矣。其可见完帙者，刘敬叔《异苑》、陶潜《续搜神记》，小说类也；《飞燕外传》、《会真记》，传记类也。《太平广记》，事以类聚，故可并收。今一书而兼二体，所未解也。小说既述见闻，即属叙事，不比戏场关目，随意装点。伶玄之传，得诸樊嬺，故猥琐具详；元稹之记，出于自述，故约略梗概。杨升庵伪撰《秘辛》，尚知此意，升庵多见古书故也。今燕昵之词、媟狎之态，细微曲折，摹绘如生。使出自言，似无此理；使出作者代言，则何从而闻见之？又所未解也。留仙之才，余诚莫逮其万一；惟此二事，则夏虫不免疑冰。刘舍人云：'滔滔前世，既洗予闻；渺渺来修，谅尘彼观。'心知其意，傥有人乎？"

因先生之言，以读先生之书，如叠矩重规，毫厘不失，灼然与才子之笔，分路而扬镳。自喜区区私议，尚得窥先生涯涘也。因附记于末，以告世之读先生书者。乾隆癸丑十一月，门人盛时彦谨跋。

【译文】

河间先生整理校对内府珍贵的藏书二十余年，学问高，文章好，名满天下。但他天性孤高峭峻，不大喜欢和朋友交往游历。公务结束后的余暇时间，只是焚香、扫地，关起门来著书立说而已。年近七十岁了，就不再在词赋方面花费心血，只是常常追忆记录旧事逸闻，从而消遣闲情、打发晚年而已。刚开始写作了《滦阳消夏录》，后又写成《如是我闻》，后再写成《槐西杂志》，都已经被书坊的商贾刊刻发行了。今年夏秋期间，又完成了四卷笔记，采取庄子中的话，题为《姑妄听之》。前面的三本书，一旦定稿，就被抄书人私下拿去出版了。脱漏文字及错别字常常出现。所以这部书特地交给盛时彦校对一遍。时彦曾经认为，先生的这几种书，虽然依托小说的形式，但主旨都是劝善诫恶，没有一条不是堪为模范的言论，这是天下读者都知道的。至于辨析事物的名实和道理，极其精辟微妙；引用依据的古人义理，具有丰厚的知识基础，这就体现出了学问。叙事的剪裁、联结、呼应，如同云朵、水流的姿容形态那么轻盈曲折，仿佛超越了天然的机趣，这就体现出了文学功底。读者或许不一定都能了解，只是说："先生施展了他的小技巧，用笔墨文章作游戏而已。"那么，看待先生的著作和小说相差又有多少呢！

创作专著一定要取法、融会《五经》的义理，然后主旨才能端正；一定要酌情参考史书的剪裁，然后才能条理明晰；一定要广博涉猎诸子百家的著述，然后才能穷尽各种情节、构思的变化。就像伟大的建筑匠人营造宫室，一千间房子的大厦和只有几间的小屋子，它们的结构原理是相一致的。所以不明白著书道理的人，即使研读过经书，评论过史书，不是观点杂乱，就是见识鄙陋。懂得著书道理的人，即使作类似稗官收集的琐碎小记，也具备合理的体例。

先生曾经说："《聊斋志异》盛行一时，然而是才子的创作，不是著述之人的创作。虞初以后，干宝《搜神记》以前，很多古书都散失了。其中可以看到篇幅完整的种类的，有刘敬叔《异苑》、陶潜《续搜神记》，属于小说一类；《飞燕外传》、《会真记》，属于传记一类。《太平广记》，分类记载故事，所以能够（两种文体）一起收录。现在（《聊斋志异》）一种书却包含了二种文体，这是难以理解的。小说既然是记述自己的见闻，也就属于叙事范畴，不像戏剧舞台上的情节，可以任意装饰点染。伶玄的《飞燕外传》得自樊嬺，所以猥亵琐细的事情写得都很详细；元稹的《会真记》出于自身的叙述，所以简要地阐明情节梗概。杨慎伪造编写了《汉杂事秘辛》，他还算了解这一原则，是因为他读过很多古书的缘故啊。现在（《聊斋志异》）中的私下亲昵的情话、放荡亵渎的情态，细腻委婉，刻画得活灵活现。如果是出于自身体验，似乎没有这个道理；如果是作者代替书中人物说话，又从哪里听到、看到的呢？这也是不能理解的。蒲留仙的才华，我确实及不上他的万分之一。只是这两件事，就像夏天的虫豸不免于怀疑冰的存在。刘舍人说：'流水一般奔腾的前世，既然把我的记忆都洗没了；渺渺茫茫的来世，大概那些东西都等同于尘土了吧。'心中认同他的观点，大概有（我之外的）人吧？"

依循先生的话，来读先生的书，就像直尺和圆规画出的线条重叠在一起，丝毫没有失误，鲜明地和才子的创作，分道扬镳。我自己欣喜于区区的私下议论，尚且能够窥见先生胸怀的边界。于是附记在书的末尾，用以敬告世间读先生书的人。乾隆癸丑年十一月，门人盛时彦谨作此跋。

卷十九

滦阳续录（一）

　　景薄桑榆，精神日减，无复著书之志，惟时作杂记，聊以消闲。《滦阳消夏录》等四种，皆弄笔遣日者也。年来并此懒为，或时有异闻，偶题片纸；或忽忆旧事，拟补前编。又率不甚收拾，如云烟之过眼，故久未成书。今岁五月，扈从滦阳，退直之余，昼长多暇，乃连缀成书，命曰《滦阳续录》。缮写既完，因题数语，以志缘起。若夫立言之意，则前四书之序详矣，兹不复衍焉。嘉庆戊午七夕后三日观弈道人书于礼部直庐，时年七十有五。

【译文】

　　人生已经进入晚年，犹如夕阳斜晖，映照桑榆，精力逐渐衰弱，不再有著述的志向了。惟有时常写作杂记，聊以消磨闲情。《滦阳消夏录》第四种书，都是玩弄笔墨、消遣时光的。近年来连这件事也懒得做了，或者时时听说了奇异的见闻，偶然写在纸片上；或者忽然回忆起旧事，计划续补以前的著作，又大多没有好好修订整理，如同过眼云烟，故而久久未曾成书。今年五月，在承德随从皇帝，当值完毕之余，长长的白天闲暇无事，于是把旧稿连缀成书，命名为《滦阳续录》。缮写完毕后，因而题写了这几句话，用以记录成书的缘起。至于立论的意旨，前面四种书的序言都详细记述了，这里就不再啰唆了。嘉庆戊午年七夕后三天，观弈道人写于礼部当值庐舍，时年七十五岁。

揣 骨 相 术

嘉庆戊午五月，余扈从滦阳。将行之前，赵鹿泉前辈云：有瞽者郝生，主彭芸楣参知家，以揣骨游士大夫间，语多奇验。惟揣胡祭酒长龄，知其四品，不知其状元耳。在江湖术士中，其艺差精。郝自称河间人。余询乡里无知者，殆久游于外欤？郝又称其师乃一僧，操术弥高，与人接一两言，即知其官禄；久住深山，立意不出。其事太神，则余不敢信矣。案相人之法，见于《左传》，其书汉志亦著录；惟太素脉、揣骨二家，前古未闻。太素脉至北宋始出，其授受渊源，皆支离附会，依托显然。余于《四库全书总目》已详论之。揣骨亦莫明所自起。考《太平广记》一百三十六引《三国·典略》称：北齐神武与刘贵、贾智等射猎，遇盲妪，遍扪诸人，云并富贵；及扪神武，云皆由此人。似此术南北朝已有。又《定命录》称：天宝十四载，东阳县瞽者马生，捏赵自勤头骨，知其官禄。刘公《嘉话录》称：贞元末，有相骨山人，瞽双目。人求相，以手扪之，必知贵贱。《剧谈录》称：开成中，有龙复本者，无目，善听声揣骨。是此术至唐乃盛行也。流传既古，当有所受。故一知半解，往往或中，较太素脉稍有据耳。

【译文】

嘉庆三年五月，我随从护驾去滦阳。将出发前，赵鹿泉前辈说：有一位盲人郝生，寓居在彭芸楣参知政事的家里，以揣骨相术交游于士大夫之间，推算大多出奇的灵验。惟有揣摩胡长龄祭酒时，只知道他官至四品，却不知道他出身于状元。在江湖术士中，郝生的技艺可说是相当精湛了。郝生自称是河间人。我询问同乡里人，却无人知道他，大概是他长期出游在外的缘故吧？郝生又自称他的师傅是一位僧人，技艺更加高超，只要与别人交谈一两句话，就能知道那人的官禄。他长期住在深山中，决意不出山。这种事太玄乎，我不敢相信。按给人看相的技艺，见于《左传》，有关著作《汉书·艺文志》也有著录；惟有太素脉、揣骨两家，上古时期未听说有过。太素脉到北宋才出现，它的授受渊源都支离附会，依托的痕迹非常明显。对此，我在《四库全书总目》中已详加论述。揣骨相术，也不知起于何时。考《太平广记》卷一百三十六引《三国·典略》称：北齐神武帝高欢与刘贵、贾智等人射猎，遇到一位盲人老太。那位盲人老太摸遍每个人，说他们将来都会富贵；等到摸过高欢之后，说他们的富贵都由高欢而来。似乎揣骨相术，南北朝时已出现。又《定命录》称：唐天宝十四载，东阳县盲人马生，捏赵自勤的头骨，就知道他的官禄。《刘公嘉话录》称：唐贞元末年，有一位相骨山人，双目失明。有人来求他相命，他用手去摸一遍，必定能知道那人的贵贱。《剧谈录》称：唐开成年间，有一位叫龙复本的人，没有眼睛，擅长听辨声音和揣摩骨相。可见，揣骨相术到唐代已开始盛行了。流传久远，必定有所授受。因而，一知半解，往往能够言中，比起太素脉来也稍微有所依据罢了。

二 郎 神 庙

诚谋英勇公阿公（文成公之子，袭封。）言：灯市口东有二郎神庙。其庙面西，而晓日初出，辄有金光射室中，似乎返照。其邻屋则不然，莫喻其故。或曰："是庙基址与中和殿东西相直,殿上火珠(宫殿金顶,古谓之火珠。唐崔曙有明堂火珠诗是也。)映日回光耳。"其或然欤?

【译文】

诚谋英勇公阿公(文成公的儿子,世袭封号)说:北京灯市口东边有二郎神庙。那座庙坐东朝西,但早晨太阳刚出来,就有金光射入室中,好像是阳光回照。它的邻屋则不同,不知是什么缘故。有人说:"这座庙址与中和殿东西对称,中和殿上火珠(宫殿金顶,古代称为'火珠'。唐代崔曙有一首《明堂火珠诗》,指的就是这个)将阳光反射到庙里。也许是这样吧?"

有身无头人

阿公偶问余刑天干戚事,余举《山海经》以对。阿公曰:"君勿谓古记荒唐,是诚有也。昔科尔沁台吉达尔玛达都尝猎于漠北深山,遇一鹿负箭而奔,因引弧殪之。方欲收取,忽一骑驰而至,鞍上人有身无首,其目在两乳,其口在脐,语啁哳自脐出。虽不可辨,然观其手所指画,似言鹿其所射,不应夺之也。从骑皆震慑失次。台吉素有胆,亦指画示以彼射未仆,此射乃获,当剖而均分。其人会意,亦似首肯,竟持半鹿而去。不知其是何部族,居于何地。据其形状,岂非刑天之遗类欤!天地之大,何所不有,儒者自拘于见闻耳。"案《史记》称:《山海经》、《禹本纪》所有怪物,余不敢信。是其书本在汉以前。《列子》称大禹行而见之,伯益知而名之,夷坚闻而志之。其言必有所受,特后人不免附益又窜乱之，故往往悠谬太甚；且杂以秦汉之地名，分别观之，可矣。必谓本依附《天问》作《山海经》，不应引《山海经》反注《天问》，则太过也。

【译文】

　　阿公偶尔问我刑天舞干戚的事，我沿引《山海经》上的记载来回答。阿公说："你不要以为古代记载荒唐，确实有这种事。以前，科尔沁台吉达尔玛达都曾经在漠北深山狩猎，遇上一只中箭而逃的鹿，就张弓射死了它。正当他去取鹿时，忽然一匹马飞快地来到跟前，马鞍上坐着的人有身无头，两只眼睛长在乳房上，嘴巴长在肚脐上，呕哑啁哳的声音从肚脐中发出。尽管辨别不出他讲的是什么，但从他手势的比划中看出，似乎在说鹿是他射中的，不应把它夺走。台吉的随从都惊慌失措。台吉向来以有胆量著称，也用手势比划告诉那人，他那一箭没有射死鹿，这一箭才将鹿射死，应当将鹿剖开平分。那人领会了台吉的意思，也好像表示同意，拿了半只鹿离去。不知道那人是哪个部族的，居住在哪里。根据他的形状，莫非是刑天的遗类吗？天地之大，无奇不有，只是学者拘泥于见闻而已。"按《史记》称：《山海经》、《禹本纪》上记载的所有怪物，我不敢相信。这就说明那些书本来就产生在汉代之前。《列子》称：大禹行走时遇到那些怪物，伯益知道那些怪物并给他们命名，夷坚听说那些怪物并把他们记载下来。这些话一定有所来源，只不过后人随意增益又任意篡改，因而往往荒谬太多；而且有不少秦汉时期的地名夹杂在里面，分别开来考察，就可以了。一定要说《山海经》是根据《楚辞·天问》而写成的，不应引用《山海经》反过来注释《天问》，那就太过分了。

鬼 之 形 状

　　胡中丞太初、罗山人两峰，皆能视鬼。恒阁学兰台，亦能见之，但不能常见耳。戊午五月在避暑山庄直庐，偶然话及。兰台言：鬼之形状仍如人，惟目直视。衣纹则似片片挂身上，而束之下垂，与人稍殊。质如烟雾，望之依稀似人影。侧视之，全体皆见；正视之，则似半身入墙中，半身凸出。其色或黑或苍，去人恒在一二丈外，不敢逼近。偶猝不及避，则或瑟缩匿墙隅，或隐入坎井，人过乃徐徐出。盖灯昏月黑、日暮云阴，往往遇之，不为讶也。所言与胡、罗二君略相类，而形状较详。知幽明之理，不过如斯。其或黑或苍者，鬼本生人之余，气渐久渐散，以至于无。故《左传》称新鬼大，故鬼小。殆由气有厚薄，斯色有浓淡欤？

【译文】

　　胡太初中丞和罗两峰山人都能看见鬼。恒兰台学士也能看见鬼，但不能经常见到。嘉庆三年五月在避暑山庄值夜的地方，我们偶然谈起鬼。恒兰台说：鬼的形状也像人一样，只是两眼直视。衣服就像是一片片地挂在身上，束在腰间往下垂，与人的穿着稍有不同，体形像烟雾，看上去与人影差不多。从侧面看，能看到他的整个身体；从正面看，好像有半身隐在墙中，半身显现出来。鬼的颜色或者是黑色或者是青色，距离人常在一二丈之外，不敢再靠近。偶尔突然遇见人，来不及避开，就会或者蜷缩身体隐藏在墙角里，或者躲到废井中，等人走过去后，才慢慢地走出来。大约在灯光昏暗、月亮无光、乌云密布的夜晚，往往会遇见鬼，但不必为此惊讶。恒兰台所说的与胡太初、罗两峰二人所说的大致相同，只是鬼的形状较为详备。可见，阴间和人间的景况，不过如此而已。鬼的颜色或者是黑色或者是青色，那是因为鬼本来就是活人的延续，时间越长远，气息散发得越多，最后就消失了。所以《左传》说新鬼大，旧鬼小。这大概是气息有厚薄，颜色有浓淡吧？

晴天见龙

兰台又言：尝晴昼仰视，见一龙自西而东，头角略与画图同，惟四足开张，摇撼如一舟之鼓四棹；尾扁而阔，至末渐纤，在似蛇似鱼之间；腹下正白如匹练。夫阴雨见龙，或露首尾鳞爪耳，未有天无纤翳，不风不雨，不电不雷，视之如此其明者。录之亦足资博物也。

【译文】

恒兰台又说：他曾经在一个晴朗的白天朝天空仰望，看见一条龙从西边往东边飞来，龙的头角与画图描绘的大致相同，惟有四脚张开，飞行时就像一只船上的四根桨在划动。它的尾巴扁平宽阔，到末梢逐渐变细，既像蛇尾又像鱼尾。它的腹部洁白如练。阴雨天出现龙，也不过是显露首尾鳞爪而已，从未听说过天空没有一丝云彩，无风无雨，无电无雷，能如此清晰地看见龙的。记录这段话，也足以增广见闻。

冥使拘人

赵鹿泉前辈言：孙虚船先生未第时，馆于某家。主人之母适病危。馆童具晚餐至。以有他事，尚未食，命置别室几上。俟见一白衣人入室内，方恍惚错愕，又一黑衣短人逡巡入。先生入室寻视，则二人方相对大嚼。厉声叱之。白衣者遁去，黑衣者以先生当门，不得出，匿于墙隅。先生乃坐于户外观其变。俄主人踉跄出，曰：

"顷病者作鬼语,称冥使奉牒来拘。其一为先生所扼,不得出。恐误程限,使亡人获大咎。未审真伪,故出视之。"先生乃移坐他处,仿佛见黑衣短人狼狈去,而内寝哭声如沸矣。先生笃实君子,一生未尝有妄语,此事当实有也。惟是阴律至严,神听至聪,而摄魂吏卒不免攘夺病家酒食。然则人世之吏卒,其可不严察乎!

【译文】

赵鹿泉前辈说:孙虚船先生未登第之前,曾在某户人家坐馆。当时主人的母亲正在病危之中。馆童送晚餐来的时候,孙先生因有别的事,没有食用,叫馆童放到另一个房间的桌上。忽然,他看见一个白衣人闪入那个房间,正在神情惊愕不定之际,又看见一个黑衣短人迟疑不决地走进去。孙先生走进那个房间查看,那两个人正面对面坐在那里,大吃馆童送来的那份晚餐。孙先生大声呵斥他们。白衣人逃了出去,黑衣短人因孙先生挡在门口,出不去,躲在墙角边。孙先生就坐在门外看他的变化。不一会儿,主人从内室跌跌冲冲地走出,说:"刚才病人说鬼话,声称冥使手持公文来拘拿她。其中一个冥使被先生困扰,出不去。担心贻误时限,使死者获大罪。我不能判定病人所说话的真假,所以走出去来看一下。"孙先生就移坐到另一处,仿佛看见黑衣短人狼狈逃去,这时内室哭声大起。孙先生是笃实君子,一生不曾讲过妄言妄语,这件事应当确实有过。只是阴间的法律十分严厉,神灵的视听非常清晰,摄魂吏卒尚且难免要攘夺病人家的酒食。如此说来,那么对人世间的吏卒,难道不应该严加考察吗?

心 邪 招 妖

门人伊比部秉绶言:有书生赴京应试,寓西河沿旅舍中。壁悬仕女一轴,风姿艳逸,意态如生。每独坐,辄注视凝思,客至或不觉。一夕,忽翩然自画下,宛一好女子也。书生虽知为魅,而结念既久,意不自持,遂相与笑语嬿婉。比下第南归,竟买此画去。至家悬之书斋,寂无灵响,然真真之唤弗辍也。三四月后,忽又翩然下。与话旧事,不甚答。亦不暇致诘,但相悲喜。自此狎媟无间,遂患羸疾。其父召茅山道士劾治。道士熟视壁上,曰:"画无妖气,为祟者非此也。"结坛作法。次日,有一狐殪坛下。知先有邪心,以邪召邪,狐故得而假借。其京师之所遇,当亦别一狐也。

【译文】
　　门人伊秉绶比部说:有一位书生来京城应试,住在西河沿的旅舍中。房间墙壁上挂着一幅仕女图,仕女风姿艳丽,神态栩栩如生。书生每当独自静坐时,就注视着仕女图聚精会神地想念,有时连客人来了也不知道。一天傍晚,仕女忽然从画上轻轻飘下来,成了一位活生生的美丽女子。书生尽管明白她是鬼怪,但想念已久,竟情不自禁,与她谈笑亲近。等到落第南归时,书生居然买下此画带去。回到家中,把它挂在书斋里,一点也没有灵验,书生却每天对着仕女图唤她的名字。三个月后,仕女忽然又从画上轻轻飘下来。书生与她谈以前的事,她都不太回答。书生也无暇多问,只顾与她诉说久别重逢的悲喜之情。从此两人亲昵无比,于是书生染上了疾病。他的父亲召来茅山道士惩治鬼怪。道士仔细看过墙壁上的画,说:"画上并无妖气,作祟的鬼怪不是这幅画。"于是,筑坛作法。第二天,有一只狐狸死在法坛下。可见,是书生先有了邪心,才招致邪气,妖狐才得以假冒仕女而来。他在京城所遇见的仕女,大概是另一只妖狐所幻化的。

是 非 难 断

　　断天下之是非，据礼据律而已矣。然有于礼不合，于律必禁，而介然孤行其志者。亲党家有婢名柳青，七八岁时，主人即指与小奴益寿为妇。迨年十六七，合婚有日。益寿忽以博负逃，久而无耗。主人将以配他奴，誓死不肯。婢颇有姿，主人乘间挑之，许以侧室。亦誓死不肯。乃使一媪说之曰："汝既不肯负益寿，且暂从主人，当多方觅益寿，仍以配汝。如不从，即鬻诸远方，无见益寿之期矣。"婢暗泣数日，竟俯首荐枕席，惟时时促觅益寿。越三四载，益寿自投归。主人如约为合卺。合卺之后，执役如故，然不复与主人交一语。稍近之，辄避去。加以鞭笞，并赂益寿，使逼胁，讫不肯从。无可如何，乃善遣之。临行以小箧置主母前，叩拜而去。发之，皆主人数年所私给，纤毫不缺。后益寿负贩，婢缝纫，拮据自活，终无悔心。余乙酉家居，益寿尚持铜磁器数事来售，头已白矣。问其妇，云久死。异哉，此婢不贞不淫，亦贞亦淫，竟无可位置，录以待君子论定之。

【译文】

　　判断天下事的是非，大都依据礼义和法律而已。但也有不符合礼义、违反法律，却坚定不移独行其志的人。亲戚家中有一个名叫柳青的婢女，她七八岁时，主人把她许配给小奴仆益寿为妻。等到十六七岁，即将成亲时，益寿忽然因赌博负债外逃，长期杳无音信。主人要将她许配给别的奴仆,她誓死不肯。柳青颇有几分姿色,主人趁机挑逗她,答应让她做侧室。她也誓死不肯。主人就让一个老太婆劝说她:"你既然不肯有负与益寿的婚约,姑且暂时顺从主人,主人会多方设法寻找益寿,仍然和你配合。如果你不顺从主人,他就将你卖到偏远地区去,你将永无见益寿之日了。"柳青私下里哭泣了几天,居然同意与主人同居,只是时常催促主人寻找益寿。过了三四年,益寿自己跑回主人家。主人如约为他们举办婚礼。结婚之后,柳青干活像以前一样,但不再同主人交谈一句话。主人稍微亲近她,她就避开去。主人鞭打她,并贿赂益寿,多方逼胁她,她始终不肯顺从。无可奈何,主人只得好好打发他们出去。她临行之前,将一只小箱子放到主妇面前,叩拜而去。主妇打开箱子,里面都是主人几年来私下给她的东西,一件也没缺少。后来,益寿做小买卖,她做裁缝,日子过得很艰难,但她没有一点后悔之意。乙酉年,我住在家里,益寿还拿着几件铜瓷器来卖,头发已经花白。问他妻子的事,他说已死去多时了。奇怪啊,像柳青这样的奴婢,不贞不淫,亦贞亦淫,居然不能给她定位。把这些记录下来,留待君子们来论定。

妖 狐 报 复

吴茂邻,姚安公门客也。见二童互詈,因举一事曰:交河有人尝于途中遇一叟泥滑失足,挤此人几仆。此人故暴横,遂辱詈叟母。叟怒,欲与角,忽俯首沉思,揖而谢罪,且叩其名姓居址,至歧路别去。此人至家,其母白昼闭房门。呼之不应,而喘息声颇异。疑有他故,穴窗窥之。则其母裸无寸丝,昏昏如醉,一人据而淫之。谛视,即所遇叟也。愤激叫呶,欲入捕捉,而门窗俱坚固不可破。乃急取鸟铳自棂外击之,噭然而仆,乃一老狐也。邻里聚观，莫不骇笑。此人詈狐之母，特托空言，竟致此狐实报之，可以为善詈者戒。此狐快一朝之愤，反以陨身，亦足为睚眦必报者戒也。

【译文】

吴茂邻是姚安公的门客。他看到两个儿童相互辱骂，就举出一个事例对他们说：在交河那个地方，有一个人曾在路途中遇到一个老头，那老头因路滑摔了一跤，差点把这个人撞倒。这个人本来就很蛮横，就开口辱骂老头的母亲。那老头十分恼火，想与这个人争吵，忽然低头沉思，作揖谢罪，并且询问这个人的姓名和住址，走到岔路口，就分手离去。这个人回到家，看到母亲的房门白天紧闭着。叫唤母亲，里面无人答应，但喘息声又不同于寻常。他怀疑有什么变故，就挖开窗纸往房间里看。只见他的母亲赤身裸体，昏昏如醉，一个人正在奸淫她。仔细一看，那人就是路上遇到的老头。他愤怒得乱嚷乱叫，想冲进去捉住那老头，但门窗都关闭严密，牢不可破。他就急忙取来鸟铳，从窗外朝房里射击，那人应声而倒，却是一只老狐。邻居聚集来观看，没有不惊奇发笑的。这个人辱骂老狐的母亲，无非随口说说而已，居然导致老狐如实地报复他，擅长辱骂的人应引以为戒。那个老狐只求发泄一时的愤恨，反而致使身亡，睚眦必报的人也足以引以为戒。

小 溪 巨 蚌

诚谋英勇公言：畅春苑前有小溪，直夜内侍，每云阴月黑，辄见空中朗然悬一星。共相诧异，辗转寻视，乃见光自溪中出。知为宝气，画计取之。得一蚌，横径四五寸。剖视得二珠，缀合为一，一大一稍小，巨似枣，形似壶卢。不敢私匿，遂以进御，至今用为朝冠之顶。

此乾隆初事也。小溪不能产巨蚌，蚌珠未闻有合欢，斯由天命。圣人因地呈符瑞，寿跻九旬，康强如昔，岂偶然也哉。

【译文】

　　诚谋英勇公说：畅春苑前面有一条小溪。每当乌云密布、月亮无光之时，值夜的内侍就能看见天空中悬挂着一颗明亮的星星。内侍们相互惊奇，到处反复查看，才发现光亮是从小溪中发出的。他们知道这是宝物之气，到了白天，设法把它取出来，得到一只河蚌，横径有四五寸宽。剖开河蚌，里面有二粒珠缀合在一起，一粒大一粒稍微小些，体积像红枣那样大，形状像葫芦一样。内侍们不敢私自留下，就把它们进献给皇帝，如今还用作朝冠的顶子。这是乾隆初年的事。小溪不可能出产巨蚌，更没有听说蚌珠有合欢连在一起的，那大概是天命中的事。乾隆皇帝因为居住地呈现祥瑞，享寿至九十，还像早年那样康健，这难道是偶然现象吗？

莲花秋放

　　莲以夏开，惟避暑山庄之莲至秋乃开，较长城以内迟一月有余。然花虽晚开，亦复晚谢，至九月初旬，翠盖红衣，宛然尚在。苑中每与菊花同瓶对插，屡见于圣制诗中。盖塞外地寒，春来较晚，故夏亦花迟。至秋早寒而不早凋，则莫明其理。今岁恭读圣制诗注，乃知苑中池沼汇武列水之三源，又引温泉以注之，暖气内涵，故花能耐冷也。

【译文】

　　莲花在夏天开放，只有避暑山庄的莲花到秋天才开放，比长城以南推迟一个多月。但是，花虽然开得迟，也凋谢得迟。到九月上旬，绿叶衬红花，依然生机一片。皇苑中往往将莲花与菊花对插在同一个花瓶中，这种情况多次在皇帝的诗作中见到。大约塞外地气寒冷，春天来得较晚，所以夏天的花也开放得较迟。至于秋天寒冷来得早但花却不会过早凋谢，就不明白其中的道理。今年，我读皇帝诗作的注释，才知道皇苑中的池沼汇集了武列河的三源水，又引温泉注入，蕴涵暖气，所以池中的莲花能耐寒冷。

奇巧鸟铳

戴遂堂先生讳亨，姚安公癸巳同年也。罢齐河令归，尝馆余家。言其先德本浙江人，心思巧密，好与西洋人争胜。在钦天监，与南怀仁忤，（怀仁西洋人，官钦天监正。）遂徙铁岭。故先生为铁岭人。言少时见先人造一鸟铳，形若琵琶，凡火药铅丸皆贮于铳脊，以机轮开闭。其机有二，相衔如牝牡，扳一机则火药铅丸自落筒中，第二机随之并动，石激火出而铳发矣。计二十八发，火药铅丸乃尽，始需重贮。拟献于军营，夜梦一人诃责曰："上帝好生，汝如献此器使流布人间，汝子孙无噍类矣。"乃惧而不献。说此事时，顾其侄秉瑛（乾隆乙丑进士，官甘肃高台知县。）曰："今尚在汝家乎？可取来一观。"其侄曰："在户部学习时，五弟之子窃以质钱，已莫可究诘矣。"其为实已亡失，或爱惜不出，盖不可知。然此器亦奇矣。诚谋英勇公因言：征乌什时，文成公与勇毅公明公犄角为营，距寇垒约里许。每相往来，辄有铅丸落马前后，幸不为所中耳。度鸟铳之力不过三十余步，必不相及，疑沟中有伏。搜之无见，皆莫明其故。破敌之后，执俘讯之，乃知其国宝器有二铳，力皆可及一里外。搜索得之，试验不虚，与勇毅公各分其一。勇毅公征缅甸，殁于阵，铳不知所在。文成公所得，今尚藏于家。究不知何术制作也。

【译文】

戴遂堂先生，名亨，癸巳年与姚安公同榜登第。他从齐河县令的职位上被罢免回乡后，曾在我家坐馆。他说他的父亲也是浙江人，心灵手巧，喜欢与西洋人争高低。在钦天监工作时，与南怀仁相抵触（南怀仁，西洋人，任钦天监正的职位），被贬官到铁岭。所以，戴先生为铁岭人。他说年幼时看见父亲制造过一支鸟铳，形状像琵琶，火药铅弹都装贮在铳脊里，用机轮作开关。它的机关有两个，一凸一凹，密合无间。扳动一个机关，火药铅弹就自动落到铳筒中，第二个机关随之启动，碰击火石发火，铳就发射了。连续发射二十八次，铳筒里的火药铅丸就会射尽，才需要重新装贮。他的父亲打算将鸟铳献给军营，当晚梦见一个人喝叱他："上帝普爱众生，你如果献出这个武器，使它流布人间，你将断子绝孙。"于是内心恐惧而没有献出。说到这件事时，他回头对侄子戴秉瑛（乾隆十年进士，任甘肃高台知县）说："鸟铳还放在你家吗？可以取来看一下。"秉瑛说："我在户部学习时，五弟的儿子偷去当钱用了，已经追不回来。"也许它确实已被遗失了，或许主人爱惜它，不肯拿出来，也说不定。然而，这鸟铳也太奇巧了。诚谋英勇公说，征伐乌什时，文成公与勇毅公明公犄角扎营，与敌人堡垒相距一里左右。每次相往来，都有铅弹落在马前马后，幸好未被射中。估计鸟铳的射程不过三十几步，必定射不到那里，因而怀疑山沟里有埋伏。派人去搜索，却没有发现敌人，大家都不知道是什么缘故。打败敌人之后，审讯俘虏，才知道乌什的宝器中有两支铳，射程都可达到一里多远。搜索出来，试验结果表明，言不虚传。文成公与勇毅公各分得一支。勇毅公远征缅甸时，战死沙场，那支铳不知失落在何处。文成公得到的一支铳，现在还藏在家里。终究不明白这两支铳是用什么技艺制作的。

神 臂 弓

宋代有神臂弓，实巨弩也。立于地而踏其机，可三百步外贯铁甲。亦曰克敌弓，洪容斋试词科，有《克敌弓铭》是也。宋军拒金，多倚此为利器。军法不得遗失一具，或败不能携，则宁碎之，防敌得其机轮仿制也。元世祖灭宋，得其式，曾用以制胜。至明乃不得其传，惟《永乐大典》尚全载其图说。然其机轮一事一图，但有短长宽窄之度与其牝牡凸凹之形，无一全图。余与邹念乔侍郎穷数日之力，审谛逗合，讫无端绪。余欲钩摹其样，使西洋人料理之。先师刘文正公曰："西洋人用意至深，如算术借根法，本中法流入西域，故彼国谓之东来法。今从学算，反秘密不肯尽言。此弩既相传利器，安知不阴图以去，而以不解谢我乎？《永乐大典》贮在翰苑，未必后来无解者，何必求之于异国？"余与念乔乃止。"维此老成，瞻言百里"。信乎所见者大也。

【译文】

宋代所谓的神臂弓，实际上就是巨弩。把它竖立在地上，用脚踩它的机关，能够射穿三百步之外的铁甲。神臂弓也称克敌弓，洪迈考博学鸿词科，试题有《克敌弓铭》一篇可以证明。宋军抵抗金兵，大多依靠神臂弓作锐利的兵器。军法规定不得遗失一具，即使战败无法带回，也宁可击碎它，以防敌人得知其构造加以仿制。元世祖灭宋时，得到神臂弓的式样，曾用来战胜敌人。到了明代，神臂弓已失传，惟有《永乐大典》还载有它的全部图说。但是，它的机件都是一件一图，只有短长宽窄的尺度与雌雄凸凹的形状，没有一幅是神臂弓的全图。我与邹念乔侍郎花了几天的时间，仔细审读凑合，最终仍是毫无头绪。我想钩摹出它的样式，让西洋人去具体制办。先师刘文正先生说："西洋人思考极其深刻，像算术的借根法，本来是中国的方法传入西洋，所以那里称它为东来法。现在中国人向他们学习算术，他们反而保密不肯全说出来。这神臂弓已是世代相传的锐利兵器，怎能知道他们不暗地里把图形仿制去，却以不能理解来搪塞我们呢？《永乐大典》藏在翰林院里，未必后来无解开这个谜的人，何必求助于别国呢？"我与邹念乔才放弃这个念头。"维此老成，瞻言百里"。先生的见识确实深远啊。

鬼卒塑像

贝勒春晖主人言：热河碧霞元君庙（俗谓之娘娘庙。）两厢，塑地狱变相。西厢一鬼卒，惨淡可畏，俗所谓地方鬼也。有人见其出买杂物，如柴炭之类，往往堆积于庙内。问之土人，信然。然不为人害，亦习而相忘。或曰："鬼不烹饪，是安用此？《左传》曰：'石不能言，物或凭焉。'其他精怪欤？恐久且为患，当早图之。"余谓天地之大，一气化生。深山大泽，何所不有。热河穹岩巨壑，密迩民居，人本近彼，彼遂近人，于理当有之。抑或草木之妖，依其本质；狐狸之属，原其故居，借形幻化，托诸土偶，于理当亦有之。要皆造物所并育也。圣人以魑魅魍魉铸于禹鼎，庭氏方相列于周官，去其害民者而已，原未尝尽除异类。既不为害，自可听其去来。海客狎鸥，忽翔不下。（鸥字《列子》本作沤，盖古字假借。然古今行用。从无书作沤鸟者，故今以通行字书之。）**机心一起，机心应之，或反胶胶扰扰矣。**

【译文】

贝勒春晖主人说：热河碧霞元君庙（民间称娘娘庙）两厢，塑造了地狱世界。西厢一个鬼卒塑像，面目阴森可怕，就是民间所谓的地方鬼。有人看见他外出买杂物，如柴炭之类，往往堆积在庙里。向当地人了解，确有其事。但是，他不为害百姓，人们常见也不放在心上。有人说："鬼不烹饪，怎么需要柴炭？《左传》说：'石头本不能讲话，也许有什么东西依附在上面说话。'可能是其他精怪吧？恐怕时间长了会成为祸患，应当趁早除掉它。"我认为天地之大，都是由元气化生出来的。深山大泽，无所不有。热河高峻的岩壁、幽深的山谷、贴近百姓的住房，人接近鬼，鬼也就接近人。从情理上看，应当是有这种事的。或许草木之妖，依托鬼卒的本性；狐狸之类，本来居住在这里，借着鬼卒的形象，变幻出来，依附到塑像上。从情理上看，也是会有的。总之，这些都是造物主培育出来的。圣人把魑魅魍魉铸造在禹鼎上，把官名庭氏、神像方相写进《周礼》中，无非是想除去为害百姓的鬼怪而已，原意未尝想除尽异类。鬼怪既不为害百姓，自然可听任他们自由来去。海边人一旦起意戏弄海鸥，海鸥就盘旋在天空，不栖息到沙滩来。（"鸥"字，《列子》本作"沤"，那是古字假借。但古今通用，从来没有写成"沤鸟"，所以现在以通用字书写）可见，海边人心计一动，海鸥就以心计对付他，反而弄得动乱不安了。

陈鹤龄分家

宛平陈鹤龄，名永年，本富室，后稍落。其弟永泰，先亡。弟妇求析箸，不得已从之。弟妇又曰："兄公男子能经理，我一孀妇，子女又幼，乞与产三分之二。"亲族皆曰不可。鹤龄曰："弟妇言是，当从之。"弟妇又以孤寡不能征逋负，欲以资财当二分，而以积年未偿借券，并利息计算，当鹤龄之一分。亦曲从之。后借券皆索取无著，鹤龄遂大贫。此乾隆丙午事也。陈氏先无登科者，是年鹤龄之子三立，竟举于乡。放榜之日，余同年李步玉居与相近，闻之喟然曰："天道固终不负人。"

【译文】

　　宛平人陈鹤龄，名永年，原来是富裕人家，后来家境渐衰。他的弟弟永泰已经去世，弟媳妇请求分家，他不得已才同意。弟媳妇说："兄长是男人，会料理家财，我是一个寡妇，子女又小，请分给我三分之二的财产。"亲属都说不行。鹤龄说："弟媳妇讲得有道理，应当听从她的意见。"弟媳妇又以自己是寡妇人家，不能收讨别人的拖欠为理由，想以家中资产抵她的那两份，而把几年来别人没有偿还的债券连同利息，抵鹤龄的那一份。鹤龄也全都听从她。后来，凭借券去讨债务，都没有着落，鹤龄于是至于赤贫。这是乾隆五十一年的事。陈家从前没有登科及第的人，这一年，鹤龄的儿子陈三立居然在乡试中中举。放榜那天，与我同榜登科的李步玉，与陈鹤龄住得很近，听到消息后，感叹说："天道终究不辜负善人！"

壁上小像

　　南皮张浮槎，名景运，即著《秋坪新语》者也。有一子，早亡，其妇缢以殉。缢处壁上，有其子小像，高尺余，眉目如生。其迹似画非画，似墨非墨。妇固不解画，又无人能为追写；且寝室亦非人所能到。是时亲党毕集，均莫测所自来。张氏纪氏为世姻，纪氏之女适张者数十人，张氏之女适纪者亦数十人。众目同观，咸诧为异。余谓此烈妇精诚之至极，不为异也。盖神之所注，气即聚焉。气之所聚，神亦凝焉。神气凝聚，象即生焉。象之所丽，迹即著焉。生者之神气动乎此，亡者之神气应乎彼，两相翕合，遂结此形。故曰缘心生象，又曰至诚则金石为开也。浮槎录其事迹，征士大夫之歌咏。余拟为一诗，而其理精微，笔力不足以阐发，凡数易稿，皆不自惬。至今耿耿于心，姑录于此以昭幽明之感，诗则期诸异日焉。

【译文】
　　南皮人张浮槎，名景运，是《秋坪新语》的作者。他有一个儿子，早年死去，媳妇殉节上吊。上吊处的墙壁上，有他儿子的小像，一尺多高，眉目栩栩如生。小像的形迹似勾画非勾画，似泼墨非泼墨。媳妇本来不懂画，又没有人会替她凭回忆画上一张，况且寝室也不是外人所能去的地方。这时，亲戚聚集，都不知道小像的来源。张氏与纪氏为世代联姻，纪氏之女嫁张氏的有数十人，张氏之女嫁纪氏的也有数十人。众目同视，都感到惊异。我认为这是烈妇精诚所至，完全不值得惊异。大凡精神专注于某个人，那人的气息就会聚集到眼前。气息一旦聚集，那人的神情也就凝结起来。神情一旦凝结，那人的形象也就产生了。形象一旦有所依附，那人的形迹就显现出来了。生者的神气与死者的神气相互感应，相互聚合，就形成了这幅小像。所以说"缘心生象"，又说"至诚则金石为开"。张浮槎记录他们的事迹，征集士大夫的歌咏。我打算写一首诗，但其中事理精细隐微，笔力不足以充分阐发，数易其稿，都不满意。至今，我还耿耿于怀，姑且把这件事记录在这里，以昭示幽明之间的感应，诗的创作只好留待来日了。

慎 服 仙 药

神仙服饵，见于杂书者不一，或亦偶遇其人；然不得其法，则反能为害。戴遂堂先生言：尝见一人服松脂十余年，肌肤充溢，精神强固，自以为得力。然久而觉腹中小不适，又久而病燥结，润以麻仁之类，不应。攻以硝黄之类，所遗者细仅一线。乃悟松脂粘挂于肠中，积渐凝结愈厚，则其窍愈窄，故束而至是也。无药可医，竟困顿至死。又见一服硫黄者，肤裂如磔，置冰上，痛乃稍减。古诗"服药求神仙，多为药所误"，岂不信哉！

【译文】
服用丹药以求成为神仙的事，各种杂书的记载都不一样，也许偶尔能遇到这种人；但是，服药不得其法，反而会危害身体。戴遂堂先生说，他曾经见到一个人服用了十多年的松脂，肌肤红润，精力旺盛，自以为得法。然而，时间长了，却感到肚子有点不舒服。又过了一段时间，大便拉不出来，以麻仁之类的药物去滋润，不起作用。用硝黄之类的药物去治疗，拉出的大便细得像一条线。这才知道松脂粘挂在肠中，逐渐凝结增厚，使肠的通道越来越窄，所以大便如此细小。这病无药可治，那人终于疲惫至死。他又见到一个服用硫黄的人，皮肤裂开像受过刑一样，把人放在冰上，疼痛才会减轻一些。古诗说"服药求神仙，多为药所误"，难道不是确实如此吗？

双塔峰仙踪

长城以外，万山环抱，然皆坡陀如冈阜。至王家营迤东,则嶔崎秀拔,皴皱皆含画意。盖天开地献,灵气之所钟故也。有罗汉峰,宛似一僧趺坐,头项胸腹臂肘,历历可数。有磬锤峰,即《水经注》所称武列水侧有孤石云举者也,上丰下锐,屹若削成。余修《热河志》时,曾蹑梯挽绠至其下,乃无数石卵与碎砂凝结而成,亘古不圮,莫明其故。有双塔峰,亭亭对立,远望如两浮图,拔地涌出。无路可上,或夜闻上有钟磬经呗声,昼亦时有片云往来。乾隆庚戌,命守吏构木为梯,遣人登视。一峰周围一百六步,上有小屋。屋中一几一香炉,中供片石,镌"王仙生"三字。一峰周围六十二步,上种韭二畦;塍畛方正,如园圃之所筑。是决非人力所到,不谓之仙踪灵迹不得矣。耳目之前,惝恍莫测尚如此,讲学家执其私见,动曰此理之所无,不亦颠乎。(距双塔峰里许有关帝庙,住持僧悟真云:乾隆壬寅,一夜大雷雨,双塔峰坠下一石佛,今尚供庙中。然仅粗石一片,其一面略似佛形而已。此事在庚戌前八年。毋乃以此峰尚有灵异,欲引而归诸彼法欤。疑以传疑,并附著之。)

【译文】

　　长城以北,万山环抱,但山峰都如丘陵般连绵起伏。至王家营以东,则山峰高耸,秀丽挺拔,曲折之形均含画意。大概开天辟地以来,灵气聚集在那里的缘故。那里有罗汉峰,好像一个和尚两脚交迭而坐,头、项、胸、腹、臂、肘,都可清楚地分辨。有磬锤峰,就是《水经注》所称武列河旁高耸入云的那块孤石,形状上面大下面小,就像是用斧头削成的。我编修《热河志》时,曾登梯攀绳到它的下面,原来它是由无数卵石与碎砂凝结而成的,但它却自古迄今历经风雨而不倒塌,不知是什么缘故。有双塔峰,两峰亭亭对立,远远望去,就像两座佛塔拔地而起。没有路能上通两峰,有时夜里能听到上面有钟磬声和诵经声,白天也有片片白云飘浮往来。乾隆五十五年,官府命令守吏造木梯,派人登上去考察。其中一峰周围一百零六步,上面有一间小屋。小屋里有一张桌子、一只香炉,中间供奉一块石片,石片上镌有"王仙生"三个字。另一峰周围六十二步,上面种有二畦韭菜。田畦形状方正,有如园圃的构造。这绝不是人力所能做到的,想说它不是仙踪灵迹也不行。耳闻目睹的事,还如此迷迷糊糊,讲学家却固执私见,动辄说这是情理中没有的事,不也颠倒是非吗?(距双塔峰一里左右,有一座关帝庙,住持和尚悟真说:乾隆四十七年,有一个夜晚雷雨交加,双塔峰上落下一个石佛,现在还供奉在庙里。但仅仅是一片粗石,其中一面稍微像佛形而已。这事发生在庚戌前八年。莫非认为双塔峰还有灵异,想把这件事归结为佛的法力在起作用?这更是以疑传疑了,一起附录在这里。)

西山诗迹

同年蔡芳三言:尝与诸友游西山,至深处,见有微径,试缘而登,寂无居人,只破屋数间,苔侵草没。视壁上大书一我字,笔力险劲。因入观之,复有字迹,谛审乃二诗。其一曰:"溪头散步遇邻家,邀我同尝嫩蕨芽。携手贪论南渡事,不知触折亚枝花。"其二曰:"酒酣醉卧老松前,露下空山夜悄然。野鹿经年相见熟,也来分我绿苔眠。"不著年月姓名。味其词意,似前代遗民。或以为仙笔,非也。又表弟安中宽,昔随木商出古北口,因访友至古尔板苏巴尔汉。(俗称三座塔,即唐之营州,辽之兴中府也。)居停主人云:山家尝捕得一鹿,方缚就涧边屠割,忽绳寸寸断,蹶然逸去。遥见对山一戴笠人,似举手指画，疑其以术禁制之。是山陡立，古无人踪，或者其仙欤？

【译文】

　　与我同榜及第的蔡芳三说：他曾与几位朋友游西山，到达僻静处，看见一条小路，沿路攀登，荒凉而无居民，只有几间破屋，周围长满青苔杂草。只见壁上写有一个很大的"我"字，笔力险劲。走进破屋，还有字迹，仔细一看，原来是两首诗。其一说："溪头散步遇邻家，邀我同尝嫩蕨芽。携手贪论南渡事，不知触折亚枝花。"其二说："酒酣醉卧老松前，露下空山夜悄然。野鹿经年相见熟，也来分我绿苔眠。"没有年月姓名。体味诗的意境，好像出自前代遗民之手。有人认为这是神仙的手笔，那是不正确的。又，表弟安中宽以前跟随木材商人出古北口，因走访朋友来到古尔板苏巴尔汉（俗称三座塔，即唐代的营州，辽代的兴中府）。旅舍主人说，他家曾经捕捉到一只鹿，正要缚到溪边去屠杀，忽然绳索寸寸裂断，鹿迅速逃去。这时，看见对面山上一个戴笠人，好像举手比划，估计就是他用法术弄断绳索的。这座山陡岩峭壁，人踪罕至，那人莫非是神仙吗？

诗露真情

　　先师何励庵先生，讳琇，雍正癸丑进士，官至宗人府主事。宦途坎坷，贫病以终。著有《樵香小记》，多考证经史疑义，今著录《四库全书》中。为诗颇喜陆放翁。一日，作《咏怀》诗曰："冷署萧条早放衙，闲官风味似山家。偶来旧友寻棋局，绝少余钱落画叉。浅碧好储消夏酒，嫣红已到殿春花。镜中频看头如雪，爱惜流光倍有加。"为余书于扇上。姚安公见之，沉吟曰：

"何摧抑哀怨乃尔，殆神志已颓乎？"果以是年夏秋间谢世。古云诗谶，理或有之。

【译文】

先师何励庵先生，名琇，雍正十一年进士，官至宗人府主事。仕途坎坷，贫病而终。著有《樵香小记》，大多考证经史疑义，今已著录在《四库全书》中。作诗特别喜爱陆游的风格。一天，作《咏怀》诗："冷署萧条早放衙，闲官风味似山家。偶来旧友寻棋局，绝少余钱落画叉。浅碧好储消夏酒，嫣红已到殿春花。镜中频看头如雪，爱惜流光倍有加。"替我书写在扇上。姚安公看到扇子上的诗作，深思良久，说："怎么忧伤低沉，哀怨到如此地步，大概神志已经衰败了？"果然，何先生于这一年夏秋之间去世。古代所说的诗谶，或许是存在的。

水 怪 作 祟

赵鹿泉前辈言：吕城，吴吕蒙所筑也。夹河两岸，有二土神祠。其一为唐汾阳王郭子仪，已不可解。其一为袁绍部将颜良，更不省其所自来。土人祈祷，颇有灵应。所属境周十五里，不许置一关帝祠，置则为祸。有一县令不信，值颜祠社会，亲往观之，故令伶人演《三国志》杂剧。狂风忽起，卷芦棚苫盖至空中，斗掷而下，伶人有死者；所属十五里内，瘟疫大作，人畜死亡；令亦大病几殆。余谓两军相敌，各为其主，此胜彼败，势不并存。此以公义杀人，非以私恨杀人也。其间以智勇之略，败于意外者，其数在天，不得而尤人。以驽下之才，败于胜己者，其过在己，亦不得而尤人。张睢阳厉鬼杀贼，以社稷安危，争是一郡，是为君国而然，非为一己而然也。使功成事定之后，殁于战阵者皆挟以为仇，则古来名将，无不为鬼所殛矣，有是理乎！且颜良受歼已久，越一二千年，曾无灵响，何忽今日而为神？何忽今日而报怨？揆以天理，殆必不然。是盖庙祝师巫，造为诡语，山妖水怪，因民听荧惑而依托之。刘敬叔《异苑》曰："丹阳县有袁双庙，真第四子也。真为桓宣武诛，便失所在。太元中，形见于丹阳，求立庙。未即就功，大有虎灾。被害之家，辄梦双至，催功甚急。百姓立祠，于是猛暴用息。常以二月晦，鼓舞祈祠，其日恒风雨。至元嘉五年，设奠讫，村人邱都于庙后见一物，人面鼍身，葛巾，七孔端正而有酒气。未知为双之神，为是物凭也。"余谓来必风雨，其为水怪无疑，然则是事古有之矣。

【译文】

赵鹿泉前辈说：吕城是三国吴人吕蒙所构筑的。夹河两岸，有两座土神祠。其中一个神主为唐代汾阳王郭子仪，已经令人无法理解。另一个为袁绍部将颜良，更不清楚他的神祠怎么会建在这儿。当地人祈祷，相当有灵验。吕城所属境内周围十五里，不许设置一座关帝祠；一旦设置，就会招致祸害。有一个县令不相信，正值颜祠举行赛会，亲自前往观看，故意叫演员演三国杂剧。忽然狂风大作，将芦棚苫盖卷到空中，抛掷下来，有的演员竟被砸死；吕城所属十五里内，瘟疫大起，人畜死亡无数；县令也大病一场，几乎死去。我认为两军对垒，各为自己的君主效力，此胜彼败，势不两立。这是用公义杀人，而不是用私恨杀人。这期间，凭智谋与勇力，意外地遭受失败，那是天数，不能怪罪他人。凭低下的才能，被强于自己的人打败，那是自己的过错，也不能怪罪他人。张睢阳变成厉鬼杀死贼人,以社稷安危为己任,争夺这个郡,是为君国才这样做,而不是为自己才这样做。假使功成事定之后,死于沙场的将士都心怀仇恨,那么自古名将就无不被鬼所杀,有这种道理吗?况且颜良被诛已很久远了,一二千年来都不曾显示灵验,怎么忽然今日变成神?怎么忽然今日来报仇?以天理来衡量这件事,大概不会是这样。这可能是庙祝师巫制造妄言,山妖水怪因百姓受到迷惑而依托在那里。刘敬叔《异苑》说:"丹阳县有袁双庙。袁双是袁真第四个儿子。袁真被桓宣武杀死后,袁双便不知去向。太元年间,在丹阳现形,求百姓为他立庙。百姓没有立刻着手建造,便发觉虎灾为患。被害的人家就梦见袁双到来,急促地催建祠庙。百姓建立了祠庙,凶猛的虎暴才平息。百姓常在二月最后一天,在祠庙中歌舞祈祷,这一天经常风雨交加。到了元嘉五年,祭祠完毕后,村人邱都在祠庙后面看到一只动物——人面鼍身,戴着葛布头巾,七孔端正而酒气浓郁。于是发现袁双之神,竟是这个动物所依托的。我认为,来到祭奠场所必定刮风下雨的,那一定是水怪。"如此看来,这种事古已有之。

老狐争风吃醋

舅氏张公梦征(亦字尚文,讳景说。)言:沧州吴家庄东一小庵,岁久无僧,恒为往来憩息地。有月作人,每于庵前遇一人招之坐谈,颇相投契。渐与赴市沽饮,情益款洽。偶询其乡贯居址,其人愧谢曰:"与君交厚,不敢欺,实此庵中老狐也。"月作人亦不怖畏,来往如初。一日复遇,挈鸟铳相授曰:"余狎一妇,余弟亦私与狎,是盗嫂也。禁之不止,殴之则余力不敌。愤不可忍,将今夜伺之于路歧,与决生死。闻君善用铳,俟交斗时,乞发以击彼,感且不朽。月明如昼,君望之易辨也。"月作人诺之，即所指处伏草间。既而私念曰："其弟无礼，诚当死。然究所媚之外妇，彼自有夫，非嫂也。骨肉之间，宜善处置，必致之死，不太忍乎？彼兄弟犹如此，吾时与往来，傥有睚眦，虑且及我矣。"因乘其纠结不解，发一铳而两杀之。《棠棣》之诗曰："兄弟阋于墙，外御其侮。"家庭交构，未有不归于两伤者。舅氏恒举此事为子侄戒，盖是人负两狐归，尝目睹也。

【译文】

舅舅张梦征（字尚文，名景说）说：沧州吴家庄东边有一座小庵，长久没有和尚居住，平常已成为客商往来的憩息场所。有一位月作人经常在庵前遇到一个人，招呼他坐下来交谈，很是投机。慢慢地，两人一起赴闹市饮酒，感情更加融洽。月作人偶尔询问那人的籍贯、住址，那人惭愧地说："与你交情深厚，不敢欺骗你，我实际上是这庵里的老狐。"月作人也不畏惧，仍像往常那样和他来往。一天，月作人又遇到那人，那人拿了一支鸟铳交给他，说："我和一个妇人亲近，我弟弟也私下与她偷情，这是与嫂嫂私通的行为。我制止他，他不听从；与他斗殴，我又打不过他。忍无可忍，今晚我将在岔路口等候他，与他决一生死。听说你善于打铳，等我们争斗时，请你发铳击毙他，我将永世感激。夜晚月光明亮如同白天，你很容易辨清我们的。"月作人答应那人的要求，就埋伏在那人指定地点的草丛中。不一会儿，月作人私下在想："他的弟弟行为无礼，确实应该处死。然而，认真推究起来，他所私通的妇人，自有丈夫，不是他弟弟的嫂子。兄弟骨肉之间，应当妥善处理这种事，一定要致弟弟于死地，不也太残忍了吗？他们兄弟之间都尚且如此，我时常与他来往，假使产生小怨小忿，他会以同样的手段对待我了。"就乘他们扭打在一起的时候，发射一铳，把两人都击毙了。《诗经·棠棣》说："兄弟阋于墙，外御其侮。"家庭内部相互争斗，没有不两败俱伤的。舅舅经常拿这件事警戒子侄，因为他是亲眼目睹月作人背着两只狐狸回来的。

失节与饿死

司庖杨媪言：其乡某甲将死，嘱其妇曰："我生无余资，身后汝母子必冻饿。四世单传，存此幼子。今与汝约：不拘何人，能为我抚孤则嫁之，亦不限服制月日，食尽则行。"嘱讫，闭目不更言，惟呻吟待尽。越半日，乃绝。有某乙闻其有色，遣媒妁请如约。妇虽许婚，以尚足自活，不忍行。数月后，不能举火，乃成礼。合卺之夜，已灭烛就枕，忽闻窗外叹息声。妇识其謦欬，知为故夫之魂，隔窗呜咽，语之曰："君有遗言，非我私嫁。今夕之事，于势不得不然，君何以为祟？"魂亦呜咽曰："吾自来视儿，非来祟汝。因闻汝啜泣卸妆，念贫故使汝至于此，心脾凄动，不觉喟然耳。"某乙悸甚，急披衣起曰："自今以往，所不视君子如子者，有如日。"灵语遂寂。后某乙耽玩艳妻，足不出户。而妇恒惘惘如有失。某乙倍爱其子以媚之，乃稍稍笑语。七八载后，某乙病死，无子，亦别无亲属。妇据其资，延师教子，竟得游泮。又为纳妇，生两孙。至妇年四十余，忽梦故夫曰："我自随汝来，未曾离此。因吾子事事得所，汝虽日与彼狎昵，而念念不忘我，灯前月下，背人弹泪。我皆见之，故不欲稍露形声，惊尔母子。今彼已转轮，汝寿亦尽，余情未断，当随我同归也。"数日果微疾，以梦告其子，不肯服药，荏苒遂卒。其子奉棺合葬于故夫，从其志也。程子谓饿死事小，失节事大。是诚千古之正理，然为一身言之耳。此妇甘辱一身，以延宗祀，所全者大，似又当别论矣。杨媪能举其姓氏里居，以碎璧归赵，究非完美，隐而不书。悯其遇，悲其志，为贤者讳也。又吾乡有再醮故夫之三从表弟者，两家所居，距一牛鸣地。嫁后仍以亲串礼回视其姑，三数日必一来问起居，且时有赡助，姑赖以活。殁后，出资敛葬，岁恒遣人祀其墓。又京师一妇，少寡，虽颇有姿首，而针黹烹饪，皆非所能。乃谋于翁姑，伪称己女，鬻为宦家妾，竟养翁姑终身。是皆堕节之妇，原不足称；然不忘旧恩，亦足励薄俗。君子与人为善，固应不没其寸长。讲学家持论务严，遂使一时失足者，无路自赎，反甘心于自弃，非教人补过之道也。

【译文】

　　我家厨师杨老太说：她所在的那个乡，某甲将死时，叮嘱妻子说："我生前没有剩余的财产，我死后，你们母子一定会受冻挨饿。我家四世单传，只有这一个小孩。我现在与你约定：不管什么人，能替我抚养孤儿的，就嫁给他，也不要受丧期的限制，粮食吃完就去。"叮嘱完毕，他就闭目不再说话，只是呻吟着等死。过了半天，才死去。某乙听说甲妻有姿色，叫媒妁来说亲。甲妻尽管答应婚事，但因还能过日子，不忍心马上改嫁。几个月后，家里揭不开锅，才同意成亲。结婚那个晚上，他们已吹熄蜡烛就寝，忽然听到窗外有叹息声。甲妻熟悉那声音，知道是前夫的阴魂，就隔窗哭泣，对他说："你有遗言在先，这不是我自己私自嫁人。今天晚上的事，从情理上讲是不得不这样，你为什么要来作祟？"阴魂也哭泣着说："我是来看儿子的，不是来搅乱你们。我由于听到你一边卸妆一边抽泣，想起因贫穷才使你这样做，内心凄惨，不知不觉发出叹息声了。"某乙十分害怕，急忙披衣起床说："从今往后，我如果不将你的儿子当作自己的儿子看待,天上的日头也不饶我。"阴魂才不说话。后来,某乙爱恋妻子的美丽,整天足不出户。但甲妻却经常茫然若有所失。某乙加倍喜爱她的儿子,从而讨取她的欢心,甲妻才逐渐有了笑语。七八年后,某乙病死,没有儿子,也没有别的亲属。甲妻拥有他的资产,请老师教儿子读书,儿子居然考中秀才。甲妻又给儿子娶了媳妇,生下两个孙子。甲妻到了四十多岁时,忽然梦见某甲说:"我跟随你来到这里,未曾离开过。由于我儿子事事均有着落,你尽管天天与某乙亲昵,却念念不忘我——你常在灯前月下,背着别人掉泪,我都看在眼里,所以不想显露形声,以免惊吓你母子俩人。现在,某乙已经转世,你的寿数也快完了,我们俩余情未断,你应随我同归阴间。"几日以后,甲妻果真患了小毛病,将梦境告诉儿子,不肯服药,不久死去。她的儿子将她与某甲合葬,成全她的志节。程颐先生说:"饿死事小,失节事大。"这当然是千古的正理,但这是就一个人自身来说的。甲妻甘愿辱没自身,以求延续某甲的宗祀,她所成全的是大事,似乎应另当别论。杨老太能说出甲妻的姓氏、里居,因为碎璧归赵终究不是完美的事,所以我不将这些写出来。这是同情她的遭遇,悲哀她的志节,才替她隐晦的。又,我的家乡有一位寡妇,再嫁给前夫的三从表弟。表弟家与她原婆家相距很近,牛鸣声也能彼此听到。她再嫁后,仍然以亲戚关系去看望婆婆,两三天就去探问婆婆起居情况,而且时常有所赡助,婆婆依靠她过日子。婆婆死后,她出资殓葬,每年派人去扫墓。又,京城有一位妇女,年轻守寡,虽然很有姿色,但针线烹饪等活都不会做。她于是同公公、婆婆商量,假称是他们的女儿,卖给仕宦人家做妾,居然凭此赡养公公、婆婆终身。这些都是失节的妇女,原来不足以称颂;但是,她们不忘记旧恩,也足以劝勉浇薄的世俗。君子与人为善,本来应该不埋没她们的点滴善行。讲学家持论太严,就使一时失足的人,无法自赎罪孽,反而甘心自暴自弃,这不是教人改过自新的方法。

深 夜 遇 鬼

慧灯和尚言：有举子于丰宜门外租小庵过夏，地甚幽僻。一日，得揣摩秘本，于灯下手钞。闻窗外似窸窣有人，试问为谁。外应曰："身是幽魂，沉滞于此，不闻书声者百余年矣。连日听君讽诵，枨触夙心，思一晤谈，以消郁结。与君气类，幸勿相惊。"语讫，揭帘径入，举止温雅，甚有士风。举子惶怖，呼寺僧。僧至，鬼亦不畏，指一椅曰："师且坐，我故识师。师素朴野，无丛林市井气，可共语也。"僧及举子俱踧踖不能答。鬼乃探取所录书，才阅数行，遽掷之于地，奄然而灭。

【译文】
慧灯和尚说：有一位举人在丰宜门外租一座小庵度夏，那里十分幽静偏僻。一天，举人得到平日喜爱的秘本，在灯下抄写。他听到窗外窸窸窣窣的声音，好像有人在活动，就问："是谁？"窗外答应说："我是幽魂，滞留在这里，有一百多年没有听到读书声了。连日来听你朗诵，触动了我平素之心，想同你会谈一次，以了结胸中垒块。我与你同是读书人，请不用惊慌。"说完，就揭开门帘进来，举止温雅，颇有士人风度。举子恐惧，呼叫寺僧。寺僧到来，鬼也不畏惧，指着一张椅子说："师父请坐，我早已认识您。您一向质朴自然，没有人世间的市侩气息，我们可以一起谈谈。"寺僧和举人都局促不安，不能答话。鬼就拿过举人所抄录的书，才阅读了几行，便急忙掷在地上，忽然消失了。

巨蛇吞羊

杨雨亭言:莱州深山,有童子牧羊,日恒亡一二,大为主人扑责。留意侦之,乃二大蛇从山罅出,吸之吞食。其巨如瓮,莫敢撄也。童子恨甚,乃谋于其父,设犁刀于山罅,果一蛇裂腹死。惧其偶之报复,不敢复牧于是地。时往潜伺,寂无形迹,意其他徙矣。半载以后,贪是地水草胜他处,仍驱羊往牧。牧未三日,而童子为蛇吞矣。盖潜匿不出,以诱童子之来也。童子之父有心计,阳不搜索,而阴祈营弁藏一炮于深草中,时密往伺察。两月以外,见石上有蜿蜒痕,乃载燧夜伏其旁。蛇果下饮于涧,簌簌有声。遂一发而糜碎焉。还家之后,忽发狂自挝曰:"汝计杀我夫,我计杀汝子,适相当也。我已深藏不出,汝又百计以杀我,则我为枉死矣,今必不舍汝。"越数日而卒。俚谚有之曰:"角力不解,必同仆地;角饮不解,必同沉醉。"斯言虽小,可以喻大矣。

【译文】
  杨雨亭说:莱州深山里有一个少年放羊,每天都丢失一两只羊,因此遭到主人严厉的鞭打责备。少年于是留意查看,原来是二条大蛇从石缝里爬出,把羊吸过去吞食了。这两条蛇像酒瓮那样粗,少年不敢去触犯。少年非常愤怒,就和父亲一起商量,在石缝处设置犁刀,果然一条蛇游出时,腹部被犁刀剖裂而死去。少年担心遭到另一条蛇的报复,不敢再去那里放羊,但时常偷偷到那里去观察,没有发现任何蛇的形迹,估计那条蛇已迁移到别处去了。半年之后,他贪图那里的水、草胜过别处,仍然赶着羊去放牧。放牧不到三天，少年就被那条蛇吞食了。原来那条蛇隐匿不出来，是为了诱惑少年到来。少年的父亲很有心计，表面上不去搜索那条蛇，暗地里却让兵士把一座炮藏在草丛中，时常秘密去侦察。两个月以后，他看到岩石上有蛇爬过的痕迹，就在夜里带火石埋伏在炮的旁边。那条蛇果然来到溪涧饮水，发出"簌簌"的声音。他就发射一炮，把那条蛇炸得粉碎。回家之后，他忽然发狂地自己打自己，说："你用计杀死我的丈夫，我用计杀死你的儿子，正好两相抵消。我已深藏不露面，你又千方百计杀死我，那我就属冤屈而死了，今天一定不放过你。"过了几日，他就死去了。民间有谚语说："角力不解，必同仆地；角饮不解，必同沉醉。"这话讲的虽是小事，但可以隐喻大事。

巡 视 台 湾

孟鹭洲自记巡视台湾事曰："乾隆丁酉，偶与友人扶乩，乩赠余以诗曰：'乘槎万里渡沧溟，风雨鱼龙会百灵。海气粘天迷岛屿，潮声簸地走雷霆。鲸波不阻三神岛，鲛室争看二使星。记取白云飘渺处，有人同望蜀山青。'时将有巡视台湾之役，余疑当往。数日，果命下。六月启行，八月至厦门，渡海，驻半载始归。归时风利，一昼夜即登岸。去时飘荡十七日，险阻异常。初出厦门，即雷雨交作，云雾晦冥。信帆而往，莫知所适。忽腥风触鼻，舟人曰：'黑水洋也。'其水比海水凹下数十丈，阔数十里，长不知其所极。黝然而深，视如泼墨。舟中摇手戒勿语，云其下即龙宫，为第一险处，度此可无虞矣。至白水洋，遇巨鱼鼓鬣而来，举其首如危峰障日，每一拨剌，浪涌如山，声砰訇如霹雳，移数刻始过尽。

计其长，当数百里。舟人云来迎天使，理或然欤？既而飓风四起，舟几覆没。忽有小鸟数十，环绕樯竿。舟人喜跃，称天后来拯。风果顿止，遂得泊澎湖。圣人在上，百神效职，不诬也。遐思所历，一一与诗语相符，非鬼神能前知欤！时先大夫尚在堂，闻余有过海之役，命兄到赤嵌来视余。遂同登望海楼，并末二句亦巧合。益信数皆前定，非人力所能为矣。戊午秋，扈从滦阳，与晓岚宗伯话及。宗伯方草《滦阳续录》，因书其大略付之，或亦足资谈柄耶。"（以上皆鹭洲自序。）考唐钟辂作《定命录》，大旨在戒人躁竞，毋涉妄求。此乩仙预告未来，其语皆验，可使人知无关祸福之惊恐，与无心聚散之踪迹，皆非偶然，亦足消趋避之机械矣。

【译文】

　　孟鹭洲自己记录巡视台湾之事说：乾隆四十二年，我偶尔与朋友扶乩，神降乩赠诗给我："乘槎万里渡沧溟，风雨鱼龙会百灵。海气粘天迷岛屿，潮声簸地走雷霆。鲸波不阻三神岛，鲛室争看二使星。记取白云飘渺处，有人同望蜀山青。"当时将有巡视台湾的差事，我估计我当前往。几日后，果然旨命下来。我们六月从京城启程，八月到达厦门。渡过大海后，我们在那里驻留半年才返回。归来时正好顺风，一昼夜就登岸了。去的时候，却飘荡了十七天，历尽险阻。船刚驶出厦门，就遇上雷雨交加，云雾弥漫，天昏地暗。只好任凭风吹船帆，不知会飘到哪里。忽然腥风扑鼻，舟人说："这是黑水洋。"这里的水比其他海面低几十丈，宽有几十里，长不见边。黑黝黝深不见底，看上去像一滩泼墨。舟人摇手警戒大家不要说话，他说这下面就是龙宫，为第一险处，渡过这里便没有什么可担心的了。到白水洋，遇到巨鱼竖起脊鬐游来，举起头如同高高的山峰遮蔽了日光，每翻腾一下，就浪涌如山，声音砰訇响如霹雳，很长时间鱼才游过去。估计它的长度当有几百里。舟人说这是来迎接皇帝派遣的使臣的，或许是这样吧？不久，飓风四起，船差点葬身海底。忽然，有几十只小鸟飞来，环绕桅竿。舟人欣喜若狂，声称这是天后来拯救我们。说着，风果然立刻停止了，船就停泊在澎湖。有圣人在上，百神就会效力，这是不假的。回想自己的经历，每一件都与诗中的话相符合，莫非是鬼神有先知吗？当时先父还在世，听说我有渡海的差事，就叫哥哥到赤嵌来看望我。我们一起登望海楼，与诗中最后两句的意思也正巧相符。我更加相信命数是前世注定，绝不是人力所能办到的。戊午年秋，我随从护驾到滦阳，与礼部尚书纪晓岚谈及此事。纪尚书正在写作《滦阳续录》，我就写出大意交给他，也许可成为一种谈资。（以上都是孟鹭洲的自序）考唐代钟辂的《定命录》，主旨在于劝诫人们追求名利时，不要有过分的奢求。这个乩仙预示未来，诗中的话语都已灵验，可使人们懂得，产生与祸福无关的惊恐和与聚散无关的踪迹，都不是偶然的，这也足以让人打消趋福避祸的心机了。

德行胜妖魅

高密单作虞言：山东一巨室，无故家中廪自焚，以为偶遗火也。俄怪变数作，阖家大扰。一日，厅事上砰磕有声，所陈设玩器俱碎。主人性素刚劲，厉声叱问曰："青天白日之下，是何妖魅，敢来为祟？吾行诉尔于神矣！"梁上朗然应曰："尔好射猎，多杀我子孙。衔尔次骨，至尔家伺隙八年矣。尔祖宗泽厚，福运未艾，中霤神、灶君、门尉禁我弗使动，我无如何也。今尔家兄弟外争，妻妾内讧，一门各分朋党，俨若寇仇。败征已见，沴气应之，诸神不歆尔祀，邪鬼已阚尔室，故我得而甘心焉。尔尚愤愤哉！"其声愤厉，家众共闻。主人悚然有思，抚膺太息曰："妖不胜德，古之训也。德之不修，于妖乎何尤？"乃呼弟及妻妾曰："祸不远矣，幸未及也。如能共释宿憾，各逐私党，翻然一改其所为，犹可以救。今日之事，当自我始。尔等听我，祖宗之灵，子孙之福也；如不听我，我披发入山矣。"反覆开陈，引咎自责，泪涔涔渍衣袂。众心感动，并伏几哀号，立逐离间奴婢十余人。凡彼此相轧之事，并一时顿改。执豕于牢，歃血盟神曰："自今以往，怀二心者如此豕！"方彼此谢罪，闻梁上顿足曰："我复仇而自漏言，我之过也夫！"叹诧而去。此乾隆八九年间事。

【译文】

　　高密人单作虞说：山东有一大户人家，家里的粮仓无故起火焚烧，主人还以为是偶然留下火种引起的。不久，家里又屡屡发生奇怪的事变，全家乱作一团。一天，厅堂上发出砰磕的响声，陈设在那里的玩器全部破碎。主人向来性格刚劲，厉声叱问："青天白日之下，是什么妖魅敢来作祟？我将在神的面前诉你的罪。"只听见屋梁上高声答应说："你喜欢射猎，杀了我许多子孙。我对你恨之入骨，到你家等候机会已经八年了。你祖宗恩泽深厚，福运未尽，中雷神、灶君、门神禁止我不要乱动，我无可奈何。现在你家兄弟外争，妻妾内讧，一家人各分朋党，简直像仇人一样。败落的迹象已经出现，恶气也已产生，诸神已不享用你的祭祀，邪鬼已窥视你的家门，所以我可以称心快意了。你却还处在糊涂之中！"声音愤怒而洪亮，全家人都听到了。主人内心恐惧，若有所思，拍胸叹息说："妖魅斗不过德行，这是古训。不修养德行，对妖魅有什么好责怪的？"就叫来弟弟及妻妾，说："我们距祸害不远了，幸而还未到来。我们如果能够放下以前的怨仇，每人赶走自己的私党，幡然改变自己的所作所为，还可以挽救。今天的事，从我做起。你们听从我，那是祖宗的威灵，子孙的福气。如果不听从我，我将隐居山林去了。"他反复开导劝说,引咎自责,泪水涔涔湿透衣裳。众人内心感动,一起伏在桌上哀号,立刻驱逐十多个挑拨离间的奴婢。凡是彼此相互倾轧的事,都马上改掉。从猪圈里牵来猪,歃血对神盟誓说:"从今往后,怀有二心的人都像这猪一样的下场!"众人正在彼此谢罪,听见梁上跺脚说:"我本想报仇却又泄露内情,这是我的过错啊!"叹息着离去。这是乾隆八、九年间的事。

诗 谶

侍姬明玕,粗知文义,亦能以常言成韵语。尝夏夜月明,窗外夹竹桃盛开,影落枕上。因作花影诗曰:"绛桃映月数枝斜,影落窗纱透帐纱。三处婆娑花一样,只怜两处是空花。"意颇自喜。次年竟病殁。其婢玉台,侍余二年余,年甫十八,亦相继夭逝。两处空花,遂成诗谶。气机所动,作者殊不自知也。

【译文】
　　侍妾明玕粗略懂得文章的含义,也能用平常的语言作诗。一个夏天的夜晚,月光明亮,照着窗外盛开的夹竹桃,花影落在枕头上,她即兴写了一首花影诗:"绛桃映月数枝斜,影落窗纱透帐纱。三处婆娑花一样,只怜两处是空花。"写成后很有点自负的情绪。第二年,她竟病逝了。她的婢女玉台,侍候我两年多,年龄才十八岁,也接着早逝了。"两处空花"就成为诗谶。实际上,生命之气已有所触动,只是作者没有意识到而已。

宽 以 待 人

一庖人随余数年矣,今岁扈从滦阳,忽无故束装去,借住于附近巷中。盖挟余无人烹饪,故居奇以索高价也。同人皆为不平,余亦不能无愤恚。既而忽忆武强刘景南宫中书时,极贫窘,一家奴偃蹇求去。景南送之以诗曰:"饥寒迫汝各谋生,送汝依依尚有情。留取他年相见地,临阶惟叹两三声。"忠厚之言,溢于言表。再三吟诵,觉褊急之气都消。

【译文】

　　一位厨师跟随我已有几年了,今年又随我护驾到滦阳,忽然无缘无故捆束行李离去,借住在附近的街巷中。原来是以无人烹饪来要挟我,想居奇来索取高价。同事都为我抱不平,我也不能不因此气愤。不久,我忽然想起武强人刘景南任中书时,家里极其贫困,一个家奴傲慢地请求离去。刘景南以诗送他:"饥寒迫汝各谋生,送汝依依尚有情。留取他年相见地,临阶惟叹两三声。"忠厚的性情,溢于言表。我再三吟诵这首诗,觉得狭隘的怒气都消失了。

卷二十

滦阳续录（二）

侮人取祸

一馆吏议叙得经历，需次会城，久不得差遣，困顿殊甚。上官有怜之者，权令署典史。乃大作威福，复以气焰轹同僚，缘是以他事落职。邵二云学士偶话及此，因言其乡有人方夜读，闻窗棂有声，谛视之，纸裂一罅，有两小手擘之，大才如瓜子。即有一小人跃而入，彩衣红履，头作双髻，眉目如画，高仅二寸余。掣案头笔举而旋舞，往来腾踏于砚上，拖带墨沈，书卷俱污。此人初甚错愕，坐观良久，觉似无他技，乃举手扑之，噭然就执。踧踖掌握之中，音呦呦如虫鸟，似言乞命。此人恨甚，径于灯上烧杀之，满室作枯柳木气，迄无他变。炼形甫成，毫无幻术，而肆然侮人以取祸，其此吏之类欤！此不知实有其事，抑二云所戏造，然闻之亦足以戒也。

【译文】

一个馆吏经过考核，取得经历的任职资格，将去省城依次等候补缺，但长久没有被委派出去，生活非常困难。有一位上司同情他，暂时让他担任典史。他一任职，就作威作福，又以嚣张的气焰欺凌同事，因此被借口另一桩事撤销了职务。邵二云学士偶尔提起这事，连带说起他的家乡有一位士人，正在秉烛夜读，听到窗格上有声音，仔细一看，窗纸撕开了一个小洞，有两只小手正在继续扒开它，小手只有瓜子那样大小。不一会儿，有一个小人跳了进来，身上穿着彩衣，脚上穿着红鞋，头上扎着双髻，眉目清秀如画，仅有二寸多高。拿起桌子上的笔旋转舞蹈起来，在砚上跳来跳去，拖带墨汁，书卷都被玷污。士人起初很惊讶，坐着观看了很久，觉得小人似乎没有别的技能，就伸手去捉，小人呼喊着被抓住。只见小人畏缩在士人的手掌中，声音"呦呦呦"像鸟虫鸣叫那样，好像在讨饶。士人非常恼火，径自在灯上烧杀了小人，满室都是枯柳木的气息，终究没有别的变化。那妖物刚刚炼成人形，毫无变幻之术，却放肆地侮辱别人以至于招祸身亡，大概与那位馆吏属于同一类型吧。这不知道是实有其事，还是邵二云戏造出来的，但是听到这件事，也可引以为戒了。

幽 魂 报 国

昌吉守备刘德言：昔征回部时，因有急檄，取珠尔士斯路驰往。阴晦失道，十余骑皆迷，裹粮垂尽，又无水泉，姑坐树根，冀天晴辨南北。见厓下有人马骨数具，虽风雪剥蚀，衣械并朽，察其形制，似是我兵。因对之慨叹曰："再两日不晴，与君辈在此为侣矣。"顷之，旋风起林外，忽来忽去，似若相招。试纵马随之，风即前导；试暂憩息，风亦不行。晓然知为斯骨之灵。随之返行三四十里，又度岭两重，始得旧路，风亦欻然息矣，众哭拜之而去。嗟乎！生既捐躯，魂犹报国；精灵长在，而名氏翳如，是亦可悲也已。

【译文】

　　昌吉守备刘德说：以前征讨回族叛乱时，因为有急檄发来，就取道珠尔士斯路奔驰前往。当时天气昏暗，迷失道路，十几个骑兵都昏头转向，粮草也用尽，又没有饮用的水源，姑且坐在树底下，希望等到天晴时能辨别方向。看到崖下有几具人和马的尸骨，尽管遭到风雪侵蚀，衣服和兵械都已腐烂，但观察形体，好像是我方的士兵。就对着尸骨感叹道："再过两天，天气不放晴，我们就与你们在这里成为伙伴了。"不久，一股旋风从林外吹起，忽来忽去，好像来招呼他们。试着纵马跟随而去，风就在前面导引；试着暂时休息，风也停下不走。幡然领悟到那是尸骨的灵魂，就跟着风朝回走三四十里路，又越过两座山岭，才找到原路，这时风也就忽然消失了。众骑兵哭着跪拜尸骨灵魂后才离去。唉！活着为国捐躯，成为幽魂还在报效祖国。灵魂永存，姓名却隐没了。这也确实可悲啊！

真　假　神　仙

　　谓无神仙，或云遇之；谓有神仙，又不恒遇。刘向、葛洪、陶弘景以来，记神仙之书，不啻百家；所记神仙之名姓，不啻千人。然后世皆不复言及。后世所遇，又自有后世之神仙。岂保固精气，虽得久延，而究亦终归迁化耶？又神仙清净，方士幻化，本各自一途。诸书所记，凡幻化者皆曰神仙，殊为无别。有王媪者，房山人，家在深山。尝告先母张太夫人曰：山有道人，年约六七十，居一小庵，拾山果为粮，掬泉而饮，日夜击木鱼诵经，从未一至人家。有就其庵与语者，不甚酬答，馈遗亦不受。王媪之侄佣于外,一夕,归省母,过其庵前。道人大骇曰:"夜深虎出,尔安得行!须我送尔往。"乃琅琅击木鱼前道。未半里,果一虎突出。道人以身障之,虎自去,道人不别亦自去。后忽失所在。此或似仙欤?从叔梅庵公言:尝见有人使童子登三层明楼上,(北方以覆瓦者为暗楼,上层作雉堞形以备御寇者为明楼。)以手招之,翩然而下,一无所损。又以铜盂投溪中,呼之,徐徐自浮出。此皆方士禁制之术,非神仙也。舅氏张公健亭言:砖河农家,牧数牛于野,忽一时皆暴死。有道士过之,曰:"此非真死,为妖鬼所摄耳。急灌以吾药,使脏腑勿坏。吾为尔劾治,召其魂。"因延至家,禹步作法。约半刻,牛果皆蹶然起。留之饭,不顾而去。有知其事者曰:"此先以毒草置草中,后以药解之耳。不肯受谢,示不图财,为再来荧惑地也。吾在山东,见此人行此术矣。"此语一传,道士遂不复至。是方士之中,又有真伪,何概曰神仙哉!

【译文】

　　认为没有神仙,有人说遇到过;认为有神仙,却又不常遇到。刘向、葛洪、陶弘景以来,记载神仙的书籍不下于一百家,所记载的神仙姓名不下于一千人。然而,后人都不再提及。后人遇到的,又自有后来的神仙。难道保存精气,尽管能够延长生命,而最终却也归于死亡了吗?再说神仙清净,方士幻化,本来各自的来源就不一样。各书所记载的,凡能幻化的都称神仙,对二者却不加区别。有一个王老太,是房山人,家住深山之中。她曾告诉已故母亲张太夫人说:山中有一位道士,年纪约六七十岁,居住在一个小庵中,拾取野果作食粮,掬取泉水作饮料,日夜敲木鱼诵经,从来不到别人家去。有人到庵里与他交谈，他不大应酬答话，别人的馈赠他也不接受。王老太的侄儿在外地做佣工，一天晚上回来探望母亲，经过小庵的前面。道士大吃一惊说："深夜有虎出来，你怎能赶路呢？得由我送你回去。"就琅琅地敲击着木鱼在前面引路。还没走出半里路，果然一只老虎跳出来。道士用身体挡着他，老虎就离去了，道士也不告而别。后来，道士忽然去向不明。这道士或许就是神仙吧？堂叔梅庵公说，他曾看见一个人叫童子登上三层高的明楼（北方以覆瓦的楼房为"暗楼"，上层作雉堞形用来防备抵御盗贼的楼房为"明楼"），用手招呼他，童子就翩然跳下，身体完好无损。又把铜盂投入溪中，一声呼叫，铜盂就从水中慢慢浮上来。这些都是方士的幻术，而不是神仙的行径。舅舅张健亭说，砖河有户农家，在野外放牧几头牛，忽然几头牛都同时暴死。有位道士拜访他，说："这些牛不是真死，它们的魂被妖鬼摄去了。马上将我配的药给它们灌下去，可使脏腑不坏。我替你整治妖鬼，召回牛的灵魂。"他就将道士请到家中。道士跛着脚走步作法，约半刻钟，牛果真突然一下子站立起来。他留道士吃饭，道士连头都不回就走了。有知道内情的人说："道士先将毒草放在牛草中，然后再用药解毒罢了。他不肯接受谢意，表示他不图财，为下次再来迷惑人们作准备。我在山东时，已看到他施行这种骗术了。"这句话一传开，道士就不再来了。这样看来，方士之中又有真假，怎么可以都称他们为神仙呢？

轻薄招侮

李南涧言：其邻县一生，故家子也。少年佻达，颇渔猎男色。一日，自亲串家饮归，距城稍远，云阴路黑，度不及入，微雪又簌簌下。方踟蹰间，见十许步外有灯光，遣仆往视，则茅屋数间，四无居人，屋中惟一童一妪。问："有栖止处否？"妪曰："子久出外，惟一孙与我住此。尚有空屋两间，不嫌湫隘，可权宿也。"遂呼童系二马树上，而邀生入坐。妪言老病须早睡，嘱童应客。童年约十四五，衣履破敝，而眉目极姣好。试挑与言，自吹火煮茗不甚答。渐与谐笑，微似解意，忽乘间悄语曰："此地密迩祖母房，雪晴当亲至公家乞赏也。"生大喜慰，解绣囊玉块赠之。亦羞涩而受。软语良久，乃掩门持灯去。生与仆倚壁倦憩，不觉昏睡。比醒，则屋已不见，乃坐人家墓柏下，狐裘貂冠，衣裤靴袜，俱已褫无寸缕矣。裸露雪中，寒不可忍。二马亦不知所在。幸仆衣未褫，乃脱其敝裘蔽上体，蹩躠而归，诡言遇盗。俄二马识路自归，已尽剪其尾鬣。衣冠则得于溷中，并狼藉污秽，灼然非盗。无可置词，仆始具泄其情状。乃知轻薄招侮，为狐所戏也。

【译文】

李南涧说：他邻县的一个后生，是世家大族子弟。少年轻浮，沉溺于追求男色。一天，他从亲戚家饮酒回家，距县城较远，阴云密布，道路昏黑，估计已来不及进城，小雪又簌簌地落下。正在犹豫之际，看到十步之外有灯光，派仆人前往察看，却是几间茅屋，四周没有邻居，屋里只有一个童子一个老妇。仆人问："有住宿的地方吗？"老妇回答说："儿子长期出门在外，只有一个孙子和我居住在这里。还有两间空房，如果不嫌弃房间低下狭小，你们就住下吧。"就叫童子将两匹马系在树上，邀请后生进屋去坐。老妪说年老多病必须早睡，叮嘱童子招待客人。那童子约十四五岁，衣服破烂，容貌却极其俊俏。后生用语言挑逗他，他只管吹火煮茶不怎么答话。慢慢地与他戏谐说笑，似乎有点理解后生的意思，忽然乘机悄悄地对后生说："这里距祖母房间太近，天晴之后，我会亲自到你家去讨赏钱的。"后生非常欢喜，解下绣囊玉玦赠送给童子。童子也羞涩地接受了。轻言曼语了很长时间,才关上门拿着灯离去。后生和仆人靠着墙壁休息,不知不觉中昏睡过去。等到醒来,房屋却不见了,两人坐在人家墓柏下。后生的狐裘貂冠,衣裤靴袜,都已被脱去了。裸露在雪地里,冻得受不了。两匹马也不知去向。幸而仆人的衣服没有被脱去,后生就脱下仆人的破衣遮蔽身体,狼狈回家,诡称路上遇到强盗。一会儿,两匹马认识道路自己归来,它们的尾鬣已被剪尽。衣裤靴帽却从粪坑中发现,狼藉污秽不堪,显然不是被强盗抢劫的。后生再没有别的托词,仆人才将真实情况泄露出来。人们才知道后生行为轻薄招致侮辱,被狐狸戏弄了。

伏击叛贼

戊子昌吉之乱,先未有萌也。屯官以八月十五夜,犒诸流人,置酒山坡,男女杂坐。屯官醉后逼诸流妇使唱歌,遂顷刻激变,戕杀屯官,劫军装库,据其城。十六日晓,报至乌鲁木齐。大学士温公促聚兵。时班兵散在诸屯,城中仅一百四十七人,然皆百战劲卒,视贼蔑如也。温公率之即行,至红山口,守备刘德叩马曰:"此去昌吉九十里,我驰一日至城下,是彼逸而我劳,彼坐守而我仰攻,非百余人所能办也。且此去昌吉皆平原,玛纳斯河虽稍阔,然处处策马可渡,无险可扼,所可扼者此山口一线路耳。贼得城必不株守,其势当即来。公莫如驻兵于此,借陡崖遮蔽,贼不知多寡,俟其至而扼险下击,是反攻为守,反劳为逸,贼可破也。"温公从之。及贼将至,德左执红旗,右执利刃,令于众曰:"望其尘气,虽不过千人,然皆亡命之徒,必以死斗,亦不易当。幸所乘皆屯马，未经战阵，受创必反走。尔等各擎枪屈一膝跪，但伏而击马，马逸则人乱矣。"又令曰："望影鸣枪，则枪不及贼，火药先尽，贼至反无可用。尔等视我旗动，乃许鸣枪；敢先鸣者，手刃之。"俄而贼众枪争发，砰訇动地。德曰："此皆虚发，无能为也。"迨铅丸击前队一人伤，德曰："彼枪及我，我枪必及彼矣。"举旗一挥，众枪齐发。贼马果皆横逸，自相冲击。我兵噪而乘之，贼遂歼焉。温公叹曰："刘德状貌如村翁，而临阵镇定乃尔。参将都司，徒善应对趋跄耳。"故是役以德为首功。然捷报不能缕述曲折，今详著之，庶不湮没焉。

【译文】
　　戊子年昌吉之乱，起先没有一点迹象。屯官因为是八月十五日中秋的夜晚，慰劳流放的犯人，在山坡上摆酒席，男女犯人混杂坐在一起。屯官喝醉之后，威逼女犯人唱歌，于是立刻激发事变。犯人杀死了屯官，抢劫军用仓库，占据昌吉城。十六日早晨，檄报到达乌鲁木齐。大学士温公督促集合士兵。当时班兵分散在各个屯里，城中只有一百四十七人，但都是身经百战的强兵，很轻视叛贼。温公率领这些士兵就走，行进到红山口，守备刘德在马前叩见说："这里距昌吉九十里，我们奔驰一天到达城下，这是他们安逸而我们疲劳，他们坐守而我们仰攻，这不是一百多人的兵力所能制胜的。而且这里到昌吉一路都是平原，玛纳斯河虽然较为宽阔，但随处可以策马渡河，没有险要之地可以据守，所能据守的只有这个山口一线路而已。叛贼夺得城池一定不会死守，他们势必马上来进攻我们。您不如在这里驻兵，借助陡崖隐蔽。叛贼不知我们兵力多少，等他们来到，我们就据险往下攻击他们，这是反攻为守，反劳为逸，叛贼就会被打败了。"温公同意他的建议。等到叛贼将到，刘德左手执着红旗，右手拿着利刀，命令士兵说："从他们扬起的尘埃来看，虽然不到千人，但都是亡命之徒，势必拼死战斗，也不容易抵挡。幸好他们骑的都是屯马，没有经历过战阵，受到创伤一定会往回跑。你们每人拿一支火枪，屈一膝跪在地上，只管埋伏着射击马。马一旦后逃，叛贼就大乱了。"又命令说："看见身影就鸣枪，枪弹就打不到叛贼，火药先用尽了，叛贼来到跟前反而没有射击的火药了。你们看到我的旗摇动后，才允许鸣枪。谁敢提前鸣枪，我就杀了谁。"一会儿，叛贼争先恐后地鸣枪，响声震天动地。刘德说："这些枪弹都是虚发的，没有什么作用。"等到枪弹打伤前队一名士兵时，刘德说："他们的枪弹能打到我们，我们的枪弹也一定能打到他们了。"他举旗一挥，众枪齐发。叛贼马群果然乱奔乱跑，自相冲击。我方士兵叫喊着冲过去，叛贼就被歼灭了。温公感叹说："刘德形状如乡下老头一般，临阵却如此镇定。参将、都司，只不过善于应对、步履有节奏而已。"所以，这一战以刘德为首功。然而，捷报不能详细叙述战役的曲折，现在详尽记录下来，也算是没有湮没刘德的功绩了。

关 帝 显 灵

　　由乌鲁木齐至昌吉，南界天山，无路可上；北界苇湖，连天无际，淤泥深丈许，入者辄灭顶。贼之败也，不西还据昌吉，而南北横奔，悉入绝地，以为惶遽迷瞀也。后执俘讯之，皆曰惊溃之时，本欲西走。忽见关帝立马云中，断其归路，故不得已而旁行，冀或匿免也。神之威灵，乃及于二万里外。国家之福祚，又能致神助于二万里外。蝟锋螗斧，溲池盗弄何为哉！

【译文】

　　从乌鲁木齐去昌吉，南边是天山，无路可上；北边是苇湖，一望连天，无边无际，淤泥达一丈左右深，踩进去就淹没头顶。叛贼被打败后，不往西逃走，据守昌吉，却往南北奔跑，都进入了绝地，我们认为他们是因惊慌才迷失方向的。后来审讯俘虏，都说败溃惊慌之时，本想往西逃走。忽然看见关帝立马云中，断绝了他们的归路，所以不得已才往南北逃，希望或许能够隐匿逃脱。神的威灵，能达到二万里之外；国家的福祚，又能使神助威于二万里之外。一群刺猬螳螂聚集叛乱，又能有什么作为呢？

赫 尔 喜

昌吉未乱以前，通判赫尔喜奉檄调至乌鲁木齐，核检仓库。及闻城陷，愤不欲生，请于温公曰："屯官激变，其反未必本心。愿单骑迎贼于中途，谕以利害。如其缚献渠魁，可勿劳征讨；如其枭獍成群，不肯反正，则必手刃其帅，不与俱生。"温公阻之不可，竟櫜鞬驰去，直入贼中，以大义再三开导。贼皆曰："公是好官，此无与公事。事已至此，势不可回。"遂拥至路旁，置之去。知事不济，乃掣刀奋力杀数贼，格斗而死。当时公论惜之曰："屯官非其所属，流人非其所治，无所谓徇纵也。猝起一时，非预谋不轨，无所谓失察也。奉调他出，身不在署，无所谓守御不坚与弃城逃遁也。所劫者军装库，营弁所掌，无所谓疏防也。于理于法，皆可以无死。而终执城存与存，城亡与亡之一言，甘以身殉。推是志也，虽为常山、睢阳可矣。"故于其柩归，罔不哭奠。而于屯官之残骸归，（屯官为贼以铁锯自踵寸寸锯至顶。乱定后，始掇拾之。）无焚一陌纸钱者。

【译文】

　　昌吉没有发生叛乱之前，通判赫尔喜奉命调往乌鲁木齐核检仓库。等到听说昌吉城被攻陷时，他愤不欲生，向温公请求说："屯官激起事变，贼众反叛未必出自本心。我愿意单身匹马去途中迎候他们，以利害关系劝谕他们。如果他们献上罪魁祸首，您就不用去征讨了；如果他们都是忘恩负义之徒，不肯返归正途，我就杀死他们的头目，和他同归于尽。"温公劝阻不住，他竟骑马奔驰而去，径直冲入叛贼群中，以大义再三开导他们。叛贼都说："您是好官，这事与您无关。事态发展到这种地步，已不可挽回了。"就将他送到路旁，舍他而去。他知道劝说已不起作用，就拔刀奋力杀死几个叛贼，最后拼杀而死。当时公众舆论惋惜地说："屯官不是他的部属，犯人不归他管理，算不上'徇纵'的罪名。事件临时发生，不是预先谋反，算不上在'失察'的罪名。奉命调往别处，身不在官署，算不上守备不严和弃城逃跑的罪名；叛贼抢劫的是军用仓库，自有营官掌管，算不上'疏防'的罪名。于理于法，他都可以不死。然而，他始终遵循'城存与存，城亡与亡'的名言，甘愿以身殉国。按照他的志节，完全可以同常山颜杲卿、睢阳张巡等人相比。"所以在他的灵柩扶归之时，没有人不哭奠他。而在屯官的残骸归葬之时（屯官被叛贼用铁铡从脚开始一寸寸铡到头顶。叛乱平定之后，才掇拾拢来），没有人烧一陌纸钱。

纪　梦　诗

　　朱青雷言：曾见一长卷，字大如杯，怪伟极似张二水。首题纪梦十首，而蠹蚀破烂，惟二首尚完整可读。其一曰："梦到蓬莱顶，琼楼碧玉山。波浮天半壁，日涌海中间。遥望仙官立，翻输野老闲。云帆三十丈，高挂径西还。"其二曰："郁郁长生树，层层太古苔。空山未开凿，元气尚胚胎。灵境在何处？梦游今几回？最怜鱼鸟意，相见不惊猜。"年月姓名，皆已损失，不知谁作也。尝为李玉典书扇，并附以跋。或曰："此青雷自作，托之古人。"然青雷诗格婉秀如秦少游小石调，与二诗笔意不近。或又曰："诗字皆似张东海。"东海集余昔曾见，不记有此二诗否，待更考之。（青雷跋谓，前诗后四句，未经人道。然昌黎诗："我能屈曲自世间，安能从汝求神仙？"即是此意，特袭取无痕耳。）

【译文】
　　朱青雷说：他曾看到过一幅书法长卷，字大如杯，笔力怪伟极像张瑞图所书。卷首题纪梦诗十首，却被蠹虫蛀蚀得破烂不堪，只有两首诗完整可读。其一为："梦到蓬莱顶，琼楼碧玉山。波浮天半壁，日涌海中间。遥望仙官立，翻输野老闲。云帆三十丈，高挂径西还。"其二为："郁郁长生树，层层太古苔。空山未开凿，元气尚胚胎。灵境在何处？梦游今几回？最怜鱼鸟意，相见不惊猜。"年月姓名都已损缺，不知是谁作的。他曾用以替李玉典书写扇面，并附上跋语。有人说："这是朱青雷自己的作品，假托于古人。"然而，朱青雷诗作的风格像秦少游小石调那样婉秀，与上述两首诗的笔意不接近。有人又说："诗作和书法好像都是张东海的。"《东海集》，我以前曾经读过，不记得是否有这两首诗。只有留待今后再考证了。（朱青雷的跋语认为，前一首诗的后面四句之意，从没有人说过。然而，韩昌黎的诗"我能屈曲自世间，安能从汝求神仙"就是这个含意，只不过那四句袭用韩诗不着痕迹而已。）

好色身亡

　　同郡有富室子，形状拥肿，步履蹒跚；又不修边幅，垢腻恒满面。然好游狭斜,遇妇女必注视。一日独行,遇幼妇,风韵绝佳。时新雨泥泞,遽前调之曰:"路滑如是,嫂莫要扶持否?"幼妇正色曰:"尔勿愦愦,我是狐女,平生惟拜月炼形,从不作媚人采补事。尔自顾何物,乃敢作是言,行且祸尔。"遂掬沙屑洒其面。惊而却步,忽堕沟中,努力踊出,幼妇已不知所往矣。自是心恒惴惴,虑其为祟,亦竟无患。数日后,友人邀饮,有新出小妓侑酒。谛视,即前幼妇也。疑似惶惑,罔知所措,强试问之曰:"某日雨后,曾往东村乎?"妓漫应曰:"姊是日往东村视阿姨,吾未往也。姊与吾貌相似,公当相见耶?"语殊恍惚,竟莫决是怪是人,是一是二,乃托故逃席去。去后,妓述其事曰:"实憎其丑态,且惧行强暴,姑诳以伪词,冀求解免。幸其自仆,遂匿于麦场积柴后。不虞其以为真也。"席中莫不绝倒。一客曰:"既入青楼,焉能择客?彼固能干金买笑者也,盍挈尔诣彼乎!"遂偕之同往,具述妓翁姑及夫名氏,其疑乃释。(妓姊妹即所谓大杨、二杨者,当时名士多作《杨柳枝词》,皆借寓其姓也。)妓复谢以小时固识君,昨喜见怜,故答以戏谑,何期反致唐突,深为歉仄,敢抱衾枕以自赎。吐词娴雅,姿态横生。遂大为所惑,留连数夕。召其夫至,计月给夜合之资。狎昵经年,竟殒于消渴。先兄晴湖曰:"狐而人,则畏之,畏死也。人而狐,则非惟不畏,且不畏死,是尚为能充其类也乎!行且祸汝,彼固先言。是子也死于妓,仍谓之死于狐可也。"

【译文】

　　同郡有一个富家子弟，形体臃肿，步履蹒跚，又不修边幅，常常满脸垢腻。然而，他却喜欢嫖娼宿妓，行为轻薄，遇到妇女必定紧盯着看。有一天，他单独行路，遇到一位少妇，风韵绝佳。当时刚下过雨，道路泥泞，他就上前调戏道："路这么滑，嫂子要不要我扶着走？"少妇正经地说："你不要糊涂，我是狐女，平生只拜月炼形，从来不做迷惑人采补精气的事。你看看自己是什么东西，竟然敢讲这种话，灾祸就要临头了。"说着就抓起一把沙屑洒向他的脸。他惊恐地往后退，忽然坠入沟中，用力跳出来后，少妇已不知去向。从此，他心里常常惴惴不安，担心她来作祟，却居然没有祸患。几天后，朋友邀请他饮酒，有一位刚来的妓女劝酒。他仔细一看，就是前几天遇到的少妇。他不能确定是否其人，疑惑惶恐，不知所措，勉强试探着问："某天刚下过雨，你曾经去过东村吗？"妓女漫不经心地回答说："这一天姐姐去东村看望阿姨，我没有去。姐姐与我容貌相似，你遇见的该是她？"语气恍惚不定，竟然难以判断她们是妖怪还是人，是一个还是两个，他就借故离席而去。他离开之后，妓女讲述这件事说："当时我确实憎恶他的丑态，又担心他施行强暴，就以假话诳骗他，希望能求得解脱。幸好他自己跌倒，我就躲到麦场柴堆后面去了。不料他信以为真。"酒席中的人都笑得前俯后仰。一位客人说："你既然身入青楼，怎么可以挑选客人？他是能用千金买笑的人，何不由我带你去见他？"就一起前往，客人详细叙述妓女的公婆及丈夫姓名，他的疑虑才消除。（妓女姐妹就是叫大杨、二杨的，当时名士多作《杨柳枝词》，都借寓她们的姓氏。）妓女又道歉说："我小时候就认识你，昨天为得到你的怜爱而感到高兴，故意以玩笑的话语回答你，不想反而唐突了你，我深抱歉意，愿意抱衾枕来自赎罪孽。"她的谈吐既高雅，又有说不尽的娇媚，他就被她的美色所迷惑，流连了好几夜。后又叫来她的丈夫，按月付给夜宿的钱财。狎玩亲昵一年多时间，他最终死于消渴病。已故的兄长晴湖说："狐狸做人的事，他就怕她，实际上是怕死。人做狐狸的事，他非但不怕她，而且不怕死。这是因为她还能充当狐狸的同类吗？'灾祸就要临头了'这是她事先就说过的。这个人死在妓女手里，说他死在狐狸手里也是可以的。"

三槐发狂

郭大椿、郭双桂、郭三槐，兄弟也。三槐屡侮其兄，且诣县讼之。归憩一寺，见缁袍满座，梵呗竞作。主人虽吉服，而容色惨沮，宣疏通诚之时，泪随声下。叩之，寺僧曰："某公之兄病危，为叩佛祈福也。"三槐痴立良久，忽发颠狂，顿足捶胸而呼曰："人家兄弟如是耶？"如是一语，反覆不已。掖至家，不寝不食，仍顿足捶胸，诵此一语，两三日不止。大椿、双桂故别住，闻信俱来，持其手哭曰："弟何至是？"三槐又痴立良久，突抱两兄曰："兄固如是耶！"长号数声，一踊而绝。咸曰神殛之，非也。三槐愧而自咎，此圣贤所谓改过，释氏所谓忏悔也。苟充是志，虽田荆、姜被，均所能为。神方许之，安得殛之？其一恸立殒，直由感动于中，天良激发，自觉不可立于世，故一瞑不视，戢影黄泉，岂神之褫其魄哉？惜知过而不知补过，气质用事，一往莫收；无学问以济之，无明师益友以导之，无贤妻子以辅之，遂不能恶始美终，以图晚盖，是则其不幸焉耳。昔田氏姊买一小婢，倡家女也。闻人诮邻妇淫乱，瞿然惊曰："是不可为耶？吾以为当如是也。"后嫁为农家妻，终身贞洁。然则三槐悖理，正坐不知。故子弟当先使知礼。

【译文】

郭大椿、郭双桂、郭三槐，是三兄弟。三槐多次侮辱哥哥，并且到县里诉讼他们。回家途中，他到一个寺庙休息，看到里面坐满僧人，诵经唱赞之声大作。主人尽管穿着吉服，面容却露出忧伤悲痛之色，宣读疏文通报诚意之时，声泪俱下。他问怎么回事，寺僧说："某公的哥哥病情危险，他替哥哥叩佛祈福。"三槐在那里呆站了很长时间，忽然发起癫狂来，顿脚捶胸地呼叫："人家的兄弟是这样吗？"他反反复复把这句话说个不停。把他拉回家，他不睡不吃，仍然顿脚捶胸，两三天不停地讲这句话。大椿、双桂本来居住在别处，听到消息都赶来，握着他的手哭着说："弟弟怎么会到这种地步？"三槐又痴立良久，突然抱着两个哥哥说："哥哥本来是这样的吗？"长号了几声，向上一跳而死。人们都说神惩罚他。其实不对。三槐是由于内心惭愧而自咎，这就是圣贤所说的"改过"，佛家所说的"忏悔"。假如他发挥这种志气，即使田氏兄弟感荆、姜氏兄弟共被那样的善行，都是能够做到的。神正是赞许他忏悔，怎么会惩罚他呢？他一阵悲痛，就立刻死去，只是由于内心感动、良心发现，自己感到无颜活在世上，所以一死了之，命归黄泉，哪是神夺去他的魂魄？可惜他知道自己的过错却不懂得补救过错，意气用事，一去不复返。没有学问帮助他，没有良师益友开导他，没有贤惠妻子辅助他，就不能始于恶而终于美，以图晚节美名，这是他的不幸。以前田氏姐买了一个小婢，是倡家女。小婢听到别人责骂邻居妇人淫乱，震惊地说："这种事是不能做的吗？我还以为应当如此呢。"她后来出嫁为农家妻子，终身贞洁。那么三槐违背常理，正是因为不懂得道理。所以，家中的子弟应该先让他们懂得礼义。

使 臣 赠 棋

朝鲜使臣郑思贤，以棋子两奁赠予，皆天然圆润，不似人工。云黑者海滩碎石，年久为潮水冲激而成；白者为小车渠壳，亦海水所磨莹，皆非难得。惟检寻其厚薄均，轮廓正，色泽匀者，日积月累，比较抽换，非一朝一夕之力耳。置之书斋，颇为雅玩。后为范大司农取去。司农殁后，家计萧然，今不知在何所矣。

【译文】

朝鲜使臣郑思贤将两奁棋子赠送给我。这些棋子都天然圆润，不像人工所作。他说黑子是由海滩碎石经潮水长年累月冲激而成的，白子是由小车渠壳经海水磨治而成的，都不是难以得到的东西。只是检寻厚薄均匀、轮廓端正、色泽匀称的棋子，需要日积月累，反复比较调换，不是一朝一夕所能做到。将它们放在书斋里，具有极为高雅的观赏情趣。后来，棋子被范大司农取去。司农死后，家境萧条，现在不知落到何处去了。

仙 山 灵 境

海中三岛十洲，昆仑五城十二楼，词赋家沿用久矣。朝鲜、琉球、日本诸国，皆能读华书。日本余见其五京地志及山川全图，疆界袤延数千里，无所谓仙山灵境也。朝鲜、琉球之贡使，则余尝数数与谈，以是询之，皆曰东洋自日本以外，大小国土凡数十，大小岛屿不知几千百，中朝人所必不能至者，每帆樯万里，商舶往来，均不闻有是说。惟琉球之落漈，似乎三千弱水。然落漈之舟，偶值潮平之岁，时或得还，亦不闻有白银宫阙，可望而不可即也。然则三岛十洲，岂非纯构虚词乎！《尔雅》、《史记》，皆称河出昆仑。考河源有二：一出和阗，一出葱岭。或曰葱岭其正源，和阗之水入之。或曰和阗其正源，葱岭之水入之。双流既合，亦莫辨谁主谁宾。

然葱岭、和阗，则皆在今版图内，开屯列戍四十余年，即深岩穷谷，亦通耕牧。不论两山之水，孰为正源，两山之中，必有一昆仑确矣。而所谓瑶池、悬圃、珠树、芝田，概乎未见，亦概乎未闻。然则五城十二楼，不又荒唐矣乎！不但此也，灵鹫山在今拔达克善，诸佛菩萨，骨塔具存，题记梵书，一一与经典相合。尚有石室六百余间，即所谓大雷音寺，回部游牧者居之。我兵追剿波罗泥都、霍集占，曾至其地，所见不过如斯。种种庄严，似亦藻绘之词矣。相传回部祖国，以铜为城。近西之回部云，铜城在其东万里。近东之回部云，铜城在其西万里。彼此遥拜，迄无人曾到其地。因是以推，恐南怀仁《坤舆图说》所记五大人洲，珍奇灵怪，均此类焉耳。周编修书昌则曰："有佛缘者，然后能见佛界；有仙骨者，然后能见仙境。未可以寻常耳目，断其有无。曾见一道士游昆仑归，所言与旧记不殊也。"是则余不知之矣。

【译文】

海中三岛十洲，昆仑五城十二楼，词赋家沿用很久了。朝鲜、琉球、日本等国，都能读懂华夏书籍。日本，我看他们的《五京地志》及《山川全图》，疆界广袤，延伸几千里，没有以前所说的仙山灵境。朝鲜、琉球的贡使，我曾经多次与他们交谈，将上述问题询问他们。他们都说，东洋自日本以远，大小国土有几十处，大小岛屿不知几百几千，中国人必定不能到达那些地方。每次海船行程万里，商船往来穿梭，都没有听到有这种说法。只是琉球的落漈，有点像三千弱水。然而落漈中的船，偶尔遇到潮水低平的岁月，有时还能返回，也没有听说有可望不可及的白银宫阙。既然这样，那么三岛十洲岂不是纯属虚构？《尔雅》、《史记》，都称黄河的源头在昆仑。考黄河的源头有二：一个出自和阗，一个出自葱岭。有人说葱岭是它的正宗源头，和阗的河水汇入进去。有人说和阗是它的正宗源头，葱岭的河水汇入进去。两条河流已经汇合，也就分辨不出哪一条是主哪一条是宾了。然而，葱岭、和阗都在现今的版图内，戍边开荒四十多年，即使深山穷谷，也都能耕种放牧。不管两山之水哪一条是正宗源头，两山之中必定有一座昆仑山是确定无疑的。而所谓的瑶池、悬圃、珠树、芝田，一概没有看见过，也一概没有听说过。既然这样，那么五城十二楼，不又荒唐了吗？不仅如此，灵鹫山在现在的拔达克善，诸佛菩萨的骨塔都在，梵书题记一一与经典相符，还有六百余间石室，就是所谓的大雷音寺，回民部落游牧人群居住在那里。我方士兵追剿波罗泥都、霍集占，曾经到过那里，所见所闻不过如此。种种庄重威严的形状，好像也不过是华美的词藻描绘成的。相传回民部落的祖国，以铜筑城。靠近西面的回民部落说，铜城在他们东面万里之外。靠近东面的回民部落说，铜城在他们西面万里之外。他们彼此遥相朝拜铜城，至今无人曾经到过铜城。以此类推，恐怕南怀仁《坤舆图说》所记的五大人洲、珍奇灵怪，大约都是此类性质罢了。周书昌编修却说："有佛缘的人才能见到佛界，有仙骨的人才能见到仙境。不能以凡夫俗子的耳目，去判断它们的有无。我曾经见到一位游昆仑归来的道士，他所讲的与古籍记载的没有什么不一样。"这就是我所不知道的了。

狡黠仆役

蔡季实殿撰有一仆，京师长随也。狡黠善应对，季实颇喜之。忽一日，二幼子并暴卒，其妻亦自缢于家。莫测其故，姑殓之而已。其家有老妪私语人曰："是私有外遇，欲毒杀其夫，而后携子以嫁。阴市砒制饼饵，待其夫归。不虞二子窃食，竟并死。妇悔恨莫解，亦遂并命。"然妪昏夜之中,窗外窃听,仅粗闻秘谋之语,未辨所遇者为谁,亦无从究诘矣。其仆旋亦发病死。死后,其同侪窃议曰:"主人惟信彼,彼乃百计欺主人。他事毋论,即如昨日四鼓诣圆明园侍班,彼故纵驾车骡逸,御者追之复不返。更漏已促,叩门借车必不及。急使雇倩,则曰风雨将来,非五千钱人不往。主人无计,竟委曲从之。不太甚乎!奇祸或以是耶!"季实闻之,曰:"是死晚矣,吾误以为解事人也。"

【译文】
　　蔡季实殿撰有一个仆役,在京城给他当长随。这个仆役为人狡黠,擅长应酬对答,蔡季实非常喜欢他。忽然有一天,仆役的两个儿子一起暴亡,他的妻子也在家里上吊自杀。他不知是什么缘故,姑且殓葬而已。他家有一个老妇私下对人说:"他妻子暗中有外遇,想毒死丈夫,然后带着儿子嫁给姘夫。她暗地里买来砒霜,制成饼饵,等待丈夫回来。不料两个儿子偷吃了饼饵,竟然一起中毒死亡。她悔恨交加,也就上吊而死。"然而,老妇昏黑的夜晚在窗外偷听,只大略听到密谋的这些话,却分辨不出她的外遇是谁,也就无从查究了。他的仆役不久也生病死去。仆役死后,仆役的同事私下议论说:"主人只信任他,他却千方百计欺骗主人。别的事不去说他,就像昨日四更天主人去圆明园站班,他事先故意放开驾车的骡子逃走,驾车人追不回骡子。时间已经到很紧迫,去找人家借车必然来不及了。主人急忙让他去雇车,他却说风雨就要来了,没有五千钱,车夫不愿意前往。主人没有办法,只好顺他的意思听从。这不太过分吗?他遭受非常的灾祸,或许与此有关吧。"季实听说这事,说:"他死得太晚了。我从前把他错看成是善于办事的人了。"

父财子败

杨槐亭前辈言：其乡有宦成归里者，闭门颐养，不预外事，亦颇得林下之乐，惟以无嗣为忧。晚得一子，珍惜殊甚。患痘甚危，闻劳山有道士能前知，自往叩之。道士籧然曰："贤郎尚有多少事未了，那能便死！"果遇良医而愈。后其子冶游骄纵，竟破其家，流离寄食，若敖之鬼遂馁。乡党论之曰："此翁无咎无誉，未应遽有此儿。惟萧然寒士，作令不过十年，而宦橐逾数万。毋乃致富之道有不可知者在乎？"

【译文】

杨槐亭前辈说：他的家乡有一位做官退休归故里的人，终日闭门颐养天年，外面的事一概不过问，也很有隐居的乐趣，只是因为无后嗣而忧心忡忡。后来，晚年生得一个儿子，他十分爱惜。儿子患天花，病情危急，他听说劳山有位道士能够预见以后的事，就亲自去拜访。道士笑着说："你的儿子还有许多事没有了结，怎能就会死呢？"果然遇到良医治愈。后来，他的儿子寻欢作乐，骄奢放纵，竟然败了他的家业，到处流离寄食，他家竟断绝后嗣。乡里众人评论说："这个老翁没有过错也没有声誉，不应该有这个儿子。不过他本是一个清寒士人，作县令不到十年，而所得银两超过几万。莫非他致富之道有不可告人的吗？"

贪婪致死

槐亭又言：有学茅山法者，劾治鬼魅，多有奇验。

有一家为狐所祟,请往驱除。整束法器,克日将行。有素识老翁诣之曰:"我久与狐友。狐事急,乞我一言。狐非获罪于先生,先生亦非有憾于狐也。不过得其贽币,故为料理耳。狐闻事定之后,彼许馈廿四金。今愿十倍其数,纳于先生,先生能止不行乎?"因出金置案上。此人故贪惏,当即受之。次日,谢遣请者曰:"吾法能治凡狐耳。昨召将检查,君家之祟乃天狐,非所能制也。"得金之后,意殊自喜。因念狐既多金,可以术取。遂考召四境之狐,胁以雷斧火狱,俾纳贿焉。征索既频,狐不胜扰,乃共计盗其符印。遂为狐所凭附,颠狂号叫,自投于河。群狐仍摄其金去,铢两不存。人以为如费长房、明崇俨也。后其徒阴泄之,乃知其致败之故。夫操持符印,役使鬼神,以驱除妖厉,此其权与官吏侔矣。受赂纵奸,已为不可;又多方以盈其溪壑,天道神明,岂逃鉴察。微群狐杀之,雷霆之诛,当亦终不免也。

【译文】

杨槐亭又说:有一位学茅山法术的人,整治鬼魅,大多十分灵验。有一家人被狐精危害,请求他前往驱除。他整理法器,按约定的日期正要出发。有一位他一向熟悉的老翁来访说:"我长久与狐精交朋友。狐精的情况危急,请求我来说句话。狐精没有得罪先生,先生与狐精也没有什么仇恨。先生只不过得了那人的钱财,所以替那人办事罢了。狐精听说事成之后,那人答应馈赠给先生二十四两银子。现在狐精愿意交纳相当那人十倍的数额给先生,先生能不去管这事吗?"说着就将银子放到桌上。这个人本来就很贪婪,当即接受下来。第二天,他就回断前来请他的人说:"我的法术只能惩治普通的狐精而已。昨天,我召神将来检查,在你家作祟的乃是天狐,这不是我所能惩治的。"他获得赠银之后,洋洋自得,就想狐精既然有很多银子,就可以用法术去索取。他因此召集四境的狐精,以雷斧火狱威胁它们,使它们向他纳贿。他频繁地索取,狐精承受不了,就一起商量盗走了他的符印。他就被狐精所依附,癫狂号叫,自己投进河里。群狐摄去他的银子,一点也不留下。人们以为他像费长房、明崇俨那样升天去了。后来,他的徒弟暗中泄露秘密,人们才知道他导致失败的原因。操持符印,役使鬼神,驱除妖厉,这种权力与官吏的权力是相似的。接受贿赂,放纵奸狐,已是不可做的事;却又想方设法来满足贪欲,难道能逃脱天道神明的明鉴暗察吗?如果没有群狐杀死他,他应当终究也逃避不了神明的惩罚。

弄巧成拙

天地高远,鬼神茫昧,似与人无预。而有时其应如响,殚人之智力,不能与争。沧州上河涯,有某甲女,许字某乙子。两家皆小康,婚期在一二年内矣。有星士过某甲家,阻雨留宿。以女命使推。星士沉思良久曰:"未携算书,此命不能推也。"觉有异,穷诘之。始曰:"据此八字,侧室命也,君家似不应至此。且闻嫁已有期,而干支无刑克,断不再醮。此所以愈疑也。"有黠者闻此事,欲借以牟利,说某甲曰:"君家资几何,加以嫁女必多费,益不支矣。命既如是,不如先诡言女病,次诡言女死,市空棺速葬;而夜携女走京师,改名姓鬻为贵家妾,则多金可坐致矣。"某甲从之。会有达官嫁女,求美媵。以二百金买之。越月余,泛舟送女南行,至天妃闸,阖门俱葬鱼腹,独某甲女遇救得生。以少女无敢收养，闻于听司。所司问其由来。女在是家未久，仅知主人之姓，而不能举其爵里；惟父母姓名居址，言之凿凿。乃移牒至沧州，其事遂败。时某乙子已与表妹结婚，无改盟理。闻某甲之得多金也，愤恚欲讼。某甲窘迫，愿仍以女嫁其子。其表妹家闻之，又欲讼。纷纭缪轕，势且成大狱。两家故旧戚众为调和，使某甲出资往迎女，而为某乙子之侧室，其难乃平。女还家后，某乙子已亲迎。某乙以牛车载女至家，见其姑，苦辩非己意。姑曰："既非尔意，鬻尔时何不言有夫？"女无词以应。引使拜嫡，女稍趑趄。姑曰："尔买为媵时，亦不拜耶？"又无词以应，遂拜如礼。姑终身以奴隶畜之。此雍正末年事。先祖母张太夫人，时避暑水明楼，知之最悉。尝语侍婢曰："其父不过欲多金，其女不过欲富贵，故生是谋耳。乌知非徒无益，反失所本有哉！汝辈视此，可消诸妄念矣。"

【译文】
　　天地高远，鬼神幽暗不明，好像与人无关。然而，有时它们的应验如同回声般明晰，竭尽人的智力，也不能同它们抗争。沧洲上河涯，有某甲的女儿，许配给某乙的儿子。两家都是小康人家，婚期定在一二年内。有一位算命先生走访某甲家，因雨天阻路，留宿家中。某甲请他推算女儿的命运。算命先生沉思良久说："我没有带算命书，这个命不能推算。"某甲觉得话语蹊跷，刨根究底地追问。算命先生才说："根据这个八字，她是作侍妾的命。凭你家的地位，好像不应到这种地步。而且听说她即将出嫁，干支也不会克夫，断不至于再嫁。这就使我更加怀疑了。"有一个狡猾的人听到这件事，想借此事来牟利，对某甲说："你的家产有多少？加上嫁女一定花费很多，更加不足以支付。女儿的命既然如此，不如先谎称女儿病了，再谎称女儿死了，买个空棺材迅速埋葬。而你夜里带女儿逃往京城，改换姓名，将她卖给富贵人家作妾，那样你可以得到很多银钱。"某甲依照他的话行事。正巧有一位达官显贵嫁女儿，寻求长得漂亮的随嫁婢女，用二百两银子将某甲的女儿买去。过了一个多月，达官显贵用船送女儿南行，到天妃闸翻了船，全家都葬命鱼腹，只有某甲的女儿遇救生还。由于她是少女，人们不敢收养，将她交给当地官府。长官问她的由来，因为她在主人家的时间不长，仅仅知道主人的姓氏，却说不出他的官爵、籍贯，而对自己父母的姓名、住址，却讲得十分确凿。长官就将案情移交沧州，这件事才败露出来。那时，某乙的儿子已与表妹缔结婚约，没有改变婚约之理。某乙听说某甲得到很多银子，气愤得想要起诉。某甲窘迫，愿意仍然将女儿嫁给他的儿子。表妹家听说这事，又想诉讼某乙。情形错综复杂，势将发展为大案。两家的亲戚朋友出面调和，使某甲出资去沧州迎接女儿，作某乙儿子的侍妾，这件难办的事才得平息。某甲女儿回家之后，某乙儿子已和表妹举行了婚礼。某乙用牛车将某甲女儿载回家。某甲女儿拜见婆婆，苦苦申辩卖作侍妾不是她的本意。婆婆说："既然不是你的本意，卖你时，为什么不说已有丈夫呢？"某甲女儿无言以对，领着她去参拜正妻，她稍有迟疑，婆婆便说："你被卖作随嫁婢女时，难道不拜正妻吗？"她又无话可对，于是照侍妾的礼拜见了正妻。婆婆终身将她当奴隶看待。这是雍正末年的事。已故祖母张太夫人当时在水明楼避暑，知道得最详细。她曾经对侍婢说："她的父亲不过想多得银钱，她自己不过想过富贵生活，所以才生出这个计谋。哪会知道这样做不仅无益，反而失去原来所拥有的呢？你们看看这件事，就应消除不正当的念头了。"

婢 女 文 鸾

先四叔母李安人，有婢曰文鸾，最怜爱之。会余寄书觅侍女，叔母于诸侄中最喜余，拟以文鸾赠。私问文鸾，亦殊不拒。叔母为制衣裳簪珥，已戒日脂车。有妒之者嗾其父多所要求，事遂沮格。文鸾竟郁郁发病死。余不知也。数年后稍稍闻之，亦如雁过长空，影沉秋水矣。今岁五月，将扈从启行，摒挡小倦，坐而假寐。忽梦一女翩然来。初不相识，惊问："为谁？"凝立无语。余亦遽醒，莫喻其故也。适家人会食，余偶道之。第三子妇，余甥女也，幼在外家与文鸾嬉戏，又稔知其赍恨事，瞿然曰："其文鸾也耶？"因具道其容貌形体，与梦中所见合。是耶非耶？何二十年来久置度外，忽无因而入梦也？询其葬处，拟将来为树片石。皆曰丘陇已平，久埋没于荒榛蔓草，不可识矣。姑录于此，以慰黄泉。忆乾隆辛卯九月，余题秋海棠诗曰："憔悴幽花剧可怜，斜阳院落晚秋天。词人老大风情减，犹对残红一怅然。"宛似为斯人咏也。

【译文】

　　已故四叔母李安人有个婢女名叫文鸾，四叔母最怜爱她。恰好我寄信给四叔母请代为寻找一个侍女，而四叔母在几个侄儿中最喜欢我，就打算将文鸾赠送给我。四叔母私下问文鸾，她也没有拒绝。四叔母就为她制办衣服首饰。已经定好出发的日子了，有一个妒忌她的人怂恿她的父亲提出许多要求，这件事因此搁浅。文鸾郁郁不乐，竟然发病而死。当时我不知道这些。几年后，我才逐渐有所风闻，不过也像雁过长空、影沉水底那样一听而过。今年五月，我随从护驾即将启程，收拾行李累了，坐着打个盹。忽然梦见一个女子翩翩走来。初次见面并不认识，我吃惊地问："你是谁？"她站在那里凝视着我，却默默无语。我也就醒来了，不明白是什么缘故。等到家人会餐,我偶尔将梦境说出来。第三个儿媳是我的外甥女,自幼在外婆家与文鸾一起玩耍,又非常清楚她含恨之事,惊愕地说:"这大概是文鸾吧?"就详细地说出她的容貌形体,与我梦中见到的完全符合。到底是呢?还是不是呢?为什么二十年来早已将她忘却了,忽然无缘无故进入梦境?我询问她下葬的地方,打算将来替她树块石碑。知道的人都说丘陇已被平整,尸骨长久埋没在荒林杂草之中,寻找不出来了。姑且将梦境记录在此,用来安慰黄泉之下的文鸾。记得乾隆三十六年九月,我题秋海棠诗中说:"憔悴幽花剧可怜,斜阳院落晚秋天。词人老大风情减,犹对残红一怅然。"好像是为她题咏的。

《拙鹊亭记》

宗室敬亭先生,英郡王五世孙也。著《四松堂集》五卷,中有《拙鹊亭记》曰:"鹊巢鸠居,谓鹊巧而鸠拙也。小园之鹊,乃十百其侣,惟林是栖。窥其意,非故厌乎巢居,亦非畏鸠夺之也。盖其性拙,视鸠为甚,殆不善于为巢者。故雨雪霜霰,毛羽襤褵;而朝阳一晞,乃复群噪于木杪,其音怡然,似不以露栖为苦。且飞不高骞,去不远扬,惟饮啄于园之左右。或时入主人之堂,值主人食弃其余,便就而置其喙;主人之客来,亦不惊起,若视客与主人皆无机心者然。辛丑初冬,作一亭于堂之北,冻林四合,鹊环而栖之,因名曰拙鹊亭。夫鸠拙宜也,鹊何拙?然不拙不足为吾园之鹊也。"案此记借鹊寓意,其事近在目前,定非虚构,是亦异闻也。先生之弟仓场侍郎宜公,刻先生集竟,余为校雠,因掇而录之,以资谈柄。

【译文】

　　宗室敬亭先生是英郡王的五世孙,著有《四松堂集》五卷,其中有一篇《拙鹊亭记》说:"鹊巢被鸠占据,人们都说是因为鹊巧而鸠拙。我这小园里的鹊,却成十成百地结伴都只栖息在林子里。看那样子,并不是讨厌住在巢里,也不是害怕鸠夺走自己的巢。原来鹊的本性笨拙,比鸠还严重,大概是不善于筑巢的吧。所以它们在雨雪霜霰寒冷天气,靠新生的羽毛御寒;而太阳一出,就又聚集在树梢上叫个不停,听那叫声也很安闲自得,似乎并不以露天栖息为苦。而且鹊不飞高,也不远离,只是在小园周围觅食。有时飞进主人的堂上,正逢主人进食,主人弃剩下不吃的,鹊就把它吃了;主人有客来,鹊也不吃惊飞起,把客人与主人看成毫无心计的人。辛丑初冬,我建了一座亭子在堂的北面,结冻的树林四面围绕,鹊也环绕亭子栖息,因此题名为拙鹊亭。鸠笨拙,是理所当然的,鹊为什么也笨拙呢?但是,如果不笨拙,那就不能成为我园中的鹊了。"按,这篇《拙鹊亭记》是借鹊寓意,所寄寓的事近在眼前,绝不是出自虚构,这也是一种异闻。敬亭先生的弟弟仓场侍郎宜公,刻成了先生的集子,我替他校雠文稿,就摘录这篇文章,用来作为谈话的资料。

杨　横　虎

　　疡医殷赞庵,自深州病家归,主人遣杨姓仆送之。杨素暴戾,众名之曰横(去声)虎,沿途寻衅,无一日不与人竞也。一日,昏夜至一村,旅舍皆满。乃投一寺,僧曰:"惟佛殿后空屋三楹。然有物为祟,不敢欺也。"杨怒曰:"何物敢祟杨横虎!正欲寻之耳。"促僧扫榻,共赞庵寝。赞庵心怯,近壁眠;横虎卧于外,明烛以待。人定后,果有声呜呜自外入,乃一丽妇也。渐逼近榻,杨突起拥抱之,即与接唇狎戏。妇忽现缢鬼形,恶状可畏。赞庵战栗，齿相击。杨徐笑曰："汝貌虽可憎，下体当不异人，且一行乐耳。"左手揽其背，右手遽褪其裤，将按置榻上。鬼大号逃去，杨追呼之，竟不返矣。遂安寝至晓。临行，语寺僧曰："此屋大有佳处，吾某日还，当再宿，勿留他客也。"赞庵尝以语沧州王友三曰："世乃有逼奸缢鬼者，横虎之名，定非虚得。"

【译文】
　　疡疽病医生殷赞庵从深州病人家回来，主人派一个姓杨的仆人护送他。杨一向脾气暴戾，众人都称他为横（读去声）虎，一路上总是惹是生非，没有一天不与别人争吵。一天夜晚到达一个村庄，旅舍已经客满，他们就投奔一座寺庙，寺僧说："只有佛殿后面有三间空屋。但是那里有怪物作祟，我不敢隐瞒你们。"杨横虎发火说："什么怪物敢危害我杨横虎，我正想找它呢！"催促寺僧整理好床铺，就和殷赞庵睡在里面。赞庵内心恐惧，靠近墙壁睡下。杨横虎睡在外面，点亮蜡烛等待怪物。半夜里，果然有"呜呜"的声音从门外进来，一看却是一个美丽的妇人。她慢慢地走近床榻，杨横虎突然跳起拥抱住她。就与她接吻狎戏。妇人忽然现出吊死鬼的原形，形状丑恶可怕。殷赞庵浑身发抖，两排牙齿在打架。杨横虎慢慢地笑着说："你的容貌虽然讨厌，下身应当与人相同，暂且行乐一次。"左手揽住她的背，右手就脱去她的裤子，将她按倒在床榻上。鬼大叫着逃走，杨横虎追出去喊她回来，她竟然没有回来。他们就安睡到天亮。临走时，杨横虎对寺僧说："这间屋大有好处，我某天回来还要住宿，不要留宿别的客人。"殷赞庵曾将这件事告诉沧州王友三说："世上居然有逼奸吊死鬼的人，横虎的名字，绝不是凭空得来的。"

房官趣事

　　科场为国家取人材，非为试官取门生也。后以诸房额数有定，而分卷之美恶则无定，于是有拨房之例。雍正癸丑会试，杨丈农先房，（杨丈讳椿，先姚安公之同年。）拨入者十之七。杨丈不以介意，曰："诸卷实胜我房卷，不敢心存畛域，使黑白倒置也。"（此闻之座师介野园先生，先生即拨入杨丈房者也。）乾隆壬戌会试，诸襄七前辈不受拨，一房仅中七卷，总裁亦听之。闻静儒前辈，本房第一，为第二十名。王铭锡竟无魁选。任钓台前辈，乃一房两魁。戊辰会试，朱石君前辈为汤药冈前辈之房首，实从金雨叔前辈房拨入，是雨叔亦一房两魁矣。当时均未有异词。所刻同门卷，余皆尝亲见也。庚辰会试，钱箨石前辈以蓝笔画牡丹，遍赠同事，遂递相题咏。时顾晴沙员外拨出卷最多，朱石君拨入卷最多，余题晴沙画曰："深浇春水细培沙，养出人间富贵花。好是艳阳三四月，余香风送到邻家。"边秋厓前辈和余韵曰："一番好雨净尘沙，春色全归上苑花。此是沉香亭畔种（上声），莫教移到野人家。"又题石君画曰："乞得仙园花几茎，嫣红姹紫不知名。何须问是谁家种，到手相看便有情。"石君自和之曰："春风春雨剩枯茎，倾国何曾一问名。心似维摩老居士，天花来去不关情。"张镜壑前辈继和曰："墨捣青泥砚涴沙，浓蓝写出洛阳花。云何不著胭脂染，拟把因缘问画家。""黛为花片翠为茎，《欧谱》知居第几名？却怪玉盘承露冷，香山居士太关情。"盖皆多年密友，脱略形骸，互以虐谑为笑乐，初无成见于其间也。蒋文恪公时为总裁，见之曰："诸君子跌宕风流，自是佳话。然古人嫌隙，多起于俳谐。不如并此无之，更全交之道耳。"皆深佩其言。盖老成之所见远矣。录之以志少年绮语之过，后来英俊，慎勿效焉。

【译文】
　　科场是替国家选拔人才的，不是替房官录取门生的。后来因为各个卷房录取人数有定额，而分在手中批阅的试卷却好坏无定，于是产生了拨房的做法。雍正十一年会试，杨农先的卷房（杨公讳椿，与已故姚安公同年登榜），拨入的试卷达十分之七。杨公毫不介意，说："拨入的各份试卷确实胜过我卷房的答卷，我不敢心存门户之见，使黑白倒置。"（这是从座师介野园先生那里听来的，介野园先生就是被拨入杨公卷房而登第的。）乾隆七年会试，诸襄七前辈不接受拨入的试卷，一个卷房仅取中七名，总裁也听之任之。闻静儒前辈批阅的卷房第一名，在所有考生中只是第二十名。王铭锡前辈的卷房居然空缺本房的第一名。任钧台前辈的卷房出现过两个第一名。戊辰年会试，朱石君前辈是汤药冈前辈卷房的第一名，实际上是从金雨叔前辈卷房中拨入的。这样，金雨叔的卷房也出现过两个第一名。当时的房官都没有异议。他们刻印的同门卷，我都曾亲自见到过。庚辰年会试，钱箨石前辈用蓝笔画牡丹，遍赠各位同事，大家就递相题咏。当时，顾晴沙员外拨出的试卷最多，朱石君拨入的试卷最多，我题顾晴沙画："深浇春水细培沙，养出人间富贵花。好是艳阳三四月，余香风送到邻家。"边秋厓前辈和韵一首道："一番好雨净尘沙，春色全归上苑花。此是沉香亭畔种（读上声），莫教移到野人家。"我又题朱石君画："乞得仙园花几茎，嫣红姹紫不知名。何须问是谁家种，到手相看便有情。"朱石君自己和韵一首道："春风春雨剩枯茎，倾国何曾一问名。心似维摩老居士，天花来去不关情。"张镜壑前辈接着和韵两首道："墨捣青泥砚浣沙，浓蓝写出洛阳花。云何不著胭脂染，拟把因缘问画家。""黛为花片翠为茎，《欧谱》知居第几名？却怪玉盘承露冷，香山居士太关情。"大家都是多年交结的亲密朋友，放达不拘，以相互戏谑为乐趣，彼此之间毫无成见。蒋文恪公当时为总裁，见到这些题咏，说："各位君子跌宕风流，固然是一段佳话。然而，古人之间构成嫌隙，大多起因于戏谑取乐的言辞。不如都没有这些戏谑，那是更为保全交谊之道。"大家都十分钦佩他讲的话。这是老成之人见识深远。记录下来以表明年轻时炫耀文辞的过错，希望日后的有才华的人士千万不要重蹈覆辙。

拜榜考辨

科场填榜完时，必卷而横置于案。总裁、主考，具朝服九拜，然后捧出，堂吏谓之拜榜。此误也。以公事论，一榜皆举子，试官何以拜举子？以私谊论，一榜皆门生，座主何以拜门生哉？或证以《周礼》拜受民数之文，殊为附会。盖放榜之日，当即以题名录进呈。录不能先写，必拆卷唱一名，榜填一名，然后付以填榜之纸条，写录一名。今纸条犹谓之录条，以此故也。必拜而送之，犹拜摺之礼也。榜不放，录不出；录不成，榜不放。故录与榜必并陈于案，始拜。榜大录小，灯光晃耀之下，人见榜而不见录，故误认为拜榜也。厥后，或缮录未完，天已将晓；或试官急于复命，先拜而行。遂有拜时不陈录于案者，久而视为固然。堂吏或因可无录而拜，遂竟不陈录。又因录既不陈，可暂缓写而追送，遂至写榜竣后，无录可陈，而拜遂潜移于榜矣。尝以问先师阿文勤公，公述李文贞公之言如此。文贞即公己丑座主也。

【译文】

科场填榜完毕后，必定将榜卷成一筒横放在桌上。总裁、主考都身穿朝服，朝着榜文九拜，然后捧走榜文，堂吏称此为"拜榜"。这是误解。以公事而论，整个榜文上所列写的都是考生，试官为什么要朝考生跪拜？以私谊而论，整个榜文上所列写的都是门生，座主为什么要朝门生跪拜？有人引证《周礼》"拜受民数"之文，那完全是附会。其实，大概是因为放榜那天，要立即将题名录进呈皇上。题名录不能事先写好，必须拆卷唱一名，榜文填上一名，然后将填榜的纸条交给书写的人，才在题名录里写上一名。现在纸条还称为"录条"，就是这个缘故。题名录要等跪拜后送出，就像行拜摺之礼。榜文不放出，题名录不送出；题名录没有写成，榜文也不放出。所以，题名录与榜文必须一起放在桌上，才行拜礼。榜文用纸大，题名录用纸小，在灯光摇曳之下，人们只看到榜文而没有看见题名录，所以误认为是"拜榜"。后来，或者没有抄录完毕，天已将晓；或者试官急于复命，先行拜礼就出发，于是就有行拜礼时，不将题名录放到桌上的情况。时间一长，这种做法被看作理所当然的了。堂吏或许由于没有题名录也可以行拜礼，于是就居然不将题名录放上桌子。又由于题名录既然可以不放上桌，可以暂缓书写而追送，以至于榜文写成之后，没有题名录可放，拜礼就潜移到榜文上了。我曾将此事请教先师阿文勤公，阿文勤公说李文贞公就是这样解释的。李文贞公就是阿文勤公己丑年会试的座主。

翰 林 院 禁 忌

翰林院堂不启中门，云启则掌院不利。癸巳，开四库全书馆，质郡王临视，司事者启之。俄而掌院刘文正公、觉罗奉公相继逝。又门前沙堤中，有土凝结成丸，傥或误碎，必损翰林。癸未，雨水冲激，露其一，为儿童掷裂。吴云岩前辈旋殁。又原心亭之西南隅，翰林有父母者，不可设坐，坐则有刑克。陆耳山时为学士，毅然不信，竟丁外艰。至左角门久闭不启，启则司事者有谴谪，无人敢试，不知果验否也。其余部院，亦各有禁忌。如礼部甬道屏门，旧不加搭渡。（搭渡以夹木二方，夹于门限，坡陀如桥状，使堂官乘车者可从中入，以免于旁绕。）钱箨石前辈不听，旋有天坛灯杆之事者，亦往往有应。此必有理存焉，但莫详其理安在耳。

【译文】

翰林院的正堂不开启中门，说是一旦开启，就对掌院不利。癸巳年开《四库全书》馆，质郡王亲临视察，负责接待的人开启中门。不久，主掌院事的刘文正公、觉罗公奉相继去世。又，门前沙堤中有凝结成丸的土块，如果有人把它弄碎，一定会损害翰林。癸未年，经雨水冲激，露出一颗土丸，被儿童掷破。吴云岩前辈不久死去。又，原心亭的西南角，父母健在的翰林，不能在那里设立座位，坐下就要克父母的命。陆耳山当时为学士，坚决不相信，结果父亲竟然去世。至于左边的角门是长期锁着不开的，如果开启，那么主事的人会遭贬谪，因没有人敢去试一试，不知是否果然应验。其余部院，也各有禁忌，如礼部甬道屏门，以前不加搭渡（搭渡，用两块夹木夹在门限上，坡度像桥的形状，使乘车的堂官可以从中间进去，以免绕道），钱箨石前辈不相信，不久就有天坛灯杆之事发生，也都常常有应验。这其中必定有道理存在，只是不知是什么道理罢了。

翰林院狐女

相传翰林院宝善亭，有狐女曰二姑娘，然未睹其形迹。惟褚筠心学士斋宿时，梦一丽人携之行，逾越墙壁，如踏云雾。至城根高丽馆,遇一老叟,惊曰:"此褚学士,二姑娘何造次乃尔?速送之归。"遂霍然醒。筠心在清秘堂,曾自言之。

【译文】

相传翰林院宝善亭有个狐女叫二姑娘,然而没有人目睹她的形迹。只有褚筠心学士斋宿时,梦见一个美丽女子带他行走,跨越墙壁就像踏着云雾一样。来到城根高丽馆,遇到一个老头。老头惊讶地说:"这位是褚学士,二姑娘怎能如此轻率?赶快送他回去。"他就猛然惊醒。褚筠心在清秘堂时,曾经亲自讲过这个梦。

奸巧丧生

神奸机巧,有时败也;多财恣横,亦有时败也。以神奸用其财,以多财济其奸,斯莫可究诘矣。景州李露园言:燕、齐间有富室失偶,见里人新妇而艳之。阴遣一媪,税屋与邻,百计游说,厚赂其舅姑,使以不孝出其妇,约勿使其子知。又别遣一媪与妇家素往来者,以厚赂游说其父母,伪送妇还。舅姑亦伪作悔意,留之饭,已呼妇入室矣。俄彼此语相侵,仍互诟,逐妇归,亦不使妇知。于是买休卖休,与母家同谋之事,俱无迹可寻矣。既而二媪诈为媒,与两家议婚。富室以惮其不孝辞,妇家又以贫富非偶辞,于是谋娶之计亦无迹可寻矣。迟之又久,复有亲友为作合,乃委禽焉。其夫虽贫,然故士族,以迫于父母,无罪弃妇,已怏怏成疾,犹冀破镜再合;闻嫁有期,遂愤郁死。死而其魂为厉于富室,合卺之夕，灯下见形，挠乱不使同衾枕，如是者数夜。改卜其昼，妇又恚曰："岂有故夫在旁，而与新夫如是者？又岂有三日新妇，而白日闭门如是者？"大泣不从。无如之何，乃延术士劾治。术士登坛焚符，指挥叱咤，似有所睹，遽起谢去，曰："吾能驱邪魅，不能驱冤魄也。"延僧礼忏，亦无验。忽忆其人素颇孝，故出妇不敢阻。乃再赂妇之舅姑，使谕遣其子。舅姑虽痛子，然利其金，姑共来怒詈。鬼泣曰："父母见逐，无复住理，且讼诸地下耳。"从此遂绝。不半载，富室竟死。殆讼得直欤？富室是举，使邓思贤不能讼，使包龙图不能察。且恃其钱神，至能驱鬼，心计可谓巧矣，而卒不能逃幽冥之业镜。闻所费不下数千金，为欢无几，反以殒生。虽谓之至拙可也，巧安在哉！

【译文】

巧于作奸、工于心计的人，有败坏的时候；富有财产、行为蛮横的人，也有败坏的时候。用奸巧来支配财富，用财富来辅助奸巧，那就没有人能深入追问了。景州人李露园说，燕、齐之间有一个大富户丧偶，看见乡里一户人家新娶的媳妇很美而喜欢她。他暗地里派一个老妪，借租房子与她家作邻居，千方百计进行游说，用重金来贿赂她的公公、婆婆，使公公、婆婆以"不孝"的名目休掉她，并且约定不让她的丈夫知道事情的原委。富户又另派一个与她娘家一向有来往的老妪，用重金贿赂并游说她的父母，故意将女儿送还婆家。公公、婆婆也假装悔恨之意，留他们吃饭，已经将媳妇叫进来了。不一会儿，两亲家语言不合，相互责骂，又把媳妇赶回去，也不让媳妇知道事情的原委。这样买休卖休，以及与娘家同谋之事，都丝毫不露痕迹了。不久，两个老妪假装做媒人，帮两户人家议婚。富户以担心她"不孝"作推辞，娘家又以贫富不相当为推辞,这样谋娶之事也丝毫不露痕迹了。推迟了很长时间,再有亲戚朋友来撮合,富户才送上聘物订婚。她的丈夫虽然贫穷,但出身于书香人家,只因受迫于父母,无缘无故休弃媳妇,已经忧郁成疾,但还希望能破镜重圆;听说她嫁期在即,就愤郁而死。他的冤魂在富户家作祟为害。富户新婚之夜,他在灯下显形,扰乱他们,使他们不能同床。如此持续了几夜。富户要改为白天同床,媳妇又怨恨地说:"哪有以前的丈夫在身旁,而与现在的丈夫干这种事的?又哪有进门才三天的新娘,而白天闭门干这种事的?"大声哭泣,坚决不同意。富户无可奈何,就延请术士来劾治。术士登坛烧符,指挥喝叱,好像眼有所见,急忙起身告辞说:"我能够驱除邪魅,却不能驱除冤魂。"富户延请和尚来做礼拜忏悔的法事,也没有效果。富户忽然想起那人一向孝顺,所以父母逐走媳妇,他不敢阻拦。就再次贿赂媳妇的公公、婆婆,让他们劝谕支走儿子。公公、婆婆虽然因失去儿子而悲痛,但非常看重贿赂的金钱,姑且一起来怒骂儿子。鬼魂哭泣着说:"被父母驱逐,我没有再呆在这儿的理由,只好到地下提出诉讼了。"从此在富户家绝迹。不到半年,富户竟然死去。大概是鬼魂在阴间胜诉了吧?富户的这番谋划,即使邓思贤也不能提出诉讼,即使包龙图也不能察明真相。而且他依靠钱财,甚至能驱走鬼魂,他的心计可谓奸巧了,却最终不能逃脱阴间的业镜。听说他为此花费不下于几千两银子,寻欢作乐没有多长时间,反而因此而丧生。即使说他最为笨拙都不过分,他的奸巧究竟在哪里呢?

张相公庙

京师有张相公庙,其缘起无考,亦不知张相公为谁。土人或以为河神。然河神宜在沽水、潞县间,京师非所治也。又密云亦有张相公庙,是实山区,并非水国,不去河更远乎!委巷之谈,殊未足征信。余谓唐张守珪、张仲武皆曾镇平卢,考高适《燕歌行》序,是诗实为守珪作。一则曰:"战士军前半死生,美人帐下犹歌舞。"再则曰:"君不见边庭征战苦,至今犹忆李将军。"于守珪大有微词。仲武则摧破奚寇,有捍御保障之功,其露布今尚载《文苑英华》。以理推之,或士人立庙祀仲武,未可知也。行箧无书可检,俟扈从回銮后,当更考之。

【译文】
京城有一座张相公庙,它的缘起无从考证,也不知道张相公是谁。当地有人认为张相公是河神。然而,河神应该在沽水、潞县之间,京城不属于他的治理范围。又,密云也有张相公庙。密云实际上是山区,并不是多水之地,不是距河海更远了吗?民间的谈资,实在不足以相信。我认为唐代张守珪、张仲武都曾经镇守平卢,考高适《燕歌行》序,这首诗实际上是为张守珪作的。一处说:"战士军前半死生,美人帐下犹歌舞。"另一处说:"君不见边庭征战苦,至今犹忆李将军。"对张守珪颇有隐晦的批评。张仲武却挫败了奚族的入侵,有捍卫保障国土之功,他的露布文书至今还记载在《文苑英华》中。以理推测,或许当地人立庙祭祀张仲武,也未可知。行李中没有书可借检索,等护驾回京之后,当再作考证。

卷二十一

滦阳续录（三）

轮回之说

轮回之说，凿然有之。恒兰台之叔父，生数岁，即自言前身为城西万寿寺僧。从未一至其地，取笔粗画其殿廊门径，庄严陈设，花树行列。往验之，一一相合。然平生不肯至此寺，不知何意。此真轮回也。朱子所谓轮回虽有，乃是生气未尽，偶然与生气凑合者，亦实有之。余崔庄佃户商龙之子，甫死，即生于邻家。未弥月，能言。元旦父母偶出，独此儿在襁褓。有同村人叩门，云贺新岁。儿识其语音，遽应曰："是某丈耶？父母俱出，房门未锁，请入室小憩可也。"闻者骇笑。然不久夭逝。朱子所云，殆指此类矣。天下之理无穷，天下之事亦无穷，未可据其所见，执一端论之。

【译文】

　　轮回之说，确实是有的。恒兰台的叔父，出生才几岁，就自说前身是城西万寿寺的和尚。他从未到过那地方，拿起笔勾画那里的殿廊门径、装饰摆设、花树行列，派人去验证，都一一相符。但是，他平生不肯去那个寺，不知是什么意思。这是真正的轮回。朱熹所谓的轮回,就是指死人的生气未尽,偶然与活人的生气凑合起来,这种情况也确实存在。我家崔庄佃户商龙的儿子,才死去,就出生在邻家。这孩子未满月,就能说话。元旦那天,父母偶尔外出,只有婴儿一人在襁褓里。同村一个人来敲门,说是恭贺新年。婴儿能辨别出他的语音,急忙回答说:"是某位老丈吗?父母都出去了,房门没有加锁,请进屋来坐一会。"听到的人惊异地发出笑来。但是,这孩子不久夭折了。朱熹所说的,大概是指这类情况。天下之理无穷无尽,天下之事也无穷无尽,不可根据自己的见闻,拘泥于一个方面来理解。

旅舍斗妖

德州李秋崖言:尝与数友赴济南秋试,宿旅舍中,屋颇敝陋。而旁一院,屋二楹,稍整洁,乃锁闭之。怪主人不以留客,将待富贵者居耶?主人曰:"是屋有魅,不知其狐与鬼,久无人居,故稍洁。非敢择客也。"一友强使开之,展襆被独卧,临睡大言曰:"是男魅耶,吾与尔角力;是女魅耶,尔与吾荐枕。勿瑟缩不出也。"闭户灭烛,殊无他异。人定后,闻窗外小语曰:"荐枕者来矣。"方欲起视,突一巨物压身上,重若盘石,几不可胜。扪之,长毛鬖鬖,喘如牛吼。此友素多力,因抱持搏击。此物亦多力,牵拽起仆,滚室中几遍。诸友闻声往视,门闭不得入,但听其砰訇而已。约二三刻许,魅要害中拳,㘞然遁。此友开户出,见众人环立,指天画地,说顷时状,意殊自得也。时甫交三鼓,仍各归寝。此友将睡未睡,闻窗外又小语曰:"荐枕者真来矣。顷欲相就,家兄急欲先角力,因尔唐突。今渠已愧沮不敢出,妾敬来寻盟也。"语讫，已至榻前，探手抚其面，指纤如春葱，滑泽如玉，脂香粉气，馥馥袭人。心知其意不良，爱其柔媚，且共寝以观其变。遂引之入衾，备极缱绻。至欢畅极时，忽觉此女腹中气一吸，即心神恍惚，百脉沸涌，昏昏然竟不知人。比晓，门不启，呼之不应，急与主人破窗入，嗅水喷之，乃醒，已儳然如病夫。送归其家，医药半载，乃杖而行。自此豪气都尽，无复轩昂意兴矣。力能胜强暴，而不能不败于妖冶。欧阳公曰："祸患常生于忽微，智勇多困于所溺。"岂不然哉！

【译文】

　　德州人李秋崖说：他曾同几位朋友赴济南参加秋试，住宿在旅舍中，房屋十分破旧简陋，而旁边有一个小院，内有二间屋，比较整洁，却锁闭着。他们责怪店主人不让客人住在那里，是要把整洁的房间留待富贵的人来住吗？店主人说："这屋有妖魅，不知是狐还是鬼，长久无人居住，所以较整洁。并不是我敢选择客人。"一位朋友强迫他开出那个小院，展开衣被独自一人躺下，临睡前大声地说："是男魅吗？我同你比武。是女魅吗？你与我同床共枕。不要畏缩着不出来！"然后关好房门，吹灭蜡烛，也没有发生别的变异。夜深人静的时候，他听到窗外低低的声音说："同床共枕的人来了。"正要坐起来看时，突然一只巨物压在身上，像磐石那么重，差点承受不了。他用手去摸它，长毛下垂，它气喘如牛吼一样。这位朋友向来力气很大，就抱住它搏斗起来。这个妖魅力气也很大，拉扯着一会跌倒，一会爬起，两个在室内几乎滚遍了每个角落。朋友们听到搏斗声，前往探视，却因房门闭着，进不去，只听到砰訇的声音而已。时间约过了二三刻左右，妖魅的要害部位被拳击中，叫喊着逃去。这位朋友打开房门，看见众人环立在门前，就指天画地说起刚才的情景，十分得意。这时已是半夜三更，众人各自回房去睡了。这位朋友将睡未睡时，又听到窗外小声说："同床共枕的人真的来了。我刚才想来你这里,不料家兄急于同你比武,唐突了你。现在他已羞愧得不敢出来,我特地来重申前盟。"话音刚落,已来到床前,伸手去摸他的脸,手指像春葱般纤细,如美玉般润滑,脂粉香气馥馥袭人。这位朋友内心晓得她来意不善,却喜欢她的柔媚,暂且与她同床以便观察她的变化。就让她钻进被窝,极其情意缠绵。正当他十分欢畅的时候,忽然感觉到这位女子腹中一吸气,就心神恍惚,浑身的血脉沸腾涌动,竟然昏迷过去了。等到天亮,众人看见他的房门没开,叫他,又没人答应,急忙与店主人打破窗门,跳进房内,含水喷他。他才醒来,但已像病夫般疲惫憔悴。把他送回家,医治了半年,才能拄着手杖行步。从此之后,他的豪气已消失殆尽,不再有非凡的气度了。勇力能够战胜强暴,却不能不败给妖冶。欧阳公说:"祸患经常在细微的方面产生,智勇大多被所沉溺的东西挫败。"难道不是这样吗?

烈 妇 打 鬼

余家水明楼与外祖张氏家度帆楼,皆俯临卫河。一日,正乙真人舟泊度帆楼下。先祖母与先母,姑侄也,适同归宁。闻真人能役鬼神,共登楼自窗隙窥视。见三人跪岸上,若陈诉者;俄见真人若持笔判断者。度必邪魅事,遣仆侦之。仆还报曰:对岸即青县境。青县有三村妇,因拾麦,俱僵于野。以为中暑,舁之归。乃口俱喃喃作谵语,至今不死不生,知为邪魅。闻天师舟至,并来陈诉。天师亦莫省何怪,为书一符,钤印其上,使持归焚于拾麦处,云姑召神将勘之。数日后,喧传三妇为鬼所劫,天师劾治得复生。久之,乃得其详曰:三妇魂为众鬼摄去,拥至空林,欲迭为无礼。一妇俯首先受污。一妇初撑拒,鬼揶揄曰:"某日某地,汝与某幽会秋丛内。我辈环视嬉笑,汝不知耳,遽诈为贞妇耶!"妇猝为所中,无可置辩,亦受污。十余鬼以次媟亵,狼藉困顿,殆不可支。次牵拽一妇,妇怒詈曰:"我未曾作无耻事。为汝辈所挟,妖鬼何敢尔!"举手批其颊。其鬼奔仆数步外,众鬼亦皆辟易,相顾曰:"是有正气,不可近,误取之矣。"乃共拥二妇入深林,而弃此妇于田塍,遥语曰:"勿相怨,稍迟遣阿姥送汝归。"正旁皇寻路,忽一神持戟自天下,直入林中。即闻呼号乞命声,顷刻而寂。神携二妇出曰:"鬼尽诛矣。汝等随我返。"恍惚如梦,已回生矣。往询二妇,皆呻吟不能起。其一本倚市门,叹息而已;其一度此妇必泄其语,数日,移家去。余常疑妇烈如是,鬼安敢摄。先兄晴湖曰:"是本一庸人妇,未遘患难,无从见其烈也。迨观两妇之贱辱,义愤一激烈心,陡发刚直之气,鬼遂不得不避之。故初误触而终不敢干也。夫何疑焉!"

【译文】
　　我家的水明楼与外祖父张氏家的度帆楼,都俯临卫河。一天,正乙真人的船停泊在度帆楼下。已故祖母与已故母亲是姑母与侄女的关系,正好一起回娘家。她们听说正乙真人能驱使鬼神,一起登上度帆楼,从窗缝里往外窥视。只见三个人跪在岸上,好像在陈诉什么,一会儿又见真人好像手握笔杆在判决什么。推想这一定是有关邪魅的事,她们就派仆人去察看。仆人回来汇报说:对岸就是青县县境。青县有三个村妇,因为拾麦穗,都僵卧在野外。家人以为她们中暑了,把她们抬回家。她们都口中嘟嘟喃喃胡言乱语,至今不死不活,家人才知道中了邪魅。听说真人的船已到,一起来陈诉事因。真人也不晓得是什么鬼怪,替他们写了一张符,盖上印章,叫他们拿回去，在拾麦的地方焚烧掉，说是姑且召唤神将来勘察清楚。几天之后，县里普遍传说三个村妇被鬼劫去，真人整治了鬼魅，村妇才得以复生。很久以后，才得到详细的说法：三个村妇的魂被众鬼摄去，众鬼把她们带进深林里，想先后对她们施行无礼。一个村妇最先低头，受到污辱。另一个村妇起初坚决拒绝，众鬼嘲笑说："某日某地，你与某人在高粱地里幽会。我们围着你们观看和嬉笑，只是你不知道而已。你就能假装成贞妇了吗？"村妇的隐私突然被他们所言中，无可辩解，也受到污辱。十几个鬼依次淫狎，两个村妇狼藉困顿，差点支撑不了。接着，鬼去拉剩下的一个村妇，村妇愤怒地骂道："我不曾作过无耻事，却被你们挟持，妖鬼怎么敢对我这样！"举手打了那个鬼一个巴掌。那个鬼跌倒在几步之外，众鬼也都惊退，相顾说："这个妇人有正气，不可靠近，是我们误抓了她。"就一起带着两个妇人进入丛林深处，而把她丢弃在田塍上，从远处对她说："不要怨恨我们，过一会儿，我们派个老太婆送你回家。"她正在彷徨寻路，忽然看到一个神将持戟从天而降，直奔丛林之中。马上听到呼叫讨饶的声音，一会儿又恢复了宁静。神将带着两个妇人出来，说："鬼都被杀了。你们随我回家。"恍惚如梦，她们都已回生了。有人去问那两个妇人，她们都躺在床上呻吟，起不来。其中一个妇人本来就是妓女，只是叹息而已。另一个妇人估计还有个妇人会将鬼说的话泄露出来，几天之后，就搬家到别处去了。我常常怀疑，那个妇人如此贞烈，鬼怎么敢摄她？先兄晴湖说："她本来是一个庸人的妻子，没有遭遇祸难，无从表现出她的贞烈。等到看见两个妇人下贱受辱，激起义愤，贞烈之心突然发出刚直之气，鬼就不得不避开她了。所以，鬼起初错抓了她，最后不敢对她动手动脚。这有什么疑问呢？"

学 仙 练 功

刘书台言：其乡有导引求仙者，坐而运气，致手足拘挛，然行之不辍。有闻其说而悦之者，礼为师，日从受法，久之亦手足拘挛。妻孥患其闲废至郁结，乃各制一椅，恒舁于一室，使对谈丹诀。二人促膝共语，寒暑无间，恒以为神仙奥妙，天下惟尔知我知，无第三人能解也。人或窃笑，二人闻之，太息曰："朝菌不知晦朔，蟪蛄不知春秋，信哉是言，神仙岂以形骸论乎！"至死不悔，犹嘱子孙秘藏其书，待五百年后有缘者。或曰："是有道之士，托废疾以自晦也。"余于杂书稍涉猎，独未一阅丹经。然欤否欤？非门外人所知矣。

【译文】
刘书台说：他的家乡有个练导引功以求仙的人，坐着运气，致使手足拘挛，但还不停地运气。有位听到他的说法又喜爱的人，拜他为师，每天跟他学习功法，久而久之，也手足拘挛。妻子和儿子担心他们闲废以至于郁结，就替他们各做了一张椅子，常抬放在一个房间里，让他们面对面坐着谈论丹诀。两人促膝交谈，严寒酷暑也不间断，常以为神仙世界的奥妙，天底下惟有他们两人知晓，再无第三个人能理解。有人私下里笑话他们，他们听到后，叹息说："朝菌不知道月初月底，蟪蛄不知道春天秋天。这句话千真万确。神仙的事，难道可从形体表面而论吗？"他们至死不后悔，还叮嘱子孙秘藏他们的书籍，以待五百年后有缘者来阅读。有人说："这人是有道之士，假托身体上有缺陷而自行韬晦。"我对杂书有所涉猎，唯独未看过丹经。是不是这样呢？这不是门外汉所能知道的。

卖　　妻

安公介然言：束州有贫而鬻妻者，已受币，而其妻逃。鬻者将讼，其人曰："卖休买休，厥罪均，币且归官，君何利焉？今以妹偿，是君失一再婚妇，而得一室女也,君何不利焉。"鬻者从之。或曰:"妇逃以全贞也。"或曰:"是欲鬻其妹而畏人言,故托诸不得已也。"既而其妻归,复从人逃。皆曰:"天也。"

【译文】

安介然公说:冀州有一个因贫穷而卖妻的人,已收下买方的钱币,妻子却逃走了。买方将要诉讼他,他说:"卖方和买方的罪行是一样的,而且钱币要没收给官库,你诉讼到官府,有什么好处呢?现在,我将妹妹赔偿给你。这样,你失去的是一个已婚的妇女,而得到的却是一个处女,这对你有什么不好?"买方就同意了。有人说:"他的妻子逃走是为了保全贞节。"也有人说:"他是想卖掉妹妹;但又怕被别人指责,所以找出一个不得已的办法来做借口。"不久,他的妻子回到家里,接着又跟别人私奔了。评论这件事的人都说:"这是天意啊。"

士人与狐女

程编修鱼门言:有士人与狐女狎,初相遇即不自讳,曰:"非以采补祸君,亦不欲托词有夙缘,特悦君美秀,意不自持耳。然一见即恋恋不能去,傥亦夙缘耶?"不数数至,曰:"恐君以耽色致疾也。"至或遇其读书作文,则去,曰:"恐妨君正务也。"如是近十年,情若夫妇。士子久无子,尝戏问曰:"能为我诞育否耶?"曰:"是不可知也。夫胎者,两精相抟,翕合而成者也。媾合之际,阳精至而阴精不至,阴精至而阳精不至,皆不能成。皆至矣,时有先后,则先至者气散不摄,亦不能成。不先不后,两精并至,阳先冲而阴包之,则阳居中为主而成男；阴先冲而阳包之，则阴居中为主而成女。此化生自然之妙，非人力所能为。故有一合即成者，有千百合而终不成者。故曰不可知也。"问："孪生何也？"曰："两气并盛，遇而相冲，正冲则歧而二，偏冲则其一阳多而阴少，阳即包阴；其一阴多而阳少，阴即包阳。故二男二女者多，亦或一男一女也。"问："精必欢畅而后至。幼女新婚，畏缩不暇，乃有一合而成者，阴精何以至耶？"曰："燕尔之际，两心同悦，或先难而后易，或貌瘁而神怡。其情既洽，其精亦至，故亦偶一遇之也。"问："既由精合，必成于月信落红以后，何也？"曰："精如谷种，血如土膏。旧血败气，新血生气，乘生气乃可养胎也。吾曾侍仙妃，窃闻讲生化之源，故粗知其概。'愚夫妇所知能，圣人有所不知能'，此之谓矣。"后士人年过三十，须暴长。狐忽叹曰："是鬖鬖者如芒刺，人何以堪！见辄生畏，岂夙缘尽耶！"初谓其戏语，后竟不再来。鱼门多髯，任子田因其纳姬，说此事以戏之。鱼门素闻此事，亦为失笑。既而曰："此狐实大有词辩，君言之未详。"遂具述其论如右。以其颇有理致，因追忆而录存之。

【译文】

程鱼门编修说：有一位士人与狐女狎玩。当初相遇时，狐女就直言不讳地说："我不是以采补精气来损害你，也不想借口说我们有前世的缘分，只是喜欢你美秀的容貌，情不自禁而已。然而，一见到你就恋恋不舍，或许这也是前世的缘分吧？"她不经常到士人那里来，说："我担心你会沉溺女色而生病。"有时，她到士人那里,正好遇上士人在读书写文章,就立刻离去,说:"我担心妨碍你的正业。"像这样过了将近十年,两人情若夫妇。士人长久没有养育儿子,曾经同她开玩笑说:"你能替我生育吗?"狐女说:"这可不清楚。胎儿,是两人的精气聚合而产生的。媾合之际,阳精来而阴精不来,或者阴精来而阳精不来,都不能形成胎儿。阳精和阴精都来了,但时间上有先有后,那么先来的精气散去而不能收拢,也不能形成胎儿。阳精和阴精来的时间不先不后,如果阳精先冲入而阴精包围了它,那么阳精居于中间而形成男胎;如果阴精先冲入而阳精包围了它,那么阴精居于中间而形成女胎。这是繁殖生育的自然规律,不是人力所能做到的。所以,有一合即成的事例,也有千百合而终究不能成的事例。因此我说这可不清楚。"士人问:"孪生是怎样形成的?"狐女说:"两人精气都很旺盛,相遇而相冲撞。阳精与阴精正冲、就分而为二。阳精与阴精偏冲,则其中一种情况是阳精多而阴精少,阳精包围了阴精;另一种情况是阴精多而阳精少,阴精包围了阳精。所以,双胞胎中两男两女的情况居多,有时也有一男一女的。"士人问:"精气一定要到心情欢畅时才会来。少女新婚,心情紧张,却有一合即成的,阴精怎么会来的?"狐女说:"新婚燕尔之际,两人内心喜悦,有的先难而后易,有的容貌憔悴而心神欢畅。他们感情融洽,精气也就来了,所以说偶尔也有遇上的。"士人又问:"胎儿既然由精气聚合,为什么一定形成在月经之后?"狐女说:"精气就好比谷种,血就好比土壤。旧血属败气,新血是生气,利用生气就能养胎。我曾经侍候仙妃,私下听她讲繁殖生育的来源,所以略知梗概。'愚夫愚妇懂得做的,圣人都不懂得做',指的就是这个。"后来,士人年过三十,胡须暴长。狐女忽然叹息说:"这稀稀疏疏的胡须就像芒刺一样,别人怎么能忍受!看到这些就内心发寒,难道缘分完了吗?"士人起初还以为她是开玩笑,后来她居然不来了。程鱼门两颊也长满胡须,任子田就在他纳妾的时候,讲这件事来戏弄他。程鱼门一向知道这件事,也为任子田的说法而失笑。一会儿,他说:"这个狐女实际非常能言善辩,你说得不详细。"就详尽地叙述了它上述这些议论。因这些话颇有理致,就回忆并把它们记录下来。

妓女胜妖

《吕览》称黎丘之鬼，善幻人形。是诚有之。余在乌鲁木齐，军吏巴哈布曰：甘肃有杜翁者，饶于资。所居故旷野，相近多狐獾穴。翁恶其夜中嗥呼，悉熏而驱之。俄而其家人见内室坐一翁，厅事又坐一翁，凡行坐之处，又处处有一翁来往，殆不下十余。形状声音衣服如一，摒挡指挥家事，亦复如一。阖门大扰，妻妾皆闭门自守。妾言翁腰有绣囊可辨，视之无有，盖先盗之矣。有教之者曰："至夜必入寝，不纳即返者翁也，坚欲入者即妖也。"已而皆不纳即返。又有教之者曰："使坐于厅事，而舁器物以过，诈仆碎之。嗟惜怒叱者翁也，漠然者即妖也。"已而皆嗟惜怒叱。喧呶一昼夜，无如之何。有一妓，翁所昵也，十日恒三四宿其家。闻之，诣门曰："妖有党羽，凡可以言传者必先知，凡可以物验者必幻化。盍使至我家，我故乐籍，无所顾惜。使壮士执巨斧立榻旁，我裸而登榻，以次交接，其间反侧曲伸，疾徐进退，与夫抚摩偎倚，口舌所不能传，耳目所不能到者，纤芥异同，我自意会，虽翁不自知，妖决不能知也。我呼曰：'斫！'即速斫，妖必败矣。"众从其言，一翁启衾甫入，妓呼曰："斫！"斧落，果一狐脑裂死。再一翁稍趑趄，妓呼曰："斫！"果惊窜去。至第三翁，妓抱而喜曰："真翁在此，余并杀之可也。"刀杖并举，殪其大半，皆狐与獾也。其逃者遂不复再至。禽兽夜鸣，何与人事？此翁必扫其穴，其扰实自取。狐獾既解化形，何难见翁陈诉，求免播迁？遽逞妖惑，其死亦自取也。计其智数，盖均出此妓下矣。

【译文】

《吕氏春秋》称黎丘之鬼，善于变幻成人的形体。确实有这种事。我在乌鲁木齐时，军吏巴哈布说：甘肃有位杜翁，家中富裕。他的居所在旷野中，附近多狐穴和獾穴。杜翁讨厌它们夜里嗥叫的声音，就用烟熏它们，把它们赶走。不久，他的家人看见内室坐着一个杜翁，厅堂又坐着一个杜翁，又处处有一个杜翁来来往往，大概不少于十多个。形状、声音、衣服完全一样，料理、指挥家庭事务也完全一样。全家一片混乱，妻妾都闭门自守。妾说杜翁腰间挂有绣囊，据此可以辨认。叫人去看，却都没有挂绣囊，原来绣囊已被妖魅先偷去了。有人给杜的妻妾出主意说："到了夜里他们一定要进内室睡觉，不放他进来他就回去的是杜翁，坚持要进入内室的是妖魅。"过后，都不进入内室就回去了。又有人给她们出主意说："叫他们都坐到厅堂来，让仆人抬器物走过去，假装跌倒，将器物打碎。表示惋惜怒骂的是杜翁，表情漠然的是妖魅。"这样做了，那些杜翁都表示惋惜怒骂。喧闹了一昼夜，毫无办法。有一个妓女，是杜翁所亲近的——杜翁十天中常有三四天夜宿她家。她听到这事，找上门来说："妖魅有党羽，凡是可以用语言来表达的事，他们都一定先知道；凡是可以用器物来检验的事，他们都一定会变化。让他们全都到我家来，我本来就是妓女，无所顾忌。你们叫壮士握巨斧站在床边，我裸体上床，依次和他们交接。这中间的反侧曲伸、快慢进退与抚摸偎依，都是语言所不能表达，耳目所不能听到看到的。细微的差别，只有我能够意会，即使杜翁自己也不清楚，妖魅一定不会知道的。我叫：'砍！'就赶快砍去，妖魅必定败露。"众人听从她的话。一个杜翁掀开被子刚睡进去，妓女叫："砍！"斧头砍下，果然一只狐狸脑袋破裂而死。又一个杜翁稍微犹豫了一下，妓女叫："砍！"果然惊慌而逃。等到第三个杜翁，妓女抱着他，高兴地说："真杜翁在这里，其余都可一并杀掉。"壮士刀杖并举，杀死一大半，都是狐和獾。那些逃走的从此再也不来了。禽兽夜间鸣叫，与人有什么相干？杜翁一定要扫除它们的巢穴，他所受的扰乱实际上是自作自受。狐獾既然会变化形体，去找杜翁陈诉，请求避免流离迁徙，这有什么困难呢？它们却急于肆意施展妖惑，它们的死实际上也是自作自受。可见它们的智力，大概都低于这个妓女吧。

和尚与女鬼

吴青纡前辈言：横街一宅，旧云有祟，居者多不安。宅主病之，延僧作佛事。入夜放焰口时，忽二女鬼现灯下，向僧作礼曰："师等皆饮酒食肉，诵经礼忏殊无益；即焰口施食，亦皆虚抛米谷，无佛法点化，鬼弗能得。烦师传语主人，别延道德高者为之，则幸得超生矣。"僧怖且愧，不觉失足落座下，不终事，灭烛去。后先师程文恭公居之，别延僧禅诵，音响遂绝。此宅文恭公殁后，今归沧州李枭使随轩。

【译文】

吴青纡前辈说：横街有一幢住宅，以前一直传说有妖魅在作祟，居住的人大多不安宁。宅主担忧这件事，请和尚来作佛事。夜里，和尚放焰口施食时，忽然二个女鬼在灯下现形，向和尚施礼说："师父们都喝酒吃肉，诵经礼忏实际上毫无益处。即便焰口施食，也都是空抛米谷。没有得到佛法的点化，鬼不能够取得米谷。麻烦师父传话给主人，另请道德高尚者来作佛事，我们才有幸超生。"和尚既恐惧又惭愧，不觉从座位上失足跌下，没作完佛事，就吹熄灯烛离去。后来，先师程文恭公居住那里，另请和尚诵经礼忏，住宅的音响才消失。文恭公去世后，这幢住宅现在归沧州李随轩按察使所有。

刻 薄 待 人

表兄安伊在言：县人有与狐女昵者，多以其妇夜合之资，买簪珥脂粉赠狐女。狐女常往来其家，惟此人见之，他人不见也。一日，妇诉其夫曰："尔财自何来，乃如此用？"狐女忽暗中应曰："汝财自何来，乃独责我？"闻者皆绝倒。余谓此自伊在之寓言，然亦足见惟无瑕者可以责人。赛商鞅者，不欲著其名氏里贯，老诸生也。挈家寓京师。天资刻薄，凡善人善事，必推求其疵颣，故得此名。钱敦堂编修殁，其门生为经纪棺衾，赡恤妻子，事事得所。赛商鞅曰："世间无如此好人。此欲博古道之名，使要津闻之，易于攀援奔竞耳。"一贫民母死于路，跪乞钱买棺，形容枯槁，声音酸楚。人竞以钱投之。赛商鞅曰："此指尸敛财，尸亦未必其母。他人可欺，不能欺我也。"过一旌表节妇坊下，仰视微哂曰："是家富贵，仆从如云，岂少秦宫、冯子都耶！此事须核，不敢遽言非，亦不敢遽言是也。"平生操论皆类此。人皆畏而避之，无敢延以教读者，竟困顿以殁。殁后，妻孥流落，不可言状。有人于酒筵遇一妓，举止尚有士风。讶其不类倚门者，问之，即其小女也。亦可哀矣。先姚安公曰："此老生平亦无大过，但务欲其识加人一等，故不觉至是耳。可不戒哉！"

【译文】

表兄安伊在说：县里有个与狐女亲昵的人，用他妻子卖淫得来的钱财,买簪珥脂粉赠送给狐女。狐女经常在他家来来往往,只有他能看见,别人都看不到。有一天,妻子辱骂他:"你的钱财是从哪里来的,怎么可以作这种用途?"狐女忽然从暗中应答说:"你的钱财是从哪里来的,怎么可以只责怪我?"听说这件事的人都笑得前翻后仰。我认为这是安伊在编造的寓言,但从中也可看出,只有没有缺点的人可以指责别人。有位绰号"赛商鞅"的人,我不想写出他的姓名和籍贯,是一个老秀才。他携带家眷寓住京城,生性刻薄,大凡善人善事,都必定要挑出毛病来,因此得到这个绰号。钱敦堂编修去世后,他的门生替他家办理丧葬事务,赡养和抚恤妻子和孩子,件件事都办得很妥当。赛商鞅却说:"世上没有这么好的人。他是想博得尊重师道的好名声,要让当权者听到,好提拔他升官。"一个穷人的母亲死在路上,他跪在地上讨钱来买棺材,形体容貌憔悴,声音悲痛感人。人们纷纷争着投钱给他。赛商鞅却说:"这个人借着尸体收取钱财,尸体也未必是他的母亲。别人可以被欺骗,却欺骗不了我。"赛商鞅经过一个旌表节妇的牌坊下,仰视牌坊,微笑着说:"这是富贵人家,奴仆众多,难道会缺秦宫、冯子都那样的人吗?这件事必须核实,不敢就说不是,也不敢就说是。"赛商鞅平生议论都与这些相类似。人们都畏惧他,避开他,没有敢请他来家教书的,他最终困顿而死。他死后,妻子与孩子流离失所,惨不可言。有人在酒筵上遇到一个妓女,她的举止还保留有读书人家的风度。这个人奇怪她不像倚门卖笑的人,就问她,才知道她就是赛商鞅的小女儿。这也太可悲了。已故姚安公说:"这位老兄平生也没有多大过错,只是一定想使自己的见识比别人高一筹,所以不知不觉中落到这种地步。难道不应引以为戒吗?"

扶 乩 骗 人

乾隆壬午九月,门人吴惠叔邀一扶乩者至,降仙于余绿意轩中。下坛诗曰:"沉香亭畔艳阳天,斗酒曾题诗百篇。二八娇娆亲捧砚,至今身带御炉烟。""满城风叶蓟门秋,五百年前感旧游。偶与蓬莱仙子遇,相携便上酒家楼。"余曰:"然则青莲居士耶?"批曰:"然。"赵春涧突起问曰:"大仙斗酒百篇,似不在沉香亭上。杨贵妃马嵬陨玉,年已三十有八,似尔时不止十六岁。大仙平生足迹,未至渔阳,何以忽感旧游?天宝至今,亦不止五百年,何以大仙误记?"乩惟批"我醉欲眠"四字。再叩之,不动矣。大抵乩仙多灵鬼所托,然尚实有所凭附。此扶乩者,则似粗解吟咏之人,炼手法而为之,故必此人与一人共扶,乃能成字,易一人则不能书。其诗亦皆流连光景,处处可用。知决非古人降坛也。尔日猝为春涧所中,窘迫之状可掬。后偶与戴庶常东原议及,东原骇曰:"尝见别一扶乩人,太白降坛,亦是此二诗,但改满城为满林,蓟门为大江耳。"知江湖游士,自有此种稿本,转相授受,固不足深诘矣。(宋蒙泉前辈亦曰:有一扶乩者至德州,诗顷刻即成。后检之,皆村书诗学大成中句也。)

【译文】

乾隆二十七年九月,门人吴惠叔请来一个扶乩人,在我的绿意轩中降仙。乩仙写下坛诗说:"沉香亭畔艳阳天,斗酒曾题诗百篇。二八娇娆亲捧砚,至今身带御炉烟。""满城风叶蓟门秋,五百年前感旧游。偶与蓬莱仙子遇,相携便上酒家楼。"我说:"这样看来,这位仙人就是青莲居士了?"乩仙批写道:"是的。"赵春涧突然站起来,问道:"大仙斗酒诗百篇,好像不是发生在沉香亭上。杨贵妃在马嵬坡身亡时,年龄已有三十八岁,好像那时不止是十六岁。大仙平生足迹,未曾到过渔阳,怎么忽然感叹起旧游来呢?从唐代天宝年间到现在,也不止五百年,怎么大仙会误记呢?"乩仙只批"我醉欲眠"四个字。再问他,乩已不动了。大抵乩仙多为灵鬼所依托，但是还要有现实中可以凭附的东西。这个扶乩人，好像是稍微懂得吟咏诗歌的人，学习扶乩的手法而从事这个行业，所以一定要这个人同那个人一起扶乩，才能写出字来，换掉一个人，就不能写字。这些诗也都是流连风光，处处可用。从而可知，这绝不是古人降坛。那天，突然被赵春涧言中要害，他们的窘迫之状，就十分可笑了。后来，我偶尔与戴东原庶吉士谈及此事，戴东原惊讶地说："我曾见到另外一个扶乩人，说是太白降坛，也是这两首诗，只改'满城'为'满林'，'蓟门'为'大江'而已。"可见，江湖游士，自有这种稿本，相互传授，本来就没有必要深究。（宋蒙泉前辈也说：有一个扶乩人到德州，诗立刻就写成。后来检索，都是俗书《诗学大成》中的句子。）

巴尔库尔古镜

田丈耕野，统兵驻巴尔库尔时，（即巴里坤。坤字以吹唇声读之，即库尔之合声。）军士凿井得一镜，制作精妙。铭字非隶非八分，（隶即今之楷书，八分即今之隶书。）似景龙钟铭；惟土蚀多剥损。田丈甚宝惜之，常以自随。殁于广西戎幕时，以授余姊婿田香谷。传至香谷之孙，忽失所在。后有亲串戈氏于市上得之，以还田氏。昨岁欲制为镜屏，寄京师乞余考定。余付翁检讨树培，推寻铭文，知为唐物。余为镌其释文于屏跌，而题三诗于屏背曰："曾逐毡车出玉门，中唐铭字半犹存。几回反覆分明看，恐有崇徽旧手痕。""黄鹄无由返故乡，空留鸾镜没沙场。谁知土蚀千年后，又照将军鬓上霜。""暂别仍归旧主人，居然宝剑会延津。何如揩尽珍珠粉，满匣龙吟送紫珍。"香谷孙自有题识，亦镌屏背，叙其始末甚详。《夜灯随录》

载威信公岳公钟琪西征时，有裨将得古镜。岳公求之不得，其人遂遘祸。正与田丈同时同地，疑即此镜传讹也。

【译文】

　　田耕野老丈领兵驻扎巴尔库尔时（即巴里坤。"坤"字用吹唇声读它，就是"库尔"的合声），军士凿井得到一面镜子，制作精妙。镜上的铭文字形既不是隶书，也不是八分书（"隶"就是现在的楷书，"八分"就是现在的隶书），好像是唐代景龙年间的钟铭，只是因受泥土的侵蚀多处有剥损。田老丈非常珍惜它，经常带在身边。田老丈死在广西军府时，将古镜交给我姐姐的女婿田香谷。这面古镜传到香谷的孙子时，忽然下落不明。后来，有位姓戈的亲戚在市场上得到古镜，把它还给田家。去年，田家想制作镜屏，将古镜寄到京城，请我考定。我交给翁树培检讨推敲铭文的内容，才知道是唐代的文物。我替田家将翁检讨的释文刻在屏脚上，题了三首诗在屏背上："曾逐毡车出玉门，中唐铭字半犹存。几回反覆分明看，恐有崇徽旧手痕。""黄鹄无由返故乡，空留鸾镜没沙场。谁知土蚀千年后，又照将军鬓上霜。""暂别仍归旧主人，居然宝剑会延津。何如揩尽珍珠粉，满匣龙吟送紫珍。"香谷的孙子自己有题识，也刻在屏背上，详细地叙述古镜的来龙去脉。《夜灯随录》记载，威信公岳钟琪西征时，有一位裨将得到一面古镜。岳钟琪向他讨取而没有得到，裨将因此遭受祸害。这个故事发生的时间和地点与田老丈得到古镜的时间、地点完全相同，我怀疑就是这面古镜有关情况的讹传。

强 盗 割 耳

　　门人邱人龙言：有赴任官，舟泊滩河。夜半，有数盗执炬露刃入。众皆慑伏。一盗拽其妻起，半跪启曰："乞夫人一物，夫人勿惊。"即割一左耳，敷以药末，曰："数日勿洗，自结痂愈也。"遂相率呼啸去。怖几失魂，其创果不出血，亦不甚痛，旋即平复。以为仇耶，不杀不淫；以为盗耶，未劫一物。既不劫不杀不淫矣，而又戕其耳；既戕其耳矣，而又赠以良药。是专为取耳来也。取此耳又何意耶？千思万索，终不得其所以然，天下真有理外事也。邱生曰："苟得此盗，自必有其所以然；其所以然亦必在理中，但定非我所见之理耳。"然则论天下事，可据理以断有无哉！（恒兰台曰："此或采补折割之党，取以炼药。"似为近之。）

【译文】

　　门人邱人龙说：有一位去远处赴任的官员，船停泊在滩河边。半夜里，有几个强盗手执火炬和利刀闯入船内。众人都畏惧而屈服。一个强盗拉起官员的妻子，半跪在地上说："向夫人乞讨一样东西，请夫人不要惊慌。"立刻割下她的左耳，在伤口上敷上药末，说："这几天不要洗它，伤口结痂就痊愈了。"这些人就相互呼喊着离去。妻子惊恐得魂飞魄散。耳朵上的伤口果然不流血，也不怎么痛，不久就平复了。说这些人是仇人，但他们既不杀人又不淫乱；说这些人是强盗，但他们却没有抢劫一件东西。既然不抢劫、不杀人、不淫乱，却又割人家的耳朵；既然割了人家的耳朵，却又送给人家治疗的良药。这些人是专门为取耳朵而来的。取这只耳朵又是什么意思呢？千思万虑，终究不知其所以然，天底下确实存在情理之外的事。邱人龙说："如果问这些强盗，他们必定有这么做的理由。他们的理由也必定在情理之中，但必定不是我们所见到的那种情理。"既然这样，那么议论天下事，能够据常理来推断它们的有无吗？（恒兰台说："这些人或许是采补折割之流，取耳朵来炼药。"好像较为接近事实。）

狐 女 求 画

　　董天士先生，前明高士，以画自给，一介不妄取，先高祖厚斋公老友也。厚斋公多与唱和，今载于《花王阁剩稿》者，尚可想见其为人。故老或言其有狐妾，或曰天士孤僻，必无之。伯祖湛元公曰："是有之，而别有说也。吾闻诸董空如曰：天士居老屋两楹，终身不娶；亦无仆婢，井臼皆自操。一日晨兴，见衣履之当著者，皆整顿置手下；再视则盥漱俱已陈。天士曰：'是必有异，其妖将媚我乎？'窗外小语应曰：'非敢媚公，欲有求于公。难于自献，故作是以待公问也。'天士素有胆，命之入。入辄跪拜，则娟静好女也。问其名，曰：'温玉。'问何求，曰：'狐所畏者五：曰凶暴，避其盛气也；曰术士，避其劾治也；曰神灵，避其稽察也；曰有福，避其旺运也；曰有德，避其正气也。然凶暴不恒有，亦究自败。术士与神灵，吾不为非，皆无如我何。有福者运衰亦复玩之。惟有德者则畏而且敬。得自附于有德者，则族党以为荣，其品格即高出侪类上。公虽贫贱，而非义弗取，非礼弗为。倪准奔则为妾之礼，许侍巾栉，三生之幸也；如不见纳，则乞假以虚名，为画一扇，题曰某年月日为姬人温玉作，亦叨公之末光矣。'即出精扇置几上，濡墨调色，拱立以俟。天士笑从之。女自取天士小印印扇上，曰：'此姬人事，不敢劳公也。'再拜而去。次日晨兴，觉足下有物，视之，则温玉。笑而起曰：

'诚不敢以贱体玷公,然非共榻一宵,非亲执媵御之役,则姬人字终为假托。'遂捧衣履侍洗漱讫,再拜曰:'妾从此逝矣。'瞥然不见,遂不再来。岂明季山人声价最重,此狐女亦移于风气乎?然襟怀散朗,有王夫人林下风,宜天士之不拒也。"

【译文】

董天士先生是明代的高士,以绘画自给自足,从不贪图一点分外的财物,是我的高祖厚斋公的老朋友。厚斋公与他有很多诗词相酬答,刊载在《花王阁剩稿》中,从中还可以想见他的为人。老一辈人中有的说他有狐妾。有的说他性格孤僻,必定没有这种事。伯祖湛元公说:"这事是有的,只是另有说法。我从董空如那里听说,董天士居住在两间老屋中,终身没有婚娶;也没有奴仆婢女,打水舂米都是自己做。一天清晨醒来,他看见应当穿着的衣鞋,都被整整齐齐地放在床边;再看看四周,洗脸漱口的水都已准备好了。董天士说:'这里必定有什么怪异,莫非是妖魅来迷惑我?'窗外小声应答说:'我不敢迷惑先生,只是有求于先生,难于自我奉献,所以做这些事来等待先生的垂问。'董天士向来很有胆量,就叫她进来。她一进来就跪拜在地上,只见是一位温柔美丽的女子。董天士问她的名字,她说:'叫温玉。'问她有什么请求,温玉说:'狐狸畏惧五种人:一是凶暴之人,要避开他的盛气;一是术士,要避开他的整治;一是神灵,要避开他的稽察;一是有福之人,要避开他的盛运;一是有德之人,要避开他的正气。然而,凶暴之人不常有;即使有,也终究会自我败落。术士与神灵,只要我不为非作歹,都对我无可奈何。有福之人,运气衰败时也会玩弄他。惟有有德之人,是让人敬畏的。如果能够依附于有德之人,那么同族的人会引以为荣,品格也就高出同类之上。先生虽然出身贫贱,但非义不取,非礼不为。假如允许我私奔您,施行为妾之礼,侍候您的生活,那是我三生之幸,如果您不纳我为妾,那么请求借这个虚名,替我画一把扇,题"某年月日为姬人温玉作",也算承叨受了先生的余光。'说着立刻拿出精制的扇子放到书桌上，磨墨调色，站在旁边伺候。董天士含笑同意。温玉自己取董天士的小印印在扇上，说：'这是姬人的事，不敢劳累先生了。'再三行礼而离去。第二天清晨醒来，董天士发觉脚后有件东西，坐起来一看，却是温玉躺在那里。温玉笑着起床说：'我确实不敢以贱体玷污先生，但是不同床一夜，不亲手操持侍妾的事务，那么姬人两字终究是假托。'就递衣服给董天士，侍候他洗漱完毕，再三行礼说：'妾从此离去了。'转眼就不见了，从此不再来。"难道明末隐士声价最高，这个狐女也受到风气的影响吗？然而，这个狐女襟怀洒脱，有王夫人谢道蕴的超逸的风度，难怪董天士不拒绝她了。

书　痴

先姚安公曰："子弟读书之余，亦当使略知家事，略知世事，而后可以治家，可以涉世。明之季年，道学弥尊，科甲弥重。于是黠者坐讲心学，以攀援声气；朴者株守课册，以求取功名。致读书之人，十无二三能解事。崇祯壬午，厚斋公携家居河间，避孟村土寇。厚斋公卒后，闻大兵将至河间，又拟乡居。濒行时，比邻一叟顾门神叹曰：'使今日有一人如尉迟敬德、秦琼，当不至此。'汝两曾伯祖，一讳景星，一讳景辰，皆名诸生也。方在门外束襆被，闻之，与辩曰：'此神荼、郁垒像，非尉迟敬德、秦琼也。'叟不服，检邱处机《西游记》为证。二公谓委巷小说不足据，又入室取东方朔《神异经》与争。时已薄暮，检寻既移时，反覆讲论又移时，城门已阖，遂不能出。次日将行，而大兵已合围矣。城破，遂全家遇难。惟汝曾祖光禄公、曾伯祖镇番公及叔祖云台公存耳。死生呼吸，间不容发之时，尚考证古书之真伪，岂非惟知读书不预外事之故哉！"姚安公此论，余初作各种笔记，皆未敢载，为涉及两曾伯祖也。今再思之，书痴尚非不佳事，古来大儒似此者不一，因补书于此。

【译文】

　　已故姚安公说："子弟除了读书之外，也应当让他们稍微懂得一些家事和世故人情，然后可以治家，可以涉世。明朝末年，道学越来越被推崇，科举越来越被看重。于是，机灵的人坐讲心学，企图追逐声望；忠厚的人墨守课册，企图博取功名。从而致使读书人十个中间没有二三个能够懂得事理。崇祯十五年，厚斋公携家迁居河间，逃避孟村的土匪。厚斋公去世后，听说大兵将来河间，家里人又打算迁居到乡下。临行时，邻居一个老头看着门神感叹说：'假使今天有一个人像尉迟敬德、秦琼那样，应当不会落到这种地步。'你的两个曾伯祖，一个叫景星，一个叫景辰，都是有名的秀才，正在门外捆衣被，听他那样说，就与老头争辩道：'这是神荼、郁垒的像，不是尉迟敬德、秦琼的像。'老头不服气，找出邱处机著的《西游记》作证。他们两人认为民间通俗小说不足为据，又走进房间取出东方朔的《神异经》与老头争辩。当时已近傍晚，寻找书籍已过了一段时间，反复争论又过了一段时间，城门已经关上，因此出不了城。第二天将要出城时，大兵已将城包围了。城被攻破，因而全家遇难。惟有你的曾祖光禄公、曾伯祖镇番公及叔祖云台公活下来。死生之际，呼吸之间，形势万分危急，还考证古书的真伪，难道不是只晓得读书而不参与世事的缘故吗？"姚安公的这种说法，我起初写作各种笔记时，都不敢载入，因为涉及两位曾伯祖。现在再三考虑，做书痴还不是什么不好的事，古来大儒与此相似的也不止一人，因而补写在这里。

少 年 好 事

奴子刘福荣，善制网罟弓弩，凡弋禽猎兽之事，无不能也。析炊时分属于余，无所用其技，颇郁郁不自得。年八十余，尚健饭，惟时一携鸟铳，散步野外而已。其铳发无不中。一日，见两狐卧陇上，再击之不中，狐亦不惊。心知为灵物，惕然而返，后亦无他。外祖张公水明楼，有值更者范玉，夜每闻瓦上有声，疑为盗；起视则无有，潜踪侦之，见一黑影从屋上过。乃设机瓦沟，仰卧以听。半夜闻机发，有女子呼痛声。登屋寻视，一黑狐折股死矣。是夕闻屋上詈曰："范玉何故杀我妾？"时邻有刘氏子为妖所媚，玉私度必是狐，亦还詈曰："汝纵妾私奔，不知自愧，反詈吾。吾为刘氏子除患也。"遂寂无语。然自是觉夜夜有人以石灰渗其目，交睫即来，旋洗拭，旋又如是。渐肿痛溃裂，竟至双瞽，盖狐之报也。其所见逊刘福荣远矣，一老成经事，一少年喜事故也。

【译文】

奴仆刘福荣擅长制作网罟弓弩，凡是射禽猎兽等事，无所不能。分家时，将他分给了我。他的技艺没有机会可用，很有点郁郁不得志。他八十多岁时，还很能吃饭，只是时常带一支鸟铳，在野外散步而已。他放铳百发百中。有一天，他看到两只狐狸躺在陇上，射了两发都没打中，狐狸也不惊慌。他知道这一定是灵物，恐惧地回到家中，后来也没有发生什么。外祖父张氏水明楼有一个叫范玉的值夜人,夜里常常听到瓦上有声音,怀疑有盗贼。起床去看,却又看不出什么。他在暗地里查看,发现有一个黑影从屋上走过。他就在瓦沟中设置机关,自己仰卧在床上听动静。半夜里听到机关发动,随着传来女子的喊痛声。他爬上屋顶去寻找,看到一只黑狐股折而死。这天夜里,他听到屋顶上骂道:"范玉你为什么杀死我的侍妾?"当时邻居刘氏的儿子被妖魅迷惑,范玉猜测一定是这只黑狐,也回骂道:"你放纵侍妾私奔他人,不知自愧,反而骂我。我是替刘氏的儿子除害。"对方就哑口无言。然而,从此开始,范玉发觉夜夜有人用石灰渗他的眼睛。只要一合眼,那人就来。刚洗拭完毕,一会儿又有人来渗石灰。眼睛逐渐红肿、疼痛、溃烂,最终竟至双目失明,这大概是狐狸在报复他。范玉的见识比刘福荣差得远了,是因为一个老成处事、一个少年好事的缘故。

世 态 炎 凉

门人有作令云南者,家本苦寒,仅携一子一僮,拮据往,需次会城。久之,得补一县,在滇中,尚为膏腴地。然距省窎远,其家又在荒村,书不易寄。偶得鱼雁,亦不免浮沉,故与妻子几断音问。惟于坊本搢绅中,检得官某县而已。偶一狡仆舞弊,杖而遣之。此仆衔次骨。其家事故所备知,因伪造其僮书云,主人父子先后卒,二棺今浮厝佛寺,当借资来迎。并述遗命,处分家事甚悉。初,令赴滇时,亲友以其朴讷,意未必得缺;即得缺,亦必恶。后闻官是县,始稍稍亲近,并有周恤其家者,有时相馈问者。其子或有所称贷,人亦辄应,且有以子女结婚者。乡人有宴会,其子无不与也。及得是书,皆大沮,有来唁者,有不来唁者。渐有索逋者,渐有道途相遇似不相识者。僮奴婢媪皆散，不半载，门可罗雀矣。既而令托入觐官寄千二百金至家迎妻子，始知前书之伪。举家破涕为笑，如在梦中。亲友稍稍复集，避不敢见者，颇亦有焉。后令与所亲书曰："一贵一贱之态，身历者多矣；一贫一富之态，身历者亦多矣。若夫生而忽死，死逾半载而复生，中间情事，能以一身亲历者，仆殆第一人矣。"

【译文】
　　我有一位门人去云南任县令，他原本出身贫寒，只带着一个儿子和一个家僮前往，在省城等待补缺。很久之后，他才得到一个县令的职位。那个县在云南还算是个较富裕的地方。然而距省城路途遥远，县令的老家又住在偏僻的村庄里，寄送书信很不方便。偶尔有家信寄出，也难免遗失，因此县令与妻子几乎断绝音信来往。县令的妻子只从书商刊刻的官员名册上，得知他在某县做官而已。偶尔，一个狡猾的奴仆舞弊，县令责打并赶走了他。这个奴仆对县令恨之入骨。他对县令的家事本就了如指掌，就假冒家僮的名义给家中写信，声称主人父子已先后去世，二副棺材现在存放在佛寺中，应当借钱来迎接回家。同时叙述遗嘱，对家事的处分也非常详细。当初，县令赴云南时，亲友以为他朴实而又不善言辞，未必能够补缺；即使获得补缺，也一定是相当差的县分。后来听说他在那个县做官，才开始慢慢亲近他家，并且有人周济他家，有时也有人来送礼问候。他的儿子有时向亲友借贷钱物，人们都答应借给他，而且也有人将女儿许配给他家。乡里人举行宴会，他的儿子每次都被邀请参加。及至得到这封信，都大为沮丧，有人来吊唁，也有人不来吊唁。慢慢地，有上门来讨债的了，有在路上遇到装作不相识的了。家僮奴婢都相继离去，不到半年，门可罗雀，冷冷清清。不久，县令托进京的官员捎来一千二百两银子到家里，迎接妻儿去云南，才发现上次那封信是假的。全家破涕为笑，好像发生在梦中一般。亲友也渐渐地靠拢过来，也有些人避开不敢再来见面。后来，县令在给亲友们的信中说："亲身经历世态对显贵与低贱不同的人很多，亲身经历世态对贫穷与富裕不同的人也很多。至于本来好好地活着却忽然死去，死后半年时间却又复活过来，这中间曲曲折折的世态，能够亲身经历的人，恐怕我是第一个了。"

神灵施行教化

门人福安陈坊言：闽有人深山夜行，仓卒失路。恐愈迷愈远，遂坐厓下，待天晓。忽闻有人语，时缺月微升，略辨形色，似二三十人坐厓上，又十余人出没丛薄间。顾视左右皆乱冢，心知为鬼物，伏不敢动。俄闻互语社公来，窃睨之，衣冠文雅，年约三十余，颇类书生，殊不作剧场白须布袍状。先至厓上，不知作何事。次至丛薄，对十余鬼太息曰："汝辈何故自取横亡，使众鬼不以为伍？饥寒可念，今有少物哺汝。"遂撮饭撒草间。十余鬼争取，或笑或泣。社公又太息曰："此邦之俗，大抵胜负之念太盛，恩怨之见太明。其弱者力不能敌，则思自戕以累人。不知自尽之案，律无抵法，徒自陨其生也。其强者妄意两家各杀一命，即足相抵，则械斗以泄愤。不知律凡杀二命，各别以生者抵，不以死者抵。死者方知悔之已晚，生者不知为之弥甚，不亦悲乎！"十余鬼皆哭。俄远寺钟动，一时俱寂。此人尝以告陈生，陈生曰："社公言之，不如令长言之也。然神道设教，或挽回一二，亦未可知耳。"

【译文】

门人福安人陈坊说：福建有个人在深山夜行，匆促之中迷了路。他担心会越走越远,就坐在山崖下面,等待天亮。忽然听到有人在说话。当时下弦月刚刚升起,借助月光大致能够分辨出人的身形,好像有二三十人坐在山崖上面,又有十多个人在草木丛中出没。他环顾左右,都是乱坟堆,内心明白那些人一定是鬼怪,伏在那里不敢动弹。一会儿,他听到那些人相互传告说土地神来了,偷偷地瞄了一眼,只见土地神衣冠文雅,年龄约三十多岁,很有点像书生,完全不像剧场上白胡子穿布袍的形象。土地神先走到山崖上,不知干什么事;后来走到草木丛中,对十多个鬼叹息道:"你们为什么选择自杀,死于非命,使众鬼不愿与你们为伍?饥寒交迫确实可怜,现在有一点东西供你们食用。"就抓起饭撒向草丛中。十多个鬼争先恐后地去抢,有的笑有的哭。土地神又叹息道:"这个地方的风俗,大约胜败的观念太强盛,恩怨的成见太分明。那些弱者力不能敌强者,就想以自杀来拖累别人,却不懂得自杀的案子,按法律是没有抵罪这一条的,只不过白白地断送自己的生命而已。那些强者妄想两家各杀了对方一条人命,也足以相互抵罪了,就发动械斗来发泄私愤,却不懂得法律规定凡是杀死两条人命,要分别用活人来抵罪,而不是以死人来抵消。死了的人才知道悔恨,却为时已晚;活着的人不知道,变本加厉地干,难道不可悲吗?"十多个鬼都哭起来。不久,远处的寺钟撞响,立刻周围一片寂静。那个人曾将上述情况告诉陈坊,陈坊说:"土地神讲那些话,不如县令讲那些话更有效。然而,神灵施行教化,或许能够挽回一点损失,也未可知。"

十刹海闹鬼

嘉庆丙辰冬,余以兵部尚书出德胜门监射。营官以十刹海为馆舍,前明古寺也。殿宇门径,与刘侗《帝京景物略》所说全殊,非复僧住一房佛亦住一房之旧矣。寺僧居寺门一小屋,余所居则在寺之后殿,室亦精洁。而封闭者多,验之,有乾隆三十一年封者,知旷废已久。

余住东廊室内，气冷如冰，爇数炉不热，数灯皆黯黯作绿色。知非佳处，然业已入居，姑宿一夕，竟安然无恙。奴辈住西廊，皆不敢睡，列炬彻夜坐廊下，亦幸无恙。惟闻封闭室中，喁喁有人语，听之不甚了了耳。轿夫九人，入室酣眠。天晓，已死其一矣。怆别觅居停，乃移住真武祠。祠中道士云，闻有十刹海老僧，尝见二鬼相遇，其一曰："汝何来？"曰："我转轮期未至，偶此闲游。汝何来？"其一曰："我缢魂之求代者也。"问："居此几年？"曰："十余年矣。"又问："何以不得代？"曰："人见我皆惊走，无如何也。"其一曰："善攻人者藏其机，匕首将出袖而神色怡然，乃有济也。汝以怪状惊之，彼奚为不走耶？汝盍脂香粉气以媚之，抱衾荐枕以悦之，必得当矣。"老僧素严正，厉声叱之，欻然入地。数夕后，寺果有缢者。此鬼可谓阴险矣。然寺中所封闭，似其鬼尚多，不止此一二也。

【译文】

嘉庆元年冬天，我以兵部尚书的身份驰出德胜门去监射。营官以十刹海作为馆舍。十刹海是明代古寺，殿宇门径与刘侗《帝京景物略》上所说的完全不同，不再是僧占一个房间、佛也占一个房间的旧格局。寺僧居住在寺门旁一间小屋，我的居室就在寺的后殿，房间也精致清洁。但是，有很多房间被封闭，仔细查看，有的是乾隆三十一年的封条，可知这些房间旷废已久。我住在东廊，室内空气像冰那么冷，点燃几只火炉也不觉暖热，几盏灯都发出昏暗的绿色。我知道这不是好处所，但是已经住进来了，暂且宿一夜，居然安然无恙。奴仆们住在西廊，都不敢睡，点着灯烛整夜坐在廊下，也幸而无恙。他们只听到被封闭的室内，有人在喁喁说话，却听不清楚。九个轿夫，走进房间就熟睡了。天亮时，其中有一人已经死去。我命令另外寻找住处，就移居真武祠内。祠中道士讲，听说十刹海一位老和尚曾经看到两个鬼相遇。其中一个鬼问："你从哪里来？"另一个鬼说："我的转轮期未到，偶尔到这里闲游。你从哪里来？"前一个鬼说："我是缢魂来找替代的。"另一个问："在这里住了几年？"前一个说："十多年了。"另一个又问："为什么没有找到替代？"前一个说："人们看到我都惊逃，无可奈何啊。"另一个说："擅长攻击别人的人往往藏住锋芒，匕首将从袖口里抽出而脸上神色和悦，事情才能成功。你以奇形怪状去惊吓他们，人家怎么会不逃走呢？你该以脂香粉气去迷惑人，以同床共枕去取悦人，这样一定能有机会了。"老和尚一向威严正直，大声叱责，他们忽然没入地下。几天后，寺里果真有人自缢。这个鬼可谓太阴险了。然而，寺中所封闭的房间不少，似乎鬼还有很多。不止这一两个。

和尚劝屠人

汪阁学晓园言：有一老僧过屠市，泫然流涕。或讶之。曰："其说长矣。吾能记两世事：吾初世为屠人，年三十余死，魂为数人执缚去。冥官责以杀业至重，押赴转轮受恶报。觉恍惚迷离，如醉如梦，惟恼热不可忍。忽似清凉，则已在豕栏矣。断乳后，见食不洁，心知其秽；然饥火燔烧，五脏皆如焦裂，不得已食之。后渐通猪语，时与同类相问讯，能记前身者颇多，特不能与人言耳。大抵皆自知当屠割，其时作呻吟声者，愁也；目睫往往有湿痕者，自悲也。躯干痴重，夏极苦热，惟泊没泥水中少可，然不常得。毛疏而劲，冬极苦寒，视犬羊软毳厚氇，有如仙兽。遇捕执时，自知不免，姑跳踉奔避，冀缓须臾。追得后，蹴踏头项，拗掖蹄肘，绳勒四足深至骨，痛若刀劙。或载以舟车，则重叠相压，肋如欲折，百脉涌塞，腹如欲裂。或贯以竿而扛之，更痛甚三木矣。至屠市，提掷于地，心脾皆震动欲碎。或即日死，或缚至数日，弥难忍受。时见刀俎在左，汤镬在右，不知著我身时，作何痛楚，辄簌簌战栗不止。又时自顾已身，念将来不知磔裂分散，作谁家杯中羹，又凄惨欲绝。比受戮时，屠人一牵拽，即惶怖昏瞀，四体皆软，觉心如左右震荡，魂如自顶飞出，又复落下。见刀光晃耀，不敢正视，惟瞑目以待刲剔。屠人先割刃于喉，摇撼摆拨，泻血盆盎中。其苦非口所能道，求死不得，惟有长号。血尽始刺心，大痛，遂不能作声，渐恍惚迷离，如醉如梦，如初转生时。良久稍醒，自视已为人形矣。冥官以夙生尚有善业，仍许为人，是为今身。顷见此猪，哀其荼毒，因念昔受此荼毒时，又惜此持刀人将来亦必受此荼毒，三念交萦，故不知涕泪之何从也。"屠人闻之，遽掷刀于地，竟改业为卖菜佣。

【译文】

汪晓园阁学说：有一位老和尚经过屠宰场时，悲伤地流下泪来。有人感到很奇怪。老和尚说："说来话长。我能记住两世的事。我第一世是个屠人，三十多岁死去，魂被几个人捆缚而去。冥官责骂我杀生的罪孽深重，将我押赴转轮承受恶报。我感觉到恍惚迷离，如醉如梦，只是苦于热得难以忍受。忽然一会好像清凉起来，我已落在猪栏里了。断奶之后，我看见食物不清洁，知道它很污秽，然而饥饿难忍，腹内火烧，五脏都像裂开一样，不得已而吃了。后来，渐渐地懂得猪的语言，时常与同类相问讯，发觉能够记起前身的猪很多，只不过不能与人讲话而已。大约猪都知道自己应当被宰割，它们时常低声呼叫，那是发愁；它们眼睫之间往往有湿痕，那是自悲。猪的身体特别重，夏天特别怕热，只有浸没在泥水中才会凉一点，然而这种机会不常有。猪毛稀疏而挺硬，冬天特别怕冷，看见犬、羊身上的厚软细毛，如同看到仙兽一般。猪遇到被捕捉时，自知不免一死，但也腾跃跳动奔跑逃避，希望能延缓片刻。被追上之后，屠人用脚踏住头项，用手扭转蹄肘，用绳勒紧四只脚，深至入骨，像刀割那样痛。有时用车或船载运，就一层层重叠相压，肋骨好像要折断，百脉好像已闭塞，腹部好像已裂开。有时用竹竿穿过去抬走，疼痛得比犯人带上三木（刑具）更厉害。来到屠宰场，被提起扔下，心脾都被震动得要破碎了。有时当天就死。有时捆缚几日，更难忍受。当时看到刀俎放在左边，汤镬放在右边，不知刀插进我身上时，有什么样的痛苦，就'簌簌'地颤抖不止，又时而自顾己身，想想将来不知剖开分散，会成为哪一家碗里的羹菜，又凄惨欲绝。等到被杀戮时，屠人一牵拽，就惊恐得昏厥过去，四肢发软，感到心在左右震荡，魂像从头顶飞出去又飞回来。看到刀光晃动，不敢正视，只瞑目以待宰割。屠人先将刀插入喉口，摇撼摆拨，血倾泻到盆中。这种痛苦不是嘴巴能说清楚，真是求死不得，只有连续号叫而已。血流尽后，刀才开始刺心，十分疼痛，就不能发出声音来，慢慢地进入恍惚迷离、如醉如梦的状态，就像当初转生时那样。很久之后才慢慢醒来，我发现自己已变为人形了。冥官认为我前生还有善业，仍然允许我做人，这就是现身。刚才看到这只猪，可怜它遭到残害，就想起以前我受杀戮时的情形，又惋惜这个拿刀的屠人将来也必定遭受这样的残害，三个念头交结在一起，所以不知不觉中流下泪来。"屠人听到这么一说，立刻将屠刀扔在地上，居然改换职业，作卖菜人去了。

屠人作猪

晓园说此事时，李汇川亦举二事曰：有屠人死，其邻村人家生一猪，距屠人家四五里。此猪恒至屠人家中卧，驱逐不去。其主人捉去，仍自来；縶以锁，乃已。疑为屠人后身也。又一屠人死，越一载余，其妻将嫁。方彩服登舟，忽一猪突至，怒目眈眈，径裂妇裙，啮其胫。众急救护，共挤猪落水，始得鼓棹行。猪自水跃出，仍沿岸急迫。适风利扬帆去，猪乃懊丧自归。亦疑屠人后身，怒其妻之琵琶别抱也。此可为屠人作猪之旁证。又言：有屠人杀猪甫死，适其妻有孕，即生一女，落蓐即作猪号声，号三四日死。此亦可证猪还为人。余谓此即朱子所谓生气未尽，与生气偶然凑合者，别自一理，又不以轮回论也。

【译文】
　　汪晓园讲上述那件事时，李汇川也列举两件事说：有一个屠人死去，他的邻村一户人家母猪生下一只小猪。这户人家距屠人家四五里，这只小猪经常到屠人家中睡下，驱赶它，也不离开。主人将它捉回去，它仍然自己回来。主人将它捆住锁在家里，它才跑不出去。我怀疑这只猪是屠人的后身。又有一个屠人死去，过了一年多，他的妻子将改嫁。正当她穿着彩服上船时，忽然一只猪奔来，怒目注视着她，径直扯破她的裙子，咬住她的小腿。众人急忙救护，将猪挤落水里，才得以划船前往。猪从水里跳上岸后，仍然沿岸急迫。船正遇上顺风扬帆快速离去，猪才懊丧地归来。我也怀疑这只猪是屠人的后身，恼怒他的妻子再嫁的行为。这个可为屠人作猪的旁证。李汇川又说，有一个屠人刚杀死一只猪，适好他的妻子怀孕在身，立刻生下一个女儿。女儿刚落地，就发出猪叫声，叫号了三四天就死去了。这也可为猪还作人的旁证。我认为这就是朱熹所说的一个生气未尽，与另一个生气偶然凑合的情况，另有一番道理，不应以回轮来解释它。

解　梦

汪编修守和为诸生时，梦其外祖史主事珥携一人同至其家，指示之曰："此我同年纪晓岚，将来汝师也。"因窃记其衣冠形貌。后以己酉拔贡应廷试，值余阅卷，擢高等。授官来谒时，具述其事，且云衣冠形貌，与今毫发不差，以为应梦。迨嘉庆丙辰会试，余为总裁，其卷适送余先阅，（凡房官荐卷，皆由监试御史先送一主考阅定，而复转轮公阅。）复得中式，殿试以第二人及第。乃知梦为是作也。按人之有梦，其故难明。《世说》载卫玠问乐令梦，乐云是想，又云是因。而未深明其所以然。戊午夏，扈从滦阳，与伊子墨卿以理推求。有念所专注，凝神生象，是为意识所造之梦，孔子梦周公是也。有祸福将至，朕兆先萌，与见乎蓍龟，动乎四体相同，是为气机所感之梦，孔子梦奠两楹是也。其或心绪瞀乱，精神恍惚，心无定主，遂现种种幻形，如病者之见鬼，眩者之生花，此意想之歧出者也。或吉凶未著，鬼神前知，以象显示，以言微寓，此气机之旁召者也。虽变化杳冥，千态万状，其大端似不外此。至占梦之说，见于《周礼》，事近祈禳，礼参巫觋，颇为攻《周礼》者所疑。然其文亦见于《小雅》"大人占之"，固凿然古经载籍所传，虽不免多所附会，要亦实有此术也。惟是男女之爱，骨肉之情，有凝思结念，终不一梦者，则意识有时不能造。仓卒之患，意外之福，有忽至而不知者，则气机有时不必感。

且天下之人，如恒河沙数，鬼神何独示梦于此人？此人一生得失，亦必不一，何独示梦于此事？且事不可泄，何必示之？既示之矣，而又隐以不可知之象，疑以不可解之语，（如《酉阳杂俎》载梦得枣者，谓枣字似两来字，重来者，呼魄之象，其人果死。《朝野佥载》崔湜梦座下听讲而照镜，谓座下听讲，法从上来，镜字，金旁竟也。小说所说梦事如此迂曲者不一。）是鬼神日日造谜语，不已劳乎？事关重大，示以梦可也；而猥琐小事，亦相告语，（如《敦煌实录》载宋补梦人坐桶中，以两杖极打之，占桶中人为肉食，两杖象两箸，果得饱肉食之类。）不亦亵乎？大抵通其所可通，其不可通者，置而不论可矣。至于《谢小娥传》，其父夫之魂既告以为人劫杀矣，自应告以申春、申蘭。乃以"田中走，一日夫"隐申春，以"车中猴，东门草"隐申蘭，使寻索数年而后解，不又颠乎？此类由于记录者欲神其说，不必实有是事。凡诸家所占梦事，皆可以是观之，其法非大人之旧也。

【译文】

汪守和编修作秀才时，梦见他的外祖父史珥主事带着一个人一起来到他家，指着这个人说："这是与我同年登榜的纪晓岚，将来是你的老师。"因而私下记住这个人的衣冠和形貌。后来，汪守和以己酉年拔贡身份应礼部试，正值我阅卷，选拔他为优等。他被授官后，来拜谒我时，详尽地叙述那个梦，并说梦中人衣冠和形貌与现在的我分毫不差，认为是印证了梦境。等到嘉庆元年会试，我为总裁，他的考卷正好送给我先阅。（凡是房官推荐的试卷，都由监试御史先送给一位主考官阅定，然后再轮流评阅。）他又被录取，殿试以第二名及第。这才知道那梦是为这件事作的。按，人会做梦，其中的原因难以说清楚。《世说新语》记载卫玠问乐令做梦是什么，乐令说是"想"，又说是"因"，却没深入阐明其所以然。戊午年夏天，我随从护驾到滦阳，与伊墨卿先生以理推求梦境。有的因意念专注于某个人，聚精会神而产生那人的形象，这是由意识观照而形成的梦境，像孔子梦见周公就属于此类。有的因祸福即将降临，征兆已先表现出来，与见于蓍草和龟甲占卜、身体有所感应的情况相同，这是由气息感动而形成的梦境，像孔子梦见奠于两楹就属于此类。有的因心绪混乱，精神恍惚，心情不宁，就产生种种变幻的形象，如病人看见鬼，眼睛昏黑发花，这是由意想而旁生出来的梦境。有的因吉凶还未显露出来，鬼神却已先知，用形象显示出来，用语言暗示，这是由气息而旁招来的梦境。梦境尽管变化无穷，千姿万态，但大体上不外乎这几种。至于占梦之说，从《周礼》的记载来看，这件事像是祈求福祥，祛除灾难，祭神过程也像是巫觋的行为，研究《周礼》的人十分怀疑这些。然而，这些文字记载也出现在《诗经·小雅》"大人占之"中，确实是古典经籍所记载，尽管不免多所附会，总之也实有占梦之术。只是男女之爱，骨肉之情，有的人虽然聚精会神地思念，却终究没有出现在梦中，那是因为意识有时不能观照。突然的祸患，意外的福分，有忽然降临而人却不晓得的情况，那是因为气息有时未必产生感应。况且天下人多如恒河的沙粒，鬼神为什么只将梦显示给这个人？这个人一生得失，也一定不止一件，鬼神为什么只将这件事显示在梦中？况且如果此事不可泄密，何必显示给他呢？既然已经显示给他了，却又用不可知的形象隐喻他，用不可解的语言迷惑他。（如《酉阳杂俎》记载有人梦见得枣，解梦者认为枣字像两个"来"字重叠。重"来"就是呼叫魂魄归来的迹象，那人果真死去。《朝野佥载》记载崔湜梦见在座下听讲而照镜，解梦者认为座下听讲是"法从上来"的意思；"镜"字，拆开是"金旁竟"。小说所载有关梦的事像这样迂回曲折的，不一而足。）这样鬼神天天在制造谜语，不也太劳累了吗？事情重大，以梦来显示，是可以的；然而琐碎小事，也要相告（如《敦煌实录》记载宋补梦见人坐在桶中，用两只手杖拼命夹打他，占梦人说桶中人意为"肉食"，两只手杖指"两只筷子"，宋补果然饱吃了一顿肉），不也太轻慢了吗？大致说来，占梦的人能解得通的就解，解不通的，可以置而不论。至于《谢小娥传》所记载的那样，在她的梦中，父亲和丈夫的魂既然已经告诉她被人劫杀了，自应告诉她是申春、申兰劫杀的，却以"田中走，一日夫"来隐喻申春，以"车中猴，东门草"隐喻申兰，使得她寻找几年后才解开谜底，不又本末倒置吗？这类是由于记录人想使他的作品神秘而吸引人，不一定实有其事。凡是诸家所占的梦境，都可由此观之，他们所用的方法已经不是周代占梦官的方法了。

神人预告

何纯斋舍人，何恭惠公之孙也。言恭惠公官浙江海防同知时，尝于肩舆中见有道士跪献一物。似梦非梦，涣然而醒，道士不知所在，物则宛然在手中，乃一墨晶印章也。辨验其文，镌"青宫太保"四字，殊不解其故。后官河南总督，卒于任，（官制有河东总督，无河南总督。时公以河南巡抚加总督衔，故当日有是称。）特赠太子太保。始悟印章为神预告也。案仕路升沉，改移不一，惟身后饰终之典，乃为一生之结局。《定命录》载李回秀自知当为侍中，而终于兵部尚书，身后乃赠侍中。又载张守珪自知当为凉州都督，而终于括州刺史，身后乃赠凉州都督。知神注录籍，追赠与实授等也。恭惠公官至总督，而神以赠官告，其亦此意矣。

【译文】

何纯斋舍人是何恭惠公的孙子。他说：何恭惠公任浙江海防同知时，曾在轿子中看到有一个道士跪着献上一个物件。当时何恭惠公处于似梦非梦之中，突然醒来，道士已不知去向，物件却依然在手中,是一只墨晶印章。辨验印章上的文字,镌刻有"青宫太保"四个字,大家都不知是什么缘故。后来,何恭惠公官至河南总督,死于任上(官制有河东总督,没有河南总督。当时何公以河南巡抚的身份加上总督的头衔,所以有这个称呼),特赠太子太保。这才领悟到印章是神的预告。按,仕途升降,改移不定,只有死后尊荣的典礼,才是一生的最后结局。《定命录》记载,李回秀自知当为侍中,却官终兵部尚书,死后才被赠为侍中。又记载,张守珪自知当为凉州都督,却官终抚州刺史,死后才被赠为凉州都督。可知,神注录官阶职位的名册上,追赠的官衔与实际授予的官阶,是一样看待的。何恭惠公官至总督,而神以追赠的官衔预告他,大概也是这个意思吧。

宴请狐狸

高冠瀛言:有人宅后空屋住一狐,不见其形,而能对面与人语。其家小康,或以为狐所助也。有信其说者,因此人以求交于狐。狐亦与款洽。一日,欲设筵飨狐。狐言老而饕餮。乃多设酒肴以待。比至日暮,有数狐醉倒现形,始知其呼朋引类来也。如是数四,疲于供给,衣物典质一空,乃微露求助意。狐大笑曰:"吾惟无钱供酒食,故数就君也。使我多财,我当自醉自饱,何所取而与君友乎?"从此遂绝。此狐可谓无赖矣,然余谓非狐之过也。

【译文】

高冠瀛说:有户人家住房后面有一间空屋,空屋里住着一只狐狸,不显露形状,却能与人面对面地讲话。这户人家生活小康,有人以为是狐狸帮助他的缘故。有一个人相信这种说法,通过他请求与狐狸结交。狐狸也与这个人融洽相处。有一天,这个人想设筵款待狐狸。狐狸说年纪大了,越来越贪吃。这个人就多设酒菜款待狐狸。吃到天黑时,有几只狐狸醉倒,现出原形,这个人才知道狐狸是呼朋引类来的。像这样款待了多次,这个人疲于供给,衣物都拿出去典当光了,于是稍微表露出请求狐狸帮助的意思。狐狸开怀大笑,说:"我只是没钱供给酒食,所以几次到你这里来吃。假使我有很多钱财,我就会自己吃饱喝醉。我贪图什么要和你交朋友呢?"从此,他们断绝交往。这个狐狸可以说是个无赖,然而我认为这并不是狐狸的过错。

卷二十二

滦阳续录（四）

墨汁涂鬼脸

刘香畹言：有老儒宿于亲串家，俄主人之婿至，无赖子也。彼此气味不相入，皆不愿同住一屋，乃移老儒于别室。其婿睨之而笑，莫喻其故也。室亦雅洁，笔砚书籍皆具。老儒于灯下写书寄家，忽一女子立灯下，色不甚丽，而风致颇娴雅。老儒知其为鬼，然殊不畏，举手指灯曰："既来此，不可闲立，可剪烛。"女子遽灭其灯，逼而对立。老儒怒，急以手摩砚上墨沈，捫其面而涂之，曰："以此为识，明日寻汝尸，锉而焚之！"鬼"呀"然一声去。次日，以告主人。主人曰："原有婢死于此室，夜每出扰人；故惟白昼与客坐，夜无人宿。昨无地安置君，揣君耆德硕学，鬼必不出。不虞其仍现形也。"乃悟其婿窃笑之故。此鬼多以月下行院中，后家人或有偶遇者，即掩面急走。他日留心伺之，面上仍墨污狼藉。鬼有形无质，不知何以能受色？当仍是有质之物，久成精魅，借婢幻形耳。《酉阳杂俎》曰："郭元振尝山居，中夜，有人面如盘，瞋目出于灯下。元振染翰题其颊曰：'久戍人偏老，长征马不肥。'其物遂灭。后随樵闲步，见巨木上有白耳，大数斗，所题句在焉。"是亦一证也。

【译文】
　　刘香畹说：有一位老儒夜宿亲戚家。不久，主人的女婿到来，他是个无赖。两人彼此气质合不来，都不愿意同住一个房间，于是主人将老儒移住另一房间。女婿斜视老儒而窃窃私笑，老儒不知道是什么缘故。老儒移住的房间也很雅洁，笔砚书籍都齐备。老儒坐着写信寄回家，忽然有一个女子站在灯下，长相不很美丽，风度却文静大方。老儒知道她是鬼，却也不害怕，伸手指着灯说："既然来到这里，不能闲站着，应为我剪去烛心。"女子就熄灭蜡烛，紧逼老儒，面对面地站着。老儒发火，急忙用手去摸砚台上的墨汁，一巴掌打在她的脸上，并将墨汁也涂到她的脸上，说："以这个墨汁为标志，我明日来找你的尸体，锎断分开并烧掉你。"鬼"呀"地一声逃走了。第二天，老儒将情况告诉主人。主人说："原先有一个婢女死在这个房间里，每夜都出来搅扰人。所以，这个房间只是白天作客厅，夜里没人住的。昨晚，没有地方安置您，推测像您这样年高而有道德学问的人，鬼一定不敢出来，不料她仍然现形了。"老儒这才明白主人的女婿窃窃私笑的原因。这个鬼大多在有月光的夜晚，在院子里行走。后来，家里人偶尔有遇见她的，她立刻掩着脸，急忙走开。此后，家人留心观察，发现她的脸上仍然墨迹狼藉。鬼是有形无质的，不知怎么能着上颜色？大概仍然是有质的物体，时间长了变成精魅，借助婢女来变幻形体而已。《酉阳杂俎》说："郭元振曾经居住在山中。半夜里，有个人脸像盘那么大，眨着眼出现在灯下。郭元振拿笔在他的脸颊上题辞：'久戍人偏老，长征马不肥。'那人脸就消失了。后来，他随樵夫散步山中，看到大树上有一只白耳，有几个斗那么大，他所题写的句子就在白耳上。"这也是一个证据。

深 山 劫 盗

乌鲁木齐农家多就水灌田,就田起屋,故不能比闾而居。往往有自筑数椽,四无邻舍,如杜工部诗所谓"一家村"者。且人无徭役,地无丈量,纳三十亩之税,即可坐耕数百亩之产。故深岩穷谷,此类尤多。有吉木萨军士入山行猎,望见一家,门户坚闭,而院中似有十马,鞍辔悉具。度必玛哈沁所据,噪而围之。玛哈沁见势众,弃锅帐突围去。众惮其死斗,亦遂不追。入门,见骸骨狼藉,寂无一人,惟隐隐有泣声。寻视,见幼童约十三四,裸体悬窗棖上。解缚问之,曰:"玛哈沁四日前来,父兄与斗不胜,即一家并被缚。率一日牵二人至山溪洗濯,曳归,共胔割炙食,男妇七八人并尽矣。今日临行,洗濯我毕,将就食,中一人摇手止之。虽不解额鲁特语,观其指画,似欲支解为数段,各携于马上为粮。幸兵至,弃去,今得更生。"泣絮絮不止。悯其孤苦,引归营中,姑使执杂役。童子因言其家尚有物埋窖中。营弁使导往发掘,则银币衣物甚多。细询童子,乃知其父兄并劫盗。其行劫必于驿路近山处,瞭见一二车孤行,前后十里无援者,突起杀其人,即以车载尸入深山;至车不能通,则合手以巨斧碎之,与尸及襆被并投于绝涧,惟以马驮货去。再至马不能通,则又投鞯缏于绝涧,纵马任其所往,共负之由鸟道归,计去行劫处数百里矣。归而窖藏一两年,乃使人伪为商贩,绕道至辟展诸处卖于市，故多年无觉者。而不虞玛哈沁之灭其门也。童子以幼免连坐，后亦牧马坠崖死，遂无遗种。此事余在军幕所经理，以盗已死，遂置无论。由今思之，此盗踪迹诡秘，猝不易缉；乃有玛哈沁来，以报其惨杀之罪。玛哈沁食人无餍，乃留一童子，以明其召祸之由。此中似有神理，非偶然也。盗姓名久忘，惟童子坠崖时，所司牒报记名秋儿云。

【译文】

　　乌鲁木齐农家大多就近引下水灌田，就近田旁造屋，所以不能紧挨着居住，往往有一家人筑造几间房屋，四周却没有一家邻居，就像杜甫诗中所说的"一家村"那样。而且人不负担徭役，土地也从不丈量，只要每年纳三十亩地的课税，就可以耕种几百亩地。所以，深山穷壑中，这类情况更多。有一批吉木萨军士进山打猎，望见一户人家。那户人家门户紧闭，而院子里似乎有十多匹马，鞍辔都齐备。他们估计那户人家一定被玛哈沁占据，叫喊着将它包围起来。玛哈沁看到吉木萨军士人多势众，丢弃锅帐突围逃跑。众人担心玛哈沁拼死斗杀，也就不去追赶。他们走进院门，看到骸骨纵横散乱，寂无一人，只是隐隐约约有哭泣声。寻声检查，看到一个约十三四岁的儿童，被裸体悬挂在窗格上。他们替他解开绳索，问他。他说："玛哈沁四天前到来，我的父亲兄长与他们搏斗，没有斗胜，就全家被捆缚起来。他们通常每天牵两个人到山溪里洗干净，然后拖回来，一起割下肉烤着吃，男女七八个人都被吃光了。他们今天临行前，将我洗涤完毕，即将吃我时，其中一个人摇手制止。我尽管不懂得额鲁特语言，看他的比划手势，好像是想将我支解为几段，各人携带在马上作干粮。幸而大兵到来，他们弃我而逃，我才得以重生。"边哭边说个不停。军士们同情他孤苦，将他带回兵营中，姑且让他干点杂活。他就说家中还有物件埋在地窖里。军官就叫他领路，前往挖掘，果然有很多银币和衣物。仔细询问他，才得知他的父兄一起干劫盗的勾当。他们行劫必定在驿路近山之处,望见一二辆马车孤行,前后十里没有救援的人,就突然冲过去杀死车上的人,用马车将尸体载入深山。来到马车不能通行的地方,他们就联手用巨斧将马车劈碎,同尸体及衣被一起投入绝涧,只用马驮货离去。再来到马不能通行的地方,他们就又将缰绳投入绝涧,放开马任凭它奔往何处,一起背着财物从高山中的小路回家,估计这里距行劫之处已有几百里远了。回家后将财物藏在地窖里一两年,才叫人假装作商贩,绕道到辟展等地的市场上出卖,所以多年来无人发觉。却不料玛哈沁将他满门灭绝。这个儿童因为年幼免去牵连受罚,后来也在牧马时坠崖而死,这家人就绝种了。这件事是我在军幕时所办理的,因为盗贼已死,就搁置而不去追究了。现在想起来,这批盗贼踪迹诡秘,一时不易缉拿;却有玛哈沁的到来,使他们惨杀行人的罪行得到报应。玛哈沁吃人无厌,却留下一个儿童,用来说明他们招祸的原因。这中间好像有神理在起作用,并不是偶然的。盗贼的姓名,我已经忘记很久了,只记得那个儿童坠崖时,主管官吏的牒报上记下的名字是"秋儿"。

无 处 无 鬼

佃户刘破车妇云:尝一日早起乘凉扫院,见屋后草棚中有二人裸卧。惊呼其夫来,则邻人之女与其月作人也,并僵卧,似已死。俄邻人亦至,心知其故,而不知何以至此。以姜汤灌苏,不能自讳,云:"久相约,而逼仄无隙地。乘雨后墙缺,天又阴晦,知破车草棚无人,遂藉草私会。倦而憩,尚相恋未起。忽云破月来,皎然如昼。回顾棚中,坐有七八鬼,指点揶揄。遂惊怖失魂,至今始醒。"众以为奇。破车妇云:"我家故无鬼,是鬼欲观戏剧,随之而来。"先从兄懋园曰:"何处无鬼?何处无鬼观戏剧?但人有见有不见耳。此事不奇也。"因忆福建囤关公馆，（俗谓之水口。）大学士杨公督浙闽时所重建。值余出巡，语余曰："公至水口公馆，夜有所见，慎勿怖，不为害也。余尝宿是地，已下键睡。因天暑，移床近窗，隔纱幌视天晴阴。时虽月黑，而檐挂六灯尚未烬。见院中黑影，略似人形，在阶前或坐或卧，或行或立，而寂然无一声。夜半再视之，仍在。至鸡鸣，乃渐渐缩入地。试问驿吏，均不知也。"余曰："公为使相，当有鬼神为阴从。余焉有是？"公曰："不然。仙霞关内，此地为水陆要冲，用兵者所必争。明季唐王，国初郑氏、耿氏，战斗杀伤，不知其几。此其沉沦之魄，乘室宇空虚而窃据；有大官来，则避而出耳。"此亦足证无处无鬼之说。

【译文】

佃户刘破车的妻子说：她曾有一天清晨起床，乘着凉爽打扫庭院，看见房屋后面的草棚里有两个人裸体躺着。她惊恐地呼叫丈夫来，却是邻居的女儿与她家的短工，一起僵卧在那里，好像已经死去。一会儿，邻居也来到了，内心知道是什么原因，却不知道怎么会弄到这种地步。用姜汤将他们灌醒，他们无法隐瞒，说："我们相约已久，而家中狭窄无空隙之处。昨晚，乘雨后墙头出现缺口，天色又阴暗，知道刘破车家的草棚里无人，就在草堆上私会。疲倦后在休息，还相恋着没有起身。忽然，云开月来，如同白天般明亮。回看草棚里，坐着七八个鬼，指点取笑。我们受惊吓，失魂昏迷，到现在才醒来。"众人都以为是奇事。刘破车的妻子说："我家原本无鬼，这些鬼是想看笑话跟随而来的。"已故堂兄懋园说："哪个地方没有鬼？哪个地方没有鬼看笑话？只是有的人看见、有的人没有看见而已。这种事不足为奇。"我因此想起福建囤关公馆（当地人称它为"水口"），公馆是大学士杨公总督浙闽时所重建的。

适值我出巡福建，他对我说："您到水口公馆，夜里如果看到什么，千万不用惊慌，它们不会危害人的。"我曾经住宿在那里，已插上门准备睡觉。由于天气闷热，就把床移到窗口边，隔着窗纱观察天气的阴晴。当时虽然没有月亮，但屋檐下挂着的六盏灯还亮着。我看到庭院中有黑影，有点像人的样子，在台阶前有的坐着，有的躺着，有的走着，有的站着，却听不见一点声音。半夜里，我再起来看，他们仍然在那里。到清晨鸡鸣时，他们才渐渐缩入地下。我将这些情况问驿吏，他们都不知道。我对杨公说："您是总督兼大学士，应当有鬼神暗中随从。我哪里有这种资格呢？"杨公说："不是这样。仙霞关以南，这里是水陆要冲，兵家必争之地。明代的唐王，国朝初年的郑氏、耿氏，在这里争斗杀死不知多少人。这些沦落的魂魄，乘房间空闲就住进去，有大官到来，就躲避跑出来了。"这也足以证明无处无鬼之说。

痴 人 施 祥

老仆施祥尝曰："天下惟鬼最痴。鬼据之室，人多不住。偶然有客来宿，不过暂居耳，暂让之何害？而必出扰之。遇禄命重、血气刚者，多自败；甚或符箓劾治，更蹈不测。即不然，而人既不居，屋必不葺，久而自圮，汝又何归耶？"老仆刘文斗曰："此语诚有理，然谁能传与鬼知？汝毋乃更痴于鬼！"姚安公闻之，曰："刘文斗正患不痴耳。"祥小字举儿，与姚安公同庚，八岁即为公伴读。数年，始能暗诵《千字文》；开卷乃不识一字。然天性忠直，视主人之事如己事，虽嫌怨不避。尔时家中外倚祥，内倚廖媪，故百事皆井井。雍正甲寅，余年十一，元夜偶买玩物。祥启张太夫人曰："四官今日游灯市，买杂物若干。钱固不足惜，先生明日即开馆，不知顾戏弄耶？顾读书耶？"太夫人首肯曰："汝言是。"即收而键诸箧。此虽细事，实言人所难言也。今眼中遂无此人，徘徊四顾，远想慨然。

【译文】

　　老仆人施祥曾经说："天下只有鬼最愚痴。鬼占据的房间，人大多不去住。偶尔有客人来住，不过是暂时居住而已，暂时让出来又有什么害处？但鬼一定要出来扰乱客人。遇到禄命旺盛、血气刚强的人，鬼大多败坏自己；甚至遭到符箓的劫治，更是在劫难逃。即使不这样，人既然不来居住，房屋一定不再被修整，时间一长就坍塌了，鬼又住到哪里去呢？"老仆人刘文斗说："这话确实很有道理，然而谁能将它转告鬼呢？你岂不比鬼更愚痴！"姚安公听到这话，说："刘文斗的毛病就在于不愚痴。"施祥，小字举儿，与姚安公同年出生，八岁就成为姚安公的伴读。几年后，他才能默诵《千字文》。而打开书本，他却不识一字。但是，他秉性忠直，把主人的事当作自己的事看待，即使遭到怨恨也不退避。当时，家中事务对外依靠施祥，对内依靠廖媪，所以每件事都被处理得井井有条。雍正十二年，我十一岁，元宵夜偶尔买了几件玩具。施祥就启禀张太夫人："四官人今天游灯市时，买了几件杂物。这点钱财本来不足可惜，只是先生明天就开馆上课，不知四官人是顾得游戏呢，还是顾得读书呢？"太夫人赞同说："你说得有道理。"就收去我的玩具，把它们锁在箱里。这虽然是件小事，他却实在说了别人不好开口的话。现在，我眼前已没有这个人了，徘徊四顾，遥想过去，感慨万分。

侄儿汝来

　　先兄晴湖第四子汝来，幼韶秀，余最爱之，亦颇知读书。娶妇生子后，忽患颠狂。如无人料理，即发不薙，面不盥；夏或衣絮，冬或衣葛，不自知也。然亦无疾病，似寒暑不侵者。呼之食即食，不呼之食亦不索。或自取市中饼饵，呼儿童共食，不问其价，所残剩亦不顾惜。或一两日觅之不得，忽自归。一日，遍索无迹。或云村外柳林内，似仿佛有人。趋视，已端坐僵矣。其为迷惑而死，未可知也。其或自有所得，托以混迹，缘尽而化去，亦未可知也。忆余从福建归里时，见余犹跪拜如礼，拜讫，卒然曰："叔大辛苦。"余曰："是无奈何。"又卒然曰："叔不觉辛苦耶？"默默退去。后思其言，似若有意，故至今终莫能测之。

【译文】
　　我已故兄长晴湖的第四个儿子汝来，幼时长得俊美秀丽，我最喜欢他。他也十分懂得读书。他娶妻生养儿子后，忽然患了癫狂病。如果无人料理，他就不剃头发，不洗脸；夏天有时穿上棉衣，冬天有时穿上葛衣，自己也不觉得。然而，他也没有别的疾病，好像寒暑之气不能侵扰他。叫他吃饭他就吃饭，不叫他吃他也不来索讨。有时自己拿取集市上的饼饵，叫儿童们一起来吃，不问价钱，吃剩的扔掉也不顾惜。有时一两天找不着他，忽然他却自己归来了。有一天，到处去找他，都毫无踪迹。有人说村外的柳林丛中好像有人在那里。家人赶过去一看，他已经端坐着僵死了。或许他是内心迷乱而死，也不可知。或许他是内心已得道，以混迹人间为假托，缘分完了就羽化而去，这也无从知晓了。记得我从福建归故里时，他见到我还跪拜行礼，行完礼，突然说："叔叔太辛苦了。"我说："这是无可奈何的。"他又突然说："叔叔不感到辛苦吗？"然后默默离去。后来，我思索他的话，好像有什么含意，所以至今终究不能推测出他死去的原因。

小 人 之 心

姚安公言：庐江孙起山先生谒选时，贫无资斧，沿途雇驴而行，北方所谓短盘也。一日，至河间南门外，雇驴未得。大雨骤来，避民家屋檐下。主人见之，怒曰："造屋时汝未出钱，筑地时汝未出力，何无故坐此？"推之立雨中。时河间犹未改题缺，起山入都，不数月竟掣得是县。赴任时，此人识之，惶愧自悔，谋卖屋移家。起山闻之，召来笑而语之曰："吾何至与汝辈较。今既经此，后无复然，亦忠厚养福之道也。"因举一事曰："吾乡有爱莳花者，一夜偶起，见数女子立花下，皆非素识。知为狐魅，遽掷以块，曰：'妖物何得偷看花！'一女子笑而答曰：'君自昼赏，我自夜游，于君何碍？夜夜来此，花不损一茎一叶，于花又何碍？遽见声色，何鄙吝至此耶？吾非不能揉碎君花，恐人谓我辈所见，亦与君等，故不为耳。'飘然共去。后亦无他。狐尚不与此辈较，我乃不及狐耶？"后此人终不自安，移家莫知所往。起山叹曰："小人之心，竟谓天下皆小人。"

【译文】

姚安公说：庐江孙起山先生去吏部等候选派时，家中贫穷，缺乏旅途费用，沿途雇驴行路，这就是北方所说的"短盘"。一天，他来到河间南门外，没有雇到驴。突然天下起大雨，他到一个百姓家的屋檐下躲雨。主人看到他，愤怒地说："造房子时，你没有出过钱；筑地基时，你没有出过力；为什么无缘无故坐在这里？"将他推出去。他只得站着淋雨。当时，河间县令还没有题缺候补。孙起山到京城没几个月，抽签补缺，居然取得这个县县令的职位。赴任时，那个人认出他来，恐惧羞惭，后悔不已，打算卖掉房屋移居别处。孙起山听说这件事，召来那个人，笑着对他说："我怎么至于与你们计较？现在你已经历过那件事，以后不要再那样了，这也是忠厚养福之道。"就举出一个事例说："我乡里有个喜欢养花的人，一天夜里偶尔起来，看见几个女子站在花下，都不是平常所认识的。他知道她们是狐精，就用石块投掷她们，说：'妖魅怎么能偷看花呢！'一个女子笑着回答说：'你白天欣赏，我夜里游玩，对你有什么妨碍？我们夜夜来这里，花不损失一茎一叶，对花又有什么妨碍？你立刻就形于声色，怎么吝啬到这种地步？我不是不能揉碎你的花，只怕别人说我们的见识也与你相同，所以不这样做而已。'就和同伴飘然离去。后来，也没有别的变异。狐精尚且不与那种人计较，我难道还不如狐精吗？"后来，那个人终究内心不安稳，不知把家移到何处去了。孙起山感叹地说："小人之心，竟然认为天下都是小人。"

诗人与学者

太原申铁蟾，好以香奁艳体寓不遇之感。尝谒某公未见，戏为无题诗曰："垩粉围墙罨画楼，隔窗闻拨钿筝篌；分（去声）无信使通青鸟，枉遣游人驻紫骝。月姊定应随顾兔，星娥可止待牵牛？垂杨疏处雕栊近，只恨珠帘不上钩。"殊有玉溪生风致。王近光曰："似不应疑及织女，诬蔑仙灵。"余曰："'已矣哉，织女别黄姑，一年一度一相见，彼此隔河何事无？'元微之诗也。'海客乘槎上紫氛，星娥罢织一相闻。只应不惮牵牛妒，故把支机石赠君。'李义山诗也。微之之意，在于双文；义山之意，在于令狐。文士掉弄笔墨，借为比喻，初与织女无涉。铁蟾此语，亦犹元、李之志云尔，未为诬蔑仙灵也。至于纯构虚词，宛如实事；指其时地，撰以姓名，《灵怪集》所载郭翰遇织女事，（《灵怪集》今佚。此条见《太平广记》六十八。）则悖妄之甚矣。夫词人引用，渔猎百家，原不能一一核实；然过于诬罔，亦不可不知。盖自庄、列寓言，借以抒意，战国诸子，杂说弥多，谶纬稗官，递相祖述，遂有肆无忌惮之时。如李宂《独异志》诬伏羲兄妹为夫妇，已属丧心；张华《博物志》更诬及尼山，尤为狂吠。（案：张华不应悖妄至此，殆后人依托。）如是者不一而足。今尚流传，可为痛恨。又有依傍史文，穿凿锻炼。如《汉书·贾谊传》，有太守吴公爱幸之之语，《骈语雕龙》（此书明人所撰，陈枚刻之，不著作者姓名。）遂列长沙于娈童类中。注曰：'大儒为龙阳。'《史记·高帝本纪》称母媪在大泽中，太公往视，见有蛟龙其上。晁以道诗遂有'杀翁分我一杯羹，龙种由来事杳冥'句，以高帝乃龙交所生，非太公子。《左传》有成风私事季友、敬嬴私事襄仲之文。私事云者，密相交结，以谋立其子而已。后儒拘泥'私'字，虽朱子亦有'却是大恶'之言。如是者亦不一而足。学者当考校真妄，均不可炫博矜奇，遽执为谈柄也。"

【译文】

太原人申铁蟾喜欢写作以妇女为题材的香奁艳体诗，来寄托不被知遇的情感。他曾谒见某公，未被接见，就戏作了一首无题诗：

"垩粉围墙罨画楼，隔窗闻拨细筝篌；分（去声）无信使通青鸟，枉遣游人驻紫骝。月姊定应随顾兔，星娥何止待牵牛？垂杨疏处雕栊近，只恨珠帘不上钩。"很有李商隐的风致。王近光说："好像不应该怀疑到织女，诬蔑仙灵。"我说："'已矣哉，织女别黄姑，一年一度一相见，彼此隔河何事无？'这是元稹的诗。'海客乘槎上紫氛，星娥罢织一相闻。只应不惮牵牛妒，故把支机石赠君。'这是李商隐的诗。元稹之意，在于崔莺莺；李商隐之意，在于令狐绹。文人摆弄笔墨，借用比喻，其实与织女无关。铁蟾这首诗，也像元稹、李商隐之意一样，并未诬蔑仙灵。至于纯粹虚构，却像实有其事般地描写，指明时间和地点，撰写姓名，如《灵怪集》所记载的郭翰遇织女一事（《灵怪集》现佚。这一条见于《太平广记》六十八），就太荒谬了。词人引用典故，广泛览阅各种书籍，原本不能一一核实；然而，对于过分诬妄虚构之处，却也不可不知。自从庄子、列子的寓言，借用虚构抒发己意以来，战国诸子的杂说越来越多，谶书、纬书、小说竞相效法前人，才有现在肆无忌惮之时。像李冗《独异志》妄称伏羲兄妹成为夫妇，已属于丧心病狂；张华《博物志》还诬蔑到孔子，更加是野狗狂吠（案：张华不应如此荒谬，大概是后人依托）。像这种事情，不一而足，现在还在流传，更加可恨。又有的人依据历史文献，穿凿附会。如《汉书·贾谊传》，有太守吴公爱幸他的记载，《骈语雕龙》（此书为明代人所撰写，陈枚刻印，不著作者姓名）就将贾谊列入娈童类中。注曰：'大儒为龙阳。'《史记·高帝本纪》称帝母刘媪在大泽中，太公走过去观看，见到有一条蛟龙在她的上面。晁以道的诗中才有'杀翁分我一杯羹，龙种由来事杳冥'的句子，认为高帝是人与龙交媾所生，不是太公的儿子。《左传》有成风私事季友、敬嬴私事襄仲的文字记载。所谓'私事'，就是秘密交结，以谋求继立她们的儿子而已。后世儒者拘泥于'私'字，即使朱熹也有'却是大恶'的评论。像这样的情况，也不一而足。学者应当考察核查古代记载的真伪，却不可为炫耀渊博与新奇，不加辨别就把它当作谈论的资料。"

狐狸戏弄人

从叔梅庵公言：族中有二少年，（此余小时闻公所说，忘其字号，大概是伯叔行也。）闻某墓中有狐迹，夜携铳往，共伏草中伺之，以背相倚而睡。醒则二人之发交结为一，贯穿缭绕，猝不可解；互相牵掣，不能行，亦不能立；稍稍转动，即彼此呼痛。胶扰彻晓，望见行路者，始呼至，断以佩刀，狼狈而返。愤欲往报，父老曰："彼无形声，非力所胜；且无故而侵彼，理亦不直。侮实自召，又何仇焉？仇必败滋甚。"二人乃止。此狐小虐之使警，不深创之以激其必报，亦可谓善自全矣。然小虐亦足以激怒，不如敛戢勿动，使伺之无迹弥善也。

【译文】

堂叔梅庵公说：我们家族中有两个少年（这是我年幼时听堂叔说的，已忘记他们的字号，大概也是伯叔一辈的人），听说某个墓上有狐狸的足迹，夜里携带猎铳前往，一起伏在草丛中侦察它们，背靠背地睡着了。醒来，却发现两人的头发交结在一起，贯穿缭绕成一团，一时间竟解不开来；二人互相牵制着，不能行走，也不能站立；稍微移动一下，就彼此喊痛。就这样二人连结苦恼到天亮，望见行路人，才叫他来，用佩刀割断头发，狼狈地回家。他们十分愤怒，想去报复狐狸。父辈说："它们没有露出形状和声音，不是人力所能战胜的；况且人无故去侵扰它们，道理上也说不过去。你们的侮辱实际上是自己招致的，又有什么仇恨可言呢？报仇，必定失败更为惨重。"他们两人方才作罢。这是狐狸稍微戏弄他们，使他们警悟；而不严重伤害他们，激起他们必定来复仇，也可谓善于自我保全了。然而，稍微戏弄也能够激起怒火，不如深藏不露，使他们侦察一无所得,更是自我保全的上策。

石匮贮五谷

太和门丹墀下有石匮,莫知何名,亦莫知所贮何物。德荨斋前辈(荨斋名德保,与定圃前辈同名。乾隆壬戌进士,官至翰林院侍读。故当时以大德保小德保别之云。)云:图裕斋之先德,昔督理殿工时,曾开视之。以问裕斋,曰:"信然。其中皆黄色细屑,仅半匮不能满,凝结如土坯。谛审似是米谷岁久所化也。"余谓丹墀左之石阙,既贮嘉种,则此为五谷,于理较近。且大驾卤部中,象背宝瓶,亦贮五谷。盖稼穑维宝,古训相传;八政首食,见于《洪范》。定制之意,诚渊乎远矣。

【译文】

太和门丹墀下有一只石匮,不知叫什么名称,也不知贮藏着什么东西。德荨斋前辈(荨斋名德保,与定圃前辈同名。乾隆七年进士,官至翰林院侍读。所以,当时以大德保与小德保来区别他们)说:图裕斋的父亲以前督理殿工时,曾打开来看过。我问裕斋这件事,他说:"确实是这样。但是石匮里都是黄色细屑,没有装满,这些细屑凝结成土坯一样。仔细察看,好像是米谷年岁久远所化成的。"我认为丹墀左边的石阙,既然贮藏良种,那么这些是五谷,较为符合情理。况且在皇帝的仪仗队中,象背上的宝瓶也装着五谷。大约稼穑最珍贵,这古训代代相传;八种政事中,"食"放在首位,这见于《尚书·洪范》。规定制度的原意,由来确实是十分久远了。

宣武门水闸

宣武门子城内，如培塿者五，砌之以砖，土人云五火神墓。明成祖北征时，用火仁、火义、火礼、火智、火信制飞炮，破元兵于乱柴沟。后以其术太精，恐或为变，杀而葬于是。立五竿子丽谯侧，岁时祭之，使鬼有所归，不为厉焉。后成祖转生为庄烈帝，五人转生李自成、张献忠诸贼，乃复仇也。此齐东之语，非惟正史无此文，即明一代稗官小说，充栋汗牛，亦从未言及斯人斯事也。戊子秋，余见汉军步校董某，言闻之京营旧卒云："此水平也。京城地势，惟宣武门最低，衢巷之水，遇雨皆汇于子城。每夜雨太骤，守卒即起，视此培楼，水将及顶，则呼开门以泄之；没顶则门扉为水所壅，不能启矣。今日久渐忘，故或有时阻碍也。其城上五竿，则与白塔信炮相表里。设闻信炮，则昼悬旗、夜悬灯耳。与五火神何与哉！"此言似乎近理，当有所受之。

【译文】
宣武门瓮城内，有五个像小土丘一样的建筑，是用砖砌成的，当地人称为五火神墓。明成祖北征时，用火仁、火义、火礼、火智、火信五人制造飞炮，在乱柴沟大败元兵。后来，由于他们技艺太精湛，明成祖担心他们会为人所用产生变故，就将他们杀掉，葬在那里。在城楼旁边树起五根长竿，逢年过节祭祀他们，使鬼魂有所归依，而不会成为厉鬼。后来，明成祖转生为庄烈帝，五人转生为李自成、张献忠等流贼，就是报复过去的冤仇。这自然是无根据的齐东野语，不仅近史没有这样的记载，即使明代稗官小说汗牛充栋,也从未提及这些人这件事。戊子年秋天,我遇到汉军步校董某。他说,从京营老兵那里听到这些话:"这是用来测定水平的。京城的地势,只有宣武门最低,遇上下雨天,大街小巷的水都汇集到瓮城。每当夜里下大雨,守卒就起床察看这些小土丘,水将漫到顶部时,就叫人开闸门放水。如果水漫过顶部时,闸门就被水壅塞住,不能开启了。现在年久渐渐淡忘,所以有时会阻碍水流出。城上的五根长竿,则是与白塔的信炮互为表里。如果听到信炮鸣响,就在五竿上白天挂旗,夜里挂灯。这与五火神有什么关系呢?"这些话好像较接近情理,应当有所来源。

笔墨因缘

科场拨卷,受拨者意多不惬,此亦人情;然亦视其卷何如耳。壬午顺天乡试,余充同考官。(时阅卷尚不回避本省。)得一合字卷,文甚工而诗不佳。因甫改试诗之制,可以恕论,遂呈荐主考梁文庄公,已取中矣。临填草榜,梁公病其"何不改乎此度"句侵下文"改"字,(题为"始吾于人也"四句。)驳落。别拨一合字备卷与余。先视其诗,第六联曰:"素娥寒对影,顾兔夜眠香。"(题为《月中桂》。)已喜其秀逸。及观其第七联曰:"倚树思吴质,吟诗忆许棠。"遂跃然曰:"吴刚字质,故李贺《李凭箜篌引》曰:'吴质不眠倚桂树,露脚斜飞湿寒兔。'此诗选本皆不录,非曾见《昌谷集》者不知也。华州试《月中桂》诗,举许棠为第一人。棠诗今不传,非曾见王定保《摭言》、计敏夫《唐诗纪事》者不知也。中彼卷之'开花临上界,持斧有仙郎',何如中此诗乎!微公拨入,亦自愿易之。"即朱子颖也。放榜后,时已九月,贫无絮衣。蒋心余素与唱和，借衣与之。乃来见，以所作诗为贽。余丙子扈从古北口时，车马壅塞，就旅舍小憩。见壁上一诗，剥残过半，惟三四句可辨。最爱其"一水涨喧人语外，万山青到马蹄前"二语，以为"云中路绕巴山色，树里河流汉水声"不是过也，惜不得姓名。及展其卷，此诗在焉。乃知针芥契合，已在六七年前，相与叹息者久之。子颖待余最尽礼，殁后，其二子承父之志，见余尚依依有情。翰墨因缘，良非偶尔，何尝以拨房为亲疏哉！（余严江舟中诗曰："山色空蒙淡似烟，参差绿到大江边。斜阳流水推篷坐，处处随人欲上船。"实从"万山"句夺胎。尝以语子颖曰："人言青出于蓝，今日乃蓝出于青。"子颖虽逊谢，意似默可。此亦诗坛之佳话，并附录于此。）

【译文】

科场调换中选的试卷，被调换试卷的房考官内心大多不痛快，这也是人之常情。然而，关键还在于试卷的水平怎样。壬午年，顺天府举行乡试，我充当同考官（当时阅卷还不回避本省的考生）。拿到一份"合"字号试卷，考生文章写得很精彩，但诗写得不好。由于刚改了考诗的制度，诗作要求可以从宽论处，就将考卷呈荐给主考官梁文庄公，这卷已经取中了。临填草榜时，梁文庄公认为试卷中"何不改乎此度"一句侵犯了下文"改"字，文句不妥贴（题为"始吾于人也"四句），这卷就落榜了。另拨了一份"合"字号预备试卷来，梁文庄公与我先看考生的诗，第六联是"素娥寒对影，顾兔夜眠香"（题为《月中桂》），已经惊喜诗作的秀逸。等着到第七联"倚树思吴质，吟诗忆许棠"，我就高兴地说："吴刚，字质，所以李贺《李凭箜篌引》说：'吴质不眠倚桂树，露脚斜飞湿寒兔。'此诗选本都未收录，不是曾经读过《昌谷集》的人是不知道的。华州考《月中桂》诗，许棠被推为第一人。许棠的诗现在已不流传，不是曾经读过王定保《摭言》、计敏夫《唐诗纪事》的人是不知道的。取中那份卷子上的'开花临上界,持斧有仙郎'诗句,怎么比得上取中这首诗!如果没有你调入这份试卷,我也愿意换成它。"这人就是朱子颖。放榜后,时间已是九月,他贫寒得连一件棉衣也没有。蒋心余一向与他有诗词唱和,借衣服给他,他才来见我,将所写诗作献上。丙子年,我随从皇上去古北口时,路上车马阻塞,到旅舍休息了一会儿。见到墙壁上有一首诗,已有多半脱落残缺,只有三四句可以辨认出来。我最喜欢其中"一水涨喧人语外,万山青到马蹄前"两句,认为"云中路绕巴山色,树里河流汉水声"也没有超过这种水平,可惜不知作诗者的姓名。等到展开他的诗卷,这首诗就在里面。我才想起性情契合,已产生在六七年前,与他一起感叹良久。朱子颖待我最有礼貌,去世后,他的两个儿子继承父亲的遗志,拜见我还依依有情。笔墨所产生的因缘,确实不是偶然的,又何尝因为调换录取为亲疏呢?(我的《严江舟中》诗写道:"山色空濛淡似烟,参差绿到大江边。斜阳流水推篷坐,处处随人欲上船。"实际上是从"万山"一句中脱胎而来的。我曾对朱子颖说:"人们说青出于蓝,现在却是蓝出于青。"子颖尽管谦让,他的意思似乎是默认了。这也是诗坛佳话,一并附录在这里。)

介野园先生

先师介野园先生,官礼部侍郎。扈从南巡,卒于路。卒前一夕,有星陨于舟前。卒后,京师尚未知,施夫人梦公乘马至门前,骑从甚都,然伫立不肯入;但遣人传语曰:"家中好自料理,吾去矣。"匆匆竟过。梦中以为时方扈从,疑或有急差遣,故不暇入。觉后,乃惊怛。比凶问至,即公卒之夜也。公屡掌文柄,凡四主会试,四主乡试,其他杂试殆不可缕数。尝有恩荣宴诗曰:"鹦鹉新班宴御园,【案:"鹦鹉新班"不知出典,当时拟问公,竟因循忘之。】摧颓老鹤也乘轩。龙津桥上黄金榜，四见门生作状元。"丁丑年作也。【按：此诗为金吏部尚书张大节之作，题为《同新进士吕子成辈宴集状元楼》，见《中州集》。惟御园作杏园，摧颓作不妨，四见作三见，作状元作是状元。】于文襄公亦赠以联曰："天下文章同轨辙，门墙桃李半公卿。"可谓儒者之至荣。然日者推公之命云："终于一品武阶，他日或以将军出镇耶！"公笑曰："信如君言，则将军不好武矣。"及公卒，圣心悼惜，特赠都统。盖公虽官礼曹，而兼摄副都统。其扈从也，以副都统班行，故即武秩进一阶。日者之术，亦可云有验矣。

【译文】

先师介野园先生官至礼部侍郎。他随从皇上南巡，死在路上。死的前一天夜晚，有流星在船前陨落。他死之后，京城里还不知道。施夫人梦见介先生乘马到门前，随从人员很多，但是伫立门前不肯入内；只派人传话说："家中好自料理，我去了。"匆匆忙忙就走了过去。梦中认为先生正在随从护驾，怀疑或许是有紧急差遣，所以无暇进家门。施夫人醒来后，才感到惊恐。等到凶信传来，做梦那夜正是先生去世的夜晚。先生多次执掌考选文士的职权，总共四次主持会试，四次主持乡试，主持其他杂试的次数不胜枚举。曾经作恩荣宴上诗道："鹦鹉新班宴御园（按，"鹦鹉新班"不知出自什么典籍，当时打算请教先生，居然拖延以至忘记了），摧颓老鹤也乘轩。龙津桥上黄金榜，四见门生作状元。"这诗作于丁丑年。（按，这首诗系金代吏部尚书张大节的作品，题目为《同新进士吕子成辈宴集状元楼》，见于《中州集》中。只是"御园"作"杏园"，"摧颓"作"不妨"，"四见"作"三见"，"作状元"作"是状元"。）于文襄公也赠给联对："天下文章同轨辙，门墙桃李半公卿。"这可说是儒者的最高荣誉。然而，算命人推算先生的命运，说："最后官至一品武官，以后或许以将军的身份镇守地方吧？"先生笑着说:"如果确实像你说的那样,那么将军就不喜欢习武了。"等到先生去世,皇帝内心怜惜,特赠他都统官职。因为先生虽然在礼部任职,却兼摄副都统。他随从护驾,以副都统的职位排列次序,所以,就从武官的品位晋升了一级。算命之术,也可说已得到应验了。

扶乩问寿

乩仙多伪托古人,然亦时有小验。温铁山前辈(名温敏,乙丑进士,官至盛京侍郎。)尝遇扶乩者,问寿几何。乩判曰:"甲子年华有二秋。"以为当六十二。后二年卒,乃知二秋为二年。盖灵鬼时亦能前知也。又闻山东巡抚国公,扶乩问寿。乩判曰:"不知。"问:"仙人岂有所不知?"判曰:"他人可知,公则不可知。修短有数,常人尽其所禀而已。若封疆重镇,操生杀予夺之权,一政善,则千百万人受其福,寿可以增;一政不善,则千百万人受其祸,寿亦可以减。此即司命之神不能预为注定,何况于吾?岂不闻苏颋误杀二人,减二年寿;娄师德亦误杀二人,减十年寿耶?然则年命之事,公当自问,不必问吾也。"此言乃凿然中理,恐所遇竟真仙矣。

【译文】

乩仙大多伪托古人,然而有时也稍有应验。温铁山前辈(名温敏,乙丑年进士,官至盛京侍郎)曾经遇到扶乩人,请问自己寿命有多长。乩仙判词说:"甲子年华有二秋。"他以为寿数为六十二岁。后来过了两年去世,家人才知道"二秋"是指两年。因为灵鬼有时也能先知命运。又听说山东巡抚国公扶乩请问寿数。乩仙判词说:"不知道"。国公问:"仙人难道会有不知道的事吗?"判词说:"别人的寿数能够知道,您的寿数却不能知道。寿命的长短有定数,一般人只是享尽他所应有的寿数而已。如果是封疆大臣等担负国家重任的人,执掌生杀予夺的大权,一件政事处理得当,那么千百万人都受到他的福惠,寿数就可以增加;一件政事处理不当,那么千百万人都受到他的祸害,寿数也就可以减少。这就是司命之神也不能预先注定,何况是我?难道没有听说苏颋误杀两个人,减寿两年;娄师德也误杀两个人,减寿十年吗?既然这样,那么寿数的事,您应当问自己,不必来问我了。"这话讲得确实有道理,恐怕他所遇到的居然是真神仙了。

以狐招狐

族叔育万言:张歌桥之北,有人见黑狐醉卧场屋中。(场中守视谷麦小屋,俗谓之场屋。)初欲擒捕,既而念狐能致财,乃覆以衣而坐守之。狐睡醒,伸缩数四,即成人形。甚感其护视,遂相与为友。狐亦时有所馈赠。一日,问狐曰:"设有人匿君家,君能隐蔽弗露乎?"曰:"能。"又问:"君能凭附人身狂走乎?"曰:"亦能。"此人即恳乞曰:"吾家酷贫,君所惠不足以赡,而又愧于数渎君。今里中某甲甚富,而甚畏讼。顷闻觅一妇司庖,吾欲使妇往应。居数日,伺隙逃出,藏君家;而吾以失妇,阳欲讼。妇尚粗有姿首,可诬以蜚语,胁多金。得金之后,公凭附使奔至某甲别墅中,然后使人觅得,则承惠多矣。"狐如所言,果得多金。觅妇返后,某甲以在其别墅,亦不敢复问。然此妇狂疾竟不愈,恒自妆饰,夜似与人共嬉笑,而禁其夫勿使前。急往问狐,狐言无是理,试往侦之。俄归而顿足曰:"败矣!是某甲家楼上狐,悦君妇之色,乘吾出而彼入也。此狐非我所能敌,无如何矣!"此人固恳不已。狐正色曰:"譬如君里中某,暴横如虎,使彼强据人妇,君能代争乎?"后其妇颠痫日甚,且具发其夫之阴谋。针灸劾治皆无效,卒以瘵死。里人皆曰:"此人狡黠如鬼,而又济以狐之幻,宜无患矣。不虞以狐召狐,如螳螂黄雀之相伺也。"古诗曰:"利旁有倚刀,贪人还自戕。"信矣!

【译文】

族叔育万说:张歌桥的北面,有一个人看见一只黑狐狸醉倒在场屋中(场中看守谷麦的小屋,俗称"场屋")。起初想擒捕它,转而一想,狐狸是能招致财物的,就将衣服盖在它身上,并且坐在旁边守护着它。狐狸睡醒时,身体伸缩了几次,就变成了人形。狐狸非常感激这个人的守护,就与他交结为朋友,也时常馈赠这个人一些财物。一天,这个人问狐狸:"如果有人隐藏在你家里,你能使他隐蔽着而不露出形体吗?"狐狸说:"能。"这个人又问:"你能依附在人身上狂奔吗?"狐狸说:"也能。"这个人就恳求说:"我的家境十分贫穷,您馈赠给我的财物不足以赡养全家,却又因多次烦扰您而感到惭愧。现在乡里某甲非常富裕,却又特别害怕诉讼。我刚听说他家要找一个妇女掌勺,我想让妻子去应召。她在那里住几天,伺机逃出,藏在你家里。我以丢失妻子,假装要诉讼。妻子还稍微有点姿色,我可以流言蜚语诬陷他,敲诈他一大笔钱财。我得到钱财之后,你依附在她身上,使她狂奔到某甲的别墅里,然后叫人找到她,那样我受你的恩惠就够多了。"狐狸按他说的去做,果真得到很多钱财。找回妻子之后,某甲因为她是在自己别墅里找到的,也不敢再问什么。然而,妻子的狂病竟不痊愈。她常常自己梳妆打扮,夜里好像与别人一起嬉笑,却禁止丈夫来到跟前。这个人急忙去问狐狸,狐狸说没有这种道理,就前去侦察。不一会儿，狐狸回来顿脚说："坏事了！是某甲家楼上的狐狸喜欢你妻子的美色，乘我从她身上退出，它就附了进去。这只狐狸不是我所能对付的，无可奈何了！"这个人不停地求求。狐狸严肃地说："譬如你乡里某人，像虎一样残暴蛮横，假使他强占别人的妻子，你能替那人去争夺吗？"后来，妻子的狂病日益严重，并且把丈夫的阴谋都揭发出来。医生针灸、方士劾治都无效，最后病死了。乡里人都说："这个人狡黠如鬼，又有狐狸变幻之术帮助他，应该是万无一失了。却不料由于狐狸的帮助而招来另一只狐狸的祸害，恰如螳螂捕蝉，黄雀在后一样。古诗说：'利旁有倚刀，贪人还自贼。'确实如此。"

道士采精血

门人王廷绍言：忻州有以贫鬻妇者，去几二载。忽自归，云初被买时，引至一人家。旋有一道士至，携之入山，意甚疑惧。然业已卖与，无如何。道士令闭目，即闻两耳风飕飕。俄令开目，已在一高峰上。室庐华洁，有妇女二十余人，共来问讯，云此是仙府，无苦也。因问："到此何事？"曰："更番侍祖师寝耳。此间金银如山积，珠翠锦绣、嘉肴珍果，皆役使鬼神，随呼立至。服食日用，皆比拟王侯。惟每月一回小痛楚，亦不害耳。"因指曰："此处仓库，此处庖厨，此我辈居处，此祖师居处。"指最高处两室曰："此祖师拜月拜斗处，此祖师炼银处。"亦有给使之人，然无一男子也。自是每白昼则呼入荐枕席，至夜则祖师升坛礼拜，始各归寝。惟月信落红后，则净〔尽〕裩内外衣，以红绒为巨绠，缚大木上，手足不能丝毫动；并以绵丸窒口，喑不能声。

祖师持金管如箸，寻视脉穴，刺入两臂两股肉内，吮吸其血，颇为酷毒。吮吸后，以药末糁创孔，即不觉痛，顷刻结痂。次日，痂落如初矣。其地极高，俯视云雨皆在下。忽一日狂飚陡起，黑云如墨压山顶，雷电激射，势极可怖。祖师惶遽，呼二十余女，并裸露环抱其身，如肉屏风。火光入室者数次，皆一掣即返。俄一龙爪大如箕，于人丛中攫祖师去。霹雳一声，山谷震动，天地晦冥。觉昏瞀如睡梦，稍醒，则已卧道旁。询问居人，知去家仅数百里。乃以臂钏易敝衣遮体，乞食得归也。忻州人尚有及见此妇者，面色枯槁，不久患瘵而卒。盖精血为道士采尽矣。据其所言，盖即烧金御女之士。其术灵幻如是，尚不免于天诛；况不得其传，徒受妄人之蛊惑，而冀得神仙，不亦颠哉！

【译文】

门人王廷绍说，忻州有一个人由于贫穷而卖掉妻子，妻子已经离去近两年了。有一天，妻子忽然自己归来，说刚被买去时，被引到一户人家。不一会儿，来了一个道士，将她带入山中，她内心非常恐惧。然而，已经卖给人家了，她也就无可奈何。道士叫她闭紧双目，就听到两只耳朵边风声飕飕。一会儿，道士叫她睁开眼睛，已经在一座高峰上。那里房间豪华整洁，有二十多个妇女一起来向她问候，告诉她此地是仙府，一切不必担心。她就问："你们到这里干什么事？"她们回答说："轮番服侍祖师睡觉。这里金银堆积如山，珠翠锦绣、佳肴珍果等东西，都可以驱使鬼神，随时吩咐一声，立刻就会有。穿着饮食等日常物品，都比得上王侯。只是每月有一次小痛楚，也没有什么害处。"就指点说："这里是仓库，这里是厨房，这里是我们居住的地方，这里是祖师居住的地方。"指着最高处两个房间说："这是祖师拜月拜斗的地方，这是祖师炼银的地方。"那儿也有供日常使唤的人，但没有一个是男的。从此，每当白天就被叫进去同床共枕，到了夜晚，祖师升坛礼拜，她们才各自回房睡觉。只是月经干净后，就被剥去内外衣，用红绒搓成的粗绳捆缚在大木上，手脚丝毫不能动弹；并用绵丸塞住嘴巴，不能发出声音。祖师手持像筷子一样的金管，寻找脉穴，刺进两臂两股肉内，吮吸她的鲜血，非常残暴。吮吸之后，祖师将药末撒在创口上，立即就不感到疼痛，一会儿创口结痂。第二天，创痂脱落，完好如初。那里地势极其高峻，向下面看，云雨都在脚下。忽然有一天狂飙骤起，黑云如墨笼罩山顶，雷电四射，情势极为可怕。祖师非常惊恐，叫二十多个妇女都裸体环抱着他的身体，像一圈肉屏风。火光几次射入室内，都一闪就退出。一会儿，一只像箕斗大的龙爪从人丛中将祖师攫去。霹雳一声巨响，山谷震动，天昏地暗。她感到迷惘昏惑如同睡梦中一般，稍微清醒过来，自己却已躺在路旁了。询问当地居民，得知距家仅有几百里路。她就用臂钏换衣服遮体，一路讨饭回到家中。忻州还有人看到过这位妇女，她面色枯槁，不久患病死去。大概她的精血被道士采光了。根据她所说的情况，那个道士就是烧金御女之徒。他的法术如此灵幻，还不免于遭天诛的命运；何况那些没有得到真传，徒然受到妄人的蛊惑，却希望成仙的人，不也太荒唐吗！

烈 妇 自 缢

　　江南吴孝廉，朱石君之门生也。美才夭逝，其妇誓以身殉，而屡缢不能死。忽灯下孝廉形见，曰："易彩服则死矣。"从其言，果绝。孝廉乡人录其事征诗，作者甚众。余亦为题二律。而石君为作墓志，于孝廉之坎坷、烈妇之慷慨，皆深致悼惜，而此事一字不及。或疑其乡人之粉饰，余曰："非也。文章流别，各有体裁。郭璞注《山海经》、《穆天子传》，于西王母事铺叙綦详。其注

《尔雅·释地》,于'西至西王母'句,不过曰'西方昏荒之国'而已,不更益一语也。盖注经之体裁,当如是耳。金石之文,与史传相表里,不可与稗官杂记比,亦不可与词赋比。石君博极群书,深知著作之流别,其不著此事于墓志,古文法也,岂以其伪而削之哉!"余老多遗忘,记孝廉名承绂,烈妇之姓氏,竟不能忆。姑存其略于此,俟扈跸回銮,当更求其事状,详著之焉。

【译文】

　　江南吴举人是朱石君的门生,才华横溢却不幸早逝,他的妻子发誓要以身殉节,却几次自缢都不能死去。忽然看到举人在灯下显形说:"换上彩色衣服就能死了。"妻子依照他的话行事,果然自缢而死。举人的同乡记录下这件事征集题诗,作诗的人非常多。我也题写了二首律诗。石君替他们夫妻写墓志,对举人身世的坎坷、烈妇气节的慷慨,都深表伤感和痛惜,而对这件事却只字不提。有人怀疑他的乡人粉饰事实,我说:"不对。文章流别,各有体裁。郭璞注释《山海经》、《穆天子传》,对西王母一事铺叙详尽。他注解《尔雅·释地》,对'西至西王母'一句,不过注'西方昏荒之国'而已,不再增加一个字。因为注经的体裁,应当如此。钟鼎碑刻之文,与史传互为表里,不可与小说杂记等同,也不可与词赋等同。石君博览群书,深知著述的流别,他不将这件事写入墓志中,这是古文法的要求,哪里是因为它有假而削去的呢?"我年老多遗忘,记得举人名承绂,烈妇的姓氏,居然想不起来了。姑且保存这件事的梗概在此,等我护驾回京后,再探求事情的原委,详尽著述出来。

鬼有情义

　　老仆施祥,尝乘马夜行至张白。四野空旷,黑暗中有数人掷沙泥，马惊嘶不进。祥知是鬼，叱之曰："我不至尔墟墓间，何为犯我？"群鬼揶揄曰："自作剧耳，谁与尔论理。"祥怒曰："既不论理，是寻斗也。"即下马，以鞭横击之。喧哄良久，力且不敌；马又跳踉掣其肘。意方窘急，忽遥见一鬼狂奔来，厉声呼曰："此吾好友，尔等毋造次！"群鬼遂散。祥上马驰归，亦不及问其为谁。次日，携酒于昨处奠之，祈示灵响，寂然不应矣。祥之所友，不过厮养屠沽耳。而九泉之下，故人之情乃如是。

【译文】

　　老仆施祥曾经乘马夜行到张白。那里四处空旷，黑暗中有几个人投掷泥沙，马惊叫着不再前进。施祥知道是鬼在作祟，叱喝道："我不到你们的坟墓堆中间来，为什么要侵犯我？"群鬼戏嘲说："我们不过恶作剧而已，谁与你论理？"施祥恼怒地说："既然不是来论理，那是来挑起争斗了。"就跳下马，用马鞭横扫抽打他们。喧闹了好久，寡不敌众；马又跳跃着牵制了他。正当他窘急之际，忽然看见一个鬼狂奔而来。那个鬼厉声叫道："这位是我的好朋友，你们不要鲁莽。"群鬼于是散去。施祥跳上马急驰回来，也来不及问他是谁。第二天，施祥携酒到昨天那个地方奠祭他，祈祷他显示灵响，却静悄悄没有回音。施祥的好朋友，不过是仆役和杀猪卖酒之类的人，却在九泉之下，如此顾及朋友之情！

《如愿小传》

　　门人吴钟侨，尝作《如愿小传》，寓言滑稽，以文为戏也。后作蜀中一令，值金川之役，以监运火药殁于路。诗文皆散佚,惟此篇偶得于故纸中,附录于此。其词曰:如愿者,水府之女神,昔彭泽清洪君以赠庐陵欧明者是也。以事事能给人之求,故有是名。水府在在皆有之,其遇与不遇,则系人之禄命耳。有四人同访道,涉历江海,遇龙神召之,曰:"鉴汝等精进,今各赐如愿一。"即有四女子随行。其一人求无不获,意极适,不数月病且死,女子曰:"今世之所享,皆前生之所积;君夙生所积,今数月销尽矣。请归报命。"是人果不起。又一人求无不获,意犹未已。至冬月,求鲜荔巨如瓜者。女子曰:"溪壑可盈,是不可餍,非神道所能给。"亦辞去。又一人所求有获有不获,以咎女子。女子曰:"神道之力,亦有差等,吾有能致不能致也。然日中必昃,月盈必亏。有所不足,正君之福。不见彼先逝者乎?"是人惕然,女子遂随之不去。又一人虽得如愿,未尝有求。如愿时为自致之,亦蹙然不自安。女子曰:"君道高矣,君福厚矣,天地鉴之,鬼神佑之。无求之获,十倍有求,可无待乎我;我惟阴左右之而已矣。"他日相遇,各道其事,或喜或怅。曰:"惜哉!逝者之不闻也。"此钟侨弄笔狡狯之文,偶一为之,以资惩劝,亦无所不可;如累牍连篇,动成卷帙,则非著书之体矣。

【译文】

门人吴钟侨曾经作有《如愿小传》,寓深意于滑稽之中,是一篇游戏文字。后来,他做四川一个县令,正值金川之战,因监运火药死在路上。他的诗文都已散佚,只有这一篇偶尔从故纸堆中翻出,附录在此。《如愿小传》其文辞为:如愿是水府的女神,以前彭泽湖湖神青洪君赠送庐陵欧明的就是她。因她事事都能满足别人的请求，所以有"如愿"这个名称。处处都有水府，能否遇上水神，却是由每个人的福禄和命运决定的。有四个人一起访道，遍游江海，到处寻觅，遇到龙神召见。龙神说："鉴于你们精神至诚而有上进心，我现在赐给你们每人一个如愿。"就有四位女子出来随从他们。其中一人任何请求都获得满足，过得极其适意，没过几个月就病得快要死去，女子说："今世的享受，都是前生的积德。你前生的积德，这几个月已消耗完了。请让我回去复命吧。"这个人果然死去。又有一人的请求没有不实现的，却还不觉满足。到了冬天，他请求弄来像瓜那么大的鲜荔枝。女子说："溪壑可以填满，这个要求却不能满足，这不是神道所能供给的。"她也因此而离去。另有一人的请求，有实现的，也有未能实现的，他因此责怪女子。女子说："神道的能力，也有差别，我有能做到和不能做到的事。然而，太阳当空必定西斜，月亮丰满必定亏缺。有不能满足的事，正是你的福分。你没有看到那个已经去世的人吗？"这个人警惕起来，女子就跟随他而不离去。还有一人虽然得到如愿，却从不曾有什么请求。如愿有时主动替他做点事，他也皱起眉头表示不安。女子说："你的道德高尚，你的福泽深厚，天地明鉴，鬼神保佑你。没有请求的获取，比有请求的获取高十倍。你可无须我的帮助，我只在暗地里帮助你而已。"此后，四位如愿相遇，各人说出自己的经历，有的欢喜有的感叹。她们说："可惜啊，去世的人已听不到这些了！"这是吴钟侨弄笔游戏之文，偶尔为之，以资惩劝，也没有什么不可以的。如果写起来累牍连篇，动不动就成卷成帙，就不是应有的著书体裁了。

蓄　　妾

郭石洲言：河南一巨室，宦成归里，年六十余矣。强健如少壮，恒蓄幼妾三四人；至二十岁，则治奁具而嫁之，皆宛然完璧。娶者多阴颂其德，人亦多乐以女鬻之。然在其家时，枕衾狎昵，与常人同。或以为但取红铅供药饵，或以为徒悦耳目，实老不能男，莫知其审也。后其家婢媪私泄之，实使女而男淫耳。有老友密叩虚实，殊不自讳，曰："吾血气尚盛，不能绝嗜欲。御女犹可以生子，实惧为身后累；欲渔男色，又惧艾豭之事，为子孙羞。是以出此间道也。"此事奇创，古所未闻。夫闺房之内，何所不有？床笫事可勿深论。惟岁岁转易，使良家女得再嫁名，似于人有损；而不稽其婚期，不损其贞体，又似于人有恩。此种公案，竟无以断其是非。戈芥舟前辈曰："是不难断，直恃其多财，法外纵淫耳。昔窦二东之行劫，必留其御寒之衣衾、还乡之资斧，自以为德。此老之有恩，亦若是而已矣。"

【译文】

郭石洲说：河南有一位富豪，官场退休回故里，年纪已六十多岁了。他身体强壮如同青年人一般，常常蓄养三四个幼妾。等她们长到二十岁，就办嫁妆将她们嫁出去。她们都还是处女。娶妻的人都暗地里颂扬他的德行，人们也都乐意将女儿卖给他。然而，幼妾在他家时，他与她们同床亲昵，与一般夫妻相同。有人认为他只取月经做药饵，也有人认为他只是娱乐耳目，实际上年岁大了，缺乏男人的功能。没有人知道究竟如何。后来，他家女仆私下里泄露了秘密，实际上他是让女子供他鸡奸。有一位老朋友私下询问实情，他并不隐瞒，说："我血气还旺盛，不能根绝嗜欲。如果与女子交媾，还可以生孩子，实在担心成为死后的拖累。如果渔猎男色，又担心出现家母猪乱搞老公猪的事，成为子孙的羞耻。所以想出这个邪门办法。"这件事属于奇创，古所未闻。闺房之内，无奇不有，床上之事，不必深究。只是年年更换幼妾，使良家女子得到再嫁的名目，好像对人的声誉有损害；但不拖延她们的婚期，不损伤她们的贞洁，又好像对人有恩德。这种公案，简直无法判断他的是非。

戈芥舟前辈说："这不难评断。他只不过自恃财产丰裕，在法外纵淫而已。以前窦二东抢劫，必定留下御寒的衣服、回家的路费给被抢的人，自认为有德行。这位老人的所谓有恩德，也像窦二东的做法一样罢了。"

丁 一 士

里有丁一士者，矫捷多力，兼习技击、超距之术。两三丈之高，可翩然上；两三丈之阔，可翩然越也。余幼时犹及见之，尝求睹其技。使余立一过厅中，余面向前门，则立前门外面相对；余转面后门，则立后门外面相对。如是者七八度，盖一跃即飞过屋脊耳。后过杜林镇，遇一友，邀饮桥畔酒肆中。酒酣，共立河岸。友曰："能越此乎？"一士应声耸身过。友招使还，应声又至。足甫及岸，不虞岸已将圮，近水陡立处开裂有纹。一士未见，误踏其上，岸崩二尺许。遂随之坠河，顺流而去。素不习水，但从波心踊起数尺，能直上而不能旁近岸，仍坠水中。如是数四，力尽，竟溺焉。盖天下之患，莫大于有所恃。恃财者终以财败，恃势者终以势败，恃智者终以智败，恃力者终以力败。有所恃，则敢于蹈险故也。田侯松岩于滦阳买一崂山杖，自题诗曰："月夕花晨伴我行，路当坦处亦防倾。敢因恃尔心无虑，便向崎岖步不平！"斯真阅历之言，可贯而佩者矣。

【译文】
　　家乡里有一个叫丁一士的人，动作敏捷，力气巨大，兼习技击、超距的技艺。两三丈的高度,他能翩然跃上;两三丈阔的距离,他能翩然越过。我年幼时还见到过他,曾请求他让我目睹他的技艺。他让我站在一个厅堂中,我面向前门,他就站在前门外面与我相对;我转向后门,他就站在后门外面与我相对。如此七八次,原来他一跃就飞过屋脊。后来,他去杜林镇,遇到一位朋友,朋友请他到桥边酒店里饮酒。酒足饭饱之后,两人一起站在河岸上。朋友问:"你能越过这河吗?"一士应声耸身越过河面到达对岸。朋友招呼他回来,他又应声越过来,脚刚踏上岸,不料河岸已将要坍塌,近水站立的地方有裂缝,一士没有看见,误踏在上面,河岸坍塌了二尺左右。他就随着坠入河中,顺水流去。他一向不会游泳,只从波浪中踊起几尺高,能够笔直向上却不能靠近岸边,仍然坠落水中。这样多次上跃,用尽气力,最终溺水而死。天下的祸患,没有比自以为有恃无恐更大了。依仗钱财的人,最终因钱财而败落;依仗权势的人,最终因势力而败落;依仗才智的人,最终因才智而败落;依仗力气的人,最终因力气而败落。这是因为有所依仗就敢于冒险的缘故。田松岩先生在滦阳买了一根崂山拐杖,自己在上面题诗说:"月夕花晨伴我行,路当坦处亦防倾。敢因恃尔心无虑,便向崎岖步不平!"这是真正有阅历的话,应当效法并牢记于心。

尼姑和尚

沧州甜水井有老尼,曰慧师父,不知其为名为号,亦不知是此"慧"字否,但相沿呼之云尔。余幼时,尝见其出入外祖张公家。戒律谨严,并糖不食,曰:"糖亦猪脂所点成也。"不衣裘,曰:"寝皮与食肉同也。"不衣绸绢,曰:"一尺之帛,千蚕之命也。"供佛面筋必自制,曰:"市中皆以足踏也。"焚香必敲石取火,曰:"灶火不洁也。"清斋一食,取足自给,不营营募化。外祖家一仆妇,以一布为施。尼熟视识之,曰:"布施须用己财，方为功德。宅中为失此布，笞小婢数人，佛岂受如此物耶？"妇以情告曰："初谓布有数十匹，未必一一细检，故偶取其一。不料累人受捶楚，日相诅咒，心实不安。故布施求忏罪耳。"尼掷还之曰："然则何不密送原处，人亦得白，汝亦自安耶！"后妇死数年，其弟子乃泄其事，故人得知之。乾隆甲戌、乙亥间，年已七八十矣，忽过余家，云将诣潭柘寺礼佛，为小尼受戒。余偶话前事，摇首曰："实无此事，小妖尼饶舌耳。"相与叹其忠厚。临行，索余题佛殿一额。余属赵春磵代书。合掌曰："谁书即乞题谁名，佛前勿作诳语。"为易赵名，乃持去，后不再来。近问沧州人，无识之者矣。又景城天齐庙一僧，住持果成之第三弟子。士人敬之，无不称曰三师父，遂佚其名。果成弟子颇不肖，多散而托钵四方。惟此僧不坠宗风，无大刹知客市井气，亦无法座禅师骄贵气；戒律精苦，虽千里亦打包徒步，从不乘车马。先兄晴湖尝遇之中途，苦邀同车，终不肯也。官吏至庙，待之礼无加；田夫、野老至庙，待之礼不减。多布施、少布施、无布施，待之礼如一。禅诵之余，惟端坐一室，入其庙如无人者。其行事如是焉而已。然里之男妇，无不曰三师父道行清高。及问其道行安在，清高安在，则茫然不能应。其所以感动人心，正不知何故矣。尝以问姚安公，公曰："据尔所见，有不清不高处耶？无不清不高，即清高矣。尔必欲锡飞、杯渡，乃为善知识耶？"此一尼一僧，亦彼法中之独行者矣。（三师父涅槃不久，其名当有人知，俟见乡试诸孙辈，使归而询之庙中。）

【译文】

　　沧州甜水井有位老尼姑,称慧师父,不知道是她的名还是号,也不知是不是这个"慧"字,只是相承沿习称呼她而已。我年幼时,曾看到她出入于外祖父张公家。她遵守戒律谨严,连糖都不吃,说:"糖也是猪油所点成的。"她不穿裘衣,说:"寝皮与吃肉是相同的。"她不穿绸缎衣服,说:"制成一尺帛,需要一千条蚕的性命。"供佛用的面筋一定要自己制作,说:"市上的面筋都是用脚踏出来的。"焚香一定要敲石取火,说:"灶火不清洁。"或清水一杯,或一日一顿,自给自足,从不用心募化。外祖父家的一个女仆,将一匹布施舍给她。老尼姑仔细看了一番,说:"施舍必须用自己的财物,才算有功德。家里由于失去这匹布,鞭笞了几个婢女,佛怎能接受这种物品呢?"女仆将真情相告:"我当初认为有几十匹布,主人未必一一点检,所以偶尔取了一匹。不料连累他人受鞭打,日夜遭到诅咒,内心实在不安。所以施舍它以求忏悔罪孽。"老尼姑将布扔还给她,说:"既然这样,为什么不暗地里送到原处,他人得以证明清白,你也可以心安了。"女仆死去几年后,她的弟子才泄露这件事,所以人们才知道事情的原委。乾隆十九、二十年间,老尼姑已经七八十岁了,忽然造访我家,说将要去潭柘寺拜佛,替小尼姑受戒。我偶尔提起上述事情,她摇头说:"其实没有这件事,不过是小妖尼多嘴罢了。"人们都感叹她为人忠厚。她临行前,请我题写佛殿一块匾额。我托赵春涧代为书写。老尼姑合掌说:"谁书写就请题写谁的姓名,在佛的面前不要作诳语。"改为赵春涧的姓名,她才将题额拿去,以后没有再来过。我近来问沧州人,已经没有认识她的了。又有景城天齐庙一位和尚,是住持果成的第三个弟子。士人尊敬他,都称他为三师父,因此佚亡了姓名。果成的弟子很不正派,大多外出四处募化,只有这位和尚不坠宗风,没有大庙里管接待应酬的和尚的市侩气,也没有法座禅师的骄贵气。他戒律精苦,即使远行千里,也整装徒步行走,从来不乘车马。先兄晴湖曾在路上遇到他,执意邀请他同车,他始终不肯上车。官吏来到庙里,他待他们的礼节不增加一分;村民百姓来到庙里,他待他们的礼节也不减少一分。人们多布施、少布施、没有布施,他都一样地礼待他们。坐禅诵经之余,他只端坐在一个房间内,外人走进庙中如入无人之境。他为人处事都如此类。然而,乡里的男女没有人不称赞三师父道行清高。等到问他们道行在何处,清高在何处,却茫然不知从何回答。三师父感动人心的,正不知是什么缘故了。我曾以这个问姚安公,姚安公说:"根据你所看到的,他有不清不高之处吗?没有不清不高之处,就是清高了。你认为一定想要有飞锡杖行空、乘木杯渡水那样的作为,才算了悟一切吗?"这一位尼姑和一位和尚,也是佛法中志节高尚的人了。(三师父涅槃还不久,他的姓名应当有人知晓,等见到来参加乡试的诸孙辈,让他们回去到庙中打听清楚。)

偷 盗 通 奸

九州之大,奸盗事无地无之,亦无日无之,均不为异也。至盗而稍别于盗,而不能不谓之盗;奸而稍别于奸,究不能不谓之奸,斯为异矣。盗而人许遂其盗,奸而人许遂其奸,斯更异矣。乃又相触立发,相牵立息,发如鼎沸,息如电掣,不尤异之异乎!舅氏安公五章言:有中年失偶者,已有子矣,复买一有夫之妇。幸控制有术,犹可相安。既而是人死,平日私蓄,悉在此妇手。其子微闻而索之,事无佐证,妇弗承也。后侦知其藏贮处,乃夜中穴壁入室。方开箧携出,妇觉,大号有贼,家众惊起,各持械入。其子仓皇从穴出。迎击之,立踣。即从穴入搜余盗,闻床下喘息有声,群呼尚有一贼,共曳出縶缚。比灯至审视,则破额昏仆者其子,床下乃其故夫也。其子苏后,与妇各执一词:子云"子取父财,不为盗"。妇云"妻归前夫,不为奸"。子云"前夫可再合,而不可私会"。妇云"父财可索取,而不可穿窬"。

互相诟谇,势不相下。次日,族党密议,谓涉讼两败,徒玷门风。乃阴为调停,使尽留金与其子,而听妇自归故夫,其难乃平。然已"鼓钟于宫,声闻于外"矣。先叔仪南公曰:"此事巧于相值,天也;所以致有此事,则人也。不纳此有夫之妇,子何由而盗、妇何由而奸哉?彼所恃者,力能驾驭耳。不知能驾驭于生前,不能驾驭于身后也。"

【译文】

　　中国之大,通奸偷盗之事无地不发生,也无日不发生,都不足为怪。至于偷盗而又有别于偷盗,却不能不称为偷盗,通奸而又有别于通奸,终究不能不称为通奸,那就够奇怪了。偷盗而别人容许他偷盗,通奸而别人容许他通奸,那就更为奇怪了。却又有相互接触立即爆发,相互牵制立刻平息,爆发时如水沸一般强烈,平息时如电闪一样迅速,不更是奇怪中的奇怪吗?舅舅安五章公说,有一个中年丧偶的男子,已有儿子了,又买进一个有夫之妇作继室。幸亏他控制有术,还可相安过日子。不久,这个人死去,他平时的积蓄都由继室掌管。他的儿子听到一些风声,就向继母索取钱财,但事无佐证,继母不承认。后来,儿子侦察到钱财贮藏的地方,就在夜里挖墙洞进入室内。正当他打开箱子准备将钱财拿走时,被继母发觉。她大喊有贼,家中仆人惊起,各人拿着器械冲进来。儿子仓皇从墙洞里爬出,被仆人迎面一棒击中,立刻倒在地下。家仆们就从墙洞里爬进室内去搜查别的盗贼,听到床下有喘息声,大家呼喊还有一个贼,一起将他拉出捆缚起来。等到取来灯烛仔细一看,额头打破昏倒在地的是儿子,躲在床下的却是以前的丈夫。儿子苏醒之后,与继母各执一词。儿子说:"儿子取父亲的钱财,不是偷盗。"继母说:"妻子归依前夫,不是通奸。"儿子说:"前夫可以再次结合,却不可私下幽会。"继母说:"父亲的钱财可以索取,却不可偷窃。"两人互相责骂,势均力敌。第二天,族人秘密商议,认为诉讼则必定两败俱伤,徒然玷污门风。就私下里替他们调解,将父亲留下的钱财都归儿子，听凭继母自己归依前夫，这场风波才平息下去。然而，已经"鼓钟于宫，声闻于外"了。先叔仪南公说："这件事巧在相互碰上，这是天意。之所以会导致这件事，却是人为的。如果不娶这个有夫之妇，哪有什么儿子偷盗、继室通奸的事？他所凭借的，是自己能够驾驭继室和儿子，却不懂得在生前能驾驭，在死后却不能驾驭了。"

卷二十三

滦阳续录（五）

不 畏 鬼

戴东原言：其族祖某，尝僦僻巷一空宅。久无人居，或言有鬼。某厉声曰："吾不畏也。"入夜，果灯下见形，阴惨之气，砭人肌骨。一巨鬼怒叱曰："汝果不畏耶？"某应曰："然。"遂作种种恶状，良久，又问曰："仍不畏耶？"又应曰："然。"鬼色稍和，曰："吾亦不必定驱汝，怪汝大言耳。汝但言一'畏'字，吾即去矣。"某怒曰："实不畏汝，安可诈言畏？任汝所为可矣！"鬼言之再四，某终不答。鬼乃太息曰："吾住此三十余年，从未见强项似汝者。如此蠢物，岂可与同居！"奄然灭矣。或咎之曰："畏鬼者常情，非辱也。谬答以畏，可息事宁人。彼此相激，伊于胡底乎？"某曰："道力深者，以定静祛魔，吾非其人也。以气凌之，则气盛而鬼不逼；稍有牵就，则气馁而鬼乘之矣。彼多方以饵吾，幸未中其机械也。"论者以其说为然。

【译文】

　　戴东原说：他家族的祖辈某人，曾租过荒僻街巷的一所空屋。这屋子很久没住人，有人说里面有鬼。他大声说道："我不害怕。"到了晚上，鬼果然在灯下现出原形，阴森寒冷的气息，使人觉得全身冰凉。有一个巨大的鬼愤怒地斥责他道："你真的不害怕吗？"他回答说："是的。"巨鬼就变化各种凶恶的样子，过了很久，又问道："你还不害怕吗？"他又回答道："是的。"巨鬼的脸色变得稍为和善一点，说道："我也不一定要赶你走，只怪你讲大话罢了。你只要讲一个'怕'字，我就离开。"他生气地说："我真的不怕你，怎能假意讲害怕呢？随便你怎么办都成！"巨鬼多次劝告他，他始终不答应。巨鬼就叹着气说："我住在这里三十多年，从来没有看到像你这样不肯低头的人。这样愚蠢的东西，我怎能和他住在一起！"忽然，巨鬼就一声不响消失了。有人责备他说："怕鬼是人之常情，并非什么可耻的事。你假装回答害怕，可以息事宁人。彼此为这件事激烈争吵，真是不堪设想的事！"他说："道行深厚的人，可以用镇静驱逐魔鬼，我又不是那种人。我只有用气势压倒它，气势旺盛，鬼怪就不敢迫害。我稍为迁就，气势就衰弱，鬼就乘机作怪了。他正想方设法引诱我，好在我没有上他的当。"谈起这事的人都认为他的说法是对的。

男女有情非悖礼

　　饮食男女，人生之大欲存焉。干名义，渎伦常，败风俗，皆王法之所必禁也。若痴儿呆女，情有所钟，实非大悖于礼者，似不必苛以深文。余幼闻某公在郎署时，以气节严正自任。尝指小婢配小奴，非一年矣，往来出入，不相避也。一日，相遇于庭。某公亦适至，见二人笑容犹未敛，怒曰："是淫奔也！于律奸未婚妻者，杖。"遂亟呼杖。众言："儿女嬉戏，实无所染，婢眉与乳可验也。"某公曰："于律谋而未行,仅减一等。减则可,免则不可。"卒并杖之,创几殆。自以为河东柳氏之家法,不是过也。自此恶其无礼,故稽其婚期。二人遂同役之际,举足趑趄;无事之时,望影藏匿。跋前疐后,日不聊生。渐郁悒成疾,不半载内,先后死。其父母哀之,乞合葬。某公仍怒曰："嫁殇非礼,岂不闻耶?"亦不听。后某公殁时,口喃喃似与人语,不甚可辨。惟"非我不可"、"于礼不可"二语,言之十余度,了了分明。咸疑其有所见矣。夫男女非有行媒,不相知名,古礼也。某公于孩稚之时,即先定婚姻,使明知为他日之夫妇。朝夕聚处,而欲其无情,必不能也。"内言不出于阃,外言不入于阃",古礼也。某公僮婢无多,不能使各治其事;时时亲相授受,而欲其不通一语,又必不能也。其本不正,故其末不端。是二人之越礼,实主人有以成之。乃操之已蹙,处之过当,死者之心能甘乎?冤魄为厉,犹以"于礼不可"为词,其斯以为讲学家乎?

【译文】

　　饮食和性欲,是人生自然的欲望。冒犯名义,违反人伦纲常,败坏风气习俗,都是王法所必须禁止的事。至于痴心儿女,有钟情爱恋的对象,实在并非十分违背礼教的,似乎不必太多苛求追究。我小时候,听说某先生在京城当官时,把端正气节作为自己的任务。他曾经决定把一个小婢女许配给一个小仆人,已经不止一年了。这两个人在家里出出进进,也不相互躲避。有一天,两人在院子里相遇,刚好某先生走到,看见这两人脸上的笑意还没有收敛,就生气地说："这是不守礼仪私自结合呀!从法律来说,诱奸未婚妻的人,应处以杖刑!"就马上叫人杖打小仆人。大家说："小青年开玩笑，实在没有淫乱，小婢女的身体，可以派人检查的。"某先生说："从法律来说，有企图而没有行动，只是罪减一等。减罪可以，免罪就不行。"终于对小仆人施以杖刑，受伤后差点死去。某先生以为，就是河东柳氏的家法，也不过如此了。从此，某先生厌恶两人不守礼制，故意拖延两人的婚期。两个人在同时做工的时候，走路也犹豫徘徊；没有事的时候，看见对方影子就赶快躲开。他们进退两难，毫无生活乐趣，慢慢地忧郁苦闷发展成病，不到半年，都先后病死了。他们的父母很可怜他们，请求某先生允许把他们合葬。某先生仍然生气地说："未成年的女子死后出嫁，是违反礼制的，难道没有听说过吗？"也不答应合葬的请求。后来，某先生临死时，口中喃喃轻语，仿佛和什么人对话，大家听不清楚，只听到"没有我同意就不行"、"从礼制上说不行"两句话，讲了十几次，可以十分清晰地听出。大家都怀疑他昏迷中见到了什么。男女之间没有媒人，不会互相知道姓名，是古时礼制。某先生在两个仆人很小的时候，就先定下婚姻关系，让他们明明知道以后一定成为夫妻。天天相处在一起，又要他们不产生感情，肯定不可能。"家里的话不能出门口，外面的话不能进门口"，这是古时礼制。某先生的仆人婢女并不多，不能使一个人只做一种事务。仆人婢女经常在一起亲近协作，却想他们之间不讲一句话，又肯定不可能。根子没有端正，枝叶也不会端正。所以婢女仆人两个超过礼节的行为，实在是主人造成的。但主人操之过急，处理过分，死者能够甘心吗？冤魂作怪的时候，主人还用"从礼制上不行"作为辩解的话，大概就是他所以成为讲学家的吧？

山 西 商 人

　　山西人多商于外，十余岁辄从人学贸易。俟蓄积有资，始归纳妇。纳妇后仍出营利，率二三年一归省，其常例也。或命途蹇剥，或事故萦牵，一二十载不得归。甚或金尽裘敝，耻还乡里，萍飘蓬转，不通音问者，亦往往有之。有李甲者，转徙为乡人靳乙养子，因冒其姓。家中不得其踪迹，遂传为死。俄其父母并逝，妇无所依，寄食于母族舅氏家。其舅本住邻县，又挈家逐什一，商舶南北，岁无定居。甲久不得家书，亦以为死。靳乙谋为甲娶妇。会妇舅旅卒，家属流寓于天津；念妇少寡，非长计，亦谋嫁于山西人，他时尚可归乡里。惧人嫌其无母家，因诡称己女。众为媒合，遂成其事。合卺之夕，以别已八年，两怀疑而不敢问。宵分私语，乃始了然。甲怒其未得实据而遽嫁，且诟且殴。阖家惊起，靳乙隔窗呼之曰："汝之再娶，有妇亡之实据乎？且流离播迁，待汝八年而后嫁，亦可谅其非得已矣。"甲无以应，遂为夫妇如初。破镜重合，古有其事。若夫再娶而仍元配，妇再嫁而未失节，载籍以来，未之闻也。姨丈卫公可亭，曾亲见之。

【译文】
　　山西人很多外出经商，十多岁就跟着人家学做买卖，等到积蓄够资本，才回家乡娶妻。娶妻后仍旧出外经商，通常二三年回家一次，是惯常的情况。有时运气不好，或者事务纠缠，就一二十年也不能回乡一次。甚至有人本钱耗尽，没有脸面回家乡，只好在外到处流浪，与家乡不通信息，也往往有的。有个李甲，过继为同乡靳乙的养子，改姓靳。李甲家里不知道他的踪迹，就相传说李甲已经死了。不久，他父母又都去世，李甲妻子没有地方可以依靠，只能在娘家舅舅那里寄食。她舅舅本来住在邻县，又带着家眷经商，随商船往来南北，长年没有固定的地址。李甲长久没收到家信，也以为妻子死了。靳乙考虑给李甲娶妻。刚好妻子的舅舅死于旅途之中，家属就流落在天津居住。这家人考虑到这个外甥女青年守寡，不是长远打算，也想把她嫁给山西人，将来也许还有机会回家乡。又怕人家嫌这个甥女没有娘家，就假意说是自己的女儿。大家找媒人说合，就定下了婚事。结婚的晚上，因为李甲与妻子分别已经八年，双方虽有怀疑但不敢查问。到半夜夫妻讲私房话时，才明白了真相。李甲认为妻子没有得到他死亡的确实证据就匆忙出嫁，十分生气，对妻子又骂又打。全家都惊动了，靳乙隔着窗户叫李甲说："你再娶妻时，有前妻死亡的确实证据吗？而且她流离搬迁，等你八年才出嫁，也应该谅解到她也出自不得已了！"李甲没办法回答，就和她像以前一样成为夫妻。破镜重圆，古代也有这种事。像男子再娶的却是原配妻子，妇女再嫁却没有丧失贞节，这是有书籍记载以来还没有见过的事。姨丈卫可亭先生曾亲眼见过这件事。

沧　州　酒

　　沧州酒，阮亭先生谓之"麻姑酒"，然土人实无此称。著名已久，而论者颇有异同。盖舟行来往，皆沽于岸上肆中，村酿薄醨，殊不足辱杯斝；又土人防征求无餍，相戒不以真酒应官，虽笞捶不肯出，十倍其价亦不肯出，保阳制府，尚不能得一滴，他可知也。其酒非市井所能酿，必旧家世族，代相授受，始能得其水火之节候。水虽取于卫河，而黄流不可以为酒，必于南川楼下，如金山取江心泉法，以锡罂沉至河底，取其地涌之清泉，始有冲虚之致。其收贮畏寒畏暑，畏湿畏蒸，犯之则味败。其新者不甚佳，必庋阁至十年以外，乃为上品，一甖可值四五金。然互相馈赠者多，耻于贩鬻。又大姓若戴、吕、刘、王，若张、卫，率多零替，酿者亦稀，故尤难得。或运于他处，无论肩运、车运、舟运，一摇动即味变。运到之后，必安静处澄半月，其味乃复。取饮注壶时，当以杓平挹；数摆拨则味亦变，再澄数日乃复。姚安公尝言：饮沧酒禁忌百端，劳苦万状，始能得花前月下之一酌，实功不补患；不如遣小竖随意行沽，反陶然自适，盖以此也。其验真伪法：南川楼水所酿者，虽极醉，膈不作恶，次日亦不病酒，不过四肢畅适，恬然高卧而已。其但以卫河水酿者则否。验新陈法：凡庋阁二年者，可再温一次；十年者，温十次如故，十一次则味变矣。一年者再温即变，二年者三温即变，毫厘不能假借，莫知其所以然也。董曲江前辈之叔名思任，最嗜饮。牧沧州时，知佳酒不应官，百计劝谕，人终不肯破禁约。罢官后，再至沧州，寓李进士锐巅家，乃尽倾其家酿。语锐巅曰："吾深悔不早罢官。"此虽一时之戏谑，亦足见沧酒之佳者不易得矣。

【译文】
　　沧州酒，王阮亭先生称为麻姑酒，但当地人实在没有这个名称。沧州酒长期以来很有名，但评论却很不一样。原来，船只往来，都到岸边酒店打酒，乡村土酿酒味淡薄，根本上不了筵席。还有，当地人怕官府无限地征调，都相互约定，不把真沧州酒送给官府，即使鞭打也不肯拿出来，用十倍的价钱也不肯卖。保定知府也不能够得到一滴真的沧州酒，其他人就可想而知了。沧州酒并非市场上普通酒坊所能酿成的，一定要酿酒世家，代代相传，才能把握酿制的火候。酿酒的水虽然都取之卫河，但混浊的水不能做酒，一定要在南川楼河心一带，像在金山汲取江心泉水的法子，用锡瓶沉到河底，汲取地下涌出的清泉来做酒，才有冲淡虚静的风味。沧州酒的贮藏，怕寒怕热，怕湿怕烘，遇上这些情况，酒味就败坏了。新酿的酒味道不很好，一定要贮藏十年以上，才是上品，一坛可以值四五两银子。不过，大都是作为礼品赠送，贩卖沧州酒被认为是丢脸的事。而且像戴、吕、刘、王,像张、卫几个大姓,家族大多破落,会酿沧州酒的人很少,所以特别难得。有人运输到其他地方,无论是肩挑、车载、船装,只要经过摇动,酒味就变了。运到之后,一定要平稳地停放在静处,澄清半个月,酒味才回复原来的样子。把酒灌进酒壶时,要用酒杓稳稳地盛起,摇晃拨动几次,酒味也会变,再要澄清几天才能恢复。姚安公曾说过,饮沧州酒有种种禁忌,经过千辛万苦,才能在花前月下饮一次,好处实在补偿不了辛劳;不如派仆人随便到店里打酒,反而舒适自在,原因也就是在这里。检验沧州酒真伪的办法是:南川楼的水所酿的酒,虽然喝得烂醉,胸腹之间不恶心,第二天也没有酒醉的症状,只不过是四肢舒畅,安静地睡觉而已。那些只是用卫河水酿的酒就不是这样了。检验沧州酒新货陈货的方法是:凡贮藏二年的,可以温两次酒;贮藏十年的,可以温十次,味道都一样,温十一次,酒味就变了。贮藏一年的,温二次酒味就变;贮藏二年的,温三次酒味就变,一丝一毫不能做假,也不知道什么原因。董曲江前辈的叔父名思任,最喜欢饮酒。他任沧州太守时,也知道真沧州酒不会给官员喝,就千方百计劝告晓喻,本地人始终不肯破坏不供应官员的规矩。罢官以后,再来到沧州,住在李锐巅进士家里,才尽情喝到李家酿的这种美酒。董思任对李锐巅说:"我真后悔没有早一些罢官!"这虽然是一时开玩笑的话,也足以看出沧州的美酒真是不易得到呀!

三代妇女偿债

先师李又聃先生言:东光有赵氏者,(先生曾举其字,今不能记,似尚是先生之尊行。)尝过清风店,招一小妓侑酒。偶语及某年宿此,曾招一丽人留连两夕,计其年今未满四十。因举其小名,妓骇曰:"是我姑也,今尚在。"明日,同至其家,宛然旧识。方握手寒温,其祖姑闻客出视，又大骇曰："是东光赵君耶？三十余年不相见，今髩虽欲白，形状声音，尚可略辨。君号非某耶？"问之，亦少年过此所狎也。三世一堂，都无避忌，传杯话旧，惘惘然如在梦中。又住其家两夕而别。别时言祖籍本东光，自其翁始迁此，今四世矣。不知祖墓犹存否？因举其翁之名，乞为访问。赵至家后，偶以问乡之耆旧。一人愕然良久，曰："吾今乃始信天道。是翁即君家门客，君之曾祖与人讼，此翁受怨家金，阴为反间，讼因不得直。日久事露，愧而挈家逃。以为在海角天涯矣，不意竟与君遇，使以三世之妇，偿其业债也。吁，可畏哉！"

【译文】

老师李又聃先生说：东光有个姓赵的人（李先生曾经讲过此人的字号，现在记不住了，好像还是先生的长辈），有一次经过清风店，找来一个年轻妓女陪酒，顺便说到某年曾经在这里住宿，找过一位美人住了两夜，算来那位美人今年还未满四十岁。于是说出美人的小名。年轻妓女说："是我姑姑呀，现在还在这里。"第二天，一起到妓女家里相见，正是过去认识的那个美人。双方正在拉手问好，年轻妓女的姑奶奶听说有客来，从里面出来看看，又大吃一惊，说："你是东光的赵先生吗？三十多年不见面了，现在你的鬓角虽然都要白了，但相貌声音，还有一点记得的。你的字号是否叫某某呢？"赵先生一问，原来这个姑奶奶，也是他年轻时在这里找过的妓女。三代妓女同时相见，也没有什么避忌，一起喝酒谈往事，大家有点迷惘，好像做梦一样。赵先生又在她们家住了两晚，才告辞回去。临别时，第一代妓女说她们祖籍本来在东光，从父亲一辈才搬迁到这里，到现在已是第四代了。不知东光的祖坟还在不在？她就把父亲的姓名讲出来，请赵先生回去查访一下。赵先生回到家乡后，有一次顺便向老前辈们打听。其中一个人惊讶了很久，才说："我现在才相信天道循环的道理。那妓女之父就是你们家的门客。你的曾祖父与别人打官司,那个门客接受了对方的金钱,暗中出卖主人,使你曾祖父的官司失败了。时间长久了,事情暴露出来,门客羞愧得带着家眷逃走了。还以为他们逃到天涯海角去了,想不到会让你碰上,使他家三代妇女,为他补偿过去的罪过。啊,真可怕啊!"

安　生

又聃先生又言:有安生者,颇聪颖。忽为众狐女摄入承尘上,吹竹调丝,行炙劝酒,极蝶狎冶荡之致。隔纸听之,甚了了,而承尘初无微隙,不知何以入也。燕乐既终,则自空掷下,头面皆伤损,或至破骨流血。调治稍愈,又摄去如初。毁其承尘,则摄置屋顶,其掷下亦如初。然生殊不自言苦也。生父购得一符,悬壁上。生见之,即战栗伏地,魅亦随绝。问生符上何所见。云初不见符,但见兵将狰狞,戈甲晃耀而已。此狐以为仇耶?不应有燕昵之欢;以为媚耶?不应有扑掷之酷。忽喜忽怒,均莫测其何心。或曰:"是仇也,媚之乃死而不悟。"然媚即足以致其死,又何必多此一掷耶?

【译文】

李又聃先生又说:有个安生,相当聪明伶俐,突然被一群狐女摄入天花板上,吹笛弹琴,吃吃喝喝,男女淫乐,不一而足。隔着纸糊的顶篷,听得十分清楚。但天花板上没有一点缝隙,不知道安生怎么能进去的。饮酒作乐完毕,狐女就把安生从空中抛下来,头上脸上都受了伤,甚至头破血流。安生经过治疗,等稍微痊愈,又像原来一样被狐女摄去。安生家里人把天花板毁了,狐女就把安生摄上屋顶作乐,也像原来一样从空中抛下来。但是,安生一点不说自己的痛苦。安生父亲买来一张道符,挂在墙壁上。安生见了,就发抖地伏在地上,狐精也随即绝迹了。人家问安生,道符上面有些什么?安生说,开头时并没看到道符,只看见凶狠的将军士兵,兵器盔甲都明晃晃地刺眼。这些狐精是报仇吗?又不应该有喝酒奏乐的快乐;是迷惑安生吗?又不应该有把他抛下来的残酷。忽喜忽怒,都猜不出它们是什么心思。有人说:"是报仇。迷惑安生是让他死了也不醒悟。"不过,光是迷惑他,就可以把他置于死地了,又何必多此一举,把安生从空中扔下来呢?

执拗严先生

李汇川言:有严先生,忘其名与字。值乡试期近,学子散后,自灯下夜读。一馆童送茶入,忽失声仆地,碗碎铮然。严惊起视,则一鬼披发瞠目立灯前。严笑曰:"世安有鬼,尔必黠盗饰此状,欲我走避耳。我无长物,惟一枕一席。尔可别往。"鬼仍不动。严怒曰:"尚欲给人耶?"举界尺击之,瞥然而灭。严周视无迹,沉吟曰:"竟有鬼耶?"既而曰:"魂升于天,魄降于地,此理甚明。世安有鬼,殆狐魅耳。"仍挑灯琅琅诵不辍。此生崛强,可谓至极,然鬼亦竟避之。盖执拗之气,百折不回,亦足以胜之也。又闻一儒生,夜步廊下。忽见一鬼,呼而语之曰:"尔亦曾为人,何一作鬼,便无人理?岂有深更昏黑,不分内外,竟入庭院者哉?"鬼遂不见。此则心不惊怖,故神不瞀乱,鬼亦不得而侵之。又故城沈丈丰功,(讳鼎勋,姚安公之同年。)尝夜归遇雨,泥潦纵横,与一奴扶掖而行,不能辨路。经一废寺,旧云多鬼。沈丈曰："无人可问，且寺中觅鬼问之。"径入，绕殿廊呼曰："鬼兄鬼兄，借问前途水深浅？"寂然无声。沈丈笑曰："想鬼俱睡，吾亦且小憩。"遂偕奴倚柱睡至晓。此则襟怀洒落，故作游戏耳。

【译文】

李汇川说：有个严先生，他的名与字忘记了。正是临近乡试的时候，学生放学后，他独自在灯下读书。一个学校书僮送茶进来，突然惊叫一声倒在地上，茶碗也摔碎了。严先生吃惊地站起来看时，只见一个鬼披头散发，瞪着眼睛，站在灯火的前面。严先生笑道："世间怎会有鬼？你一定是狡猾的强盗装成这个样子，想叫我逃走躲开而已。我这里没有贵重物品，只有一只枕头一张席子。你可以到别的地方去了。"鬼仍然站着不动。严先生生气地说："还想骗人吗！"举起界尺打过去，那鬼一下子就消失了。严先生四面察看，没有什么痕迹，沉吟了一会，说："竟然真有鬼吗？"接着又说："魂升上天，魄降落地下，这种道理十分清楚。世间怎么会有鬼，大概是狐精作怪罢了！"他仍旧在灯下，不停地大声读书。这位先生的倔强，可说是到了极点了，但是鬼也居然躲避他。原来执拗的气性，能百折不回，也可以战胜鬼怪的。又听说一件事：有个书生，晚上在廊屋下散步，忽然看见一个鬼，就把他叫过来对他说："你也曾经当过人，怎么一变成鬼，就没有一点做人的道理了呢？哪有更深黑夜，不分内外，居然闯入人家庭院里来的呢？"那鬼就不见了。这就是心中不害怕，因此神智也不昏乱，鬼也不能侵犯。还有，故城沈丰功老先生（名鼎勋，是姚安公的同年），有一次晚上回家时天下雨，地面到处是泥泞积水。他和一个仆人相互搀扶地行走，看不清道路。他们经过一座废弃的寺院，过去常说这里多鬼。沈老先生说："这里无人可问，我们姑且找个鬼来问问路。"他们就直接走进寺里，绕着大殿的走廊叫喊："鬼兄鬼兄，请问前面道路水有多少深浅？"寺里一片寂静，没有回答。沈老先生笑着说："想来鬼们都睡觉了，我们也休息吧！"就和仆人靠着柱子睡到天亮。这是沈老先生胸怀潇洒豪爽,故意开开玩笑而已。

火药代用品

阿文成公平定伊犁时,于空山捕得一玛哈沁。诘其何以得活,曰:"打牲为粮耳。"问:"潜伏已久,安得如许火药?"曰:"蜣螂曝干为末,以鹿血调之,曝干,亦可以代火药。但比硝磺力少弱耳。"又一蒙古台吉云:"鸟铳贮火药铅丸后,再取一干蜣螂,以细杖送入,则比寻常可远出一二十步。"此物理之不可解者,然试之均验。又疡医殷赞庵云:"水银能蚀五金,金遇之则白,铅遇之则化。凡战阵铅丸陷入骨肉者,割取至为楚毒,但以水银自创口灌满,其铅自化为水,随水银而出。"此不知验否,然于理可信。

【译文】

阿文成公平定伊犁时,在一座无人的山上捕获一名玛哈沁,就问那人怎能活下来,那人说:"我打野兽当食物。"又问那人道:"你潜伏这么长的时间,怎会有这许多火药?"回答道:"把蜣螂晒干,研为粉末,用鹿血调和,再晒干,也可以代替火药。这代用品只比硝磺的药力稍差一些罢了。"又有一个蒙古贵族说:"鸟枪里放进火药铅弹之后,再找一只干的蜣螂,用细细的木棍塞进枪管里,发射时比平常的火药还可以远过一二十步。"这都是从物品的原理上不好解释的事,但试验都很灵光。又听伤科医生殷赞庵说:"水银能够腐蚀五金,金子遇到水银就变白色,铅遇到水银就融化。凡在战场上被铅弹打进骨头肌肉的人,开刀取出铅弹特别痛苦,只要用水银把伤口灌满,那铅弹会自动化成液体,随着水银流出。"这个办法不知是否灵验,但道理是可信的。

美 人 画

田白岩言：有士人僦居僧舍，壁悬美人一轴，眉目如生，衣褶飘扬如动。士人曰："上人不畏扰禅心耶？"僧曰："此天女散花图，堵芬木画也。在寺百余年矣，亦未暇细观。"一夕，灯下注目，见画中人似凸起一二寸。士人曰："此西洋界画，故视之若低昂，何堵芬木也。"画中忽有声曰："此妾欲下，君勿讶也。"士人素刚直，厉声叱曰："何物妖鬼敢媚我！"遽掣其轴，欲就灯烧之。轴中絮泣曰："我炼形将成，一付祝融，则形消神散，前功付流水矣。乞赐哀悯，感且不朽。"僧闻傲扰，亟来视。士人告以故。僧憬然曰："我弟子居此室，患瘵而死，非汝之故耶？"画不应，既而曰："佛门广大，何所不容。和尚慈悲，宜见救度。"士怒曰："汝杀一人矣，今再纵汝，不知当更杀几人。是惜一妖之命，而戕无算人命也。小慈是大慈之贼，上人勿吝。"遂投之炉中。烟焰一炽，血腥之气满室，疑所杀不止一僧矣。后入夜，或嘤嘤有泣声。士人曰："妖之余气未尽，恐久且复聚成形。破阴邪者惟阳刚。"乃市爆竹之成串者十余，（京师谓之火鞭。）总结其信线为一，闻声时骤然爇之，如雷霆砰磕，窗扉皆震，自是遂寂。除恶务本，此士人有焉。

【译文】

田白岩说：有个书生租僧房居住，看见墙壁上挂着一幅美人画,面目如同生人,衣服皱褶飘拂潇洒,好像会动似的。书生说:"大师不怕干扰修禅的心思吗?"僧人说:"这是天女散花图,是木雕画,在这寺院里一百多年了,我也没有功夫细看。"一天晚上,书生在灯光下注视这幅画,看见画中的美人仿佛凸起一二寸高。书生说:"这是西洋画,所以看起来好像有高低凹凸,哪里是木雕画呢!"画中美人忽然讲话,说:"这是我想要出来,你不要惊讶。"书生性格一向刚强正直,就大声骂道:"什么妖魔鬼怪,竟敢来迷惑我!"马上抓起画轴,想凑到灯上烧掉。画轴里发出唠唠叨叨的哭声,说:"我修炼快要成功了,一旦烧掉,我就会形消神散,以前的功力都付给流水了。恳求你可怜我,我会永远感激的。"僧人听到吵闹声,赶快来察看。书生就把这件事讲出来。僧人忽然醒悟说:"我的弟子住在这间屋子里,生病而死,这不就是你的缘故吗!"画里没有声音回答,过了一会儿,才说:"佛门包容广大,有什么不能宽容呢?和尚是慈悲心肠,应该拯救超度我。"书生愤怒地说:"你已经杀死一个人了,今天再放了你,更不知还要杀几个人。可惜一个妖怪的性命,就会害了无数的人命。小慈悲是大慈悲的祸害,大师切勿可惜她!"就把画轴抛到火炉中。烟火一冒出来,血腥的气味布满房间,大家疑心这妖怪杀死的不止一个僧人了。后来到了晚上,有时还听到有嘤嘤的哭泣声。书生说:"妖怪剩余的气息还没有散尽,恐怕时间长了会再凝聚成形体。破灭阴邪气息,只有用阳刚之气。"书生就买来成串的鞭炮十几挂(京城称为火鞭),把引信结在一起,一听到妖怪的声音就点燃鞭炮,一时像炸雷似的呼嘭大响,窗门都震动起来,从此妖怪声就没有了。消除邪恶一定要从根子上消灭干净,书生就是这样做的。

天　狐

有与狐为友者,天狐也,有大神术,能摄此人于千万里外。凡名山胜境,恣其游眺,弹指而去,弹指而还,如一室也。尝云,惟贤圣所居不敢至,真灵所驻不敢至,余则披图按籍,惟意所如耳。一日,此人祈狐曰:"君能携我于九州之外,能置我于人闺阁中乎?"狐问何意。曰:"吾尝出入某友家,预后庭丝竹之宴。其爱妾与吾目成,虽一语未通,而两心互照。但门庭深邃,盈盈一水,徒怅望耳。君能于夜深人静,摄我至其绣闼,吾事必济。"狐沉思良久,曰:"是无不可。如主人在何?"曰:"吾侦其宿他姬所而往也。"后果侦得实,祈狐偕往。狐不俟其衣冠,遽携之飞行。至一处,曰:"是矣。"瞥然自去。此人暗中摸索,不闻人声,惟觉触手皆卷轴,乃主人之书楼也。知为狐所弄,仓皇失措,误触一几倒,器玩落板上,碎声砰然。守者呼:"有盗!"僮仆坌至,启锁明烛,执械入。见有人瑟缩屏风后,共前击仆,以绳急缚。就灯下视之,识为此人,均大骇愕。此人故狡黠,诡言偶与狐友忤,被提至此。主人故稔知之,拊掌揶揄曰:"此狐恶作剧,欲我痛抶君耳。姑免笞,逐出!"因遣奴送归。他日,与所亲密言之,且詈曰:"狐果非人,与我相交十余年,乃卖我至此。"所亲怒曰:"君与某交,已不止十余年,乃借狐之力,欲乱其闺阃,此谁非人耶?狐虽愤君无义,以游戏儆君,而仍留君自解之路,忠厚多矣。使待君华服盛饰,潜挈置主人卧榻下,君将何词以自文?由此观之,彼狐而人,君人而狐者也。尚不自反耶?"此人愧沮而去。狐自此不至,所亲亦遂与绝。郭彤纶与所亲有瓜葛,故得其详。

【译文】

　　有个和某人交朋友的狐精是天狐精，有很大的神通，能把这人摄起到千里之外去。凡是名山胜境，任他游览参观，一下子就来到，一下子就回家去，好像在一个房间里走路一般。天狐曾说过，除了贤人圣人所居住的地方不敢去，真神圣灵所停留的地方不敢去之外，其他地方可以按照地图记载，想到哪里就到哪里。有一天，这人向天狐请求道："你能把我带到九州之外，还能把我放到女子的房间里去吗？"天狐就问他这样讲有什么用意，他回答说："我曾经出入一个朋友的家，参加在后园饮酒听乐的宴会。朋友的爱妾和我眉目传情，虽然没有讲过一句话，然而两心已相通了。但她住在大院深宅中，如隔水在河对岸，只能惆怅地远望而已。你如果在夜深人静的时候，能够把我摄到她房间里，我的好事就成功了。"天狐沉思很久，说："这也没有什么办不到的。如果主人刚好在那里，怎么办呢？"他说："等我打听到主人住到别的姬妾那里时，我才去吧。"后来，他果然打听清楚了，就请求天狐带他前往。天狐不等他穿好衣服、戴好帽子，就把他摄起来飞行，飞到一个地方，便说："是这里了。"把他放下，一转眼天狐就走了。他在黑暗中摸来摸去，听不到人的声息，只觉得手里摸到的都是图书画轴，原来这是主人的藏书楼。他知道这回是被天狐戏弄了，惊慌失措之间，不当心把一个几桌碰倒了，上面放着的铜器古董跌在地板上，发出破碎的声响。看守的人大叫："有强盗！"仆人们纷纷涌来，打开门锁，高举火炬，拿着武器冲进藏书楼。仆人们看见有个人畏畏缩缩地躲在屏风后面，就一起冲过去把他打翻，用绳子绑起来。把这个人提到灯下看时，大家都认识他，觉得非常奇怪。他一向很狡猾，就假装说一时和狐精朋友闹意见，被狐精摄到这里来了。主人本来很熟悉他的为人，就鼓掌取笑他说："这是天狐的恶作剧，想我痛打你一顿而已。现在暂时免去鞭打，驱逐出境！"就派仆人把他送回家去。以后有一天，他对一位亲密的朋友说了这件事，而且还骂道："狐精果然不是人，和我做了十几年朋友，还会这样出卖我！"这位亲密的朋友也生气了，说："你和那个朋友相交，已不止十几年了。你还想借用狐精的力量，去调戏别人的家眷，究竟谁不是人呢？狐精虽然憎恨你不讲道义，用恶作剧捉弄你，还仍然留下你解脱的路子，已经够忠厚的了。如果等你穿戴得整齐漂亮，再悄悄地把你放到主人床铺下面，你还有什么借口来解释呢？从这件事来看，那个狐精倒是人，而你虽然具有人形实际是狐精呀！你还不自我反省吗？"此人惭愧沮丧，只得走了。从此，狐精不再与他来往，亲密的朋友也和他断绝了往来。郭彤纶和此人亲密的朋友有些交情，所以知道这件事的详细经过。

刘　泰　宇

老儒刘泰宇，名定光，以舌耕为活。有浙江医者某，携一幼子流寓，二人甚相得，因卜邻。子亦韶秀，礼泰宇为师。医者别无亲属，濒死托孤于泰宇。泰宇视之如子。适寒冬，夜与共被。有杨甲为泰宇所不礼，因造谤曰："泰宇以故人之子为娈童。"泰宇愤恚，问此子知尚有一叔，为粮艘旗丁掌书算。因携至沧州河干，借小屋以居；见浙江粮艘，一一遥呼，问有某先生否。数日，竟得之，乃付以侄。其叔泣曰："夜梦兄云，侄当归。故日日独坐舵楼望。兄又云：'杨某之事，吾得直于神矣。'则不知所云也。"泰宇亦不明言，悒悒自归。迂儒拘谨，恒念此事无以自明，因郁结发病死。灯前月下，杨恒见其怒目视。杨故犷悍，不以为意。数载亦死。妻别嫁，遗一子，亦韶秀。有宦室轻薄子，诱为娈童，招摇过市，见者皆太息。泰宇，或云肃宁人，或云任丘人，或云高阳人。不知其审，大抵住河间之西也。迹其平生，所谓殁而可祀于社者欤！此事在康熙中年，三从伯灿宸公喜谈因果，尝举以为戒。久而忘之。戊午五月十二日，住密云行帐，夜半睡醒，忽然忆及，悲其名氏翳如。至滦阳后，为录大略如右。

【译文】

　　老书生刘泰宇，名定光，以教书为职业。有位浙江的医生，带一个儿子，流落在外地居住。泰宇和医生很合得来，在同地点租房成了邻居。医生的儿子生得秀丽可爱，拜泰宇为师读书。医生在本地没有亲戚，临死时把儿子托付给泰宇。泰宇对这个孩子像对自己儿子一样。逢到冬天寒冷，晚上泰宇就让这孩子和自己一起睡。有个杨甲被泰宇看不起，就造谣诽谤说："刘泰宇把老朋友的儿子当作玩弄的男妓。"泰宇知道后十分气愤，就查问孩子，知道他还有个叔父，给押运粮船的绿旗兵当账房。因此，泰宇就带着孩子走到沧州河边，租借一间小屋子居住，每次见到浙江的运粮船，就一一招呼，询问某先生在不在？过了几天，竟然找到了这个账房，就把孩子交给他领走。孩子的叔父哭着说："晚上做梦，梦见兄长说，我侄子要回来了，所以每天都坐在舵楼上张望。兄长又说，杨某的事，我要向神申诉。这就不知道指什么事了。"泰宇也不说明，闷闷不乐地回家了。这个老书生为人拘谨，常常想到这件事无法说清楚，竟然忧伤过度，生病死去。以后，在灯前月下，杨某常见泰宇怒目而视。杨某为人粗豪凶狠，也不把这事放在心上。过了几年，杨某也死了。杨妻改嫁，留下一个儿子，也长得秀丽可爱。有个官宦人家的儿子，是个轻薄淫荡的人，引诱杨某儿子当了他的男妓，还在街上招摇活动，看到的人都感叹不已。刘泰宇，有人说他是肃宁人，有人说是任丘人，有人说是高阳人。不能确知，大概是住在河间府西边的人。回顾他的平生，就是所谓可以放在土地庙中祭祀的人物了。此件事发生在康熙中期，三堂伯灿宸公喜欢讲因果报应，曾经把这件事作为例子教育别人。因为时间长久，已经忘记了。戊午年五月十二日，我住在密云的行军帐篷中，半夜睡醒，突然想起来，又可惜他的名字事迹会湮没，到滦阳以后，就把他的事迹粗略地记录如上。

常 守 福

　　常守福，镇番人。康熙初，随众剽掠，捕得当斩。曾伯祖光吉公时官镇番守备，奇其状貌，请于副将韩公免之，且补以名粮，收为亲随。光吉公罢官归，送公至家，因留不返。从伯祖钟秀公尝曰："常守福矫捷绝伦，少时尝见其以两足挂明楼雉堞上，倒悬而扫砖线之雪，四围皆净。（剧盗多能以足向上，手向下，倒抱楼角而登。近雉堞处以砖凸出三寸，四围镶之，则不能登，以足不能悬空也。俗谓之砖线。）持帚翩然而下，如飞鸟落地，真健儿也。"后光吉公为娶妻生子。闻今尚有后人，为四房佃种云。

【译文】

　　常守福是镇番人。康熙初年，他跟着别人抢劫，被抓到后要处死。我家曾伯祖父光吉公当时任镇番守备，见常守福相貌奇特，就请求副将韩公赦免他的罪，还给他记入士兵的名册，让他做自己的亲兵。光吉公罢官回家时，常守福护送主人到家乡，就留下不回军营了。堂伯祖父钟秀公曾说过："常守福矫健敏捷超过常人。我小时候见过他把双脚倒勾在明楼的雉堞上面，倒挂着去扫砖线上的积雪，周围都扫得干干净净。（大盗大多数能用脚倒爬墙，手向下，挟住楼房的拐角爬上去。靠近雉堞的墙上用砖砌出三寸，四面镶起边来，强盗就爬不上了，因为他的脚不能悬空没着力的地方。老百姓把凸出三寸的地方叫做砖线。）然后，常守福手持扫帚，飘然而下，像飞鸟落在地上似的，真是身手矫健的汉子！"后来，光吉公给常守福娶妻，还生了儿子。听说，现在还有他的后代，在给四房种田。

门　联

　　门联唐末已有之，蜀辛寅逊为孟昶题桃符，"新年纳余庆，嘉节号长春"二语是也。但今以朱笺书之为异耳。余乡张明经晴岚，除夕前自题门联曰："三间东倒西歪屋，一个千锤百炼人。"适有锻铁者求彭信甫书门联，信甫戏书此二句与之。两家望衡对宇，见者无不失笑。二人本辛酉拔贡同年，颇契厚，坐此竟成嫌隙。凡戏无益，此亦一端。又董曲江前辈喜谐谑，其乡有演剧送葬者，乞曲江于台上题一额。曲江为书"吊者大悦"四字，一邑传为口实，致此人终身切齿，几为其所构陷。后曲江自悔，尝举以戒友朋云。

【译文】

　　门联从唐代末年已经有了。蜀国辛寅逊为孟昶题写在桃符板上的"新年纳余庆，嘉节号长春"两句就是，不过现在用红纸书写，和以前不同罢了。我的同乡张晴岚贡生，除夕时自己在门口题一副门联说："三间东倒西歪屋，一个千锤百炼人。"刚好有个打铁匠请彭信甫写门联，彭信甫顺手就把这两句写上送给打铁匠。这两户人家房子相对，看到这两副门联的人，没有不笑出声来的。张晴岚和彭信甫本来是辛酉年拔贡生的同榜，情谊相当深厚，却因为这件事有了误会隔阂。凡是戏弄别人都没有好处，这便是一个例子。还有，董曲江前辈喜欢开玩笑，他家乡有为送葬演戏的，演戏的人请曲江给戏台题个匾额。曲江给他写了"吊者大悦"四个字，一县都相传，成为话柄。以致这个人恨他一生，有次几乎被这个人陷害。后来，曲江也很后悔，曾拿这件事例来劝诫朋友。

张　妻

董秋原言：有张某者，少游州县幕。中年度足自赡，即闲居以莳花种竹自娱。偶外出数日，其妇暴卒。不及临诀，心恒怅怅如有失。一夕，灯下形见，悲喜相持。妇曰："自被摄后，有小罪过待发遣，遂羁绊至今。今幸勘结，得入轮回，以距期尚数载，感君忆念，祈于冥官，来视君，亦夙缘之未尽也。"遂相缱绻如平生。自此人定恒来，鸡鸣辄去。嬿婉之意有加，然不一语及家事，亦不甚问儿女，曰："人世嚣杂，泉下人得离苦海，不欲闻之矣。"一夕，先数刻至，与语不甚答，曰："少迟君自悟耳。"俄又一妇搴帘入，形容无二，惟衣饰差别，见前妇惊却。前妇叱曰："淫鬼假形媚人，神明不汝容也！"后妇狼狈出门去。此妇乃握张泣。张惝恍莫知所为。妇曰："凡饿鬼多托名以求食，淫鬼多假形以行媚，世间灵语，往往非真。此鬼本西市娼女，乘君思忆，投隙而来，以盗君之阳气。适有他鬼告我，故投诉社公，来为君驱除。彼此时谅已受笞矣。"问："今在何所？"曰："与君本有再世缘，因奉事翁姑，外执礼而心怨望，遇有疾病，虽不冀幸其死，亦不迫切求其生。为神道所录，降为君妾。又因怀挟私愤，以语激君，致君兄弟不甚睦，再降为媵婢。须后公二十余年生，今尚浮游墟墓间也。"张牵引入帏。曰："幽明路隔，恐干阴谴，来生会了此愿耳。"呜咽数声而灭。时张父母已故，惟兄别居。乃诣兄具述其事，友爱如初焉。

【译文】
　　董秋原说：有个张某，年轻时就担任州县的幕僚，到中年时估计已经留足生活费用了，就回家闲居，养花种竹，自得其乐。偶然外出几天，他妻子突然病死了，临终来不及见上一面，他心里常常苦闷，如像失去了什么。一天晚上，妻子在灯下出现，俩人悲喜交集，相互拥抱。妻子说："我被阴司拘去以后，因为有小小罪过，要等待处理，就一直拖到今天。现在好在已经查清了结，可以进入轮回投生。因为距离规定投生的期限还有几年，我又感激你的思念，就向阴间官员请求，前来看望你。这也是我们前生的缘分还没有尽呀！"于是，夫妻亲热得像过去一样。从此，妻子每当夜深人静就回来，鸡啼时就离开。妻子亲热柔顺的情意比以前更加浓烈，但一句也不问家务事，也不大过问儿女的事，还说："人世嘈杂繁琐，亡魂能够离开人世这个苦海，不想再听人世的事情了。"有一天晚上，比预定时间早几刻钟就来了，张某和她讲话，她也不肯多回答，只是说："等一下你就明白了。"不久，又有一个妻子掀开门帘进来，和先头进来的妻子一模一样，只有衣服首饰有点差别。后来的妻子看见先来的妻子，就大惊退后。先来的妻子骂道："你这淫鬼变形迷惑人，神明不会宽恕你的！"后来的妻子狼狈地逃出门去。这个妻子才拉着张某的手哭起来。张某迷迷糊糊地，不知道究竟是怎么回事。妻子说："凡是饿鬼大多假借名字去寻求食物，淫鬼大多变化形象去迷惑引诱人。世间那些好听的话，往往不是真话。这个鬼本来是西市的娼妓，乘着你思念我的机会，钻着空子就来了，要盗取你的阳气。刚好有另外的鬼把这件事告诉我，我就向土地神投诉，来这里为你驱逐淫鬼。这个时候，大概她正在挨鞭打呢！"张某问妻子："现在你在哪里？"妻子说："我和你本来有再世姻缘的，但是因为侍奉公婆的时候，表面恭敬有礼，内心埋怨，遇到公婆有病，虽然不希望他们死去，也不迫切地企求他们活着。这些被神明记录在案，把我降为你的侍妾。又因为怀着私心发泄私愤，用语言挑动你，以致你们兄弟不十分和睦，我再降为你的通房丫头。我要等在你后面二十多年才能投生，现在还在坟墓之间游游荡荡呀！"张某拉妻子上床，她说："阴间阳间不同，这样做怕犯了阴间法律，只有来生才能还这个愿了。"哭了几声就不见了。当时，张某父母已经亡故，只有兄长住在别的地方。张某就到兄长那里，讲出这件事，兄弟就和最初时候一样友爱了。

孝子杀人

有嫠妇年未二十，惟一子，甫三四岁。家徒四壁，又鲜族属，乃议嫁。妇色颇艳。其表戚某甲，密遣一妪说之曰："我于礼无娶汝理，然思汝至废眠食。汝能托言守志，而私昵于我，每月给资若干，足以赡母子。两家虽各巷，后屋则仅隔一墙，梯而来往，人莫能窥也。"妇惑其言，遂出入如夫妇。外人疑妇何以自活，然无迹可见，姑以为尚有蓄积而已。久而某甲奴婢泄其事。其子幼，即遣就外塾宿。至十七八，亦稍闻繁言。每泣谏，妇不从；狎昵杂坐，反故使见闻，冀杜其口。子恚甚，遂白昼入某甲家，剚刃于心，出于背，而以"借贷不遂，遭其轻薄，怒激致杀"首于官。官廉得其情，百计开导，卒不吐实，竟以故杀论抵。乡邻哀之，好事者欲以片石表其墓，乞文于朱梅崖前辈。梅崖先一夕梦是子，容色惨沮，对而拱立。至是憬然曰："是可毋作也。不书其实，则一凶徒耳，乌乎表？书其实，则彰孝子之名，适以伤孝子之心，非所以安其灵也。"遂力沮罢其事。是夕，又梦其拜而去。是子也，甘殒其身以报父仇，复不彰母过以为父辱，可谓善处人伦之变矣。或曰："斩其宗祀，祖宗恫焉。盍待生子而为之乎？"是则讲学之家，责人无已，非余之所敢闻也。

【译文】

　　有个寡妇，年纪不到二十岁，只有一个儿子，才三四岁。家里十分贫穷，亲属又很少，就想再嫁。她长得很漂亮，有个表亲某甲偷偷地派个老太婆来劝说她，说："按礼规我没有娶你的道理，但我思恋你到了不思睡眠不想进食的程度。你如能够假装守节，私下和我幽会，我就按月给你一些钱，足够养活你们母子。我们两户虽然不同街巷，但后屋只有一墙之隔，用梯子来往，别人不会发现形迹的。"寡妇受某甲甜言蜜语哄骗，就和某甲共同生活，像妻子一般。外人怀疑寡妇怎么样生活下去，但又没有形迹可以发现，还以为她不过有积蓄罢了。过了很久，某甲的仆人婢女就把事情真相泄露出来。寡妇儿子年幼，就被她送到外面学塾中住宿读书。儿子到了十七八岁，也听到一些传言，常常哭着劝告母亲，寡妇又不肯听从。有时寡妇和某甲坐在一起做出亲热的样子，故意让儿子看见，企图堵住儿子的口。儿子十分痛恨，就在白天冲进某甲的家，用刀刺某甲的胸部，刀锋从背后穿透出来，然后以"借债不遂，反被某甲加以轻薄，怒气激动，以至杀人"为供词，向官府自首。官员调查了真实情况，千方百计开导他，他就是不肯讲实话，最后以故意杀人罪抵命。乡下邻里很哀怜他，热心的人想在他的墓前立个石碑，给予表彰，就请老前辈朱梅崖为他写碑文。朱梅崖在前一晚做了个梦，梦见这个儿子，神色悲惨沮丧，对他拱手站立。到这时候，猛然醒悟说："这个石碑不必立了。碑文不写实际情况，那儿子只是一名凶犯，有什么好表彰？写上实际情况，那么表彰了孝子的名声，刚好伤害了孝子的感情，这并非安定他灵魂的办法。"于是，朱梅崖极力阻止立石碑这件事。当天晚上，又梦见儿子向他行礼才离去。这个儿子，甘愿牺牲自己去报父仇，又不公开母亲的错误，以免羞辱父亲，可说是善于处理人伦之间的变故了。有人说："断绝祖宗的祭祀，祖宗会痛苦的。何不等生下儿子以后再干呢？"这是讲理学的专家的话，对别人的要求无穷无尽，就不是我能同意的了。

小 人 之 谋

小人之谋，无往不福君子也。此言似迂而实信。李云举言其兄宪威官广东时，闻一游士性迂僻，过岭干谒亲旧，颇有所获。归装襆被衣履之外，独有二巨箧，其重四人乃能舁，不知其何所携也。一日，至一换舟处，两舷相接，束以巨绳，扛而过。忽四绳皆断如刃截，訇然堕板上。两箧皆破裂，顿足悼惜。急开检视，则一贮新端砚，一贮英德石也。石箧中白金一封，约六七十两，纸裹亦绽。方拈起审视，失手落水中。倩渔户没水求之，仅得小半。方懊丧间，同来舟子遽贺曰："盗为此二箧，相随已数日，以岸上有人家，不敢发。吾惴惴不敢言。今见非财物，已唾而散矣。君真福人哉！抑阴功得神祐也？"同舟一客私语曰："渠有何阴功，但新有一痴事耳。渠在粤日，尝以百二十金托逆旅主人买一妾，云是一年余新妇，贫不举火，故鬻以自活。到门之日，其翁姑及婿俱来送，皆羸病如乞丐。临入房，互相抱持，痛哭诀别。已分手，犹追数步，更絮语。媒妪强曳妇入，其翁抱数月小儿向渠叩首曰：'此儿失乳，生死未可知。乞容其母暂一乳，且延今日，明日再作计。'渠忽跃然起曰：'吾谓妇见出耳。今见情状，凄动心脾，即引汝妇去，金亦不必偿也。古今人相去不远，冯京之父，吾岂不能为哉！'竟对众焚其券。不知乃主人窥其忠厚，伪饰己女以给之，傥其竟纳，又别有狡谋也。同寓皆知，渠至今未悟，岂鬼神即录为阴功耶？"又一客曰："是阴功也。其事虽痴，其心则实出于恻隐。鬼神鉴察，亦鉴察其心而已矣。今日免祸，即谓缘此事可也。彼逆旅主人，尚不知究竟何如耳。"先师又聘先生，云举兄也。谓云举曰："吾以此客之论为然。"余又忆姚安公言：田丈耕野西征时，遣平鲁路守备李虎偕二千总将三百兵出游徼，猝遇额鲁特自间道来。二千总启虎曰："贼马健，退走必为所及。请公率前队扼山口，我二人率后队助之。贼不知我多寡，犹可以守。"虎以为然，率众力斗。二千总已先遁，盖绐虎与战，以稽时刻；虎败，则去已远也。虎遂战殁。后荫其子先捷如父官。此虽受绐而败，然受绐适以成其忠。故曰，小人之谋，无往不福君子也。此言似迂而实确。

【译文】

小人的阴谋，没有不降福给君子的。这句话好像迂腐，其实是可信的。李云举说，他兄长宪威在广东做官时，听说有个游学书生性格迂腐孤僻，到岭南拜访亲朋故旧，有不少收入。回家时在衣服铺盖之外，还有两只大箱子，重得要四个人才能抬起，不知里面装着什么东西。有一天，来到换船的地方，两只船舷相接，船工用大绳把箱子绑紧，扛过船去。突然四面绳索一齐断掉，像刀切那样整齐。箱子砰的一声跌在船板上，两只大箱子都破裂开来，书生急得跳脚，十分心痛，急忙打开检查，原来里面一只收藏新的端砚，一只收藏英德石。装石头的箱子中有一封白银，大约六七十两，纸包也破裂了。书生正拿起来仔细看时，失手掉到河水里。书生请渔人潜水寻找，只找到一小半。书生正在懊丧的时候，同来的船工马上恭贺他，说："为了这两只大箱子，强盗盯梢船只已经好几天了，因为河岸上有人家，他们不敢发动。我们心里很担心，又不敢讲。

现在看到箱子里并非财物，强盗已经轻蔑地走掉了。你真是有福之人！还是积有阴功，有神保佑呢？"同船的一位客人悄悄对人说："他有什么阴功，最近只做过一件笨事。他在广东时，曾经托旅馆主人花去一百二十两银子买了一个侍妾，说是只结婚一年多的新媳妇，因为家里穷得没饭吃，所以只好卖掉她求得家人活命。这妇女上门的日子，她的公婆丈夫都来送行，都又黄又瘦像乞丐一样。要入洞房时，家人互相拥抱痛哭；生离死别一般。分手之后，还追上几步，唠唠叨叨地讲些什么。媒婆硬把这妇女拉进去，她的公公抱着一个几个月大的婴儿，向书生叩头说：'这个孩子没有母奶吃，生死都不能定，请求让他母亲再喂一次奶，过得今日，明日再打算。'书生突然跳起来，说：'我以为这妇女被赶出来而已。现在看见这种情况，凄惨得让人心痛，你们马上把你们媳妇带回去，银子也不必归还我。古代现代的人区别不大，冯京的父亲能作的事，我就不能作吗？'竟然当众把卖身契烧了。书生不知道原来旅舍主人探知他性格忠厚，就把自己女儿假装成穷妇女卖身，来欺骗他。如果他真的娶了那妇女，又另外有狡猾的阴谋了。住在同一旅舍的人都知道底细，只有他不清楚，到现在还没有醒悟，难道鬼神就把这件事记录为阴功吗？"又有一个旅客说："这是阴功。虽然他办这件事有点痴呆，他实在出于恻隐之心。鬼神观察分析，也是观察分析他的内心而已。今天免除灾祸，说是因为那件事是可能的。那个旅舍主人，还不知最后怎么样呢。"我的老师李又聃先生，是云举的兄长，对云举说："我认为这个旅客讲的是正确的。"我又想起姚安公讲的一件事：田耕野老先生带兵西征时，派平鲁路守备李虎和两个千总，率领三百士兵出去巡逻，意外碰上额鲁特队伍从小路过来。两个千总对李虎说："贼人的马跑得快，我们后退一定被追上。请您带领前队人马防守山口，我们两个率领后队人马支援。贼人不知我军多寡，还是可以守住的。"李虎认为有理，就率领前队兵士尽力搏斗。二个千总早就先逃回来了。原来他们骗李虎与敌人作战，拖延敌人进军的时间。李虎即使失败，他们逃得已经很远了。李虎就战死了。后来荫庇李虎的儿子先捷，担任了和父亲一样的官职。这虽是受骗才战败，不过也是受骗才造成他的忠烈。所以说，小人的阴谋，没有不降福给君子的。这句话好像迂腐，实际正确。

博 施 为 福

云举又言：有人富甲一乡，积粟千余石。遇岁歉，闭不肯粜。忽一日，征集仆隶，陈设概量，手书一红笺，榜于门曰："岁歉人饥，何心独饱？今拟以历年积粟，尽贷乡邻，每人以一石为律。即日各具囊篚赴领，迟则粟尽矣。"附近居民，闻声云合，不一日而粟尽。有请见主人申谢者，则主人不知所往矣。皇遽大索，乃得于久镝敝屋中，酣眠方熟，人至始欠伸。众惊愕掖起，于身畔得一纸曰："积而不散，怨之府也；怨之所归，祸之丛也。千家饥而一家饱，剽劫为势所必至，不名实两亡乎？感君旧恩，为君市德。希恕专擅，是所深祷。"不省所言者何事。询知始末，太息而已。然是时人情汹汹，实有焚掠之谋。得是博施，乃转祸为福。此幻形之妖，可谓爱人以德矣。所云"旧恩"，则不知其故。或曰："其家园中有老屋，狐居之数十年，屋圮乃移去。意即其事欤？"

【译文】

云举又说：有个全乡最富的人，收藏粮食一千多石。遇上荒年，闭门不肯售粮。突然有一天，富人把仆人们召集来，摆出升斗量器，写了一张红纸，贴在大门口，说："荒年人人饥饿，我怎能安心一个人吃饱？现在准备把历年积存的粮食，全部借给同乡邻里，每人限借一石。即日开始，各人自备口袋箩筐来领取，迟到粮食就分光了。"附近的居民，听到消息都涌来，不到一天，粮食分光了。有人请求拜见主人，表示感谢，但主人却不知到什么地方去了。大家惊慌起来，到处寻找，从一间关闭很久的破房子中找到，正在沉沉大睡，见有人来才打呵欠、伸懒腰地醒来。大家很惊讶地把他扶起，在他身边看到一张纸，上面写着："积存而不散发，是怨恨的根源；怨恨集中，灾祸就丛生了。千家饥饿，一家饱食，抢掠就是形势的必然，这不就名誉和实际两者都丧失了吗？我感谢你旧日的恩德，现在为你买取德行。希望你宽恕我的专权，这是我最大的请求。"大家都不清楚纸上讲的什么事。富人查问分粮的过程，只有叹气的份儿了。但是，当时人们心情焦急，实在有放火抢掠的设想。富人因为广为分送粮食，才转祸为福。这个变成富人模样的妖怪，可以说是用德行来爱护这个富人了。所说的旧时的恩德，就不知道是什么情况。有人说："富人家的院子里有间老屋，狐精住了几十年，到老屋倒塌才离开。估计大概指这件事吧？"

狐　家　婢

小时闻乳母李氏言：一人家与佛寺邻。偶寺廊跃下一小狐，儿童捕得，紥缚鞭捶，皆慑伏不动。放之则来往于院中，绝不他往。与之食则食，不与亦不敢盗；饥则向人摇尾而已。呼之似解人语，指挥之亦似解人意。举家怜之，恒禁儿童勿凌虐。一日，忽作人语曰："我名小香，是钟楼上狐家婢。偶嬉戏误事，因汝家儿童顽劣，罚受其蹂躏一月。今限满当归，故此告别。"问："何故不逃避？"曰："主人养育多年，岂有逃避之理？"语讫，作叩额状，翩然越墙而去。时余家一小奴窃物远扬，乳母因说此事，喟然曰："此奴乃不及此狐。"

【译文】

　　小时候听奶妈李氏说：有户人家和佛寺相邻，有一次，在寺院走廊上跳下一只小狐狸，被孩子们抓获，捆绑鞭打，小狐狸吓得爬着不敢动。把它放了，就在院子里走来走去，绝对不到其他地方去。喂它食物它就吃，不喂它，也不敢偷吃，饿的时候就向人摇尾巴就是了。叫它时，好像听懂人话；指挥它时，也好像理解人的意思。全家人都喜欢它，禁止孩子们再去欺负它。有一天，小狐狸忽然口吐人言，说："我名叫小香，是钟楼上狐精家中的婢女。有一次因为玩耍误事，又因为你家的孩子顽皮捣蛋，主人就罚我被虐待一个月。现在限期满了，我要回去，所以向你们告别。"这家人问它："你怎么不逃避呢？"小狐狸说："主人养育我多年了，怎能有逃避的道理？"说完，作出叩头的样子，接着轻松地翻过墙头走了。当时我家有个小奴仆偷了东西逃得远远的，奶妈谈到这件事，感叹地说："这个小奴仆真不及那只小狐狸。"

荒寺高僧

　　陈云亭舍人言：其乡深山中有废兰若，云鬼物据之，莫能修复。一僧道行清高，径往卓锡。初一两夕，似有物窥伺。僧不闻不见，亦遂无形声。三五日后，夜有夜叉排闼入，狰狞跳掷，吐火嘘烟。僧禅定自若。扑及蒲团者数四，然终不近身；比晓，长啸去。次夕，一好女至，合什作礼，请问法要。僧不答。又对僧琅琅诵《金刚经》，每一分讫，辄问此何解。僧又不答。女子忽旋舞，良久，振其双袖，有物簌簌落满地，曰："此比散花何如？"且舞且退，瞥眼无迹。满地皆寸许小儿，蠕蠕几千百，争缘肩登顶，穿襟入袖。或龁啮，或搔爬，如蚊虻蚁虱之攒咂；或抉剔耳目，擘裂口鼻，如蛇蝎之毒螫。

撮之投地，爆然有声，一辄分形为数十，弥添弥众。左支右绌，困不可忍，遂委顿于禅榻下。久之苏息，寂无一物矣。僧慨然曰："此魔也，非迷也。惟佛力足以伏魔，非吾所及。浮屠不三宿桑下，何必恋恋此土乎？"天明，竟打包返。余曰："此公自作寓言，譬正人之愠于群小耳。然亦足为轻尝者戒。"云亭曰："仆百无一长，惟平生不能作妄语。此僧归路过仆家，面上血痕细如乱发，实曾目睹之。"

【译文】

陈云亭舍人说：他家乡深山中有所荒废的寺院，传说被鬼怪占据，无人能够修复。有个僧人道行高深，就去那里居住修行。最初一两夜，仿佛有东西偷偷观察他。僧人装出不闻不见的样子，也就没有了声音形迹。三五天后，晚上有个夜叉推门进来，面目狰狞地蹦来跳去、吐火吹烟。僧人镇静自如，夜叉扑过来，几次靠近蒲团，但始终不靠近僧人身体。到了早晨，夜叉高声叫喊就走了。第二天夜晚，有个美貌女子来到，向僧人合十作礼，恭敬地询问佛法。僧人不回答。女子又对着僧人大声念《金刚经》，每到一个段落，就问僧人作什么解释。僧人又不回答。女子忽然旋转跳舞，跳了很久，抖动衣袖，有许多东西悉悉簌簌地洒落满地，还说："这比天女散花又怎么样？"女子一面跳舞一面后退，一转眼就不见踪影了。满地都是一寸多高的小孩子，像虫子般活动，有成百上千个，争先恐后爬到僧人身上，沿着肩膀爬上头顶，穿过衣襟爬入衣袖中，有的用牙咬，有的又抓又爬，像蚊虫虱子般又钻又咬；有的拉刮耳朵眼睛，挖开口鼻，像毒蛇蝎子般咬刺。僧人抓住摔到地上，发出爆炸声，一下子一个分为数十个，越来越多。僧人四处抵抗，累得受不住，就昏迷在禅床下面。过了很久才苏醒过来，周围什么也没有了。僧人感慨地说："这是魔法，并非迷惑呀。只有佛力才能够制伏魔法，不是我的道行能达到的。僧人不在同一棵桑树下睡三晚,我何必恋恋不舍这个地方呢?"天亮时,僧人就收拾包袱回去了。我说:"这是你自己写的寓言,比喻正人被那些小人憎嫌罢了。不过,也足以作为那些随便尝试的人的警告。"陈云亭说:"我一样本领也没有,只是平生不讲假话。这个僧人回来时路过我家,面上的血痕又细又多,像乱头发似的,这实在是亲眼看到的事。"

石 翁 仲

老仆刘廷宣言:雍正初,佃户张璜于褚寺东架团焦(俗谓之团瓢,焦字音转也。二字出《北齐书》本纪。)守瓜,夜恒见一人,行步迟重,徐徐向西北去。一夕,偶窃随之,视所往,见至一丛冢处,有十余女鬼出迓,即共狎笑媟戏。知为妖物,然似是蠢蠢无所能,乃藏火铳于团焦,夜夜伺之。一夜,又见其过。发铳猝击,訇然仆地。秉火趋视,乃一翁仲也。次日,积柴燔为灰,亦无他异。至夜,梦十余妇女罗拜,曰:"此怪不知自何来,力猛如黑虎。凡新葬女鬼,无老少皆遭胁污;有枝拒者,登其坟顶,踊跃数四,即土陷棺裂,无可栖身。故不敢不从,然饮恨则久矣。今蒙驱除,故来谢也。"后有从高川来者,云石人洼冯道墓前,(冯道,景城人,所居今犹名相国庄,距景城二三里。墓则在今石人洼。余幼时见残缺石兽、石翁仲尚有存者,县志云不知道墓所在,盖承旧志之误也。)忽失一石人,乃知即是物也。是物自五代至今,始炼成形,岁月不为不久;乃甫能幻化,即纵凶淫,卒自取焚如之祸。与邵二云所言木偶,其事略同,均可为小器易盈者鉴也。

【译文】

　　老仆人刘廷宣说：雍正初年，佃户张璜在褚寺东面修了一所窝棚（当地百姓叫作团瓢，瓢是焦字的转音。团焦二字，出于《北齐书》本纪），看守瓜田，晚上常见一个人，脚步沉重地走过，慢慢向西北面走去。一天晚上，张璜偷偷地跟着他，看看他到哪里。只见他走到一处乱坟堆，有十几个女鬼出来迎接，就一起淫乱游戏。张璜知道那是妖怪，不过像这样行动笨拙，不会有多大能耐，就把火枪藏在窝棚内，每天晚上都等候着。一个夜晚，张璜又看到妖怪走过，就击发火枪突然射击，怪物轰的一声倒在地上。点起火把过去一看，原来是一个石翁仲。第二天，在石翁仲身上堆积柴草，把翁仲烧成灰，也没有什么怪异的事。到了晚上，梦见十几个妇女团团向他行礼，说："这个妖怪不知从何而来，力气大得像熊罴猛虎。凡是新葬的女鬼，无论老少，都被他威胁奸污了。有抗拒的，他就走到那人的坟顶，跳几下，就会土陷棺裂，鬼魂没有地方栖身。所以妇女不敢不听他的，但是大家心中怀恨很久了。现在多亏你把怪物消灭，我们就来表示感谢。"后来，有个从高川过来的人说，石人洼冯道墓前面（冯道是景城人，所住的地方现在还叫相国庄，距离景城二三里。冯道墓在现在的石人洼。我小时候看到残缺的石兽、石翁仲还有存在的。县志上说不知道冯道墓在什么地方，原来是继承旧志书上的失误），忽然不见了一个石人，才知道就是这个怪物。这个石人从五代到现在，才修炼成人形，岁月不能说不长久了。谁知他刚能幻化形体，就放纵淫乱，最后自取被焚烧的灾祸。这件事和邵二云所讲的木偶故事基本相同，都可以作为小有成绩却容易狂妄的人的鉴戒。

狐女赏花

　　外叔祖张公蝶庄家有书室，颇轩敞。周以回廊，中植芍药三四十本，花时香过邻墙。门客闵姓者，携一仆下榻其中。一夕就枕后，忽外有女子声曰："姑娘致意先生。今日花开，又值好月，邀三五女伴借一赏玩，不致有祸于先生。幸勿开门唐突，足见雅量矣。"闵嗫不敢答，亦不复再言。俄微闻衣裳䙡縩声，穴窗纸视之，无一人影；侧耳谛听，时似喁喁私语，若有若无，都不辨一字。踢踏枕席，睡不交睫。三鼓以后，似又闻步履声。俄而隔院犬吠，俄而邻家犬亦吠，俄而巷中犬相接而吠。近处吠止，远处又吠，其声迢递向东北，疑其去矣。恐忤之招祟，不敢启户。天晓出视，了无痕迹，惟西廊尘上似略有弓弯印，亦不分明，盖狐女也。外祖雪峰公曰："如此看花，何必更问主人？殆闵公莽莽有伧气，恐其偶然冲出，致败人意耳。"

【译文】

外叔祖张蝶庄先生家里有间书室，相当宽敞，周围是回廊，院子中种有芍药花三四十棵，开花时香气四溢，飘过邻居的墙头。有个门下清客姓闵，带着一个仆人住在书室里。有一天晚上，刚刚躺下，忽然窗外有女子的声音说："姑娘向先生致意。今日花开，又碰上好月色，我邀请了几位女朋友来赏花，不会给先生带来什么灾祸的。请不要开门出来干涉，就见出你的宽容了。"闵先生闭口不敢回答，那女子也不再出声。不久，听到有轻轻的衣服摩擦的声音，闵先生从窗纸挖开小洞观察，又不见人影；侧耳仔细听，好像时时有人窃窃私语，若有若无，一个字都听不清楚。闵先生小心翼翼地躺在床上，根本睡不着。三更以后，似乎又听到脚步声。不久，隔壁院子狗吠，接着邻家的狗也吠，跟着街巷的狗都接着吠叫起来。靠近处的狗吠停止了，远处的狗吠声又响起来，吠声逐渐向东北方面传递过去，估计妖怪走了。又怕得罪妖怪会招来灾祸，不敢打开室门。到天亮时出门察看，什么痕迹也没有，只有西廊尘土上，似乎有点弓鞋印，也不很分明，大概是狐女。外祖父雪峰先生说:"这样去看花,何必再问主人呢?大概闵先生有点毛毛躁躁的市民习气,狐女怕他偶然间冲了出去,败坏赏花玩月的兴趣罢了。"

董 华 妻

沧州有董华者,读书不成,流落为市肆司书算。复不能善事其长,为所排挤出。以卖药卜卦自给,遂贫无立锥。一母一妻,以缝纫浣濯佐之,犹日不举火。会岁饥,枵腹杜门,势且俱毙。闻邻村富翁方买妾,乃谋于母,将鬻妇以求活。妇初不从,华告以失节事大,致母饿死事尤大,乃涕泗曲从,惟约以傥得生还,乞仍为夫妇。华亦诺之。妇故有姿,富翁颇宠眷,然枕席时有泪痕。富翁固问,毅然对曰:"身已属君,事事可听君所为。至感忆旧恩,则虽力锯在前,亦不能断此念也。"适岁再饥,华与母并为饿殍。富翁虑有变,匿不使知。有一邻妪偶泄之,妇殊不哭,痴坐良久,告其婢媪曰:"吾所以隐忍受玷者,一以活姑与夫之命。一以主人年已七十余,度不数年,即当就木;吾年尚少,计其子必不留我,我犹冀缺月再圆也。今则已矣!"突起开楼窗,踊身倒坠而死。此与前录所载福建学院妾相类。然彼以儿女情深,互以身殉,彼此均可以无恨。此则以养姑养夫之故,万不得已而失身,乃卒无救于姑与夫,事与愿违,徒遭玷污,痛而一决,其赍恨尤可悲矣。

【译文】

沧州有个董华,读书不成,流落到市场替人家算账,又不能和主管好好相处,因此遭到主管排挤,只好出外靠算卦、卖药谋生,穷得住的地方也没有。董华的母亲和妻子替人缝缝补补、洗洗衣服补贴家用,还不能每天有饭吃。正逢上闹饥荒的年头,空着肚子关上门,眼看全家就要一起饿死。董华听说邻村的富翁要买侍妾,就和母亲商量,准备卖妻子得钱救命。董妻最初不肯,董华用失节事大,导致母亲饿死事更大这个道理劝妻子,董妻只好哭着委屈地听从了,只约定如果她还能活着回来,请求和董华仍旧做夫妻。董华也答应了。董妻本来比较漂亮,富翁对她相当疼爱,但睡觉时她常流眼泪。富翁一定要问原因,董妻坚定地说:"我身子已经属于你了,什么事都会听任你的。但说到怀念旧时夫妻恩爱,心中留有感情,即使刀锯放在我前面,我也不能割断这种怀念。"刚好又遇荒年,董华与母亲都饿死了。富翁担心董妻有变故,把消息隐瞒下来,不让她知道。有个邻居老太太不当心把消息泄露出来,董妻并不哭,只是呆呆地坐了很久,对她的婢女仆妇说:"我之所以忍受屈辱,一来是为救活婆婆与丈夫性命,二来因为主人已经七十多岁,过不了几年,就会去世;我还年轻,估计他儿子一定不会留住我,我还希望缺月能够重圆呀!现在一切都完了。"突然站起来打开楼上的窗子,跳下楼去摔死了。这件事和前面《滦阳消夏录》记载的福建学院那侍妾相类似。不过,他们因为男女情深,相互以身相殉,彼此都可以无遗憾了。这个故事是因为要养活婆婆丈夫的缘故,万不得已才卖身,最后却无法救助婆婆丈夫,事与愿违,白白身受玷污,沉痛地决绝,她承受的怨恨就更加令人悲伤了。

槐 镇 僧

余十岁时,闻槐镇一僧,(槐镇即《金史》之槐家镇,今作淮镇,误也。)农家子也,好饮酒食肉。庙有田数十亩,自种自食,牧牛耕田外,百无所知。非惟经卷法器,皆所不蓄,毗卢袈裟,皆所不具;即佛龛香火,亦在若有若无间也。特首无发,室无妻子,与常人小异耳。一日,忽呼集邻里,而自端坐破几上,合掌语曰:"同居三十余年,今长别矣。以遗蜕奉托可乎?"溘然而逝,合掌端坐仍如故,鼻垂两玉箸,长尺余。众大惊异,共为募木造龛。舅氏安公实斋居丁家庄,与相近,知其平日无道行,闻之不信。自往视之,以造龛未竟,二日尚未敛,面色如生,抚之肌肤如铁石。时方六月,蝇蚋不集,亦了无尸气,竟莫测其何理也。

【译文】

我十岁的时候,听说槐镇有个僧人(槐镇即《金史》上的槐家镇,现在写作淮镇,是错误的),是农家子弟,喜欢饮酒食肉。庙有田产几十亩,他自种自食,除放牛耕田之外,一无所知。不但佛经法器,统统没有;僧帽僧衣,也都不备;甚至佛龛的香火,也是时有时无。只是头上没头发,房间里没妻子,和一般百姓小有差别而已。有一天,他忽然招呼邻里集中到庙里,自己端正地坐在破木几上,合掌对大家说:"我与各位做邻居三十多年,现在永别了。把遗体的事托付给各位,可以吗?"然后一声不响地去世了,合掌在胸前,仍然端正地坐着,鼻孔流下两条鼻涕,长一尺多。大家大为惊奇,一起为他募捐木料,营造佛龛。舅舅安实斋先生住在丁家庄,与槐镇相近,知道僧人平日并没有道行,听到这个情况,心里不相信,亲自去察看。因为佛龛还未造好,尸体两天还未收敛。只见僧人面色如生,摸他的皮肤硬得像铁石。当时正是六月,苍蝇蚊子都不叮尸体,周围一点死尸的气味也没有,始终想不出是什么道理。

萧 得 禄

喀喇沁公丹公（号益亭，名丹巴多尔济，姓乌梁汗氏，蒙古王孙也。）言：内廷都领侍萧得禄，幼尝给事其邸第。偶见一黑物如猫，卧树下，戏击以弹丸。其物甫一转身，即巨如犬。再击。又一转身，遂巨如驴。惧不敢复击。物亦自去。俄而飞瓦掷砖，变怪陡作。知为狐魅，惴惴不自安。或教以绘像事之，其祟乃止。后忽于几上得钱数十，知为狐所酬，始试收之，秘不肯语。次日，增至百文。自是日有所增，渐至盈千。旋又改为银一铤，重约一两。亦日有所增，渐至一铤五十两。巨金不能密藏，遂为管领者所觉。疑盗诸官库，榜掠汛问，几不能自白。然后知为狐所陷也。夫飞土逐肉，（"断竹续竹，飞土逐肉"，《吴越春秋》载陈音所诵古歌，即弹弓之始也。）儿戏之常。主人知之，亦未必遽加深责；狐不能畅其志也。饵之以利，使盈其贪壑，触彼祸罗，狐乃得适所愿矣。此其设阱伏机，原为易见；徒以利之所在，遂令智昏。反以为我礼既虔，彼心故悦。委曲自解，致不觉堕其彀中。昔夫差贪句践之服事，卒败于越；楚怀贪商於之六百，卒败于秦；北宋贪灭辽之割地，卒败于金；南宋贪伐金之助兵，卒败于元。军国大计，将相同谋，尚不免于受饵。况区区童稚，乌能出老魅之阴谋哉，其败宜矣！又举一近事曰：有刑曹某官之仆夫，睡中觉有舌舔其面。举石击之，踣而毙。烛视，乃一黑狐。剥之，腹中有一小人首，眉目宛然，盖所炼婴儿未成也。翼日，为主人御车归。狐凭附其身，举凳击主人，且厉声陈其枉死状。盖欲报之而不能，欲假手主人以鞭笞泄其愤耳。此二狐同一复仇，余谓此狐之悍而直，胜彼狐之阴而险也。

【译文】

喀喇沁公丹公（号益亭，名丹巴多尔济，姓乌梁汗氏，是蒙古王族后代）说：内廷都领侍萧得禄，小时候曾在他府邸做事。萧得禄有一次看见一个黑东西像猫，躺在树下，就开玩笑地用弹丸打过去。那东西一转身，变得像狗一般大；再用弹丸打过去，又一转身，就变得像驴子一般大。他害怕了，不敢再打弹丸，那东西也走了。不久，飞砖掷瓦，怪事突然出现。萧得禄知道是狐精作怪，心中恐惧不安。有人教他画了画像来供奉，怪事才停止。后来，忽然在茶几上出现铜钱几十文，心知是狐精给的报酬，开始时悄悄地收下，不肯讲出来。第二天，增加到铜钱一百文。从此每天都增加钱数，渐渐到上千文。很快又改为一铤银子，重约一两。也每天有所增加，渐渐增加到一铤五十两。金钱太多，就不能够秘密收藏，被管领的人发觉了。管领人怀疑萧得禄从官库中偷的，拷打审问，几乎说不清楚，然后才明白自己被狐精所陷害了。"飞土逐肉"（"断竹续竹，飞土逐肉"，是《吴越春秋》记载的陈音所读的古歌，就是弹弓最初的样子）是儿童经常的游戏。主人知道了，也不会就过分追究责备，狐精也就不能痛快地达到报复的目的。而用金钱做钓饵，使萧得禄的贪心越来越大，最后中了狐精布置的圈套而受到祸害，狐精就实现报复的心愿了。这种设置陷阱，本来比较容易发现；只是因为有利可图，就使人神智昏乱，反而以为我对狐精有礼供奉，也算诚心，狐精心里高兴，就赏赐我了。勉强寻找理由去解释，终于掉进狐精的圈套之中。从前夫差贪图勾践的服从侍奉，终于败给越国；楚怀王贪求商於六百里土地，终于败给秦国；北宋贪图消灭辽国后能获取土地，终于败给金国；南宋贪求伐金之利出兵助战，终于败给元朝。军国大计，即使有将相一起商量，还不免受骗上当,何况一个小孩子,怎能觉察老妖精的阴谋呢?萧得禄的失败也是必然的了。丹公又说了一件最近发生的事。有个刑部官员的仆人,睡觉时感到有舌头舔他的脸,就拿起石头打过去,有东西倒在地下死了。点起蜡烛一看,原来是只黑狐狸。把狐狸剥开时,发现狐狸肚子里有一个小人头,眉眼已经相当清晰了,原来是狐精修炼的婴儿,还没有完全炼成人形。第二天,仆人为主人驾车回家,那狐精鬼魂就附在仆人身上,举起凳子要打主人,还大声陈述自己枉死的情况。原来狐精的鬼魂想报仇又不能够,就想借主人的手,鞭打仆人一顿,发泄自己的愤恨而已。这两只狐精都是报仇,我认为这个狐精强悍而坦率,胜过那个狐精阴沉而奸险呀!

鬼 妪

丹公又言:科尔沁达尔汗王一仆,尝行路拾得二毡囊,其一满贮人牙,其一满贮人指爪。心颇诧异,因掷之水中。旋一老妪仓皇至,左顾右盼,似有所觅,问仆曾见二囊否?仆答以未见。妪知为所毁弃,遽大愤怒,折一木枝奋击仆。仆徒手与搏,觉其衣裳柔脆,如通草之心;肌肉虚松,似莲房之穰。指所抠处辄破裂,然放手即长合如故。又如抽刀之断水。互斗良久,妪不能胜,乃舍去。临去顾仆詈曰:"少则三月,多则三年,必褫汝魄!"然至今已逾三年,不能为祟,知特大言相恐而已。此当是炼形之鬼,取精未足,不能凝结成质,故仍聚气而为形。其蓄人牙爪者,牙者骨之余,爪者筋之余,殆欲合炼服饵,以坚固其质耳。

【译文】

　　丹公又说：科尔沁达尔汗王的一个仆人，在赶路时路上捡到两只毡囊，其中一只装满人的牙齿，另一只装满人的指甲。仆人心中很是惊讶，就把它们扔到水里去。很快看到一个老太婆神色仓皇地跑过来，左顾右盼，好像在寻找什么，还问仆人有没有见过两只毡囊？仆人回答说没有看见过。老太婆猜想一定是被仆人弄破抛掉了，立刻大为愤怒，折了一根树枝用力打仆人。仆人空手与她对打，只感得她的衣服柔软脆弱，像通草的草心；肌肉又虚又松，像莲蓬的包穰。仆人手指挖到的地方马上裂开，但放手之后立即凝合起来像原来一样，又像抽刀断水。相互搏斗了很久，老太婆不能取胜，才放开仆人离去。临走前还回头骂仆人说："少则三个月，多则三年，我一定捉拿你的灵魂！"然而，到现在已经超过三年了，老太婆也不能降灾祸，可知她只是讲大话恐吓仆人而已。老太婆应当是炼形的鬼，取得的精血未够，不能凝结成有实质的形体，所以仍然凝聚气息成为形体。她收集人的牙齿指甲，因为牙是骨头的剩余，指甲是筋的剩余，大概是想合起来炼制成药服食，用以充实她的实质罢了。

爱　星　阿

　　田侯松岩言：今岁六月，有扈从侍卫和升，卒于滦阳。马兰镇总兵爱公星阿，与和亲旧，为经理棺衾，送其骨归葬。一夕如厕，缺月微明。见一人如立烟雾中，问之不言，叱之不动。爱公故能视鬼，凝神谛审，乃和之魂也。因拱而祝曰："昔敛君时，物多不备，我力绵薄，君所深知。今形见，岂有所责耶？"不言不动如故。又祝曰："闻殁于塞外者，不焚路引，其鬼不得入关。曩偶忘此，君毋乃为此来耶？"魂即稽首至地，倏然而隐。

爱公为具牒于城隍，后不复见。又扈从南巡时，与爱公同寓江宁承天寺，规模宏壮，楼阁袤延，所住亦颇轩敞。一日，方共坐，忽楼窗六扇无风自开，俄又自阖。爱公视之，曰："有一僧坐北牖上，其面横阔，须鬖鬖如久未剃，目瞪视而项微偻，盖缢鬼也。"以问寺僧，僧不能讳，惟怪何以识其貌，疑有人泄之。不知爱公之自能视也。又偶在船头，戏拈篙刺水。忽掷篙却避，面有惊色。怪诘其故。曰："有溺鬼缘篙欲上也。"戊午八月，宴蒙古外藩于清音阁，爱公与余连席。余以松岩所语叩之，云皆不妄。然则随处有鬼，亦复如人。此求归之鬼，有系恋心；开窗之鬼，有争据心；缘篙之鬼，有竞斗心。其得失胜负、喜怒哀乐，更当一一如人。是胶胶扰扰，地下尚无了期。释氏讲忏悔解脱，圣人之法，亦使有所归而不为厉，其深知鬼神之情状矣。子贡曰："大哉死乎，君子息焉！"庄周曰："嗟来桑扈乎，而已反其真。"特就耳目所及言之耳。

【译文】

田松岩说：今年六月，有个扈从侍卫和升，死于滦阳。马兰镇总兵爱星阿先生，与和升是亲戚故旧，替和升办理棺木衣物，护送他的骸骨回家乡埋葬。一天晚上去厕所，弯月不很明亮，爱先生看见一个人像站在烟雾之中，问他不答话，骂他也不动。爱先生本来能看到鬼魂，就凝神细看，原来是和升的鬼魂。爱先生就拱手行礼，祷告说："以前收殓你的时候，许多物品都未齐备，我的力量微薄，你也十分了解。现在现形相见，是不是对我有所责备呢？"鬼魂仍旧不言不动。爱先生又祷告说："我听说死在塞外的人，不焚烧路引，他的鬼魂不能进关。以前我忘记这件事，你莫不是为了这件事前来么？"和升鬼魂深深地行了个礼，很快就隐没了。爱先生就为和升鬼魂入关事，办了公文报告城隍，后来不再见到和升鬼魂了。又有一次，在扈从皇上南巡时，和爱先生一同住在江宁的承天寺。寺院规模宏大，楼阁众多，所住的地方也很宽敞。有一天，两人正坐在楼上，忽然楼上窗户的六扇窗门无风自开，一会儿又自行关上了。爱先生看着，便说："有一个僧人坐在北窗上面，他的脸面宽阔，满腮胡须好像很久没有剃过了，两只眼睛大看着，颈部有点弯曲，原来是一个吊死鬼。"爱先生就把见到的情况去问该寺僧人，僧人知道瞒不住，只是奇怪爱先生怎能知道吊死鬼的相貌，疑心有人把这件事透露出去，并不知道爱先生能够看到鬼魂。又有一次，偶然间站在船头，开玩笑地拿着竹篙插水。突然他把竹篙一抛，回身躲开，面上现出惊慌的神色。大家感到奇怪，就问他什么原因。他说："有个淹死鬼想缘着竹篙爬上来！"戊午年八月，在清音阁宴请蒙古藩王，爱先生和我坐在一起，我把田松岩所讲的故事去追问他，他说都不是假的。那么到处都有鬼，也好像到处有人一般。那个请求回乡的鬼，有依恋故乡的心情；那个开窗的鬼，有争夺住处的心情；缘竹篙爬的鬼，有搏斗的心情。那种得失胜负、喜怒哀乐的感情，更应当都像人一样。这样纠缠不休，在阴间也没有结束的日子。佛家讲忏悔解脱；儒家圣人的说法，也是使鬼魂有所归宿，不变为恶鬼，他们十分了解鬼魂的情绪了。子贡说："最大便是死吧，君子休息而已。"庄周说："哎呀，那个隐士，回复到他的纯真了！"这只是就耳目所见来说罢了。

卷二十四

滦阳续录（六）

善画之狐

狐能诗者，见于传记颇多；狐善画则不概见。海阳李丈硕亭言：顺治、康熙间，周处士玙薄游楚豫。周以画松名，有士人倩画书室一壁。松根起于西壁之隅，盘拏夭矫，横径北壁，而纤末犹扫及东壁一二尺；觉浓阴入座，长风欲来。置酒邀社友共赏。方攒立壁下，指点赞叹，忽一友拊掌绝倒，众友俄亦哄堂。盖松下画一秘戏图，有大木榻布长簟，一男一妇，裸而好合；流目送盼，媚态宛然。旁二侍婢亦裸立，一挥扇驱蝇，一以两手承妇枕，防蹂躏坠地。乃士人及妇与媵婢小像也。哗然趋视，眉目逼真，虽僮仆亦辨识其面貌，莫不掩口。士人恚甚，望空指划，詈妖狐。忽檐际大笑曰："君太伤雅。曩闻周处士画松，未尝目睹。昨夕得观妙迹，坐卧其下不能去，致失避君，未尝抛砖掷瓦相忤也。君遽毒詈，心实不平，是以与君小作剧。君尚不自反，乖戾如初，行且绘此像于君家白板扉，博途人一粲矣。君其图之。"盖士人先一夕设供客具，与奴子秉烛至书室，突一黑物冲门去。士人知为狐魅，曾诟厉也。众为慰解，请入座；设一虚席于上。不见其形，而语音琅然；行酒至前辄尽，惟不食肴馔，曰："不茹荤四百余年矣。"濒散，语士人曰："君太聪明，故往往以气凌物。此非养德之道，亦非全身之道也。今日之事，幸而遇我；傥遇负气如君者，则难从此作矣。惟学问变化气质，愿留意焉。"丁宁郑重而别。回视所画，净如洗矣。次日，书室东壁忽见设色桃花数枝，衬以青苔碧草。花不甚密，有已开者，有半开者，有已落者，有未落者；有落未至地随风飞舞者八九片，反侧横斜，势如飘动，尤非笔墨所能到。上题二句曰："芳草无行径，空山正落花。"（按：此二句，初唐杨师道之诗。）不署姓名。知狐以答昨夕之酒也。后周处士见之，叹曰："都无笔墨之痕。觉吾画犹努力出棱，有心作态。"

【译文】

　　狐精能作诗的，在传说记录中有很多；善于作画的狐精，就不常见。海阳李硕亭老先生说：顺治、康熙年间，书生周玗游历湖北、河南一带。周玗以画松出名，有个读书人请他在书房墙壁上画一幅大画。只见松树根部从西墙角长出来，盘屈矫健，松枝横过北墙，末梢还伸展到东墙上一二尺。看画时只觉得座位仿佛就在松阴之下，大风似乎正在吹拂。读书人就摆酒邀请文社的朋友们共同欣赏。大家正挤在墙下指点称赞，忽然有个朋友鼓掌大笑，朋友们马上也哄堂大笑。原来在松树下面，画有一幅男女淫乐的画图：一张大木床上铺着阔阔的竹席子，上面有一男一女，正在裸体性交。双方相对含情脉脉，娇媚的情态十分逼真。旁边两个婢女也裸体站着，一个摇扇子赶苍蝇，一个双手托住女人的枕头，防止性交活动时枕头掉到地下。这是读书人和妻子、婢女的画像。大家哄笑喧哗,走近去仔细看,只见人像的面目十分逼真,即使仆人们看了也认得出是谁的相貌,人们没有不觉得好笑的。这位读书人十分愤恨,对着空中指指点点,痛骂狐精作怪。突然,屋檐上发出一阵大笑,有声音说:"你太不文雅了。从前我听说过周先生画松出名,没有亲眼看过。昨天晚上,我能看到这幅佳作,在画下流连忘返,以致忘记躲避你,我也没有抛砖掷瓦来得罪你。你却恶毒责骂我,我心里实在感到不公平,所以对你来一次小小的恶作剧。你还不反省,脾气粗暴没有改变,我就要把这幅画像再画在你家白门板上,来博得过路人一笑。你考虑考虑吧!"原来,前一夜,读书人要在书房准备接待客人的物品,和奴仆拿着蜡烛来到书房,突然看到一个黑色东西冲出门去。读书人知道是狐精,曾破口大骂。这时大家都出来讲好话,宽慰双方,还请狐精入座喝酒,在筵席上留空一张椅子。人们看不见狐精的形状,只听见说话声音很响亮。巡行的酒来到前面劝饮时,狐精就一饮而尽,只是不吃菜肴,还说:"我不吃荤腥已经四百多年了。"酒席要散的时候,狐精对那个读书人说:"你太过聪明,往往用自己才气去欺凌别人。这并非修养品德之道,也并非保存性命之道。今天的事,好在碰到我;如果碰上脾气大得像你一样的狐精,灾难就从此发生了。只有留心学问才能改变气质,请你注意啊!"诚恳地叮嘱一番,狐精就告别走了。大家回头看那幅男女淫乐的画,已经不见了,好像洗去似的。第二天,书房东墙壁上突然画上着色桃花几枝,下面衬托着青苔碧草。花枝并不繁多,桃花有已开的,有半开的,有已经落在地下的,有还未落下的,有飘落但未到地下,随风飞舞的八九片,花瓣反面侧面,横飞斜落,就像正被风吹飘荡的样子,更几乎不是用笔墨画得出来的。上面题有两句诗:"芳草无行径,空山正落花。"(按:这两句是初唐杨师道的诗句。)没有署名。读书人知道是狐精为报答昨夜酒宴所作的。后来,周玽看到这幅画,赞叹道:"一点笔墨的痕迹都没有!使我觉得我的画还有尽力经营、有心作成某种姿态的不自然的地方。"

棋 道 士

　　景城北冈有玄帝庙,明末所建也。岁久,壁上霉迹隐隐成峰峦起伏之形,望似远山笼雾。余幼时尚及见之。庙祝棋道士病其晦昧,使画工以墨钩勒,遂似削圆方竹。今庙已圮尽矣。棋道士不知其姓,以癖于象戏,故得此名。或以为齐姓误也。棋至劣而至好胜,终日丁丁然不休。对者局或倦求去,至长跪留之。尝有人指对局者一著,衔之次骨,遂拜绿章,诅其速死。又一少年偶误一著,道士幸胜。少年欲改著,喧争不许。少年粗暴,起欲相殴。惟笑而却避曰:"任君击折我肱,终不能谓我今日不胜也。"亦可云痴物矣。

【译文】

　　景城的北冈有座玄帝庙,是明朝末年修建的。岁月长久,墙壁上的霉迹隐隐约约化成峰峦起伏的形状,望过去就像笼罩着云雾的远山。我小时候还见过。庙祝棋道士讨厌这墙壁隐晦糊涂,就请画匠用墨线勾勒,使形状清晰,就像把方竹都削成圆竹一样煞风景。现在玄帝庙已经全部倒塌了。棋道士,不知姓什么,因为癖好下象棋,所以有了这个名号。有人认为是姓齐,误为棋字。他的棋术低劣,但十分好胜,整天下个不停。和他对局的人有时感到厌倦要走,他甚至会跪下来请求人家留下。曾经有人指点他对局的人一着棋,道士恨之入骨,就用祈祷的青词禀告上天,诅咒那个人赶快死去。又有个青年和他下棋时,误下了一着,道士侥幸得胜。青年想悔棋,道士大声争论,决不允许。青年人性格粗暴,站起来就想打道士。道士只是笑着躲开,还说:"随便你把我打得手臂折断,总不能说我今天没有赢棋呀!"棋道士也可以说是到了入迷发痴的地步了。

酒 有 别 肠

　　酒有别肠,信然。八九十年来,余所闻者,顾侠君前辈称第一,缪文子前辈次之。余所见者,先师孙端人先生亦入当时酒社。先生自云:"我去二公中间,犹可著十余人。"次则陈句山前辈与相敌,然不以酒名。近时路晋清前辈称第一,吴云岩前辈亦骎骎争胜。晋清曰:"云岩酒后弥温克,是即不胜酒力,作意矜持也。"验之不谬。同年朱竹君学士、周稚圭观察,皆以酒自雄。云岩曰:"二公徒豪举耳。拇阵喧呶,泼酒几半,使坐而静酌则败矣。"验之亦不谬。后辈则以葛临溪为第一,不与之酒,从不自呼一杯;与之酒,虽盆盎无难色,长鲸一吸,涓滴不遗。尝饮余家,与诸桐屿、吴惠叔等五六人角至夜漏将阑,众皆酩酊,或失足颠仆。临溪一一指挥僮仆扶掖登榻,然后从容登舆去,神志湛然,如未饮者。其仆曰:"吾相随七八年,从未见其独酌,亦未见其偶醉也。"惟饮不择酒,使尝酒亦不甚知美恶,故其同年以登徒好色戏之。然亦罕有矣。惜不及见顾、缪二前辈,一决胜负也。端人先生恒病余不能饮,曰:"东坡长处,学之可也;何并其短处亦刻画求似!"及余典试得临溪,以书报先生。先生复札曰:"吾再传有此君,闻之起舞。但终恨君是蜂腰耳。"前辈风流,可云佳话。今老矣,久不预少年文酒之会,后来居上,又不知为谁?

【译文】　　有特别善饮酒的人，确实是这样。八九十年以来，我所听到的，前辈顾侠君可称为第一，前辈缪文子为其次。我所见到的，已故老师孙端人先生也够入当时的酒社。孙先生说："我与那两位先生之间，还可以排上十几个人。"其次是前辈陈句山，酒力可以和孙先生相比，但却不以善饮出名。近来，路晋清前辈可以称第一，吴云岩前辈也差不多可以相匹敌。晋清说："云岩酒醉以后更加温和克制，这是酒量不够，有意作出矜持的样子。"经过验证，果然不错。和我科举同榜的人中，朱竹君学士、周稚圭观察，都是以酒力称雄。云岩说："两位只是酒态豪洒而已。在猜拳时大声呼叫，酒就洒出一半了。假使大家坐下，慢慢地喝，他们就不行了。"经过验证，果然也不错。后辈中以葛临溪为第一。不给他喝酒，他从不自己要一杯；给他喝酒，即使一盆也毫无难色，深深地吸了一口，一滴酒也不会剩下。有一次在我家喝酒，与诸桐屿、吴惠叔等五六个人斗酒，到天快亮时，大家都大醉，有人醉倒地上。葛临溪招呼仆人，把他们一个个扶到床上，然后自己从容地上车回家，神志清醒，好像没有饮过酒似的。他的仆人说："我跟随他七八年，从来没有见他一个人喝酒，也从来没有见他喝醉过一次。"只是他喝酒时并不选择酒的品种，让他品酒也说不出优劣，所以和他科举同榜的人，都用登徒子好色娶丑女的故事来取笑他。不过，这也难得了。可惜他来不及见到顾、缪两位前辈，决一胜负。端人先生常常不满我不会喝酒，说道："苏东坡的长处，是可以学习的，何必连他的短处也一板一眼地模仿呢！"等到我主持考试时录取了葛临溪，写信报告孙先生，孙先生复信说："我的再传弟子中有这个人，我听到也高兴得手舞足蹈。但遗憾的是你夹在我们当中是两头粗中间细！"前辈性格风流潇洒，可称得上是佳话了。现在我年纪老了，很久不参加青年人论文品酒的集会，酒力后来居上的人，又不知道是哪一位了。

牛马有人心

高官农家畜一牛，其子幼时，日与牛嬉戏，攀角捋尾皆不动。牛或嗅儿顶、舐儿掌，儿亦不惧。稍长，使之牧。儿出即出，儿归即归，儿行即行，儿止即止，儿睡则卧于侧，有年矣。一日往牧，牛忽狂奔至家，头颈皆浴血，跳踉哮吼，以角触门。儿父出视，即掉头回旧路。知必有变，尽力追之。至野外，则儿已破颅死；又一人横卧道左，腹裂肠出，一枣棍弃于地。审视，乃三果庄盗牛者。（三果庄回民所聚，沧州盗薮也。）始知儿为盗杀，牛又触盗死也。是牛也，有人心焉。又西商李盛庭买一马，极驯良。惟路逢白马，必立而注视，鞭策不肯前。或望见白马，必驰而追及，衔勒不能止。后与原主谈及，原主曰："是本白马所生，时时觅其母也。"是马也，亦有人心焉。

【译文】

　　高官的农民家里养一头牛，他儿子小时候，天天和牛玩耍，攀牛角，拉牛尾，牛都不乱动。有时这头牛嗅嗅孩子的头，舐孩子的手，孩子也不怕。孩子长大了一些，家里便叫孩子去放牛。孩子出门，牛跟着出门；孩子回家，牛跟着回家；孩子走，牛就走；孩子停，牛就停；孩子睡下，牛就躺在旁边。这样子有几年了，有一天，孩子去放牛。忽然那头牛飞奔回家，牛头牛颈都沾满鲜血，又跳又叫，还用牛角撞门。孩子的父亲出来看时，牛又回头向原路跑去。孩子父亲知道一定出事了，就极力追赶。到了野外，看见孩子脑袋破裂死了，又有一个人横卧在路边，肚子开裂，肠子流出来，一根枣木棍丢在地上。仔细一看，原来是三果庄的偷牛贼。（三果庄是回民聚居的地方，是沧州的强盗窝。）孩子父亲这才知道，孩子被强盗杀死，牛又把强盗顶死了。这头牛，是有人的心肠的。还有一个西北商人李盛庭，买来一匹马，十分驯良。只是在路上碰到白马，一定站下来仔细看，鞭打也不肯前进。或者远望见有白马，一定飞跑过去追上，硬拉马缰也控制不住。后来和这匹马原来主人讲到这件事，原来的主人说："这匹马本来是白马生的，经常要寻找它的母亲。"这匹马，也是有人的心肠的。

牛犊复仇

余八岁时，闻保母丁媪言：某家有牸牛，跛不任耕，乃鬻诸比邻屠肆。其犊甫离乳，视宰割其母，牟牟鸣数日。后见屠者即奔避，奔避不及，则伏地战栗，若乞命状。屠者或故逐之，以资笑噱，不以为意也。犊渐长，甚壮健，畏屠者如初。及角既坚利，乃伺屠者侧卧凳上，一触而贯其心，遽驰去。屠者妇大号捕牛。众悯其为母复仇，故缓追，逸之，竟莫知所往。时丁媪之亲串杀人，遇赦获免，仍与其子同里闬。丁媪故窃举是事为之忧危，明仇不可狎也。余则取犊有复仇之心，知力弗胜，故匿其锋，隐忍以求一当。非徒孝也，抑亦智焉。黄帝《巾机铭》曰：（机是本字，校者或以为破体俗书，改为機字，反误。）"日中必慧，（案：《汉书·贾谊传》引此句，作熭。《六韬》引此句，作篲。音义并同。）操刀必割。"言机之不可失也。《越绝书》子贡谓越王曰："夫有谋人之心，使人知之者，危也。"言机之不可泄也。《孙子》曰："善用兵者，闭门如处女，出门如脱兔。"斯言当矣。

【译文】

我八岁的时候，听到保姆丁老太说：某家有头母牛，脚跛不能耕田，就卖给隔壁屠宰店。母牛有头小牛刚刚断奶，看着母牛被宰割,哞哞地叫了好几天。后来,小牛看到屠夫就逃走躲避,逃不开时就趴在地上,浑身发抖,好像请求饶命的样子。屠夫有时故意追赶小牛,来开玩笑取乐,也不放在心上。小牛渐渐长大,十分壮健,但害怕屠夫仍然和过去一样。等到这头牛长到牛角坚利,就乘着屠夫侧躺在凳子上的时候,用牛角撞过去,一下就穿透胸部,这头牛就很快跑掉了。屠夫老婆大叫抓牛,大家同情这头牛为母复仇,故意慢慢地追赶,这头牛逃掉了,不知跑到什么地方去。当时,丁老太的亲戚杀了人,遇到赦免,仍然和死者的儿子同住一条街巷。丁老太就私下举这件事作为例子,为他感到担忧,说明对仇人是不能轻视的。我却认为牛犊报仇的心情是可取的,当初它知道力量不够,就故意隐藏锋芒,忍耐着以求将来一次成功。这不仅是孝顺,也是机智。黄帝的《巾机铭》说(机是本来的写法,校书的人以为是俗体,改为機字,反而错了):"日中必熭(按,《汉书·贾谊传》引用这句时写成蒸字。《六韬》引用这句子时写成彗字。三个字音义相同),操刀必割。"说是时机不可丧失。《越绝书》里,子贡对越王说:"人有谋害别人的心思,又被别人知道,那就危险了。"说是心机不能泄露。《孙子》上说:"善于用兵的人,关上门像女孩子那样安静,出门时像逃跑的兔子那样敏捷。"这句话说得恰当极了。

坟 院 狐 女

姜慎思言:乾隆己卯夏,有江南举子以京师逆旅多啾嘈,乃税西直门外一大家坟院读书。偶晚凉树下散步,遇一女子,年十五六,颇白皙。挑与语,不嗔不答,转墙角自去。夜半睡醒,似门上了鸟微有声,疑为盗。呼僮不应,自起隔门罅窥之,乃日间所见女子也。知其相就,急启户拥以入。女子自言:"为守坟人女,家酷贫,父母并拙钝,恒恐嫁为农家妇。顷蒙顾盼,意不自持,故从墙缺至君处。君富贵人,自必有妇,傥能措百金与父母,则为妾媵无悔。父母嗜利,亦必从也。"举子诺之,遂相缱绻。至鸡鸣乃去。自是夜半恒至,妖媚冶荡,百态横生。举子以为巫山洛水不是过也。一夜来稍迟,举子自步月候之。乃忽从树杪飞下。举子顿悟,曰:"汝毋乃狐耶?"女子殊不自讳,笑而应曰:"初恐君骇怖,故托虚词。今情意已深,不妨明告。将来游宦四方,有一隐形随侍之妾,不烦车马,不择居停,不需衣食;昼可携于怀袖,夜即出而荐枕席,不愈于千金买笑耶?"举子思之,计良得。自是潜住书室,不待夜度矣。然每至秉烛,则外出,夜半乃返;或微露髻乱钗横状。举子疑之而未决。既而与其娈童乱;旋为二仆所窥,亦并与乱。庖人知之,亦续狎焉。一日,昼与娈僮寝。举子潜扼杀之,遂现狐形,因埋于墙外。半月后,有老翁诣举子曰:"吾女托身为君妾,何忽见杀?"举子愤然曰:"汝知汝女为吾妾,则易言矣。夫两雄共雌,争而相戕,是为妒奸,于律当议抵。汝女既为我妾,明知非人而我不改盟,则夫妇之名分定矣。而既淫于他人,又淫于我仆,我为本夫,例得捕奸。杀之,又何罪耶?"翁曰:"然则何不杀君仆?"举子曰:"汝女死则形见,此则皆人也。手刃四人,而执一死狐为罪案,使汝为刑官,能据以定谳乎?"翁俯首良久,以手拊膝曰:"汝自取也夫!吾诚不料汝至此。"振衣自去。举子旋移居准提庵,与慎思邻房。其娈童与狐尤昵,衔主人之太忍,具泄其事于慎思,故得其详。

【译文】

姜慎思说：乾隆二十四年夏天，有位江南应试书生嫌京城旅舍大多低矮狭窄，就在西直门外租了一处大家族的坟院，在那里读书。有一次趁傍晚凉快，在树下散步，碰到一个姑娘，年纪十五六岁，皮肤白嫩。书生主动挑逗，和她搭话，她不生气，也不回答，转过墙角就走了。书生半夜睡醒，听到门上门环似乎有声响，疑心有强盗。叫书僮，又不回答，只好亲自起床，隔着门缝偷偷看，原来是白天见到那姑娘。书生知道她来相好，急忙开门，抱着她进屋。这姑娘自己说："我是守坟人的女儿，家里十分穷苦，父母都老实忠厚，我常怕被嫁去做农家媳妇。刚才得到你的注视，我感情控制不住，就从墙头缺口处爬到你这里来。你是富贵人家出身，当然有妻子。如果你能筹办一百两银子给我父母，我当你的侍妾也不后悔。父母喜欢钱财，也一定会同意。"书生答应了，于是两个人调情做爱，到鸡啼时姑娘才离去。从此，经常半夜来，越发妖艳妩媚，千姿百态，使书生以为，即使是巫山神女、洛水女神也不过这样子。有一天晚上，来得稍为迟些，书生就走到院子里，在月亮下等候她。忽然，见她从树梢上飞下来，书生一下子醒悟过来，说："你不是狐精吗？"姑娘也不隐瞒，笑着承认，说："当初怕你害怕，所以讲假话。现在我们情意已经很深，不妨坦白地告诉你。将来你到各地做官，有一个隐形跟随伺候的侍妾，不用车马，不挑住处，不需要衣食，白天可以放在怀里袖中，晚上就出来陪你睡觉，不比花钱嫖妓好得多吗？"书生细想，这个方法也很好。从此，狐女就住在书房内，不要每夜来去了。不过，每逢上灯的时候，就要外出，到半夜才回来，有时暴露出头发撩乱、首饰斜插的匆忙样子。书生有点疑心，但又不能肯定。渐渐狐女和书生的娈童淫乱，很快又被两个仆人看到，狐女索性又和两个仆人淫乱。厨工知道了，又来和狐女乱搞。有一天，狐女和娈童午睡，书生偷偷跑进去把狐女扼死了，狐女现出狐狸原形，书生就把它埋葬在围墙外面。半个月后，有个老头子找到书生，说："我女儿做了你的侍妾，怎么突然把她杀了？"书生愤愤不平地说："你知道你女儿是我的侍妾，这就容易讲清楚了。两个男人共同通奸一个女人，又相互搏杀，叫做妒奸，按法律应当抵罪。你女儿既然做了我的侍妾，明知她不是人类，我并不改变婚约，那么我们夫妻名分已经确定了。她既和别人通奸，又和我仆人通奸，我作为本夫，按理可以捉奸。杀了她，有什么罪呢？"老头子说："那么为什么不把你的仆人也杀了？"书生说："你女儿一死就现出狐形，其他的都是人类。我杀死四个人类，却手拿一只死狐狸作为他们犯罪的证据，假使你是法官，你能以这一点证据定案吗？"老头子低头想了很久，用手抚着膝盖说："这是你自取的，我真是估计不到你会变成这个样子！"抖了抖衣服就走了。书生马上搬家到准提庵，住在慎思隔壁房间。他的娈童和狐女特别恩爱，恨主人太过残忍，把事情都告诉了慎思，所以知道详细经过。

张　鸣　凤

吉木萨（乌鲁木齐所属也。）屯兵张鸣凤调守卡伦，（军营瞭望之名。）与一莱医近。灌园叟年六十余，每遇风雨，辄借宿于卡伦。一夕，鸣凤醉以酒而淫之。叟醒大恚，控于营弁。验所创，尚未平。申上官，除鸣凤粮。时鸣凤年甫二十，众以为必无此理；或疑叟或曾窃污鸣凤，故此相报。然复鞫两造，皆不承，咸云怪事。有官奴玉保曰："是固有之，不为怪也。曩牧马南山，为射雉者惊，马逸。惧遭责罚，入深山追觅。仓皇失道，愈转愈迷，经一昼夜不得出。遥见林内屋角，急往投之；又虑是盗巢，或见戕害，且伏草间觇情状。良久，有二老翁携手笑语出，坐磐石上，拥抱偎倚，意殊亵狎。俄左一翁牵右一翁伏石畔，恣为淫媟。我方以窥见阴私，惧杀我灭口，惴惴蜷缩不敢动。乃彼望见我，了无愧怍，共呼使出，询问何来；取二饼与食，指归路曰：'从某处见某树转至某处,见深涧沿之行,一日可至家。'又指最高一峰曰:'此是正南,迷即望此知方向。'又曰:'空山无草,汝马已饥而自归。此间熊与狼至多,勿再来也。'比归家,马果先返。今张鸣凤爱六十之叟,非此老翁类乎!"据其所言,天下真有理外事矣。惟二翁不知何许人,遁迹深山,似亦修道之士,何以所为乃如此?《因树屋书影》记仙人马绣头事,称其比及顽童,云中有真阴可采。是容成术非但御女,兼亦御男。然采及老翁,有何裨益?即修炼果有此法,亦邪师外道而已,上真定无此也。

【译文】

吉木萨(乌鲁木齐所属的地方)的屯兵张鸣凤调防驻守卡伦(军营瞭望的堡垒),和一个菜园邻近。种菜老人年已六十多岁,每遇到风雨之夜,就到卡伦借宿。一天晚上,张鸣凤用酒把老人灌醉,竟然奸淫了老人。老人醒来十分愤恨,向军官控告,检查身体,受害处还未恢复原状。军官报告上级,开除了张鸣凤。当时张鸣凤刚二十岁,大家认为根本没有强奸老头子的理由。还有人疑心老人曾偷偷地奸淫过张鸣凤,所以张鸣凤这样报仇。但是反复审问双方,都不承认有那样的事。大家都觉得这是一件怪事。有个官府的奴隶玉保说:"这种事本来会有的,不必奇怪。从前我在南山放马,被射雉的人惊吓,马逃走不见了。我怕受到责罚,到深山去追寻,慌乱中走错了路,愈转愈迷,经过一日一夜还走不出来。远远看见树林里有屋角的影子,连忙过去投奔;又担心是强盗窝,可能被强盗所杀害,就暂且爬在草丛中,观察情况。过了很久,看见有两个老头子手拉手谈谈笑笑地走出来,坐在大石块上,相互拥抱依靠,样子十分猥亵。不久,左边老头子拉着旁边老头子爬在石块上,放肆地淫乱。我正担心因为偷看到他们的阴私,怕他们会杀我灭口,就提心吊胆地不敢走动。他们却看到了我,一点羞愧也没有,把我叫出来,问我从什么地方来,还拿出两只饼给我吃,指明了我回来的道路说:'从某处看见某棵树就转弯向某处,看见深涧就沿涧行走,一天可以回到家了。'又指着一座最高的山峰说:'这是正南,迷路时就看它定方向。'又说:'荒山不长草,你的马已经饿得自己回去了。这里熊和狼很多,不要再来了。'等我回到家,那匹马果然已经先回来了。现在张鸣风喜欢六十岁的老人,不就是那个老头子这类人吗?"据玉保的话,天下真有道理以外的事了。只是那两个老头子不知是什么人,隐居深山,似乎也是修道的人。何以有这种行为呢?《因树屋书影》记载仙人马绣头的事,说他连孩子也戏弄,说孩子身体有真阴可以采补。那么,这种法术不但玩弄女性,也要玩弄男性。不过,采补到老头子,有什么益处呢?即使修炼中当真有这个方法,也是邪魔外道的方法而已,真正仙人肯定不会这样的。

怨　　诗

张助教潜亭言:昔与一友同北上,夜宿逆旅。闻縡縩有声,或在窗外,或在室之外间。初以为虫鼠,不甚讶;后微闻叹息,乃始栗然,侦之无睹也。至红花埠,偶忘收笔砚,夜分闻有阁笔声。次早,几上有字迹,阴黯惨淡,似有似无。谛审,乃一诗,其词曰:"上巳好莺花,寒食多风雨。十年汝忆吾,千里吾随汝。相见不得亲,悄立自凄楚。野水青茫茫,此别终万古。"似香魂怨抑之语。然潜亭自忆无此人,友自忆亦无此人,不知其何以来也。程鱼门曰:"君肯诵是诗,定无是事。恐贵友讳言之耳。"众以为然。

【译文】

张潜亭助教说:从前和一个朋友北上,晚间投宿旅舍,听到有细碎的声响，有时在窗外，有时在房间的外室。起初以为是老鼠，不很奇怪，后来听到人的轻轻叹息声，才开始紧张，起来查看，又看不到什么。走到红花埠，一时忘记收拾笔砚，夜晚听到有放笔的声音。第二天早上，茶几上有字迹，黯淡朦胧，若有若无。仔细看时，原来是一首诗，诗写道："上巳好莺花，寒食多风雨。十年汝忆吾，千里吾随汝。相见不得亲，悄立自凄楚。野水青茫茫，此别终万古。"仿佛是女子鬼魂怨恨忧郁的语气。但是，潜亭自己回忆，不认识这样一个人；朋友自己说，也不认识这样一个人。不知那个鬼魂怎么会跟来的。程鱼门说："你肯给我们读这首诗，肯定没有什么事。恐怕你的朋友不肯讲出来吧。"大家认为他说得有理。

胡 牧 亭

同年胡侍御牧亭，人品孤高，学问文章亦具有根柢。然性情疏阔，绝不解家人生产事，古所谓不知马几足者，殆有似之。奴辈玩弄如婴孩。尝留余及曹慕堂、朱竹君、钱辛楣饭，肉三盘，蔬三盘，酒数行耳，闻所费至三四金，他可知也。同年偶谈及，相对太息。竹君愤尤甚，乃尽发其奸，迫逐之。然积习已深，密相授受，不数月，仍故辙。其党类布在士大夫家，为竹君腾谤，反得喜事名。于是人皆坐视，惟以小人有党，君子无党，姑自解嘲云尔。后牧亭终以贫困郁郁死。死后一日，有旧仆来，哭尽哀，出三十金置几上，跪而祝曰："主人不迎妻子，惟一身寄居会馆，月俸本足以温饱。徒以我辈剥削，致薪米不给。彼时以京师长随，连衡成局，有忠于主人者，共排挤之，使无食宿地，故不敢立异同。不虞主人竟以是死。中心愧悔，夜不能眠。今尽献所积助棺敛，冀少赎地狱罪也。"祝讫自去。满堂宾客之仆，皆相顾失色。陈裕斋因举一事曰："有轻薄子见少妇独哭新坟下，走往挑之。少妇正色曰：'实不相欺，我狐女也。墓中人耽我之色，至病瘵而亡。吾感其多情，而愧其由我而殒命，已自誓于神，此生决不再偶。尔无妄念，徒取祸也。'此仆其类此狐欤！"然余谓终贤于掉头竟去者。

【译文】

科举同榜的胡牧亭侍御，性格清高，学问文章功底深厚，但性情马虎随便，一点儿都不了解家里的生计，古代所说那种不知道马有几只脚的人，他大概有点相似。仆人们把他当孩子般糊弄。他曾经请我以及曹慕堂、朱竹君、钱辛楣吃饭，只有肉三盘，蔬菜三盘，酒几杯，听说花去三四两银子，其他可想而知。科举同榜的朋友谈到这些事，都感慨叹息。朱竹君更加愤怒，就把胡牧亭仆人的坏事都揭发出来，迫他把仆人都赶出去。但是仆人们坏习惯已经形成，彼此相互传授，不到几个月，胡牧亭家的仆人仍然和过去一样。仆人的同党分布在士大夫家里，到处诽谤朱竹君，反而使竹君得到喜欢闹事的名声。于是，人们都只能对牧亭袖手旁观，只有用小人有党、君子无党来自我解嘲。后来，胡牧亭终于因为贫困忧郁而死。死后一天，有个旧时的仆人来吊丧，痛哭悲哀，还拿出三十两银子放在桌上，跪下祷告道："主人不接妻子来京，只有独身寄住在会馆里，每月的俸银本来完全可以够温饱生活。只因我们的剥削，以致饭食都不能保证。当时因为京城的仆人都结成一伙，有对主人忠心的，大家一起排挤他，使他找不到吃饭住宿的工作，所以没有人敢表示不同意见。没想到主人竟然因此而死。我心中又惭愧又后悔，晚上也睡不着。现在我把自己的积蓄都捐献出来，帮助棺木收殓费用，希望能稍稍赎抵我下地狱的罪过！"祷告完，这个旧仆人就走了。满堂宾客的仆人，都相互看看，脸色都变了。陈裕斋也举出一个事例，说："有个生性轻薄的青年看见一个少妇在新坟前哭泣，就走过去调戏她。少妇严肃地说：'实在不骗你，我是狐女。坟墓里的人沉迷我的美色,以致病重身亡。我感激他多情,同时惭愧他因为我而送命,我已经向神发誓,今生决不再结婚。你不要有胡思乱想,否则只会白白招来祸患!'这个仆人大概类似这个狐女吧?"不过,我认为这个仆人总是比掉头不顾的仆人品德好得多。

铁虫冰蚕

田侯松岩言:幼时居易州之神石庄,(土人云,本名神子庄,以尝出一神童故也。后有三巨石陨于庄北,如春秋宋国之事,故改今名。在易州西南二十余里。)偶与僮辈嬉戏马厩中。见煮豆之锅,凸起铁泡十数,并形狭而长。僮辈以石破其一,中有虫长半寸余,形如柳蠹,色微红,惟四短足与其首皆作黑色,而油然有光,取出犹蠕蠕能动。因一一破视,一泡一虫,状皆如一。又言:头等侍卫常君青,(此又别一常君,与常大宗伯同名。)乾隆癸酉戍守西域,卓帐南山之下。(塞外山脉,自西南趋东北,西域三十六国,夹之以居,在山南者呼曰"北山",在山北者呼曰"南山",其实一山也。)山半有飞瀑二丈余,其泉甚甘。会冬月冰结,取水于河,其水湍悍而性冷,食之病人。不得已,仍凿瀑泉之冰。水窍甫通,即有无数冰丸随而涌出,形皆如橄榄。破之,中有白虫如蚕,其口与足则深红,殆所谓冰蚕者欤?此与铁中之虫,锻而不死,均可谓异闻矣。然天地之气,一动一静,互为其根。极阳之内必伏阴,极阴之内必伏阳。八卦之对待,坎以二阴包一阳,离以二阳包一阴。六十四卦之流行,阳极于乾,即一阴生,下而为姤;阴极于坤，即一阳生，下而为复。其静也伏斯敛，敛斯郁焉；其动也郁斯蒸，蒸斯化焉。至于化则生，生不已矣。特冲和之气，其生有常；偏胜之气，其生不测。冲和之气，无地不生；偏胜之气，或生或不生耳。故沸鼎炎熇、寒泉冱结，其中皆可以生虫也。崔豹《古今注》载，火鼠生炎洲火中，绩其毛为布，入火不燃。今洋舶多有之，先兄晴湖蓄数尺，余尝试之。又《神异经》载，冰鼠生北海冰中，穴冰而居，啮冰而食，岁久大如象，冰破即死。欧罗巴人曾见之。谢梅庄前辈戍乌里雅苏台时，亦曾见之。是兽且生于火与冰矣。其事似异，实则常理也。

【译文】

田松岩说：小时候住在易州的神石庄（当地人说，本来叫神子庄，因为曾经出过一个神童的缘故。后来，有三块大陨石坠落庄子北面，好像春秋时宋国的事一样，就改为现在的庄名。庄子在易州西南二十多里），偶然和书僮们在马厩玩耍，看见煮豆的铁锅里，凸起铁泡十几个，都是窄长形状。书僮们用石头敲破一个铁泡，当中有一条半寸多长的虫子，样子像柳树的蠹虫，颜色淡红，只是四条短脚和头部是黑色，而且虫身光滑，拿出来还会微微地爬动。因此，大家把所有铁泡都敲破，一个铁泡一条虫，形状都一样。又说，头等侍卫常青先生（这又是另一个姓常的人，和礼部尚书常先生同名），乾隆十八年防守西域，在南山下设帐篷。（塞外的山脉，从西南伸延向东北。西域三十六国，分布在山脉两边。在山南的把山脉叫做北山，在山北的把山脉叫做南山，其实都是一条山脉。）半山有一处瀑布，高两丈多，泉水十分甘甜。遇到冬天结冰，到河里打水，河水湍急，水性寒冷，喝了人会生病。没有办法，只好仍然去凿开瀑布冰块取水。出水口刚刚打通，马上有无数的冰丸子随水涌出，形状都像橄榄。敲破冰丸，当中有白色的虫子，形状像蚕，口与脚都是深红色，大概就是所说的冰蚕了。冰蚕和经过煅烧也不会死的铁虫,都算是奇闻了。不过,天地的气息,一动一静,互为根基,极阳之内一定潜伏着阴,极阴之内一定潜伏着阳。八卦的对峙,坎卦是二阴包一阳,离卦是二阳包一阴。六十四卦轮流变化,阳极在乾,就有一阴生长,下面就成姤卦。阴极在坤,就有一阳生长,下面就成复卦。静处时潜伏收敛,收敛就郁结了,活动时使郁结蒸腾,蒸腾就会变化了。有了变化就有生长,生长不会停止。只要有冲和的气息,生长就是经常的。偏颇的气息,生长与否就不可确定了。冲和之气,没有地方不能生长;偏颇的气,有时生长有时不生长而已。所以,高温的炉子锅子,冻结的泉水冰块,当中都可以生虫。崔豹的《古今注》记载,火鼠生长在炎热的沙漠,取其毛织成布,放进火里也烧不着。现在西洋商船经常有这种布,我兄长晴湖收藏几尺,我曾经试验过。还有《神异经》记载,冰鼠生活在北海之中,住在冰洞里,咬冰块当食物,年月长久大得如象一般。冰块融化,它就死亡。欧罗巴的人曾经见过。谢梅庄前辈驻守乌里雅苏台时,也曾经见过。这是有生物会在冰或火中生长了。这种事看上去很奇怪,实际上是平常的道理。

知 县 司 阍

数皆前定,故鬼神可以前知。然有其事尚未发萌,其人尚未举念,又非吉凶祸福之所关、因果报应之所系,游戏琐屑至不足道,断非冥籍所能预注者,而亦往往能前知。乾隆庚寅,有翰林偶遇乩仙,因问宦途。乩判一诗曰:"春风一笑手扶筇,桃李花开泼眼浓。好是寻香双蛱蝶,粉墙才过巧相逢。"茫不省为何语。俄御试翰林,以编修改知县。众谓次句隐用河阳一县花事,可云有验;然其余究不能明。比同年往慰,司阍者扶杖蹩躠出。盖朝官仆隶,视外吏如天上人。司阍者得主人外转信,方立墀上，喜而跃曰："吾今日登仙矣！"不虞失足，遂损其胫，故杖而行也。数日后，微闻一日遣二仆，而罪状不明。旋有泄其事者曰："二仆皆谋为司阍，而无如先已有跛者。乃各阴饰其妇，俟主人燕息，诱而蛊之。至夕，一妇私具饼饵，一妇私煎茶，皆暗中摸索至书斋廊下。猝然相触，所赍俱倾；愧不自容，转怒而相诟。主人不欲深究，故善遣去。"于是诗首句三四句并验。此乩可谓灵鬼矣，然何以能前知此等事，终无理可推也。（马夫人雇一针线人，曾在是家，云二仆谋夺司阍则有之，初无自献其妇意，乃私谋于一黠仆，黠仆为画此策，均与约：是日有暇，可乘隙以进。而不使相知，故致两败。二仆逐后，黠仆又党附于跛者，邀游妓馆。跛者知其有伏机，阳使先往待，而阴告主人往捕，故黠仆亦败。嗟乎！一州县官司阍耳，而此四人者互相倾轧，至辗转多方而不已。黄雀螳螂之喻，兹其明验矣。附记之，以著世情之险。）

【译文】
　　气数都是早就确定的，所以鬼神可以事先知道。但是，有些事情还未有萌芽，有些人还没有想法，又不是关系到吉凶祸福、因果报应之类，只是游戏琐碎不值得说的事，绝对不是阴间记载所能预先注明的，但也往往能提前知道。乾隆三十五年，有位翰林偶然碰上扶乩，就探问一下仕途。乩坛判词是一首诗，说："春风一笑手扶筇，桃李花开泼眼浓。好是寻香双蛱蝶，粉墙才过巧相逢。"不知道讲的什么。不久，御试翰林，从编修改任知县。大家说，第二句诗暗中用了河阳一县开花的事，可说是灵验了，但其他句子到底不明白。等到科举同榜朋友去慰问时，守门人扶着竹杖拐着脚出来开门。原来京官的仆人，把外地官员当做天上的人。守门人听到主人转为外地官员的消息时，正站在台阶上，高兴得跳起来，说："我今天做神仙了！"没想到失足跌下，弄伤了腿，所以拄着拐杖行走。几天以后,隐约听说那个翰林一天之内开除两个仆人,但罪状又不说明。很快有人把事情泄露出来,说:"这两个仆人都想当守门人,但无奈已有原先受伤跛脚那一个了。于是,各自暗中打扮自己老婆,等主人睡下时,去引诱迷惑主人。到了晚上,一个仆人老婆悄悄地准备好点心,一个仆人老婆悄悄地煮好浓茶,都在黑暗中摸索,走到书斋走廊下面,猛然两个女人撞在一起,手里拿的东西都洒在地上。这两个女人惭愧得无地自容,又恼羞成怒,相互对骂。主人也不想多追究,就把两个仆人打发走了。"于是,诗的第一句,第三四句都应验了。这个乩坛上可说是灵鬼,但何以能够提前知道这件事,始终没有道理好讲。(马夫人雇用一个做衣服的女人,曾在那一家做过,说那两个仆人计划夺取守门人职务的事是有的。最初并没有让老婆去勾引的意思,曾偷偷地和一个狡猾的仆人商量。狡猾的仆人给他们出了这个计策,又都和他们约定:当天有机会,可以乘机进行。但又不让双方相互知道,以致双方都失败。那两个仆人被赶走后,狡猾的仆人又依附受伤跛脚仆人,请他去玩妓院。受伤跛脚仆人知道他有阴谋,假装让他先进去等待,自己暗中报告主人去抓捕,因此狡猾的仆人也败露了。啊,一个州县官长的守门人,有四个人互相倾轧争夺位置,辗转反复个不停。黄雀螳螂的比喻,这就是个明白的例子。附带把这件事记在这里,用来揭示世情的险恶。)

归 雁 诗

余官兵部尚书时,往良乡送征湖北兵,小憩长辛店旅舍。见壁上有《归雁诗》二首,其一曰:"料峭西风雁字斜,深秋又送汝还家。可怜飞到无多日,二月仍来看杏花。"其二曰:"水阔云深伴侣稀,萧条只与燕同归。惟嫌来岁乌衣巷,却向雕梁各自飞。"末题"晴湖"二字,是先兄字也。然语意笔迹皆不似先兄,当别一人。

或曰:"有郑君名鸿撰,亦字晴湖。"

【译文】

我任兵部尚书时,到良乡送征集往湖北的兵士,在长新店旅舍休息,看见墙壁上有《归雁诗》二首,第一首说:"料峭西风雁字斜,深秋又送汝还家。可怜飞到无多日,二月仍来看杏花。"第二首说:"水阔云深伴侣稀,萧条只与燕同归。惟嫌来岁乌衣巷,却向雕梁各自飞。"诗后面题着"晴湖"两个字,这是我亡故的兄长的字。但诗的语气笔迹都不像我兄长,应当是另外一个人。有人说:"有位郑鸿撰先生,也字晴湖。"

卓悟庵画扇

偶见田侯松岩持画扇,笔墨秀润,大似衡山。云其亲串德君芝麓所作也。上有一诗曰:"野水平沙落日遥,半山红树影萧条。酒楼人倚孤樽坐,看我骑驴过板桥。"风味翛然,有尘外之致。复有德君题语,云是卓悟庵作,画即画此诗意。故并录此诗,殆亦爱其语也。田侯云,悟庵名卓礼图,然不能详其始末。大抵沉于下僚者,遥情高韵,而名氏翳如。录而存之,亦郭恕先之远山数角耳。

【译文】

偶然间看见田松岩先生拿着一把画扇,笔墨秀雅圆润,很像文徵明的风格,说是他的亲戚德芝麓所作。上面有一首诗,说:"野水平沙落日遥,半山红树影萧条。酒楼人倚孤樽坐,看我骑驴过板桥。"风味自然超脱,有出尘的风致。还有德先生的题词,说诗是卓悟庵所作,图画便是画这首诗的意思,所以把诗一起抄录在上面,大概也是喜爱这首诗的。田先生说,悟庵名卓礼图,但不能详细地讲出他的经历。大概是长期担任微小的官职,性情文思高雅,但姓名却不显著。这里记录保存,也算是郭恕先画的远山,只露出几个山头罢了。

蔡中郎假鬼

古人祠宇,俎豆一方,使后人挹想风规,生其效法,是即维风励俗之教也。其间精灵常在,肸蚃如闻者,所在多有;依托假借,凭以猎取血食者,间亦有之。相传有士人宿陈留一村中,因溽暑散步野外。黄昏后,冥色苍茫,忽遇一人相揖。俱坐老树之下,叩其乡里名姓。其人云:"君勿相惊,仆即蔡中郎也。祠墓虽存,享祀多缺;又生叨士流,殁不欲求食于俗辈。以君气类,故敢布下忱。明日赐一野祭可乎?"士人故雅量,亦不恐怖,因询以汉末事。依违酬答,多罗贯中《三国演义》中语,已窃疑之;及询其生平始末,则所述事迹与高则诚《琵琶记》纤悉曲折,一一皆同。因笑语之曰:"资斧匮乏,实无以享君,君宜别求有力者。惟一语嘱君:自今以往,似宜求《后汉书》、《三国志》、中郎文集稍稍一观,于求食之道更近耳。"其人面颊彻耳,跃起现鬼形去。是影射敛财之术,鬼亦能之矣。

【译文】
古人的祠堂庙宇,享受一方祭祀,使后人遥想他们的风范榜样,萌生效法的愿望,这也是维护风雅鼓励世俗的教化方法。其中精神灵魂经常存在,灵验的声名远扬的,处处都有;依托名人的名义,用来猎取祭祀的,有时也会有的。相传有个书生住在陈留一个村子里,因为暑热,到野外散步。黄昏之后,暮色苍茫,忽然碰到一个人向他行礼,二人就坐在大树下谈天。书生请问那个人的姓名籍贯,那个人说:"你不要惊慌,我就是蔡中郎。我的祠堂坟墓虽然存在,但祭祀却经常没有。我又身为读书人,死后不想向世俗百姓请求饮食。因为你也是读书人,所以敢向你说出心事。明天能给我在野外祭祀一次吗?"书生的胸怀本来比较豁达,也不害怕,就问他汉代末年的事情。那个人就按问题回答,许多是罗贯中《三国演义》中所讲的,心中已经有点疑问;又问他平生经历,所讲的事与高则诚《琵琶记》所讲的每一个细节都相同。书生就笑着对他说:"我的旅费缺少,实在无法祭祀你,你可以请求别的有能力的人。只有一句话叮嘱你:从今以后,你好像应该找《后汉书》、《三国志》、蔡中郎的文集看一看,那么和寻找食物的路子就更容易接近了。"那个人脸红耳赤,跳起来现出鬼的形状就跑了。这样说来,模仿别人姓名去收敛财物的方法,鬼也会的了。

女鬼告状

梁豁堂言:有客游粤东者,妇死寄柩于山寺。夜梦妇曰:"寺有厉鬼,伽蓝神弗能制也。凡寄柩僧寮者,男率为所役,女率为所污。吾力拒,弗能免也。君盍讼于神?"醒而忆之了了,乃炷香祝曰:"我梦如是,其春睡迷离耶?意想所造耶?抑汝真有灵耶?果有灵,当三夕来告我。"已而再夕梦皆然。乃牒诉于城隍,数日无朕兆。一夕,梦妇来曰:"讼若得直,则伽蓝为失纠举,山神社公为失约束,于阴律皆获谴,故城隍踌躇未能理。君盍再具牒,称将诣江西诉于正乙真人,则城隍必有处置矣。"如所言，具牒投之。数日，又梦妇来曰："昨城隍召我，谕曰：'此鬼原居此室中，是汝侵彼，非彼摄汝也。男女共居一室，其仆隶往来，形迹嫌疑，或所不免。汝诉亦不为无因。今为汝重笞其仆隶，已足谢汝。何必坚执奸污，自博不贞之名乎？从来有事不如化无事，大事不如化小事。汝速令汝夫移柩去，则此案结矣。'再四思之，凡事可已则已，何必定与神道争，反激意外之患。君即移我去可也。"问："城隍既不肯理，何欲诉天师，即作是调停？"曰："天师虽不治幽冥，然遇有控诉，可以奏章于上帝，诸神弗能阻也。城隍亦恐激意外患，故委曲消弭，使两造均可以已耳。"语讫，郑重而去。其夫移柩于他所，遂不复梦。此鬼苟能自救，即无多求，亦可云解事矣。然城隍既为明神，所司何事，毋乃聪明而不正直乎？且养痈不治，终有酿为大狱时；并所谓聪明者，毋乃亦通蔽各半乎？

【译文】
　　梁豁堂说：有个游历广东的人，妻子死后，棺木寄存在山上寺院里。晚上梦见妻子说："寺里有恶鬼，伽蓝神控制不住。凡是棺木寄存在寺里的鬼魂，男的都被恶鬼当作奴仆；女的都被恶鬼奸污。我用力抗拒，也逃不过。你何不到神灵前面告状？"这个人醒后，记得清清楚楚，就点上香祷告道："我做这样的梦，是春天睡眠神志迷糊呢，还是心中想念造成的呢？抑或你是真有灵呢？如果真有灵，应当一连三晚都来告诉我。"接着两天晚上做梦都相同。这个人就用阴间公文的形式向城隍投诉，过了几天没有动静。一天晚上，梦见妻子来说："告状如果属实，那么伽蓝神就是失于纠察检举，山神土地就是失于约束管理的失误，从阴间法律上都要获罪,所以城隍左右为难,未作处理。你何不再准备公文,宣称即将到江西向正乙真人投诉,那么城隍一定会处理这件事。"这个人按妻子的话办理,准备好公文烧报城隍。过了几天,又梦见妻子来说:"昨天城隍召见我,对我说:'那恶鬼本来住在这房间内,是你侵犯他,并非他侵犯你。男女一起住在同一间房内,他的奴隶来来往往,各种引人嫌疑的迹象,难免产生。你控诉也不是没有原因。现在替你重重地鞭打他的奴隶,已经足够安慰你了,何必坚持他奸污你,自己落得个不贞节的名声呢?从来都是有事不如化为无事,大事不如化为小事。你赶快叫你丈夫把棺木搬走,这个案子就了结了。'我反复考虑,凡事能了结就了结,何必一定与神道争论,反而激发意外的灾祸。你马上把我的棺木移走好了。"他问道:"城隍既然不肯受理,怎么表示想向天师投诉时,他就作出这样调解呢?"妻子说:"天师虽然不管阴间的事,但遇到有人投诉,可以向上帝送交奏章,各路神道都不能阻拦。城隍也恐怕激发意外的灾祸,所以委婉地消解官司,使双方都可以了结。"说完,告别后就走了。他把妻子棺木移到别的地方,就不再做梦了。这个女鬼只要能够救自己,就没有更多要求,也可说是懂事的。不过,城隍既然是明白的神,他管的什么事?不是虽聪明却不正直吗?而且有了祸患不去治理,将来终有酿成大祸的时候。连他所谓的聪明,不也是一半明白一半糊涂的吗?

朱 子 青

田白岩言:济南朱子青与一狐友,但闻声而不见形。亦时预文酒之会,词辩纵横,莫能屈也。一日,有请见其形者。狐曰:"欲见吾真形耶?真形安可使君见;欲见吾幻形耶?是形既幻,与不见同,又何必见。"众固请之,狐曰:"君等意中,觉吾形何似?"一人曰:"当庞眉皓首。"应声即现一老人形。又一人曰:

"当仙风道骨。"应声即现一道士形。又一人曰:"当星冠羽衣。"应声即现一仙官形。又一人曰:"当貌如童颜。"应声即现一婴儿形。又一人戏曰:"庄子言,姑射神人,绰约若处子。君亦当如是。"即应声现一美人形。又一人曰:"应声而变,是皆幻耳。究欲一睹真形。"狐曰:"天下之大,孰肯以真形示人者,而欲我独示真形乎?"大笑而去。子青曰:"此狐自称七百岁,盖阅历深矣。"

【译文】
　　田白岩说:济南朱子青和一个狐精交朋友,只是听到声音,看不见模样。狐精有时也参与朱子青等人的饮酒赋诗,议论纵横,没有人能说得过他。一天,有人请狐精现出形状相见。狐精说:"想见我真正的形状吗?真正形状怎能让你们看到;想见我变幻的形状吗?既然形象已幻化,和见不到相同,又何必相见呢?"众人坚决请求,狐精说:"你们心目中,觉得我的形象似什么?"有一个人说:"应当是眉发花白的老人。"随着话声出现了一个老人的形象。又有一个人说:"应当是仙风道骨的道士。"随着话声就出现一个道士的形象。又有一个人说:"应当戴着星冠,穿着羽衣。"随着话声就出现了一个仙官的形象。又有一个人说:"应当相貌像儿童的脸色。"随着话声就出现一个婴儿的形象。还有一个人开玩笑地说:"庄子说,姑射的神仙,温柔美丽像处女,你也应当这个样子。"就随着话声出现一个美人的形象。又有一个人说:"随着话声就变化,都是幻形而已。我们想看看你真的模样。"狐精说:"天下这么大,有谁肯把真实形象显示给人看,怎么只想我一个显示真实形象呢?"大笑着走了。子青说:"这个狐精自称有七百岁,大概他的阅历是很深了。"

无 良 书 生

舅氏实斋安公曰:"讲学家例言无鬼。鬼吾未见,鬼语则吾亲闻之。雍正壬子乡试,返宿白沟河。屋三楹,余住西间,先一南士住东间。交相问讯,因沽酒夜谈。南士称:'与一友为总角交,其家酷贫,亦时周以钱粟。后北上公车,适余在某巨公家司笔墨,悯其飘泊,邀与同居,遂渐为主人所赏识。乃撼余家事,潜造蜚语,挤余出而据余馆。今将托钵山东。天下岂有此无良人耶!'方相与太息,忽窗外呜呜有泣声,良久语曰:'尔尚责人无良耶?尔家本有妇,见我在门前买花粉,诡言未娶,诳我父母,赘尔于家。尔无良否耶?我父母患疫先后殁,别无亲属,尔据其宅,收其资,而棺衾祭葬俱草草,与死一奴婢同。尔无良否耶?尔妇附粮艘寻至,入门与尔相诟厉,即欲逐我;既而知原是我家,尔衣食于我,乃暂容留。尔巧说百端,降我为妾。我苟求宁静,忍泪曲从。尔无良否耶?既据我宅,索我供给,又虐使我,呼我小名,动使伏地受杖。尔反代彼揿我项背,按我手足,叱我勿转侧。尔无良否耶?越年余,我财产衣饰剥削并尽,乃鬻我于西商。来相我时,我不肯出,又痛捶我,致我途穷自尽。尔无良否耶?我殁后,不与一柳棺,不与一纸钱,复褫我敝衣,仅存一裤,裹以芦席,葬丛冢。尔无良否耶?吾诉于神明,今来取尔,尔尚责人无良耶?'其声哀厉,僮仆并闻。南士惊怖瑟缩,莫措一词,遽噭然仆地。余虑或牵涉，未晓即行。不知其后如何，谅无生理矣。因果分明，了然有据。但不知讲学家见之，又作何遁词耳。"

【译文】

舅舅安实斋先生说：讲理学的专家一向说没有鬼。鬼我倒没有见过，鬼的说话我倒亲耳听过的。雍正十年乡试，我回家时在白沟河住宿。这里有屋三间，我住在西间，先来的一个南方书生住东间。我们相见交谈，于是在晚上边喝酒边聊天。南方书生说："我和一个朋友小时候就相交了，他家里十分贫穷，我也时常用钱粮周济他。后来他北上参加科举考试，刚好我在某位贵族家里管理文字工作，同情他到处漂泊，就请他一起居住。他慢慢地被主人赏识，就把我家里的事做话柄，暗中造谣诽谤，就把我排挤出去，自己占据了我的位置。现在我将要到山东谋生。天下间难道有这样没良心的人吗！"两个人正在感叹愤慨时，忽然听到窗外有呜呜的哭泣声，过了很久，有人说话了："你还责备别人没良心吗？你家里本来有妻子，见到我在门前买脂粉，假意说还未娶妻，骗我的父母，就让你入赘到我家，你有没有良心呢？我父母遭瘟疫先后去世，另外没有亲戚，你占了我家房子，继承了我家的财产，却在父母丧事上从棺材到寿衣祭品都十分简陋，和死掉一个仆人婢女一般。你有没有良心呢？你妻子搭运粮船找到我家，进门就和你大声争吵，就想把我赶出去；后来知道这原是我的家，你依赖我生活，才暂时容忍我留下。你就花言巧语，把我降为侍妾。我只能苟安偷生，委曲求全。你有没有良心呢？你妻子占了我家房子，花费我家财产，又虐待使唤我，叫我的小名，动不动让我趴在地上挨打。你反而替她压住我的后背，按住我的手足，呵叱我不准翻动。你有没有良心呢？过了一年多，我的财产、衣服、首饰都被你们抢光，就把我卖给西北商人。商人来看我的模样时，我不肯出来，你又痛打我，以致我走投无路，自杀身亡。你有没有良心呢？我死以后，你不肯出一具最差的柳木棺材，不肯烧一张纸钱，还要把我的衣服剥光，只剩一条裤子，用芦苇席子把尸首卷上，葬在乱坟堆里。你有没有良心呢？我现在向神明控诉，特来取你性命，你还责备别人没有良心吗？"声音悲哀凄厉，书僮仆人们都听到了。这个南方书生吓得惊慌畏缩，不敢讲一句话，突然喊了一声仆在地上。我担心牵涉到自己，未等天亮就上路了。不知那书生以后怎样，估计不会活的了。因果报应十分清楚，证据也确凿。不过，如果讲理学的专家们见了，又不知作什么辩解了。

东　楼　鬼

张浮槎《秋坪新语》载余家二事，其一记先兄晴湖家东楼鬼，（此楼在兄宅之西，以先世未析产时，楼在宅之东，故沿其旧名。）其事不虚，但委曲未详耳。此楼建于明万历乙卯，距今百八十四年矣。楼上楼下，凡缢死七人，故无敢居者。是夕不得已开之，遂有是变。殆形家所谓凶方欤？然其侧一小楼，居者子孙蕃衍，究莫明其故也。其一记余子汝佶临殁事，亦十得六七；惟作西商语索逋事，则野鬼假托以求食。后穷诘其姓名、居址、年月与见闻此事之人，乃词穷而去。汝佶与债家涉讼时，刑部曾细核其积逋数目，具有案牍，亦无此条。盖张氏纪氏为世姻，妇女递相述说，不能无纤毫增减也。嗟乎！所见异词，所闻异词，所传闻异词，鲁史且然，况稗官小说。他人记吾家之事，其异同吾知之，他人不能知也。然则吾记他人家之事，据其所闻，辄为叙述，或虚或实或漏，他人得而知之，吾亦不得知也。刘后村诗曰："斜阳古柳赵家庄，负鼓盲翁正作场。死后是非谁管得，满村听唱蔡中郎。"匪今斯今，振古如兹矣。惟不失忠厚之意，稍存劝惩之旨，不颠倒是非如《碧云骃》，不怀挟恩怨如《周秦行记》，不描摹才子佳人如《会真记》，不绘画横陈如《秘辛》，冀不见摈于君子云尔。【按：刘后村诗，一作陆游诗。】

【译文】
　　张浮槎《秋坪新语》记载我家的两件事，其中一件记述我已故兄长晴湖家东楼的鬼（这座楼在兄长宅子西边，因为上代没有分家时，楼在大宅子的东边，所以沿用旧时的叫法），这件事不假，但细节记得不够详尽而已。这座楼建筑于明朝万历四十三年，距离现在一百八十四年了。楼上楼下，一共吊死过七个人，所以没有人敢住。当天晚上，事不得已打开这座楼，就发生那样的变故。这大概是看风水的人所讲的凶方吧？不过，在旁边的一座小楼，居住的人家却子孙繁衍，真是不知什么缘故。另外一件记载我儿子汝佶临死时的事，也有六七分的准确。只是西北商人附身说话讨债的事，却是野鬼假装来骗取供品。后来认真追问西北商人的姓名、住址、年月和见过听过这件事的人，野鬼才无话而去。汝佶和债主打官司时，刑部曾经仔细核对过他欠债的数目，都有文件记录，也没有这件事。原来张姓和纪姓世代婚姻，妇女们相互传说，不会没有一点增减的。哎，所见相同而讲法不同，所听相同而讲法不同，传闻相同而讲法又不同，鲁国史书还这样，何况野史小说呢！别人记录我家的事，哪些符合事实，哪些不符合，我是知道的，其他人不能知道。那么，我记录别人的事，是根据听说的人转述的，有的假，有的真，有的遗漏，人家会知道，我也不会知道的。刘后村的诗说："斜阳古柳赵家庄，负鼓盲翁正作场。死后是非谁管得，满村听唱蔡中郎。"可见并非今天才如此，从古到今都是这样。只要不丧失忠厚的意思，稍为保存劝善惩恶的目的，不像《碧云骃》那样颠倒是非，不像《周秦行记》那样带着个人恩怨，不像《会真记》那样描绘才子佳人，不像《杂事秘辛》那样描写男女淫乱，希望不会被君子所唾弃就是了。

附：纪汝佶六则

亡儿汝佶，以乾隆甲子生。幼颇聪慧，读书未多，即能作八比。乙酉举于乡，始稍稍治诗，古文尚未识门径也。会余从军西域，乃自从诗社才士游，遂误从公安、竟陵两派入。后依朱子颖于泰安，见《聊斋志异》抄本，（时是书尚未刻。）又误堕其窠臼，竟沉沦不返，以迄于亡。故其遗诗遗文，仅付孙树庭等存乃父手泽，余未一为编次也。惟所作杂记，尚未成书，其间琐事，时或可采。因为简择数条，附此录之末，以不没其篝灯呵冻之劳。又惜其一归彼法，百事无成，徒以此无关著述之词，存其名字也。

【译文】
　　我去世的儿子汝佶，生于乾隆九年。幼年相当聪明，读书还不多时，就会写八股文。乙酉年乡试考中，才稍稍学写诗，古文作法还没有入门。碰上我随军到西域，他就跟随诗社的才子们交游，错误地从公安、竟陵两派的文风入手。后来，在泰安跟随朱子颖，见到《聊斋志异》的抄本（当时这本书还没有刻本），又错误地落入那种模式中，竟然沉迷不悟，直到去世。所以他的遗诗遗文，只交给孙子树庭等人，保存他们父亲的手迹，我也没有为他编辑。只有他写的杂记，还没有成书，当中有些琐碎的事情，有时可以采用。

因此，我选出几则，附录在本书最后，不埋没他深夜隆冬写作的辛劳。又可惜他一旦学了《聊斋志异》的写法，就百事无成，只靠着这些无关正式著述的文字，保存他的姓名。

花 隐 老 人

花隐老人居平陵城之东，鹊华桥之西，不知何许人，亦不自道真姓字。所居有亭台水石，而莳花尤多。居常不与人交接，然有看花人来，则无弗纳。曳杖伛偻前导，手无停指，口无停语，惟恐人之不及知、不及见也。园无隙地，殊香异色，纷纷拂拂，一往无际；而兰与菊与竹，尤擅天下之奇。兰有红有素，菊有墨有绿，又有丹竹纯赤，玉竹纯白；其他若方若斑，若紫若百节，虽非目所习见，尚为耳所习闻也。异哉，物之聚于所好，固如是哉！

【译文】
　　花隐老人住在平陵城东面，鹊华桥西边，不知道他是什么样的人，他也从不说自己的真实姓名。他住处有亭台水石，种花特别多。平时不和人家来往，但有人来看花时，就没有不接待的。他拖着拐杖在前面引路，手不停地指点，口不停地介绍，只怕来人不能了解，不能细看。园子里没有空地，各种花木奇香异色，纷纷拂拂，一望无际。而且，兰花、菊花和竹子，尤其集中了天下的珍奇品种。兰花有红色白色，菊花有黑色绿色，又有大红的丹竹，纯白的玉竹，其他如方竹、斑竹、紫竹、百节竹，虽然不是常看到的，还是常听到的珍品。奇怪啊，物品聚集在爱好的人家里，居然是这样的啊！

环咏亭

　　士人某寓岱庙之环咏亭。时已深冬，北风甚劲。拥炉夜坐，冷不可支，乃息烛就寝。既觉，见承尘纸破处有光。异之，披衣潜起，就破处审视。见一美妇，长不满二尺，紫衣青裤，著红履，纤瘦如指，髻作时世妆；方爇火炊饭，灶旁一短足几，几上锡檠荧然。因念此必狐也。正凝视间，忽然一嚏。妇惊，触几灯覆，遂无所见。晓起，破承尘视之。黄泥小灶，光洁异常；铁釜大如碗，饭犹未熟也；小锡檠倒置几下，油痕狼藉。惟爇火处纸不燃，殊可怪耳。

【译文】
　　某书生借住在岱庙的环咏亭。这时已是深冬，北风十分强劲。他围炉夜坐，冷得受不了，就熄灭蜡烛睡觉。一觉醒来，看见天花板纸破的地方透出亮光，觉得奇怪，就披上衣服，偷偷站起来，从破洞里仔细观看。只见一位美丽的妇人，身高不满二尺，紫色衣服青色裤子，穿红鞋，小脚纤细得像手指一般，发髻梳作时髦的样式，正在烧火煮饭。灶边放一张矮茶几，茶几上的锡烛台烛光明亮。书生想，这一定是狐精。正在凝神察看，忽然打了一个喷嚏，那妇人吃了一惊，碰上茶几，灯台倒下，就什么也看不见了。早晨起床后，撕破天棚观察，有黄泥做的小灶，十分光洁；铁锅子像碗一般大，锅里的饭还没有煮熟。小小的锡烛台倒放在茶几下面，油渍痕洒得到处都是。只是烧火的地方纸并没有烧着，特别使人奇怪。

附：纪汝佶六则

徂徕山巨蟒

徂徕山有巨蟒二，形不类蟒，顶有角如牛，赤黑色，望之有光。其身长约三四丈，蜿蜒深涧中。涧广可一亩，长可半里，两山夹之，中一隙仅三尺许。游人登其巅，对隙俯窥，则蟒可见。相传数百年前，颇为人害。有异僧禁制，遂不得出。夫深山大泽，实生龙蛇，似此亦无足怪；独怪其蜷伏数百年，而能不饥渴也。

【译文】
　　徂徕山有两条巨蟒，形状不像一般蟒蛇，头顶有像牛一样的角，红黑色，望过去闪闪发光。巨蟒身体约三四丈长，蜿蜒地栖息在深涧里。这条山涧面积有一亩，长达半里，在两山夹峙之中，有一处空隙只有三尺多阔。游人登上山顶，对空隙处低头俯视，就可见到巨蟒。相传几百年前，常会伤害游人。有个神异的僧人把蟒禁制住，蟒就爬不出来了。深山大泽之中，是会生长龙蛇的，像这样的蟒也不值得奇怪。奇怪的是它潜伏几百年，却不会感到饥渴。

韩鸣岐

　　泰安韩生，名鸣岐，旧家子，业医。尝夤夜骑马赴人家，忽见数武之外有巨人，长十余丈。生胆素豪，摇鞚径过，相去咫尺，即挥鞭击之。顿缩至三四尺，短发蓬鬙，状极丑怪，唇吻翕辟，格格有声。生下马执鞭逐之。其行缓涩，蹒跚地上，意颇窘。既而身缩至一尺，而首大如瓮，似不胜载，殆欲颠仆。生且行且逐，至病者家，乃不见，不知何怪也。汶阳范灼亭说。

【译文】
泰安有个韩鸣岐，是世家子弟，以行医为职业。有一次，晚上骑马到病人家去，忽然看见几步之外有个巨人，高十几丈。韩鸣岐一向胆大气豪，策马就跑过去，相距不到一尺，就挥鞭打击巨人。巨人一下子缩成三四尺高，短头发乱蓬蓬，形象十分丑怪，嘴唇一张一合，发出格格的声音。韩鸣岐跳下马，拿着马鞭追着打他。那怪物行动很迟钝，在地上艰难地行走，样子像很狼狈。接着，身体又缩小到一尺左右，但脑袋大得像只瓮，身体仿佛支持不住头的重量，就要倒下来。韩鸣岐一面追赶一面前进，到了病人家时，那怪物就不见了，也不知道是什么妖怪。这是汶阳范灼亭说的。

烟　　戏

戊寅五月二十八日，吴林塘年五旬时，居太平馆中。余往为寿。座客有能为烟戏者，年约六十余，口操南音，谈吐风雅，不知其何以戏也。俄有仆携巨烟筒来，中可受烟四两，爇火吸之，且吸且咽，食顷方尽，索巨碗瀹苦茗，饮讫，谓主人曰："为君添鹤算可乎？"张其吻吐鹤二只，飞向屋角；徐吐一圈，大如盘，双鹤穿之而过，往来飞舞，如掷梭然。既而嘎喉有声，吐烟如一线，亭亭直上，散作水波云状。谛视皆寸许小鹤，鹄鸰左右，移时方灭，众皆以为目所未睹也。俄其弟子继至，奉一筯与主人曰："吾技不如师，为君小作剧可乎？"呼吸间，有朵云飘缈筵前，徐结成小楼阁，雕栏绮窗，历历如画。曰："此海屋添筹也。"诸客复大惊，以为指上毫光现玲珑塔，亦无以喻是矣。以余所见诸说部，如掷杯化鹤、顷刻开花之类，不可殚述，毋亦实有其事，后之人少所见多所怪乎？如此事非余目睹，亦终不信也。

【译文】

　　戊寅年五月二十八日，吴林塘正是五十岁，住在太平馆中。我前往祝寿。客人中有个人能表演烟戏，年纪约六十多岁，说话带南方口音，谈吐相当文雅，不知道他是怎么个表演法。不久，有个仆人拿了一支大烟筒来，烟筒里可以装得下四两烟丝，点着火就吸起来。他一面吸一面吞，一顿饭时间才吸完，就讨大碗沏上茶，饮完茶，对主人说："为你添寿好吗？"他张嘴吐出两只白鹤，向屋角飞去；又慢慢地吐出一个圆烟圈，像盘子大小，两只鹤穿着圈子飞过，来来往往，在空中飞舞，就像飞梭似的。接着喉头发出嘎嘎声，吐出一条烟线，高高的一直向上，又分散成水波云的形状。再仔细看时，都是寸把长的小鹤，上下左右盘旋，过了很长时间才散去。大家都认为从来没有看见过。不久，那个人的徒弟也来了，向主人敬了一杯酒祝寿，说："我的技术不及师傅，给你表演点小节目吧！"很快，有一朵云飘飘然地飞到筵席前面，慢慢地结成一座小楼阁，雕栏画窗，清清楚楚像画出来似的。又说："这是'海屋添筹'呀！"客人们又大惊，认为神仙在指头上的细小光芒中出现玲珑宝塔，也无法与之相比。从我所读的小说中，例如掷出酒杯变成飞鹤，一下子使花朵盛开之类，说都说不完，不也是实有其事，后人却少见多怪吗？如果这件事不是我亲眼所见，我也始终不会相信的。

乌云托月马

　　豫南李某，酷好马。尝于遵化牛市中见一马，通体如墨,映日有光,而腹毛则白于霜雪,所谓乌云托月者也。高六尺余,骏尾鬖然,足生爪,长寸许,双目莹澈如水精,其气昂昂如鸡群之鹤。李以百金得之,爱其神骏,刍秣必身亲。然性至狞劣,每覆障泥,须施绊锁,有力者数人左右把持,然后可乘。按辔徐行,不觉其驶,而瞬息已百里。有一处去家五日程,午初就道,比至,则日未衔山也。以此愈爱之。而畏其难控,亦不敢数乘。一日,有伟丈夫碧眼虬髯,款门求见,自云能教此马。引就枥下,马一见即长鸣。此人以掌击左右肋,始弭耳不动。乃牵就空屋中,阖户与马盘旋。李自隙窥之,见其手提马耳,喃喃似有所云,马似首肯。徐又提耳喃喃如前,马亦似首肯。李大惊异,以为真能通马语也。少问,启户,引缰授李,马已汗如濡矣。临行谓李曰:"此马能择主,亦甚可喜。然其性未定,恐或伤人;今则可以无虑矣。"马自是驯良,经二十余载,骨干如初。后李至九十余而终,马忽逸去,莫知所往。

【译文】
　　河南南部的李某,十分喜欢马匹。他曾在遵化的牛市上看到一匹马,全身像墨那样黑,在太阳下闪闪发亮,但腹部的毛比霜雪还白,这就是人们所说的乌云托月马。马有六尺多高,鬃毛尾巴卷起,蹄下生有爪子,一寸多长。双眼明净像水晶,气概高昂像鹤立鸡群。李某用一百两银子买下,喜爱这匹马的神采骏逸,喂草料时一定亲自动手。但这匹马脾气十分凶恶,每次放上障泥时,一定要把它绑紧,叫几个有力气的人把马四面拉住,才可以骑坐。提着马缰,从容地奔跑,还没有觉得它快跑,一下子就跑过百里路了。有个地方,离开李某家里有五日路程。骑这匹马在午前上路,到达时,太阳还没有下山呢。因此,李某更加喜爱这匹马,但又怕难以驾驭,也不敢经常骑它。有一天,有个绿眼睛卷胡子的大汉上门求见,自称会调教这匹马。李某就把大汉带到马厩,马一见大汉就高声嘶叫。大汉用手掌拍打马的左右两肋,这匹马才俯首帖耳,不再乱动。大汉把这匹马拉到一间空屋子里,关上门和马兜圈子。李某从门缝中偷看,只见大汉手提着马耳朵,轻轻地说些什么话,马好像点头同意。慢慢地大汉又提着马耳朵,像前次那样轻轻地说些什么话,马也好像点头同意。李某大吃一惊,以为大汉真是会讲马语的。过了一会,大汉开门出来,把缰绳交给李某,这匹马已经浑身大汗了。大汉临走时对李某说:"这匹马会选择主人,也是十分可喜的事。但它的性情未定,恐怕会伤害人。现在就可以不必担心了。"这匹马从此变得很驯良,过了二十多年,骨架精力仍然和从前一样。后来,李某活到九十多岁去世,这匹马忽然逃走,不知道到哪里去了。

中国古代名著全本译注丛书

周易译注
尚书译注
诗经译注
周礼译注
仪礼译注
礼记译注
大戴礼记译注
左传译注
春秋公羊传译注
春秋穀梁传译注
论语译注
孟子译注
孝经译注
尔雅译注
考工记译注

国语译注
战国策译注
三国志译注
贞观政要译注
吕氏春秋译注
商君书译注
晏子春秋译注
入蜀记译注·吴船录译注

孔子家语译注

孔丛子译注
荀子译注
中说译注
老子译注
庄子译注
列子译注
孙子译注
鬼谷子译注
六韬·三略译注
管子译注
韩非子译注
墨子译注
尸子译注
淮南子译注
说苑译注
近思录译注
传习录译注
齐民要术译注
金匮要略译注
食疗本草译注
救荒本草译注
饮膳正要译注
洗冤集录译注
周髀算经译注
九章算术译注
茶经译注（外三种）修订本

酒经译注	唐诗三百首译注
天工开物译注	花间集译注
人物志译注	绝妙好词译注
颜氏家训译注	宋词三百首译注
山海经译注	古文观止译注
穆天子传译注·燕丹子译注	文心雕龙译注
博物志译注	文赋诗品译注
搜神记全译	人间词话译注
世说新语译注	唐宋传奇集全译
梦溪笔谈译注	聊斋志异全译
历代名画记译注	子不语全译
	闲情偶寄译注
楚辞译注	阅微草堂笔记全译
文选译注	陶庵梦忆译注
六朝文絜译注	西湖梦寻译注
玉台新咏译注	板桥杂记译注
唐贤三昧集译注	浮生六记译注